LE ROI DE L'HIVER

BERNARD CORNWELL

LE ROI DE L'HIVER

ROMAN ARTHURIEN

traduit de l'anglais par
PIERRE-EMMANUEL DAUZAT

Éditions de Fallois
PARIS

TITRE ORIGINAL :

THE WINTER KING. A NOVEL OF ARTHUR

Illustration de couverture Bill Gregory

22, rue La Boétie, 75008 Paris

ISBN 2-87706-316-X

Pour Judy, affectueusement

PERSONNAGES

AELLE	roi saxon
AGRICOLA	seigneur de Gwent, au service du roi Tewdric
AILLEANN	maîtresse d'Arthur, mère de ses fils jumeaux, Amhar et Loholt
AMHAR	fils bâtard d'Arthur
ANNE	sœur d'Arthur, épouse du roi Budic de Brocéliande
ARTHUR	fils bâtard d'Uther et protecteur de Mordred
BALISE	ancien druide de Dumnonie
BAN	roi de Benoïc, père de Lancelot et de Galahad
BEDWIN	évêque de Dumnonie, principal conseiller du roi
BLEIDDIG	chef de Benoïc
BORS	champion de Benoïc
BROCHVAEL	roi de Powys après l'époque d'Arthur
CADWALLON	roi de Gwynedd
CADWY	roi client de Dumnonie, qui garde la frontière avec Kernow
CALEDDIN	druide, disparu de longue date, qui compila le rouleau de Merlin
CAVAN	commandant en second de Derfel
CEI	camarade d'enfance d'Arthur, devenu l'un de ses guerriers
CEINWYN	princesse de Powys, sœur de Cuneglas, fille de Gorfyddyd
CELWIN	prêtre étudiant à Ynys Trebes
CERDIC	roi saxon
CULHWCH	cousin d'Arthur, l'un de ses guerriers
CUNEGLAS	Edling (prince héritier) de Powys, fils de Gorfyddyd
DAFYDD AP GRUFFUD	le clerc qui traduit l'histoire de Derfel
DERFEL CADARN	le narrateur, né d'un Saxon, pupille de Merlin et guerrier d'Arthur
DIWRNACH	roi irlandais de Lleyn, pays jadis appelé Henis Wyren
DRUIDAN	nain, commandant la garde de Merlin

ELAINE	reine de Benoïc, mère de Lancelot
GALAHAD	prince de Benoïc, demi-frère de Lancelot
GEREINT	prince client de Dumnonie, Seigneur des Pierres
GORFYDDYD	roi de Powys, père de Cuneglas et de Ceinwyn
GRIFFID AP ANNAN	commandant en second d'Owain
GUDOVAN	scribe de Merlin
GWENDOLINE	femme répudiée de Merlin
GUENIÈVRE	princesse de Henis Wyren
GUNDLEUS	roi de Silurie
GWLYDDYN	charpentier à Ynys Wydryn
HELLEDD	princesse d'Elmet, qui épouse Cuneglas de Powys
HYGWYDD	serviteur d'Arthur
HYWEL	intendant de Merlin
IGRAINE	reine de Powys, épouse de Brochvael, protectrice de Derfel à Dinnewrac
IGRAINE DE GWYNEDD	mère d'Arthur, mais aussi de Morgane, d'Anne et de Morgause
IORWETH	druide de Powys
ISSA	lancier de Derfel
LADWYS	maîtresse de Gundleus
LANCELOT	Edling (prince héritier) de Benoïc, fils de Ban
LANVAL	guerrier d'Arthur, chef des gardes du corps de Guenièvre
LEODEGAN	roi en exil de Henis Wyren, père de Guenièvre
LIGESSAC	commandant des gardes du corps de Mordred, qui passe ensuite au service de Gundleus
LLYWARCH	commandant en second des gardes du corps de Mordred
LOHOLT	fils bâtard d'Arthur, jumeau d'Amhar
LUNETE	d'abord compagne de Derfel, par la suite servante de Guenièvre
LWELLWYN	employé du trésor de Dumnonie
MAELGWYN	moine de Dinnewrac
MARC	roi de Kernow, père de Tristan
MELWAS	roi des Belges, client de Dumnonie
MERLIN	seigneur d'Avalon, druide
MEURIG	Edling (prince héritier) de Gwent, fils de Tewdric
MORDRED	enfant-roi de Dumnonie
MORFANS	dit « l'Affreux », guerrier d'Arthur

Morgane	sœur d'Arthur, prêtresse de Merlin
Morgause	sœur d'Arthur, épouse du roi Lot de Lothian
Nabur	magistrat chrétien de Durnovarie, tuteur légal de Mordred
Nimue	maîtresse de Merlin, prêtresse
Norwenna	belle-fille d'Uther, mère de Mordred
Œngus Mac Airem	roi irlandais de Démétie, roi des Blackshields
Owain	champion d'Uther, seigneur de la guerre de Dumnonie
Pellinore	roi fou emprisonné à Ynys Wydryn
Ralla	femme de Gwlyddyn, nourrice de Mordred
Sagramor	commandant numide d'Arthur
Sansum	prêtre et évêque chrétien, supérieur de Derfel à Dinnewrac
Sarlinna	enfant qui survit au massacre de Dartmoor
Sebile	Saxonne, esclave de Morgane
Tanaburs	druide de Silurie
Tewdric	roi de Gwent
Tristan	Edling (prince héritier) de Kernow
Tudwal	moine, novice, à Dinnewrac
Uther	roi de Dumnonie, Grand Roi de Bretagne, le Pendragon
Valerin	chef de Powys, autrefois fiancé à Guenièvre

NOMS DE LIEUX

Les noms suivis d'un astérisque sont attestés dans l'histoire.

ABONA*	Avonmouth, Avon
AQUAE SULIS*	bains, Avon
BRANOGENIUM*	fort romain, Leintwardine, Hereford et Worcester
BURRIUM*	capitale de Tewdric. Usk, Gwent
CAER CADARN	colline royale de Dumnonie. South Cadbury Hill, Somerset
CAER DOLFORWYN*	colline royale de Powys. Près de Newtown, Powys
CAER LUD*	Ludlow, Shropshire
CAER MAES	White Sheet Hill, Mere, Wiltshire
CAER SWS*	capitale de Gorfyddyd. Caersws, Powys
CALLEVA*	forteresse frontalière. Silchester, Hampshire
COEL'S HILL*	Cole's Hill, Hereford et Worcester
CORINIUM*	Cirenscester, Gloucestershire
CUNETIO*	Mildenhall, Wiltshire
DINNEWRAC	monastère de Powys
DURNOVARIE	Dorchester, Dorset
DUROCOBRIVIS*	Dunstable, Bedfordshire
GLEVUM*	Gloucester
ISCA*	Exeter, Devon
ÎLE DES MORTS*	Portland Bill, Dorset
LINDINIS*	ville romaine. Ilchester, Somerset
LUGG VALE*	Croix de Mortimer, Hereford et Worcester
MAGNIS*	fort romain, Kenchester, Hereford et Worcester
MAI DUN*	Maiden Castle, Dorchester, Dorset
RATAE*	Leicester
LES PIERRES*	Stonehenge
VENTA*	Winchester, Hampshire
YNYS MON*	Anglesey
YNYS TREBES	capitale de Benoïc, Mont-Saint-Michel, France
YNYS WAIR*	île de Lundy
YNYS WYDRYN*	Glastonbury, Somerset

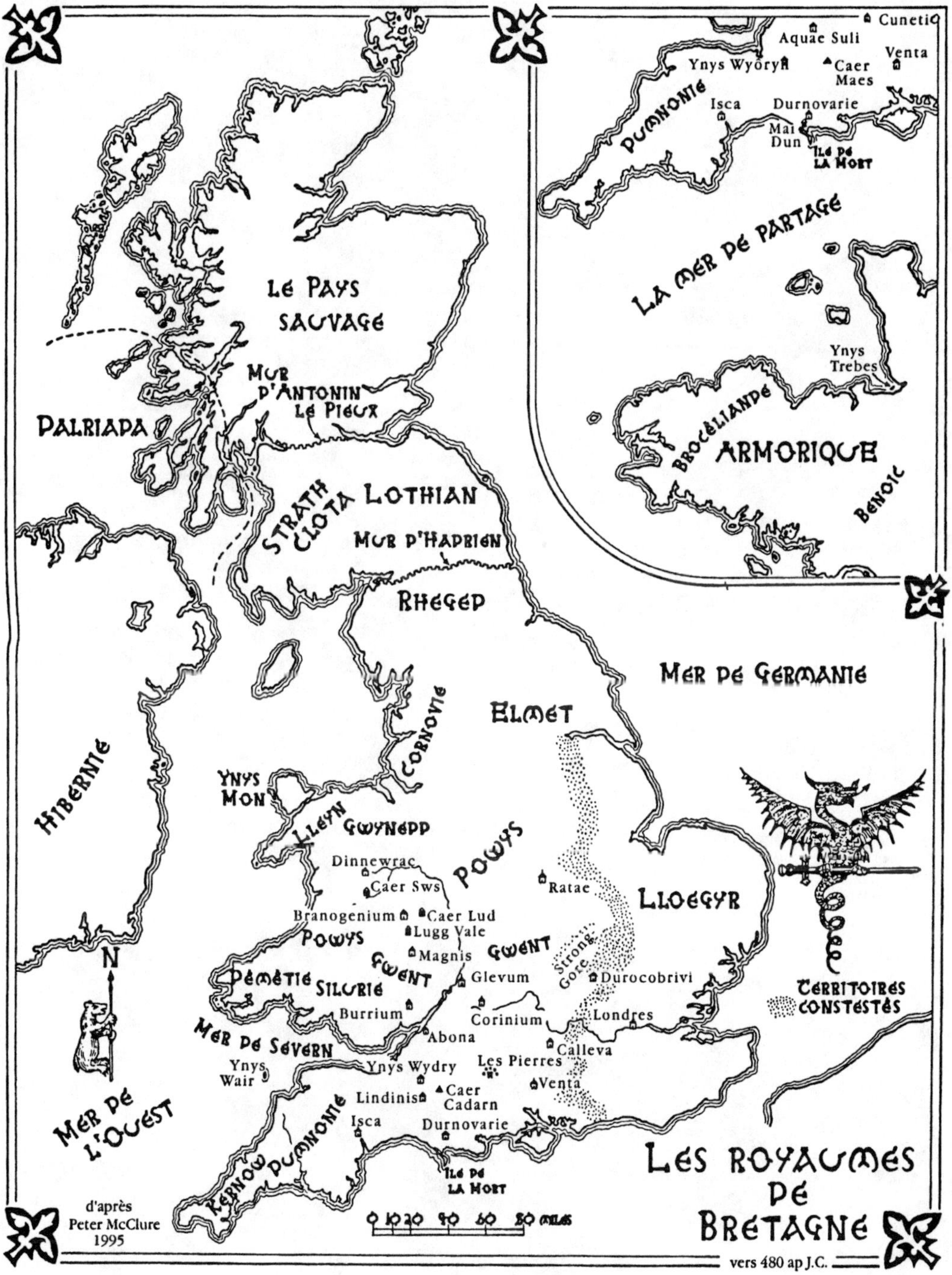

Le Pays sauvage
Mur d'Antonin
Le Pieux
Dalriada
Strath Clota
Lothian
Mur d'Hadrien
Rheged
Mer de Germanie
Elmet
Cornovie
Hibernie
Ynys Mon
Lleyn
Gwynedd
Powys
Dinnewrac
Caer Sws
Ratae
Lloegyr
Branogenium
Caer Lud
Lugg Vale
Powys
Magnis
Gwent
Strong Gore
Démétie
Silurie
Gwent
Glevum
Durocobrivi
Burrium
Corinium
Londres
Mer de Severn
Abona
Calleva
Ynys Wair
Ynys Wydry
Les Pierres
Venta
Lindinis
Caer Cadarn
Isca
Durnovarie
Kernow
Dumnonie
Île de la Mort
Mer de l'Ouest
N
Territoires contestés
Cuneti
Aquae Suli
Ynys Wydry
Caer Maes
Venta
Dumnonie
Isca
Durnovarie
Mai Dun
Île de la Mort
La Mer de Partage
Ynys Trebes
Brocéliande
Armorique
Benoïc
0 10 20 40 60 80 miles
d'après Peter McClure 1995
Les royaumes de Bretagne
vers 480 ap J.C.

PREMIÈRE PARTIE

UN ENFANT EN HIVER

Il était une fois un pays qu'on appelait la Bretagne. Mgr Sansum, que Dieu doit bénir plus que tous les saints vivants et morts, dit que ces souvenirs doivent être jetés dans la fosse sans fond avec tous les autres immondices de l'humanité déchue, car ce sont contes des derniers jours avant que la grande ténèbre ne descendît sur la lumière de Notre Seigneur Jésus-Christ. Ce sont les histoires du pays que nous appelons Lloegyr, ce qui veut dire *Terres Perdues*, un pays qui fut jadis nôtre, mais que nos ennemis appellent désormais l'*Angleterre*. Ce sont les contes d'Arthur, le Seigneur de la guerre, le Roi qui n'a Jamais été, l'Ennemi de Dieu, que le Christ vivant et Mgr Sansum me pardonnent, le meilleur homme que j'aie jamais connu. Que de larmes ai-je versées sur Arthur !

Il fait froid aujourd'hui. Les collines sont d'une pâleur mortelle et les nuages sombres. Nous aurons de la neige avant la tombée de la nuit, mais Sansum nous refusera certainement la bénédiction d'un feu. Il est bon, dit le saint, de mortifier la chair. Je suis vieux, maintenant, mais Sansum, que Dieu lui accorde encore de longues années, est plus vieux encore, si bien que je ne puis arguer de mon âge pour faire ouvrir la réserve de bois. Sansum dira simplement que nos souffrances sont une offrande à Dieu, qui a souffert plus que nous tous ; nous, les six frères, nous allons donc tous frissonner dans un demi-sommeil et, demain, le puits sera gelé et Frère Maelgwyn devra se laisser glisser le long de la chaîne pour marteler la glace à coups de pierre avant que nous puissions boire.

Le froid n'est pourtant pas la pire affliction de notre hiver : ce sont les chemins verglacés qui empêcheront Igraine de visiter le monastère. Igraine est notre reine, l'épouse du roi Brochvael. Elle est brune et gracile, fort jeune, et sa vivacité est pareille à la chaleur du soleil un jour d'hiver. Elle vient ici prier le ciel de lui accorder un fils, et cependant elle passe plus de temps à s'entretenir avec moi qu'à prier Notre-Dame ou son fils bienheureux. Elle s'adresse à moi parce qu'il lui plaît d'entendre les histoires d'Arthur, et cet été je lui ai raconté tout ce dont je pouvais me souvenir et, quand je fus à court de souvenirs, elle m'apporta un monceau de parchemins, une corne à encre et tout un baluchon de plumes d'oie. Arthur en portait sur son casque. Celles-ci ne sont pas si grandes, ni si blanches, mais hier j'ai levé vers le ciel hivernal cette gerbe de plumes et j'ai cru voir son visage sous ce panache. L'espace d'un instant, le dragon et l'ours ont écumé la Bretagne en grondant pour terrifier à nouveau les païens, mais ensuite j'ai éternué et je n'ai plus vu dans mes mains qu'une poignée de plumes maculées de fientes et se prêtant mal à l'écriture. L'encre laisse tout autant à désirer : du noir de fumée mêlé à de la gomme d'écorce de pommier. Mais les parchemins sont de meilleure qualité : de la peau d'agneau qui remonte au temps des Romains et qui fut jadis recouverte d'une écriture qu'aucun d'entre nous ne saurait lire, mais les servantes d'Igraine ont gratté ces peaux jusqu'à les rendre blanches. Sansum prétend que mieux vaudrait en faire des souliers, mais les peaux grattées sont trop fines pour qu'on les puisse carreler et, qui plus est, Sansum n'ose point indisposer Igraine et perdre ainsi l'amitié de Brochvael. Ce monastère est à une demi-journée à peine des lanciers ennemis, et, si modeste soit notre entrepôt, ceux-ci pourraient être tentés de franchir le Fleuve noir, d'arpenter les collines et de s'enfoncer dans la vallée de Dinnewrac si les guerriers du roi n'avaient reçu l'ordre de nous protéger. Mais, à mon sens, même l'amitié du roi ne saurait le gagner à l'idée que Frère Derfel écrive l'histoire du roi Arthur, l'Ennemi de Dieu ; aussi Igraine et moi avons-nous menti au bienheureux saint en lui faisant croire que je couchais par écrit une traduction de l'Évangile de Notre Seigneur Jésus-Christ dans la langue des Saxons. Le saint homme ne parle ni ne lit la langue ennemie, et nous devrions pouvoir le duper le temps d'écrire ce récit.

Et il faudra bien lui donner le change car, peu de temps après que j'eus entrepris d'écrire sur cette peau, le saint homme est entré dans le château. Posté à la fenêtre, il a scruté le ciel blafard et s'est frotté les mains.

« J'aime le froid, dit-il, sachant bien que ce n'était pas mon cas.

— C'est ma main manquante qui me fait le plus mal », répondis-je d'une voix douce.

J'ai perdu la main gauche et je me sers de mon moignon bosselé pour tenir le parchemin tandis que j'écris.

« Toute souffrance est un bienfait qui nous rappelle la Passion de notre cher Seigneur », observa l'évêque, ainsi que je m'y attendais, puis il se pencha sur la table pour voir ce que j'avais écrit. « Derfel, dis-moi ce que signifient ces mots.

— J'écris l'histoire de la naissance de l'enfant-Jésus », répondis-je en mentant.

Il fixa le parchemin, puis pointa un doigt crasseux en direction de son nom. Il parvient à déchiffrer quelques lettres et son nom a dû se détacher du parchemin, aussi noir qu'un corbeau dans la neige. Puis il a ricané comme un sale gosse et a entortillé une mèche de mes cheveux blancs autour de ses doigts.

« Je n'étais pas présent à la naissance de Notre Seigneur, Derfel, et pourtant ceci est mon nom. Écrirais-tu une hérésie, crapaud de l'enfer ?

— Seigneur, répondis-je humblement, tandis qu'il m'obligeait, par son étreinte, à garder le nez collé sur mon travail, j'ai commencé l'Évangile en rapportant que c'est seulement par la grâce de Notre Seigneur Jésus-Christ et avec la permission de son très saint Sansum – sur ce, je pointai le doigt vers son nom – que je puis coucher par écrit la bonne nouvelle. »

Il me tira les cheveux. Quelques-uns restèrent dans ses mains, et il recula.

« Tu es le rejeton d'une putain saxonne, me lança-t-il. Et on ne saurait se fier à un Saxon. Prends garde de ne point m'offenser.

— Mon bon Seigneur ! » fis-je, mais déjà il ne pouvait plus m'entendre.

Il fut un temps où il ployait le genou devant moi et baisait mon épée, mais maintenant que le voilà saint, je ne suis que le plus misérable des pécheurs. Et un pécheur gelé, car la lumière, par-delà les murs, est blafarde, grise et lourde de menaces. La première neige tombera bientôt.

Et il neigeait lorsque commencèrent les aventures d'Arthur. C'était il y a bien longtemps de cela, dans la dernière année de règne du Grand Roi Uther. Cette année-là, suivant le comput des Romains, on était en l'an 1233 après la fondation de leur cité, même si nous, en Bretagne, nous avons coutume de compter les années depuis l'Année Noire qui vit les Romains massacrer les druides d'Ynys Mon. Suivant ce comput, l'histoire d'Arthur commence en l'an 420, bien que Sansum, que Dieu le bénisse, compte les ans à partir de la naissance de Notre Seigneur Jésus-Christ qui, à ce qu'il croit, aurait eu lieu 480 hivers avant le commencement de ces aventures. Mais comptez comme vous voulez : c'était il y a bien longtemps, au temps jadis, dans un pays appelé la Bretagne, et j'étais là.

Voici comment les choses se sont passées.

*

Tout a commencé par une naissance.

Par une nuit glaciale, alors que le royaume était encore paisible et blanc sous la lune à son déclin.

Et, dans le château, Norwenna hurla.

Elle hurla.

Il était minuit. Le ciel était clair, sec et parsemé d'étoiles. La terre était gelée, dure comme fer, et les cours d'eau saisis par la glace. La lune à son décours était de mauvais augure et, sous sa triste lumière, les terres de l'ouest semblaient rayonner d'une pâle et froide lueur. Il n'avait pas neigé depuis trois jours, et il n'y avait pas eu non plus le moindre dégel, si bien que tout était blanc, sauf les arbres que le vent avait débarrassés de leur neige et dont la silhouette noire et noueuse se détachait maintenant sur un paysage figé par l'hiver. La buée qui sortait de nos bouches demeurait comme suspendue dans cette clarté nocturne. La terre paraissait morte et immobile, comme abandonnée par Bélénos, le dieu du Soleil, à la dérive dans le vide froid et sans fin qui sépare les mondes. Et Dieu sait qu'il faisait froid ; un froid mordant, mortel. Des chandelles de glace pendaient aux égouts du château de Caer Cadarn et à la porte voûtée où, dans la journée, l'escorte du Grand Roi avait eu le plus grand mal à chasser la neige pour conduire notre princesse dans ce haut lieu de la royauté. Caer Cadarn était l'endroit où l'on conservait la Pierre royale ; c'était le lieu des acclamations et donc le seul endroit, insistait le Grand Roi, où pût naître son héritier.

Norwenna poussa un nouveau hurlement.

Je n'ai jamais assisté à la naissance d'un enfant et, s'il plaît à Dieu, jamais je n'y assisterai. J'ai vu une jument mettre bas et j'ai observé des veaux venir au monde ; j'ai entendu le discret geignement d'une chienne en gésine et j'ai senti les contorsions d'une chatte qui mettait bas sa portée, mais jamais je n'ai vu le sang ni la glaire qui accompagnent les cris d'une femme. Et bon sang que Norwenna hurlait, alors même qu'elle essayait de se retenir ! Du moins est-ce ce que les femmes racontèrent par la suite. Parfois, le cri perçant s'arrêtait subitement et laissait le silence planer dans le château fort : le Grand Roi sortait alors sa grosse tête des fourrures, l'oreille aux aguets, comme s'il était dans un bosquet et que les Saxons rôdaient dans les parages, si ce n'est qu'il écoutait maintenant dans l'espoir que le silence soudain marquerait l'instant de la délivrance, l'heure où son royaume aurait de nouveau un héritier. Il tendait l'oreille, et dans le calme de l'enceinte gelée, nous entendions le souffle rauque et terrible de sa bru entrecoupé, de loin en loin, d'un geignement pathétique, et le Grand Roi se tournait à demi comme pour murmurer quelque chose, puis les cris reprenaient de plus belle ; il plongeait la tête dans l'épaisseur de ses peaux et l'on ne voyait plus que ses yeux luisants dans la grotte ombragée que formaient son chaperon et son col.

« Sire, intervint Mgr Bedwin, vous ne devriez pas rester sur les remparts. »

Uther lui répondit d'un geste de sa main gantée : que Bedwin rentre donc se réfugier auprès de l'âtre si le cœur lui en dit, mais le Grand Roi Uther, le Pendragon de Bretagne, ne bougerait pas. Il voulait être sur les remparts de Caer Cadarn pour promener son regard sur la terre gelée et dans les airs, où étaient tapis les démons. Mais Bedwin avait raison : le roi n'aurait pas dû monter la garde contre les démons par cette nuit rigoureuse. Uther était vieux et malade, et pourtant la sécurité du royaume reposait sur son corps boursouflé et son esprit lent et triste. Six mois plus tôt, il était encore vigoureux, mais c'est alors qu'il avait appris la mort de son héritier. Mordred, le plus cher de ses fils, le seul rejeton que lui avait donné son épouse qui fût encore vivant, était tombé sous la doloire d'un Saxon puis avait été saigné à blanc sous la colline du Cheval Blanc. Cette mort avait laissé le royaume sans héritier, et un royaume sans héritier est un royaume maudit, mais cette nuit-là, si les Dieux le voulaient, la femme de Mordred lui donnerait un héritier. À moins que ce ne fût une fille, bien entendu : en ce cas, la souffrance aura été en pure perte et le royaume sera condamné.

La grosse tête d'Uther émergea des fourrures où son souffle avait déposé une croûte de glace.

« Bedwin, fait-on bien tout le nécessaire ? demanda Uther.

— Tout, Sire, tout », répondit Mgr Bedwin. Il était le conseiller le plus écouté du roi et, comme la princesse Norwenna, il était chrétien. Protestant de se voir arrachée à la chaleur de sa villa romaine des environs de Lindinis, Norwenna avait hurlé à son beau-père qu'elle ne consentirait à venir à Caer Cadarn que s'il promettait d'en tenir à l'écart les sorciers des anciens Dieux. Elle avait réclamé une naissance chrétienne et, Uther, qui désespérait d'avoir un héritier, avait accédé à ses exigences. Les prêtres de Bedwin chantaient maintenant leurs prières dans une chambre à côté de la salle aspergée d'eau bénite ; un crucifix trônait au-dessus du lit de la parturiente, un autre avait été placé sous le corps de Norwenna.

« Nous prions la bienheureuse Vierge Marie, expliqua Bedwin, qui sans souiller son corps sacré de quelque connaissance charnelle est devenue la sainte mère du Christ, et...

— Suffit », grogna Uther.

Le Grand Roi n'était pas chrétien et supportait mal qu'on voulût le convertir, bien qu'il admît que le Dieu des chrétiens avait probablement autant de pouvoir que la plupart des autres Dieux. Les événements de cette nuit-là mettaient sa tolérance à rude épreuve.

Voilà pourquoi j'étais là. Enfant au seuil de l'âge d'homme, page imberbe, transi et blotti près du siège du roi sur les remparts de Caer Cadarn. J'étais venu d'Ynys Wydryn, le repaire de Merlin, que l'on apercevait à l'horizon, au nord. Ma tâche, si j'en recevais l'ordre, était d'aller chercher Morgane et ses acolytes qui attendaient dans un bouge de porcher au pied de la pente ouest de Caer Cadarn. Peut-être la princesse Norwenna ne voulait-elle d'autre sage-femme que la mère du Christ, mais Uther était prêt à convoquer les anciens Dieux si ce petit dernier échouait.

Et le Dieu des chrétiens échoua. Les hurlements de Norwenna se faisaient plus espacés, et ses geignements plus désespérés quand, enfin, l'épouse de Mgr Bedwin quitta le château pour venir s'agenouiller, grelottante, près du siège royal. Le bébé, confia Ellin, ne voulait pas venir, et la mère, craignait-elle, se mourait. D'un geste de la main, Uther signifia son agacement : la mère n'était rien, seul importait l'enfant, et encore uniquement si c'était un garçon.

« Sire... », commença Ellin d'une voix tremblante, mais Uther ne l'écoutait plus.

Il me tapota la tête. « Va, mon garçon », dit-il, et, m'arrachant à son ombre, je bondis à l'intérieur du château et traversai la blancheur ombragée par la lune qui séparait les bâtiments. Les gardes de la porte ouest me regardèrent détaler, puis je glissais et tombais sur la chute de glace de la route ouest. Je dérapai à travers la neige, déchirai mon manteau sur un chicot et m'effondrai pesamment sur quelque massif de ronces recouvert de glace, mais je ne sentis rien, hormis le poids énorme du destin d'un royaume qui pesait sur mes jeunes épaules. « Dame Morgane ! criai-je en approchant de sa masure. Dame Morgane ! »

Elle devait attendre, car la porte fut aussitôt grande ouverte et son visage au masque d'or brilla au clair de lune. « Va ! Va ! » me lança-t-elle d'une voix aiguë. Je fis demi-tour et me remis à gravir la colline entouré de la mêlée des orphelins de Merlin qui avançaient à croupetons dans la neige. Ils portaient des ustensiles de cuisine qui se heurtaient dans leur course ; mais, la pente se faisant trop escarpée et le péril devenant trop grand, il leur fallut les lancer devant eux puis jouer des pieds et des mains pour continuer leur escalade. Morgane suivait plus lentement, escortée par Sebile, son esclave, chargée des charmes et des herbes nécessaires.

« Allume le feu, Derfel ! cria Morgane à mon intention.

— Le feu ! hurlai-je à bout de souffle en crapahutant à travers la porte. Le feu ! Le feu sur les remparts ! »

Voyant Morgane arriver, Mgr Bedwin protesta, mais le Grand Roi s'emporta contre son conseiller et l'évêque s'inclina humblement devant la confession plus ancienne. Ses prêtres et ses moines reçurent l'ordre de sortir de leur chapelle de fortune pour porter les torches tout le long des remparts et d'alimenter leurs bûchers de bois et de claies arrachées aux cabanes adossées aux murs nord du château fort. Les feux crépitèrent puis s'embrasèrent dans la nuit, leur fumée restant suspendue dans les airs tel un immense dais destiné à dérouter les mauvais esprits et à les éloigner de l'endroit où se mouraient une princesse et son enfant. Quant à nous, les petits, nous faisions le tour des remparts au pas de course en martelant nos casseroles pour achever d'étourdir les esprits malins. « Criez ! » ordonnai-je aux gamins d'Ynys Wydryn, et d'autres gosses sortirent des bouges de la forteresse pour grossir notre tintamarre. Les gardes frappaient de la hampe de leur lance contre leurs boucliers et les prêtres continuaient à alimenter une douzaine de bûchers tandis que notre vacarme s'élevait dans la nuit tel un défi aux spectres qui s'étaient faufilés pour maudire les couches de Norwenna.

Morgane, Sebile, Nimue et une fillette entrèrent dans le château. Norwenna hurla. Mais criait-elle pour protester contre l'arrivée des femmes de Merlin ou parce que l'enfant têtu déchirait son corps en deux, nous ne pouvions le dire. D'autres cris s'élevèrent lorsque Morgane chassa les servantes chrétiennes. Elle lança les deux crucifix dans la neige et jeta au feu une poignée d'armoise commune apportée par l'herbière. Nimue me raconta par la suite qu'elles placèrent dans la couche humide des pépites de fer pour effaroucher les mauvais esprits qui s'y étaient déjà nichés et disposèrent sept crocs de faucon émerillon autour de la tête de la femme en contorsion pour faire venir des Dieux les esprits bienfaisants.

Sebile, l'esclave de Morgane, plaça une branche de bouleau au-dessus de la porte et en agita une autre au-dessus du corps souffrant de la princesse. Nimue s'accroupit à la porte et pissa sur le seuil pour éloigner du château les méchantes fées puis, ayant recueilli un peu de son urine dans la paume de sa main, elle la porta jusqu'au lit de Norwenna pour en asperger la paillasse : la précaution n'était pas inutile pour éviter que l'âme de l'enfant ne soit subtilisée à l'heure de la naissance. Son masque d'or resplendissant à la lueur des flammes, Morgane obligea Norwenna à desserrer les mains afin de placer une amulette d'ambre entre les seins de la princesse. Terrorisée, la fillette, qui était l'une des enfants trouvés de Merlin, attendait au pied du lit.

La fumée qui s'élevait des brasiers masquait les étoiles. Réveillées, les créatures des bois qui s'étendaient au pied de Caer Cadarn hurlaient, surprises par le vacarme qui s'était déchaîné au-dessus d'elles, tandis que le Grand Roi Uther levait les yeux vers la lune mourante et implorait le ciel qu'il n'eût point trop tardé à envoyer quérir Morgane. Morgane était la fille naturelle d'Uther, la première des quatre bâtards que le Grand Roi avait eus d'Igraine de Gwynedd. Uther eût sans doute préféré que Merlin fût là, mais Merlin avait disparu depuis des mois, il était parti pour nulle part, il avait à jamais disparu, nous semblait-il parfois, et Morgane, qui tenait de lui ses talents, devait officier à sa place en cette nuit glaciale tandis que nous martelions nos récipients et hurlions jusqu'à en être enroués pour chasser de Caer Cadarn les ennemis malveillants. Uther lui-même se joignit au concert bien que le bruit de son bâton frappant le bord du rempart fût en vérité très discret. Mgr Bedwin était agenouillé, en prière, tandis que sa femme, chassée de la chambre de la parturiente, sanglotait et gémissait, implorant le Dieu des chrétiens de pardonner les sorcières.

Mais la sorcellerie opéra, car un enfant naquit, et il vivait.

Le hurlement que poussa Norwenna à cet instant était pire encore que tout ce qui l'avait précédé. C'était le cri perçant d'un animal aux abois, une lamentation à faire sangloter la nuit entière. Nimue me confia plus tard que Morgane avait provoqué cette douleur en plongeant sa main dans le vagin pour en extraire l'enfant de force. L'enfant sortit maculé de sang du ventre de sa mère au supplice, et Morgane cria à la fillette effarouchée de prendre l'enfant dans ses bras pendant que Nimue nouait et coupait le cordon ombilical. Il importait que le bébé fût d'abord dans les bras d'une vierge, et c'est pourquoi la fillette était demeurée au château, mais elle était effrayée et n'osait approcher de la paillasse ensanglantée sur laquelle Norwenna haletait et où gisait maintenant le nouveau-né, barbouillé de sang, comme mort-né. « Prends-le ! » hurla Morgane, mais la fillette fondit en larmes, et c'est Nimue qui arracha l'enfant à sa couche et lui dégagea la bouche pour libérer sa respiration encore hoquetante.

Tout s'annonçait si mal. Le halo de lune pâlissait et la vierge avait fui le bébé qui commençait maintenant à vagir. Uther l'entendit, et je le vis fermer les yeux en priant que les Dieux lui eussent donné un garçon.

« Dois-je ? demanda Mgr Bedwin d'une voix hésitante.

— Va », aboya Uther, et l'évêque descendit l'échelle de bois, remonta sa robe et courut à travers la neige piétinée jusqu'à la porte du château. Il y resta quelques secondes puis revint en courant vers le rempart en agitant les mains.

« Bonne nouvelle, Sire, bonne nouvelle ! cria Bedwin en grimpant maladroitement à l'échelle. Excellentes nouvelles !

— Un garçon, marmonna Uther sans lui laisser le temps de continuer.

— Un garçon ! confirma Bedwin, un beau garçon ! »

Blotti près du Grand Roi, je vis ses yeux s'embuer de larmes, le regard levé au ciel.

« Un héritier ! lâcha-t-il, avec le ton émerveillé de qui n'avait osé vraiment espérer que les Dieux lui fissent cette faveur. Le royaume est sauvé, Bedwin, dit-il en essuyant ses larmes de sa main gantée.

— Que Dieu soit loué, Sire, il est sauvé, reconnut Bedwin.

— Un garçon, répéta Uther, puis sa grande carcasse fut secouée soudain d'une terrible quinte de toux qui le laissa haletant. Un garçon ! » reprit-il quand il eut retrouvé son souffle.

Au bout de quelques instants parut Morgane. Elle grimpa l'échelle et allongea son corps trapu au pied du Grand Roi. Son masque d'or resplendissait, dissimulant l'horreur de son visage aux regards. Uther lui toucha l'épaule avec son bâton.

« Lève-toi, Morgane ! » ordonna-t-il tout en farfouillant sous sa robe pour retrouver la broche d'or dont il voulait la récompenser.

Mais Morgane n'en voulait pas.

« Le garçon, fit-elle d'une voix lugubre, est estropié. Il est pied bot. »

Je vis Bedwin se signer, car il n'était de pire augure, en cette nuit glaciale, qu'un prince estropié.

Uther voulut en savoir plus.

« Rien que le pied, reprit Morgane de sa voix rauque. La jambe est bien formée, Sire, mais le prince ne courra jamais. »

Profondément emmitouflé dans son manteau de fourrure, Uther gloussa.

« Les rois ne courent pas, Morgane, ils marchent, ils règnent, ils chevauchent et récompensent leurs bons et loyaux serviteurs. Prends cet or », ordonna-t-il en lui tendant à nouveau la broche : une pièce d'or massif, magnifiquement ouvragée en forme de dragon, le talisman d'Uther.

Mais Morgane n'en voulait toujours pas.

« Et le garçon est le dernier enfant que Norwenna portera jamais, Sire, prévint-elle. Nous avons brûlé la délivre, et elle s'est consumée sans bruit. »

On jetait toujours la délivre au feu et, au crépitement, on savait combien d'enfants la mère mettrait encore au monde.

« J'ai tendu l'oreille, précisa Morgane, mais elle a gardé le silence.

— Les Dieux l'ont voulu ainsi, trancha Uther d'une voix courroucée. Mon fils est mort, poursuivit-il d'un air morne. Qui d'autre pourrait donner à Norwenna un garçon digne de faire un roi ? »

Morgane marqua un temps de silence.

« Vous, Sire ? » dit-elle enfin.

À cette idée, Uther gloussa, puis le rire étouffé se transforma en éclat de rire, avant qu'une nouvelle quinte de toux ne le fit plier en deux sous l'effet de la douleur. Ayant retrouvé son souffle, il hocha la tête en frémissant.

« L'unique devoir de Norwenna était de mettre bas un garçon, ce qu'elle a fait. Le nôtre est de le protéger.

— Par toutes les forces de la Dumnonie, s'empressa d'ajouter Bedwin.

— Les nouveau-nés meurent facilement, susurra Morgane, histoire de mettre en garde les deux hommes.

— Pas celui-ci, trancha vivement Uther, pas celui-ci. Il ira à toi, Morgane, à Ynys Wydryn, et tu useras de tes talents pour qu'il vive. Pour l'heure, prends cette broche. »

Morgane finit par accepter le dragon. Le bébé estropié continuait à vagir et sa mère à pleurnicher, mais autour des remparts de Caer Cadarn, les tambours et les serviteurs du feu clamaient la bonne nouvelle : notre royaume avait de nouveau un héritier. La Dumnonie avait un Edling, et la naissance d'un prince héritier annonçait un grand banquet et des cadeaux à profusion. La paillasse maculée de sang et de délivre fut jetée au feu, et les flammes crépitèrent, hautes et vives. Un enfant était né : tout ce qu'il lui fallait, c'était un nom. Et son nom ne faisait aucun doute. Aucun. Uther quitta son siège et, de son imposante carcasse, se dressa sur la muraille de Caer Cadarn pour prononcer le nom de son nouveau petit-fils, le nom de son héritier et le nom du prince héritier de son royaume. Ce fils de l'hiver recevrait le nom de son père.

Il s'appellerait Mordred.

Norwenna nous rejoignit avec le bébé à Ynys Wydryn. C'est un char à bœufs qui les conduisit jusqu'à nous en passant par le pont de terre qui, à l'est, mène au pied du Tor. J'observai la scène depuis le sommet venteux : la mère souffreteuse et l'enfant estropié que l'on retira de leur lit de fourrures et qu'on installa sur une litière de linges pour leur faire gravir le chemin jusqu'à la palanque. Il faisait froid, ce jour-là : un froid piquant, vif comme la neige, qui mangeait les bronches et gerçait la peau, et faisait geindre Norwenna tandis qu'on la portait avec son bébé emmailloté

Ainsi Mordred, Edling de Dumnonie, entra-t-il dans le royaume de Merlin.

Malgré son nom, qui veut dire « Île de Verre », Ynys Wydryn n'était pas une île, mais plutôt un promontoire qui surplombait une étendue désolée de marécages, de criques et de fondrières bordées de saules et envahies par les joncs et les roseaux. C'était un pays riche, qui devait sa prospérité à la sauvagine, au poisson, à l'argile et au calcaire, que l'on extrayait sans difficulté des carrières situées à la lisière des terres vaines que dessinaient les marées et que traversaient des pistes boisées sur lesquelles des visiteurs imprudents se laissaient parfois surprendre lorsque, poussée par un fort vent d'ouest, la marée engloutissait les marécages longs et verdoyants. À l'ouest, où la terre s'élevait, s'étendaient des vergers de pommiers et des champs de blé, et au nord, où de pâles collines bordaient les marais, paissaient du bétail et des moutons. La terre était partout généreuse, et en son cœur se trouvait Ynys Wydryn.

C'était Avalon, le pays du seigneur Merlin, qu'avaient dirigé son père, et le père de son père, et aussi loin que portât le regard, du sommet du Tor, il n'était de serf ni d'esclave qui ne travaillât pour Merlin. C'est cette terre avec ses produits pris au piège ou au filet dans les criques ou cultivés sur le sol fécond qui donnait à Merlin assez de richesse et de liberté pour être druide. La Bretagne avait jadis été le pays des druides, mais les Romains avaient commencé par les massacrer, puis ils avaient apprivoisé la religion, si bien qu'aujourd'hui, après deux générations soustraites à la domination romaine, ne subsistaient plus qu'une poignée de vieux prêtres. Les chrétiens avaient pris leur place et le christianisme encerclait maintenant l'ancienne religion telle une marée haute poussée par le vent et clapotant parmi les roseaux des étangs d'Avalon hantés par le démon.

L'île d'Avalon, Ynys Wydryn, était un massif de collines herbeuses, toutes dénudées, excepté le Tor, qui était le mont le plus haut et le plus escarpé. À son sommet, s'étendait une crête où Merlin avait édifié son antre ; au-dessous, s'étalaient des constructions plus modestes protégées par une palissade en équilibre précaire en haut des pentes raides et herbeuses du Tor organisées en terrasses depuis le bon vieux temps, avant la venue des Romains. Une sente suivait les anciennes terrasses, sinuant jusqu'au faîte, et les visiteurs en quête de guérison ou de prophétie étaient obligés d'en suivre les méandres faits pour dérouter les esprits malins qui n'auraient point manqué, autrement, de venir enfieller le bastion de Merlin. Deux autres chemins descendaient en droite ligne les pentes du Tor : l'un, à l'est, où le pont de terre menait à Ynys Wydryn, l'autre, vers l'ouest, depuis la porte de la mer, jusqu'au hameau, au pied du Tor, où vivaient pêcheurs, huttiers, vanniers et bergers. Ces chemins étaient les voies d'accès quotidiennes au Tor et, par ses prières incessantes et ses sortilèges, Morgane veillait à en écarter les mauvais esprits.

Morgane prêtait une attention particulière au deuxième chemin qui menait non seulement au hameau, mais aussi au sanctuaire chrétien d'Ynys Wydryn. C'est l'arrière-grand-père de Merlin qui avait conduit les chrétiens dans cette île au temps des Romains et rien, depuis, n'avait pu les en déloger. Nous autres, enfants du Tor, on nous encourageait à jeter des cailloux sur les moines, à lancer bouses et crottins par-dessus leur palissade ou à houspiller les pèlerins qui se glissaient par le portillon pour s'en aller adorer le buisson ardent qui poussait à proximité de l'imposante église de pierre qu'avaient construite les Romains et qui dominait encore l'enceinte chrétienne. Une année, Merlin avait fait planter en grande pompe un buisson semblable sur le Tor, et nous nous étions tous prosternés devant lui avec force chants, danses et courbettes. Les chrétiens du village avaient prédit que leur Dieu allait nous frapper, mais il ne s'était rien passé. Pour finir nous l'avons fait brûler et en avons mélangé les cendres à la pitance des gorets, mais le Dieu des chrétiens continue à faire comme si de rien n'était. Les chrétiens prétendaient que leur buisson était magique, qu'il avait été apporté à Ynys Wydryn par un étranger qui avait vu le Dieu des chrétiens cloué à un arbre. Que Dieu me pardonne mais, en ces temps lointains, je me moquais de ces sornettes. Je ne comprenais pas, alors, quel rapport avait cette aubépine avec le meurtre de Dieu, mais maintenant si, bien que je puisse vous assurer que l'épine du Christ, si elle pousse encore à Ynys Wydryn, n'est point l'arbre jailli du bâton de Joseph d'Arimathie. Je le sais, car une nuit noire, au cœur de l'hiver, où Merlin m'avait envoyé chercher une flasque d'eau pure à la source sacrée, au sud du Tor, j'ai vu les moines chrétiens déterrer un petit buisson ardent pour remplacer l'arbuste qui venait de mourir à l'abri de leur clôture. L'épine du Christ ne faisait jamais long feu, mais était-ce à cause de la bouse de vache dont nous le recouvrions ou simplement à cause des rubans que les pèlerins nouaient à ce malheureux buisson, je ne saurais le dire. Les moines de l'Épine-du-Christ n'en prospéraient pas moins, engraissés par les dons généreux des pèlerins.

Les moines d'Ynys Wydryn se réjouirent que Norwenna fût venue jusqu'à notre palissade ; car ils avaient maintenant une bonne raison pour escalader le sentier escarpé et porter leurs prières au cœur du bastion de Merlin. Bien que la Vierge Marie n'eût point daigné délivrer son enfant, la princesse demeurait une chrétienne convaincue, à la langue acérée, et elle exigea que les moines fussent admis chaque matin. Je ne sais si Merlin les aurait laissés pénétrer dans l'enceinte, et Nimue maudit certainement Morgane d'avoir donné sa permission, mais, en ces jours-là, Merlin n'était pas à Ynys Wydryn. Voilà plus d'un an que nous n'avions vu notre maître mais, dans son étrange célérité, la vie se poursuivait sans lui.

Et Dieu sait qu'elle était étrange. De tous les habitants d'Ynys Wydryn, Merlin était le plus bizarre, mais, pour son plaisir, il avait réuni autour de lui une tribu de créatures estropiées, défigurées, tordues et à demi folles. Druidan, son intendant et le chef de sa garde, était un nain. Pas plus haut qu'un gamin de cinq ans, il avait cependant des colères de grand gaillard et il ne s'écoulait pas un jour sans qu'il ne prît les armes et ne passât son armure : jambières, plastron, casques et armes. Il se révoltait contre le sort qui l'avait rabougri et se vengeait sur les seules créatures qui fussent plus petites que lui : les orphelins que Merlin recueillait avec tant de nonchalance. Rares étaient les filles de Merlin que Druidan ne poursuivait de sa frénésie même si, le jour où il avait essayé d'entraîner Nimue dans son lit, il avait payé sa peine d'une volée de bois vert. Merlin l'avait frappé à la tête, lui déchirant les oreilles, lui ouvrant les lèvres et lui pochant les yeux sous les acclamations des gosses et des sentinelles. Les gardes que commandait Druidan étaient tous éclopés, aveugles ou déments, certains étaient les trois à la fois, mais aucun n'était assez fou pour aimer son chef.

Nimue, mon amie d'enfance, était irlandaise. Les Irlandais étaient des Bretons, mais, n'ayant jamais été soumis par les Romains, ils se croyaient meilleurs que les Bretons de la grande terre, qu'ils pillaient, harcelaient, asservissaient et colonisaient. Si les Saxons n'avaient été d'aussi terribles ennemis, nous aurions tenu les Irlandais pour les pires de toutes les créatures de Dieu, même s'il nous arrivait de temps à autre de passer des alliances avec eux contre quelque autre tribu de Bretons. Nimue avait été arrachée à sa famille au cours d'un raid mené par Uther contre les hameaux irlandais de Démétie, dans la baie où se jette le Severn. Les seize captifs avaient tous été rapatriés en Dumnonie pour en faire des esclaves, mais tandis que les navires traversaient la mer de Severn, une forte tempête avait soufflé de l'ouest, et le navire transportant les captifs s'était brisé sur les côtes d'Ynys Wair. Nimue seule avait survécu, sortant de l'eau, à ce qu'on disait, sans être trempée. C'était le signe, assurait Merlin, qu'elle était aimée de Manawydan, le Dieu de la mer, bien que Nimue elle-même affirmât que c'était Don, la plus puissante des Déesses, qui lui avait sauvé la vie. Merlin voulut l'appeler Vivien, d'un nom consacré à Manawydan, mais Nimue n'en voulut rien savoir et garda le sien. Nimue n'en faisait – presque toujours – qu'à sa tête. Elle grandit dans la maison de fous de Merlin, dévorée de curiosité et parfaitement maîtresse d'elle-même, et, lorsque treize ou quatorze étés furent passés et que Merlin lui ordonna de le rejoindre dans son lit, elle y alla comme si elle avait toujours su que son destin était de devenir sa maîtresse et donc, dans l'ordre des choses, le deuxième personnage d'Ynys Wydryn.

Morgane ne devait pourtant pas s'avouer vaincue aussi facilement. De toutes les mystérieuses créatures de la maison de Merlin, elle était la plus grotesque. Elle était veuve et avait trente printemps lorsque Norwenna et Mordred avaient été confiés à ses soins, ce qui était légitime car elle-même était de haute extrace. Elle était l'aînée des quatre bâtards – trois filles et un garçon – qu'Igraine de Gwynedd avait eus du Grand Roi Uther. Arthur était son frère. Et avec une telle ascendance et un pareil frère, on aurait pu croire que les hommes ambitieux auraient abattu les murs de l'Au-Delà pour demander sa main, mais Morgane était jeune mariée quand un incendie avait détruit sa maison, tuant son mari et la laissant affreusement balafrée et borgne. Les flammes lui avaient dévoré l'oreille gauche et une partie du cuir chevelu ; elle en avait réchappé avec une jambe mutilée et un bras gauche déformé, si bien que nue, me confia Nimue, toute la partie gauche de son corps était ridée, écorchée et déformée, ratatinée par endroits, tendue à d'autres, partout d'une laideur à donner le frisson. Exactement comme une pomme pourrie, me dit Nimue, mais en pire. Morgane était une créature de cauchemar mais, aux yeux de Merlin, elle était une dame digne de son palais et il avait décidé d'en faire sa prophétesse. Il avait commandé à l'un des orfèvres du Grand Roi de lui façonner un masque ajusté comme un casque à son visage ravagé. Le masque d'or fin repoussé, décoré de spirales et de dragons, percé d'un trou pour son œil et d'une fente pour sa bouche difforme, était orné d'une effigie de Cernunnos, le Dieu cornu, qui était le protecteur de Merlin. Morgane au visage d'or était toujours de noir vêtue ; un gant recouvrait sa main gauche flétrie de laquelle elle touchait les écrouelles. Elle était largement connue pour ses dons de thaumaturge et ses talents de prophétesse, mais elle était aussi la femme la plus mal embouchée que j'eusse jamais rencontrée.

Sebile était l'esclave et la compagne de Morgane. Sebile était une perle rare, une grande beauté aux cheveux d'or. Saxonne capturée au cours d'une razzia, elle avait subi une saison durant les assauts de la soldatesque et c'est en poussant des sons inarticulés qu'elle était arrivée à Ynys Wydryn, où Morgane avait soigné son esprit malade. Elle n'en était pas moins demeurée toquée, mais pas démente, juste un peu folle, de cette folie qui passe les rêves de folie. Elle couchait avec le premier venu : non qu'elle en eût envie, mais parce qu'elle redoutait de n'en rien faire, et rien de ce que put faire Morgane ne suffit jamais à l'arrêter. Chaque année, elle mettait au monde un nouveau blondinet : les rares survivants, Merlin les vendait comme esclaves à des hommes amateurs d'enfants aux cheveux d'or. Sebile l'amusait, bien que rien dans sa folie ne parlât des Dieux.

J'aimais Sebile car, moi aussi, j'étais saxon, et Sebile s'adressait à moi dans ma langue maternelle, si bien que je grandis à Ynys Wydryn en parlant à la fois le saxon et la langue des Bretons. J'aurais dû être esclave mais, quand j'étais petit, plus petit encore que Druidan, le nabot, des gens de Silurie menés par le roi Gundleus avaient fait une descente sur la côte nord de la Dumnonie et pris le hameau où ma mère était asservie. Ma mère qui, je crois, ressemblait un peu à Sebile, fut violée tandis qu'on me conduisit jusqu'à la fosse où Tanaburs, le druide de Silurie, sacrifia une douzaine de captifs pour remercier le Grand Dieu Bel de l'abondance du butin. Grand Dieu, comment oublierais-je cette nuit-là ? Les flammes, les hurlements, les femmes violées par des brutes avinées, les danses frénétiques, puis l'instant où Tanaburs me précipita dans la fosse avec son pieu affilé. Je survécus, indemne, et sortis de la fosse des morts aussi calmement que Nimue était sortie de la mer meurtrière et Merlin, m'ayant trouvé, me surnomma Derfel, « l'enfant de Bel », me donna une maison et me laissa grandir, livré à moi-même.

Le Tor grouillait d'enfants qui, comme moi, avaient été arrachés aux Dieux. Merlin était convaincu de notre singularité et nous croyait promis à former un nouvel ordre de druides et de prêtresses qui l'aiderait à rétablir l'ancienne religion vraie dans un pays que Rome avait flétri, mais il ne trouva jamais le temps de nous instruire et, en grandissant, la plupart d'entre nous devinrent paysans, pêcheurs ou épouses. Aussi longtemps que je séjournai au Tor, seule Nimue sembla marquée par les Dieux et promise à la prêtrise. Quant à moi, mon seul désir était de devenir guerrier.

Cette ambition me vint de Pellinore – de toutes ses créatures, la préférée de Merlin. Il était roi, mais les Saxons lui avaient pris sa terre et ses yeux, et les Dieux lui avaient pris sa tête. Il aurait dû prendre le chemin de l'Île des Morts, où allaient les fous furieux, mais Merlin ordonna qu'on le gardât sur le Tor, enfermé dans un petit enclos pareil à celui où Druidan enfermait ses cochons. Il vivait nu, avec de longs cheveux blancs qui lui tombaient aux genoux et des orbites vides qui pleuraient. Il divaguait sans cesse, haranguant l'univers sur ses infortunes, et Merlin prêtait l'oreille à son délire pour en retirer les messages des Dieux. Tout le monde avait peur de Pellinore. Il était fou à lier et aussi indomptable qu'imprévisible. Un jour, il cuisina sur son âtre l'un des enfants de Sebile. Mais étrangement, je ne sais pourquoi, Pellinore m'aimait. Je me faufilais entre les barreaux de son enclos, et je me faisais choyer : il me racontait des histoires de bataille et de chasses épiques. Jamais il ne me parut dément et jamais il ne porta la main sur moi, pas plus que sur Nimue mais, comme aimait à dire Merlin, il est vrai que nous étions deux enfants particulièrement chéris de Bel.

Si Bel nous aimait, Gwendoline nous détestait. Maintenant vieille et édentée, elle était l'épouse de Merlin. Pas plus que pour Morgane, les herbes et les charmes n'avaient de secret pour elle, mais Merlin l'avait repoussée lorsqu'une maladie l'avait défigurée. Cela était arrivé bien avant ma venue au Tor, au cours d'une période que tout le monde appelait la Sale Époque : Merlin était revenu du Nord fou et en larmes, mais même lorsqu'il eut retrouvé ses esprits, il ne reprit pas Gwendoline, bien qu'il lui permît de vivre dans une hutte à côté de la palissade, où elle passait ses jours à jeter des sorts à son mari et à nous agonir d'injures. Elle haïssait Druidan plus que tout. De temps à autre, elle crachait des flammes en sa direction et Druidan détalait à travers les cabanes avec Gwendoline à ses trousses. Nous autres, les gosses, on l'encourageait de nos hurlements, réclamant à grands cris le sang du nabot, mais il s'en sortait toujours.

Tel était donc l'étrange lieu auquel Norwenna arriva avec le prince héritier Mordred et, bien que j'aie pu donner l'impression d'un lieu horrifique, c'était, en vérité, un bon refuge. Nous étions les enfants privilégiés du seigneur Merlin, nous vivions en liberté, nous ne travaillions guère, et Ynys Wydryn, l'Île de Verre, était un endroit heureux.

Norwenna arriva au cœur de l'hiver, alors que la glace rendait glissantes les marches d'Avalon. Il était, à Ynys Wydryn, un charpentier qui s'appelait Gwlyddyn, dont la femme avait un garçon du même âge que Mordred, et Gwlyddyn nous fit des traîneaux : nous déchirions l'air de nos cris perçants en descendant les pentes enneigées du Tor. Ralla, son épouse, fut nommée nourrice de Mordred et, malgré son pied bot, le prince profita de son lait. Même la santé de Norwenna s'améliora lorsque le temps se fit moins froid et qu'au pied du Tor, près de la source sacrée, les premières chutes de neige de l'hiver firent monter la sève des aubépines. La princesse ne fut jamais bien vaillante, mais Morgane et Gwendoline lui donnèrent des herbes et elle sembla se remettre enfin de l'épreuve de l'accouchement. Chaque semaine, un messager portait des nouvelles de l'Edling à son grand-père, le Grand Roi, et chaque bonne nouvelle était récompensée d'une pièce d'or, voire d'une corne de sel ou d'une flasque de vin rare que Druidan chapardait.

Nous attendions le retour de Merlin, mais il ne revenait pas, et le Tor paraissait désert sans lui, bien que notre vie quotidienne ne changeât guère. Il fallait continuer à garnir les entrepôts, tuer les rats et, trois fois par jour, monter du bois et de l'eau de source. Gudovan, le scribe de Merlin, tenait le compte de ce que versaient les fermiers et Hywel, l'intendant, parcourait les terres pour s'assurer qu'aucune famille ne volait le seigneur absent. Gudovan et Hywel étaient tous deux des hommes posés, travailleurs et durs à cuire – preuve, me dit Nimue, que les excentricités de Merlin cessaient où commençait son revenu. C'est Gudovan qui m'avait appris à lire et à écrire. Je n'avais aucune envie de me livrer à ces études fort peu guerrières, mais Nimue avait insisté.

« Tu es orphelin et il te faudra te frayer un chemin par tes propres moyens.

— Je veux être soldat.

— Tu le seras, me promit-elle, mais pas tant que tu ne sauras lire et écrire ! »

Et telle était sa juvénile autorité sur moi que je la crus, et j'appris le métier de clerc bien avant de découvrir qu'un soldat n'en avait que faire.

Ainsi Gudovan m'apprit-il les lettres et Hywel, l'intendant, m'apprit à me battre. Il m'exerça à la canne, ce gourdin de rustaud qui peut briser un crâne mais que l'on peut aussi manier comme une épée ou une lance. Avant de perdre une jambe sous une hache de Saxon, Hywel avait été un guerrier de renom dans la bande d'Uther, et il m'entraîna jusqu'à ce que mes bras fussent assez forts pour manier un gros sabre aussi prestement qu'une massue. La plupart des guerriers, prétendait Hywel, comptaient sur la force brute et la boisson, plutôt que sur la dextérité. Il m'avertit que je devrais affronter des hommes titubant sous l'effet de l'hydromel et de la bière, et dont le seul talent était d'assener des coups susceptibles de tuer un bœuf, mais un homme sobre, sachant les neuf coups, pouvait toujours venir à bout d'une brute épaisse avec son épée. « J'étais ivre, reconnut-il, lorsque Octha le Saxon m'a taillé la jambe. Maintenant, mon gaillard, plus vite, plus vite ! Ton épée doit les éblouir ! Plus vite ! » Il fut un bon maître, et les premiers à s'en apercevoir furent les fils des moines d'Ynys Wydryn. Ils s'offensaient de nos privilèges : nous paressions quand ils trimaient, nous musardions quand ils peinaient et, histoire de se venger, ils nous coursaient pour essayer de nous rosser. Un jour, je me rendis au village armé de mon gourdin et en assommai trois de sang chrétien. J'ai toujours été grand pour mon âge et les Dieux m'ont fait fort comme un bœuf, et c'est à leur honneur que j'attribuai ma victoire, alors même qu'Hywel m'en avait fustigé. Les privilégiés, me sermonna-t-il, ne devaient jamais abuser de leurs inférieurs, mais je crois qu'il en fut tout de même content, car le lendemain il m'emmena chasser et je tuai mon premier sanglier avec une lance d'homme. C'était dans un fourré brumailleux, non loin du Cam, et j'avais tout juste douze printemps. Hywel me barbouilla la figure du sang de la bête, me donna ses dagues à porter en collier, puis transporta la dépouille jusqu'à son Temple de Mithra, où il offrit un banquet à tous les vieux guerriers qui adoraient ce Dieu des soldats. Il ne me fut pas permis d'être des leurs, mais un jour, me promit Hywel, lorsque ma barbe aurait poussé et que j'aurais abattu mon premier Saxon au combat, il m'initierait aux mystères mithriaques.

Trois ans plus tard, je rêvais encore d'occire des Saxons. D'aucuns trouvaient sans doute curieux que moi, un jeune Saxon à la chevelure de Saxon, je fusse si ardemment breton dans ma loyauté, mais depuis ma plus tendre enfance j'avais été élevé parmi les Bretons, et mes amis, mes amours, ma conversation, mes histoires, mes inimitiés et mes rêves étaient tous bretons. Mon teint, non plus, n'avait rien d'inhabituel. Les Romains avaient laissé le pays breton peuplé d'étrangers de toutes sortes, et ce fou de Pellinore me parla un jour de deux frères qui étaient noirs comme poix, et tant que je n'eus pas vu Sagramor, le chef numide d'Arthur, je crus que ces propos n'étaient que balivernes de lunatique.

Sitôt que Mordred et sa mère arrivèrent, le Tor se peupla car Norwenna vint accompagnée non seulement de ses servantes, mais aussi d'une troupe de guerriers qui avaient pour mission de protéger la vie de l'Edling. Nous dormions à quatre ou cinq par cabane mais, hormis Nimue et Morgane, personne n'était autorisé à pénétrer dans les appartements privés du château. C'était le domaine de Merlin, et seule Nimue avait le droit d'y coucher. Norwenna et sa cour vivaient dans la grande salle, tout enfumée par les deux feux qui y brûlaient nuit et jour. La salle reposait sur vingt poteaux de chêne, avec des murs en clayonnage enduit de plâtre et un toit de chaume. Le sol de terre battue était recouvert de paillasses qui parfois s'embrasaient, provoquant un vent de panique jusqu'à ce qu'on eût éteint les flammes en les piétinant. Les appartements de Merlin en étaient séparés par un mur de clayonnage et de plâtre que seule perçait une petite porte de bois. Nous savions que Merlin dormait, étudiait et rêvait dans ces chambres dominées, au sommet du Tor, par une tour de bois. Ce qui se passait à l'intérieur de cette tour était un mystère pour tout le monde, sauf pour Merlin, Morgane et Nimue, et aucun des trois ne devait jamais l'ébruiter, même si les campagnards, qui voyaient la Tour de Merlin depuis des kilomètres à la ronde, l'assuraient encombrée de trésors pris dans les tumulus des Anciens.

Le chef de la garde de Mordred était un chrétien du nom de Ligessac, un grand gaillard efflanqué et cupide, qui n'avait pas son pareil au tir à l'arc. Quand il était sobre, ce qu'il était rarement, il pouvait transpercer une brindille à cinquante pas. Il m'enseigna son art, mais il se lassait aisément de la compagnie d'un garçon, à laquelle il préférait les jeux de hasard avec ses hommes. Il me raconta cependant la véritable histoire de la mort du prince Mordred et je sus ainsi pourquoi le Grand Roi Uther avait maudit Arthur. « Ce n'était pas la faute d'Arthur », expliqua Ligessac en lançant un caillou sur sa planche. Tous les soldats en avaient une, pour certaines magnifiquement taillées dans un os.

« Six ! » dit-il tandis que j'attendais l'histoire d'Arthur.

« À moi ! » s'exclama Menw, l'un des gardes du prince en lançant à son tour son caillou, qui cliqueta sur les arêtes de la planche et s'arrêta sur un. Il lui aurait suffi d'un deux pour gagner ! Il envoya promener les cailloux en jurant.

Ligessac l'envoya chercher sa bourse pour lui payer ses gains puis me raconta comment Uther avait rappelé Arthur d'Armorique pour l'aider à défaire une grande armée de Saxons qui s'étaient aventurés au cœur de notre pays. Arthur avait amené ses guerriers, expliqua Ligessac, mais aucun de ses célèbres chevaux, car l'appel était pressant et le temps lui manquait pour trouver assez de vaisseaux pour ses hommes et leurs montures. « Non qu'il eût besoin de chevaux, reprit Ligessac d'un ton admiratif, parce qu'il piégea ces bougres de Saxons dans la Vallée du Cheval Blanc. C'est alors que Mordred se crut plus malin qu'Arthur. Il voulait s'en voir attribuer tout le mérite, tu comprends ? » D'une tape sur le nez, Ligessac se débarrassa d'un filet de morve puis jeta un coup d'œil à l'entour pour s'assurer que personne ne nous épiait.

« Mordred était ivre, reprit-il à voix basse, et la moitié de ses hommes, nus comme un ver, tempêtaient et juraient qu'ils pouvaient massacrer un ennemi dix fois supérieur en nombre. Nous aurions dû attendre Arthur, mais le prince nous ordonna de charger.

— Tu étais là ? » demandai-je d'une voix d'adolescent émerveillé.

Il opina du chef.

« Avec Mordred. Bon Dieu, mais comme ils se battirent. Ils nous encerclèrent et, en moins de temps qu'il n'en faut pour le dire, les cinquante Bretons que nous étions se retrouvèrent raides morts ou complètement dessoûlés. Je tirais des flèches aussi vite que je le pouvais, nos lanciers formaient un bouclier, mais leurs guerriers nous taillaient en pièces à grands coups d'épée ou de coups-de-poing. Leurs tambours se déchaînaient, leurs sorciers hurlaient, et je crus que mon heure avait sonné. À court de flèches, je me rabattis sur ma lance. Nous ne devions plus être qu'une vingtaine de survivants, et tous à bout de force. Nous avions perdu l'étendard au dragon, Mordred perdait son sang. Nous nous étions repliés sur nous-mêmes, attendant la fin, lorsque arrivèrent les hommes d'Arthur. »

Il marqua un temps de pause et hocha la tête d'un air lugubre.

« Les bardes racontent que, ce jour-là, Mordred a gorgé la terre de sang saxon, mais ce n'était pas Mordred. C'était Arthur, Arthur qui a tué à tour de bras. Il a repris l'étendard, taillé en pièces les sorciers, brûlé les tambours, chassé les survivants jusqu'à la brune et occis leur chef au clair de lune, à Edwy's Hangstone. Voilà pourquoi les Saxons sont de prudents voisins, mon garçon : non parce que Mordred a eu le dessus, mais parce qu'ils croient qu'Arthur est rentré au pays.

— Ce qui n'est pas le cas, dis-je tristement.

— Le Grand Roi ne le fera pas revenir. Il lui en veut. »

Ligessac s'interrompit de nouveau et jeta un œil autour de lui au cas où se pointerait une oreille indiscrète.

« Le Grand Roi soupçonne Arthur d'avoir souhaité la mort de Mordred pour être roi à sa place, mais ce n'est pas vrai. Arthur n'est pas comme ça.

— Quel genre d'homme est-ce donc ? » demandai-je.

Ligessac haussa les épaules comme pour suggérer que la réponse était difficile, mais il n'eut pas le temps de répondre quoi que ce soit que déjà Menw revenait.

« Motus et bouche cousue, mon garçon. Surtout pas un mot ! »

Nous avions tous entendu des récits de ce genre, bien que Ligessac fût le premier que je connusse et qui prétendît avoir été à la Bataille du Cheval Blanc. Plus tard, j'en conclus qu'il n'y avait jamais été, que tout cela n'était qu'une fable inventée pour gagner l'admiration d'un gamin crédule, mais ses renseignements étaient assez exacts. Mordred avait été ivre mort, Arthur avait été le vainqueur, mais Uther l'avait renvoyé chez lui, par-delà la mer. Les deux hommes étaient les fils d'Uther, mais Mordred était l'héritier chéri quand Arthur n'était qu'un arrogant bâtard. Le bannissement d'Arthur ne put cependant empêcher aucun Dumnonien de croire que le bâtard était le meilleur espoir du pays ; le jeune guerrier d'outre-mer qui nous sauverait des Saxons et reprendrait les Terres Perdues de Lloegyr.

La seconde moitié de l'hiver fut clémente. On aperçut des loups au-delà du mur de terre qui gardait le pont d'Ynys Wydryn, mais aucun n'approcha du Tor, alors même que des gamins firent des charmes qu'ils cachèrent sous la cabane de Druidan dans l'espoir qu'une grosse bête baveuse bondirait par-dessus la palissade pour faire du nabot son festin. Les fétiches ne furent d'aucun effet et, l'hiver s'effaçant, nous commençâmes tous à nous préparer à la grande fête printanière de Beltain, avec ses immenses brasiers et son banquet nocturne. C'est alors qu'un événement inattendu porta la fièvre à son comble.

Gundleus de Silurie arriva au Tor.

C'est Mgr Bedwin qui arriva le premier. Il était le conseiller le plus écouté d'Uther et sa venue promettait de l'animation. Les servantes de Norwenna furent priées de débarrasser le plancher et l'on recouvrit les paillasses de tapis, signe certain qu'on allait recevoir la visite d'un grand personnage. Nous crûmes tous que ce devait être Uther lui-même, mais l'étendard qui apparut sur le pont de terre, une semaine avant Beltain, arborait le renard de Gundleus, non le dragon d'Uther. Ce matin-là, il faisait beau temps lorsque je vis les cavaliers sauter à terre au pied du Tor. Le vent s'engouffrait dans leurs pelisses et faisait claquer l'étendard sur lequel j'aperçus le masque de renard tant honni – ce que voyant, je criai aussitôt et me signai pour conjurer le mal.

« Qu'est-ce ? demanda Nimue qui se tenait à mes côtés, sur la plate-forme est de la garde.

— C'est l'étendard de Gundleus. »

Je lus la surprise dans les yeux de Nimue car Gundleus était le roi de Silurie, l'allié du roi Gorfyddyd de Powys, l'ennemi juré de Dumnonie.

« Tu en es sûr ?

— C'est lui qui a pris ma mère et qui m'a jeté dans la fosse aux morts. »

Je crachai par-dessus la palissade en direction de la douzaine d'hommes qui avaient entrepris d'escalader le Tor, trop raide pour les chevaux. Parmi eux, se trouvait Tanaburs, le druide de Gundleus, mon mauvais esprit. C'était un grand vieillard à la barbe nattée et aux longs cheveux blancs, tonsuré à la manière des druides et des prêtres chrétiens, c'est-à-dire le front dégagé. À mi-chemin, il retira son manteau et entreprit une danse protectrice, au cas où Merlin aurait posté des esprits à la porte. Voyant le vieil homme cabrioler sur la pente escarpée et chanceler sur une jambe, Nimue cracha au vent et courut vers les appartements de Merlin. Je me lançai sur ses pas, mais elle me repoussa, protestant que je ne percevais point le danger.

« Le danger ? » demandai-je, mais elle était partie. Il ne semblait y avoir aucun danger, car Bedwin avait ordonné de laisser les portes grandes ouvertes et, au milieu du désordre et de l'excitation qui régnaient au sommet, il essayait maintenant d'organiser l'accueil. Hormis Morgane, qui était absente ce jour-là, interprétant les rêves au temple des collines orientales, tout le monde se précipitait pour voir les visiteurs. Druidan et Ligessac déployaient la garde ; Pellinore, nu comme un ver, aboyait après les nuages ; de sa bouche édentée, Gwendoline crachait des malédictions à l'encontre de Mgr Bedwin, tandis qu'une douzaine de gamins jouaient des pieds et des mains pour avoir la meilleure vue des visiteurs. L'accueil était censé être digne, mais Lunete, une enfant trouvée irlandaise d'un an plus jeune que Nimue, ouvrit l'une des porcheries de Druidan, si bien que Tanaburs, qui fut le premier à franchir la porte, fut accueilli par une frénésie de piaffements.

Il aurait fallu bien davantage que des porcelets paniqués pour effaroucher un druide. Vêtu d'une robe grise crasseuse brodée de lièvres et de croissants de lune, Tanaburs se posta à l'entrée et leva les mains au-dessus de sa tonsure. Il portait un bâton surmonté d'une lune, qu'il tourna à trois reprises vers le soleil puis vocifèra en direction de la Tour de Merlin. Un porcelet lui glissa entre les jambes, gratta la terre au milieu du chemin boueux puis dévala la pente à toute vitesse. Tanaburs hurla de nouveau, immobile, guettant d'éventuels ennemis inaperçus.

L'espace de quelques secondes, régna un silence absolu que seuls troublaient le claquement de l'étendard et la forte respiration des guerriers qui avaient gravi la colline derrière le druide. Gudovan, le scribe de Merlin, était venu se poster à côté de moi, les mains enveloppées de bandelettes tachées d'encre pour se protéger de la morsure du froid. « Qui est-ce ? » demanda-t-il avant de frissonner lorsqu'un cri plaintif répondit au défi de Tanaburs. Le cri venait du château : je savais que c'était Nimue.

Tanaburs avait l'air fâché. Il aboya comme un renard, se toucha les génitoires en faisant un vilain signe puis se mit à sautiller sur une jambe en direction du château. Il fit cinq pas et s'arrêta pour relancer son cri de défi, mais cette fois-ci aucun cri perçant ne lui répondit, si bien qu'il posa son second pied à terre et fit signe à son maître de franchir la porte.

« C'est sans danger ! lança-t-il. Venez, Sire, venez !

— Le roi ? » me demanda Gudovan.

Je lui expliquai qui étaient les visiteurs, puis demandai pourquoi Gundleus, un ennemi, était venu au Tor. Gudovan se gratta pour se débarrasser d'un pou niché sous sa chemise, puis haussa les épaules.

« La politique, mon garçon, la politique.

— Raconte-moi. »

Gudovan soupira, comme si ma question était la preuve d'une sottise incurable – telle était sa réponse habituelle à toute interrogation –, mais il se décida ensuite à me donner une réponse.

« Norwenna est mariable, Mordred n'est qu'un bébé qu'il faut protéger, et qui protège mieux un prince qu'un roi ? Et qui mieux qu'un roi ennemi susceptible de devenir un ami de Dumnonie ? En vérité, c'est fort simple, mon garçon. Une seconde de réflexion t'aurait livré la réponse sans que tu aies besoin de me faire perdre mon temps. »

Pour ma peine, il me donna une petite tape sur l'oreille.

« Écoute bien, reprit-il en ricanant, il lui faudra pour un temps renoncer à Ladwys.

— Ladwys ?

— Sa maîtresse, imbécile. Tu crois qu'un roi dort seul ? Mais des gens disent que Gundleus est tellement épris de Ladwys qu'il l'a épousée. Ils racontent qu'il l'a conduite au tertre de Lleu et qu'il a demandé à son druide de les unir, mais je n'arrive pas à croire qu'il ferait une folie pareille. Elle n'est pas du sang. Mais n'es-tu pas censé inscrire les fermages pour Hywel aujourd'hui ? »

Je fis celui qui n'avait pas entendu et observai Gundleus et sa garde qui escaladaient prudemment les pentes boueuses jusqu'à la porte. Le roi de Silurie était un grand homme bien bâti d'une trentaine d'années. Il n'était qu'un jeune homme lorsque ses sbires s'étaient emparés de ma mère et m'avaient jeté dans la fosse, mais la douzaine d'années qui s'étaient écoulées depuis cette nuit sombre et sanguinaire lui avait été clémente, car il était encore beau, avec sa longue chevelure noire et sa barbe fourchue qui ne laissait paraître aucune trace de gris. Il portait un manteau de renard, des bottes de cuir qui lui montaient aux genoux, une tunique de bure ainsi qu'une épée dans son fourreau rouge. Ses gardes étaient vêtus comme lui : tous étaient de solides gaillards qui dominaient de haut le triste ramassis de lanciers éclopés de Druidan. Les Siluriens portaient des épées, mais aucun n'avait de lance ni de bouclier, preuve qu'ils étaient venus animés d'intentions pacifiques.

Je reculai sur le passage de Tanaburs. Je n'étais encore qu'un enfant trottinant quand il m'avait lancé dans la fosse et il n'y avait aucune chance que le vieil homme reconnût en moi le gamin qui avait échappé à la mort. Après son échec, je n'avais non plus aucune raison de le craindre, mais je reculai tout de même devant le druide de Silurie. Il avait des yeux bleus, un long nez et une bouche molle et baveuse. Il avait accroché des osselets à l'extrémité de ses longs cheveux blancs et secs, et les os s'entrechoquaient tandis que, d'un pas traînant, il ouvrait la voie à son maître. Mgr Bedwin emboîta le pas à Gundleus, lui souhaitant la bienvenue et lui disant combien le Tor était honoré de cette royale visite. Deux gardes transportaient un gros coffre qui devait contenir des présents pour Norwenna.

La délégation s'engouffra dans le château. L'étendard au renard fut planté en terre, juste devant la porte, les hommes de Ligessac en interdisant l'entrée à quiconque, mais ceux d'entre nous qui avaient grandi au Tor savaient comment se faufiler dans l'antre de Merlin. Je courus du côté sud, escaladai un tas de bûches et écartai l'un des rideaux de cuir qui protégeaient les fenêtres. Puis je sautai à terre et me cachai derrière l'un des coffres d'osier qui enfermaient le linge d'apparat. L'un des esclaves de Norwenna me vit arriver, et probablement quelques hommes de Gundleus aussi, mais nul ne prit la peine de me chasser.

Norwenna était assise sur un siège de bois, au centre de la grande salle. La veuve n'était pas une beauté avec sa face de lune, ses petits yeux porcins, ses lèvres pincées et sa peau grêlée par quelque maladie infantile, mais tout cela n'avait aucune importance. Les grands hommes n'épousent pas des princesses pour leur joli minois, mais pour le pouvoir qu'elles apportent en dot. Reste que Norwenna s'était soigneusement préparée à cette visite. Ses servantes lui avaient passé un beau manteau de laine bleu clair qui s'étalait par terre, tout autour d'elle, et avaient natté ses cheveux noirs enroulés au-dessus de sa tête et surmontés d'une couronne de fleurs de prunelliers. Elle avait un torque en or massif autour du cou, trois bracelets d'or au poignet et une croix de bois sur la poitrine. Elle était manifestement nerveuse car, de sa main libre, elle ne cessait de tripoter sa croix ; de l'autre, emmailloté dans des mètres de beau lange et enveloppé dans un manteau teint d'une rare couleur dorée avec de l'eau imprégnée de cire d'abeille, elle tenait l'Edling de Dumnonie, le prince Mordred.

C'est à peine si le roi Gundleus jeta un coup d'œil à Norwenna. Il s'affala sur un siège en face d'elle, de l'air d'un homme que tout cela ennuie à mourir. Tanaburs sautillait d'un pilier à l'autre, marmonnant des charmes et crachant. Lorsqu'il passa devant ma cachette, je m'accroupis le temps que son odeur se fût dissipée. Les flammes crépitaient sur les brasiers allumés aux deux extrémités de la salle, leur fumée mêlant leurs volutes dans la toiture noire de suie. Toujours aucun signe de Nimue.

On servit aux visiteurs du vin, du poisson fumé et des galettes d'avoine, puis Mgr Bedwin fit un discours, expliquant à Norwenna que Gundleus, roi de Silurie, était en mission. Il se rendait chez le Grand Roi pour protester de son amitié : passant tout près d'Ynys Wydryn, il avait jugé courtois de rendre visite au prince Mordred et à sa mère. Le roi avait apporté quelques présents au prince, expliqua-t-il. Et, à ces mots, Gundleus fit négligemment signe aux porteurs d'avancer. Deux gardes déposèrent le coffre aux pieds de Norwenna. La princesse n'avait pas desserré les lèvres, et elle ne dit pas un mot non plus maintenant que l'on étalait les cadeaux sur le tapis devant elle : une belle pelisse de loup, deux peaux de loutre, une fourrure de castor et une peau de cerf, un petit torque en or, quelques broches, une corne à boire et une flasque romaine de verre, vert pâle, avec un bec d'une magnifique délicatesse et une poignée en forme de guirlande. Le coffre retiré, un silence gêné se fit, personne ne sachant vraiment que dire. Gundleus montra les cadeaux d'un geste nonchalant, Mgr Bedwin arborait un visage rayonnant de bonheur, Tanaburs lança un gros crachat protecteur en direction d'un pilier tandis que Norwenna considérait d'un air dubitatif les présents qui, en vérité, n'étaient pas d'une excessive générosité. La peau de cerf pouvait faire une belle paire de gants, les loutres étaient bonnes, mais Norwenna en avait probablement une vingtaine de meilleures dans ses paniers d'osier, tandis que le torque qu'elle portait autour du cou était quatre fois plus lourd que celui qui gisait à ses pieds. Les broches de Gundleus étaient un peu mesquines et la corne ébréchée. Seule était réellement précieuse la flasque romaine.

Bedwin brisa ce silence embarrassant : « Ce sont de magnifiques cadeaux ! Rares et magnifiques. Réellement généreux, Seigneur Roi. »

Norwenna opina du chef d'un air soumis. L'enfant se mit à pleurer et Ralla, la nourrice, le transporta dans l'obscurité, au-delà des piliers où elle dénuda un sein et le réduisit au silence.

« L'Edling va-t-il bien ? demanda Gundleus, dont c'étaient les premiers mots depuis qu'il était entré au château.

— Que Dieu et ses saints soient loués, répondit Norwenna, il va bien.

— Son pied gauche ? demanda Gundleus sans ménagement. S'arrange-t-il ?

— Son pied ne l'empêchera pas de monter à cheval, de manier l'épée ou de s'asseoir sur un trône, répondit Norwenna d'un ton ferme.

— Bien sûr que non, bien sûr que non », s'empressa d'ajouter Gundleus en lançant un coup d'œil en direction du bébé affamé. Il sourit, puis étira ses longs bras et parcourut la salle du regard. Il n'avait dit mot du mariage mais il n'en ferait rien en cette compagnie. S'il voulait épouser Norwenna, c'est à Uther qu'il s'adresserait, pas à elle. Cette visite n'était pour lui qu'une occasion d'examiner sa promise. Il gratifia Norwenna d'un bref regard désintéressé, puis promena de nouveau les yeux dans la salle ombragée.

« Ainsi donc, voici l'antre du seigneur Merlin, hein ? demanda-t-il. Où est-il ? »

Personne ne répondit. Tanaburs grattait sous la frange d'un tapis : sans doute enfouissait-il un charme dans la terre. Plus tard, lorsque la délégation de Silurie s'en fut allée, je me rendis sur place et en exhumai un petit sanglier en os que je lançai au feu. Les flammes bleuirent aussitôt avec force crépitements, et Nimue dit que j'avais bien fait.

« À ce que nous savons, Seigneur Merlin est en Irlande, répondit enfin Mgr Bedwin. Ou peut-être dans le Nord sauvage, répondit-il sans plus de détails.

— Ou peut-être mort ? suggéra Gundleus.

— Plaise au ciel que non, répondit l'évêque avec ferveur.

— Vraiment ? »

Gundleus pivota sur son siège pour regarder en face le visage vieilli de Bedwin.

« Vous approuvez Merlin, Monseigneur ?

— C'est un ami, Seigneur Roi, répondit Bedwin, en homme digne et replet, toujours attentif à préserver la paix entre les diverses religions.

— Le seigneur Merlin est un druide, Monseigneur, qui déteste les chrétiens, renchérit Gundleus, cherchant à le provoquer.

— Les chrétiens sont désormais légion dans ce pays, répondit l'évêque, et les druides se font rares. Je crois que nous autres, les tenants de la vraie foi, n'avons rien à craindre.

— Tu entends cela, Tanaburs ? lança Gundleus à l'intention de son druide. L'évêque n'a pas peur de toi ! »

Tanaburs ne répondit point. Dans son inspection de la salle, il en était arrivé à la palissade-fantôme qui gardait la porte des appartements de Merlin. Elle était toute simple : juste deux crânes placés de part et d'autre de la porte, mais seul un druide pouvait oser franchir leur barrière invisible, et même un druide redoutait une palissade-fantôme placée par Merlin.

« Passerez-vous la nuit ici ? demanda Bedwin à Gundleus, essayant de changer de sujet.

— Non », répondit sèchement Gundleus en se levant. Je crus qu'il était sur le point de partir, mais, par-dessus l'épaule de

Norwenna, il regarda la petite porte noire gardée par les crânes et devant laquelle Tanaburs frémissait tel un chien de meute flairant un sanglier qu'il ne voit pas.

« Qu'y a-t-il derrière cette porte ? demanda le roi.

— Les appartements de mon seigneur Merlin, Seigneur Roi, dit l'évêque.

— L'antre des secrets ? demanda Gundleus d'un air rapace.

— Des chambres à coucher, rien de plus », répliqua sèchement Bedwin.

Tanaburs brandit son bâton surmonté d'une lune et le tendit, frémissant, en direction de la palissade. Le roi Gundleus observa le manège de son druide, finit son vin et lança la corne par terre.

« Tout compte fait, peut-être dormirai-je ici, mais commençons par inspecter les appartements. »

Il fit signe à Tanaburs d'avancer, mais le druide était nerveux. Merlin était le plus grand druide de Bretagne. On le redoutait au-delà même de la mer d'Irlande et nul ne s'immisçait dans sa vie à la légère ; mais cela faisait maintenant un long mois que personne n'avait vu le grand homme et d'aucuns chuchotaient que la mort du prince Mordred était le signe que les pouvoirs de Merlin étaient sur le déclin. Et Tanaburs, comme son maître, était certainement fasciné par ce qui se trouvait derrière cette porte, car les secrets qui pouvaient s'y cacher rendraient Tanaburs aussi puissant et savant que le grand Merlin lui-même.

« Ouvre la porte ! » ordonna Gundleus au druide.

D'une main tremblante, il avança le bout de son bâton vers l'un des crânes, hésita, puis effleura la calotte jaunissante. Il ne se passa rien. Tanaburs cracha sur le crâne puis le renversa avant de retirer son bâton d'un geste brusque, comme un homme qui a sorti un serpent de son sommeil. Une fois de plus, il ne se passa rien et il approcha sa main libre du loquet.

Puis la terreur le cloua sur place.

Un hurlement avait retenti dans l'obscurité enfumée de la grande salle. Un cri perçant d'épouvante, tel celui d'une fillette qu'on torture, et ce bruit terrible fit reculer le druide. Norwenna lança un grand cri de peur et se signa. Mordred se mit à vagir sans que Ralla ne trouvât rien pour le calmer. Gundleus s'assura de l'origine du bruit puis partit d'un grand éclat de rire tandis que le hurlement faiblissait.

« Un guerrier, annonça-t-il à la salle inquiète, ne s'effraie pas d'un cri de fillette. »

Sur ce, il se dirigea vers la porte, faisant mine de ne pas voir Mgr Bedwin qui agitait les mains en tâchant de le retenir sans vraiment le toucher.

De la porte gardée par le fantôme s'éleva un grand fracas. Un bruit violent de craquement, et si soudain que tout le monde bondit, sur le qui-vive. Au départ, je crus que la porte était tombée devant le roi, puis je vis une lance qui la traversait de part en part. Le fer argenté était planté fièrement dans la vieille porte de chêne noircie par le feu, et je tâchai d'imaginer quelle force surhumaine il avait fallu pour enfoncer cet acier affilé dans une barrière aussi épaisse.

L'apparition soudaine de la lance fit même hésiter Gundleus, mais son orgueil était menacé et il n'était pas dit qu'il reculerait devant ses guerriers. Il fit le signe contre le mal, cracha sur le fer, puis marcha vers la porte, leva le loquet et l'ouvrit.

Et recula aussitôt. L'horreur se lisait sur son visage. Je l'épiais, et je vis dans ses yeux la peur à l'état brut. Il fit un second pas en arrière sans quitter des yeux la porte ouverte, puis j'entendis le cri perçant de Nimue qui avançait dans la salle. Tanaburs agitait frénétiquement son bâton, Bedwin priait, le bébé vagissait tandis que Norwenna s'était retournée sur son siège d'un air angoissé.

Nimue franchit la porte et, apercevant mon amie, moi-même je frissonnai. Elle était nue, et son mince corps d'albâtre était maculé du sang qui ruisselait le long de ses cheveux jusqu'à ses petits seins puis continuait sa course jusqu'à ses cuisses. Sa tête était couronnée d'un masque de mort, la peau du visage tannée d'un homme sacrifié qui était perchée au-dessus de son visage tel un casque grognant et maintenue en place par la peau des bras du mort nouée à hauteur de son cou décharné. Le masque paraissait doué d'une vie redoutable et se contractait tandis qu'elle avançait vers le roi de Silurie. La dépouille sèche et jaunâtre du mort pendait dans le dos de Nimue qui se déplaçait en faisant de petits pas irréguliers. Son visage sanguinolent ne laissait paraître que le blanc de ses yeux et, secouée de crispations, elle se répandait en imprécations dans une langue plus ordurière que celle des soldats. Dans ses mains, elle tenait deux vipères au corps sombre et luisant qui tendaient leurs têtes tremblotantes vers le roi.

Gundleus battit en retraite en faisant le signe contre le mal, puis il se souvint qu'il était un homme, un roi et un guerrier, et il porta la main à la garde de son épée. C'est alors que Nimue donna un violent coup de tête et le masque de mort tomba de ses cheveux rassemblés en chignon sur son cuir chevelu, et nous vîmes tous que ce n'étaient pas ses cheveux, mais une chauve-souris qui tendit soudain ses ailes noires et froissées et, ouvrant sa gueule rouge, montra les dents à Gundleus.

La chauve-souris fit hurler Norwenna, qui se précipita vers son bébé, tandis que nous regardions horrifiés la créature piégée dans la chevelure de Nimue. Elle s'agitait et battait des ailes, essayant de s'envoler, grondait et se débattait. Les serpents se tortillaient et, subitement, la salle se vida. Norwenna fut la première à s'enfuir, suivie par Tanaburs et tous les autres, même le roi, courant vers la porte est pour retrouver la lumière du matin.

Tandis qu'ils fuyaient, Nimue demeura impassible, puis roula des yeux et cligna des paupières. Elle se dirigea vers le feu et, négligemment, lança les serpents dans les flammes, où ils sifflèrent et se contorsionnèrent avant de grésiller en mourant. Elle libéra la chauve-souris, qui s'envola dans les combles, puis dénoua le masque de mort pour en faire un baluchon avant de ramasser la délicate flasque romaine qui gisait parmi les cadeaux que Gundleus avait apportés. Elle fixa la flasque l'espace de quelques secondes, puis son corps filiforme se crispa tandis qu'elle lançait le trésor contre un poteau de chêne où elle se brisa en éclats vert pâle. Puis le silence se fit.

« Derfel ? appela-t-elle d'un ton brusque. Je sais que tu es là.

— Nimue ? » répondis-je en sortant de derrière mon paravent d'osier.

J'étais terrifié. La graisse de serpent sifflait dans le feu et la chauve-souris froufroutait dans les combles. Nimue m'adressa un sourire.

« J'ai besoin d'eau, Derfel.

— De l'eau ? demandai-je stupidement.

— Pour me débarbouiller de ce sang de poulet.

— Du poulet ?

— De l'eau, reprit-elle. Il y a un broc à côté de la porte. Va m'en chercher.

— Là ? demandai-je étonné, parce que son geste semblait me prier d'apporter l'eau dans les appartements de Merlin.

— Pourquoi pas ? »

Elle franchit la porte dans laquelle était encore fiché le fer de lance tandis que j'empoignai le broc massif et la suivis dans la pièce. Je la retrouvai debout devant une feuille de cuivre battu qui reflétait son corps nu. Elle n'éprouvait aucune gêne, peut-être parce que, enfants, nous gambadions tous nus, tandis que ma conscience me rappelait fâcheusement que nous n'étions plus des enfants.

« Ici ? »

Nimue hocha la tête. Je posai le broc et m'apprêtai à regagner la porte.

« Reste, je t'en prie. Reste. Et ferme la porte. »

Il me fallut arracher le fer de la porte avant de pouvoir la fermer. Je gardai pour moi l'envie de lui demander comment elle s'y était prise pour enfoncer ce fer de lance, car elle n'était pas d'humeur à répondre à des questions. Je restai coi le temps de dégager l'arme tandis que Nimue se débarbouillait puis s'enveloppait d'un manteau noir. « Viens ici », me dit-elle quand elle eut fini. Je traversai docilement un lit de fourrures et de couvertures de laine empilés sur une plate-forme de bois basse où elle passait manifestement la nuit. Je me glissai sous la tente de toile noire et moisie qui couvrait le lit, m'assis et la pris dans mes bras. Je sentais ses côtes à travers la douceur laineuse du manteau. Elle pleurait. Je ne savais pas pourquoi. La serrant maladroitement contre moi, je parcourus des yeux l'antre de Merlin.

C'était un endroit extraordinaire. Il y avait quantité de coffres de bois et de paniers d'osier entassés de manière à créer des renfoncements et des couloirs envahis par une tribu de poulets décharnés. À certains endroits, les piles s'étaient effondrées, comme si quelqu'un avait cherché un objet dans un coffre placé tout en bas et, sans se donner la peine de défaire l'échafaudage, avait préféré tout renverser. Tout était recouvert de poussière. Je soupçonnais que les joncs n'avaient pas été changés depuis des lustres, même s'ils étaient le plus souvent recouverts de tapis et de couvertures qu'on avait laissés pourrir. La puanteur était suffocante : une odeur de poussière, de pipi de chat, d'humidité, de décomposition et de chancissure à laquelle se mêlaient les arômes plus subtils des herbes suspendues aux poutres. Sur une table dressée d'un côté de la porte s'amoncelaient des rouleaux de parchemins en lambeaux. Des crânes d'animaux occupaient une étagère poussiéreuse au-dessus de la table et, tandis que mes yeux s'habituaient à ces ténèbres sépulcrales, j'aperçus parmi eux au moins deux crânes humains. Des boucliers défraîchis étaient adossés à un grand récipient d'argile dans lequel était disposé un faisceau de lances tendues de toiles d'araignées. À un mur était accrochée une épée. Un brasier fumait au milieu d'un amoncellement de cendres grises, juste à côté du grand miroir de cuivre où, par extraordinaire, était suspendue une croix avec la figure contorsionnée de leur Dieu mort cloué par les mains. Pour se protéger de ses maléfices intrinsèques, on l'avait drapée de gui. Un grand enchevêtrement d'andouillers pendaient aux chevrons à côté de bouquets de gui séché et d'une nichée de chauves-souris pendillantes dont les déjections formaient de petits tas sur le sol. Il n'y avait de plus sinistre augure que la présence de chauves-souris dans une maison, mais j'imaginais que des hommes aussi puissants que Merlin et Nimue n'avaient point à s'inquiéter d'aussi prosaïques menaces. Une seconde table était encombrée de tout un fatras : bols, mortiers, pilons, balance métallique, flasques et récipients scellés à la cire, dont je découvris plus tard qu'ils contenaient de la rosée recueillie dans les tombes d'hommes assassinés, de la poudre de crânes broyés et des infusions de belladone, de mandragore et d'aubépine, tandis que dans une étrange urne de pierre, à côté de la table, s'entassait un fouillis d'émerillons, de baguettes magiques, de tamis de lutins, de testicules de serpents et de pierres de sorcières, le tout mélangé à des plumes, des coquillages et des pommes de pin. Jamais je n'avais vu une pièce aussi encombrée, aussi crasseuse ni aussi fascinante et je me demandai si la chambre à côté, la Tour de Merlin, était aussi horriblement merveilleuse.

Nimue avait cessé de pleurer et demeurait allongée, impassible, dans mes bras. Elle dut sentir combien la pièce m'émerveillait et me révulsait tout à la fois. « Il ne jette rien, observa-t-elle d'un ton las. Rien. » Je ne dis mot, mais me contentai de la calmer et de la caresser. Elle resta un temps allongée, épuisée, puis, tandis que ma main explorait son manteau, à la hauteur de ses petits seins, elle se contorsionna d'un air contrarié. « Si c'est cela que tu veux, va voir Sebile ! » Elle descendit du lit en serrant son manteau et se dirigea vers la table jonchée d'instruments.

Je bégayai une excuse embarrassée.

« C'est sans importance », dit-elle, coupant court à mes excuses. Nous entendions des voix sur le Tor, à l'extérieur, et d'autres voix encore dans la grande salle à côté, mais nul n'essaya de nous déranger. Nimue fouillait sur la table parmi les bols, les pots et les poches et trouva ce qu'elle cherchait. C'était un couteau de pierre noire, dont le tranchant avait une blancheur osseuse. Elle revint vers le lit aux odeurs de moisi et s'agenouilla à côté de la plate-forme de manière à me regarder droit dans les yeux. Son manteau s'était rouvert et j'étais mal à l'aise de la savoir ainsi nue dans l'obscurité, mais elle me fixait des yeux et je ne pouvais faire autrement que de lui rendre son regard.

Un long moment, elle ne dit mot, et j'entendais presque mon cœur battre à grands coups. Elle semblait mûrir une décision, l'une de ces décisions si inquiétante qu'elle changera à jamais l'équilibre d'une vie, et j'attendis donc, craintif, dans une attitude incommode à laquelle je n'osais m'arracher. Ses cheveux noirs en broussailles encadraient son visage anguleux. Nimue n'était ni belle ni quelconque, mais son visage exprimait une vivacité et une finesse qui n'avaient que faire d'une beauté classique. Elle avait un front grand et haut, des yeux noirs et farouches, un nez pointu, une bouche large et un menton étroit. C'est la femme la plus intelligente que j'aie jamais connue mais même en ce temps-là, alors qu'elle n'était guère plus qu'une enfant, elle était emplie d'une tristesse née de cette intelligence. Elle savait tant de choses. Elle était née avec la science infuse, où les Dieux l'en avaient gratifiée lorsqu'ils l'avaient sauvée de la noyade. Elle avait été une enfant espiègle et indocile mais maintenant, privée de la tutelle de Merlin, dont les responsabilités reposaient sur ses frêles épaules, elle changeait. Je changeais moi aussi, bien entendu, mais mon changement était prévisible : le gamin osseux devenait un grand jeune homme, tandis que Nimue quittait l'enfance pour devenir une femme de tête. L'autorité jaillissait de son rêve, d'un rêve qu'elle partageait avec Merlin, mais d'un rêve sur lequel, contrairement à Merlin, elle ne transigerait jamais. Avec Nimue, c'était tout ou rien. Elle aurait préféré voir la terre entière périr dans le froid d'un vide sans Dieu plutôt que de céder un pouce à ceux qui dilueraient son image d'une Bretagne parfaite vouée à ses Dieux bretons. Et à cette heure, agenouillée devant moi, elle se demandait, je le savais, si j'étais digne de partager ce rêve ardent.

Elle prit sa décision et se rapprocha de moi. « Donne-moi ta main gauche. »

Je tendis la main.

Elle prit ma paume dans sa main gauche et prononça un charme. Je reconnus les noms de Camulos, le Dieu de la Guerre, de Manawydan fab Llyr, le Dieu de la Mer propre à Nimue, d'Agrona, la Déesse du Carnage, et d'Aranrhod d'Or, la Déesse de l'Aube, mais la plupart des noms et des mots étaient étranges et elle les prononçait d'une voix si envoûtante que j'en étais bercé et réconforté, indifférent à ce que Nimue disait ou faisait quand, soudain, elle m'entailla la paume : surpris, je criai. Elle me fit taire. L'espace d'une seconde, on ne vit qu'une légère estafilade, puis le sang jaillit.

Elle se trancha la paume de la même façon, puis plaça l'entaille de sa main sur la mienne et serra mes doigts inertes dans les siens. Elle laissa tomber le couteau pour se saisir d'un coin de son manteau qu'elle enroula autour de nos deux mains en sang. « Derfel, dit-elle d'une voix douce, aussi longtemps que nos mains porteront une cicatrice, nous ne ferons qu'un. D'accord ? »

Je plongeai mes yeux dans les siens, et je sus que ce n'était pas une bagatelle ni un enfantillage, mais un vrai serment qui me lierait dans ce monde et, peut-être, dans l'autre. L'espace d'un instant, je fus terrorisé de ce qui allait suivre, puis je hochai la tête et parvins à desserrer les lèvres.

« D'accord !

— Et aussi longtemps que tu porteras cette cicatrice, Derfel, ta vie m'appartiendra, et aussi longtemps que je porterai cette cicatrice, ma vie sera tienne. Comprends-tu ?

— Oui. »

Ma main palpitait. Elle était chaude et enflée, tandis que sa petite main me semblait glaciale dans mon étreinte ensanglantée.

« Un jour, Derfel, je t'appellerai, et si tu ne viens pas, cette cicatrice te marquera à jamais auprès des Dieux comme un faux ami, un traître et un ennemi.

— Oui », fis-je.

Elle me dévisagea quelques secondes en silence, puis grimpa sur le tas de fourrures et de couvertures et se blottit dans mes bras. Il n'était pas commode de s'allonger l'un à côté de l'autre car nos mains gauches étaient encore liées, mais nous réussîmes à nous mettre à l'aise et demeurâmes couchés. Des voix résonnaient au-dehors ; la poussière volait dans la grande pièce obscure où dormaient les chauves-souris et chassaient les chatons. Il faisait froid, mais Nimue tira une peau sur nous deux puis s'endormit, mon bras droit s'engourdissant sous le poids de son petit corps. Je restai éveillé, effrayé et perplexe, l'esprit occupé par ce que le couteau avait créé entre nous.

Elle se réveilla au milieu de l'après-midi. « Gundleus s'en est allé », dit-elle somnolente, sans que je comprisse comment elle le savait, puis elle s'arracha à mon étreinte et aux fourrures entremêlées avant de dénouer le manteau encore enroulé autour de nos mains. Le sang s'était coagulé et avait formé des croûtes : la séparation rouvrit douloureusement nos plaies. Nimue se dirigea vers le faisceau de lances et arracha une poignée de toiles d'araignées qu'elle me fourra dans la main. « Ça cicatrisera bientôt », dit-elle distraitement, puis, sa main entaillée enveloppée dans un chiffon, elle prit du pain et du fromage.

« N'as-tu pas faim ?

— Toujours. »

Nous partageâmes le repas. Le pain était sec et dur, et le fromage avait été grignoté par des souris. Tout au moins Nimue le croyait-elle.

« À moins que ce ne soient les chauves-souris, dit Nimue. Les chauves-souris mangent du fromage ?

— Je ne sais pas », répondis-je, puis je me fis hésitant. « Était-ce une chauve-souris apprivoisée ? » Je voulais parler de l'animal qu'elle avait attaché dans ses cheveux. J'avais déjà vu des choses de ce genre auparavant, bien sûr, mais Merlin n'en parlait jamais, ses acolytes non plus, et je soupçonnais maintenant qu'après l'étrange cérémonie de nos mains ensanglantés Nimue me mettrait dans la confidence.

Et, de fait, elle hocha la tête. « C'est un vieux truc pour effrayer les sots, m'expliqua-t-elle avec hauteur. C'est Merlin qui me l'a appris. Tu mets des jets aux pattes de la chauve-souris, comme les jets des faucons, puis tu attaches les jets à tes cheveux. » Elle se passa la main dans ses cheveux noirs puis rit de bon cœur. « Et il a eu la frousse, Tanaburs ! Tu imagines ! Lui, un druide ! »

Ça ne m'amusait pas. Je voulais croire à sa magie, non m'entendre dire que c'était un tour que l'on jouait avec les longes de faucons. « Et les serpents ? demandai-je.

— Il les garde dans un panier. C'est moi qui dois les nourrir. » Elle frissonna, puis elle vit mon air dépité.

« Qu'est-ce qui ne va pas ?

— Tout cela n'est que supercherie ? »

Elle fronça les sourcils et garda le silence un bon moment. Je crus qu'elle allait me laisser sans réponse, mais elle finit par s'expliquer et je sus, en l'écoutant, que j'apprenais les choses que Merlin lui avait enseignées. La magie, dit-elle, opérait au temps où la vie des Dieux croisait celle des hommes, mais il n'appartenait pas aux hommes d'en décider. « Je ne puis embuer cette pièce sur un simple claquement de doigts, expliqua-t-elle, mais cela arrive, je l'ai vu. Je ne puis réveiller les morts, mais Merlin assure qu'il l'a vu faire. Je ne puis ordonner à la foudre de frapper Gundleus, bien que je le souhaite ardemment, seuls les Dieux le peuvent. Mais il fut un temps, Derfel, où nous pouvions faire ces choses-là, où nous vivions avec les Dieux : nous les contentions et nous pouvions user de leurs pouvoirs pour préserver la Bretagne telle qu'ils la souhaitaient. Nous exécutions leurs ordres, tu comprends, mais leurs ordres ne faisaient qu'un avec notre désir. » Elle serra les mains pour souligner son propos, mais la douleur de sa blessure se réveilla sous l'effet de la pression et la fit tressaillir. « Ensuite les Romains sont venus et ils ont rompu le pacte.

— Mais pourquoi ? » l'interrompis-je avec impatience, car j'en avais déjà entendu beaucoup parler. Merlin ne cessait de nous raconter comment Rome avait brisé le lien entre la Bretagne et les Dieux, mais il n'avait jamais expliqué comment la chose était possible si les Dieux étaient si puissants. « Pourquoi n'avons-nous pas défait les Romains ? demandai-je à Nimue.

— Parce que les Dieux ne l'ont pas voulu. Certains Dieux sont méchants, Derfel. Qui plus est, ils n'ont pas de devoir envers nous. Nous seuls en avons envers eux. Peut-être cela les amusait-il ? Ou peut-être que nos ancêtres avaient enfreint le pacte, et que les Dieux les ont punis en leur envoyant les Romains. Nous n'en savons rien, mais ce que nous savons, c'est que les Romains sont partis, et Merlin dit que nous avons une chance, juste une chance, de restaurer la Bretagne. » Elle s'exprimait d'une voix basse et intense. « Il nous faut refaire la vieille Bretagne, la vraie Bretagne, la terre des Dieux et des hommes, et si nous le faisons, Derfel, si nous le faisons, le pouvoir des Dieux sera une fois de plus avec nous. »

J'avais envie de la croire. Je brûlais de croire que nos vies brèves, assaillies par la maladie et hantées par la mort, pourraient bénéficier d'un nouvel espoir par la grâce et le bon vouloir de créatures surnaturelles au glorieux pouvoir. « Mais il n'y a pas d'autre solution que la supercherie ? » demandai-je sans dissimuler ma désillusion.

« Oh, Derfel ! » Nimue laissa retomber ses épaules. « Réfléchis un peu. Tout le monde ne saurait éprouver la présence des Dieux, si bien que ceux qui en sont capables sont investis d'une mission particulière. Si je me montre faible, si je cède à un instant d'incrédulité, quel espoir reste-t-il à ceux qui ont envie de croire ? Ce ne sont pas vraiment des trucs, ce sont... » Elle marqua un temps de pause, cherchant le mot juste. « Ce sont des insignes. Tout comme la couronne d'Uther, ses torques, son étendard et sa pierre, à Caer Cadarn. Toutes ces choses nous disent qu'Uther est le Grand Roi, et nous le traitons en conséquence. Quand Merlin marche parmi les siens, il doit porter ses insignes, lui aussi, histoire de dire aux gens qu'il est en contact avec les Dieux et qu'on le craigne en conséquence. » Elle pointa du doigt la porte éventrée par le fer de lance. « Quand j'ai franchi cette porte, nue, avec deux serpents, et une chauve-souris cachée sous la peau d'un homme mort, j'affrontais un roi, son druide et ses guerriers. Une fille, Derfel, contre un roi, un druide et la Garde royale. Qui a gagné ?

— Toi.

— C'est donc que le tour a marché, mais il n'était pas en mon pouvoir d'en décider. Ce pouvoir appartenait aux Dieux, mais il me fallait croire en ce pouvoir pour qu'il puisse opérer. Et pour croire, Derfel, il faut y consacrer sa vie. » Elle s'exprimait maintenant d'une voix passionnée, avec une rare ferveur. « À chaque instant du jour et de la nuit, tu dois être ouvert aux Dieux, et si tu l'es, ils viendront. Pas toujours quand tu as besoin d'eux, c'est entendu, mais si tu ne demandes jamais, ils ne répondront jamais ; en revanche, lorsqu'ils répondent, Derfel, quand ils le font, c'est prodigieux et tellement terrifiant, comme d'avoir des ailes qui t'élèvent dans la plus haute des gloires. » Ses yeux étincelaient. Jamais je ne l'avais entendue parler de ces choses. Il n'y a pas si longtemps, elle n'était encore qu'une enfant, mais maintenant elle était passée par la couche de Merlin et avait reçu son enseignement et son pouvoir. Je lui en voulais. J'étais jaloux et contrarié, et je ne comprenais pas. Elle s'éloignait de moi et je n'y pouvais rien.

« Je suis ouvert aux Dieux, dis-je avec rancœur. Je crois en eux, je désire leur aide. »

Elle m'effleura le visage de sa main bandée. « Tu vas être un guerrier, Derfel, un très grand guerrier. Tu es brave, tu es franc, tu es aussi robuste que la Tour de Merlin et il n'y a pas une once de folie en toi. Pas une trace, pas même une étincelle sauvage et désespérée. Crois-tu que j'aie envie de suivre Merlin ?

— Oui, répondis-je, blessé. Je sais bien que oui. » Je voulais dire, bien sûr, que j'étais blessé parce qu'elle ne se consacrerait pas à moi.

Elle respira à pleins poumons et son regard se porta sous le toit ombragé où deux pigeons s'étaient réfugiés par un trou de cheminée et s'agitaient maintenant sur les chevrons. « Parfois, reprit-elle, je me dis que j'aimerais me marier, avoir des enfants, les voir pousser, vieillir moi-même, mourir, mais de toutes ces choses, Derfel – elle se retourna vers moi –, je ne connaîtrai que la dernière. Je ne supporte pas de songer à ce qu'il adviendra de moi. L'idée que je doive souffrir les Trois Blessures de la Sagesse m'est insupportable, mais je le dois. Je le dois !

— Les Trois Blessures ? » Je n'en avais encore jamais entendu parler.

« La Blessure du Corps, expliqua Nimue, la Blessure de l'Orgueil et, ajouta-t-elle, en se passant la main entre les jambes, la Blessure de l'Esprit, qui est folie. » Elle se tut un instant tandis qu'un frisson d'horreur parcourut son visage. « Merlin les a souffertes toutes les trois : voilà pourquoi il est si sage. Ce que Morgane a souffert dans sa chair passe l'imagination, mais jamais elle n'a souffert les deux autres blessures, et c'est pourquoi jamais elle n'appartiendra vraiment aux Dieux. Je n'en ai encore souffert aucune, mais ça viendra. Je le dois ! » Elle parlait avec ardeur. « Je le dois parce que j'ai été choisie.

— Pourquoi n'ai-je pas été choisi, moi ?

— Tu ne comprends pas, Derfel, dit-elle en hochant la tête. Personne ne m'a choisie, sauf moi. C'est à chacun qu'il appartient de choisir. Cela pourrait nous arriver à tous, ici. Voilà pourquoi Merlin recueille les enfants abandonnés, parce qu'il croit que les orphelins pourraient avoir des dons particuliers, mais fort peu en ont.

— Et toi tu en as ? !

— Je vois les Dieux partout, dit simplement Nimue. Ils me voient.

— Je n'ai jamais vu un Dieu, dis-je, têtu.

— Tu en verras, promit-elle en souriant de ma rancœur, parce que tu dois penser à la Bretagne, Derfel, comme si elle était parée de rubans de brume de plus en plus fins. De simples fils ténus, ici ou là, qui dérivent et s'estompent, mais ces fils, ce sont les Dieux, et si nous parvenons à les trouver et à leur plaire, si nous leur rendons cette terre, alors les fils s'épaissiront et se rejoindront pour former une grande et merveilleuse brume qui recouvrera tout le pays et nous protégera de l'extérieur. Voilà pourquoi nous vivons ici, sur le Tor. Merlin sait que cet endroit agrée aux Dieux : la brume sacrée y est épaisse, mais il nous appartient de la propager.

— Est-ce ce que fait Merlin ?

— À ce moment précis, Derfel, répondit-elle dans un sourire, Merlin dort. Et je dois dormir, moi aussi. N'as-tu point de travail qui t'attend ?

— Des loyers à compter », dis-je d'un ton embarrassé. Les

entrepôts du bas regorgeaient de poissons et d'anguilles fumées, de pots de sel, de paniers d'osier, de tissus, de saumons de plomb, de bassines de charbon de bois et même de rares fragments d'ambre et de jais : les loyers d'hiver payables à Beltain, qu'Hywel devait évaluer, enregistrer sur les tailles, puis diviser – d'un côté la part de Merlin, de l'autre la portion qui revenait aux collecteurs d'impôts du Grand Roi.

« Alors va compter », dit Nimue, comme s'il ne s'était rien passé d'étrange entre nous, bien qu'elle se penchât vers moi pour me gratifier d'un baiser fraternel. « Va ! » Je sortis d'un pas chancelant de la chambre de Merlin sous les regards rancuniers et curieux des serviteurs de Norwenna qui étaient rentrés dans la grande salle.

Vint l'équinoxe. Les chrétiens célébrèrent la mort de leur Dieu tandis que nous allumions les immenses brasiers de Beltain. Nos flammes se déchaînaient dans les ténèbres pour apporter une vie nouvelle au monde qui se réveillait. À l'est, on aperçut au loin les premiers pillards saxons, mais personne n'approcha d'Ynys Wydryn. On ne devait plus revoir non plus le roi Gundleus de Silurie. Gudovan, le clerc, supposait que la proposition de mariage n'avait pas abouti et, d'un ton lugubre, prédit une nouvelle guerre contre les royaumes du Nord.

Merlin ne revint pas, et nous ne reçûmes aucune nouvelle de lui.

L'Edling Mordred eut ses premières dents de lait. Les premières à percer furent celles de la mâchoire inférieure, ce qui augurait bien d'une longue vie, et Mordred profita de ses nouvelles dents pour mordre jusqu'au sang les tétons de Ralla, qui continua cependant à l'allaiter afin que son bébé dodu tète le sang d'un prince en même temps que le lait maternel. Les jours rallongeant, le cœur de Nimue se fit plus léger. Les cicatrices de nos mains avaient viré du rose au blanc pour ne plus laisser qu'une ligne un peu plus sombre. Nimue n'en parlait jamais.

Le Grand Roi passa une semaine à Caer Cadarn, où l'on transporta l'Edling afin que son grand-père pût le voir. Uther dut approuver ce qu'il vit, et les augures printaniers étaient tous propices, car trois semaines après Beltain nous apprîmes que le Grand Conseil au complet, le premier à se tenir en Bretagne depuis plus de soixante ans, allait décider de l'avenir du royaume, de Norwenna et de Mordred.

C'était le printemps, les feuilles étaient vertes, le réveil de la nature était riche de grandes promesses.

Le Grand Conseil se réunit à Glevum, cité romaine qui s'étendait sur les rives du Severn, juste au-delà de la frontière septentrionale de la Dumnonie avec Gwent. Uther y fut transporté sur un char tiré par quatre bœufs, chaque animal étant décoré de brins d'aubépine et sellé d'un linge vert. En ce début d'été, le Grand Roi apprécia sa pesante progression à travers son royaume, peut-être parce qu'il savait que ce serait sa dernière vision des charmes de la Bretagne avant de passer par la Grotte de Cruachan et sur le pont qui mène aux Enfers. Les haies entre lesquelles cheminait son attelage étaient blanches d'aubépine, les bois étaient parsemés de campanules tandis que les coquelicots étincelaient parmi les blés, le seigle et l'orge et dans les champs de foin presque mûrs où s'affairaient les râles des genêts. Le Grand Roi voyageait lentement, s'arrêtant souvent dans les hameaux et dans les villas, où il inspectait les terres et les domaines, et prodiguait ses conseils à des hommes qui savaient mieux que lui aménager un bassin de foulage ou châtrer un pourceau. Il se baigna dans les sources chaudes d'Aquae Sulis, et il était si bien rétabli quand il quitta la cité qu'il parcourut à pied un bon kilomètre avant de se faire aider pour remonter dans son attelage capitonné de fourrures. Il s'était fait accompagner de ses bardes, de ses conseillers, de son médecin, de son chœur, d'un cortège de serviteurs et d'une escorte de guerriers placés sous les ordres d'Owain, son champion et le chef de sa garde. Tout le monde avait des fleurs et les guerriers portaient leurs boucliers à l'envers pour bien montrer que leur marche était pacifique, bien qu'Uther fût trop vieux et trop avisé pour ne point s'assurer que leurs pointes de lances fussent dûment affilées chaque jour.

J'allai à Glevum. Je n'avais rien à y faire, mais Uther avait convié Morgane au Grand Conseil. Les femmes étaient d'ordinaire tenues à l'écart de ces réunions, grandes ou petites, mais Uther estimait que nul ne pouvait mieux que Morgane s'exprimer au nom de Merlin et, désespérant de revoir ce dernier, il s'était adressé à elle. En outre, elle était la fille naturelle d'Uther, et le Grand Roi aimait à dire qu'il y avait plus de bon sens dans la tête enveloppée d'or de Morgane que dans le crâne de la moitié de ses conseillers réunis. Morgane était aussi responsable de la santé de Norwenna, et c'est de l'avenir de celle-ci qu'on devait décider, bien que Norwenna elle-même ne fût ni convoquée ni consultée. Elle demeura à Ynys Wydryn, aux soins de Gwendoline, l'épouse de Merlin. Morgane serait allée seule à Glevum, avec Sebile, son esclave, si à la dernière minute Nimue n'avait calmement annoncé qu'elle devait s'y rendre elle aussi et que je devais l'accompagner.

Naturellement, Morgane fit des embarras, mais à l'indignation de son aînée Nimue opposa un calme exaspérant. « J'ai été initiée », dit-elle à Morgane, et lorsque celle-ci lui demanda d'une voix suraiguë par qui, Nimue se contenta d'un sourire. Morgane était deux fois plus grande que Nimue et avait deux fois son âge, mais lorsque Merlin avait pris Nimue dans son lit, le pouvoir à Ynys Wydryn lui avait échu, et, face à cette autorité, l'aînée était démunie. Elle s'opposa encore à ma venue. Elle exigea de savoir pourquoi Nimue n'emmenait pas Lunete, l'autre fille irlandaise parmi les pupilles de Merlin. Un garçon comme moi, assura Morgane, n'était pas une compagnie pour une jeune femme et, Nimue se contentant de sourire, Morgane éructa qu'elle dirait à Merlin que Nimue s'était entichée de moi et que son sort serait scellé. Face à cette menace malhabile, Nimue s'esclaffa et lui tourna le dos.

Je ne me souciais guère de cette dispute. Je voulais aller à Glevum, voir les joutes, entendre les bardes, regarder les danses et, par-dessus tout, rester avec Nimue.

Ainsi, quatuor mal assorti, prîmes-nous la route de Glevum. Morgane, son bâton d'épine noire à la main et son masque d'or étincelant au soleil d'été, clopinait en tête, son déhanchement rappelant à chacun de ses pas pesants qu'elle désapprouvait la compagnie de Nimue. Sebile, l'esclave saxonne, hâtait le pas derrière sa maîtresse, le dos ployant sous le poids des litières, des herbes et des ustensiles. Nimue et moi marchions derrière, pieds et tête nus, sans chargement aucun. Nimue avait passé un long manteau noir sur une robe blanche serrée à la taille par une corde d'esclave. Ses longs cheveux noirs rassemblés en chignon, elle ne portait aucun bijou, pas même une épingle en os pour attacher son manteau. Morgane portait un lourd torque doré autour du cou et son manteau brun était fermé à hauteur des seins par deux broches d'or, dont une en forme de cerf à trois cornes, l'autre étant le fameux dragon que lui avait offert Uther à Caer Cadarn.

Je pris plaisir au voyage. Il nous fallut trois jours, à pas lents, car Morgane n'était pas une bonne marcheuse, mais le soleil brillait et la Voie romaine nous facilitait la tâche. À la brune, nous nous réfugiions dans le château le plus proche et, en qualité d'hôtes d'honneur, dormions dans la grange emplie de paille. Nous croisâmes peu d'autres voyageurs, et tous nous cédèrent le passage, car le blason éclatant de Morgane était le symbole de son rang élevé. On nous avait mis en garde contre les hommes sans feu ni lieu qui détroussaient les marchands sur les grands-routes, mais personne ne nous menaça, peut-être parce que les soldats d'Uther avaient préparé le Grand Conseil en écumant les bois et les collines à la recherche de brigands, et nous vîmes une bonne douzaine de corps en putréfaction placés sur les bas-côtés en guise d'avertissement. Les serfs et les esclaves s'agenouillaient devant Morgane, les marchands lui cédaient le passage. Seul un voyageur osa défier notre autorité : un prêtre à la barbe sauvage suivi de femmes échevelées en haillons. Le groupe chrétien suivait la route en dansant, louant leur Dieu cloué, mais lorsque le prêtre vit le masque d'or qui recouvrait le visage de Morgane, le triple andouiller et le dragon ailé de ses broches, il s'emporta contre cette créature du Malin. Le prêtre a dû croire qu'une femme ainsi masquée et boitillante serait une proie facile pour ses sarcasmes, mais un prédicateur errant accompagné de son épouse et de prostituées sacrées n'était pas de taille à affronter la fille d'Igraine, la pupille de Merlin et la sœur d'Arthur. Morgane le frappa à l'oreille d'un simple coup qui l'envoya valdinguer dans un fossé envahi par les orties et elle poursuivit son chemin sans guère un regard en arrière. Les femmes du prêtre poussèrent des cris perçants et s'écartèrent. D'aucunes prièrent, d'autres éructèrent des malédictions, mais Nimue glissa tel un esprit à travers leur malveillance.

Je n'avais aucune arme, sauf à compter mon bâton et mon couteau au nombre des accoutrements d'un guerrier. J'avais voulu emporter une épée et une lance, afin de paraître plus âgé, mais Hywel s'était moqué de moi : un homme se révèle par ses faits et gestes, non par ses fantaisies. Pour ma protection, il me remit un torque de bronze auquel était pendue une effigie du Dieu cornu de Merlin. Personne, assurait-il, n'oserait défier Merlin. Malgré tout, je me sentais inutile sans les armes d'un homme. Pourquoi étais-je là ? demandai-je à Nimue.

« Parce que tu es mon ami assermenté, mon petit. »

J'étais déjà plus grand elle, mais elle employait ce mot affectueusement.

« Et parce que toi et moi sommes choisis par Bel, et s'il nous choisit, nous devons nous choisir l'un l'autre.

— Alors pourquoi allons-nous tous les deux à Glevum ? voulus-je savoir.

— Parce que Merlin le veut, naturellement.

— Y sera-t-il ? » demandai-je avidement. Il y avait si longtemps que Merlin était absent et, sans lui, Ynys Wydryn était comme un ciel sans soleil.

« Non », répondit-elle d'un ton calme.

Mais comment savait-elle le désir de Merlin en la matière ? Je n'en savais rien, car Merlin était encore bien loin et les convocations pour le Grand Conseil avaient été lancées longtemps après son départ.

« Et qu'allons-nous faire lorsque nous serons à Glevum ?

— Nous le saurons sur place », dit-elle d'un air mystérieux. Elle n'en dirait pas plus.

Glevum, dès lors que je me fus habitué à la puanteur suffocante de la gadoue, m'apparut comme un endroit merveilleusement étrange. Mises à part certaines villas transformées en fermes sur les terres de Merlin, c'était la première fois que je mettais les pieds dans une ville romaine, et je demeurai bouche bée devant le spectacle comme un poussin à peine sorti de l'œuf. Les rues étaient pavées de pierres taillées et, bien qu'elles eussent joué depuis le départ des Romains, voici maintenant de longues années, les hommes du roi Tewdric avaient fait de leur mieux pour réparer les dégâts en arrachant les herbes et en balayant le sol en sorte que les neuf rues de la cité ressemblaient à des cours d'eau caillouteux à la saison sèche. Il n'était pas facile de marcher sur les pierres, et le spectacle des chevaux essayant d'en éviter les pièges nous fit rire de bon cœur, Nimue et moi. Les bâtiments étaient aussi bizarres que les rues. Nos maisons et nos châteaux étaient faits de bois et de chaume, d'argile et de claies, tandis que ces constructions romaines de pierres et de curieuses briquettes étaient collées les unes aux autres, même si, au fil des ans, certaines s'étaient effondrées, entrecoupant de décombres les longues rangées de maisons basses curieusement recouvertes d'une toiture de tuiles d'argile cuite. La cité fortifiée gardait un point de passage sur le Severn et se trouvait entre deux royaumes, et à proximité d'un troisième, en sorte qu'elle était un centre commercial réputé. Des potiers travaillaient à demeure, des orfèvres se penchaient sur leurs tables, et des veaux beuglaient dans l'abattoir situé derrière la place du marché envahie de rustres qui vendaient du beurre, des noix, du cuir, du poisson fumé, du miel, des tissus teints et de la laine fraîchement tondue. Mais le clou du spectacle, tout au moins à mes yeux éblouis, c'étaient les soldats du roi Tewdric. C'étaient des Romains, m'expliqua Nimue, ou tout au moins des Bretons qui avaient été à l'école des Romains avec leurs barbes coupées court, leurs robustes souliers de cuir et leurs chausses de laine sous leurs courtes jupes de cuir. Les chefs avaient une jupe recouverte de plaques de bronze cousues les unes aux autres et, quand ils marchaient, cette armure cliquetait comme des sonnailles. Chaque homme avait un plastron parfaitement astiqué, un long manteau de bure et un casque de cuir dont la couture formait une crête au sommet. Certains avaient un casque surmonté de plumes colorées. Chaque soldat portait une épée courte avec une large lame, une longue lance à la hampe polie et un bouclier oblong de bois et de cuir orné d'un taureau, le symbole de Tewdric. Les boucliers étaient tous de la même taille, les lances toutes de la même longueur, et tous les soldats marchaient au pas : extraordinaire spectacle qui me fit d'abord rire et auquel je finis par m'habituer.

Au centre de la ville, où les quatre rues qui menaient aux quatre portes débouchaient sur une grande place carrée, se dressait un grand bâtiment à peine croyable. Même Nimue en resta bouche bée, car, assurément, nul être vivant ne pouvait construire une chose pareille, si haute et si blanche avec des angles aussi droits. Le toit reposait sur d'immenses piliers et l'espace triangulaire compris entre le faîte du toit et le sommet des piliers était couvert d'images fantastiques sculptées dans la pierre blanche et représentant des hommes merveilleux piétinant leurs ennemis sous les sabots de leurs chevaux. Les hommes de pierre portaient des faisceaux de lances de pierre et des casques de pierre surmontés de crêtes de pierre. Certaines figures étaient tombées ou s'étaient brisées sous l'effet du gel, mais cela n'en tenait pas moins du miracle à mes yeux, bien que Nimue, après les avoir observées, crachât pour conjurer le mal.

« Ça ne te plaît pas ? demandai-je avec ressentiment.

— Les Romains ont voulu être des dieux, expliqua-t-elle, et c'est pourquoi les Dieux les ont humiliés. Le Conseil ne devrait pas se réunir ici. »

C'est pourtant à Glevum qu'était convoqué le Grand Conseil, et Nimue n'y pouvait rien changer. C'est ici, à l'abri des remparts romains de terre et de bois qu'allait se décider le sort du royaume d'Uther.

Lorsque nous entrâmes dans la ville, le Grand Roi était déjà arrivé. Il logeait dans un autre grand bâtiment, face à l'édifice aux colonnes, de l'autre côté de la place. Il ne se montra ni surpris ni indisposé de la venue de Nimue, peut-être parce qu'il pensait qu'elle faisait simplement partie de la suite de Morgane, et il nous attribua à tous une seule pièce, à l'arrière de la maison, où les cuisines fumaient et où les esclaves se chamaillaient. Les soldats du Grand Roi faisaient pâle figure à côté des hommes resplendissants de Tewdric. Nos soldats avaient les cheveux longs et la barbe fleurie, de longs manteaux multicolores rapetassés et élimés, et ils portaient de longues et lourdes épées, des lances à la hampe grossière et des boucliers ronds ornés d'un dragon, le symbole d'Uther, qui paraissait bien grossier à côté des taureaux soigneusement peints de Tewdric.

Les deux premiers jours furent occupés par des célébrations. Les champions des deux royaumes se livrèrent à des parodies de combat devant les remparts, même si le roi Tewdric dut faire descendre dans l'arène deux de ses meilleurs hommes lorsque Owain, le champion d'Uther, entra en lice. Le fameux héros de Dumnonie était réputé invincible, et il en avait l'air avec le soleil d'été qui étincelait sur sa longue épée. C'était un géant aux bras tatoués, à la poitrine velue et à la barbe en bataille décorée d'anneaux de guerriers forgés avec les armes prises aux ennemis vaincus. Son combat contre les deux champions de Tewdric devait rester un simulacre de combat, mais on eut tôt fait d'oublier le simulacre lorsque ce fut au tour des deux héros de

Gwent de l'affronter. Les trois hommes bataillèrent comme s'ils respiraient la haine et échangèrent des coups qui durent résonner au nord, jusqu'à la lointaine Powys, et au bout de quelques minutes leur sueur se mêlait de sang, le tranchant émoussé de leurs épées était hoché, et les trois hommes clopinaient, mais Owain avait encore le dessus. Malgré sa grande taille, il était une excellente épée et assenait ses coups avec une force terrible. La foule, qui s'était rassemblée des campagnes environnantes et où les sujets d'Uther se mêlaient à ceux de Tewdric, hurlait comme une meute de bêtes sauvages, incitant les hommes aux massacres. Voyant la passion, Tewdric se décida à lancer son bâton pour mettre fin au combat. « Nous sommes amis, ne l'oubliez pas », dit-il aux trois hommes, et Uther, assis un peu plus haut que Tewdric, ainsi qu'il sied à un Grand Roi, opina du chef.

Uther paraissait fruste et mal en point, avec son corps boursouflé, sa figure jaune et avachie, sa respiration laborieuse. On l'avait transporté en litière sur le champ de bataille et il était enveloppé sur son trône d'un épais manteau qui dissimulait sa ceinture parée de bijoux et son torque brillant. Le roi Tewdric, quant à lui, était habillé à la romaine : en vérité, son grand-père était un authentique Romain, ce qui explique sans doute les consonances étrangères de son nom. Vêtu d'une toge blanche rabattue en plis savants sur l'épaule, le roi portait les cheveux coupés très court et n'avait point de barbe. Grand et maigre, il était d'une élégance naturelle dans ses gestes et, bien qu'il ne fût encore qu'un jeune homme, sa mine triste et sage le faisait paraître bien plus âgé. Enid, sa reine, portait les cheveux nattés en une étrange spirale qui formait un équilibre si précaire au sommet de son crâne que force lui était de se déplacer avec la gaucherie d'une pouliche qui vient de naître. Son visage était enduit d'une pâte blanche qui lui donnait un air d'ennui et de perplexité. Son fils Meurig, l'Edling de Gwent, était un gamin de dix ans qui ne tenait pas en place : assis aux pieds de sa mère, il recevait une tape de son père chaque fois qu'il se curait le nez.

Après le tournoi, ce fut au tour des harpistes et des bardes de s'affronter. Cynyr, le barde de Gwent, chanta la grande geste de la victoire d'Uther sur les Saxons à Caer Idern. Plus tard, je compris que Tewdric avait dû lui en donner l'ordre, afin de rendre hommage au Grand Roi, et la récitation eut assurément l'heur de plaire à Uther, qui garda le sourire aussi longtemps que le barde égrena les vers et opina chaque fois qu'était loué tel ou tel valeureux. Cynyr déclama la victoire d'une voix vibrante et, lorsqu'il en arriva aux strophes qui racontaient comment Owain avait massacré les Saxons par milliers, il se tourna vers le combattant meurtri et épuisé, et l'un des champions de Tewdric, qui une heure plus tôt à peine avait essayé de faire toucher terre au grand gaillard, se redressa et leva le bras d'Owain. La foule hurla puis s'esclaffa, lorsque Cynyr prit une voix de femme pour imiter les Saxons demandant grâce. À petits pas, il se mit à parcourir le champ, comme sous l'effet de la panique, s'accroupissant comme pour se cacher. Le spectacle plut à la foule. À moi aussi, car on voyait presque les abominables Saxons trembler de terreur, on sentait la puanteur de leur sang couler jusqu'à la mort et l'on entendait les ailes des corbeaux venus se rassasier de leur chair. Puis Cynyr se redressa de toute sa hauteur et laissa choir son manteau : son corps peint en bleu était nu, et il entonna l'hommage des Dieux qui avaient observé leur champion, le Grand Roi Uther de Dumnonie, Pendragon de Bretagne, vaincre les rois, les chefs et les champions de l'ennemi. Puis, toujours nu, le barde se prosterna devant le trône d'Uther.

Uther farfouilla sous son manteau pelucheux pour mettre la main sur un torque d'or jaune qu'il lança vers Cynyr. Mais sa main était faible et le torque tomba au bord du dais de bois où les deux rois avaient pris place. Le mauvais augure fit pâlir Nimue, mais Tewdric ramassa tranquillement le torque et le porta au barde à cheveux blancs que le roi releva de ses propres mains.

Quand les bardes eurent chanté, et alors que le soleil se couchait derrière le sombre ruisselet de collines qui, à l'ouest, délimitait le territoire de la Silurie, une procession de filles apportèrent des fleurs pour les reines. Mais il n'y avait qu'une seule reine sous le dais : Enid. L'espace de quelques secondes, les filles portant les monceaux de fleurs pour la dame d'Uther ne surent que faire, mais Uther s'agita et montra du doigt Morgane, qui avait pris place sur un banc à côté du dais : les demoiselles firent une embardée et déposèrent devant elle une montagne d'iris, de reines des prés et d'orchidées. « On dirait une boulette persillée », me siffla Nimue à l'oreille.

La veille du Grand Conseil, il y eut, en soirée, un service chrétien dans la grande salle du grand bâtiment du centre-ville. Tewdric était un fervent chrétien, et les siens se pressaient dans la salle éclairée par les torches disposées dans des pattes de fer fixées au mur. Il avait plu toute la soirée et la salle bondée empestait la sueur, la laine mouillée et la fumée. Les femmes s'étaient placées à gauche, les hommes à droite mais Nimue passa tranquillement outre à cette disposition pour grimper sur un piédestal placé derrière la sombre foule des hommes emmitouflés dans leur manteau, mais tête nue. Il y avait d'autres piédestaux de cette espèce, pour la plupart couronnés de statues, mais notre plinthe était vide et assez large pour nous accueillir tous les deux, assis à regarder les rites chrétiens, même si, au départ, je fus davantage ébahi par l'immensité de la salle, plus haute, plus longue et plus large que toutes les salles de banquet que j'eusse jamais vues, si vaste que des étourneaux y avaient élu domicile et devaient se dire que la halle romaine était un monde sauvage en soi. Le ciel des moineaux était un toit incurvé soutenu par des piliers de brique carrés jadis recouvert d'une couche de plâtre lisse et blanc sur lequel on avait peint des images. Seuls en subsistaient des fragments : je devinais l'esquisse rouge d'un cerf courant, une créature marine avec des cornes et une queue fourchue, et deux femmes tenant une coupe à deux anses.

Uther n'était pas venu, mais ses guerriers chrétiens étaient présents et Mgr Bedwin, le conseiller du Grand Roi, participa aux cérémonies que Nimue et moi regardions de notre nid d'aigle comme deux sales gosses épiant leurs aînés. Le roi Tewdric était là, et avec lui quelques rois et princes vassaux qui, le lendemain, siégeraient au Grand Conseil. Ces grands avaient des sièges aux premiers rangs, mais la masse des torches brûlait non pas autour d'eux, mais auprès des prêtres chrétiens rassemblés à leur table. C'est la première fois de ma vie que je voyais ces créatures et leurs rites.

« Qu'est-ce au juste qu'un évêque ? demandai-je à Nimue.

— C'est comme un druide », dit-elle, et de fait, comme les druides, tous les prêtres chrétiens avaient le devant du crâne rasé. « Sauf qu'ils n'ont aucune formation, ajouta Nimue sur le ton de la dérision, et qu'ils ne savent rien.

— Sont-ils tous des évêques ? demandai-je en observant la théorie d'hommes rasés qui allaient et venaient, se baissaient et se relevaient tout aussi brusquement autour de la table illuminée, à l'extrémité de la salle.

— Non. Certains ne sont que de simples prêtres. Ils sont encore plus ignares que les évêques, observa-t-elle en pouffant.

— Il n'y a pas de prêtresses ?

— Dans leur religion, dit-elle avec mépris, les femmes doivent obéir aux hommes. » Elle cracha contre ce mal et certains guerriers tout proches lui lancèrent un regard de désapprobation. Nimue feignit de ne pas les voir. Elle était enveloppée dans son manteau noir, serrant dans ses bras ses genoux pressés contre sa poitrine. Morgane nous avait interdit d'assister aux cérémonies chrétiennes, mais Nimue ne respectait plus ses ordres. Ses yeux brillaient dans la pénombre où disparaissait son visage décharné.

Les étranges prêtres chantèrent et psalmodièrent en grec des choses qui n'avaient aucun sens pour nous. Ils ne cessaient de baisser la tête, sur quoi toute la foule se baissait puis peinait à se relever ; et, du côté droit de l'église, chaque plongeon était marqué par le cliquetis des fourreaux qui heurtaient le sol dans le plus grand désordre. Les prêtres, comme les druides, ouvraient grands les bras lorsqu'ils priaient. Ils portaient d'étranges robes qui ressemblaient vaguement à la toge de Tewdric et étaient recouvertes d'une tunique décorée. Ils chantaient et la foule leur répondait. Quelques femmes qui se tenaient derrière la fragile reine Enid au visage pâle se mirent à pousser des cris perçants et à trembler, extatiques, mais les prêtres demeurèrent insensibles à ce brouhaha et continuèrent à psalmodier et à chanter. Sur la table se trouvait une croix toute simple devant laquelle ils se courbaient et devant laquelle Nimue fit le signe du mal en marmonnant une formule de protection. Nous cûmes tôt fait de nous lasser, et je voulais aller m'assurer que nous étions bien placés pour obtenir quelques miettes du grand banquet qui serait donné après la cérémonie dans la demeure d'Uther, mais le langage de la nuit fit alors place au parler breton : un jeune prêtre haranguait la foule.

Ce jeune prêtre, c'était Sansum : c'est cette nuit-là que je vis le saint pour la première fois. Il était très jeune à cette époque, beaucoup plus jeune que les évêques, mais il était considéré comme un homme d'avenir, l'espoir du christianisme, et les évêques lui avaient délibérément cédé l'honneur de prononcer ce sermon, histoire de servir sa carrière.

Sansum fut toujours un homme maigre, de petite taille, avec un menton pointu et rasé de près et un front fuyant au-dessus duquel sa chevelure tonsurée s'élevait raide et noire comme une haie d'épineux, bien que cette haie fût taillée plus court au sommet que sur les bords, laissant ainsi deux toupets raides et noirs juste au-dessus des oreilles. « Il ressemble à Lughtigern », chuchota Nimue à mon intention, et je m'esclaffai bruyamment parce que

Lughtigern est le Seigneur des Souris dans les contes enfantins : un animal vantard et hâbleur qui détale sitôt que paraît le chat. Mais ce Seigneur des Souris tonsuré pouvait certainement prêcher. Avant cette nuit-là, jamais je n'avais entendu le saint Évangile de Notre Seigneur Jésus-Christ, et quand je songe au peu de cas que j'ai fait de ce premier sermon, j'en ai parfois le frisson, mais jamais je n'oublierai avec quelle fougue il le prononça. Sansum se tenait à une seconde table, en sorte qu'il pouvait voir et être vu, et parfois, dans la passion de son prêche, il serait tombé si ses acolytes ne l'avaient retenu. J'espérais bien le voir chuter mais il se débrouillait toujours pour retrouver son équilibre.

Son prêche commença de manière assez conventionnelle. Il remercia Dieu de la présence des grands rois et des puissants princes venus entendre la Bonne Parole, puis adressa quelques compliments fleuris au roi Tewdric avant de se lancer dans une diatribe exposant la vision chrétienne de la Bretagne. Ainsi que je m'en aperçus plus tard, c'était plus un discours politique qu'un sermon.

L'île de Bretagne, affirma Sansum, était chérie de Dieu. C'était une terre à part, isolée des autres pays et entourée d'une mer vive qui la défendait des épidémies, des hérésies et des ennemis. La Bretagne, poursuivit-il, était aussi bénie par les grands souverains et les valeureux guerriers, mais ces derniers temps des étrangers avaient déchiré l'île et mis à sac ses champs, ses granges et ses villages. Les Saïs païens, les Saxons, s'emparaient de la terre de nos ancêtres et la transformaient en friches. Les redoutables Saïs profanaient les tombes de nos pères, ils violaient nos femmes et massacraient nos enfants, et de pareilles choses, affirma Sansum, ne pourraient arriver sans la volonté de Dieu. Pourquoi Dieu tournait-il donc ainsi le dos à ses enfants chéris ?

Parce que, expliqua-t-il, ces enfants avaient refusé d'entendre son saint message. Les enfants de la Bretagne s'obstinaient à courber l'échine devant le bois et la pierre. Les prétendus bosquets sacrés étaient encore là et leurs sanctuaires, baignés du sang des sacrifices, abritaient encore les crânes des morts. On n'aurait pu voir de pareilles choses en ville, observa Sansum, car la plupart des cités étaient pleines de chrétiens, mais les campagnes, nous mit-il en garde, étaient infestées de païens. Sans doute restait-il peu de druides en Bretagne, mais il n'était de vallée ou de terre agricole où des hommes et des femmes ne se conduisaient comme des druides, sacrifiant des êtres vivants à une pierre morte, usant de charmes et d'amulettes pour jobarder les braves gens. Même les chrétiens, et ici Sansum tança l'assemblée, conduisaient leurs malades auprès des sorciers et confiaient leurs rêves à des prophétesses païennes, et aussi longtemps qu'on encouragerait ces vilaines pratiques Dieu continuerait à accabler la Bretagne de viols, de massacres et de Saxons ! Il s'arrêta pour reprendre son souffle et je portai la main à mon torque, parce que je savais que cet énergumène était l'ennemi de mon maître Merlin et de mon amie Nimue. Nous avions péché ! Soudain, Sansum cria, ouvrant grands les bras pour se pencher sur la table. Nous devions tous nous repentir. Les rois de Bretagne doivent aimer le Christ et sa Sainte Mère, et ce n'est que le jour où toute la race des Bretons sera unie en Dieu que Dieu réunira la Bretagne. La foule répondait maintenant à son sermon, l'approuvant de vive voix, implorant la miséricorde de Dieu et réclamant la mort des druides et de leurs affidés. C'était terrifiant.

« Viens, chuchota Nimue. J'en ai assez entendu. »

Nous nous laissâmes glisser en bas de notre piédestal pour nous faufiler à travers la foule qui emplissait le vestibule sous les piliers extérieurs. À ma grande honte, je serrai mon manteau sous mon menton imberbe afin que nul ne pût voir mon torque et, sur les pas de Nimue, descendis les marches qui débouchaient la place venteuse illuminée de tous côtés par les flammes déchaînées des torches. Une pluie fine qui venait de l'ouest faisait briller les pierres à la lueur du feu. La garde en uniforme de Tewdric était postée, impassible, tout autour de la place. Nimue m'entraîna au centre puis, s'arrêtant, se mit à rire. Au départ, ce ne fut qu'un gloussement, mais c'était un rire moqueur qui se métamorphosa en hurlement de défi qui, par-delà les toits de Glevum, se répercuta en écho dans les cieux, et finit en cris aigus aussi sauvages que les hurlements d'une bête aux abois. Tout en poussant son cri, elle tourna sur elle-même, suivant la course du soleil du nord vers l'est, puis de l'est vers le sud puis vers l'ouest, et de nouveau vers le nord, sans qu'aucun soldat ne remue. Sous le portique de la grande halle, quelques chrétiens nous regardaient contrariés, mais personne n'intervint. Quand quelqu'un était touché par les Dieux, les chrétiens eux-mêmes le reconnaissaient, et personne n'osa porter la main sur Nimue.

À bout de souffle, elle s'affala sur la pierre. Elle était muette : un petit corps blotti sous une cape noire, une chose informe frémissant à mes pieds.

« Oh, petit ! appela-t-elle enfin d'une voix lasse. Oh, mon petit.

— Qu'y a-t-il ? » demandai-je, plus tenté, je l'avoue, par l'odeur de porc rôti qui venait des cuisines d'Uther que par la transe qui avait laissé Nimue à bout de force.

Elle me tendit sa main gauche balafrée, et je la remis sur pied. « Nous avons une chance, dit-elle de sa voix fluette et effarouchée, juste une chance, et si nous perdons les Dieux nous délaisseront. Ils nous abandonneront à la merci des brutes. Et ces sots, le Seigneur des Souris et ses fidèles, gâcheront cette chance à moins que nous ne les combattions. Et ils sont si nombreux alors que nous sommes si peu. » Elle me regardait droit dans les yeux, sanglotant désespérément.

Je ne savais que dire. Bien que je fusse un pupille de Merlin, un enfant de Bel, je n'avais aucune accointance avec le monde spirituel : « Bel nous aidera, n'est-ce pas ? demandai-je, impuissant. Il nous aime, n'est-ce pas ?

— Il nous aime ! cria-t-elle en arrachant sa main de la mienne. Il nous aime ! répéta-t-elle avec mépris. La tâche des Dieux n'est pas de nous aimer. Tu aimes les porcs de Druidan ? Au nom de Bel, pourquoi diable un Dieu nous aimerait-il ? Que sais-tu de l'amour, toi Derfel, fils de Saxon ?

— Je sais que je t'aime. Je puis rougir maintenant, quand je vois un jeune homme qui quête désespérément l'affection d'une femme. » Pour faire cette déclaration, il m'avait fallu mobiliser toute mon énergie, tout le courage que j'espérais posséder, et quand j'eus lâché ces mots, je piquai un fard à la lueur des flammes balayées par la pluie. J'aurais mieux fait de me taire.

« Je sais, dit Nimue dans un sourire, je sais. Viens maintenant. Pour notre souper, un banquet. »

Aujourd'hui que je passe mes derniers jours à écrire dans ce monastère des collines de Powys, il m'arrive de fermer les yeux et de voir Nimue. Non pas telle qu'elle est devenue, mais telle qu'elle était en ce temps-là : si fougueuse, si prompte, si confiante. J'ai gagné le Christ, je le sais, et à travers sa bénédiction, j'ai gagné le monde entier aussi, mais ce que j'ai perdu, ce que nous avons tous perdu, on n'en finira jamais d'en dresser l'inventaire. Nous avons tout perdu.

Le banquet fut merveilleux.

*

Le Grand Conseil commença en milieu de matinée, après que les chrétiens eurent organisé une autre cérémonie. Ils en avaient un nombre extravagant, me disais-je, car chaque heure de la journée paraissait exiger quelque nouvelle génuflexion devant la Croix, mais le sursis était une manière de laisser aux princes et aux guerriers le temps de se remettre de leur nuit de libations, de vantardises et de bagarres. Le Grand Conseil se tint dans la halle de nouveau éclairée par des torches, car malgré la lumière éclatante de ce soleil printanier, les rares fenêtres étaient hautes et étroites, moins faites pour laisser entrer la lumière que pour laisser sortir la fumée – et encore !

Uther, le Grand Roi, prit place sur une estrade dressée sous le dais réservé aux rois, aux princes héritiers et aux princes. Tewdric de Gwent, l'hôte du Conseil, siégeait au-dessous d'Uther, et de part et d'autre de son trône s'alignaient une douzaine d'autres trônes en ce jour occupés par des vassaux, rois ou princes, qui rendaient hommage à Uther ou à Tewdric. Le prince Cadwy d'Isca était là, ainsi que le roi Melwas des Belges et le prince Gereint, le Seigneur des Pierres, tandis que le lointain et sauvage royaume de Kernow, à la pointe occidentale de la Bretagne, avait dépêché son Edling, le prince Tristan, qui, enveloppé d'une fourrure de loup, siégeait à la limite du dais, à côté de deux trônes vacants.

En vérité, les trônes n'étaient que des chaises qu'on était allé chercher dans la salle de banquet et que l'on avait harnachées de tapis de selle, et devant chaque siège et à terre, adossés au dais, reposaient les écussons des royaumes. Il fut un temps où il n'y en avait pas moins de trente-trois, mais maintenant les tribus de Bretagne se combattaient et les lames des Saxons en avaient enterré quelques-uns à Lloegyr. L'un des desseins de ce Grand Conseil était de faire la paix entre les royaumes bretons subsistant, une paix qui était déjà menacée parce que Powys et la Silurie n'étaient pas venus au conseil. Leurs trônes étaient vides, témoins muets de l'hostilité persistante de ces royaumes envers Gwent et la Dumnonie.

Juste devant les rois et les princes, et au-delà d'un petit espace laissé libre pour les orateurs, siégeaient les conseillers et les principaux magistrats des royaumes. Certains conseils, comme ceux de Gwent et de la Dumnonie, étaient fort nombreux, tandis que d'autres ne comptaient qu'une poignée d'hommes. Magistrats et conseillers étaient assis à même le sol, dont je vis maintenant qu'il était décoré de milliers de petites pierres de couleur formant un immense dessin que l'on devinait entre leurs corps assis. Les conseillers s'étaient tous procuré des couvertures pour s'en faire des édredons car ils savaient que les délibérations du Grand Conseil pouvaient durer bien au-delà de la tombée de la nuit. Derrière les conseillers, et présents uniquement au titre d'observateurs, se trouvaient les guerriers en armes, d'aucuns avec leurs chiens de chasse préférés, en laisse, à leurs côtés. Je pris place parmi ces hommes en armes : mon torque de bronze à tête de Cernunnos justifiait amplement ma présence.

Deux femmes étaient au conseil, deux seulement, mais leur seule présence suscita des murmures de protestation, qu'Uther fit taire d'un battement de paupières.

Morgane s'assit directement en face d'Uther. Les conseillers s'étaient reculés en sorte qu'elle s'était retrouvée isolée avant que Nimue ne franchît hardiment le seuil et se faufilât à travers les messieurs assis pour venir se placer à côté d'elle. Nimue était entrée avec une telle assurance que nul n'avait essayé de lui barrer le chemin. Sitôt assise, elle leva les yeux vers le Grand Roi Uther, comme pour le mettre au défi de l'expulser, mais le Roi fit comme si de rien n'était. Morgane feignit elle aussi d'ignorer la présence de sa jeune rivale, raide et impassible. Elle était vêtue d'une robe de lin blanc serrée à la taille par une ceinture de cuir. Au milieu de ces hommes grisonnants, aux manteaux épais, elle semblait frêle et vulnérable.

Le Grand Conseil commença, comme tous les conseils, par une prière. Eût-il été présent, Merlin aurait invoqué les Dieux. Mais c'est l'évêque Conrad de Gwent qui récita une prière au Dieu chrétien. J'aperçus Sansum dans les rangs des conseillers de Gwent : il fusilla du regard les deux femmes qui n'inclinaient pas la tête alors que l'évêque priait. Sansum savait bien que les deux femmes étaient là à la place de Merlin.

La prière terminée, c'est Owain, le champion de Dumnonie qui deux jours auparavant avait affronté les meilleurs hommes de Tewdric, qui lança le défi. Une brute épaisse, comme disait toujours Merlin, et il en avait l'air, debout devant le Grand Roi avec les balafres de son dernier tournoi, son épée tirée et son épaisse fourrure de loup passée autour des muscles noueux de ses larges épaules. « Y a-t-il ici un homme, gronda-t-il, qui conteste à Uther le droit de monter sur le Grand Trône ? »

Personne ne bougea. L'air un peu déçu d'être ainsi frustré de l'occasion de réduire en bouillie un adversaire, Owain rengaina son épée et se rassit, mal à l'aise, parmi les conseillers. Il aurait préféré de beaucoup se trouver au milieu de ses guerriers.

Puis on passa aux nouvelles de la Bretagne. S'exprimant au nom du Grand Roi, Mgr Bedwin déclara que la menace saxonne, à l'est de la Dumnonie, s'était éloignée, mais à un prix exorbitant. Le prince Mordred, Edling de Dumnonie et guerrier dont la gloire avait atteint les confins de la terre, avait péri à l'heure de la victoire. Le visage d'Uther ne laissa paraître aucune émotion tandis qu'il écoutait pour la énième fois le récit de la mort de son fils. Le nom d'Arthur ne fut pas mentionné, alors même que c'était lui qui avait arraché la victoire à la maladresse de Mordred, et tout le monde, ici, le savait. Bedwin raconta que les Saxons vaincus étaient venus des terres jadis gouvernées par la tribu Catuvelan et que, même s'ils n'avaient pas été boutés hors de tout cet ancien territoire, ils étaient convenus de verser au Grand Roi un tribut annuel d'or, de blé et de bœufs. Priez Dieu, ajouta-t-il, que la paix soit durable.

« Priez Dieu, trancha le roi Tewdric, que les Saxons soient chassés de ces terres ! »

À ces mots, tous les guerriers qui se trouvaient au fond et sur les côtés de la salle frappèrent le sol de la hampe de leurs lances, et il en est au moins une qui se brisa sur les petits carreaux de mosaïque. Des chiens grondèrent.

Au nord de la Dumnonie, poursuivit Bedwin quand le tonnerre d'applaudissements eut cessé, la paix régnait grâce au très sage traité d'amitié qui existait entre le Grand Roi et le noble roi Tewdric. À l'ouest, et ici Bedwin marqua un temps de pause pour gratifier d'un sourire le bel et jeune prince Tristan, régnait aussi la paix. « Le royaume de Kernow, reprit Bedwin, fait bande à part. Nous comprenons que le roi Marc ait pris une nouvelle épouse et nous prions qu'à l'instar de ses distinguées devancières elle sache tenir son maître pleinement occupé. » Le propos déclencha une discrète vague d'hilarité.

« Ça fait combien ? demanda brusquement Uther. C'est la quatrième ou la cinquième ?

— Je crois bien que mon père lui-même n'en sait plus trop rien, Grand Seigneur », répondit Tristan. Toute la salle hurlait de rire. D'autres carreaux s'émiettèrent sous les coups de hampe et quelques fragments vinrent se loger tout contre mon pied.

Ce fut ensuite au tour d'Agricola de prendre la parole. Affublé d'un nom romain, il était connu pour son adhésion aux mœurs romaines. Agricola commandait les troupes de Tewdric et, bien qu'il fût maintenant d'un âge avancé, on le craignait toujours pour son habileté dans la bataille. Et si l'âge n'avait point voûté sa haute stature, elle avait rendu ses cheveux courts aussi gris qu'une lame d'épée. Son visage balafré était rasé de près, et il portait un uniforme romain autrement plus imposant que l'accoutrement de ses hommes. Sa tunique était écarlate, son plastron et ses jambières d'argent et, sous le bras, il tenait un casque d'argent emplumé d'une queue de cheval teinte taillée en forme de peigne écarlate et raide. Lui aussi rapporta que les Saxons, à l'est du royaume de son seigneur, avaient été vaincus, mais les nouvelles des Terres Perdues de Lloegyr étaient préoccupantes, car il s'était laissé dire que d'autres navires saxons traversaient la mer de Germanie. Et il y alla de sa mise en garde : à plus ou moins brève échéance, cette arrivée de nouveaux bâtiments sur les côtes saxonnes ne pourrait que renforcer la pression des troupes saxonnes à l'ouest. Agricola nous mit aussi en garde contre un nouveau chef saxon, un dénommé Aelle, qui cherchait à s'imposer parmi les Saïs. C'est la première fois que j'entendais ce nom, et seuls les Dieux savaient alors combien il devait venir nous hanter au fil des ans.

Pour le moment, poursuivit Agricola, les Saxons se tenaient peut-être tranquilles, mais ils n'étaient pas venus apporter la paix au royaume de Gwent. Des bandes de soldats bretons étaient venus au sud, de Powys, d'autres avaient marché à l'ouest, depuis la Silurie, pour attaquer le pays de Tewdric. Des messages avaient été dépêchés dans les deux royaumes, invitant leurs monarques à se rendre à ce conseil mais, hélas – Agricola fit ici un geste en direction des deux sièges vides sur l'estrade royale –, ni Gorfyddyd de Powys ni Gundleus de Silurie n'étaient venus. Tewdric ne pouvait dissimuler sa déception, car de toute évidence il avait espéré que Gwent et la Dumnonie pourraient faire la paix avec leurs deux voisins septentrionaux. À mon sens, c'est cet espoir de paix qui avait conduit Uther à inviter Gundleus à rendre visite à Norwenna au printemps, mais les trônes vacants ne semblaient exprimer qu'une hostilité persistante. À défaut de paix, prévint sèchement Agricola, le roi de Gwent n'aurait d'autre solution que de faire la guerre à Gorfyddyd de Powys et à son allié, Gundleus de Silurie. Uther hocha la tête, comme pour consentir à la menace.

Plus au nord, ajouta Agricola, on avait appris que Leodegan, roi de Henis Wyren, avait été chassé de son royaume par Diwrnach, l'envahisseur irlandais qui avait donné le nom de Lleyn aux terres qu'il venait de conquérir. Dépossédé, Leodegan avait trouvé refuge chez le roi Gorfyddyd de Powys parce que Cadwallon de Gwynedd ne voulait pas de lui. À ces mots, fusèrent de nouveaux éclats de rire, car le roi Leodegan était réputé pour sa sottise.

« J'apprends aussi, enchaîna Agricola une fois que les rires se furent calmés, que d'autres envahisseurs irlandais sont entrés en Démétie et se pressent le long des frontières occidentales de Powys et de la Silurie.

— C'est moi et moi seul qui parlerai pour la Silurie, trancha une voix forte depuis le seuil. »

Dans un grand brouhaha, tout le monde se retourna vers la porte. Gundleus était venu.

Le roi de Silurie entra dans la salle en héros. Son maintien ne trahissait ni hésitation ni excuse, alors même que ses guerriers avaient multiplié les incursions sur les terres de Tewdric, de même qu'au sud ils avaient traversé la mer de Severn pour harceler le pays d'Uther. Il paraissait si sûr de lui que je dus me rappeler comment il avait détalé devant Nimue dans les appartements de Merlin. Derrière Gundleus, traînant les pieds et bavassant, se tenait Tanaburs, le druide, et une fois de plus je me fis tout petit en songeant à la fosse de la mort. Merlin m'avait raconté un jour que je n'avais plus rien à craindre de lui vu qu'il n'avait pas réussi à me tuer, mais je tremblai tout de même de peur en voyant le vieillard aux cheveux cliquetants avec ses osselets noués à ses nattes.

Derrière Tanaburs, leurs longues épées enveloppées d'un linge rouge, avançaient les membres de l'escorte, les cheveux et les moustaches nattées, la barbe longue. Ils prirent place auprès des autres guerriers, les repoussant sur le côté pour former une solide phalange de valeureux venus au Grand Conseil de leurs ennemis, tandis que Tanaburs, drapé dans sa robe grise et crasseuse brodée de croissants de lune et de lièvres détalant, trouva place parmi les conseillers. Flairant le sang, Owain avait bondi pour barrer le chemin à Gundleus, mais celui-ci offrit au champion du Grand Roi la garde de son épée, histoire de montrer qu'il venait animé d'intentions pacifiques, puis il se prosterna sur la mosaïque devant le trône d'Uther.

« Lève-toi, Gundleus ap Meilyr, roi de Silurie », commanda Uther en lui tendant une main en signe de bienvenue. Gundleus grimpa sur le dais et baisa la main, avant d'enlever de son dos son bouclier orné de son blason au masque de renard. Il le déposa avec les autres boucliers puis rejoignit son trône tout en parcourant la salle du regard : il se réjouissait visiblement d'être ici. Il adressa un signe de tête à ses connaissances, restant bouche bée devant les uns, souriant aux autres. Tous les hommes qu'il salua étaient ses ennemis, mais il s'affala sur son siège comme un homme assis au coin du feu. Il passa même une longue jambe sur un bras du siège. Voyant les deux femmes, il sourcilla, et je crus même percevoir dans ses yeux une lueur de mauvaise humeur quand il reconnut Nimue, mais elle eut tôt fait de s'évanouir tandis qu'il continua à promener son regard sur l'assistance. Tewdric l'invita cordialement à donner au Grand Conseil des nouvelles de son royaume, mais Gundleus se contenta de sourire en disant que tout allait bien en Silurie.

Je ne vais pas vous ennuyer en vous racontant par le menu le déroulement de cette journée. Tandis que l'on réglait les conflits, arrangeait les épousailles et rendait les jugements, les nuages s'amoncelaient au-dessus de Glevum. Sans jamais reconnaître ses intrusions, Gundleus consentit à payer une amende à Tewdric : des bestiaux, des moutons et de l'or. Il accorda le même dédommagement au Grand Roi, et bien d'autres griefs de moindre importance trouvèrent pareillement une solution. Les discussions furent longues, les plaidoyers embarrassés, mais, l'une après l'autre, toutes les questions furent tranchées. Tewdric fit le gros du travail, mais sans jamais négliger de jeter un regard en coin vers le Grand Roi afin de détecter le moindre geste qui pût indiquer la décision d'Uther. Ces signes mis à part, c'est à peine si le Grand Roi bougea, hormis lorsqu'un esclave lui apportait de l'eau, du pain ou un médicament à base de pas-d'âne trempé dans l'hydromel que lui avait préparé Morgane pour calmer sa toux. Il ne quitta le dais qu'une seule fois pour aller pisser au fond de la salle tandis que Tewdric, toujours patient et méticuleux, se penchait sur un conflit de compétences entre deux chefs de son royaume. Uther cracha dans son urine pour conjurer son mal, puis regagna le dais en clopinant tandis que Tewdric rendait son verdict, que trois scribes, attablés derrière le dais, s'empressèrent de coucher par écrit, comme tous les autres, sur un parchemin.

Uther économisait ses maigres forces en vue de la grande

affaire de la journée, à la nuit tombée. Il faisait nuit noire, et les serviteurs de Tewdric étaient allés chercher une douzaine de torches supplémentaires. Il s'était mis à pleuvoir dru et la salle devint vite glaciale tandis que des torrents d'eau s'engouffraient dans les trous de la toiture et gouttaient sur le sol ou ruisselaient le long des murs de brique. Soudain, il fit si froid qu'on apporta aux pieds du Grand Roi un brasero de fer de quatre pieds de large et empli de bûches. On retira les boucliers royaux et l'on déplaça le trône de Tewdric en sorte que la chaleur du brasier pût atteindre Uther. La fumée s'éleva en tourbillonnant dans la pièce, se perdant dans les ombres épaisses comme si elle avait cherché à rejoindre la pluie battante.

Enfin Uther se leva pour s'adresser au Grand Conseil. Chancelant, il lui fallut s'appuyer sur un grand épieu le temps de dire ce qu'il pensait de son royaume. La Dumnonie, commença-t-il, avait un nouvel Edling, et il fallait rendre grâces aux Dieux de cette miséricorde, mais l'Edling était faible, ce n'était encore qu'un bébé affligé d'un pied bot. Des murmures saluèrent la confirmation de ce mauvais augure dont la rumeur s'était déjà fait l'écho, mais le roi leva la main et le silence se fit aussitôt. La fumée l'auréolait, lui donnant l'air d'un spectre comme si son âme avait déjà rejoint son corps d'outre-tombe. L'or scintillait à son cou et à ses poignets, tandis qu'un mince filet d'or, la couronne de Grand Roi, ceignait sa chevelure blanche en bataille.

« Je suis vieux et je n'en ai plus pour longtemps, dit-il, en faisant taire les protestations d'un timide geste de la main. Je ne prétends pas que mon royaume soit supérieur à aucun autre de cette terre, mais je dis que si la Dumnonie tombe entre les mains des Saxons, c'est toute la Bretagne qui sombrera. Que la Dumnonie tombe, et nous perdrons nos liens avec l'Armorique et avec nos frères d'outre-Manche. Que la Dumnonie tombe, et les Saxons auront réussi à diviser le pays breton. Et un pays divisé ne saurait survivre. »

Il s'arrêta. L'espace d'une seconde, je le crus trop fatigué pour continuer, mais il redressa alors sa grosse tête de taureau.

« Les Saxons ne doivent pas atteindre la mer de Severn ! » cria-t-il, rappelant le credo qui était au cœur même de ses ambitions depuis de longues années.

Tant que les Bretons cerneraient les Saxons, il subsisterait une chance qu'on les pût un jour refouler vers la mer de Germanie, mais si jamais ils atteignaient notre côte ouest, c'est qu'ils seraient parvenus à couper la Dumnonie de Gwent, et les Bretons du Sud des Bretons du Nord.

« Les hommes de Gwent sont nos guerriers les plus valeureux, reprit Uther, rendant hommage à Agricola d'un signe de tête, mais ce n'est un secret pour personne que Gwent vit du pain de la Dumnonie. Il faut sauver la Dumnonie, où c'en est fait de la Bretagne. J'ai un petit-fils, et le royaume est à lui ! C'est à Mordred qu'il appartiendra de le gouverner quand je serai mort. Telle est ma loi ! »

Il donna alors un grand coup de lance sur l'estrade et, l'espace d'un instant, on reconnut dans ses yeux la force implacable qui était naguère celle du Pendragon. Rien ne se déciderait ici sans lui, car c'était la loi d'Uther, et dans cette salle tout le monde le savait. Restait à voir comment protéger l'enfant estropié en attendant qu'il eût l'âge de prendre les rênes.

Ainsi commença la discussion, bien que tout le monde sût ce qui avait déjà été décidé. On comprendrait mal autrement cet air suffisant de Gundleus, vautré sur son trône. Reste que certains hommes avancèrent encore d'autres candidats pour la main de Norwenna. Le prince Gereint, le Seigneur des Pierres qui tenait les frontières de la Dumnonie avec les Saxons, proposa Meurig ap Tewdric, l'Edling de Gwent, mais tout le monde, ici, savait que la proposition n'était qu'une flatterie à l'adresse de Tewdric et ne serait jamais acceptée parce que Meurig n'était qu'un petit morveux qui n'avait aucune chance de protéger la Dumnonie contre les Saxons. Son devoir accompli, Gereint se rassit et écouta l'un des conseillers de Tewdric proposer le prince Cuneglas, fils aîné de Gorfyddyd et donc Edling de Powys. Un mariage avec le prince héritier de l'ennemi, prétendit le conseiller, instaurerait la paix entre Powys et la Dumnonie, les deux plus puissants royaumes de Bretagne, mais Mgr Bedwin repoussa vertement la suggestion : il savait que jamais son maître n'abandonnerait son royaume aux soins d'un homme qui était l'ennemi juré de Tewdric.

Tristan, prince de Kernow, était un autre candidat possible, mais il se désista, sachant pertinemment que personne, en Dumnonie, ne faisait confiance à son père, le roi Marc. On suggéra également le nom de Meriadoc, prince de Stronggore, mais ce royaume situé à l'est de Gwent était déjà à moitié passé sous la coupe des Saxons : comment un homme qui ne savait préserver son royaume pourrait-il en défendre un autre ? Qu'en est-il des maisons royales d'Armorique ? demanda quelqu'un. Mais nul ne savait si les princes d'outre-mer abandonneraient leur nouvelle Bretagne pour défendre la Dumnonie.

Gundleus. Tout ramenait donc à Gundleus.

C'est alors qu'Agricola prononça le nom que tout le monde ou presque avait envie et, tout à la fois, redoutait d'entendre. Debout, son armure romaine resplendissante et les épaules redressées, le baroudeur plongea son regard dans les yeux chassieux du Pendragon : « Arthur, lança-t-il, je propose Arthur. »

Arthur. Le nom résonna dans la salle, mais l'écho moribond se perdit dans le fracas soudain des hallebardes martelant le sol. Les lanciers qui applaudissaient étaient des guerriers de Dumnonie, des hommes qui avaient suivi Arthur dans la bataille et savaient sa bravoure. Mais leur rébellion fut de courte durée.

Uther le Pendragon, le Grand Roi de Bretagne, leva sa lance et la laissa retomber lourdement. Aussitôt le silence se fit, Agricola seul osant encore tenir tête au Grand Roi. « Je propose qu'Arthur épouse Norwenna », dit-il respectueusement, et, si jeune que je fusse, même moi je savais qu'Agricola devait parler au nom de son maître, le roi Tewdric, et cela m'intriguait car j'avais cru que Gundleus était le candidat de Tewdric. S'il était possible de détacher Gundleus de son amitié avec Powys, la nouvelle alliance de la Dumnonie, de Gwent et de la Silurie contrôlerait tout le pays, sur les deux côtes de la mer de Severn, et cette triple alliance serait un rempart tant contre Powys que contre les Saxons. J'aurais dû savoir, bien entendu, que Tewdric, en suggérant Arthur, allait essuyer un refus qu'il faudrait récompenser par une faveur.

« Arthur ap Neb, trancha Uther – et ce dernier mot fut accueilli par un cri de stupeur horrifiée –, n'est pas du sang. »

Ce jugement ne souffrait aucune discussion et Agricola, acceptant sa défaite, s'inclina et se rassit. Neb voulait dire personne, et Uther niait qu'il fût le père d'Arthur, affirmant par là qu'Arthur n'avait point de sang royal et ne pouvait donc épouser Norwenna. Un évêque belge plaida la cause d'Arthur en protestant qu'il était déjà arrivé qu'on choisisse des rois dans les rangs de la noblesse et que les coutumes qui avaient servi dans le passé devaient servir à l'avenir, mais un regard farouche d'Uther suffit une fois encore à écarter son objection quérulente. La pluie s'engouffrait en tourbillonnant par l'une des fenêtres hautes et sifflait dans le feu.

Mgr Bedwin se releva. Il avait pu sembler, jusqu'alors, que

toutes ces discussions autour du mariage de Norwenna avaient usé de la salive en pure perte, mais au moins les diverses solutions possibles avaient-elles été évoquées et les hommes de bon sens pouvaient comprendre la logique de l'annonce que faisait maintenant Bedwin.

Gundleus de Silurie, fit-il d'une voix douce, était un homme sans épouse. Un murmure s'éleva dans la salle : des hommes avaient souvenance des rumeurs de son mariage scandaleux avec Ladwys, sa maîtresse de basse extraction, mais Bedwin glissa allégrement sur ce remue-ménage. Quelques semaines auparavant, poursuivit l'évêque, Gundleus avait rendu visite à Uther pour faire la paix avec son Grand Roi, et il plaisait aujourd'hui à Uther que Gundleus prît Norwenna pour épouse et fût un protecteur, il répéta le mot, un protecteur pour le royaume de Mordred. En gage de ses bonnes intentions, Gundleus en avait payé le prix en or au roi Uther et ce prix avait été agréé. D'aucuns, admit Bedwin d'un ton dégagé, avaient sans doute du mal à faire confiance à un homme qui, tout récemment encore, était un ennemi, mais en gage supplémentaire de ses nouvelles dispositions Gundleus de Silurie avait consenti à abandonner l'ancienne prétention des Siluriens sur le royaume de Gwent ; qui plus est, il allait devenir chrétien en se faisant publiquement baptiser dans le Severn, sous les murailles de Glevum, dès le lendemain matin. Les chrétiens présents chantèrent alléluia à l'unisson, mais j'observais le druide Tanaburs et me demandais pourquoi le vieil imbécile hargneux ne montrait aucun signe de désapprobation à l'annonce que son maître désavouait publiquement l'ancienne religion.

Je me demandais aussi pourquoi ces hommes mûrs étaient si prompts à tendre les bras à un ancien ennemi, mais, naturellement, ils étaient aux abois. Un enfant estropié allait hériter d'un royaume et, malgré sa trahison passée, Gundleus était un redoutable guerrier. S'il était un homme de parole, la paix serait assurée en Dumnonie et à Gwent. Mais Uther n'était pas insensé, et il fit de son mieux pour protéger son petit-fils au cas où Gundleus serait un félon. En attendant que Mordred fût en âge de prendre l'épée, décréta Uther, la Dumnonie serait dirigée par un conseil présidé par Gundleus entouré d'une demi-douzaine d'hommes, au premier rang desquels figurait l'évêque. Allié solide de la Dumnonie, Tewdric de Gwent était invité à y envoyer deux hommes, et le conseil, ainsi composé, gouvernerait donc le pays. Gundleus n'était point satisfait de la décision. Il n'avait pas envoyé deux paniers d'or pour siéger dans un conseil de vieillards, mais il était trop avisé pour protester. Le royaume de sa nouvelle épouse et de son beau-fils étant assujetti à des règles, la paix était assurée.

Et d'autres règles furent édictées. Mordred, déclara Uther, aurait trois protecteurs assermentés, des hommes qui jureraient de défendre la vie du garçon jusqu'à la mort. Si quelqu'un nuisait à l'enfant, ils le vengeraient fût-ce au sacrifice de leur vie. Gundleus écouta l'édit, impassible, mais il s'agita, visiblement mal à l'aise, lorsqu'il sut les noms de ceux qui allaient prêter serment : le roi Tewdric de Gwent serait le premier, Owain, le champion de Dumnonie, le deuxième, et Merlin, le seigneur d'Avalon, le troisième.

Merlin. Les hommes avaient attendu ce nom de même qu'ils avaient attendu celui d'Arthur. D'ordinaire, Uther ne prenait aucune décision d'importance sans le conseil de Merlin, et pourtant celui-ci n'était pas là. Voilà des mois qu'on ne l'avait vu en Dumnonie. On le croyait mort.

C'est alors qu'Uther regarda Morgane pour la première fois. Elle avait dû être mal à l'aise en entendant nier la paternité de son frère, en même temps que la sienne, mais elle avait été conviée au Grand Conseil en qualité non pas de bâtarde d'Uther, mais de prophétesse attitrée de Merlin. Après que Tewdric et Owain eurent prêté serment, Uther arrêta son regard sur la femme borgne et estropiée. Les chrétiens se signèrent, histoire de se protéger contre les mauvais esprits. « Eh bien ? » s'impatienta Uther.

Morgane était tendue. Il lui fallait l'assurance que Merlin, son compagnon de mystère, accepterait la haute charge que lui imposait le serment. Elle était là en tant que prêtresse, non de conseillère, et elle aurait dû répondre en prêtresse. Ce qu'elle ne fit point, et sa réponse fut insuffisante. « Mon seigneur Merlin sera honoré de cette responsabilité, Grand Seigneur », répondit-elle.

Nimue hurla. Le cri fut si soudain et surnaturel que tous les hommes de la salle frémirent et portèrent la main à leurs lances. Les poils se raidirent sur l'échine des chiens de chasse. Puis le hurlement s'apaisa et le silence retomba à nouveau parmi les hommes. La fumée s'élevait en grandes volutes dans l'obscurité de la toiture, où la pluie tambourinait sur les tuiles ; au loin, dans la nuit déchirée par l'orage, retentit un coup de tonnerre.

Le tonnerre ! Les chrétiens firent à nouveau le signe de croix, mais le signe ne faisait de doute pour personne. Taranis, le Dieu du Tonnerre, avait parlé, preuve que les Dieux étaient venus au Grand Conseil, qu'ils étaient venus, de surcroît, sur les instances d'une jeune fille qui, malgré le froid qui poussait les hommes à tirer leur manteau sur eux, ne portait qu'une chemise blanche et une attache d'esclave.

Nul ne remua, nul ne parla ni même ne trahit le moindre signe d'impatience. Il n'y avait plus de rois ici, ni de guerriers. Il n'y avait pas d'évêques, ni de prêtres tonsurés, ni de vieux sages. Il n'y avait qu'une foule muette et effrayée, qui considérait, effarée, une jeune fille qui se leva et défit ses cheveux pour les laisser retomber, noirs et longs, dans son dos blanc et menu. Morgane avait les yeux fixés au sol, Tanaburs était bouche bée et Mgr Bedwin marmonnait des prières en silence : Nimue s'avança derrière le brasero pour prendre la parole. Les bras tendus de côté, elle tournait très lentement, suivant la course du soleil, afin que chaque homme de l'assistance pût voir son visage. C'était l'horreur. De ses yeux on ne voyait que le blanc, sa langue sortait d'une bouche déformée par un rictus. Elle tournait, et tournait encore, toujours plus vite, et la foule, je le jure, fut parcourue d'un frisson collectif. Elle tremblait maintenant en tournoyant, s'approchant toujours plus près de ce grand feu déchaîné au point de menacer de tomber dans les flammes. Soudain elle bondit en l'air et lâcha un cri perçant avant de s'effondrer sur les petits carreaux. Puis, telle une bête sauvage, elle fila à quatre pattes, allant et venant devant les boucliers alignés pour laisser la chaleur venir jusqu'aux jambes du Grand Roi. Parvenue à hauteur du bouclier au renard de Gundleus, elle se redressa comme un serpent frappeur et cracha une fois.

Le crachat atterrit sur le renard.

Gundleus se leva de son trône, mais Tewdric le retint. Tanaburs voulut se remettre debout, lui aussi, mais Nimue se retourna vers lui, les yeux blancs, et hurla. Elle pointait le doigt sur lui, son cri perçant ululant et se répétant en écho dans la grande salle romaine, et la puissance de sa magie obligea Tanaburs à se rasseoir par terre.

Alors Nimue frissonna, roula des yeux, et l'on put voir à nouveau ses pupilles brunes. Elle cligna des yeux devant cette salle comble, comme étonnée de se retrouver dans un pareil endroit, puis, tournant le dos au Grand Roi, elle se figea. Cette immobilité absolue était le signe qu'elle était sous l'étreinte des Dieux : désormais, c'est en leur nom qu'elle parlerait.

« Merlin est-il encore en vie ? demanda Tewdric avec respect.

— Naturellement », répondit Nimue d'une voix méprisante, sans donner de titre au roi qui la questionnait. Elle était du côté des Dieux et n'avait pas à marquer du respect à de simples mortels.

« Où est-il ?

— Parti, dit Nimue en se retournant vers le roi à la toge, sur la plate-forme.

— Où ça ? demanda Tewdric.

— Chercher la Sagesse de la Bretagne. »

Chacun tendait l'oreille. Voilà au moins des nouvelles. Je vis Sansum, le Seigneur des Souris, qui se tortillait, tenaillé par le besoin de protester contre cette ingérence païenne dans les affaires du Grand Conseil, mais tant que le roi Tewdric questionnait la fille, un simple prêtre n'avait pas à intervenir.

« Qu'est-ce que la Sagesse de la Bretagne ? » demanda le Grand Roi Uther.

Nimue reprit son manège, pivota sur elle-même, mais elle tourna juste pour rassembler ses esprits et préparer sa réponse, qu'elle livra enfin d'une voix chantante, hypnotique.

« La Sagesse de Bretagne est la science de nos ancêtres, le don de nos Dieux, les Treize Propriétés des Treize Trésors qui, lorsqu'ils seront rassemblés, nous rendront la force de récupérer notre terre. »

Elle marqua un temps d'arrêt. Lorsqu'elle reprit, sa voix avait retrouvé son timbre normal.

« Merlin s'efforce de rétablir les liens entre ce pays, le pays de Bretagne ! – à ces mots, Nimue tourbillonna de manière à plonger le regard dans les petits yeux vifs et indignés de Sansum – et les Dieux bretons. »

Puis, se tournant vers le Grand Roi : « Et si Seigneur Merlin échoue, Uther de Dumnonie, nous mourrons tous. »

Un murmure parcourut la salle. Sansum et les chrétiens glapissaient leurs protestations, mais Tewdric, le roi chrétien, leur fit signe de se taire.

« Sont-ce les paroles de Merlin ? » voulut-il savoir.

Nimue haussa les épaules comme si la question n'était d'aucune importance.

« Ce ne sont pas les miennes », répondit-elle avec insolence.

Uther ne doutait pas un instant que Nimue, simple enfant sur le point de devenir femme, parlait non pas pour elle, mais pour son maître. Il pencha sa grande carcasse en avant, la mine renfrognée : « Demande à Merlin s'il prêtera serment ? Demande-lui ! Va-t-il protéger mon petit-fils ? »

Nimue marqua un long temps de silence. Je crois qu'elle pressentit la vérité de la Bretagne avant nous tous, avant même Merlin, et certainement longtemps avant Arthur, si Arthur sut jamais, mais je ne sais quel instinct la retenait de dire cette vérité à ce vieux roi moribond et têtu.

« Merlin, mon Seigneur Roi, dit-elle enfin d'une voix lasse, de l'air de dire qu'elle s'acquittait simplement d'un devoir nécessaire mais fastidieux, Merlin promet à cette heure, sur la vie de son âme, qu'il prêtera serment de protéger jusqu'à la mort la vie de votre petit-fils.

— Du moment que... »

Morgane nous surprit tous en intervenant. Elle eut quelque mal à se relever, paraissant courtaude et ténébreuse à côté de Nimue. La lueur du feu scintillait sur son casque d'or. « Du moment que... », reprit-elle, mais elle se souvint alors qu'elle devait se balancer dans la fumée du brasero comme pour suggérer que les Dieux prenaient possession de son corps. « Du moment, dit Merlin, qu'Arthur prête serment. Arthur et ses hommes doivent être les protecteurs de votre petit-fils. Merlin a parlé ! » Elle prononça ces mots avec toute la dignité d'une femme habituée à être oracle et prophétesse, mais pour ma part je remarquai – je ne sais si je fus le seul – qu'aucun coup de tonnerre ne retentit dans la nuit pluvieuse.

Gundleus s'était levé pour protester contre la déclaration de Morgane. Il avait déjà souffert de voir son pouvoir limité par un conseil des six et un trio de protecteurs assermentés, et voici qu'on proposait que son royaume entretînt une bande de guerriers qui pouvaient se retourner contre lui. « Non ! » s'écria-t-il à nouveau, mais Tewdric fit comme si de rien n'était : il quitta le dais pour aller se placer à côté de Morgane et faire face au Grand Roi. Ainsi apparut-il clairement à la plupart d'entre nous que Morgane, même si elle avait parlé pour Merlin, n'en avait pas moins dit ce que Tewdric avait voulu qu'elle dise. Le roi Tewdric de Gwent était sans doute un bon chrétien, mais il était encore meilleur politique et savait exactement quand faire intervenir les anciens Dieux pour appuyer ses demandes.

« Arthur ap Neb et ses guerriers, dit alors Tewdric au Grand Roi, sera une meilleure protection pour la vie de ton petit-fils qu'aucun serment de moi, bien que Dieu sache combien mon serment est solennel. »

Le prince Gereint, qui était le neveu d'Uther et, après Owain, le seigneur de la guerre le plus puissant de la Dumnonie, aurait bien pu protester contre la désignation d'Arthur, mais le Seigneur des Pierres était un honnête homme, aux ambitions limitées, qui doutait de sa capacité de conduire toutes les armées de la Dumnonie : il se rangea donc aux côtés de Tewdric et lui apporta son soutien. Owain, qui était le chef de la Garde royale d'Uther en même temps que le champion du Grand Roi, parut moins heureux de la nomination de son rival, mais lui aussi finit par rallier Tewdric et grogner son assentiment.

Uther hésitait encore. Trois était un chiffre qui portait bonheur. Trois assermentés auraient dû suffire, l'ajout d'un quatrième était de nature à déplaire aux Dieux, mais Uther devait une faveur à Tewdric pour avoir repoussé sa proposition de faire d'Arthur le mari de Norwenna. Le Grand Roi s'acquitta donc de sa dette. « Arthur prêtera donc serment », accepta-t-il, et les Dieux seuls surent ce qu'il lui en coûta de désigner l'homme qu'il tenait pour responsable de la mort de son fils chéri, mais il le nomma sous les vivats de l'assistance. Les Siluriens de Gundleus, seuls, restèrent silencieux, tandis que les lances faisaient voler en éclats les carreaux et que les hourras des guerriers se répétaient en écho dans l'obscurité caverneuse et enfumée.

Ainsi, alors que s'achevait le Grand Conseil, Arthur, fils de personne, fut-il désigné au nombre des protecteurs assermentés de Mordred.

Norwenna et Gundleus furent mariés quinze jours après la fin du conseil. La cérémonie eut lieu au sanctuaire chrétien d'Abona, ville portuaire de notre côte nord, qui, par-delà la mer de Severn, fait face à la Silurie. Le soir même, Norwenna retourna à Ynys Wydryn, ce qu'elle ne fit sans doute pas de gaieté de cœur. Au Tor, personne n'alla à la cérémonie, alors qu'un détachement de moines d'Ynys Wydryn, accompagnés de leurs épouses, escortèrent la princesse. Quand elle nous revint, elle était la reine Norwenna de Silurie, bien que cet honneur ne lui valût ni gardes ni serviteurs supplémentaires. Gundleus fit voile en direction de son pays, où, dit-on, il y eut des escarmouches avec les Ui Liathain, les Irlandais Blackshield qui avaient colonisé l'ancien royaume breton de Dyfed que les Boucliers-Noirs appelaient la Démétie.

La présence d'une reine parmi nous ne changea pas grand-chose à notre vie. Nous autres, au Tor, pouvions bien paraître désœuvrés en comparaison de ceux d'en-bas, mais nous avions tout de même nos obligations. Il fallut couper le foin et l'étendre en rangées pour le faire sécher, finir de tondre les moutons et jeter le chanvre dans le rouissoir puant pour en faire du lin. Les femmes d'Ynys Wydryn portaient toutes des quenouilles et des fuseaux sur lesquels elles enroulaient la tonte ; seules la reine, Morgane et Nimue étaient exemptées de cette tâche incessante. Druidan châtrait les cochons, Pellinore commandait des armées imaginaires et Hywel, l'intendant, apprêtait ses tailles pour compter les loyers d'été. Merlin ne rentra pas à Avalon et nous ne reçûmes aucune nouvelle de lui. Uther resta dans son palais de

Durnovarie tandis que Mordred, son héritier, prospérait entre les mains de Morgane et de Gwendoline.

Arthur demeura en Armorique. Il finirait bien par venir en Dumnonie, nous dit-on, mais seulement après s'être acquitté de son devoir envers Ban, dont le royaume de Benoïc était voisin de Brocéliande, le royaume du roi Budic, qui avait épousé Anne, la sœur d'Arthur. Ces royaumes de Bretagne étaient pour nous un mystère, parce qu'aucun d'entre nous, à Ynys Wydryn, n'avait jamais franchi la mer pour explorer ces terres où tant de Bretons, chassés par les Saxons, s'étaient réfugiés. Nous savions qu'Arthur était le seigneur de la guerre de Ban et qu'il avait ravagé le pays à l'ouest de Benoïc pour tenir en respect l'ennemi franc, car nos soirées d'hiver avaient été égayées par les récits des voyageurs chantant la prouesse d'Arthur, tandis que les histoires du roi Ban excitaient notre envie. Le roi de Benoïc était marié à une reine du nom d'Elaine, et tous deux avaient fait un royaume merveilleux, où la justice était prompte et équitable, et où le plus pauvre des serfs, en hiver, trouvait à s'alimenter dans les entrepôts royaux. Tout cela semblait trop beau pour être vrai ; même si, beaucoup plus tard, visitant le royaume de Ban, je sus que ces récits n'étaient aucunement exagérés. Ban avait édifié sa capitale sur une île fortifiée, Ynys Trebes, réputée pour ses poètes. Le roi se montrait généreux de son affection et de son argent envers la ville, qu'on disait plus belle que Rome. On racontait qu'il y avait des sources que Ban avait canalisées et équipées de barrages, afin que chaque maître de maison disposât d'eau pure à proximité de sa porte. On vérifiait l'exactitude des balances des marchands, les portes du palais restaient ouvertes nuit et jour aux solliciteurs qui cherchaient réparation, et les diverses religions étaient sommées de vivre en paix, sous peine de voir leurs églises et leurs temples abattus et réduits en poussière. Ynys Trebes était un havre de paix, mais à condition seulement que les soldats de Ban tinssent l'ennemi loin de ses remparts, et c'est pourquoi le roi Ban répugnait tant à laisser partir Arthur pour la Bretagne. Mais peut-être Arthur lui-même n'avait-il aucune envie d'aller en Dumnonie tant qu'Uther était encore en vie.

La Dumnonie connut un été serein. Nous rassemblâmes le foin séché en grands sacs amoncelés sur d'épaisses fondations de fougères qui empêchaient l'humidité de remonter et tenaient les rats à l'écart. Le seigle et l'orge mûrissaient sur les bandes de terre qui recouvraient tout le pays, des marches d'Avalon à Caer

Cadarn ; à l'est, les pommiers se couvraient de fruits, tandis qu'anguilles et brochets engraissaient dans nos étangs et dans nos criques. Il n'y eut point d'épidémie ni de loups, et peu de Saxons. De temps à autre, au sud-est, on apercevait un panache de fumée qui s'élevait à l'horizon, et l'on se disait que des pirates saxons venus de la mer avaient dû incendier un village, mais après le troisième incendie le prince Gereint conduisit un détachement pour venger la Dumnonie, et les raids saxons cessèrent. Le chef saxon paya d'ailleurs son tribut en temps voulu, même si ce devait être le dernier tribut reçu d'un Saxon avant de longues années, et sans doute était-il pour une bonne part le fruit de ses rapines dans nos villages frontaliers. Ce n'en fut pas moins un été paisible, et Arthur, disaient les hommes, serait certainement mort d'ennui s'il avait conduit ses fameux cavaliers dans la pacifique Dumnonie. Même Powys était calme. Le roi Gorfyddyd avait perdu l'alliance de la Silurie, mais au lieu de se retourner contre Gundleus, il préféra ignorer le mariage et concentrer ses lances contre les Saxons qui menaçaient le nord de son territoire. Au nord de Powys, le royaume de Gwynedd croisait le fer avec les redoutables soldats irlandais de Diwrnach de Lleyn, mais la Dumnonie, royaume béni entre tous, prospérait en paix sous un ciel chaud.

Ce fut pourtant cet été-là, torride et idyllique, que je tuai mon premier ennemi et devins un homme.

Car la paix ne dure jamais, et la nôtre fut troublée des plus cruellement. Uther, Grand Roi et Pendragon de Bretagne, mourut. Nous avions su qu'il était malade, nous avions su qu'il était à l'article de la mort, de fait nous savions qu'il avait fait tout son possible pour préparer sa mort, mais, d'une certaine manière, nous avions cru que cette heure ne sonnerait jamais. Il était roi depuis si longtemps et, sous son règne, la Dumnonie avait prospéré. Il nous avait semblé que rien ne pourrait jamais changer. Nimue assura avoir entendu un lièvre hurler en plein midi, à l'heure fatale, tandis que Morgane, privée d'un père, s'enferma dans sa cabane et sanglota comme une enfant.

Le corps d'Uther fut brûlé suivant l'ancienne coutume. Bedwin aurait préféré donner au Grand Roi des obsèques chrétiennes, mais le reste du conseil refusa d'approuver pareil sacrilège, et son corps boursouflé fut donc déposé sur un bûcher au sommet de Caer Maes et livré aux flammes. Ystrwth, le forgeron, fondit son épée, et l'acier fondu fut versé dans un lac afin que Gofannon, le Dieu forgeron de l'Au-Delà, pût le forger à nouveau pour l'âme renée d'Uther. Le métal brûlant siffla en coulant dans l'eau et la vapeur s'éleva, formant un épais nuage, tandis que les prophètes se penchaient sur le lac pour lire l'avenir du royaume dans les formes torturées que prenait le métal en refroidissant. Les nouvelles étaient bonnes, ce qui n'empêcha pas Mgr Bedwin d'envoyer chercher Arthur en Armorique par ses messagers les plus véloces, cependant que des hommes plus lents partirent vers le nord, en Silurie, pour informer Gundleus que le royaume de son beau-fils avait désormais besoin de son protecteur officiel.

Le bûcher funéraire d'Uther brûla trois nuits durant. C'est alors seulement qu'on laissa les flammes s'éteindre avec le renfort d'un gros orage qui soufflait depuis la mer de l'Ouest. De grands nuages s'étaient amoncelés dans le ciel, la foudre déchirait la terre du mort et les champs disparaissaient sous une pluie battante. À Ynys Wydryn, blottis dans nos cabanes, nous écoutions la pluie qui tambourinait et le hurlement du tonnerre, les yeux fixés sur les cascades d'eau qui s'engouffraient à travers les toits de chaume. C'est sous cet orage que le messager de Mgr Bedwin s'en alla porter à Mordred le grand étendard au dragon du royaume. Le messager dut hurler comme un fou pour attirer l'attention d'âme qui vive derrière la palissade, mais Hywel et moi finîmes par ouvrir les portes et, sitôt l'orage passé et le vent retombé, on planta le drapeau devant la demeure de Merlin – signe que Mordred était désormais roi de Dumnonie. Le bébé n'était pas le Grand Roi, naturellement, car c'était là un honneur qui n'était accordé qu'à un roi dont les pairs reconnaissaient la supériorité ; et Mordred n'était pas non plus le Pendragon, car ce titre n'allait qu'à un Grand Roi qui s'était distingué dans la bataille. En vérité, Mordred n'était pas encore roi de Dumnonie à proprement parler : il ne le serait que le jour où il serait porté à Caer Cadarn pour y être proclamé avec sabre et cri sur la Pierre royale du royaume, mais l'étendard lui appartenait, et le dragon rouge flottait donc devant l'antre de Merlin.

L'étendard était un carré de tissu blanc aussi large et haut que la hampe d'une lance. Tendu par des brins de saule cousus dans les ourlets, il était attaché à un long tronc d'orme couronné d'un dragon en or. Le dragon brodé sur l'étendard était fait d'une laine rouge qui déteignait sous la pluie, maculant de rose la partie inférieure. L'arrivée de l'étendard fut suivie, quelques jours plus tard, par la Garde du roi : une centaine d'hommes placés sous l'autorité d'Owain, le champion, dont la mission était de protéger

Mordred, roi de Dumnonie. Owain était porteur d'une suggestion de Mgr Bedwin : Norwenna et Mordred feraient bien d'aller au sud, à Durnovarie. Norwenna s'empressa d'accepter, car elle désirait que son fils fût élevé dans une communauté chrétienne plutôt que dans l'atmosphère franchement païenne du Tor, mais avant que les dispositions ne fussent prises, on reçut de mauvaises nouvelles du nord. Apprenant la mort du Grand Roi, Gorfyddyd de Powys avait envoyé ses lanciers attaquer Gwent, et les hommes de Powys incendiaient, pillaient et faisaient des prisonniers au cœur même du territoire de Tewdric. Agricola, le chef militaire romain de Tewdric, ne restait pas les bras croisés, mais les Saxons félons, sans doute de mèche avec Gorfyddyd, avaient dépêché des bandes à Gwent, et voici que notre plus ancien allié se battait désormais pour l'existence même de son royaume. Owain, qui aurait dû escorter Norwenna et le bébé, partit pour le nord avec ses guerriers afin de voler à la rescousse de Tewdric, et Ligessac, qui commandait à nouveau la garde de Mordred, affirma que le bébé serait plus en sécurité derrière le pont de terre facile à défendre d'Ynys Wydryn qu'à Caer Cadarn ou à Durnovarie, et Norwenna accepta à contrecœur de rester au Tor.

Chacun retenait son souffle en attendant de voir quel camp allait choisir Gundleus de Silurie. La réponse ne se fit pas attendre. Il défendrait Tewdric contre son ancien allié, Gorfyddyd. Gundleus adressa un message à Norwenna expliquant que ses troupes franchiraient les passages à travers les montagnes pour attaquer les hommes de Gorfyddyd sur leurs arrières et que, sitôt défaites les bandes de Powys, il viendrait dans le sud afin de protéger son épouse et son fils royal.

Nous attendions les nouvelles, guettant jour et nuit, sur les lointaines collines, les feux d'alarme qui nous préviendraient de la déroute ou de l'approche des ennemis, et pourtant, malgré les incertitudes de la guerre, ce furent des jours heureux. Le soleil guérissait la terre meurtrie par l'orage et séchait le grain tandis que Norwenna, bien qu'embourbée dans l'atmosphère païenne du Tor, paraissait désormais assurée que son fils serait roi. Mordred a toujours été un enfant rébarbatif, aux cheveux roux et au cœur de pierre, mais en ces temps cléments il semblait heureux quand on le voyait jouer avec sa mère ou avec Ralla, sa nourrice, et son fils aux cheveux noirs. Le mari de Ralla, Gwlyddyn le charpentier, sculpta pour Mordred toute une ménagerie : des canards, des porcs, des vaches et un cerf, et le roi aimait à jouer avec eux alors même qu'il était trop petit pour savoir de quoi il retournait. Norwenna était heureuse de savoir son fils heureux. J'aimais la voir le chatouiller pour le faire rire, le câliner quand il s'était fait mal, et le dorloter toujours. Elle l'appelait son petit roi, son petit chou adoré, son miracle, et Mordred gloussait et lui réchauffait le cœur. À quatre pattes, il se promenait nu au soleil, et nous voyions tous qu'il avait le pied gauche clavé et replié comme un poing serré ; sans quoi il profitait bien du lait de Ralla et de l'amour de sa mère. Il fut baptisé dans l'église de pierre à côté de la Sainte-Épine.

Arrivèrent des nouvelles de la guerre, et elles étaient bonnes. Le prince Gereint avait taillé en pièces une bande de Saxons sur la frontière est de la Dumnonie, tandis qu'au nord Tewdric était venu à bout d'un autre groupe de pillards saxons. Conduisant le reste de l'armée de Gwent alliée à Owain de Dumnonie, Agricola avait refoulé les envahisseurs de Gorfyddyd dans les montagnes de Powys. Arriva alors un messager de Gundleus, expliquant que Gorfyddyd de Powys demandait la paix, et, en signe de la victoire de son mari, le messager lança aux pieds de Norwenna deux épées prises aux Powysiens. Mieux encore, rapporta l'homme, Gundleus s'était maintenant mis en route pour le sud afin de retrouver son épouse et son précieux fils. Il était temps, assurait Gundleus, que Mordred fût proclamé roi de Caer Cadarn. Rien n'aurait pu être plus doux aux oreilles de Norwenna qui, toute à sa joie, offrit un bracelet d'or massif au messager avant de le renvoyer dans le sud pour porter le message de son époux à Bedwin et au conseil. « Dis à Bedwin, ordonna-t-elle, que nous acclamerons Mordred avant la moisson. Que Dieu donne des ailes à ta monture ! »

Le messager parti, Norwenna se mit à préparer la cérémonie de Caer Cadarn. Elle ordonna aux moines de la Sainte-Épine de se préparer à voyager avec elle, mais interdit sèchement à Morgane ou à Nimue d'y assister parce qu'à compter de ce jour, déclara-t-elle, la Dumnonie serait un royaume chrétien et ses sorcières païennes seraient tenues à l'écart du trône de son fils. La victoire de Gundleus avait enhardi Norwenna, l'encourageant à exercer une autorité qu'Uther ne lui aurait jamais concédée.

Nous nous attendions à voir Morgane et Nimue protester d'être ainsi exclues de la cérémonie, mais les deux femmes reçurent l'injonction avec un calme surprenant. En fait, Morgane se contenta d'un haussement de ses épaules noires, même si à la tombée de la nuit elle porta un chaudron de bronze dans les appartements de Merlin et s'y enferma avec Nimue. Norwenna, qui avait invité le supérieur des moines de la Sainte-Épine et son épouse à dîner au Tor, observa que les sorcières tramaient quelque méfait. Dans la salle, tout le monde rit de bon cœur. Les chrétiens étaient victorieux.

Pour ma part, je n'étais pas sûr de leur victoire. Certes Nimue et Morgane ne s'aimaient pas, mais elles s'étaient tout de même enfermées ensemble, et je soupçonnais que seule une affaire d'une importance capitale pouvait produire une telle réconciliation. Norwenna cependant n'avait pas le moindre doute. La mort d'Uther et les victoires de son mari lui donnaient une bienheureuse liberté : bientôt, elle quitterait le Tor pour prendre la place qui lui revenait en tant que mère du roi dans une cour chrétienne, où son fils grandirait à l'image du Christ. Jamais elle ne fut si heureuse que cette nuit où elle régna, souveraine, chrétienne au cœur de l'antre païen de Merlin.

Mais c'est alors que Morgane et Nimue resurgirent.

Le silence se fit dans la salle alors que les deux femmes se dirigeaient vers le siège de Norwenna où, avec l'humilité de mise, elles s'agenouillèrent. Le moine, petit homme impétueux à la barbe en bataille qui avait été tanneur avant de se convertir au Christ et qui empestait encore le fumier nécessaire à son ancien métier, exigea de savoir ce qu'elles voulaient. Sa femme se défendit du mal en faisant le signe de croix et, comme deux précautions valent mieux qu'une, elle cracha également.

Morgane répondit au moine de derrière son masque d'or. Elle s'exprima avec une déférence inaccoutumée, affirmant que le messager de Gundleus avait menti. Nimue et elle, assura-t-elle, avaient scruté le chaudron et avaient vu la vérité se refléter dans l'eau. Il n'y avait pas de victoire dans le nord, ni de défaite non plus, mais Morgane prévint que l'ennemi était plus proche d'Ynys Wydryn qu'aucun d'entre nous ne le soupçonnait et qu'il nous fallait nous tenir prêts à quitter le Tor aux premières lueurs de l'aube pour aller se mettre en sécurité au sud de la Dumnonie. Morgane parla sur un ton posé, d'une voix grave. Lorsqu'elle eut fini, elle s'inclina devant la reine, puis se pencha maladroitement pour baiser l'ourlet de la robe bleue de la reine.

Norwenna tira sa robe d'un geste brusque. Elle qui avait écouté en silence l'austère prophétie, elle se mit à pleurer, et avec les larmes soudaines jaillit une bouffée de colère. « Tu n'es qu'une sorcière estropiée, hurla-t-elle à Morgane, et tu voudrais faire de ton bâtard de frère un roi. Cela n'arrivera pas, tu m'entends ! Cela n'arrivera pas. Mon bébé est roi !

— Noble Dame, commença Nimue, aussitôt interrompue.

— Tu n'es rien ! cria Norwenna, se retournant contre Nimue. Tu n'es qu'une hystérique, qu'une sale gosse du démon. Tu as jeté un sort sur mon enfant ! Je le sais ! Il est né pied bot parce que tu étais présente à sa naissance. Oh Dieu ! Mon enfant ! »

Hurlant et pleurant, elle frappait du poing sur la table en crachant sa haine à l'adresse de Morgane et de Nimue.

« Et maintenant, partez ! Toutes les deux ! Partez ! »

Le silence retomba. Morgane et Nimue disparurent dans la nuit.

Le lendemain matin, il semblait que Norwenna ait eu raison. Aucun feu d'alarme en vue sur les collines du nord. Ce fut, en vérité, la plus belle journée de ce bel été. La terre était lourde, car la moisson approchait, les collines étaient enveloppées d'un halo de chaleur somnolente et le ciel presque sans nuage. Au pied du Tor, bleuets et coquelicots poussaient au milieu des épineux, et des papillons blancs suivaient les courants d'air chaud qui parcouraient nos pentes verdoyantes. Oublieuse de la beauté du jour, Norwenna chanta les mâtines avec ses hôtes, puis décréta qu'elle allait quitter le Tor pour attendre l'arrivée de son mari dans la chambre des pèlerins du sanctuaire de la Sainte-Épine. « Voilà trop longtemps que je vis parmi les méchants », annonça-t-elle solennellement, lorsqu'un garde cria depuis le mur est.

« Des cavaliers ! des cavaliers ! »

Norwenna courut à la palissade où une foule s'attroupait pour observer une vingtaine de cavaliers en armes franchissant le pont de terre qui menait de la Voie romaine aux vertes collines d'Ynys Wydryn. Ligessac, qui commandait la garde de Mordred, semblait savoir qui approchait, car il donna à ses hommes l'ordre de les laisser entrer. Les cavaliers pressèrent leurs chevaux et se dirigèrent vers nous, précédés d'un étendard brillant où l'on reconnaissait le renard rouge. C'était Gundleus en personne et Norwenna rit de plaisir en voyant son mari revenir de guerre victorieux : l'aube d'un nouveau royaume chrétien scintillait au bout de sa lance.

« Tu vois ? Tu vois ? lança-t-elle à Morgane. Ton chaudron a menti. La victoire est à nous ! »

Le remue-ménage fit pleurer Mordred et Norwenna ordonna

brusquement qu'on le confiât à Ralla, puis elle demanda qu'on allât chercher son plus beau manteau et qu'on plaçât sur sa tête un étroit bandeau d'or, et c'est donc habillée en reine qu'elle attendit le roi devant la porte de Merlin.

Ligessac ouvrit la porte du Tor. La garde dépenaillée de Druidan eut le plus grand mal à s'aligner tandis que ce vieux fou de Pellinore réclamait des nouvelles à grands cris depuis sa cage. Nimue courut chez Merlin tandis que j'allais chercher Hywel, l'intendant de Merlin, qui, je le savais, voudrait souhaiter la bienvenue au roi.

Les vingt cavaliers siluriens descendirent de cheval au pied du Tor. Ils s'en revenaient de guerre et portaient donc des lances, des boucliers et des épées. Ceignant son épée, Hywel l'unijambiste se renfrogna en apercevant Tanaburs parmi les Siluriens. « Je croyais que Gundleus avait abandonné la religion ancienne ? observa l'intendant.

— Je croyais qu'il avait abandonné Ladwys », caqueta Gudovan, le scribe, avant de donner un coup de menton en direction des cavaliers qui avaient commencé à escalader le sentier étroit et raide du Tor. « Vous voyez ? » demanda Gudovan. Et, de fait, il y avait une femme parmi les hommes en cuir. La femme était habillée en homme, mais sa longue chevelure noire flottait au vent. Elle portait une épée, mais pas de bouclier. Gudovan gloussa. « Ce suppôt de Satan va donner du fil à retordre à notre petite reine. »

« Qui est à Satan ? » demandai-je, et Gudovan me donna une tape sur la tête. Je lui faisais perdre son temps avec mes questions stupides.

Hywel avait la mine renfrognée, la main posée sur la garde de son épée, tandis que les guerriers siluriens escaladaient les dernières longueurs qui les séparaient de la porte où nos gardes bigarrés attendaient, formant deux files dépenaillées. Puis je ne sais quel instinct encore aussi vif qu'au temps où il était guerrier lui mit la puce à l'oreille. « Ligessac ! rugit-il. Ferme la porte ! Ferme-la. Vite ! »

Ligessac tira plutôt son épée. Puis il se retourna et mit sa main en cornet comme s'il n'avait pas bien entendu Hywel.

« Ferme la porte ! » tonna Hywel.

L'un des hommes de Ligessac allait s'exécuter, quand Ligessac lui-même le retint, attendant plutôt les ordres de Norwenna.

« Laissez la porte ouverte », commanda-t-elle impérieusement, et Ligessac s'inclina humblement.

Hywel jura. Il eut le plus grand mal à descendre du rempart puis boitilla sur sa béquille en direction de la cabane de Morgane. Quant à moi, j'avais les yeux fixés sur la porte ouverte, inondée de soleil, et je me demandais ce qui allait se passer. Hywel avait flairé quelque trouble dans l'air estival, mais comment, je ne le découvris jamais.

Gundleus arriva à la porte ouverte. Il cracha sur le seuil, puis adressa un sourire à Norwenna, qui attendait à une douzaine de pas. Elle leva ses bras potelés pour saluer son seigneur qui suait à grosses gouttes, essoufflé, ce qui n'avait rien d'étonnant, vu qu'il avait escaladé le Tor revêtu de tout son attirail guerrier. Il avait un plastron de cuir, des jambières matelassées, des bottes, un casque de fer surmonté d'une queue de renard et une épaisse pelisse rouge sur les épaules. Son bouclier orné d'un renard pendait à son flanc gauche, son épée à la hanche, tandis qu'il portait une grosse lance de la main droite. Ligessac s'agenouilla et offrit au roi la poignée de son épée tirée, et Gundleus fit un pas en avant pour toucher le pommeau de sa main gantée de cuir.

Hywel avait disparu dans l'antre de Morgane, dont Sebile ressortit en courant, tenant Mordred dans ses bras. Sebile ? Pas Ralla ? Cela m'intrigua, comme Norwenna sans doute lorsqu'elle vit l'esclave saxonne se poster à ses côtés avec le petit Mordred drapé dans sa riche robe de toile dorée. Mais Norwenna n'eut pas le temps de questionner Sebile, car déjà Gundleus s'avançait vers elle. « Je t'offre mon épée, chère reine ! » dit-il d'une voix sonore. Norwenna sourit de contentement, peut-être parce qu'elle n'avait pas encore aperçu Tanaburs ni Ladwys, qui étaient entrés par la porte en même temps que la soldatesque de Gundleus.

Gundleus enfonça sa lance dans la terre et tira son épée, mais plutôt que de lui tendre d'abord la garde de son épée, il pointa vers son visage le bout de sa lame affilée. Ne sachant trop que faire, Norwenna, hésitante, fit mine d'en toucher l'extrémité scintillante.

« Je me réjouis de ton retour, cher Seigneur, dit-elle avec soumission avant de s'agenouiller à ses pieds ainsi que l'exigeait la coutume.

— Baise l'épée qui défendra le royaume de ton fils », commanda Gundleus, et Norwenna se pencha gauchement pour effleurer de ses lèvres l'acier présenté.

Elle baisa l'épée comme elle en avait reçu l'ordre. À peine ses lèvres touchèrent-elles le métal gris que Gundleus enfonça la lame. Il tua son épouse en riant. Il riait en lui enfonçant la lame dans le creux de la gorge. Il riait encore en transperçant de force son corps qui se contorsionnait. Norwenna n'eut point le temps de hurler, il ne lui restait plus de voix lorsque la lame lui déchira la gorge et plongea dans son cœur. En retirant son arme, Gundleus poussa un grognement. Il avait lancé son pesant bouclier de guerre, en sorte que ses deux mains gantées étaient sur la garde quand il enfonça la lame. Il y avait du sang sur l'épée, du sang sur l'herbe, et du sang sur le manteau bleu de la reine moribonde. Il en jaillit encore lorsque Gundleus retira l'arme d'un coup sec. Privé du support de l'épée, le corps de Norwenna s'affaissa sur le côté, frissonna encore quelques secondes puis se figea.

Sebile lâcha le bébé et s'enfuit en hurlant. Mordred cria, mais l'épée de Gundleus coupa court aux pleurs de l'enfant. Il plongea juste une fois de plus sa lame rouge, et le manteau doré se tacha aussitôt d'écarlate. Tant de sang, d'un si petit enfant !

Tout cela s'était passé si vite. Gudovan, à côté de moi, n'en croyait pas ses yeux, tandis que Ladwys, grande beauté à la longue chevelure, aux yeux noirs et au visage farouche, rit de la victoire de son amant. Tanaburs avait fermé un œil, levé une main vers le ciel et sautillait sur une jambe : autant de signes qu'il était en communion sacrée avec les Dieux tandis qu'il se répandait en maléfices et que la garde de Gundleus prenait position dans l'enceinte, la lance abaissée, pour transformer ces malédictions en réalité. Ligessac avait rejoint les rangs siluriens et aidé les lanciers à massacrer les siens. Quelques Dumnoniens essayèrent bien de résister, mais ils avaient été déployés pour rendre honneur à Gundleus, non pour le combattre, et les lanciers siluriens vinrent rapidement à bout de la garde de Mordred, et plus vite encore des piteux soldats de Druidan. Pour la première fois de ma vie adulte, je vis des hommes mourir transpercés par une lance, et j'entendis les hurlements terribles que pousse un homme lorsqu'une arme expédie son âme dans l'Au-Delà.

L'espace de quelques instants, je restai impuissant, pris de panique. Norwenna et Mordred étaient morts, le Tor n'était que hurlement, et l'ennemi se ruait vers l'antre et la tour de Merlin. Morgane et Hywel apparurent à côté de la tour, mais alors qu'Hywel avançait en clopinant, une épée à la main, Morgane se précipita vers la porte donnant sur la mer. Une nuée de femmes, d'enfants et d'esclaves la suivait ; une foule de gens terrorisés que Gundleus sembla satisfait de laisser échapper. Ralla, Sebile et les rares hommes de la garde dépenaillée de Druidan qui avaient pu éviter les sinistres guerriers siluriens leur coururent après. Pellinore bondissait dans sa cage, caquetant et nu : l'horreur le réjouissait.

Je sautai des remparts et courus vers le palais. Je n'étais pas valeureux, j'étais simplement épris de Nimue et je voulais m'assurer qu'elle était en sécurité avant de fuir le Tor à mon tour. Les gardes de Ligessac étaient morts et les hommes de Gundleus commençaient à piller les cabanes lorsque je plongeai par la porte et courus vers les appartements de Merlin, mais avant d'avoir atteint la petite porte noire, je trébuchai sur la hampe d'une lance et tombai lourdement. Puis une petite main m'empoigna par le col et, avec une force stupéfiante, me traîna vers mon ancienne cachette, derrière les corbeilles de linge de table. « Imbécile, tu ne peux rien faire pour elle », me chuchota à l'oreille la voix de Druidan. « Maintenant, tiens-toi tranquille ! »

Je me retrouvai donc en lieu sûr quelques secondes avant que Gundleus et Tanaburs n'entrent dans la salle, et tout ce que je pus faire, ce fut de regarder le roi, son druide et trois hommes casqués se diriger vers la porte de Merlin. Je savais ce qui allait se passer et je ne pouvais l'empêcher, car Druidan me fermait la bouche de sa petite main pour m'empêcher de hurler. Je doutais que Druidan se fût précipité dans la salle pour sauver Nimue : probablement était-il venu s'emparer de tout l'or qu'il pouvait avant de détaler avec le reste de ses hommes, mais au moins sa présence m'avait-elle sauvé la vie. Mais elle ne sauva Nimue de rien.

Tanaburs écarta d'un coup la cloison-fantôme puis ouvrit la porte, par laquelle s'engouffra Gundleus, suivi de ses lanciers.

J'entendis Nimue hurler. Je ne sais si elle employait des tours pour défendre l'antre de Merlin, ou si elle avait déjà abandonné tout espoir. Je sais que l'orgueil et le devoir lui avaient imposé de rester pour protéger les secrets de son maître, et que maintenant elle payait cet orgueil. J'entendis Gundleus rire, puis je n'entendis plus grand-chose, hormis le tumulte des Siluriens fouillant les coffres, les ballots et les paniers de Merlin. Nimue gémissait, Gundleus poussa un cri triomphal, puis elle hurla encore, trahissant une douleur soudaine et terrible. « Ça t'apprendra à cracher sur mon bouclier, fillette », lança Gundleus à Nimue qui sanglotait désespérément.

« La voilà qui se fait foutre », me dit Druidan à l'oreille avec un malin plaisir. D'autres lanciers de Gundleus traversèrent la salle en courant vers l'antre de Merlin. Avec sa lance, Druidan avait percé un trou dans le mur d'argile et il m'ordonna maintenant de me faufiler à sa suite. Mais tant que Nimue vivrait, il n'était pas question que je file. « Ils vont bientôt fouiner dans ces corbeilles », me prévint le nabot. Mais je ne voulus rien entendre. « Pauvre idiot ! » lâcha-t-il avant de ramper à travers le trou et de détaler vers un espace ombragé, entre la cabane voisine et un poulailler.

Je fus sauvé par Ligessac. Non qu'il m'ait vu, mais parce qu'il dit aux Siluriens qu'il n'y avait rien dans ces corbeilles, hormis du linge de table. « Tout le trésor est à l'intérieur », dit-il à ses nouveaux alliés. Je restai donc blotti, sans oser bouger, tandis que les soldats victorieux pillaient les appartements de Merlin. Les Dieux seuls savent ce qu'ils y trouvèrent : la dépouille d'hommes morts, de vieux os, des charmes nouveaux et d'anciennes têtes de flèche en silex, mais pas grand-chose de précieux. Et les Dieux seuls savent ce qu'ils firent à Nimue, car elle ne le dirait jamais, mais il n'y avait pas besoin de le dire. Ils firent ce que font toujours les soldats aux captives, et quand ils eurent fini ils la laissèrent ensanglantée et à moitié folle.

Ils l'abandonnèrent aussi à la mort, car lorsqu'ils eurent mis à sac la chambre du trésor et vu qu'il y avait peu d'or dans ce fatras aux odeurs de moisi, ils lancèrent un brandon parmi les paniers brisés. La fumée s'éleva en ondoyant depuis la porte. Ils balancèrent un autre tison dans les corbeilles où j'étais tapi, puis les hommes de Gundleus battirent en retraite, les uns avec de l'or, d'autres avec quelques babioles d'argent, mais la plupart les mains vides. Lorsque les hommes furent partis, je me couvris la bouche d'un coin de mon justaucorps et courus à travers la fumée suffocante en direction de la porte de Merlin, où je trouvai Nimue. « Viens ! » lui lançai-je désespérément. La fumée envahissait la pièce tandis que les flammes bondissaient d'un coffre à l'autre. Les chats hurlaient, les chauves-souris battaient des ailes, paniquées.

Nimue ne bougeait pas. Elle était couchée sur le ventre, les mains serrées sur son visage, nue, du sang épais dégoulinant sur ses jambes. Elle pleurait.

Je courus à la porte qui menait à la tour de Merlin, espérant y trouver une issue, mais quand j'ouvris la porte je découvris des murs pleins. Je découvris aussi que la tour, loin d'être une chambre du trésor, était presque vide. Un sol de terre battue, quatre murs de rondins et c'est tout. Il n'y avait pas de toit, mais à mi-hauteur, suspendue à une paire de poutres et accessible par une robuste échelle, j'aperçus une plate-forme de bois qui disparut bientôt sous la fumée. La tour était une chambre de rêve, un endroit creux dans lequel les murmures des Dieux faisaient écho à Merlin. L'espace d'une seconde, je gardai les yeux fixés sur la plate-forme, puis la fumée surgit dans mon dos pour s'engouffrer dans la tour, et je rejoignis Nimue en toute hâte, empoignai son manteau noir sur le lit en bataille et l'enveloppai dans la laine comme un animal malade. Je saisis le manteau par les coins, puis, portant son corps emmailloté comme un baluchon, je me dirigeai péniblement vers la porte. Le feu se déchaînait maintenant et les flammes ne faisaient qu'une bouchée du bois sec. Les yeux ruisselant, les bronches endoloris et voyant qu'un nuage épais interdisait la porte d'entrée, je traînai Nimue, son corps cahotant sur la terre derrière moi, vers l'endroit où Druidan avait percé son trou de rat. Mon cœur battant la chamade, je jetai un œil à l'extérieur : aucun ennemi en vue. J'agrandis le trou, tirant sur le clayonnage et faisant tomber de gros morceaux de torchis, puis je me faufilai à travers l'orifice, remorquant Nimue derrière moi. Elle poussa de petits cris de protestation tandis que j'essayais de la faire passer, mais l'air frais parut la ranimer car elle essaya d'avancer toute seule et, lorsqu'elle retira les mains de son visage, je compris pourquoi son dernier hurlement avait été si terrible. Gundleus lui avait arraché un œil. Son orbite n'était plus qu'une fontaine de sang sur laquelle elle rabattit aussitôt sa main ensanglantée. Dans son effort pour s'extraire du trou, elle avait perdu son vêtement. Je dégageai son manteau des décombres et le lui passai sur les épaules avant de saisir sa main libre et de l'entraîner vers la cabane la plus proche.

L'un des hommes de Gundleus nous vit, puis Gundleus lui-même reconnut Nimue et il gueula qu'il fallait prendre la sorcière vivante et la rejeter aux flammes. Les cris de chasse retentirent, une grande huée comme celle des chasseurs traquant un sanglier blessé jusqu'à la mort, et nous aurions certainement été pris si d'autres fugitifs n'avaient déjà éventré la palissade du côté sud. Je courus vers la nouvelle brèche, à seule fin de découvrir qu'Hywel, le bon Hywel, y avait trouvé la mort, sa béquille à côté de lui, la tête à moitié coupée, son épée encore à la main. Saisissant son épée, je fis passer Nimue. On arriva à la pente raide, côté sud, que l'on descendit en faisant la culbute, hurlant tous les deux en dégringolant en bas de ce précipice herbeux. Nimue, que la douleur avait rendue complètement folle, était à demi aveugle et j'étais moi-même terrorisé, mais je m'accrochais tant bien que mal à l'épée d'Hywel, et je parvins, d'une manière ou d'une autre, à remettre Nimue sur pied au bas du Tor, à lui faire traverser en pataugeant la source sacrée. Puis, laissant derrière nous le verger des chrétiens et une plantation d'aulnes, nous continuâmes à descendre jusqu'à l'endroit où, je le savais, était ancré le bateau d'Hywel, à côté d'une cabane de pêcheur. Je lançai Nimue dans la petite embarcation de roseaux tressés, tranchai l'amarre en m'aidant de ma nouvelle épée et éloignai la barque du rivage à seule fin de m'apercevoir que je n'avais point de perche pour conduire notre malheureuse planche de salut dans le dédale de canaux et de lacs qui bordaient le marais. Je dus donc me servir de l'épée d'Hywel, dont la lame faisait une piètre perche, mais c'est tout ce que j'avais. C'est alors que le premier de nos assaillants arriva sur le rivage couvert de roseaux. Faute de pouvoir avancer vers nous à cause de la vase, il lança sa lance dans notre direction.

La lance se dirigea vers moi en sifflant. L'espace d'une seconde, je demeurai pétrifié par la vue de cette grosse perche avec sa tête d'acier scintillante, mais l'arme alla s'enfoncer pesamment dans les fargues de roseau du canot. J'empoignai la tige de frêne frémissante et m'en servis comme d'une perche pour nous éloigner au plus vite dans les voies d'eau. Nous y étions en sécurité. Quelques hommes de Gundleus couraient sur une piste de planche parallèle à notre route, mais j'eus tôt fait de m'en éloigner. D'autres bondirent dans des coracles et se servirent de leurs lances comme de pagaies, mais aucun coracle ne pouvait rivaliser avec un bateau plat de roseau pour ce qui est de la vitesse, et nous les laissâmes donc loin derrière. Ligessac tira une flèche, mais nous étions déjà hors de portée et son missile se perdit sans un bruit dans l'eau ténébreuse. Derrière nos poursuivants frustrés, au sommet du Tor verdoyant, les flammes dévoraient les cabanes, le palais et la tour. Un panache de fumée grise s'élevait dans le ciel bleu d'été.

« Deux blessures », dit Nimue, qui desserrait les lèvres pour la première fois depuis que je l'avais arrachée aux flammes.

« Quoi ? » fis-je en me tournant vers elle. Elle était pelotonnée à l'avant ; son corps chétif enveloppé dans son manteau noir, elle plaquait une main sur son œil creux.

« J'ai souffert deux Blessures de la Sagesse, Derfel, dit-elle d'une voix d'émerveillement halluciné. La Blessure du Corps et la Blessure de l'Orgueil. Il ne me reste qu'à affronter la folie et je serai aussi sage que Merlin. » Elle essaya de sourire, mais il y avait dans sa voix une rage hystérique qui me fit me demander si elle n'était pas déjà sous l'empire de la folie.

« Mordred est mort, lui dis-je, ainsi que Norwenna et Hywel. Le Tor brûle. »

Tout notre monde était détruit, et pourtant le désastre semblait la laisser étrangement impassible. Elle paraissait presque détendue parce qu'elle avait enduré deux des trois épreuves de la sagesse.

Jouant de la perche, je passai devant une rangée de pièges à poissons avant de m'engager dans l'étang de Lissa, un grand lac noir qui s'étendait à la lisière sud des marais. Je me dirigeais vers la demeure d'Ermid, quelques baraques de bois où Ermid, le chef d'une tribu locale, avait sa maison. Je savais qu'il ne serait pas là, car il avait accompagné Owain dans le nord, mais ses gens nous aideraient, et je savais aussi que notre canot nous y conduirait bien avant les cavaliers les plus rapides de Gundleus obligés de contourner les rives du lac marécageuses et couvertes de roseau. Il leur faudrait presque pousser jusqu'à la Voie romaine qui passait à l'est du Tor, avant de pouvoir tourner à la pointe est du lac et de galoper en direction de la demeure d'Ermid. D'ici là, nous serions partis vers le sud. Loin devant moi, j'aperçus d'autres canots sur le lac et je me dis que ce devaient être des pêcheurs d'Ynys Wydryn qui s'en allaient mettre en lieu sûr les fugitifs du Tor.

Je confiai à Nimue mon projet de pousser jusque chez Ermid puis de continuer vers le sud jusqu'à la tombée de la nuit, à moins que nous ne rencontrions des amis. « Bien », fit-elle d'une voix morne, quoique je ne fusse pas sûr qu'elle eût compris un traître mot de ce que j'avais dit. « Brave Derfel, reprit-elle, maintenant je sais pourquoi les Dieux m'ont donné confiance en toi.

— Tu peux compter sur moi, dis-je, amer, en enfonçant ma lance dans la vase pour faire avancer le canot, tu le peux, parce que je suis amoureux de toi. Voilà ce qui fait ton pouvoir sur moi.

— Bien », reprit-elle, et elle ne desserra plus les lèvres jusqu'à ce que notre canot de roseaux accostât au débarcadère ombragé du village d'Ermid. M'enfonçant plus avant dans la crique, j'aperçus les autres fugitifs du Tor. Morgane était là avec Sebile, et Ralla pleurait, serrant son bébé dans ses bras, à côté de Gwlyddyn, son mari. Lunete, la petite Irlandaise, était là, et elle courut en criant vers l'eau pour aider Nimue. Je fis part à Morgane de la mort d'Hywel, et elle me raconta qu'elle avait vu Gwendoline, la femme de Merlin, se faire tailler en pièces par un Silurien. Gudovan était sauf, mais nul ne savait ce qu'il était advenu du malheureux Pellinore ou de Druidan. Aucun des gardes de Norwenna n'avait survécu, bien qu'une poignée de soldats dépenaillés de Druidan eussent atteint le village d'Ermid, en même temps que trois servantes éplorées de Norwenna et une douzaine d'enfants trouvés apeurés de Merlin. Mais il était douteux que nous fussions vraiment en sécurité.

« Il nous faut partir au plus tôt, dis-je à Morgane. Ils traquent Nimue. »

Les servantes d'Ermid s'employaient à bander et à habiller la malheureuse.

« Ce n'est pas Nimue qu'ils cherchent, pauvre imbécile, rétorqua sèchement Morgane, c'est Mordred.

— Mordred est mort », protestai-je, mais Morgane se retourna et s'empara du bébé que Ralla tenait dans ses bras. Elle retira le linge brun grossier qui recouvrait le corps de l'enfant et je vis le pied bot.

« Crois-tu, petit sot, que je laisserais tuer notre Roi ? »

Je dévisageai Ralla et Gwlyddyn, me demandant comment ils avaient pu comploter de laisser leur fils mourir. Ce fut Gwlyddyn qui répondit à mon regard muet. « Il est roi, expliqua-t-il simplement, le doigt pointé sur Mordred, tandis que notre garçon n'était qu'un fils de charpentier.

— Et Gundleus, reprit Morgane d'une voix irritée, ne va pas tarder à s'apercevoir que le bébé qu'il a tué a ses deux pieds en parfait état, et il lancera tous ses hommes à nos trousses. Nous allons dans le sud. »

Le repaire d'Ermid n'était pas sûr. Le chef et ses guerriers étaient allés à la guerre, ne laissant derrière eux qu'une poignée de servantes et d'enfants.

Nous partîmes un peu avant midi, plongeant dans les bois verts au sud des terres d'Ermid. L'un des chasseurs d'Ermid nous guida à travers d'étroits sentiers et des passages secrets. Nous étions trente, pour l'essentiel des femmes et des enfants, avec juste une demi-douzaine d'hommes capables de porter des armes, et Gwlyddyn était le seul à avoir jamais tué un homme au combat. Les rares idiots de Druidan qui avaient survécu ne seraient d'aucune utilité, et je ne m'étais jamais battu pour de bon. C'est pourtant moi qui fermais la marche, l'épée nue d'Hywel glissée à ma ceinture de corde et serrant dans ma main droite la lourde lance de guerre silurienne.

Nous avançâmes lentement à l'ombre des chênes et des noisetiers. Du village d'Ermid à Caer Cadarn, il n'y avait pas plus de quatre heures de marche, mais il nous fallut beaucoup plus longtemps : ralentis par les enfants, nous prenions des voies de traverse, secrètes. Morgane n'avait pas dit qu'elle essaierait d'atteindre Caer Cadarn ; cependant, je savais que le sanctuaire royal était probablement sa destination, car nous avions toute chance d'y trouver des soldats dumnoniens, mais Gundleus aurait certainement fait la même déduction, et il était tout autant aux abois que nous. Morgane, qui avait une intelligence aiguë de la méchanceté du monde, subodorait que le roi de Silurie concoctait cette guerre depuis le Grand Conseil et n'attendait que la mort d'Uther pour passer à l'attaque avec le renfort de Gorfyddyd. Nous avions tous été dupés. Nous avions pris Gundleus pour un ami, et personne n'avait monté la garde à ses frontières. Maintenant, ce n'était ni plus ni moins que le trône de la Dumnonie qu'il visait. Mais pour l'obtenir, nous expliqua Morgane, il lui faudrait plus qu'une vingtaine de cavaliers, et, à l'heure qu'il était, ses lanciers hâtaient certainement le pas pour rattraper leur roi sur la longue Voie romaine qui partait de la côte nord de Dumnonie. Les Siluriens vadrouillaient dans notre pays, mais pour être assuré de sa victoire, Gundleus devait d'abord tuer Mordred. Il devait nous retrouver, sans quoi toute son audacieuse aventure tournerait court.

Le grand bois étouffait le bruit de nos pas. De temps à autre, un pigeon s'abattait à travers les feuillages et une pie s'attaquait à un tronc à deux pas de nous. Une fois, il y eut un grand craquement suivi d'un piétinement dans les sous-bois voisins. Tout le monde s'arrêta, cloué sur place, redoutant un cavalier silurien, mais ce n'était qu'un sanglier armé de défenses qui fit irruption dans une clairière, nous jeta un coup d'œil puis déguerpit. Mordred criait et ne voulait pas du sein de Ralla. Quelques petits enfants pleurnichaient de peur et de fatigue. Mais ils se turent lorsque Morgane se retourna vers eux en menaçant de les transformer en crapauds puants.

Nimue boitillait devant moi. Je savais qu'elle souffrait, mais elle ne se plaignait pas. Il lui arrivait de pleurer en silence et rien de ce que disait Lunete ne pouvait la consoler. Lunete était une fille gracile au teint sombre du même âge que Nimue, elle ne lui ressemblait guère, mais elle n'avait pas son savoir ni son don de seconde vue. Voyant un cours d'eau, Nimue pouvait y reconnaître la demeure des esprits aquatiques tandis que Lunete n'y voyait qu'un bon coin pour la lessive. Au bout d'un moment, Lunete ralentit le pas pour marcher à côté de moi.

« Et maintenant, Derfel, qu'allons-nous devenir ?

— Je ne sais pas.

— Merlin va-t-il venir ?

— Je l'espère, ou alors Arthur. »

Je parlais avec ferveur, mais sans trop y croire, parce que ce dont nous avions besoin, c'était d'un miracle. Nous semblions pris au piège d'un cauchemar en plein midi car lorsque, après deux heures de marche, force nous fut de quitter les bois pour traverser une rivière profonde qui serpentait à travers les pâturages parsemés de fleurs, nous aperçûmes du côté est, à l'horizon, de nouveaux foyers d'incendie. Mais personne ne pouvait dire s'ils étaient le fait des pillards siluriens ou de Saxons profitant de notre faiblesse.

Un cerf sortit des bois au galop à quelques centaines de mètres plus à l'est. « Baissez-vous ! » siffla une voix de chasseur. Tout le monde plongea dans l'herbe à l'orée du bois. Ralla força Mordred à téter pour le réduire au silence, et il se vengea en la mordant si fort que le sang perla jusqu'à sa taille, mais ni elle ni lui ne laissèrent échapper le moindre son lorsque parut le cavalier qui avait effrayé le cerf. L'homme était un peu plus à l'est, mais beaucoup plus près que les bûchers, si près que j'aperçus le masque de renard sur son bouclier rond. Il portait une longue lance, ainsi qu'une corne qu'il emboucha après qu'il eut regardé un long moment dans notre direction. Notre crainte à tous était que son signal signifiât qu'il nous avait repérés et que, bientôt, on vît surgir un détachement de cavaliers, mais lorsque l'homme fit demi-tour pour rentrer dans les bois, on comprit que la note lugubre de sa corne voulait dire qu'il ne nous avait pas vus. Au loin sonna une autre corne, puis le silence se fit.

On attendit de longues minutes. Des abeilles bourdonnaient dans l'herbe le long du ruisseau. Nous avions tous les yeux fixés sur l'orée du bois, redoutant de voir surgir d'autres cavaliers en armes, mais aucun ennemi ne parut. Au bout d'un moment, notre guide nous dit d'une voix chuchotante que nous allions ramper jusqu'à la rive, traverser le ruisseau, puis ramper de nouveau jusqu'aux arbres.

Le trajet fut long et pénible, surtout pour Morgane avec sa jambe gauche déformée, mais au moins eûmes-nous l'occasion de nous désaltérer en pataugeant à travers le ruisseau. Sitôt dans les bois, on reprit la marche avec des habits trempés, mais aussi soulagés de laisser, peut-être, les ennemis derrière nous. Mais point, hélas, nos ennuis. « Vont-ils faire de nous des esclaves ? » me demanda Lunete. Comme nombre d'entre nous, Lunete avait été initialement capturée pour le marché aux esclaves de la Dumnonie, et elle n'avait dû sa liberté qu'à l'intervention de Merlin. Ce dernier disparu, que pouvait-elle espérer ?

« Je ne pense pas, dis-je. À moins que Gundleus ou les Saxons ne nous capturent. Tu serais prise en esclave, mais probablement qu'ils me tueraient. »

Disant ces mots, je me sentais terriblement brave.

Lunete passa son bras sous le mien et je fus flatté de la savoir contre moi. C'était une jolie fille et, aujourd'hui encore, elle m'avait traité avec dédain, préférant la compagnie des petits pêcheurs déguenillés d'Ynys Wydryn.

« Je veux que Merlin revienne, dit-elle. Je ne veux pas quitter le Tor.

— Il ne reste plus rien là-bas maintenant. Il va nous falloir trouver un nouvel endroit. Ou alors retourner et reconstruire le Tor, si nous le pouvons. »

Mais uniquement, pensai-je, si Dumnonie survivait. À l'heure qu'il était, en cet après-midi enfumé, peut-être le royaume se mourait-il. Je me demandais comment j'avais pu être aveugle au point de ne pas voir les horreurs que promettait la mort d'Uther. Les royaumes ont besoin de roi. Sans eux, ce ne sont que des terres vides qui aimantent les lances des conquérants.

En milieu d'après-midi, nous franchîmes un cours d'eau plus large, presque une rivière, si profonde que l'eau m'arrivait à la poitrine. Sitôt sur l'autre rive, je fis de mon mieux pour sécher l'épée d'Hywel. C'était une magnifique épée, forgée par les célèbres forgerons de Gwent et décorée d'enroulements et de cercles entrecroisés. Quand j'avais le bras tendu, sa lame d'acier m'allait de la gorge jusqu'à la pointe des doigts. L'entretoise était de fer massif et arrondie aux extrémités, tandis que la garde était taillée dans du bois de pommier que l'on avait rivé à la soie puis lié avec de longues lanières de cuir mince et huilé. Le pommeau était une boule enveloppée de fils d'argent qui ne cessaient de se défaire, si bien que je finis par l'arracher pour en faire un bracelet rudimentaire que j'offris à Lunete.

Au sud de la rivière, s'étendait une autre prairie que paissaient des bœufs qui s'approchèrent pour observer notre laborieuse traversée. Peut-être est-ce leur mouvement qui nous attira des ennuis, car à peine étions-nous entrés dans les bois de l'autre côté des pâturages que j'entendis derrière nous un bruit de sabots. Je donnai l'alerte à ceux qui ouvraient la marche puis me retournai, lance et épée à la main, afin d'observer le sentier.

Les branches étaient basses par ici, si basses qu'un cavalier ne pouvait emprunter ce chemin. Qui voudrait se lancer à notre poursuite devrait descendre de monture et continuer à pied. Nous avions évité les chemins les plus larges, pour avancer de préférence sur des sentiers cachés qui serpentaient à travers les arbres, si étroits, que nos poursuivants, comme nous, devraient progresser en file indienne. Je craignais qu'il ne s'agît d'éclaireurs siluriens très loin devant sur la petite troupe de Gundleus. Qui d'autre pouvait se soucier de ce qui avait attiré les bœufs près de la rivière en ce paisible après-midi ?

Gwlyddyn me rejoignit et me prit la lance des mains. Il écouta les lointains bruits de pas, puis opina, visiblement satisfait. « Ils ne sont que deux, observa-t-il d'un ton tranquille. Ils ont laissé leurs chevaux et continuent à pied. Je prendrai le premier. Toi, tu t'occuperas du second le temps que je puisse le tuer. » Il paraissait extraordinairement calme. « Et souviens-toi, Derfel, eux aussi ont la trouille. » Il me fit mettre à l'ombre puis rejoignit à croupetons l'autre côté du sentier pour aller se planquer derrière le feuillage d'un hêtre foudroyé. « Baisse-toi, siffla-t-il. Cache-toi ! »

Je m'accroupis, et soudain la terreur m'envahit. Les mains inondées de sueur, la jambe droite agitée de crispations nerveuses, la gorge sèche, j'avais envie de vomir. Mes entrailles se liquéfiaient. Hywel m'avait bien parlé, mais je n'avais encore jamais affronté un homme prêt à m'occire. J'entendais les hommes approcher, mais je ne les voyais pas, et mon instinct me disait de détaler pour rejoindre les femmes. Mais je restai. Je n'avais pas le choix. Depuis ma plus tendre enfance, j'avais entendu des histoires de guerrier, et l'on m'avait dit et redit qu'un homme ne se dérobe jamais au combat. Un homme se bat pour son seigneur : il se dresse face à l'ennemi et ne s'enfuit jamais. À l'heure qu'il était, mon seigneur suçait le sein de Ralla et j'étais face à mes ennemis, mais j'aurais voulu être un enfant et déguerpir. Et s'il y avait plus que deux lanciers ennemis ? Et même s'ils n'étaient que deux, probablement étaient-ils aguerris, exercés et endurcis, habitués à ne pas faire de quartiers.

« Du calme, mon petit, du calme », répéta doucement Gwlyddyn. Il avait été de toutes les batailles d'Uther. Il avait affronté le Saxon et joué de sa lance contre les hommes de Powys. Au cœur de son pays natal, il était maintenant accroupi au milieu des surgeons terreux, le visage fendu d'un demi-sourire, tenant ma longue lance de ses grosses pognes brunes. « L'heure de venger mon enfant a sonné, dit-il d'une voix menaçante, et les Dieux sont de notre côté. »

Mal à l'aise dans mes habits trempés, j'étais accroupi derrière des ronces, flanqué par des fougères. Je gardais les yeux braqués sur les troncs recouverts de lichens et de feuilles. Les coups de bec d'une pie me firent sursauter. Ma cachette valait mieux que celle de Gwlyddyn, mais je me sentais exposé, et jamais je ne me sentis plus à découvert qu'au moment où nos deux poursuivants apparurent à une dizaine de pas de mon écran de feuillage.

Deux jeunes lanciers, dans la force de l'âge, avec des plastrons de cuir, des jambières et de longues capes de bure jetées sur leurs épaules. Ils avaient une longue barbe tressée et leurs cheveux bruns étaient noués en arrière par des lanières de cuir. Tous deux portaient de longues lances, et le second avait aussi une épée, encore à la ceinture. Je retins ma respiration.

Celui qui ouvrait la marche leva la main. Tous deux s'arrêtèrent et tendirent l'oreille un instant avant de repartir. Le plus proche avait le visage balafré, souvenir d'un ancien combat ; sa bouche ouverte laissait voir des chicots entre ses dents jaunes. Il avait l'air terriblement coriace, expérimenté et effrayant, et je fus soudain saisi d'une terrible envie de fuir, mais c'est alors que la cicatrice de ma paume gauche, la cicatrice de Nimue, se mit à palpiter : cette chaude pulsation me donna une bouffée de courage.

« C'était un cerf », lâcha le second avec mépris. Les deux hommes avançaient maintenant à pas furtifs, attentifs à l'endroit où ils plaçaient les pieds, scrutant les feuillages à l'affût du moindre mouvement.

« C'était un bébé », insista le premier. Il avait deux pas d'avance sur l'autre qui, à mes yeux effrayés, semblait plus grand et plus sinistre encore que son compagnon.

« Les salauds ont disparu », dit le second. Je vis sa trogne inondée de sueur et, remarquant comment il serrait nerveusement la hampe de frêne de sa lance, je sus qu'il n'en menait pas large. Je ne cessais d'invoquer dans ma tête le nom de Bel, implorant Dieu de m'insuffler du courage, de faire de moi un homme. L'ennemi était à six pas de nous maintenant et avançait encore. Autour de nous, tout n'était que verdure chaude et immobile, et je sentais d'ici l'odeur des hommes, l'odeur de cuir et le parfum fort et persistant de leurs chevaux, tandis que la sueur me perlait dans les yeux et qu'il s'en fallait de peu que je ne geignisse tout haut de terreur, mais c'est alors que Gwlyddyn bondit de son embuscade en hurlant un cri de guerre.

Je courus avec lui et, soudain, je fus libéré de la peur, et j'éprouvai pour la première fois cette folle joie de la bataille qui est un don de Dieu. Plus tard, beaucoup plus tard, j'appris que la joie et la peur sont exactement la même chose, à ceci près que l'action transforme l'une en l'autre. Mais, en cet après-midi d'été, je me retrouvai subitement détendu. Puissent Dieu et ses anges me pardonner, mais je découvris ce jour-là la joie de la bataille ; longtemps après, je devais m'en souvenir avec envie, comme un homme assoiffé cherche l'eau. Je bondis, hurlant comme Gwlyddyn, mais je n'étais pas écervelé au point de le suivre aveuglément. Je passai à droite du sentier afin de pouvoir le dépasser lorsqu'il frapperait le plus proche des Siluriens.

L'homme essaya de parer la lance de Gwlyddyn, mais le charpentier avait vu venir le coup et leva son arme en l'enfonçant de toutes ses forces. Tout se passa si vite. Le Silurien qui, l'instant d'avant, était une figure menaçante dans son accoutrement guerrier restait bouche bée, crispé, tandis que Gwlyddyn transperçait son armure de cuir. Mais déjà j'étais devant lui, hurlant en maniant l'épée d'Hywel. À cet instant, je ne connaissais plus la peur, peut-être parce que l'âme de feu Hywel était revenue de l'Au-Delà pour me soutenir, car soudain je sus exactement ce que je devais faire et mon cri de guerre fut un cri de triomphe.

Le second avait un instinct plus sûr que son compagnon mourant et s'était accroupi dans la position du lancier de manière à surgir avec une force meurtrière. Je bondis vers lui, et tandis que la pointe d'acier tout éclatante de soleil se dirigeait vers moi, je fis un saut de côté en donnant un coup de lame : pas trop fort pour ne pas perdre le contrôle de l'acier, mais juste assez pour détourner l'arme sur ma droite et me servir de mon épée comme d'un moulinet. « Tout est dans les poignets, petit, tout est dans les poignets », entendis-je Hywel me rappeler, et c'est en criant son nom que je brandis mon épée pour l'abattre à la base du cou du Silurien.

Tout alla si vite, tellement vite. C'est le poignet qui manœuvre l'épée, mais c'est le bras qui lui donne sa force, et cet après-midi-là mon bras avait la force d'Hywel. Mon épée s'enfonça dans le cou du Silurien comme une hache s'attaquant à du bois pourri. J'étais si naïf que je crus d'abord qu'il n'était pas mort et retirai mon épée pour le frapper à nouveau. Je le frappai une seconde fois et je vis alors le sang illuminer la journée et l'homme s'effondrer sur le côté. Je l'entendais suffoquer. Je le vis esquisser un timide effort pour parer mon coup, puis sa vie se noya dans sa gorge et, tandis qu'il s'affalait sur le tapis de feuilles, un autre filet de sang inonda sa poitrine gainée de cuir.

Je restai cloué sur place, tout tremblant. Soudain j'eus envie de crier. Je n'avais aucune idée de ce que j'avais fait. Je n'avais aucune sensation de victoire, juste un sentiment de culpabilité, et je demeurais sous le choc, impassible, mon épée fichée dans la gorge du mort, sur laquelle se posaient déjà les premières mouches. J'étais incapable de bouger.

Un oiseau cria en haut d'un arbre, puis je sentis le bras de Gwlyddyn à mes épaules, et mon visage ruisselant de larmes. « Tu es un brave, Derfel », me dit Gwlyddyn, et je me retournai, m'agrippant à lui comme un enfant à son père. « Du beau travail, ne cessait-il de répéter, du beau travail. » Il continua à me tapoter gauchement la tête jusqu'à ce que je pusse ravaler mes larmes en reniflant.

« Je suis désolé, m'entendis-je dire.

— Désolé ? Mais de quoi donc ? fit-il en riant. Hywel disait toujours qu'il n'avait jamais eu de meilleur élève, et j'aurais dû le croire. Tu es rapide. Maintenant viens, il nous faut voir ce que nous avons gagné. »

Je pris le fourreau de ma victime – du cuir renforcé par de l'osier, et je m'aperçus qu'il convenait assez bien à l'épée d'Hywel, puis nous fouillâmes les deux corps pour voir ce que nous pourrions chaparder : une pomme verte, une vieille pièce lisse à force d'avoir circulé, deux manteaux, les armes, quelques lanières de cuir et un couteau avec un manche en os. Gwlyddyn se demanda un instant si nous devions rebrousser chemin pour aller chercher les deux chevaux, puis il décida que nous n'avions pas le temps. Ça m'était bien égal. J'avais peut-être la vue brouillée par les larmes, mais j'étais vivant et j'avais tué un homme et j'avais défendu un roi. Et c'est ivre de joie que Gwlyddyn me ramena vers les fugitifs apeurés en levant mon bras en signe que je m'étais bien battu.

« Vous en avez fait du raffut, vous deux, grogna Morgane. Nous allons bientôt avoir la moitié de la Silurie à nos basques. Allons, venez ! Filons ! »

Ma victoire semblait laisser Nimue indifférente, mais Lunete voulut tout savoir et, en lui racontant, j'exagérai la force de l'ennemi et la violence de la bagarre. Et plus je sentais l'admiration de Lunete, plus j'étais enclin à exagérer. Elle avait de nouveau passé son bras sous le mien et, jetant un coup d'œil en direction de ses yeux noirs, je me demandais si j'avais jamais vraiment remarqué combien elle était belle. Comme Nimue, elle avait un visage anguleux, mais alors que sur celui de Nimue on lisait la science et la circonspection, le sien rayonnait d'une douce chaleur excitante. De la savoir tout près de moi me donnait de l'assurance.

On continua à marcher tout au long de l'après-midi avant d'obliquer vers l'est en direction des collines au sommet desquelles Caer Cadarn faisait un peu figure de sentinelle. Une heure plus tard, nous arrivâmes à l'orée des bois qui faisaient face à Caer Cadarn. Il était déjà tard, mais nous étions au cœur de l'été et le soleil était encore assez haut dans le ciel et inondait de sa douce lumière les remparts ouest de Caer Cadarn qui rayonnaient d'un éclat vert. Nous étions à un bon mille de la forteresse, mais tout de même assez près pour voir les palissades jaunes au sommet des remparts, et assez près pour voir que personne ne montait la garde sur ces remparts et qu'aucune fumée ne s'élevait des habitations.

Cependant, il n'y avait pas non plus d'ennemi en vue, ce qui décida Morgane à traverser la clairière et à grimper jusqu'à la forteresse par l'ouest. Gwlyddyn objecta que nous ferions mieux de rester dans la forêt jusqu'à la tombée de la nuit, ou d'aller vers le village voisin de Lindinis. Mais Gwlyddyn n'étant qu'un charpentier quand Morgane était une noble dame, il céda.

Nous nous engageâmes dans la prairie, et nos ombres s'allongeaient loin devant nous. L'herbe avait été broutée par des cerfs ou du bétail, mais elle était douce et tendre sous nos pas. Nimue, qui semblait encore sous l'empire d'une transe douloureuse, retira ses souliers pour marcher pieds nus. Un aigle planait au-dessus de nous. Un lièvre, que notre apparition soudaine avait dérangé, surgit d'un trou d'herbe et détala lestement.

Nous suivions un sentier bordé de bleuets, de marguerites, d'herbes de Saint-Jacques et de cornouillers. Derrière nous, les bois paraissaient bien noirs à l'ombre de la colline. Nous étions fatigués et loqueteux, mais notre voyage touchait à sa fin et certains d'entre nous en semblaient même ragaillardis. Nous ramenions Mordred à l'endroit qui l'avait vu naître, sur la colline royale de Dumnonie. Nous n'étions qu'à mi-chemin de ce glorieux refuge royal lorsque l'ennemi surgit derrière nous.

La soldatesque de Gundleus. Pas seulement les guerriers qui avaient fondu sur Ynys Wydryn ce matin, mais aussi ses lanciers. Gundleus avait dû se douter depuis le premier instant de notre destination, et il avait rassemblé le restant de sa cavalerie et plus d'une centaine de lanciers pour les conduire jusqu'à ce lieu sacré des rois de Dumnonie. Et même s'il n'avait pas été forcé de traquer l'enfant-roi, Gundleus n'aurait pu faire autrement que de venir à Caer Cadarn, car c'était la couronne de Dumnonie qu'il voulait, rien de moins, et c'est à Caer Cadarn que l'on posait cette couronne sur la tête du souverain. Qui tenait Caer Cadarn tenait la Dumnonie, disait le vieux dicton, et qui tenait la Dumnonie tenait la Bretagne.

Les cavaliers siluriens caracolaient en tête. Il ne leur faudrait que quelques minutes pour nous rejoindre et je savais qu'aucun de nous, pas même les coureurs les plus véloces, ne pouvait atteindre les longues pentes de la forteresse avant que ces cavaliers ne nous encerclent et ne nous massacrent à grands coups d'épée et de lance. J'allai à côté de Nimue, et je vis que son maigre visage était tendu et las ; son œil était meurtri et larmoyant.

« Nimue ?

— Tout va bien, Derfel. »

Elle semblait contrariée que je voulusse prendre soin d'elle. Elle était folle, tranchai-je. De tous les vivants qui avaient survécu à cette terrible journée, c'est elle qui avait enduré la pire épreuve et cela l'avait entraînée dans un lieu où je ne pouvais la suivre ni la comprendre.

« Je t'aime, dis-je, essayant de toucher son âme par la tendresse.

— Moi ? Pas Lunete ? » répondit-elle fâchée. Ce n'est pas moi qu'elle regardait, mais la forteresse, tandis que, me retournant, je vis les cavaliers avancer en file indienne, comme des hommes qui voudraient égailler le gibier, leur manteau jeté sur la croupe de leur cheval, leur fourreau suspendu à côté de leurs bottes pendillantes. Le soleil miroitait sur la pointe des lances et éclairait l'étendard au renard. Gundleus chevauchait sous l'étendard, coiffé de son casque de fer avec sa crête en queue de renard. Ladwys était à côté de lui, une épée à la main, tandis que Tanaburs, avec sa longue robe qui tombait lourdement, montait un cheval gris tout près de celui de son roi. J'allais mourir, me dis-je, le jour même où j'étais devenu un homme. Ce constat semblait fort cruel.

« Courez, cria soudain Morgane, courez ! » Je crus qu'elle paniquait et je ne voulus pas lui obéir car je trouvais plus noble de rester et de mourir en homme que de me faire abattre de dos comme un fugitif. Puis je vis qu'elle ne paniquait pas et que, tout compte fait, Caer Cadarn n'était pas désert : les portes étaient grandes ouvertes et un flot d'hommes descendaient le chemin au pas de course. Les cavaliers étaient habillés comme ceux de Gundleus, à ceci près que ces hommes portaient au bras le bouclier au dragon de Mordred.

Nous courûmes. Je tirai Nimue par le bras tandis que la poignée de cavaliers dumnoniens jouaient de leurs éperons. Ils étaient une douzaine, ce qui n'était pas beaucoup mais suffisait pour freiner l'avance des hommes de Gundleus. Derrière eux, suivait une bande de lanciers.

« Cinquante lances », commenta Gwlyddyn.

Il avait compté les renforts.

« Avec cinquante, nous ne pouvons les battre », ajouta-t-il d'un ton lugubre, mais on pourrait se mettre en sécurité.

Gundleus faisait la même déduction et, à la tête de ses cavaliers, effectuait maintenant une grande boucle qui les conduirait derrière les lanciers dumnoniens qui approchaient. Il voulait nous couper notre retraite, car sitôt qu'il aurait rassemblé ses ennemis en un seul endroit, il pourrait nous tuer tous les uns après les autres, que nous fussions sept ou soixante-dix. Gundleus avait l'avantage du nombre et, en quittant leur forteresse, les Dumnoniens avaient sacrifié leur unique avantage : la hauteur.

Les cavaliers dumnoniens passèrent en trombe devant nous, leurs chevaux arrachant sous leurs sabots de gros morceaux de terre. Ce n'étaient pas les cavaliers légendaires d'Arthur, ces hommes revêtus d'une armure qui s'abattaient sur leurs victimes comme la foudre, mais des éclaireurs légèrement armés qui, d'ordinaire, mettaient le pied à terre avant de se lancer dans la bataille, mais ils formaient un écran de protection entre nous et les lanciers dumnoniens. Un instant plus tard arrivèrent nos propres lanciers qui firent un mur de boucliers. Cela nous rendit un peu d'assurance, une assurance qui se mua en témérité lorsque nous vîmes qui conduisait les secours. C'était Owain, le puissant Owain, le champion du roi et le plus grand combattant de toute la Bretagne. Nous l'avions cru beaucoup plus au nord, bataillant aux côtés des hommes de Gwent dans les montagnes de Powys ; or il était ici, à Caer Cadarn.

Pourtant, à dire vrai, Gundleus avait tout de même l'avantage. Nous étions douze cavaliers, cinquante lanciers et trente fugitifs épuisés, dans un lieu exposé où Gundleus avait réuni près de deux fois plus de cavaliers et le double de lanciers.

Le soleil était encore vif. Il y avait encore deux heures avant la brune et quatre avant qu'il ne fît nuit noire, et cela donnait à Gundleus plus qu'assez de temps pour achever son carnage, même s'il commença par essayer de nous persuader par des paroles. Il s'avança, splendide sur son cheval tout écumant de sueur, son bouclier renversé en signe de trêve.

« Hommes de Dumnonie, lança-t-il, donnez-moi l'enfant et je m'en irai ! »

Personne ne répondit. Owain s'était caché au centre de notre mur de boucliers, si bien que Gundleus, ne voyant point de chef, s'adressait à nous tous.

« C'est un enfant estropié ! cria le roi de Silurie. Maudit des Dieux. Que peut espérer un pays gouverné par un roi infirme ? Vous voulez voir rouiller vos moissons ? Voir naître des enfants malingres ? Voir votre bétail mourir de la peste ? Voir les Saxons régner sur cette terre ? Qu'espérer d'un roi impotent, sinon le malheur ? »

Personne ne répondit, même si Dieu sait que nombre d'hommes de nos rangs alignés à la hâte devaient redouter que Gundleus ne dît vrai.

Le roi de Silurie ôta son casque de sa longue chevelure et sourit de notre triste sort.

« Du moment que vous me livrez l'enfant, vous pouvez tous vivre », promit-il.

Il attendit une réponse qui ne vint pas.

« Qui vous dirige ? demanda-t-il enfin.

— C'est moi ! » fit Owain, qui traversa enfin les rangs pour se poster devant la rangée de boucliers.

« Owain. »

Gundleus le reconnut, et je crus voir une lueur de peur dans ses yeux. Comme nous, il n'avait pas su qu'Owain avait regagné le cœur de la Dumnonie. Mais Gundleus restait assuré de la victoire, alors même qu'il devait savoir que, avec Owain au nombre de ses ennemis, cette victoire serait beaucoup plus dure.

« Seigneur Owain, reprit Gundleus en donnant au champion de Dumnonie le titre qui était le sien, fils d'Eilynon et petit-fils de Culwas. Salut à toi ! »

Gundleus leva la pointe de sa lance en direction du soleil.

« Tu as un fils, Seigneur Owain.

— Beaucoup d'hommes ont des fils, répondit Owain sur un ton cavalier. Que t'importe ?

— Veux-tu faire de ton fils un orphelin ? Veux-tu que tes terres soient dévastées ? Que ta maison brûle ? Que ta femme soit le jouet de mes hommes ?

— Ma femme, répondit Owain, pourrait vaincre tous tes hommes, et toi aussi. Tu veux des amusettes, Gundleus ? Retourne chez ta putain ! lança-t-il en donnant un coup de menton vers Ladwys. Et si tu ne veux pas partager ta putain avec tes hommes, alors la Dumnonie peut faire grâce à la Silurie de quelques brebis perdues. »

La provocation d'Owain nous réchauffa le cœur. Il avait l'air indomptable avec sa lance massive, sa longue épée et son bouclier plaqué de fer. Il se battait toujours nu-tête, dédaignant de mettre un casque, et sur ses bras terriblement musclés on reconnaissait, en tatouage, le dragon de Dumnonie et son propre symbole du sanglier à longues défenses.

« Cède-moi l'enfant », répéta Gundleus, feignant de n'avoir pas entendu les insultes, sachant que ce n'était que provocation d'un homme s'apprêtant à la bataille. « Donne-moi le roi estropié !

— Donne-moi ta putain, Gundleus, rétorqua Owain. Tu n'es pas assez couillu pour elle. Donne-la-moi et tu pourras repartir en paix. »

Gundleus cracha.

« Les bardes chanteront ta mort, Owain. Le chant du porc égorgé. »

Owain enfonça dans la terre le talon de sa lance.

« Voici le porc, Gundleus ap Meilyr, roi de Silurie, cria-t-il. Et ici mourra le porc, ou il pissera sur ton cadavre. Maintenant, file ! »

Gundleus sourit, haussa les épaules et fit demi-tour. Il remit également son bouclier d'aplomb. C'était le signe qu'il faudrait se battre.

Ce fut ma première bataille.

Les cavaliers dumnoniens prirent position derrière notre ligne de lances pour protéger les femmes et les enfants le plus longtemps possible. Le reste des troupes se disposa en ordre de bataille, observant nos ennemis qui faisaient de même. Ligessac, le félon, était dans les rangs des Siluriens. Tanaburs accomplit les rites, sautillant sur une jambe avec une main levée et un œil fermé devant le mur de boucliers de Gundleus qui avançait lentement à travers le pâturage. Ce n'est que lorsque Tanaburs eut jeté son charme de protection que les Siluriens se mirent à nous insulter. Ils nous avertirent du massacre imminent en se vantant du nombre de victimes qu'ils allaient faire, mais je voyais bien avec quelle lenteur ils progressaient. Quand ils ne furent plus qu'à cinquante pas de nous, ils s'arrêtèrent. Quelques-uns de nos hommes raillèrent leur timidité, mais Owain gronda pour nous réduire au silence.

Les lignes de combattants se dévisageaient. Personne ne remuait.

Il faut un courage extraordinaire pour charger sur une ligne de boucliers et de lances. Voilà pourquoi tant d'hommes boivent avant la bataille. J'ai vu des armées s'arrêter des heures durant, le temps de trouver le courage de charger, et plus le guerrier est vieux, plus il lui faut de courage. Les jeunes troupes chargeront et mourront, mais les plus vieux savent à quel point peut être redoutable un rempart de boucliers. Je n'avais point de bouclier, mais j'étais protégé par ceux de mes voisins, serrés les uns contre les autres, si bien qu'un homme donnant la charge se heurterait à un mur de bois couvert de cuir et hérissé de lances affilées comme des rasoirs.

Les Siluriens se mirent à battre leurs boucliers avec la hampe de leurs lances. Le raffut était censé nous troubler, ce qu'il fit, même si personne de notre côté ne laissa paraître la peur. Serrés les uns contre les autres, nous attendions la charge. « Ils vont commencer par de fausses charges, mon gars », m'avertit mon voisin, et à peine avait-il prononcé ces mots qu'un groupe de Siluriens fonça en hurlant et en jetant leurs longues lances au centre de notre défense. Nos hommes s'accroupirent et les longues lances se fichèrent dans nos boucliers et, soudain, ce fut toute la ligne des Siluriens qui s'avança, mais Owain donna aussitôt l'ordre à nos troupes de se relever et d'avancer à leur tour. Et ce mouvement délibéré arrêta l'ennemi qui menaçait d'attaquer. Ceux d'entre nous qui avaient une lance ennemie plongée dans leur bouclier s'en débarrassèrent, puis le mur se reforma.

« Repliez-vous ! » ordonna Owain.

Il essayait de reculer lentement, pour parcourir à pas traînants le demi-mille de prairie qui nous séparait de Caer Cadarn, espérant que les Siluriens ne trouveraient pas le courage de charger avant que nous ayons achevé ce voyage pitoyablement lent. Pour nous donner plus de temps, Owain s'avança devant nos lignes et, d'une voix tonitruante, mit Gundleus au défi de l'affronter, d'homme à homme.

« Tu es une femme, Gundleus ? lança le champion de notre roi. Tu as perdu courage ? Tu n'as pas assez d'hydromel ? Pourquoi ne pas retourner à ton métier à tisser, femme ? Retourne à tes broderies ! Va retrouver ta quenouille ! »

Nous continuions à reculer à pas traînants, lentement mais sûrement, lorsque la charge de l'ennemi nous fit nous arrêter et nous accroupir derrière nos boucliers tandis que les lances volaient. L'une d'elles siffla au-dessus de ma tête comme un coup de vent, mais une fois de plus, c'était une feinte destinée à semer la panique dans nos rangs. Ligessac tirait des flèches, mais il devait être ivre car ses projectiles partaient dans tous les sens. Owain fut la cible d'une douzaine de lances, mais la plupart passèrent à côté et il écarta les autres avec mépris d'un mouvement de sa lance ou de son bouclier avant de railler les lanceurs.

« Qui vous a appris le métier ? C'est vos mères ? fit-il en crachant en direction de l'ennemi. Viens, Gundleus ! Affronte-moi ! Montre à tes marmitons que tu es un roi, pas une mauviette ! »

Les Siluriens donnaient des coups de lance sur leurs boucliers afin de couvrir les sarcasmes d'Owain. Il leur tourna le dos pour bien leur montrer son mépris et rejoignit d'un pas lent notre ligne de boucliers.

« Reculez, reculez ! » dit-il à voix basse.

C'est alors que deux Siluriens jetèrent leurs boucliers et leurs armes et déchirèrent leurs vêtements pour combattre nus. Mon voisin cracha.

« Il va y avoir du grabuge, maintenant », me prévint-il d'une voix lugubre.

Les hommes nus étaient probablement ivres, ou grisés par les Dieux au point de croire qu'aucune lame ennemie ne pouvait les blesser. J'avais entendu parler de ces hommes et je savais que leur exemple suicidaire était habituellement le signal d'une véritable attaque. J'empoignai mon épée et tâchai de faire le vœu de mourir bien, mais en vérité j'eusse volontiers versé des larmes de pitié sur tout cela. Ce jour même, j'étais devenu un homme, et voilà que je devais mourir. Je rejoindrais Uther et Hywel dans l'Au-Delà et j'attendrais là-bas, au fil des ans ombragés, que mon âme trouvât un autre corps pour retourner vers ce monde verdoyant.

Les deux hommes défirent leur chevelure, se saisirent de leurs lances et de leurs épées, puis se mirent à danser devant les lignes siluriennes. Ils beuglaient comme en pleine mêlée, dans cet état d'hébétude extatique qui poussera un homme à tenter n'importe quelle prouesse. À cheval sous son étendard, Gundleus souriait aux deux hommes dont le corps était tatoué de motifs bleus entrelacés. Derrière nous, les mômes pleuraient, nos femmes imploraient les Dieux, tandis que les danseurs se rapprochaient, toujours plus près, leurs lances et leurs épées tourbillonnant sous le soleil couchant. Ces hommes n'avaient nul besoin de boucliers, de vêtements ni d'armures. Les Dieux étaient leur protection, la gloire leur récompense, et s'ils réussissaient à tuer Owain, les bardes chanteraient leur victoire dans les années futures. Ils avançaient, un de chaque côté de notre champion qui souleva sa lance en s'apprêtant à riposter à leur attaque forcenée, laquelle donnerait aussi le signal de la charge des lignes ennemies.

Puis la corne retentit.

Une note pure et froide, telle que je n'en avais encore jamais entendue. Il y avait dans cette corne une pureté, une pureté cristalline et glaciale qui n'avait pas sa pareille sur terre. Elle sonna une fois, deux fois, et le second appel suffit à clouer sur place les hommes nus eux-mêmes. Ils se tournèrent vers l'est, d'où venait le son.

Je regardai, moi aussi.

Et je fus ébloui. Comme si un nouveau soleil éclatant se levait en cette fin de journée. La lumière inondait les pâturages, aveuglante, déroutante, mais la lumière glissa et je vis que c'était simplement le reflet du soleil sur un bouclier poli comme un miroir. Mais ce bouclier était tenu par un homme tel que je n'en avais encore jamais vu ; un homme superbe, juché sur un grand cheval et escorté d'autres hommes de sa trempe ; une horde d'hommes prodigieux, d'hommes en plumes, d'hommes en armures, d'hommes surgis des rêves des Dieux pour venir sur ce champ meurtrier, et au-dessus des têtes emplumées des hommes flottait un étendard que j'allais aimer plus qu'aucun autre sur la terre de Dieu. C'était l'étendard de l'ours.

La corne retentit une troisième fois et, soudain, je sus que je vivrais, et je pleurai de joie. Tous nos lanciers étaient partagés entre les larmes et les cris. La terre tremblait sous les sabots de ces hommes divins qui volaient à notre secours.

Car Arthur, enfin, était là.

DEUXIÈME PARTIE

LA PRINCESSE

Igraine est malheureuse. Elle réclame des histoires sur l'enfance d'Arthur. Elle a eu vent d'une épée dans la pierre et veut que j'écrive là-dessus. Elle raconte qu'il a été engendré par un esprit venu visiter une reine et que la foudre a zébré les cieux la nuit de sa naissance. Peut-être a-t-elle raison et les cieux furent-ils bruyants cette nuit-là, mais tous ceux à qui j'en ai parlé ont dormi sur leurs deux oreilles, et, pour ce qui est de l'épée dans la pierre, eh bien, il y eut une épée, et il y eut une pierre, mais c'était bien plus tard. L'épée fut appelée Caledfwlch, ce qui veut dire « foudre dure », mais Igraine préfère l'appeler Excalibur, et c'est ainsi que je l'appellerai parce qu'Arthur ne s'est jamais soucié du nom donné à son épée. Il ne se souciait guère non plus de son enfance, car, assurément, je ne l'avais jamais entendu en parler. Je le questionnai un jour sur son enfance. Il ne voulut pas répondre. « Qu'est-ce que l'œuf pour l'aigle ? » me demanda-t-il, avant d'ajouter qu'il était né, qu'il avait vécu et qu'il était devenu soldat. Voilà tout ce que j'avais besoin de savoir.

Mais pour Igraine, ma belle et généreuse protectrice, que l'on me permette de coucher par écrit le peu que j'ai appris. Malgré la dénégation d'Uther à Glevum, Arthur était le fils du Grand Roi, bien qu'il n'y eût pas grand profit à tirer de cette protection, car Uther fit autant de bâtards qu'un matou de chatons. La mère d'Arthur s'appelait Igraine, tout comme ma reine très précieuse. Elle venait de Caer Gei, à Gwynedd, et l'on dit qu'elle était la fille de Cunedda, roi de Gwynedd et Grand Roi avant Uther ; mais Igraine n'était pas une princesse car sa mère était la femme non pas de Cunedda, mais d'un chef de Henis Wyren. Tout ce qu'Arthur a jamais dit à son sujet, c'est qu'Igraine de Gwynedd, morte quand il approchait de l'âge d'homme, était la plus belle, la plus intelligente et la plus merveilleuse mère dont un garçon pût jamais rêver, bien que d'après Cei, qui l'a bien connue, sa beauté fût aiguisée par un esprit fielleux. Cei est le fils d'Ector ap Ednywain, le chef de Caer Gei qui accueillit dans sa maison Igraine et ses quatre bâtards quand Uther les rejeta. Ce rejet se produisit l'année même où Arthur vit le jour, et Igraine ne le pardonna jamais à son fils. Elle disait qu'Arthur était un enfant de trop, et elle croyait qu'elle serait toujours restée la maîtresse d'Uther si Arthur n'était pas né.

Arthur était le quatrième des enfants d'Igraine à survivre à la petite enfance. Les trois autres étaient des filles et, de toute évidence, il agréait à Arthur qu'elles fussent du sexe faible, car de ce fait elles étaient moins susceptibles de prétendre à une part de son patrimoine en grandissant. Cei et Arthur furent élevés ensemble, et Cei prétend, mais jamais quand Arthur peut l'entendre, qu'ils avaient tous deux peur d'Igraine. Arthur, me confia-t-il, était un enfant appliqué et travailleur, qui faisait de son mieux, qu'il s'agît d'apprendre à lire ou à manier l'épée, mais rien de ce qu'il put faire ne contenta jamais sa mère, alors même qu'Arthur lui vouait un véritable culte et la défendait. Lorsque la fièvre l'emporta, il se montra inconsolable. Arthur avait alors treize ans et Ector, son protecteur, demanda à Uther d'aider les quatre orphelins sans le sou d'Igraine. Uther les fit venir à Caer Cadarn, probablement parce qu'il se disait que les trois filles feraient d'utiles pions dans le jeu des mariages dynastiques. Le mariage de Morgane avec un prince de Kernow fut de courte durée, grâce au feu, mais Morgause épousa le roi Lot de Lothian, et Anne fut donnée au roi Budic ap Camran d'Armorique. Ces deux derniers mariages n'avaient pas grande importance, car aucun de ces rois n'était assez près pour dépêcher des renforts vers la Dumnonie en cas de guerre, mais tous deux servaient de petits desseins. Quant à Arthur, étant un garçon, il n'avait pas cette utilité : il alla donc à la cour d'Uther, où il apprit à manier l'épée et la lance. Il connut aussi Merlin, même si ni l'un ni l'autre ne parlaient beaucoup de ce qui se passa entre eux au cours de ces mois avant que, désespérant d'être jamais promu par Uther, il suivît sa sœur Anne en Armorique. Là-bas, dans le trouble de la Gaule, il devint un grand soldat et Anne, sachant bien qu'un frère guerrier était un parent précieux, veilla à tenir Uther au courant de ses exploits. Voilà pourquoi Uther l'avait fait revenir en Bretagne pour la campagne qui se termina par la mort de son fils. Le reste, vous le connaissez.

Et maintenant que j'ai raconté à Igraine tout ce que je savais de l'enfance d'Arthur, nul doute qu'elle embellisse cette histoire des légendes que colportent déjà les petites gens sur le compte d'Arthur. Igraine emporte ces peaux, l'une après l'autre, puis les fait transcrire dans la langue des Bretons par Dafydd ap Gruffud, le clerc de justice qui parle la langue des Saxons. Je ne lui fais pas davantage confiance qu'à Igraine pour soustraire ces mots aux caprices de leur imagination. Parfois, je voudrais être assez audacieux pour coucher ce récit en breton, mais Mgr Sansum, que Dieu chérit plus que tous les saints, soupçonne encore ce que j'écris. À l'occasion, il a essayé d'interrompre ce travail ou il a commandé aux petits démons de Satan de m'entraver. Un jour, j'eus la surprise de voir que toutes mes plumes avaient disparu ; un autre jour, il y avait de l'urine dans mon encrier, mais Igraine arrange tout et, sauf à apprendre à lire et à maîtriser le saxon, Sansum n'aura jamais la confirmation que ce travail n'est pas, en vérité, un Évangile saxon.

Igraine me presse d'écrire davantage et plus vite, me supplie de dire la vérité sur Arthur, mais ensuite elle se plaint que la vérité ne soit pas à la hauteur des contes de fées qu'elle entend dans les cuisines de Caer ou dans sa garde-robe. Elle veut des bêtes qui se métamorphosent et qui interrogent, mais je ne puis inventer ce que je n'ai pas vu. Il est vrai, Dieu me pardonne, que j'ai changé certaines choses, mais rien d'important. Ainsi, lorsque Arthur nous a sauvés devant Caer Cadarn, j'ai compris qu'il venait bien avant qu'il ne parût vraiment, car Owain et ses hommes savaient depuis le début qu'Arthur et ses cavaliers, fraîchement débarqués d'Armorique, se cachaient dans les bois au nord de Caer Cadarn, tout comme ils savaient que la soldatesque de Gundleus approchait. L'erreur de Gundleus fut de mettre le feu au Tor, car le panache de fumée fut un signal d'alarme pour tout le sud du pays, et les éclaireurs montés d'Owain observaient les hommes de Gundleus depuis la mi-journée. Ayant aidé Agricola à repousser l'invasion de Gorfyddyd, Owain s'était précipité dans le sud pour accueillir Arthur, non point par amitié, mais plutôt pour faire acte de présence alors qu'un seigneur de la guerre rival surgissait dans le royaume. Et ce fut une chance pour nous qu'Owain fût de retour. Malgré tout, la bataille n'aurait jamais pu se dérouler telle que je l'ai décrite. Si Owain n'avait su qu'Arthur était dans les parages, il aurait confié le petit Mordred au plus rapide de ses cavaliers et expédié l'enfant au galop pour le mettre en lieu sûr, quand bien même nous serions tous tombés sous les lances de Gundleus. J'aurais pu écrire cette vérité, bien entendu, mais les bardes m'ont appris à mettre en forme une histoire afin de tenir les auditeurs en haleine, dans l'attente de ce qu'ils ont envie d'entendre, et je crois donc que le récit est plus haletant si l'on diffère la nouvelle de l'arrivée d'Arthur jusqu'à la dernière minute. C'est un péché véniel que de prendre ainsi des libertés avec l'histoire, mais Dieu sait que Sansum ne le pardonnerait jamais.

C'est encore l'hiver ici, à Dinnewrac. Il fait un froid de canard, mais le roi Brochvael a ordonné à Sansum de faire du feu après qu'on eut retrouvé Frère Aron mort, gelé, dans sa cellule. Le saint a refusé tant que le roi n'enverrait pas de bois de son Caer ; maintenant, nous avons donc du feu, bien que les foyers ne soient pas très nombreux et jamais bien grands. Reste que, même modeste, le feu facilite mon travail, et ces derniers temps le bienheureux Sansum s'est montré moins suspicieux. Deux novices sont venus renforcer notre petit troupeau, des garçons dont la voix ne s'est pas encore cassée, et Sansum a pris sur lui de les former aux usages de Notre Très Précieux Sauveur. Le saint est tellement soucieux des âmes immortelles qu'il tient même à ce que les garçons partagent sa cellule et il paraît fort aise de leur compagnie. Rendons grâces à Dieu de cela et du don du feu, et de la force de poursuivre l'histoire d'Arthur, le Roi qui n'a jamais été, l'Ennemi de Dieu et notre Seigneur des Batailles.

*

Je vous épargnerai les détails de cet affrontement devant Caer Cadarn. Ce fut une débandade, pas une bataille, et seule une poignée de Siluriens réussit à s'échapper. Ligessac, le félon, parvint à s'enfuir, mais la plupart des hommes de Gundleus furent capturés. Une vingtaine d'ennemis trouvèrent la mort, y compris les deux combattants nus qui tombèrent sous la lance d'Owain. Gundleus, Ladwys et Tanaburs furent pris vivants. Je n'ai tué personne. Je n'ai pas même hoché la lame de mon épée.

Au demeurant je n'ai pas grand souvenir de la déroute, car je ne pensais qu'à une chose : regarder Arthur.

Il était monté sur Llamrei, sa jument, une grande bête noire avec des fanons touffus et des sandales de fer plates nouées à ses sabots par des lanières de cuir. Tous les hommes d'Arthur montaient des grands chevaux de ce type au naseau largement fendu pour leur faciliter la respiration. D'extraordinaires boucliers de cuir renforcé qui protégeaient leur poitrail des coups de lance rendaient les bêtes encore plus inquiétantes. Les carapaces étaient si épaisses et encombrantes que les chevaux ne pouvaient baisser la tête pour paître à la fin de la bataille, et Arthur ordonna à l'un de ses palefreniers de détacher l'armure pour permettre à Llamrei de se nourrir. Chaque cheval avait besoin de deux garçons d'écurie, l'un pour s'occuper de son armure, de sa housse et de sa selle, l'autre pour le conduire par la bride, tandis qu'un troisième serviteur portait la lance et le bouclier du guerrier. Arthur avait une lance aussi longue que lourde, baptisée Rhongomyniad, alors que son bouclier, Wynebgwrthucher, était en bois de saule recouvert d'une peau d'argent battu poli jusqu'à en être éblouissant. À sa hanche pendait son couteau, Carnwenhau, et sa fameuse épée, Excalibur, dans son fourreau noir quadrillé de fil d'or.

Dans un premier temps, je ne pus voir sa tête enfermée dans un casque avec de grandes pièces de métal qui couvraient les joues et dissimulaient ses traits. Son casque, avec ses fentes pour les yeux et un trou noir pour la bouche, était en fer poli décoré de tourbillons d'argent et surmonté d'un panache de plumes d'oie. Ce casque pâle avait quelque chose de mortel et de redoutable, sa forme de crâne suggérant que celui qui le portait était un spectre ambulant. Son manteau, comme son panache, était blanc et il veillait à sa propreté avec un soin jaloux. Attaché à ses épaules, il protégeait du soleil sa cotte de mailles. Je n'avais encore jamais vu d'armure à écailles, même si Hywel m'en avait parlé, et en voyant Arthur, je fus pris d'un désir irrépressible d'en posséder une. C'était une cuirasse romaine faite de centaines de plaques de fer, pas plus grosses que l'extrémité du pouce, cousues en rangées superposées sur une veste de cuir qui allait jusqu'aux genoux. Les plaques étaient carrées au sommet, où l'on avait percé deux trous pour laisser passer le fil, et pointues à la base. Les écailles se chevauchaient de telle sorte que la pointe de la lance ennemie se heurterait toujours à au moins deux couches de fer avant de frapper le cuir renforcé. Quand Arthur bougeait, la cuirasse tintinnabulait, et ce n'était pas uniquement le bruit du fer parce que ses forgerons avaient ajouté une rangée de plaques d'or autour du cou et parsemé le fer poli d'écailles d'argent si bien que la cotte tout entière semblait scintiller. Chaque jour, il fallait des heures de polissage pour empêcher le fer de rouiller, et, après chaque bataille, il manquait quelques plaques qu'il fallait forger à nouveau. Rares étaient les forgerons capables de faire une pareille cotte, et plus rares encore les hommes qui pouvaient en acheter une, mais Arthur l'avait prise à un chef franc qu'il avait tué en Armorique. Outre le casque, le manteau et l'armure à écailles, il portait des bottes de cuir, des gants de cuir et une ceinture de cuir à laquelle il avait suspendu Excalibur dans son fourreau brettelé en croix censé protéger celui qui le portait de tout malheur.

À mes yeux éblouis par sa venue, il fit l'effet d'un Dieu blanc, resplendissant, descendu sur terre. Je ne pouvais détacher mes yeux de lui.

Il embrassa Owain et j'entendis les deux hommes rire. Owain était un grand gaillard, mais Arthur pouvait le regarder droit dans les yeux, bien qu'il ne fût en aucune façon aussi solidement charpenté qu'Owain. Celui-ci n'était qu'une masse de muscles, tandis qu'Arthur était un homme maigre et filiforme. Owain lui donna une grande tape dans le dos, à laquelle Arthur répondit par le même geste affectueux, puis, se tenant par l'épaule, les deux hommes se dirigèrent vers l'endroit où Ralla s'occupait de Mordred.

Arthur tomba à genoux devant son roi et, avec une surprenante délicatesse pour un homme vêtu d'une armure aussi raide et pesante, il leva une main gantée pour prendre l'ourlet de la robe du bébé. Il écarta les couvre-joues de son casque pour baiser la robe. Mordred réagit en hurlant et en se débattant.

Arthur se leva et tendit les bras vers Morgane. Elle était plus âgée que son frère, qui n'avait encore que vingt-cinq ou vingt-six ans, mais, lorsqu'il se proposa de l'embrasser, elle se mit à pleurer derrière son masque d'or qui résonna discrètement contre le casque d'Arthur quand ils se serrèrent dans les bras l'un de l'autre. Il la serrait sur son cœur en lui tapotant le dos.

« Chère Morgane, l'entendis-je chuchoter, chère et douce Morgane. »

Je n'avais jamais compris à quel point Morgane était seule avant de la voir pleurer dans les bras de son frère.

Il se dégagea doucement de son étreinte puis se servit de ses deux mains gantées pour retirer son casque gris-argent de sa tête.

« J'ai un cadeau pour toi, dit-il à Morgane. Du moins je crois, ou alors Hygwydd me l'aura volé. Où es-tu, Hygwydd ? »

Le serviteur s'avança et reçut le casque au panache blanc en échange d'un collier de dents d'ours serties dans des alvéoles en or montées sur une chaîne d'or qu'Arthur passa au cou de sa sœur. « Une belle chose pour ma charmante sœur », dit-il. Puis il voulut à tout prix savoir qui était Ralla, et lorsqu'il sut la mort du bébé, son visage montra tant de peine et de sympathie que Ralla fondit en larmes et que, mû d'une soudaine impulsion, Arthur l'étreignit et faillit écraser l'enfant-roi contre son armure d'écailles. Puis on lui présenta Gwlyddyn, et celui-ci raconta à Arthur comment j'avais tué un Silurien afin de protéger Mordred, et Arthur se retourna pour me remercier.

Pour la première fois, je le vis donc de face.

Son visage respirait la bonté. Telle fut ma première impression. Non, c'est ce qu'Igraine veut que j'écrive. En vérité, ma première impression fut une impression de sueur ruisselante. L'effet de l'armure métallique sous une chaleur estivale. Mais après la sueur, je remarquai comme il avait l'air bon. Au premier regard, on lui faisait confiance. Voilà pourquoi les femmes aimaient toujours Arthur : non pas à cause de sa bonne mine, car il n'était pas particulièrement beau, mais parce qu'il vous considérait avec un intérêt sincère et une évidente bienveillance. Il avait une figure massive et osseuse, rayonnant d'enthousiasme, et un beau casque de cheveux bruns foncés qui, la première fois que je le vis, était collé sur son crâne par la transpiration du fait de la doublure de cuir de son casque. Il avait des yeux bruns, un long nez et une mâchoire lourde et rasée de près, mais le plus remarquable était sa bouche. Elle était exceptionnellement grande et pas une dent ne manquait ! Il était fier de sa denture et se brossait les dents tous les jours avec du sel, quand il en trouvait, ou autrement avec de l'eau. Sa figure était large et puissante, mais ce qui me fit la plus forte impression, c'est cet air de bonté et son regard espiègle. Arthur respirait la joie, son visage rayonnait d'un bonheur contagieux. J'ai remarqué alors, et la suite n'a fait que le confirmer, combien les hommes et les femmes devenaient plus enjoués quand Arthur leur tenait compagnie. Tout le monde était plus optimiste et riait de bon cœur et s'attristait de le voir partir. Pourtant Arthur n'était pas un bel esprit ni un conteur, mais tout simplement Arthur, un brave homme qui vous inspirait confiance, un homme impatient et doué d'une volonté de fer. On ne remarquait pas cette fermeté à première vue, et Arthur lui-même la niait, mais c'était comme ça. Sur les champs de bataille, une flopée de tombes l'attestent.

« Gwlyddyn me dit que tu es saxon ! fit-il pour me taquiner.

— Seigneur ! »

C'est la seule chose que je pus dire en tombant à genoux.

Il se pencha et me releva par les épaules. D'une main ferme.

« Je ne suis par roi, Derfel, tu n'as pas à t'agenouiller devant moi. C'est moi qui devrais m'agenouiller devant toi pour avoir risqué ta vie fin de sauver notre roi. Je t'en remercie, conclut-il en souriant. »

Il avait le don de vous faire sentir que personne au monde ne comptait davantage pour lui, et je lui vouais déjà une adoration éperdue.

« Quel âge as-tu ?

— Quinze ans, je crois.

— Mais costaud comme un homme de vingt ans, observa-t-il dans un sourire. Qui t'a appris à te battre ?

— Hywel, l'intendant de Merlin.

— Ah ! Le meilleur maître ! C'est lui qui m'a appris à moi aussi, et comment va Hywel ? »

Il posa la question sur un ton pressant, mais je ne trouvai ni les mots ni le courage de lui répondre.

« Mort, répondit Morgane à ma place. Abattu par Gundleus. »

Elle cracha par la fente de son masque en direction du roi captif gardé à quelques pas de là.

« Hywel est mort ? » insista Arthur en plongeant ses yeux dans les miens. Je hochai la tête en refoulant mes larmes, et aussitôt Arthur m'étreignit.

« Tu es un brave homme, Derfel, et je te dois une récompense pour avoir sauvé la vie de notre roi. Que veux-tu ?

— Être guerrier, Seigneur. »

Il sourit et recula d'un pas.

« Tu es un homme heureux, Derfel, parce que tu es ce que tu veux être. Seigneur Owain ? fit-il en se tournant vers le champion robuste et tatoué. As-tu un emploi pour ce brave guerrier saxon ?

— Je peux lui en trouver un, répondit Owain sans se faire prier.

— Alors il est ton homme, conclut Arthur, qui dut sentir ma déception car il se retourna vers moi en posant une main sur mon épaule. Pour l'heure, Derfel, reprit-il d'une voix douce, j'emploie des cavaliers, non des lanciers. Qu'Owain soit ton seigneur, car il n'a pas son pareil pour t'apprendre le métier des armes. »

Il serra mon épaule de sa main gantée, puis fit signe aux deux gardes postés à côté de Gundleus. Une foule s'était agglutinée autour du roi captif debout sous la bannière des vainqueurs. Avec leurs casques de fer, leurs armures de cuir doublé de fer et leurs capes de bure ou de laine, les cavaliers d'Arthur se mêlaient aux lanciers d'Owain et aux fugitifs du Tor, formant un cercle autour du carré d'herbe où Arthur faisait maintenant face à Gundleus.

Gundleus se raidit. Il n'avait point d'armes, mais il n'avait rien perdu de sa morgue et il laissa Arthur s'approcher sans ciller.

Arthur s'avança en silence puis s'arrêta à deux pas du roi prisonnier. La foule retenait sa respiration. Avec son ours noir sur champ blanc, l'étendard d'Arthur couvrait Gundleus de son ombre. L'ours flottait entre l'étendard au dragon repris de Mordred et l'étendard au sanglier d'Owain. Aux pieds de Gundleus, gisait l'étendard au renard couvert de crachats, compissé et piétiné par les vainqueurs. Gundleus regarda Arthur tirer Excalibur de son fourreau. La lame d'acier poli avait une couleur bleuâtre, aussi éclatante que l'armure d'écailles, le casque ou le bouclier d'Arthur.

Nous attendions le coup fatal. Mais Arthur mit un genou à terre et tendit la garde d'Excalibur à Gundleus. « Seigneur Roi », fit-il humblement et la foule, qui attendait la mort de Gundleus, en resta bouche bée.

Gundleus hésita le temps d'un battement de cœur, puis tendit la main pour toucher le pommeau de l'épée. Il ne dit mot. Peut-être était-il trop dérouté pour parler.

Arthur se releva et rengaina son épée.

« J'ai prêté serment de protéger mon roi, non pas de tuer des rois. Ce qu'il adviendra de toi, Gundleus ap Meilyr, il ne m'appartient pas d'en décider, mais tu resteras captif en attendant que la décision soit prise.

— Qui prend cette décision ? » voulut savoir Gundleus.

Arthur hésita, manifestement incertain de la réponse. Nombre de nos guerriers réclamaient à grands cris la mort de Gundleus, Morgane pressait son frère de venger Norwenna, tandis que Nimue hurlait qu'on devait lui laisser prendre sa revanche sur le roi captif, mais Arthur fit signe que non. Beaucoup plus tard, il m'expliqua que Gundleus était un cousin de Gorfyddyd, roi de

Powys, ce qui faisait de sa mort une affaire d'État, plutôt que de vengeance.

« Je voulais rétablir la paix, et la paix naît rarement de la vengeance, me confia-t-il, mais probablement aurais-je dû le tuer. Même si cela n'aurait pas fait grande différence. »

Pour l'heure, face à Gundleus sous le soleil couchant de Caer Cadarn, il se contenta de dire que le sort de Gundleus était entre les mains du conseil de Dumnonie.

« Et Ladwys ? demanda Gundleus en faisant un geste en direction de la grande femme au visage livide qui se pressait derrière lui, l'air terrorisé. Je demande qu'on l'autorise à demeurer avec moi.

— La putain m'appartient », trancha rudement Owain.

Ladwys protesta d'un signe de tête et se rapprocha de Gundleus.

« C'est ma femme ! » protesta Gundleus en s'adressant à Arthur, confirmant ainsi la rumeur suivant laquelle il s'était marié avec sa maîtresse de basse extrace. Ce qui voulait dire, par la même occasion, qu'il avait épousé Norwenna faussement, même si ce péché paraissait bien véniel en comparaison de ce qu'il lui avait fait par ailleurs.

« Femme ou n'importe quoi, insista Owain, elle est mienne... En attendant que le conseil en décide autrement, ajouta-t-il en voyant l'hésitation d'Arthur et comme en écho à son invocation d'une autorité supérieure. »

Arthur semblait troublé par la revendication d'Owain, mais sa position en Dumnonie était encore incertaine, car bien qu'il eût été nommé protecteur de Mordred et désigné comme l'un des seigneurs de la guerre du royaume, cela ne lui donnait jamais qu'une autorité égale à celle d'Owain. Nous avions tous observé comment, dans le sillage de la débandade des Siluriens, Arthur avait pris le commandement, mais Owain, en réclamant Ladwys pour en faire son esclave, rappelait à Arthur qu'il était son égal. Après un moment de flottement, Arthur sacrifia Ladwys à l'unité dumnonienne.

« Owain a tranché », dit-il à Gundleus avant de se détourner pour ne pas voir l'effet de ses paroles sur les amants.

Ladwys hurla, puis se mura dans le silence quand l'un des hommes d'Owain l'entraîna. Tanaburs riait de sa détresse. Il était druide, si bien qu'on ne pouvait lui faire aucun tort. Il n'était pas prisonnier, mais libre d'aller et venir, même s'il allait devoir déguerpir sans vivres, sans bénédiction ni compagnie. Toujours est-il que, enhardi par les événements du jour, je ne pouvais le laisser aller sans parler et je le suivis donc à travers la clairière jonchée de cadavres de Siluriens.

« Tanaburs ! » lançai-je dans son dos.

Le druide se retourna et me vit tirer mon épée.

« Attention, petit », fit-il en esquissant un signe d'avertissement avec son bâton surmonté d'une lune.

J'aurais dû avoir peur, mais une nouvelle ardeur guerrière monta en moi tandis que je me rapprochais de lui et pointais mon épée sur sa barbe blanche en bataille. Au contact de l'acier, il rejeta sa tête en arrière en faisant cliqueter les os jaunes noués à ses cheveux. Son vieux visage était ridé, brun et couperosé, ses yeux rouges, son nez tordu.

« Je devrais te tuer. »

Il rit.

« Et la malédiction de la Bretagne te suivra. Ton âme ne gagnera jamais l'Au-Delà, tu souffriras des tourments inconnus et sans nombre, dont je serai l'auteur. »

Il cracha vers moi et essaya de dégager sa barbe de mon épée, mais je resserrai mon étreinte sur la garde. Soudain, il eut l'air alarmé en prenant conscience de ma force.

Quelques curieux m'avaient suivi, et d'aucuns essayaient de me prévenir du redoutable destin qui me tourmenterait si je tuais le druide, mais je n'avais aucunement l'intention d'occire le vieillard. Je voulais juste l'effrayer. « Il y a dix ans ou plus, tu es venu sur les terres de Madog. » Madog était l'homme qui avait asservi ma mère, et dont le jeune Gundleus avait pillé la ferme.

Tanaburs hocha la tête en se souvenant du raid.

« Ah oui, ah ça oui. Une bien belle journée ! Nous avons pris beaucoup d'or, et quantité d'esclaves !

— Et tu as fait une fosse de la mort.

— Ah bon ? fit-il dans un haussement d'épaules, avant de me lorgner d'un regard hargneux. Il faut rendre grâces aux Dieux de la bonne fortune. »

Je souris en chatouillant sa gorge décharnée de la pointe de mon épée.

« Eh bien, j'ai vécu, druide, j'ai vécu. »

Il fallut à Tanaburs quelques secondes pour comprendre ce que je venais de dire, puis il pâlit et trembla, car il savait que moi, seul de toute la Bretagne, j'avais le pouvoir de le tuer. Il m'avait sacrifié aux Dieux, mais l'incurie dont il avait fait preuve en la circonstance signifiait que les Dieux m'avaient donné le pouvoir de disposer de sa vie. Il hurla de terreur, imaginant que ma lame était sur le point de lui transpercer le gosier, mais je retirai mon épée de sa barbe en broussailles et, tout hilare, je le regardai clopiner à travers le champ. Il avait hâte de m'échapper, mais juste avant d'atteindre le bois où la poignée de survivants siluriens avaient fui, il se retourna en pointant sur moi une main osseuse. « Ta mère vit, petit ! hurla-t-il. Elle vit. » Puis il disparut.

Je restai là, bouche bée, mon épée à la main. Non que je fusse submergé par une émotion particulière, car je me rappelais à peine ma mère et n'avais aucun souvenir véritable d'une quelconque affection entre nous, mais l'idée même qu'elle fût vivante chambardait tout mon univers aussi violemment que la destruction, ce matin même, de l'antre de Merlin. Puis je secouai la tête. Comment Tanaburs pouvait-il se souvenir d'une esclave parmi tant d'autres ? Assurément il parlait faux, de simples paroles pour me troubler, sans plus. Je rengainai mon épée et, d'un pas lent, regagnai la forteresse.

Gundleus fut placé sous bonne garde dans une annexe du grand palais de Caer Cadarn. Il y eut un genre de banquet cette nuit-là, mais comme il y avait foule dans la forteresse les portions de viande furent petites et cuisinées à la hâte. Les vieux amis passèrent une bonne partie de la nuit à échanger des nouvelles de Bretagne et d'Armorique, car nombre des fidèles d'Arthur étaient originaires de Dumnonie ou d'autres royaumes bretons. Les noms de ces hommes se brouillaient dans ma tête, car il y avait plus de soixante-dix cavaliers dans sa bande, ainsi que des palefreniers, des serviteurs, des femmes et une ribambelle d'enfants. Avec le temps, ces noms me devinrent familiers, mais cette nuit-là ils ne signifiaient rien : Dagonet, Aglaval, Cei, Lanval, les frères Balan et Balin, Gawain et Agravain, Blaise, Illtyd, Eiddilig, Bedwyr. Je remarquai Morfans, car je n'avais jamais vu d'homme aussi laid, si laid qu'il s'enorgueillissait de son regard de travers, de son goitre, de son bec de lièvre et de sa mâchoire mal formée. Je repérai aussi Sagramor, car il était noir, et que je n'avais jamais vu d'hommes pareils. Je n'y croyais pas. Grand et efflanqué, c'était un homme renfrogné et laconique, mais si on parvenait à le persuader de raconter une histoire avec son horrible accent breton, il pouvait captiver une salle entière.

Et, naturellement, je repérai Ailleann. Une femme gracile aux cheveux noirs, de quelques années plus âgée qu'Arthur, avec un visage mince, grave et doux, qui lui donnait un air de grande sagesse. Cette nuit-là, elle était parée comme une reine, avec sa robe de lin couleur rouille teinte avec du minerai de fer, une chaîne d'argent massif et de larges manches ourlées de loutre. Elle portait un torque resplendissant d'or massif autour de son long cou, des bracelets d'or aux poignets et, sur la poitrine, une broche émaillée ornée d'un ours : symbole d'Arthur. Elle évoluait avec grâce, parlait peu et considérait Arthur d'un air protecteur. Je me dis qu'elle devait être une reine, ou au moins une princesse, sauf qu'elle portait des bols de nourriture et des flasques d'hydromel comme une vulgaire servante.

« Ailleann est une esclave », dit Morfans l'Affreux. Il était accroupi sur le sol, en face de moi. Il m'avait vu suivre des yeux la grande femme qui s'éloignait des brasiers pour se perdre dans les ombres scintillantes de la salle.

« De qui est est-elle l'esclave ?

— À ton avis ? » demanda-t-il en se fourrant une côte de porc dans la bouche et en se servant de ses deux dernières dents pour détacher l'os de la chair succulente. « D'Arthur », reprit-il après qu'il eut lancé l'os à l'un des nombreux chiens présents dans la salle. « Et elle est sa maîtresse autant que son esclave, naturellement. » Il rota, puis but dans une corne. « C'est son beau-frère, le roi Budic, qui la lui a donnée. Il y a longtemps. Elle a bien quelques années de plus qu'Arthur et, à mon avis, Budic devait penser qu'il ne la garderait pas longtemps, mais dès qu'Arthur s'est entiché de quelqu'un, c'est pour toujours. Et voilà ses jumeaux. » Il pointa sa barbe graisseuse vers le fond de la salle où deux gamins maussades qui devaient avoir neuf ans étaient accroupis dans la saleté avec leurs bols de nourriture.

« Les fils d'Arthur ?

— De personne d'autre ! répondit Morfans sur le ton de la dérision. Amhar et Loholt, qu'ils s'appellent, et leur père les adore. Rien n'est trop bon pour ces petits bâtards, car c'est exactement ce qu'ils sont, mon gars, des bâtards. Des petits bâtards qui sont des bons à rien. » Sa voix trahissait une vraie haine. « C'est moi qui te le dis, fils, Arthur ap Uther est un grand homme. C'est le meilleur soldat que j'aie jamais connu, l'homme le plus généreux et le plus juste des seigneurs, mais pour ce qui est d'engendrer des enfants, je ferais mieux avec une truie pour mère.

— Sont-ils mariés ? » demandai-je en dirigeant de nouveau mes regards vers Ailleann.

Morfans rit.

« Bien sûr que non, mais elle l'a rendu heureux ces dix dernières années. Souviens-toi, le jour viendra où il la renverra comme son père a renvoyé sa mère. Arthur épousera l'héritière d'une famille royale, elle ne sera pas moitié aussi gentille qu'Ailleann, mais les hommes comme Arthur n'ont pas le choix. Ils doivent faire un beau mariage. Pas comme toi et moi, petit. Nous pouvons épouser qui bon nous semble, du moment que ce n'est pas la fille d'une famille royale. Écoute-moi ça ! »

Une femme hurlait dehors dans la nuit. Son visage rayonnait.

Owain avait quitté la salle, et Ladwys était manifestement en train d'apprendre ses nouveaux devoirs. Le cri fit sursauter Arthur, Ailleann releva sa jolie tête et le regarda de travers, mais Nimue fut la seule autre personne de la salle à remarquer la détresse de Ladwys. Son visage bandé était tiré et triste, mais le hurlement la fit sourire en raison du tourment qu'il ne manquerait pas d'infliger à Gundleus. Il n'y avait pas une once de pardon chez Nimue. Elle avait déjà demandé à Arthur et à Owain la permission de tuer elle-même Gundleus, et elle avait essuyé un refus, mais aussi longtemps que Nimue vivrait Gundleus connaîtrait la peur.

Le lendemain, Arthur se rendit à Ynys Wydryn à la tête d'un groupe de cavaliers. Il rentra le soir même en rapportant que l'antre de Merlin n'était plus que cendres. Les cavaliers revinrent aussi avec ce pauvre fou de Pellinore et un Druidan indigné qui s'était réfugié dans un puits appartenant aux moines de la Sainte-Épine. Arthur dit son intention de reconstruire la demeure de Merlin, mais comment allait-il s'y prendre sans argent et sans une armée de manœuvres, nul ne le savait. Gwlyddyn fut officiellement nommé constructeur royal de Mordred et fut invité à commencer à abattre des arbres pour reconstruire les bâtiments du Tor. Pellinore fut enfermé dans un entrepôt de pierre vide attaché à la villa romaine de Lindinis, qui était la colonie de peuplement la plus proche de Caer Cadarn et où les femmes, les enfants et les esclaves qui suivaient les femmes d'Arthur trouvèrent un toit. Arthur organisait tout. Il a toujours été un homme infatigable, ne supportant pas de rester les bras croisés, et, dans les tout premiers jours qui suivirent la capture de Gundleus, il travailla de l'aube jusque longtemps après la tombée de la nuit. Il passait le plus clair de son temps à trouver un gagne-pain à ses hommes ; il fallait leur allouer des terres royales et agrandir des maisons pour leur famille, tout cela sans froisser les gens qui vivaient déjà à Lindinis. La ville elle-même avait appartenu à Uther, et Arthur la reprit pour lui. Il n'y avait pas de tâche trop insignifiante pour lui et, un matin, je le trouvai même aux prises avec une grande feuille de plomb. « Donne-moi un coup de main, Derfel ! » lança-t-il. Je fus flatté de constater qu'il se rappelait mon nom et me précipitai pour l'aider à soulever la masse encombrante. « C'est rare ! » observa-t-il joyeusement. Il était torse nu et sa peau était barbouillée du plomb qu'il comptait découper en bandes pour en revêtir le caniveau de pierre qui transportait jadis l'eau d'une source jusqu'à l'intérieur de la villa.

« En partant, les Romains ont emporté tout le plomb avec eux, expliqua-t-il ; voilà pourquoi les conduites d'eau ne marchent plus. Nous devrions recommencer à exploiter les mines. » Il laissa tomber le plomb qu'il avait entre les mains pour s'éponger le front. « Remettre les mines en activité, reconstruire les ponts, paver les gués, creuser des écluses et trouver le moyen de persuader les Saïs de rentrer chez eux. Il y a assez de travail pour la vie d'un homme, tu ne crois pas ?

— Oui, Seigneur », répondis-je nerveusement, me demandant bien pourquoi un seigneur de la guerre se souciait de réparer des conduites d'eau. Le conseil devait se réunir plus tard dans la journée et je pensais qu'Arthur avait suffisamment à faire pour le préparer, mais le plomb semblait le préoccuper davantage que les affaires d'État.

« Je ne sais pas si tu as vu du plomb ou si tu en as coupé avec un couteau, dit-il d'une voix lugubre. Il faut que je sache. Je vais demander à Gwlyddyn. On dirait qu'il sait tout. Savais-tu qu'il faut toujours mettre les troncs la tête en bas pour en faire des piliers ?

— Non, Seigneur.

— Ça empêche l'humidité de monter, tu comprends, et ça évite au bois de pourrir. C'est ce que m'a expliqué Gwlyddyn. J'aime ce genre de savoir. C'est bien, les connaissances pratiques, ce qui fait tourner le monde. Ainsi donc, comment trouves-tu Owain ? reprit-il avec un large sourire.

— Il est bon avec moi, Seigneur », répondis-je, embarrassé par sa question. En vérité, il me rendait encore nerveux, même s'il ne montra jamais la moindre rudesse avec moi.

« Il le doit. Ce sont ses hommes qui font la réputation d'un chef.

— Mais je préférerais te servir, Seigneur », lâchai-je avec une juvénile impudence.

Il sourit.

« Cela viendra, Derfel, cela viendra. Le moment venu. Si tu franchis l'épreuve du combat pour Owain. »

Il fit cette observation d'un ton assez distrait, mais, plus tard, je me demandai s'il avait prévu la suite. Le moment venu, je franchis l'épreuve d'Owain avec succès, mais ce fut dur, et peut-être Arthur voulait-il que j'assimile cette leçon avant de rejoindre sa bande. Il se pencha de nouveau vers la feuille de plomb, puis se redressa : un hurlement se fit entendre à travers les bâtiments délabrés. C'était Pellinore qui protestait contre son emprisonnement.

« Owain dit qu'on devrait envoyer le malheureux Pell dans l'Île des Morts, dit Arthur en parlant de l'île où l'on se débarrassait des fous furieux. Qu'en penses-tu ? »

J'étais si étonné qu'il me pose la question que je restai d'abord sans voix, puis je balbutiai que Pellinore était cher au cœur de Merlin et que Merlin avait voulu le garder parmi les vivants, et qu'à mon avis il fallait respecter les désirs de Merlin. Arthur m'écouta gravement et parut me savoir gré de mon conseil. Il n'en avait pas besoin, bien entendu, mais il essayait juste de me donner de l'importance.

« Alors Pellinore peut rester ici, mon gars. Maintenant, prends l'autre bout. Soulève ! »

Le lendemain, Lindinis se vida. Morgane et Nimue retournèrent à Ynys Wydryn dans l'intention de reconstruire le Tor. Nimue coupa court à mes adieux ; son œil la faisait encore souffrir, elle était amère, et elle n'attendait plus rien de la vie que de se venger de Gundleus, ce qu'on lui refusait. Arthur se dirigea vers le nord avec ses cavaliers afin de renforcer les troupes de Tewdric sur la frontière nord de Gwent, tandis que je demeurai avec Owain, qui avait élu domicile dans la grande salle de Caer Cadarn. Je pouvais bien être un guerrier, mais l'été avançait et il importait davantage de rentrer les récoltes que de monter la garde devant les remparts du fort si bien que, des jours durant, je laissai de côté mon épée et le casque, le bouclier et le plastron de cuir que j'avais hérités d'un Silurien mort pour aller dans les champs aider les serfs à rentrer le seigle, l'orge et le blé. Ce fut un rude boulot avec une petite faucille qu'il fallait constamment affiler sur un racloir : un bâton de bois que l'on commençait par tremper dans la graisse de porc, puis que l'on enrobait de sable fin grâce auquel on donnait du tranchant à la lame, mais celle-ci n'était jamais assez affilée pour moi et, si en forme que je fusse, je finis par avoir le dos et les bras endoloris à force de me pencher et de donner des coups de reins. Au Tor, je n'avais jamais mis tant d'acharnement au travail, car j'avais maintenant quitté l'univers privilégié de Merlin pour les troupes d'Owain.

On fit des meulettes dans les champs, puis on transporta des monceaux de paille de seigle à Caer Cadarn et à Lindinis. On s'en servait pour réparer les toits de chaume et pour rembourrer les matelas si bien que, l'espace de quelques jours bénis, nos lits étaient sans poux ni puces, mais cette félicité était de courte durée. C'est à cette époque que je me laissai pousser la barbe : un mince filet doré dont je n'étais pas peu fier. Je passais mes journées à accomplir aux champs un travail éreintant, mais je devais encore endurer chaque soir deux heures d'entraînement militaire. Hywel m'avait bien appris, mais Owain exigeait davantage. « Ce Silurien que tu as tué », me dit Owain un soir que je suais à grosses gouttes sur les remparts de Caer Cadarn après une passe d'armes à la canne avec un guerrier du nom de Mapon, « je parierai un mois de solde à une souris morte que tu l'as tué avec le tranchant de ton épée. » Je n'acceptai pas le pari mais confirmai que je m'étais bel et bien servi du tranchant de mon épée comme d'une hache. Owain rit de bon cœur, puis écarta Mapon d'un geste de la main. « Hywel apprenait toujours aux gens à se battre avec le tranchant, dit Owain. Observe Arthur, la prochaine fois qu'il se battra. Il ferraille, il ferraille comme un faneur qui essaie de finir avant la pluie. » Il tira son épée. « Sers-toi de la pointe, fiston. Toujours la pointe. Elle tue plus vite. » Il allongea une botte en ma direction, m'obligeant à une parade désespérée. « Si tu te sers du tranchant, c'est que tu es à découvert. Le mur de boucliers s'est défait, et si tu n'as plus cette protection, tu es un homme mort, si fine épée sois-tu. Mais si le mur de boucliers tient bon, cela veut dire que tu es épaule contre épaule et que tu n'as pas de place pour balancer ton épée, juste assez pour frapper comme on porte un coup de poignard. » Il porta une nouvelle botte, m'obligeant à parer.

« Pourquoi crois-tu que les Romains avaient des épées courtes ?

— Je ne sais pas, Seigneur.

— Parce qu'une épée courte pénètre mieux qu'une longue, voilà pourquoi. Loin de moi l'idée de te persuader de changer d'épée, mais malgré tout, n'oublie pas de t'en servir comme un poignard. La pointe, c'est toujours la pointe qui gagne. »

Il fit mine de s'éloigner puis fit soudain volte-face pour me porter l'estocade et je parvins tant bien que mal à écarter sa lame avec ma malheureuse canne. « Tu es rapide, petit, fit-il avec un large sourire, et c'est bien. Tu t'en sortiras mon garçon, tant que tu resteras sobre. » Il rengaina son épée et porta ses regards vers l'est. Il observait au loin des taches grises de fumée qui trahissaient la présence de pillards, mais, pour les Saxons comme pour nous, c'était la saison des moissons, et leurs soldats avaient mieux à faire qu'à franchir notre lointaine frontière.

« Alors, petit, que penses-tu d'Arthur ? me demanda soudain Owain.

— Je l'aime bien », fis-je gêné, aussi embarrassé par sa question que je l'avais été par celle d'Arthur sur Owain.

Owain tourna vers moi sa grosse tête hirsute, qui ressemblait fort à celle de son vieil ami Uther.

« Oh, il est assez aimable, fit-il de mauvaise grâce. J'ai toujours aimé Arthur. Tout le monde aime Arthur, mais les Dieux seuls savent si quelqu'un le comprend. Sauf Merlin. Tu crois que Merlin est vivant ?

— Je sais qu'il l'est, dis-je avec ferveur, alors que je n'en savais strictement rien.

— Bien », fit Owain.

Je venais du Tor et Owain imaginait que j'avais des connaissances magiques qui étaient refusées aux autres hommes. Le bruit s'était propagé parmi ses guerriers que j'avais échappé à la fosse du druide, et du coup ils me prêtaient une bonne étoile.

« J'aime bien Merlin, reprit Owain, alors même que c'est à Arthur qu'il a donné cette épée-là.

— Caledflwlch ? demandai-je en appelant Excalibur par son vrai nom.

— Tu ne savais pas ? » demanda Owain étonné.

Il avait perçu la surprise dans ma voix, et cela n'avait rien d'étonnant, car Merlin n'avait jamais parlé d'un aussi grand cadeau. Il lui arrivait de parler d'Arthur, qu'il avait connu à la faveur du bref séjour que celui-ci avait fait à la cour d'Uther, mais Merlin en parlait toujours sur un ton affectueusement condescendant, comme si Arthur était un élève lent mais obstiné, dont les exploits ultérieurs avaient dépassé ses espérances. Mais que Merlin lui eût donné la fameuse épée suggérait qu'il avait de lui une opinion beaucoup plus haute qu'il ne voulait bien le dire.

« Caledflwlch, m'expliqua Owain, a été forgée dans l'Au-Delà par Gofannon, le Dieu des forges. Merlin l'a trouvée en Irlande, où on l'appelait Cadalchog. Il l'a gagnée à un druide des suites d'un concours de rêves. Les druides irlandais disent que, si l'homme qui porte Cadalchog est aux abois, il peut enfoncer l'épée dans le sol : Gofannon quittera l'Autre Monde pour voler à son secours. »

Il secoua la tête, d'un air non pas incrédule, mais émerveillé.

« Alors pourquoi Merlin a-t-il fait un tel cadeau à Arthur ?

— Pourquoi pas ? fis-je prudemment, devinant la jalousie derrière sa question.

— Parce qu'Arthur ne croit pas aux Dieux, voilà pourquoi. Il ne croit pas même en cette poule mouillée que vénèrent les chrétiens. Pour autant que je puisse le deviner, Arthur ne croit à rien, sauf aux grands chevaux, et les Dieux seuls savent à quoi ils servent ici bas.

— Ils sont effrayants ! dis-je, voulant rester loyal envers Arthur.

— Oh oui, ils sont effrayants, convint Owain, mais uniquement si tu n'en as jamais vu. Ils sont lents, il leur faut deux à trois fois plus de fourrages qu'à un cheval normal, deux palefreniers, leurs sabots se fendent comme du beurre chaud si on ne les protège avec ces sandales disgracieuses, et pas question de les faire charger sur un mur de boucliers.

— Ah bon ?

— Aucun cheval ne le fera, observa-t-il avec mépris. Attends l'ennemi de pied ferme, et il n'est pas un cheval au monde qui ne se dérobera devant une rangée de lances. Les chevaux ne servent à rien dans la guerre, petit, si ce n'est à dépêcher des éclaireurs loin en avant.

— Alors pourquoi...

— Parce que, fit Owain en devançant ma question, parce que tout l'objet de la bataille, petit, c'est de briser le mur ennemi. Tout le reste est jeu d'enfant. Les chevaux d'Arthur effraient, à leur vue les lignes se défont, mais le jour viendra où l'ennemi les attendra de pied ferme, et alors les Dieux aideront ces chevaux. Et les Dieux aideront aussi Arthur s'il se fait jamais renverser de son gros tas de viande et qu'il essaie de se battre à pied avec cette armure d'écailles. Le seul métal dont un guerrier ait besoin est celui de son épée, et la masse de fer à l'extrémité de sa lance, le reste n'est qu'un poids inutile, mon gars, un poids mort. »

Il jeta un œil en direction de l'enceinte du fort où Ladwys escaladait la palissade qui entourait la prison de Gundleus.

« Arthur ne restera pas longtemps ici, reprit-il avec assurance. Une défaite, et il fera de nouveau voile vers l'Armorique, où ils sont impressionnés par les gros chevaux, les habits d'écailles et les épées de fantaisie. »

Il cracha et je sus que, malgré l'amour qu'Owain professait envers Arthur, il y avait là autre chose, quelque chose de plus profond que la jalousie. Owain savait qu'il avait un rival, mais il attendait son heure comme, je crois, Arthur attendait la sienne, et cette inimitié me tracassait car j'aimais les deux hommes. Owain sourit de la détresse de Ladwys. « C'est une putain fidèle, je dirai ça à sa décharge, observa le colosse, mais je la briserai encore », puis, faisant un signe de tête en direction de Lunete qui portait un sac de cuir rempli d'eau vers les cabanes des guerriers, il me demanda :

« C'est ta femme ?

— Oui. »

Je rougis de ma confession. Lunete, comme mon filet de barbe, était un signe de virilité, et je portais les deux gauchement. Lunete avait décidé de rester avec moi au lieu d'aller retrouver avec Nimue ce qu'il restait d'Ynys Wydryn. C'est elle qui avait pris la décision et je n'étais pas encore bien certain de nos relations même si Lunete semblait n'avoir aucun doute. Elle s'était installée dans un coin de la cabane qu'elle avait déblayée et isolée d'une haie d'osier, et maintenant elle parlait avec assurance de notre avenir commun. J'avais cru qu'elle voudrait rester avec Nimue, mais depuis son viol Nimue était demeurée taciturne et retranchée. En vérité, elle était devenue hostile, n'adressant la parole que pour détourner la conversation. Morgane soignait son œil et le même forgeron qui lui avait fait un masque proposait de faire un globe d'or pour remplacer l'œil perdu. Comme nous tous, Lunete était un peu effarouchée par la nouvelle Nimue qui crachait et arborait des airs revêches.

« C'est une jolie fille, reconnut Owain du bout des lèvres en parlant de Lunete, mais les filles ne vivent avec les guerriers que pour une raison, petit, pour s'enrichir. Alors assure-toi qu'elle te rende heureux, sans quoi, c'est couru d'avance, elle te rendra misérable. »

Il fouilla les poches de son manteau et en retira une petite bague en or : « Donne-lui ça. »

Je balbutiai des remerciements. Les chefs étaient censés faire des cadeaux à leurs hommes, mais cette bague était tout de même un généreux présent car il me restait à me battre pour Owain. La bague plut à Lunete. Avec le fil d'argent que j'avais détaché du pommeau de mon épée, elle commençait à se faire un magot. Elle incisa une croix sur la surface usée de l'anneau : non qu'elle fût chrétienne, mais parce que la croix en faisait une bague d'amante et marquait que, de fille, elle était devenue femme. Certains hommes portaient également des bagues d'amants, mais, pour ma part, je brûlais d'envie de posséder ces anneaux de fer tout simples que les guerriers victorieux martelaient à partir des pointes de lance de leurs ennemis vaincus. Owain en avait une vingtaine dans sa barbe, et ses doigts en étaient noirs tellement il en avait. Arthur, je l'avais remarqué, n'en avait point.

Une fois rentrées les récoltes des champs des environs de Caer Cadarn, nous sillonnâmes la Dumnonie pour collecter les impôts en nature. Nous visitâmes les vassaux et les chefs, toujours accompagnés d'un clerc du trésor de Mordred qui marquait les rentrées. Il était étrange de penser que Mordred était désormais roi et que ce n'était plus le trésor d'Uther que nous remplissions ; mais même un bébé roi avait besoin d'argent pour payer les troupes d'Arthur aussi bien que les autres soldats qui assuraient la sécurité des frontières de la Dumnonie. Owain dépêcha quelques-uns de ses hommes pour renforcer la garde permanente de la forteresse frontalière de Gereint, à Durocobrivis, tandis que nous autres nous transformions momentanément en collecteurs d'impôts.

Je m'étonnai de voir que le célèbre amateur de bataille qu'était Owain ne se rendit pas à Durocobrivis ni ne retourna à Gwent, mais se contenta du travail ordinaire de la collecte des impôts. À mes yeux, ce n'était qu'une corvée de subalterne mais, avec mon mince filet de barbe, je ne comprenais rien à l'esprit d'Owain.

Pour lui, les impôts comptaient plus que n'importe quel Saxon. Les impôts, j'allais le découvrir, c'était la meilleure source de richesse pour les hommes qui n'avaient pas envie de travailler, et cette saison-ci, maintenant qu'Uther était mort, était pour Owain une aubaine. À chaque fois, il fit état de mauvaises récoltes et donc de rentrées médiocres ; et, pendant ce temps, il garnissait sa bourse des pots-de-vin qu'il touchait en contrepartie de ses mensonges. Il n'y voyait pas malice. « Jamais Uther ne m'aurait laissé emporter ça », me dit-il un jour que nous longions la côte sud en direction de la ville romaine d'Isca. Il parlait du défunt sur un ton affectueux. « Uther était un vieux malin, et il avait toujours une idée précise de ce qu'il devait obtenir, mais que sait Mordred ? » Il jeta un coup d'œil à gauche. Nous traversions une grande bruyère, au sommet d'une colline : au sud, la mer brasillante et vide, sur laquelle soufflait un vent fort qui faisait moutonner les vagues grises. Plus à l'est, où se terminait une longue plage de galets, s'élevait une massive pointe de terre sur laquelle les vagues se brisaient en écumant. Le promontoire était presque une île, juste rattachée à la terre par une étroite digue de pierres et de galets

« Tu sais ce que c'est ? me demanda Owain en pointant son menton en direction de la pointe de terre.

— Non, Seigneur.

— L'Île des Morts », fit-il en crachant pour conjurer la malchance tandis que je m'arrêtais pour regarder l'abominable endroit qui était le siège de tous les cauchemars de Dumnonie. L'île des fous, l'endroit où Pellinore avait sa place comme tous les autres déments, comme toutes les âmes violentes que l'on tenait pour mortes dès l'instant où elles franchissaient la digue bien gardée. L'île était sous la garde de Crom Dubh, le sombre Dieu estropié et d'aucuns disaient que l'antre de Cruachan, la bouche de l'Au-Delà, se trouvait à l'extrémité de l'île. Je la regardai épouvanté quand Owain me donna une claque sur l'épaule. « Tu n'as aucun souci à te faire à propos de l'Île des Morts, fiston. Tu as reçu une tête rare sur les épaules », observa-t-il en poursuivant sa route vers l'ouest. « Où séjournons-nous ce soir ? » lança-t-il à Lwellwyn, l'employé du trésor dont le mulet portait les comptes falsifiés de l'année.

« Chez le prince Cadwy d'Isca.

— Ah, Cadwy ! Je l'aime bien, Cadwy. Qu'avons-nous reçu de cet affreux roublard, l'an passé ? »

Lwellwyn n'avait nul besoin de consulter ses tailles avec leurs encoches : il débita d'un trait une liste de peaux, de toisons, d'esclaves, de lingots d'étain, de poisson séché, de sel et de grain moulu. « Mais il a payé le plus gros en or, ajouta-t-il.

— J'aime encore mieux ça ! répondit Owain. Que va-t-il accepter, Lwellwyn ? »

En gros la moitié de ce qu'il avait payé l'année précédente, suivant les estimations de ce dernier, et c'est précisément ce qui fut convenu avant le repas du soir dans la demeure du prince Cadwy. C'était une grande bâtisse construite par les Romains, avec un portique à colonnes donnant sur une longue vallée boisée qui débouchait à l'endroit où l'Exe se jetait dans la mer. Cadwy était prince des Dumnonii, la tribu qui avait donné son nom à notre pays, et son titre de prince le mettait au deuxième rang parmi les grands du royaume. Venaient d'abord les rois, puis les princes comme Gereint et Cadwy, et les rois vassaux comme Melwas des Belges, puis les chefs comme Merlin, bien que Merlin d'Avalon fût aussi un druide, ce qui le mettait carrément en dehors de toute hiérarchie. Cadwy était tout à la fois prince et chef, et il régnait sur une tribu tentaculaire dispersée entre Isca et la frontière de Kernow. Il fut un temps où toutes les tribus de Bretagne étaient séparées, et un homme de Catuvellani n'avait rien à voir avec un Belge, mais les Romains nous avaient tous laissés très semblables les uns aux autres. Seules certaines tribus, comme celle de Cadwy, conservaient encore leurs signes particuliers. Les gens de sa tribu se croyaient supérieurs aux autres Bretons, en vertu de quoi ils avaient le visage tatoué de symboles de leur tribu et de leur sept. Chaque vallée avait son sept, qui ne comptait généralement pas plus d'une douzaine de familles. Entre les septs, la rivalité était âpre, mais elle n'était rien en comparaison de ce qu'elle était entre la tribu du prince Cadwy et le reste de la Bretagne. La capitale tribale était Isca, la ville romaine, qui avait de belles murailles et des bâtiments de pierre qui n'avaient rien à envier à ceux de Glevum, bien que Cadwy préférât vivre hors de la ville, sur son domaine. La plupart des citadins avaient adopté les mœurs romaines et dédaignaient les tatouages mais, au-delà des murailles, dans les vallées où la présence romaine n'avait jamais été bien pressante, chacun – homme, femme et enfant – portait une marque bleue sur la joue. C'était aussi un pays riche, que le prince Cadwy songeait cependant à rendre plus riche encore.

« Vous avez été sur la lande ces derniers temps ? » demanda-t-il à Owain ce soir-là. La nuit était chaude et douce, et le souper avait été servi sous le portique qui donnait sur les terres de Cadwy.

« Jamais », répondit Owain.

Cadwy grommela. Je l'avais vu au Grand Conseil d'Uther,

mais, pour la première fois, j'eus l'occasion de voir de près l'homme qui avait à charge de protéger la Dumnonie des incursions de Kernow ou de la lointaine Irlande. Le prince était un homme d'âge mûr, petit, chauve et trapu, avec des marques tribales sur les joues, les bras et les jambes. Il était habillé à la bretonne, mais il aimait sa villa romaine avec ses dalles et ses colonnes, et l'eau acheminée par des chêneaux de pierre jusqu'à la cour centrale puis au portique, où avait été aménagé un petit bassin pour se laver les pieds, avant de franchir un petit barrage et de rejoindre le cours d'eau dans la vallée. Cadwy, me dis-je, vivait dans l'aisance. Ses récoltes étaient abondantes, ses moutons et son bétail gras, et ses nombreuses femmes heureuses. Il était aussi loin des menaces des Saxons, et pourtant il n'était pas satisfait.

« Il y a de l'argent sur la lande, dit-il à Owain. De l'étain.

— De l'étain ? » fit Owain d'une voix dédaigneuse.

Cadwy confirma d'un mouvement solennel de la tête. Il était passablement éméché, mais tel était le cas de la plupart des hommes réunis autour de la table basse sur laquelle avait été servi le repas. Tous étaient des guerriers – des hommes de Cadwy ou d'Owain –, même si moi, étant le cadet, je dus me placer derrière la couche d'Owain, en tant que porte-bouclier. « De l'étain, reprit Cadwy, et de l'or, si ça se trouve. Mais beaucoup d'étain. » C'était une conversation privée, car le repas était presque terminé et Cadwy avait offert des esclaves aux guerriers. Nul ne prêtait la moindre attention aux deux chefs, excepté moi et le porte-bouclier de Cadwy, un gaillard avachi qui lorgnait d'un œil terne et la mâchoire pendante les gambades des filles. J'écoutais Owain et Cadwy, mais demeurais si calme et si droit qu'ils en oublièrent sans doute ma présence. « Peut-être n'en as-tu pas envie, fit Cadwy, mais il y en a beaucoup qui le convoitent. On ne peut pas faire de bronze sans étain, et ils paient ce minerai un joli prix en Armorique, sans parler du nord du pays. » D'un geste de mépris, il pointa son poignet vers le reste de la Dumnonie, puis lâcha un rot qui parut le surprendre. Il calma sa bedaine d'une rasade de bon vin, puis fronça les sourcils comme s'il avait du mal à se souvenir de quoi il venait de parler.

« L'étain, fit-il enfin, ayant retrouvé la mémoire.

— Alors, raconte-moi ça », dit Owain. Il regardait l'un de ses hommes qui avait déshabillé une esclave et barbouillait son ventre de beurre.

« Cet étain ne m'appartient pas, reprit Cadwy avec force.

— Il doit bien être à quelqu'un. Tu veux que je demande à Lwellwyn ? Dès qu'il est question d'argent et de propriété, c'est un sacré malin. »

Son homme donnait de grandes claques sur le ventre de la fille, faisant gicler du beurre sur la table basse et provoquant force éclats de rire. La fille protesta, mais l'homme lui dit de se tenir tranquille et entreprit d'étaler du beurre et de la graisse de porc sur le reste de son corps.

« Le fond de l'affaire, reprit Cadwy d'une voix forte pour détourner l'attention d'Owain de la fille nue, c'est qu'Uther y a laissé s'installer un détachement d'hommes de Kernow. Ils sont venus exploiter les anciennes mines romaines, parce que les nôtres n'en étaient pas capables. Les salauds sont censés envoyer leur loyer à votre trésor, note bien ça, mais les bougres réexpédient l'étain à Kernow. Je le tiens de source sûre.

— Kernow ? fit Owain, dressant maintenant l'oreille.

— Ils font sortir l'argent de notre pays. De notre pays ! » renchérit Cadwy, indigné.

Kernow était un royaume isolé, un endroit mystérieux à l'extrémité de la péninsule ouest de la Dumnonie, où les Romains n'avaient jamais assis leur pouvoir. Le plus clair du temps, ils vivaient en paix avec nous, mais, régulièrement, le roi Marc s'arrachait au lit de sa dernière épouse et envoyait un détachement de pillards par-delà le Tamar.

« Que font ici les hommes de Kernow ? demanda Owain, d'une voix maintenant aussi indignée que celle de son hôte.

— Je te l'ai dit. Ils volent notre argent. Et ce n'est pas tout. J'y ai perdu du bon bétail, des moutons et même quelques esclaves. Ces mineurs se croient tout permis, et ils ne vous paient pas comme ils le devraient. Mais tu n'en auras jamais la preuve. Jamais. Ta fine mouche de Lwellwyn lui-même ne pourra y jeter un œil et me dire combien d'étain est censé en sortir chaque année. »

Cadwy chassa une phalène, puis hocha la tête d'un air lugubre.

« Ils se croient au-dessus de la loi. Voilà le problème. Sous prétexte qu'Uther les protégeait, ils se croient au-dessus de la loi. »

Owain haussa les épaules. Son attention était de nouveau attirée vers la terrasse inférieure, où une demi-douzaine d'hommes avinés pourchassaient la fille barbouillée de beurre. La graisse rendait son corps difficile à saisir, et cette chasse grotesque faisait crouler de rire quelques-uns des spectateurs. J'eus moi-même le plus grand mal à me retenir de glousser. Owain se retourna vers Cadwy.

« Va donc là-bas tuer quelques-uns de ces salauds, Seigneur Prince, fit-il comme s'il n'y avait rien de plus facile au monde.

— Impossible !

— Et pourquoi ça ?

— Uther leur a donné sa protection. Si je les attaque, ils vont se plaindre au conseil et au roi Marc, et je serai forcé de payer le *sarhaed.* »

Le *sarhaed* était le prix du sang. Celui d'un roi était exorbitant, celui d'un esclave une bagatelle, mais un bon mineur valait probablement assez cher pour dissuader même un prince aussi opulent que Cadwy.

« Mais comment sauront-ils que c'est toi qui les as attaqués ? » demanda Owain d'une voix méprisante.

En guise de réponse, Cadwy se contenta de se passer la main sur la joue. Les tatouages bleus, insinuait-il, ne manqueraient pas de trahir ses hommes.

Owain hocha la tête. La fille barbouillée s'était fait coincer, et ses ravisseurs l'entouraient maintenant au milieu des arbustes qui poussaient sur la terrasse inférieure. Owain se coupa un morceau de pain, puis releva les yeux vers Cadwy.

« Alors ?

— Alors, fit Cadwy d'un ton cauteleux, si je pouvais trouver une bande d'hommes prêts à liquider quelques-uns de ces lascars, ça arrangerait les choses. Ils se tourneraient vers moi pour demander ma protection, tu piges ? Et mon prix sera l'étain qu'ils envoient au roi Marc. Et le tien... »

Il marqua un temps d'arrêt pour s'assurer qu'Owain n'était pas choqué par l'insinuation.

« ...sera la moitié de la valeur de l'étain.

— Combien ? » s'empressa de demander Owain.

Les deux hommes parlaient à voix basse, et je devais me concentrer pour saisir leurs paroles au milieu des éclats de rire et des hourras des guerriers.

« Cinquante pièces d'or par an ? Comme celle-ci, fit Cadwy, extrayant de sa bourse un lingot d'or de la taille d'une poignée d'épée qu'il fit glisser sur la table.

— Tant que ça ? »

Owain lui-même avait l'air surpris.

« C'est un endroit riche, la lande, expliqua Cadwy d'un ton sévère. Très riche. »

Owain plongea son regard dans la vallée de Cadwy, où le reflet de la lune, sur la rivière lointaine, semblait aussi plat et argenté qu'une lame d'épée.

« Combien y a-t-il de mineurs là-bas ? demanda-t-il enfin au prince.

— Le peuplement le plus proche compte entre soixante-dix et quatre-vingts hommes. Et quantité d'esclaves et de femmes, bien entendu.

— Combien de cantonnements ?

— Trois, mais les deux autres sont loin. Il n'y en a qu'un qui me préoccupe.

— Nous ne sommes que vingt, objecta prudemment Owain.

— De nuit ? suggéra Cadwy. Et ils n'ont jamais été attaqués, ils ne seront pas sur leurs gardes. »

Owain sirotait son vin dans sa corne.

« Soixante-dix pièces d'or, dit-il d'une voix monotone, pas cinquante. »

Le prince Cadwy réfléchit une seconde, puis opina du chef. Owain arborait un large sourire.

« Pourquoi pas, eh ? »

Tripotant le lingot, il se retourna vers moi, aussi vif qu'un serpent. Je demeurai impassible, incapable de détacher mes yeux d'une fille qui enveloppait de son corps nu l'un des guerriers tatoués de Cadwy.

« Tu dors, Derfel ? » aboya Owain.

Je sursautai comme sous l'effet de la surprise. « Seigneur ? » fis-je en feignant d'avoir eu quelques minutes d'absence.

« Brave garçon, fit Owain, satisfait que je n'eusse rien entendu. Tu veux l'une de ces filles ?

— Non, Seigneur », répondis-je en piquant un fard.

Owain s'esclaffa. « Il vient juste de se trouver une jolie petite Irlandaise, dit-il à Cadwy, alors il lui reste fidèle. Mais il apprendra. Quand tu iras dans l'Autre Monde, fiston, reprit-il en se tournant vers moi, tu ne regretteras pas les hommes que tu n'as jamais tués, mais tu regretteras les femmes que tu as laissées passer. » Il s'exprimait d'une voix douce. Dans les premiers jours à son service, il me faisait peur, mais je ne sais pour quelle raison Owain m'aimait bien et me traitait convenablement. Puis il se retourna vers Cadwy. « Demain, soir, murmura-t-il, demain soir. »

J'avais quitté le Tor de Merlin pour la bande d'Owain, et c'était comme quitter ce monde pour l'Au-Delà. Je fixai la lune et songeai aux hommes chevelus de Gundleus massacrant les gardes du Tor, puis je pensai aux hommes de la lande qui, dès la nuit prochaine, se trouveraient confrontés à la même sauvagerie, et je compris que, même si je savais qu'il fallait l'empêcher, je ne pourrais rien faire pour l'éviter. Le destin, aimait à nous répéter Merlin, est inexorable. La vie est une farce des Dieux, se plaisait à affirmer Merlin, et il n'est point de justice. Apprends à rire, me dit-il un jour, sans quoi tu mourras de chagrin.

*

Nos boucliers avaient été enduits de poix de bateau pour les faire ressembler aux boucliers noirs des pillards irlandais d'Œngus Mac Airem, dont les longs canots à la proue pointue mettaient à sac la côte nord de la Dumnonie. Un guide local aux joues tatouées nous conduisit tout l'après-midi à travers les vallées encaissées et luxuriantes qui grimpaient lentement vers la grande silhouette estompée et blafarde de la lande, que l'on entrevoyait parfois par une trouée à travers les gros arbres. C'était un beau pays boisé, plein de cerfs et sillonné de cours d'eau rapides et glacés ruisselant vers la mer depuis le haut plateau de la lande.

Nous arrivâmes à la lisière de la lande à la tombée de la nuit ; quand il fit nuit noire, nous suivîmes un sentier de chèvres qui menait jusqu'au sommet. C'était un endroit mystérieux. Les Anciens avaient vécu ici et laissé dans ses vallées leurs cercles de Pierres sacrées, tandis que les pics étaient couronnés d'amas de rochers gris et les parties basses de redoutables marais à travers lesquels notre guide nous conduisit sans la moindre hésitation.

Owain nous avait dit que les gens de la lande se rebellaient contre le roi Mordred et que leur religion leur avait appris à craindre les hommes portant des boucliers noirs. C'étaient des boniments, que j'aurais pu croire si je n'avais surpris sa conversation de la veille avec le prince Cadwy. Owain nous avait promis de l'or si nous nous acquittions convenablement de notre mission, puis il nous prévint que cette tuerie nocturne devait rester secrète car nous n'avions pas reçu d'ordre du conseil pour infliger ce châtiment. Au fond des bois épais, sur le chemin de la lande, nous étions tombés sur un vieux sanctuaire édifié à l'abri des chênes et

Owain nous avait fait jurer le secret devant les crânes moussus logés dans les niches du sanctuaire. La Bretagne regorgeait d'anciens sanctuaires cachés de ce type – preuve que les druides y avaient essaimé avant l'arrivée des Romains –, où les gens du pays venaient encore solliciter l'aide des Dieux. Et cet après-midi-là, à l'ombre des chênes couverts de lichen, nous nous étions agenouillés devant les crânes en touchant la garde de l'épée d'Owain, et les hommes initiés aux secrets de Mithra avaient reçu le baiser d'Owain. C'est ainsi que, bénis des Dieux et ayant juré de garder le secret sur le carnage, nous nous enfonçâmes dans la nuit.

C'est un endroit immonde que nous découvrîmes. De grands feux destinés à fondre le minerai crachotaient des étincelles et de la fumée vers le ciel. Un essaim de cabanes étaient dispersées entre les feux et les gueules noires béantes où les hommes creusaient la terre. D'immenses tas de charbon de bois ressemblaient à des tors noirs, tandis que de la vallée se dégageait une odeur qui m'était encore inconnue ; en vérité, dans mon imagination enflammée, ce village minier haut perché ressemblait plus au royaume d'Annawn, à l'Au-Delà, qu'à un peuplement humain.

Des chiens aboyèrent à notre approche, mais personne, dans le village, ne prit garde à leur bruit. Il n'y avait pas de clôture, pas même une levée de terre pour protéger l'endroit. Des poneys étaient au piquet, non loin de rangées de charrettes ; ils se mirent à hennir alors que nous longions le côté du village, mais personne ne sortit des cabanes basses pour s'assurer de la cause de l'agitation. Les huttes étaient des cercles de pierre couverts d'un toit de tourbe, mais au centre du village se dressaient deux bâtiments romains : carrés, hauts et robustes.

« Deux hommes chacun, sinon plus, siffla Owain, histoire de nous rappeler combien d'hommes nous étions censés tuer. Et je ne compte pas les esclaves ni les femmes. Allez-y vite, tuez vite et surveillez toujours votre dos. Et restez ensemble ! »

On se sépara en deux groupes. J'étais avec Owain, dont la barbe étincelait à cause du reflet des flammes sur ses anneaux de fer de guerrier. Les chiens aboyaient, les poneys hennissaient. Quand enfin un jeune coq lança son cocorico, un homme sortit en rampant d'une hutte pour voir ce qui avait troublé le bétail, mais il était déjà trop tard. Le carnage avait commencé.

J'ai vu tant de massacres de ce genre. Dans les villages saxons, nous aurions commencé par mettre le feu aux cabanes avant d'entamer le carnage, mais ces cercles de pierre et de tourbe ne prenaient pas feu, et force nous fut d'entrer à l'intérieur avec lances et épées. Saisissant des morceaux de bois enflammés, nous les balancions dans les huttes avant d'entrer en sorte que la lumière fût assez grande pour la tuerie ; parfois, les flammes suffisaient à pousser leurs habitants dehors, où les sabres qui attendaient les abattaient comme des haches de bouchers. Si le feu ne faisait sortir la famille, Owain ordonnait à deux d'entre nous d'entrer tandis que les autres montaient la garde à l'extérieur. Je redoutais mon tour, mais je savais qu'il viendrait et je savais aussi que je n'oserais pas désobéir au commandement. J'avais prêté serment d'accomplir cette œuvre sanguinaire, et m'y refuser eût été aller au-devant d'une mort certaine.

Les hurlements commencèrent. Avec les toutes premières huttes, ce fut un jeu d'enfant, car les gens étaient endormis ou se réveillaient à peine, mais plus on s'enfonça dans le village, plus la résistance devint farouche. Deux hommes nous assaillirent avec des haches et se firent tailler en pièces par nos lanciers avec une déconcertante facilité. Des femmes s'enfuirent avec des enfants dans les bras. Un chien bondit sur Owain et mourut en geignant, l'épine dorsale brisée. Je regardai une femme détaler avec un bébé dans un bras et tenant la main d'un enfant sanguinolent de l'autre, et soudain je me souvins du cri de Tanaburs avant de partir : ma mère vivait encore. Je frissonnai en songeant que le vieux druide avait dû me lancer un mauvais sort quand j'avais menacé de lui ôter la vie et, bien que ma bonne fortune conjurât le mauvais sort, je sentais sa malveillance m'encercler comme un ennemi tapi dans l'obscurité. J'effleurai la cicatrice de ma main gauche et priai Bel d'effacer la malédiction de Tanaburs.

« Derfel ! Licat ! Celle-là ! » hurla Owain. Et, en bon soldat, j'obéis aux ordres. Je laissai tomber mon bouclier, lançai un tison par la porte, puis je me pliai en deux pour pénétrer par la minuscule entrée. À ma vue, des enfants hurlèrent et un homme à demi nu bondit sur moi avec un couteau m'obligeant à faire une embardée. En dardant ma lance sur son père, je tombai sur une enfant. La lame passa à côté des côtes de l'homme et il m'aurait tranché la gorge avec son couteau si Licat ne l'avait tué. L'homme se plia en deux en se tenant le ventre, puis il suffoqua alors que Licat libérait sa lance et tirait son poignard pour commencer à occire les enfants hurlant. Je sortis à croupetons, ma tête de lance ensanglantée, pour dire à Owain qu'il n'y avait qu'un seul homme à l'intérieur.

« Viens ! hurla Owain. Démétie ! Démétie ! » Tel était notre cri de guerre cette nuit-là : le nom du royaume irlandais d'Œngus Mac Airem à l'ouest de la Silurie. Les cabanes étaient toutes vides désormais et nous commençâmes alors à traquer les mineurs dans les trous noirs du village. Des fugitifs couraient dans tous les sens, mais quelques hommes s'attardèrent pour essayer de nous combattre. Un groupe de valeureux se mit tant bien que mal en ligne de bataille et nous attaqua avec des lances, des pics et des haches, mais les hommes d'Owain essuyèrent la charge improvisée avec une redoutable efficacité, laissant leurs boucliers noirs amortir le choc avant de tailler leurs assaillants en pièces à coups de lance et d'épée. Je fus de ces hommes efficaces. Dieu me pardonne, mais j'ai tué mon deuxième homme cette nuit-là, et peut-être même un troisième. J'enfonçai ma lance dans la gorge du premier et dans l'aine du second. Je ne me servis point de mon épée, car je ne pensais pas que la lame d'Hywel fît un bon instrument pour le dessein de cette nuit.

L'affaire fut vite terminée. Soudain, il ne resta plus dans le village que des morts, des mourants, et une poignée d'hommes, de femmes et d'enfants qui essayaient de se cacher. Nous tuâmes tous ceux que nous trouvâmes. Nous abattîmes également leurs animaux et brûlâmes les charrettes qui leur servaient à remonter le charbon des vallées, nous enfonçâmes les toits de tourbe de leurs huttes et piétinâmes leurs potagers avant de mettre à sac le village en quête d'un trésor. Quelques flèches fusèrent de l'horizon, mais sans toucher aucun d'entre nous.

Dans la hutte du chef, on découvrit un bac de pièces romaines, des lingots d'or et des barres d'argent. C'était la plus grande des cabanes, d'environ sept mètres de large : à l'intérieur, à la lumière de nos torches, on vit le chef étalé de tout son long, le visage jaunâtre, la bedaine fendue. L'une de ses femmes et deux de ses enfants gisaient morts dans son sang. Un troisième, une fillette, se cachait sous une fourrure imbibée de sang et je crus voir sa main se crisper lorsqu'un de nos hommes trébucha sur son corps, mais je fis comme si elle était morte et l'abandonnai à son sort. Une autre enfant hurla dans la nuit quand on découvrit sa cachette : une épée la fit taire.

Dieu me pardonne, Dieu et ses anges me pardonnent, mais je n'ai jamais confié le péché de cette nuit qu'à une seule personne, et elle n'était pas prêtre : elle n'avait pas le pouvoir de me donner l'absolution du Christ. Au purgatoire, ou peut-être en enfer, je rencontrerai ces enfants morts, je le sais. Leurs pères et mères recevront mon âme pour en faire leur jouet, et j'aurai bien mérité mon châtiment.

Mais avais-je le choix ? J'étais jeune, je voulais vivre ; j'avais prêté serment, je suivais mon chef. Je n'ai tué aucun homme qui ne m'attaquait pas, mais que pèse cette excuse au regard de ces péchés ? Aux yeux de mes compagnons, ce n'était pas du tout un péché : ils se bornaient à tuer les créatures d'une autre tribu, en fait d'une autre nation, et cette justification leur suffisait amplement. Mais moi, j'avais été élevé sur le Tor, où nous étions issus de toutes les races et de toutes les tribus, et bien que Merlin lui-même fût chef de tribu et protégeât farouchement quiconque pouvait revendiquer le nom de Breton, il n'enseignait point la haine des autres tribus. Son enseignement me préparait mal au carnage aveugle d'inconnus pour la seule raison qu'ils étaient des étrangers.

Reste que, préparé ou non, j'ai tué, que Dieu me le pardonne ! Mes autres péchés sont beaucoup trop nombreux pour que je m'en souvienne.

Nous repartîmes avant l'aube. La vallée fumait, imbibée de sang, repoussante. Hanté par les geignements des veuves et des orphelins, l'étang avait une forte odeur de carnage. Owain me donna un lingot d'or, deux barres d'argent ainsi qu'une poignée de pièces et, Dieu me pardonne, je les gardai.

L'automne apporte la bataille, car tout au long du printemps et de l'été les bateaux déversent sur notre côte est de nouveaux Saxons, et c'est à l'automne que ces nouveaux venus tâchent de se trouver une terre. C'est la dernière offensive avant que l'hiver ne verrouille le pays.

Et c'est cet automne, l'année même de la mort d'Uther, que je combattis pour la première fois des Saxons, car nous n'étions pas plus tôt de retour de notre collecte d'impôts à l'ouest que la nouvelle nous parvint que des pillards saxons opéraient dans l'est. Owain nous plaça sous la houlette de son capitaine, un dénommé Griffid ap Annan, et nous envoya secourir Melwas, roi des Belges, monarque vassal de Dumnonie. Melwas avait à charge de défendre notre côte sud contre les envahisseurs Saïs qui, en cette sinistre année du bûcher funéraire d'Uther, avaient repris goût à la guerre. Owain resta à Caer Cadarn car, au conseil du royaume, une vive querelle s'était ouverte pour savoir qui serait chargé de l'éducation de Mordred. L'évêque Bedwin voulait élever le roi dans sa maison, mais les non-chrétiens, majoritaires au conseil, ne voulaient pas que Mordred fût élevé en chrétien, tout comme Bedwin et les siens refusaient qu'il reçût l'éducation d'un païen. Owain, qui prétendait adorer également tous les Dieux, se proposa comme solution de compromis. « Non qu'il importe de savoir en quel Dieu croit un roi, nous expliqua-t-il avant notre départ, parce que c'est à se battre qu'il faut entraîner un roi, non à prier. » Nous le laissâmes plaider sa cause tandis que nous partions trucider des Saxons.

Griffid ap Annan, notre capitaine, était un homme efflanqué et lugubre, qui subodorait que la véritable intention d'Owain était en fait d'empêcher Arthur d'élever Mordred. « Ce n'est pas qu'Owain n'aime pas Arthur, s'empressa-t-il d'ajouter, mais si le roi appartient à Arthur, la Dumnonie sera à lui.

— Est-ce si mal ? demandai-je.

— Pour toi comme pour moi, mon garçon, mieux vaut que le pays appartienne à Owain. » Griffid tripotait l'un des torques d'or qu'il avait autour du cou pour bien se faire comprendre. Ils me donnaient tous du fiston ou du mon garçon, mais uniquement parce que j'étais le plus jeune de la troupe et parce que je n'avais pas encore fait mon véritable baptême du sang en bataillant contre d'autres guerriers. Ils croyaient aussi que ma présence dans leurs rangs leur portait chance parce que j'avais jadis échappé à la fosse d'un druide. Les hommes d'Owain, comme tous les soldats du monde, étaient terriblement superstitieux. Chaque signe était considéré et débattu ; chaque homme portait une patte de lièvre ou une pierre de feu ; et chaque action était ritualisée, en sorte que personne ne pouvait se chausser le pied droit avant le gauche ni affiler sa lance à l'ombre de son corps. Il y avait dans nos rangs une poignée de chrétiens et j'avais cru qu'ils se montreraient moins craintifs à l'égard des Dieux, des esprits et des fantômes, mais ils se révélèrent en tous points aussi superstitieux que nous.

Venta, la capitale du roi Melwas, était une pauvre ville de frontière. Ses ateliers avaient fermé de longue date et les murs de ses grands bâtiments romains portaient de grandes cicatrices du temps où les pillards saxons avaient mis la ville à sac. Le roi Melwas vivait dans la terreur d'un autre sac. Les Saxons, disaient-ils, avaient un nouveau chef avide de terre et redoutable dans la bataille. « Pourquoi Owain n'est-il pas venu ? demanda-t-il d'un ton irrité, ou Arthur ? Ils veulent me détruire, c'est ça ? » C'était un homme gras et soupçonneux, à l'haleine la plus fétide que j'eusse jamais croisée. Il était roi d'une tribu, plutôt que d'un pays, ce qui le mettait au second rang. Mais, à le voir, on l'aurait pris pour un serf, et un serf grognon par-dessus le marché. « Vous n'êtes pas très nombreux, n'est-ce pas ? déplora-t-il en s'adressant à Griffid. J'ai bien fait de lever des troupes. »

Melwas avait imposé la conscription et tous les hommes valides de la tribu des Belges étaient censés servir, même si nombre d'entre eux s'étaient éclipsés tandis que les plus riches avaient envoyé des esclaves pour les remplacer. Melwas s'était tout de même débrouillé pour rassembler une force de plus de trois cents hommes, chacun portant ses vivres et fourbissant ses propres armes. D'aucuns avaient été jadis des guerriers et vinrent équipés de belles lances de guerre et de boucliers soigneusement préservés, mais la plupart n'avaient point d'armure et, pour toute arme, des bâtons ou des pioches affûtées. Quantité de femmes et de gamins accompagnaient la troupe, refusant de rester seuls à la maison alors que les Saxons menaçaient.

Melwas décréta que ses guerriers et lui allaient rester pour défendre les remparts croulants de Venta : autrement dit, ce serait à Griffid de mener la troupe contre l'ennemi. Melwas n'avait aucune idée de l'endroit où se trouvaient les Saxons, et Griffid s'enfonça donc à l'aveuglette au fond des bois, à l'est de Venta. Nous tenions plus de la canaille que d'une bande de guerre, et la vue d'un cerf provoquait une folle poursuite accompagnée de cris de tous les diables qui eussent alerté l'ennemi à dix kilomètres à la ronde, et la poursuite s'achevait toujours par une dispersion des hommes à travers les bois. Nous perdîmes près de cinquante hommes ainsi, soit qu'ils se fussent fourrés inconsidérément entre les pattes des Saxons, soit qu'ils se fussent simplement perdus et qu'ils eussent décidé de regagner leurs pénates.

Même si au départ nous n'en vîmes aucun, ces bois grouillaient de Saxons. Parfois, on découvrait leurs feux de camps encore fumants, et un jour nous tombâmes sur un petit village belge qui avait été pillé et incendié. Les hommes et les vieillards étaient encore là, tous morts, mais les jeunes et les femmes avaient été emportés comme esclaves. L'odeur de cadavre refroidit les ardeurs du reste des conscrits et les fit se serrer les coudes tandis que Griffid approchait de l'est.

Nous rencontrâmes notre première bande de Saxons dans une large vallée arrosée, où un groupe d'envahisseurs avait installé son campement. À notre arrivée, ils avaient construit la moitié d'une palissade de bois et planté les piliers de bois de leur salle principale, mais notre apparition à l'orée des bois leur fit lâcher leurs outils et brandir leurs lances. Nous étions trois fois plus nombreux qu'eux, mais Griffid ne parvint tout de même à nous persuader de charger leur alignement serré de boucliers et de lances farouches. Les plus jeunes étaient assez zélés et il s'en trouva même quelques-uns pour caracoler comme des sots devant les Saxons, mais nous ne fûmes jamais assez nombreux pour charger tandis que les Saxons faisaient fi de nos sarcasmes et que le reste de la troupe de Griffid se gorgeait d'hydromel et maudissait notre empressement. Pour moi, qui mourais d'envie de gagner un anneau de guerrier fabriqué avec du fer saxon, c'était folie que de ne pas attaquer, mais je n'avais pas encore fait mon baptême de la boucherie de deux rangées hermétiques de boucliers, ni appris combien il est dur de persuader des hommes d'offrir leurs corps à cet effroyable ouvrage. Griffid fit quelques timides efforts pour nous encourager à attaquer ; puis il se contenta de boire son hydromel et de crier des insultes ; ainsi restâmes-nous trois heures ou plus face à l'ennemi sans jamais avancer de plus de quelques pas.

La pusillanimité de Griffid me donna au moins l'occasion d'examiner les Saxons qui, en vérité, n'avaient pas l'air si différents de nous. Ils avaient les cheveux plus blonds, les yeux plus bleus et sans éclat, la peau plus hâlée que nous, et ils aimaient à se couvrir de fourrure, sans quoi ils s'habillaient comme nous ; et, s'agissant des armes, la seule différence était que la plupart des Saxons portaient un couteau à longue lame qui faisait des ravages dans les corps-à-corps, et nombre d'entre eux avaient d'énormes haches à large lame qui, d'un seul coup, pouvaient fendre un bouclier. Certains d'entre nous étaient tellement impressionnés par ces haches qu'ils portaient des armes du même type, mais Owain, comme Arthur, les jugeait peu maniables. On ne peut pas parer avec une hache, se plaisait à répéter Owain, et une arme qui ne sert pas à la défense aussi bien qu'à l'attaque ne valait pas tripette à ses yeux. Les prêtres saxons étaient très différents de nos saints hommes, car ces sorciers étrangers portaient des peaux d'animaux et s'enduisaient le crâne de bouses de vache en sorte que leurs cheveux formaient des épis sur leur tête. Ce jour-là, dans la vallée, un prêtre Saïs sacrifia un bouc pour savoir s'ils devaient ou non nous combattre. Le prêtre commença par briser une des pattes arrière de l'animal, puis lui donna un coup de poignard dans le cou et laissa l'animal s'enfuir en traînant sa jambe cassée. Il tituba, sanguinolent et criant, le long de leurs lignes puis se tourna vers nous avant de s'effondrer sur l'herbe. De toute évidence, c'était de mauvais augure, car les Saxons perdirent aussitôt leurs airs bravaches et se replièrent à la hâte, délaissant leur enceinte à demi achevée et traversant un gué pour se replier dans les bois, emportant avec eux femmes, enfants, esclaves, porcs et troupeau. On cria à la victoire, on se régala de la chèvre et on abattit leur palissade. Il n'y eut pas de butin.

Nos hommes étaient affamés, car à la manière de tous les conscrits ils avaient avalé toutes leurs provisions dans les premiers jours et n'avaient plus rien à manger que les noisettes cueillies sur les arbres. Faute de vivres, nous n'avions d'autre solution que de battre en retraite. Avides de rentrer, les conscrits faméliques passèrent en premier ; nous autres, les guerriers, suivions plus lentement. Griffid avait l'air buté, car il rentrait sans or ni esclaves, même si, en vérité, il avait accompli autant que la plupart des bandes qui écumaient les terres disputées. Mais c'est alors que nous étions presque revenus en pays familier que nous tombâmes sur une autre bande de Saxons qui suivaient le chemin inverse. Ils avaient dû croiser nos conscrits, car ils étaient chargés d'armes prises sur l'ennemi et de captives.

La rencontre fut une surprise de part et d'autre. J'étais à l'arrière de la colonne de Griffid et j'entendis seulement le début de la bataille qui commença lorsque notre avant-garde, sortant des arbres, tomba sur une demi-douzaine de Saxons qui traversaient un cours d'eau. Nos hommes attaquèrent, puis les lanciers des deux camps se jetèrent dans la mêlée. Il n'y avait pas de mur de boucliers, juste une rixe sanglante à travers un ruisseau peu profond et, une fois encore, comme ce jour où j'avais tué mon premier ennemi dans les bois au sud d'Ynys Wydryn, j'éprouvai la joie de la bataille. C'était, me dis-je, la même sensation qu'éprouvait Nimue quand les Dieux la visitaient ; comme si l'on avait des ailes, avait-elle dit, qui vous élevaient dans la gloire ; voilà dans quelles dispositions j'étais en cette journée d'automne. Je rencontrai mon premier Saxon sur terrain plat, ma lance pointée : je vis la peur dans ses yeux et je sus qu'il était mort. La lance s'enfonça dans son ventre ; je tirai l'épée d'Hywel, que j'appelais maintenant Hywelbane, et l'achevai d'une estocade dans les flancs, puis je pataugeai dans le ruisseau et en tuai deux autres. Je gueulais comme un esprit malin, hurlant dans leur langue aux Saxons de venir goûter la mort. Un immense guerrier accepta alors mon invitation et me chargea avec l'une de ces grandes haches qui ont l'air si terrifiantes. Sauf que le poids mort d'une hache est beaucoup trop grand. Une fois balancée, on ne peut revenir en arrière et je portai au gaillard une estocade qui aurait réchauffé le cœur d'Owain. Je mis la main sur trois torques d'or, quatre broches et un couteau orné de pierres précieuses, et je m'emparai de la hache de l'homme à la cognée pour faire mes premières bagues de bataille.

Les Saxons détalèrent, laissant huit morts et de nombreux blessés. Je n'avais pas tué moins de quatre ennemis – un exploit qui ne passa point inaperçu de mes compagnons. Je jouissais de leur respect, même si plus tard, quand j'eus gagné en années et en sagesse, j'attribuai mes prouesses à ma seule stupidité juvénile. Souvent les jeunes se précipitent quand les plus avisés y vont calmement. Nous perdîmes trois hommes, dont Licat, l'homme qui m'avait sauvé la vie sur la lande. Je récupérai ma lance, ramassai deux autres torques d'argent sur les hommes que j'avais tués dans le ruisseau, puis regardai comment on expédiait les ennemis blessés dans l'Autre Monde où ils deviendraient les esclaves de nos combattants morts. Nous découvrîmes six captives bretonnes blotties parmi les arbres. Des femmes qui avaient suivi nos conscrits et qui étaient tombées entre les mains des Saxons, et c'est l'une d'elles qui découvrit le seul guerrier ennemi qui se cachait encore dans les ronces au bord du ruisseau. Elle cria et essaya de le poignarder avec son couteau, mais il se jeta à l'eau, où je le capturai. Ce n'était qu'un jeune homme imberbe, peut-être de mon âge, et il tremblait de peur. « Comment tu t'appelles ? » demandai-je en pointant mon fer de lance ensanglanté sur sa gorge.

Il rampait dans l'eau. « Wlenca », répondit-il, puis il me dit qu'il était arrivé en Bretagne juste quelques semaines plus tôt, même si, quand je lui demandai d'où il venait, il fut incapable de répondre autre chose que « de chez lui ». Il ne parlait pas tout à fait la même langue que moi, mais les différences étaient minces et je le comprenais assez bien. Le roi de son peuple, me dit-il, était un grand chef, un certain Cerdic qui s'installait sur la côte sud de la Bretagne. Cerdic avait eu besoin de combattre Aesc, un roi saxon qui régnait sur les terres Kentish, afin d'y installer sa nouvelle colonie. Pour la première fois, je compris que les Saxons s'entre-tuaient tout autant que les Bretons. Il semblait que Cerdic l'eût emporté sur Aesc et pénétrât maintenant en Dumnonie.

La femme qui avait déniché Wlenca se tenait accroupi tout près et lui sifflait des menaces, mais une autre déclara qu'il n'avait pas pris part au viol qui avait suivi la capture. Soulagé d'avoir enfin quelque butin à rapporter, Griffid déclara que Wlenca aurait la vie sauve ; le Saxon se retrouva nu comme un ver et placé sous la garde d'une femme, marchant vers l'ouest et promis à une vie d'esclave.

Ce fut la dernière expédition de l'année et, si grande que nous prétendîmes notre victoire, elle faisait pâle figure au regard des exploits d'Arthur. Non seulement il avait chassé les Saxons d'Aelle du nord de Gwent, mais il avait ensuite mis en débandade les forces de Powys et, chemin faisant, avait taillé en pièces le mur de boucliers du roi Gorfyddyd. Le roi ennemi s'était enfui, mais c'était tout de même une grande victoire et Gwent et Dumnonie chantèrent à l'unisson les louanges d'Arthur. Owain n'était pas content.

Quant à Lunete, elle délirait. Je lui avais rapporté de l'or et de l'argent, suffisamment pour qu'elle pût porter une robe de peau d'ours en hiver et se payer une esclave, une gamine de Kernow qu'elle racheta à Owain. L'enfant travaillait de l'aube à la brune et, la nuit, elle pleurait dans un coin de la hutte, comme nous appelions maintenant notre logis. Comme la fille pleurait trop, Lunete la frappa ; je voulus défendre la fille, et Lunete me frappa à mon tour. Les hommes d'Owain avaient tous quitté les baraques surpeuplées des guerriers de Caer Cadarn pour la colonie plus confortable de Lindinis, où Lunete et moi avions une cabane de chaume et de boue à l'intérieur des remparts de terre construits par les Romains. Caer Cadarn était à quatre kilomètres de là et n'était occupé que lorsque l'ennemi s'approchait un peu trop, ou à l'occasion d'une grande cérémonie royale. L'occasion s'en présenta cet hiver, alors que Mordred eut un an de plus et que, comme par hasard, la situation en Dumnonie n'avait jamais été aussi troublée. Ou peut-être n'était-ce pas du tout un hasard, car Mordred était né sous de mauvais auspices et son acclamation ne pouvait que s'accompagner d'une tragédie.

La cérémonie se déroula juste après le Solstice. Mordred devait être proclamé roi et, pour l'occasion, les grands de Dumnonie se retrouvèrent à Caer Cadarn. Nimue arriva un jour de bon matin et visita notre cabane, que Lunete avait décorée de houx et de lierre pour le Solstice. Nimue franchit le seuil gravé de figures pour conjurer les mauvais esprits, puis s'assit à côté du feu et retira sa capuche.

Je souris parce qu'elle avait un œil en or.

« Ça me plaît, fis-je.

— Il est creux », dit-elle avant de me déconcerter en tapotant l'œil avec un ongle. Lunete engueulait l'esclave qui avait fait brûler le potage de grains d'orge germés, et Nimue sursauta devant cette explosion de colère.

« Tu n'es pas heureux.

— Si », protestai-je, car les jeunes n'aiment point avouer leurs erreurs.

Nimue jeta un coup d'œil sur le désordre et l'intérieur enfumé de notre cabane comme si elle sentait l'état d'esprit de ses habitants. « Lunete n'est pas bonne pour toi », reprit-elle calmement en ramassant sur le sol jonché de débris une coquille d'œuf vide qu'elle broya pour éviter qu'un mauvais esprit ne s'y réfugiât. « Tu as la tête dans les nuages, Derfel, poursuivit-elle en jetant aux flammes les bris de coquille, tandis que Lunete est terre à terre. Elle veut être riche et toi tu veux être honorable. Le mélange ne prendra pas. » Elle haussa les épaules comme si cela n'avait pas vraiment d'importance, puis me donna des nouvelles d'Ynys Wydryn. Merlin n'était pas revenu et nul ne savait où il était, mais Arthur avait envoyé de l'argent pris à Gorfyddyd, le roi vaincu, pour financer la reconstruction du Tor, et Gwlyddyn supervisait la construction d'une nouvelle salle, plus grande. Pellinore était vivant, de même que Druidan et Gudovan, le scribe, Norwenna, ajouta Nimue, avait été inhumée dans le sanctuaire de la Sainte-Épine où on la vénérait comme une sainte.

« Qu'est-ce que c'est, un saint ?

— Un chrétien mort, dit-elle d'une voix monocorde. Ils doivent tous être saints.

— Et toi ? demandai-je.

— Je suis en vie, fit-elle d'une voix blanche.

— Tu es heureuse ?

— Tu poses toujours des questions idiotes. Si je voulais être heureuse, Derfel, je serais ici avec toi, à cuire ton pain et à tenir ta maison.

— Alors pourquoi n'en fais-tu rien ? »

Elle cracha dans le feu pour conjurer ma sottise.

« Gundleus vit, dit-elle sèchement, en changeant de sujet.

— Emprisonné à Corinium, ajoutai-je, comme si elle ne savait pas déjà où se trouvait son ennemi.

— J'ai enterré son nom sur une pierre, poursuivit-elle en dirigeant sur moi son œil d'or. Il m'a engrossée lorsqu'il m'a violée, mais j'ai tué la chose immonde avec de l'ergot. »

L'ergot était cette rouille noire qui poussait sur le seigle et dont les femmes se servaient pour avorter. Merlin aussi s'en servait pour se mettre en état de rêve et s'entretenir avec les Dieux. J'avais essayé une fois et j'en avais été malade des jours durant.

Lunete insista pour montrer à Nimue tous ses nouveaux

trésors : le trépied, le chaudron, les bijoux et le manteau, la belle chemise de lin et le broc d'argent battu avec un cavalier romain nu pourchassant un cerf sur la panse. Nimue fit à peine semblant d'être impressionnée, puis me pria de l'accompagner à Caer Cadarn où elle passerait la nuit. « Lunete est une sotte », me dit-elle. Nous marchions le long du ruisseau qui se jetait dans le Cam. Les feuilles mortes craquaient sous nos pas. Il avait gelé et il faisait un froid de canard. Nimue paraissait plus fâchée que jamais et, à cause de cela, plus belle. La tragédie la pourchassait, elle le savait et elle la recherchait. « Tu te fais un nom », dit-elle en jetant un coup d'œil aux anneaux de fer de ma main gauche. Je n'en mettais aucun à ma main droite, afin de garder une prise ferme sur mon épée ou ma lance, mais j'avais désormais quatre anneaux de fer à la main gauche.

« La chance.

— Non, pas la chance. »

Elle leva la main gauche, pour que je voie la cicatrice.

« Quand tu te bats, Derfel, je me bats avec toi. Tu vas être un grand guerrier, et tu en auras bien besoin.

— Vraiment ? »

Elle frissonna. Le ciel était gris, de ce même gris qu'une épée qui n'a pas été polie, bien que l'horizon, à l'ouest, fût zébré d'une aigre lumière jaune. Les arbres étaient flétris par l'hiver, l'herbe d'une noirceur sinistre, et la fumée des âtres s'accrochait au sol comme effrayée du ciel froid et vide.

« Sais-tu pourquoi Merlin a quitté Ynys Wydryn ? demanda-t-elle soudain, me surprenant par sa question.

— Pour trouver la Connaissance de la Bretagne, répondis-je, répétant ce qu'elle avait dit au Grand Conseil de Glevum.

— Mais pourquoi maintenant ? Pourquoi pas dix ans plus tôt ? me demanda Nimue avant de répondre à sa propre question. Il est parti maintenant, Derfel, parce que nous entrons dans une sale période. Tout ce qui est bon va devenir mauvais, et tout ce qui est mal va empirer. Tout le monde, en Bretagne, rassemble ses forces parce que chacun sait que l'heure de la grande lutte approche. Je me dis parfois que les Dieux se jouent de nous. Ils amassent tous les projectiles à la fois pour voir comment ça va tourner. Les Saxons se renforcent et bientôt ils vont attaquer en hordes, non pas en bandes. Les chrétiens – elle cracha dans le ruisseau pour conjurer le mauvais sort – disent qu'il y aura bientôt cinq cents hivers que leur misérable Dieu est mort et prétendent que ça veut dire que leur heure de gloire est proche. »

Elle cracha de nouveau.

« Et nous les Bretons ? Nous nous entre-tuons, nous nous volons, nous construisons de nouvelles salles de banquet lorsque nous devrions forger des épées et des lances. Nous allons être mis à l'épreuve, Derfel, voilà pourquoi Merlin rassemble sa force, car si les rois ne nous sauvent pas, ce sera à Merlin de persuader les Dieux de venir à notre secours. »

Elle s'arrêta à côté d'une mare et scruta l'eau noire, qui avait cette immobilité glacée qui vient juste après le gel. Dans les traces de sabot du bétail, au bord de la mare, l'eau était déjà gelée.

« Et Arthur ? Il ne va pas nous sauver ? »

Elle me gratifia d'un vague sourire.

« Arthur est pour Merlin ce que tu es pour moi. Arthur est l'épée de Merlin, mais aucun de nous ne peut vous contrôler. Nous vous donnons la force – de la cicatrice de sa main gauche elle effleura le pommeau de mon épée – puis nous vous laissons aller. Nous devons vous faire confiance pour faire ce qu'il faut.

— Tu peux me faire confiance. »

Elle soupira comme elle faisait toujours quand je tenais des propos de ce genre, puis elle secoua la tête.

« Lorsque viendra l'Épreuve de la Bretagne, Derfel, et elle viendra, aucun de nous ne saura quelle sera la force de notre épée. »

Elle se retourna vers les remparts de Caer Cadarn pavoisés aux couleurs de tous les seigneurs et les chefs venus assister, le lendemain, à l'acclamation de Mordred.

« Imbéciles, fit-elle amère, imbéciles. »

Arthur arriva le lendemain. Il vint peu après l'aube ; il avait fait la route avec Morgane depuis Ynys Wydryn. Il était accompagné de deux guerriers seulement : les hommes étaient tous trois montés sur leurs grands chevaux, bien qu'ils n'eussent ni boucliers ni armures, juste des lances et des épées. Arthur n'apporta même pas son étendard. Il était très détendu, presque comme si cette cérémonie n'était pour lui qu'une simple curiosité. Agricola, le chef de guerre romain de Tewdric, était venu à la place de son maître qui avait la fièvre, et Agricola semblait avoir lui aussi l'esprit ailleurs, mais autrement, à Caer Cadarn, tout le monde était tendu, redoutant que les augures du jour ne fussent mauvais. Le prince Cadwy d'Isca était là, avec ses joues bleues de tatouages. Le prince Gereint, Seigneur des Pierres, était venu de la frontière saxonne, et le roi Melwas de Venta, alors en pleine débandade. Toute la noblesse de Dumnonie, plus d'une centaine d'hommes, attendait dans le fort. Après la neige fondue de la nuit, Caer Cadarn n'était que plaque de verglas et boue, mais aux premières lueurs du jour souffla de l'ouest un vent froid ; et lorsque Owain sortit de la salle avec le bébé royal, le soleil brillait au-dessus des collines qui entouraient les abords orientaux de Caer Cadarn.

C'est Morgane qui avait fixé l'heure de la cérémonie après avoir lu les augures dans le feu, l'eau et la terre. Comme il était prévisible, ce fut une cérémonie matinale, car il ne sort rien de bon des démarches entreprises quand le soleil est sur le déclin, mais la foule dut attendre que Morgane eût la certitude que l'heure exacte était imminente avant que la cérémonie ne commence sur le cercle de pierre qui couronnait le sommet de Caer Cadarn. Les pierres du cercle n'étaient pas bien grandes, aucune n'était plus grande qu'un enfant penché, tandis qu'au centre même, où Morgane s'agitait en s'orientant sur la lumière pâle du soleil, se trouvait la Pierre royale de Dumnonie. C'était une pierre roulée, grise et plate, que rien ne distinguait d'un millier d'autres ; pourtant c'était sur cette pierre, nous apprenait-on, que le Dieu Bel avait oint son fils humain, Bli Mawr, l'ancêtre de tous les rois de Dumnonie. Sitôt que Morgane fut satisfaite de ses calculs, on fit venir Balise au centre du cercle. C'était un ancien druide qui vivait dans les bois, à l'ouest de Caer Cadarn, et, en l'absence de Merlin, on l'avait persuadé de venir et d'implorer la bénédiction des Dieux. C'était une créature voûtée et pouilleuse, drapée de peaux de bouc et de haillons, si crasseuse qu'on ne pouvait dire où commençaient ses guenilles, où finissait sa barbe, mais c'est Balise, m'avait-on dit, qui avait appris à Merlin nombre de ses secrets. Le vieil homme leva son bâton vers le soleil d'eau, puis cracha dans un cercle en forme de soleil avant de succomber à une terrible quinte de toux. Il s'affala sur un siège, à la lisière du cercle, où il resta assis haletant, tandis que sa compagne, une vieille femme que son accoutrement rendait presque impossible à discerner de Balise, lui frottait mollement le dos.

Mgr Bedwin adressa une prière au Dieu des chrétiens, puis on promena l'enfant-roi autour du cercle de pierre. On l'avait déposé sur un bouclier de guerre et emmailloté dans une fourrure : c'est donc ainsi qu'on le présenta à tous les guerriers, chefs et princes qui, devant l'enfant, tombèrent à genoux pour lui rendre hommage. Un roi adulte aurait fait le tour du cercle en marchant, mais deux guerriers dumnoniens portaient Mordred tandis que, derrière l'enfant, sa longue épée tirée, marchait Owain, le champion du roi. Mordred était porté à contre-jour, la seule fois de la vie d'un roi où il allait contre l'ordre naturel, mais la direction malheureuse était délibérément choisie pour montrer qu'un roi qui descendait des Dieux était au-dessus de ces règles mesquines qui obligent à tourner en suivant la course du soleil.

Mordred fut ensuite déposé dans son bouclier sur la pierre centrale, où on lui porta des présents. Un gosse déposa devant lui une miche de pain : symbole de son devoir de nourrir son peuple ; puis un deuxième lui apporta un fléau pour montrer qu'il devait être un magistrat pour son pays ; enfin, fut déposée à ses pieds une épée pour symboliser son rôle de défenseur de la Dumnonie. Tout au long de la cérémonie, Mordred ne cessa de brailler et de gesticuler avec tant de vigueur qu'il faillit tomber de son bouclier. Son agitation découvrit son pied bot et cela, me dis-je, devait être de mauvais augure, mais les célébrants feignirent d'ignorer le membre claviforme, car les grands du royaume approchaient l'un après l'autre pour ajouter leurs cadeaux. Ils apportaient de l'or et de l'argent, des pierres précieuses, des pièces de monnaie, du jais et de l'ambre. Arthur donna à l'enfant une statue d'aigle en or, qui laissa les spectateurs bouche bée tellement il était beau, mais c'est Agricola qui fit le cadeau de loin le plus précieux. Il déposa aux pieds du bébé l'accoutrement de guerre du roi Gorfyddyd de Powys. Arthur s'était emparé de l'armure parée d'or après avoir bouté Gorfyddyd hors de son campement, et il l'avait offerte au roi Tewdric qui maintenant, par le truchement de son seigneur de la guerre, restituait le trésor à la Dumnonie.

Pour finir, on retira le bébé turbulent de la pierre pour le remettre à sa nouvelle nourrice, une esclave de la maison d'Owain. C'est alors que sonna l'heure d'Owain. Tous les autres grands étaient venus emmitouflés dans leur fourrure pour se protéger du froid, mais Owain s'avança sans autre vêtement que son pantalon de tartan et ses bottes, sa poitrine et ses bras tatoués aussi nus que son épée tirée, que, suivant la règle, il déposa à plat sur la Pierre royale. Puis, à dessein, le visage méprisant, il fit le tour du cercle, à l'extérieur, et cracha en direction de toute l'assistance. C'était un défi. S'il se trouvait ici un homme pour juger que Mordred ne devait point être roi, il n'avait qu'à s'avancer et retirer l'épée nue de la pierre... puis affronter Owain. Owain bombait le torse, ricanait, provoquait, mais nul ne bougea. Ce n'est qu'après avoir fait deux tours complets qu'il retourna à la pierre et reprit l'épée.

Sur ce, tout le monde poussa des vivats, car la Dumnonie avait de nouveau un roi. Les guerriers qui encerclaient les remparts frappèrent leurs boucliers avec la hampe de leurs lances.

Un dernier rituel s'imposait. Mgr Bedwin avait essayé de s'y opposer, mais le conseil avait passé outre. Arthur, remarquai-je, se retira, mais tous les autres, y compris Bedwin, restèrent lorsqu'on amena auprès de la Pierre royale un captif, nu et effarouché. C'était Wlenca, le Saxon que j'avais capturé. Je doute qu'il ait su ce qui se passait, mais il devait craindre le pire.

Morgane essaya de faire lever Balise, mais le vieux druide était trop faible pour tenir son rôle, si bien que c'est Morgane elle-même qui se dirigea vers le prisonnier frissonnant. Le Saxon était délié et aurait pu essayer de détaler, même si les Dieux savent qu'il n'aurait pu aller bien loin avec la foule en armes qui l'entourait, mais il finit par se figer sur place tandis que Morgane approchait. Peut-être fut-il pétrifié par la vue de son masque d'or et par sa démarche clopinante ; il ne fit pas un geste avant qu'elle eût trempé sa main gauche mutilée et gantée dans un plat puis, après un instant de réflexion, lui eût touché le haut du ventre. À ce contact, Wlenca sursauta, alarmé, puis il retrouva son calme. Morgane avait trempé la main dans du sang de bouc tout frais, qui laissait maintenant sa marque rouge et humide sur le ventre pâle et plat du garçon.

Morgane se retira. La foule était très calme, silencieuse et sur ses gardes, car c'était un effroyable moment de vérité. Les Dieux allaient parler à la Dumnonie.

Owain entra dans le cercle. Il avait troqué son épée contre sa lance de guerre à la hampe noire. Il tenait les yeux braqués sur le Saxon apeuré qui semblait implorer ses Dieux, mais ceux-ci n'avaient aucun pouvoir à Caer Cadarn.

Owain avança lentement. L'espace d'une seconde seulement, il détacha ses yeux du regard de Wlenca pour placer la pointe de sa lance sur la marque rouge qu'il avait sur le ventre, puis il plongea de nouveau les yeux dans ceux du captif. Les deux hommes étaient immobiles. Il y avait des larmes dans les yeux de Wlenca qui, d'un infime mouvement de tête, demanda grâce, mais Owain ignora sa supplique muette. Il attendit que Wlenca eût retrouvé son calme. La pointe de la lance reposait sur la marque, et aucun des deux hommes ne bougeait. Le vent agitait leur chevelure et soulevait les manteaux trempés des spectateurs.

Wlenca hurla. La blessure était terrible, sciemment infligée pour procurer une mort lente dans d'atroces douleurs, mais dans les affres de la mort de la victime un devin aussi exercé que Balise ou Morgane pouvait lire l'avenir du royaume. Arraché de sa torpeur, Balise regardait le garçon vaciller, une main serrée sur son ventre et son corps arqué contre l'atroce douleur. Nimue se pencha avidement, car c'était la première fois qu'elle assistait à la plus puissante des divinations et elle voulait en apprendre les secrets. Je fis la grimace, je l'avoue, non à cause de l'horreur de la cérémonie, mais parce que je l'aimais bien, Wlenca, et parce que son visage large et ses yeux bleus m'avaient permis de me faire une idée de ce à quoi je ressemblais probablement, mais je me consolais à l'idée que, du fait de son sacrifice, il aurait droit à une place de guerrier dans l'Au-Delà où, un jour, lui et moi nous retrouverions.

Le hurlement de Wlenca s'était transformé en un halètement désespéré. Son visage était devenu jaune, il tremblait, mais il parvenait tant bien que mal à rester debout en titubant vers l'est. Il atteignit le cercle de pierre et, l'espace d'une seconde, on put croire qu'il allait s'effondrer, mais un spasme de douleur le fit se cabrer, puis, de nouveau, se plier en deux. Il tourbillonna en un large cercle tout en crachant le sang, puis fit quelques pas vers le nord. Enfin, il tomba. Il agonisait en convulsions, et chacun de ses spasmes voulait dire quelque chose pour Balise et Morgane. Morgane se précipita pour l'observer de plus près tandis qu'il se contorsionnait, frissonnait et se contractait. L'espace de quelques secondes, ses jambes furent saisies d'un tremblement, puis ses boyaux lâchèrent, il rejeta la tête en arrière et un râle s'étouffa dans sa gorge. Un grand jet de sang gicla aux pieds de Morgane quand il rendit l'âme.

Quelque chose dans l'attitude de Morgane nous dit que l'augure était mauvais et son humeur lugubre se propagea à la foule qui attendait le verdict redouté. Morgane retourna auprès de Balise qui partit d'un ricanement rauque et irrespectueux. Nimue était allée inspecter le filet de sang puis le corps, après quoi elle rejoignit Morgane et Balise, tandis que l'assemblée attendait. Elle attendit encore.

Morgane finit par retourner vers le corps. Elle s'adressa à Owain, le champion du roi qui se tenait à côté du bébé, mais tout le monde tendit l'oreille pour l'entendre parler : « Le Roi Mordred, dit-elle, aura la vie longue. Il sera chef de bataille et il connaîtra la victoire. »

Un soupir parcourut la foule. L'augure se prêtait à une lecture favorable, mais tout le monde savait, je crois, que bien des choses avaient été passées sous silence, et quelques personnes présentes se souvenaient de l'acclamation d'Uther, lorsque le filet de sang et les soubresauts de l'agonie avaient prédit véridiquement un règne de gloire. Reste que, même sans gloire, l'augure de la mort de Wlenca ménageait quelque espoir.

Cette mort mit fin à la cérémonie d'acclamation de Mordred. La malheureuse Norwenna, inhumée sous la Sainte-Épine d'Ynys Wydryn, aurait fait les choses tout autrement. Pourtant, quand bien même un millier d'évêques et une myriade de saints se seraient rassemblés pour accompagner de leurs prières l'intronisation de Mordred, les augures eussent été pareils. Car Mordred, notre roi, était estropié. Aucun druide ni aucun évêque n'y pouvait rien changer.

*

Tristan de Kernow arriva dans l'après-midi. Nous festoyions dans la grande salle en l'honneur de Mordred, et l'événement brillait par le manque d'allégresse, mais l'arrivée de Tristan assombrit encore l'atmosphère. Nul ne parut même remarquer son arrivée avant qu'il ne s'approche du grand feu central et que les flammes ne miroitent sur son plastron de cuir et son casque de fer. Le prince était connu pour être un ami de la Dumnonie et c'est ainsi que Mgr Bedwin lui souhaita la bienvenue, mais pour seule réponse Tristan tira son épée.

Le geste imposait aussitôt l'attention car personne n'était censé entrer dans une salle de banquet avec une arme, encore moins dans une salle où l'on célébrait l'acclamation d'un roi. Une partie des hommes étaient ivres, mais même eux firent silence en dévisageant le jeune prince aux cheveux noirs.

Bedwin feignit d'ignorer le sabre tiré.

« Tu es venu pour l'acclamation, Seigneur Prince ? Sans doute as-tu été retardé ? Le voyage est si difficile en hiver. Viens, prends un siège ici. À côté d'Agricola de Gwent ? Il y a de la venaison.

— Je suis venu me plaindre », tonna Tristan.

Il avait posté six gardes à la porte, où il tombait de la neige fondue. Les gardes avaient la mine sinistre avec leur armure mouillée, leurs manteaux dégoulinants, leurs boucliers dressés et leurs lances affûtées.

« Pour te plaindre ! fit Bedwin, comme si l'idée même lui semblait extraordinaire. Pas un jour aussi mémorable, certes pas ! »

Certains guerriers lancèrent des défis en grondant. Ils étaient assez ivres pour apprécier la bagarre, mais Tristan fit celui qui ne remarquait rien.

« Qui parle au nom de la Dumnonie ? » demanda-t-il.

Il y eut un instant d'hésitation. Owain, Arthur, Gereint et Bedwin, tous avaient de l'autorité, mais aucun n'avait la suprématie. Le prince Gereint, qui n'était pas homme à se mettre en avant, écarta la question d'un haussement d'épaules, Owain dévisagea Tristan d'un air sinistre, tandis qu'Arthur s'en remit respectueusement à Bedwin, qui suggéra, très timidement, qu'en sa qualité de principal conseiller du royaume il avait plus de titres que quiconque à s'exprimer au nom du roi Mordred.

« Alors dis au roi Mordred, fit Tristan, qu'il y aura du sang entre mon pays et le sien tant qu'on ne m'aura pas fait justice. »

Bedwin parut alarmé, se frottant les mains pour se calmer et réfléchir à ce qu'il allait dire. Rien ne lui vint à l'esprit et c'est finalement Owain qui répondit :

« Dis ce que tu as à dire, fit-il sèchement.

— Un groupe de gens de mon père avait reçu la protection du roi Uther. À la demande d'Uther, ils sont venus dans ce pays travailler les mines et vivre en paix avec leurs voisins ; pourtant, l'été dernier, quelques-uns de ces voisins sont venus les massacrer et mettre leur campement à feu et à sang. Cinquante-huit morts, dites-le à votre roi. Leur *sarhaed* sera la valeur de leur vie, plus la vie de l'homme qui a ordonné le carnage, sans quoi nous viendrons nous-mêmes demander réparation avec nos épées et nos boucliers. »

Owain partit d'un grand éclat de rire : « Petite Kernow ? Nous avons la frousse ! »

Tout autour de moi, les guerriers y allaient de leurs quolibets. Kernow était un petit pays et ne faisait pas le poids à côté des forces de la Dumnonie. Mgr Bedwin tâcha d'arrêter le tapage, mais la salle était pleine d'hommes excités sous l'effet de l'alcool, et ils refusèrent de se calmer avant qu'Owain ne leur imposât le silence : « Prince, dit-il, j'ai entendu dire que ce sont les Irlandais au Bouclier-noir d'Œngus Mac Airen qui ont attaqué la lande. »

Tristan cracha par terre. « Si c'est eux, ils ont volé à travers le pays, car personne ne les a vus passer, et ils n'ont pas volé un œuf aux Dumnoniens.

— Parce qu'ils ont peur de la Dumnonie, mais pas de Kernow », répliqua Owain et, à ces mots, toute la salle partit de nouveau d'un grand éclat de rire.

Arthur attendit que les rires se fussent calmés.

« Connais-tu un autre homme qu'Œngus Mac Airem qui aurait pu attaquer les vôtres ? » demanda-t-il courtoisement.

Tristan se tourna et chercha parmi les hommes accroupis par terre. Il vit le crâne chauve du prince Cadwy d'Isca vers lequel il tendit son épée. « Demande-lui. Ou mieux encore, fit-il en haussant le ton pour couvrir les lazzis, demande au témoin que j'ai à l'extérieur. » Cadwy s'était redressé et criait qu'on lui permette d'aller chercher son épée tandis que ses lanciers tatoués menaçaient de massacrer Kernow jusqu'au dernier de ses habitants.

Arthur tapa du poing sur la table. Le bruit se répercuta en écho dans la salle, imposant le silence. Agricola de Gwent, assis à côté d'Arthur, gardait les yeux baissés, car cette querelle ne le regardait pas, mais je doute qu'une seule nuance de cet affrontement ait échappé à sa sagacité. « Si un homme verse le sang ce soir, trancha Arthur, il est mon ennemi. » Il attendit que Cadwy et ses hommes se calment, puis se retourna vers Tristan.

« Fais venir ton témoin, Seigneur.

— C'est un tribunal ? objecta Owain.

— Laissez entrer le témoin, insista Arthur.

— C'est un banquet ! protesta Owain.

— Faites entrer le témoin, laissez-le entrer », reprit Mgr Bedwin qui voulait en finir au plus vite avec cette sale histoire. Approuver Arthur semblait être, à ses yeux, la manière la plus rapide de la régler. Les hommes qui se tenaient à l'écart se rapprochèrent pour entendre le drame mais s'esclaffèrent en voyant paraître le témoin de Tristan, car ce n'était qu'une gamine, de neuf ans peut-être. D'un pas paisible et digne, elle alla se poster à côté du prince qui mit son bras sur son épaule. « Sarlinna ferch Edain. » Il indiqua le nom de l'enfant puis lui pressa l'épaule d'un geste qui se voulait rassurant. « Parle. »

Sarlinna se passa la langue sur les lèvres. Elle choisit de s'adresser directement à Arthur, peut-être parce que, de tous les hommes attablés, il avait le visage le plus bienveillant. « Mon père a été tué, ma mère a été tuée, mes frères et sœurs ont été tués... » Elle parlait comme si elle avait répété son texte, bien que nul, dans l'assistance, ne doutât de la vérité de ses dires. « Ma petite sœur a été tuée, poursuivit-elle, et mon chaton aussi. » Elle laissa échapper une larme. « Et j'ai vu faire. »

Arthur hocha la tête en signe de compassion. Agricola de Gwent passa une main dans ses cheveux gris rasés de près, puis leva les yeux en direction des combles noirs de suie. Owain se renversa sur son siège et but dans une corne. Mgr Bedwin avait l'air troublé.

« Tu as vraiment vu les tueurs ? demanda l'évêque à l'enfant.

— Oui, Seigneur. »

Maintenant qu'elle ne récitait plus les mots qu'elle avait préparés, Sarlinna était plus agitée.

« Mais c'était la nuit, petite, objecta Bedwin. La razzia n'a-t-elle pas eu lieu de nuit ? » demanda-t-il à Tristan.

Tous les seigneurs de Dumnonie avaient entendu parler du raid sur la lande, mais ils avaient cru Owain lorsqu'il assurait que le raid était l'œuvre des Irlandais au Bouclier-noir d'Œngus.

« Comment l'enfant a-t-elle pu voir en pleine nuit ? » demanda Bedwin.

Tristan encouragea l'enfant en lui tapotant l'épaule.

« Raconte au Seigneur Évêque ce qui s'est passé.

— Les hommes ont mis le feu à notre cabane, commença Sarlinna d'une voix faible.

— Pas assez, grogna un homme tapi dans l'obscurité, et la salle s'esclaffa.

— Comment t'en es-tu tirée, Sarlinna ? demanda Arthur d'une voix douce quand les rires se furent calmés.

— Je me suis cachée, Seigneur, sous une peau. »

Arthur sourit.

« Tu as bien fait. Mais as-tu vu l'homme qui a tué ton papa et ta maman ? Et ton chaton », reprit-il après un temps de silence.

Elle hocha la tête. Dans la salle vaguement éclairée, ses yeux brillaient de larmes.

« Je l'ai vu, Seigneur, dit-elle calmement.

— Alors parle-nous de lui. »

Sarlinna portait une petite chemise grise sous un manteau de laine noire. Elle leva ses bras maigrelets et, retroussant ses manches sur sa peau blanche, expliqua : « Les bras de l'homme portaient des images, Seigneur, des images de dragon. Et de sanglier. Ici. » Elle montra l'emplacement des tatouages sur ses petits bras, puis regarda Owain. « Et il avait des anneaux dans la barbe », ajouta la fille avant de se taire. Mais elle n'avait aucun besoin d'en dire plus. Un seul homme portait des anneaux de guerrier dans sa barbe et tous les hommes présents, ce matin-là, avaient vu les bras d'Owain plonger sa lance dans le creux du ventre de Wlenca. Et chacun savait qu'étaient tatoués sur ses bras le dragon de Dumnonie et le sanglier à longues défenses, son symbole.

Le silence se fit. Une bûche craqua, envoyant une bouffée de fumée dans les combles. Une rafale de vent fit crépiter la neige fondue contre la toiture de chaume et voleter les flammes des chandelles à mèche de jonc accrochées dans la salle. Agricola examinait le support de sa corne en argent repoussé comme s'il n'avait encore jamais vu pareil objet. Quelque part dans la salle un homme rota, et le bruit sembla pousser Owain à tourner sa grosse tête hirsute pour regarder l'enfant. « Elle ment, fit-il sèchement, et les enfants qui mentent méritent d'être fouettés jusqu'au sang. »

Sarlinna se mit à pleurer et enfouit son visage dans les plis mouillés du manteau de Tristan. Mgr Bedwin fronça les sourcils.

« Il est exact, Owain, n'est-ce pas, que tu as rendu visite au prince Cadwy à la fin de l'été ?

— Et alors ? » fit Owain d'un ton cassant. « Et alors », reprit-il en rugissant, lançant cette fois un défi à toute l'assemblée. « Voici mes guerriers ! » Il fit un geste en notre direction, du côté droit de la salle. « Demandez-leur ! Demandez-leur ! L'enfant ment ! Je vous jure qu'elle ment ! »

Soudain le tumulte s'empara de la salle, les hommes crachant en direction de Tristan. Sarlinna pleurait tellement que le prince se pencha pour la prendre dans ses bras pendant que Bedwin essayait de reprendre le contrôle de la situation.

« Si Owain en fait le serment, hurla l'évêque, c'est que l'enfant ment. »

Les guerriers acquiescèrent d'un grognement. Arthur, je le voyais, m'observait. Je tenais les yeux baissés sur mon écuelle de venaison.

Mgr Bedwin regrettait d'avoir fait entrer l'enfant. Il se passa les doigts dans la barbe, puis hocha la tête d'un air las. « La parole d'un enfant n'a aucune valeur juridique, fit-il plaintivement. Un enfant ne compte pas parmi ceux qui ont Langue. » Avoir Langue c'était compter au nombre des neuf témoins dont la parole avait valeur de vérité devant la loi : un seigneur, un druide, un prêtre, un père parlant de ses enfants, un magistrat, un donateur qui parle de son présent, une demoiselle de sa virginité, un berger de ses animaux et un condamné prononçant ses dernières paroles. Nulle part il n'était question d'un enfant parlant du massacre de sa famille. « Le seigneur Owain, conclut Bedwin à l'adresse de Tristan, a Langue. »

Tristan était pâle, mais il n'était pas dit qu'il reculerait.

« Je crois l'enfant, dit-il, et demain, après le lever du soleil, je viendrai chercher la réponse de la Dumnonie, et si l'on refuse de rendre justice à Kernow, alors mon père se fera justice lui-même.

— Qu'est-ce qu'il lui arrive à ton père ? railla Owain. Il est fatigué de sa dernière épouse, c'est ça ? Alors il a envie de prendre une raclée ? »

Tristan se retira sous les rires, des rires qui s'amplifièrent tandis que les hommes essayaient d'imaginer la petite Kernow déclarant la guerre à la puissante Dumnonie. Je ne me joignis point à l'éclat de rire général, préférant finir mon ragoût en me disant que j'avais besoin de me sustenter si je voulais avoir chaud pendant mon tour de garde, qui commençait à la fin du banquet. Je me gardai bien de boire de l'hydromel, en sorte que j'étais encore parfaitement sobre quand j'allai chercher mon manteau, ma lance, mon épée et mon casque avant de rejoindre le mur nord. Le grésil avait cessé, et les nuages s'effaçaient pour laisser paraître une demi-lune brillante flottant parmi un chatoiement d'étoiles, mais d'autres nuages s'amoncelaient à l'ouest, au-dessus du Severn. Je frissonnais en arpentant les remparts.

Où Arthur me trouva.

Je savais qu'il viendrait. Je l'avais souhaité et pourtant, lorsque je le vis traverser l'enceinte et grimper la courte volée d'escaliers qui menaient au mur bas de terre et de pierre, j'éprouvai une certaine peur. Au départ, il ne dit rien, mais se borna à se pencher par-dessus la clôture pour regarder la lointaine tache de lumière qui éclairait Ynys Wydryn. Il portait son manteau blanc, remonté en sorte que l'ourlet ne traîne pas dans la boue. Il avait noué les coins de son manteau à la taille, juste au-dessus de son fourreau brettelé. « Je ne vais pas te demander ce qui s'est passé sur la lande, dit-il enfin en envoyant un nuage de buée dans l'air nocturne, parce que je ne veux pas inciter un homme, encore moins un homme que j'aime à trahir un serment.

— Oui, Seigneur », fis-je en me demandant comment il savait que nous avions prêté un serment de ce genre au beau milieu de la nuit.

« Marchons plutôt. » Il m'adressa un sourire en m'invitant à marcher avec lui sur les remparts.

« Une sentinelle qui marche reste au chaud, observa-t-il. Ainsi, j'entends dire que tu es un bon soldat ?

— J'essaie, Seigneur.

— Et on me dit que tu réussis, c'est parfait. »

Puis il se tut : nous passions devant l'un de nos camarades blotti contre la palissade. L'homme leva les yeux vers moi et, sur son visage, je vis la frousse que je ne trahisse la troupe d'Owain. Arthur retira son capuchon. Il marchait d'un pas long et ferme et je devais forcer l'allure pour le suivre.

« À ton avis, Derfel, quelle est la tâche du soldat ? me demanda-t-il sur ce ton intime qui vous faisait sentir que vous l'intéressiez plus que tout au monde.

— Livrer des batailles, Seigneur. »

Il secoua la tête et me corrigea.

« Livrer des batailles, Derfel, au nom de gens qui ne peuvent se battre eux-mêmes. J'ai appris cela en Bretagne. Ce monde misérable est plein de gens démunis, impuissants, affamés, abattus, malades et sans le sou, et il n'est rien de plus facile au monde que de mépriser les faibles, surtout si tu es un soldat. Si tu es un guerrier et que tu veuilles la fille d'un homme, il te suffit de la prendre. Veux-tu sa terre ? Tu n'as qu'à le tuer. Après tout, tu es un soldat : tu as une lance et une épée, et il n'est qu'un pauvre homme sans moyen avec une charrue brisée et un bœuf malingre. Qu'est-ce qui peut t'arrêter ? »

Il n'attendait pas de réponse à sa question, mais il continua à faire les cent pas en silence. Nous étions arrivés au portail ouest et les marches de rondins fendus qui menaient à la plate-forme au-dessus du portail blanchissaient sous l'effet du gel. Nous grimpâmes côte à côte.

« Mais la vérité, Derfel, reprit-il lorsque nous fûmes sur la plate-forme, c'est que nous ne sommes des soldats que parce que ce pauvre homme fait de nous des soldats. Il cultive le grain qui nous nourrit, il tanne le cuir qui nous protège et il étête les frênes avec lesquels on fait nos lances. Nous sommes à leur service.

— Oui, Seigneur », approuvai-je en parcourant des yeux avec lui le plat pays. Il ne faisait pas aussi froid que la nuit où Mordred était né, mais à cause du vent le froid était encore plus mordant.

« Toutes les choses ont une fin, ajouta Arthur, même le métier des armes. » Il me sourit, comme pour s'excuser d'être si grave, alors même qu'il n'avait aucun besoin de s'excuser car je buvais ses paroles. J'avais rêvé de devenir soldat parce que le guerrier jouissait d'un statut élevé et parce qu'il m'avait toujours semblé que mieux valait porter une lance qu'un râteau, mais je n'étais jamais allé au-delà de ces ambitions égoïstes. Arthur voyait beaucoup plus loin et il apportait à la Dumnonie une vision claire de l'endroit où son épée et sa lance devaient le conduire.

En parlant, Arthur se pencha sur le rempart élevé.

« L'occasion nous est donnée de faire une Dumnonie dans laquelle nous puissions servir notre peuple. On ne saurait lui procurer le bonheur et j'ignore comment garantir une bonne moisson qui l'enrichira, mais je sais que nous pouvons assurer sa sécurité, et un homme en sécurité, un homme qui sait que ses enfants grandiront sans être pris comme esclaves et sans que le viol par un soldat ne ruine le prix de sa fille a plus de chance d'être heureux qu'un homme qui vit sous la menace de la guerre. N'est-ce pas juste ?

— Oui, Seigneur. »

Il frotta ses mains gantées pour se réchauffer. Avec mes mains recouvertes de haillons, j'avais du mal à tenir ma lance, d'autant que j'essayais de les tenir au chaud sous ma pelisse. Derrière nous, dans la salle du banquet, s'élevaient de grands éclats de rire. La chère était aussi mauvaise que de coutume dans un banquet hivernal, mais il n'avait manqué ni d'hydromel ni de vin, même si Arthur était aussi sobre que moi. J'observai son profil tandis qu'il regardait les nuages qui s'amoncelaient à l'ouest. La lune laissait dans l'ombre son menton en galoche et rendait son visage plus osseux que jamais.

« Je déteste la guerre, fit soudain Arthur.

— Vraiment ? »

Je parus surpris, mais j'étais assez jeune, alors, pour trouver plaisir à la guerre.

« Naturellement, reprit-il dans un sourire, il se trouve que j'y excelle, comme toi aussi peut-être, mais c'est une raison de plus pour en user avec sagesse. Sais-tu ce qui s'est passé à Gwent l'automne dernier ?

— Tu as blessé Gorfyddyd, répondis-je avec empressement. Tu lui as pris un bras.

— En effet, fit-il, presque sur le ton de la surprise. Mes chevaux ne sont pas d'une grande utilité dans ce pays vallonné, et ils ne servent à rien dans un pays boisé, si bien que je les ai conduits au nord dans le plat pays de Powys. Gorfyddyd essayait d'abattre les murs de Tewdric et j'ai donc commencé par brûler les meules de foin et les silos de Tewdric. Nous avons brûlé et tué. Nous l'avons bien fait, non parce que nous le voulions, mais parce qu'il le fallait. Et ça a porté. Gorfyddyd a quitté les murs de Tewdric pour les terres où mes chevaux pouvaient le briser. Ce qui fut fait. Nous l'avons attaqué à l'aube, et il s'est bien battu, mais il a perdu la bataille en même temps que son bras gauche. Et vois-tu, Derfel, ce fut la fin de la tuerie. La mission était accomplie, tu comprends ? L'objectif était de persuader Powys que mieux valait qu'ils fissent la paix avec la Dumnonie plutôt que de se mettre en guerre. Et il y aura la paix maintenant.

— Ah bon ? »

J'étais sceptique. La plupart d'entre nous étions persuadés que le dégel du printemps verrait une nouvelle offensive de Gorfyddyd, le roi aigri de Powys.

« Le fils de Gorfyddyd est un homme sensé, ajouta Arthur. Il se nomme Cuneglas et il veut la paix. Nous devons laisser le temps au prince de persuader son père qu'il perdra plus qu'un simple bras s'il part de nouveau en guerre contre nous. Et du jour où Gorfyddyd sera persuadé que la paix vaut mieux que la guerre, il convoquera un conseil. Nous irons tous et ferons beaucoup de tapage, puis, à la fin, Derfel, j'épouserai Ceinwyn, la fille de Gorfyddyd. »

Il me gratifia d'un rapide coup d'œil, un peu embarrassé.

« *Seren*, la surnomment-ils, l'étoile ! L'étoile de Powys. Ils disent qu'elle est très belle. »

La perspective lui agréait et, d'une certaine façon, son plaisir me surprit, mais je n'avais pas encore perçu alors sa vanité.

« Espérons qu'elle soit aussi belle qu'une étoile, mais belle ou pas, je l'épouserai et nous pacifierons la Silurie. Les Saxons seront alors confrontés à une Dumnonie unifiée : Powys, Gwent, Dumnonie, Silurie, tous bras dessus, bras dessous, tous faisant front contre le même ennemi et vivant en paix les uns avec les autres. »

Je ris, non pas de lui, mais avec lui, car il avait proféré son ambitieuse prophétie sur le ton de l'évidence.

« Comment le sais-tu ?

— Parce que Cuneglas a présenté une offre de paix. Naturellement, tu n'en parleras à personne, Derfel, sans quoi ça pourrait tourner autrement. Même son père l'ignore encore. C'est un secret entre toi et moi.

— Oui, Seigneur », fis-je, me sentant immensément privilégié d'être mis dans la confidence d'un secret aussi important, mais tel était bien sûr le but que visait Arthur. Il avait toujours su manipuler les hommes et il savait surtout manipuler les jeunes hommes idéalistes.

« Mais à quoi bon la paix, reprit-il, si nous nous entre-tuons ? Notre tâche est d'offrir à Mordred un royaume riche et paisible, et, à cette fin, il nous faut en faire un royaume bon et juste. »

Les yeux braqués sur moi, il me parlait maintenant avec un grand sérieux, d'une voix basse et grave.

« Nous ne saurions avoir la paix si nous brisons nos traités, et le traité qui laissait les gens de Kernow exploiter notre étain était bon. Ils nous volaient, je n'en doute pas, tous les hommes trichent quand il s'agit de donner leur argent aux rois, mais était-ce une raison de les massacrer avec leurs enfants et les chatons de leurs gamins ? Alors au printemps prochain, Derfel, ou nous en finirons avec ces absurdités, ou nous aurons la guerre au lieu de la paix. Le roi Marc attaquera. Il ne gagnera pas, mais par orgueil il veillera que ses hommes tuent nombre de nos paysans et il nous faudra envoyer une bande à Kernow, et c'est un sale pays pour se battre, un très sale pays, mais nous finirons par l'emporter. L'orgueil sera sauf, mais à quel prix ? Trois cents paysans morts ? Combien de bêtes perdues ? Et si Gorfyddyd voit que nous livrons la guerre sur notre frontière occidentale, il sera tenté de profiter de notre faiblesse en attaquant au nord. Nous pouvons faire la paix, Derfel, mais uniquement si nous sommes assez forts pour faire la guerre. Si nous avons l'air faibles, nos ennemis fondront sur nous comme des aigles. Et combien de Saxons devrons-nous affronter l'an prochain ? Pouvons-nous vraiment sacrifier quelques hommes pour franchir le Tamar et tuer quelques fermiers à Kernow ?

— Seigneur... »

J'étais sur le point de confesser la vérité, mais Arthur m'imposa le silence. Dans la salle, les guerriers entonnaient le Chant de guerre de Beli Mawr, frappant des pieds sur le sol de terre battue en promettant un grand massacre, et sans doute prévoyaient-ils d'autres boucheries à Kernow.

« Tu ne dois pas dire un mot de ce qui s'est passé sur la lande, m'avertit Arthur. Les serments sont sacrés, même pour ceux d'entre nous qui se demandent s'il est un Dieu pour se soucier de les faire respecter. Supposons une minute, Derfel, que la fillette de Tristan dise vrai. Qu'est-ce que ça veut dire ? »

Mon regard se perdait dans la nuit glacée.

« La guerre avec Kernow, répondis-je d'une voix lugubre.

— Non, trancha Arthur. Cela signifie que, demain matin, lorsque Tristan reviendra, quelqu'un doit lancer un défi pour savoir la vérité. Les Dieux, me dit-on, favorisent souvent celui qui dit vrai dans les affrontements de ce genre. »

Je savais ce qu'il disait et je hochai la tête.

« Mais Tristan ne défiera point Owain.

— Pas s'il a autant de bon sens qu'il semble en avoir, consentit Arthur. Même les Dieux auraient quelque mal à lui donner la victoire sur l'épée d'Owain. Donc, si nous voulons la paix et toutes les bonnes choses qui en découlent, il faut qu'un autre se fasse le champion de Tristan. N'est-ce pas ? »

Je le regardais, horrifié en pensant à ce qu'il était en train de dire.

« Toi ? » finis-je par demander.

Il haussa les épaules sous son manteau blanc.

« Je ne vois pas qui d'autre, fit-il à voix basse. Mais il est une chose que tu peux faire pour moi.

— Je ferai n'importe quoi, Seigneur, n'importe quoi. »

Et à cet instant je crois que j'aurais même accepté d'affronter Owain pour lui.

« Un homme qui se lance dans la bataille, Derfel, dit-il prudemment, doit savoir que sa cause est juste. Peut-être les Irlandais au Bouclier-noir ont-ils porté leurs boucliers à travers la lande sans que personne ne les voie. Peut-être leurs druides leur ont-ils donné des ailes ? Ou peut-être, demain, s'ils s'y intéressent, les Dieux penseront-ils que ma cause est juste. Qu'en penses-tu ? »

Il posa la question aussi innocemment que s'il s'enquérait du temps. Je le regardais, subjugué, désirant par-dessus tout qu'il évite ce défi contre la meilleure épée de Dumnonie.

« Eh bien ?

— Les Dieux... », commençai-je, mais j'eus du mal à poursuivre, car Owain avait été bon pour moi. Le champion n'était certes pas un honnête homme, mais je pouvais compter sur les doigts le nombre d'honnêtes hommes que j'avais rencontrés, et malgré sa friponnerie je l'aimais bien. Et pourtant j'aimais beaucoup plus cet honnête homme. Je réfléchis pour savoir si, oui ou non, mes paroles allaient trahir mon serment, puis décidai qu'il n'en était rien.

« Les Dieux te soutiendront, Seigneur, finis-je par dire.

— Merci, Derfel, fit-il dans un sourire triste.

— Mais pourquoi ? »

C'était parti à la volée. Il soupira et se retourna vers le pays inondé de la lumière de la lune.

« Quand Uther est mort, reprit-il au bout d'un bon moment, le pays a sombré dans le chaos. Voilà ce qui arrive à un pays sans roi, et nous sommes sans roi maintenant. Nous avons Mordred, mais ce n'est qu'un enfant, et quelqu'un doit exercer le pouvoir avant qu'il ne soit en âge de le faire. Un seul, Derfel, pas trois ni quatre ni dix, un seul. J'aurais tellement voulu qu'il en soit autrement. Du fond du cœur, tu peux me croire, j'aurais aimé laisser les choses en l'état. Je préférerais vieillir avec Owain pour ami, mais c'est impossible. Il faut exercer le pouvoir pour Mordred, et il faut le faire correctement, justement, pour le lui remettre intact. Ce qui veut dire qu'on ne peut se permettre de perpétuelles chamailleries entre les hommes qui veulent accaparer le pouvoir du roi à leur seul profit. Un homme doit être roi, qui n'est pas un roi, et cet homme devra abandonner les pouvoirs du royaume le jour où Mordred sera en âge de prendre les rênes. Et c'est la mission des soldats, pas vrai ? Ils livrent des batailles pour des gens qui sont trop faibles pour se battre eux-mêmes. Eux aussi – il souriait maintenant – prennent ce dont ils ont envie, et demain je veux quelque chose d'Owain ; je veux son honneur, et je l'aurai. »

Il haussa les épaules.

« Demain, je combats pour Mordred et pour cette enfant. Et toi, Derfel, fit-il en me donnant une bourrade sur la poitrine, tu lui trouveras un chaton. »

Il frappa du pied pour se réchauffer puis scruta l'horizon, à l'ouest.

« Tu crois que ces nuages vont nous apporter la pluie ou la neige dans la matinée ?

— Je ne sais pas, Seigneur.

— Espérons-le. Dis-moi, je sais que tu as eu une conversation avec ce malheureux Saxon qu'ils ont tué pour lire l'avenir. Dis-moi ce qu'il t'a raconté. Plus on en sait sur nos ennemis, mieux ça vaut. »

Il me raccompagna à mon poste, écouta ce que j'avais à dire

sur Cerdic, le nouveau chef saxon de la côte sud, puis alla se coucher. Ce qui devait arriver dans la matinée le laissait apparemment de marbre, alors que moi j'étais terrorisé. Je me souvenais comment Owain avait résisté aux assauts conjugués des deux champions de Tewdric et j'essayai d'adresser une prière aux étoiles, qui sont les demeures des Dieux, mais je ne pouvais les voir parce que mes yeux étaient noyés de larmes.

La nuit fut longue et glaciale. Mais j'aurais voulu que jamais l'aube ne pointât.

*

Le désir d'Arthur fut exaucé. À l'aube, il se mit à pleuvoir. Bientôt, c'est une pluie battante qui enveloppa d'un voile gris la longue et large vallée qui s'étend entre Caer Cadarn et Ynys Wydryn. Les fossés débordaient ; l'eau coulait à flots des remparts et formait des flaques sous les égouts de la grande salle. De la fumée s'échappait des trous des toits de chaume trempés et les sentinelles rentraient les épaules sous leurs pelisses mouillées.

Tristan, qui avait passé la nuit dans le petit village à l'est de Caer Cadarn, eut le plus grand mal à escalader le sentier boueux qui menait au fort. Ses six gardes et la petite orpheline l'accompagnaient, tous glissant dans la gadoue chaque fois qu'ils ne pouvaient se raccrocher aux mottes d'herbe qui poussaient sur les côtés. La porte était ouverte. Aucune sentinelle ne bougea pour arrêter le prince de Kernow lorsqu'il pataugea dans la boue pour rejoindre la porte de la grande salle.

Où nul ne l'attendait pour l'accueillir. L'intérieur était un capharnaüm d'hommes assoupis, cuvant leur nuit d'ivresse, de reliefs du festin, de cendres grises et détrempées et de vomissures se congelant en flaques sur le sol. Tristan donna une bourrade à l'un des hommes et l'envoya quérir Mgr Bedwin ou quelque autre personne investie d'autorité. « Si homme possède une quelconque autorité dans ce pays », lança-t-il.

Lourdement vêtu pour se protéger contre la pluie battante, Bedwin se fraya un chemin dans la gadoue traîtresse, glissant et titubant. « Mon Seigneur Prince, fit-il d'une voix entrecoupée en se réfugiant à l'abri douteux de la salle, toutes mes excuses. Je ne vous attendais pas de sitôt. Sale temps, n'est-ce pas ? » Il essora l'eau des pans de son manteau. « Plutôt de la pluie que de la neige, n'est-ce pas ? »

Tristan ne disait rien.

Bedwin était troublé par le silence de son hôte. « Du pain, peut-être ? Et du vin chaud ? Il y aura de la bouillie d'avoine, j'en suis sûr. » Des yeux, il cherchait quelqu'un à envoyer aux cuisines, mais les hommes endormis continuaient à ronfler, immobiles. « La Petite ? » Bedwin grimaça à cause d'une migraine en se penchant vers Sarlinna. « Tu dois avoir faim, n'est-ce pas ?

— Nous sommes venus demander justice, pas du pain, répondit sèchement Tristan.

— Ah oui, bien entendu, bien entendu. » Bedwin retira le capuchon de ses cheveux blancs et tonsurés et se gratta la barbe pour se débarrasser de poux fâcheux. « Justice », reprit-il d'un air vague, avant de hocher la tête avec vigueur. « J'ai réfléchi à la question, Seigneur Prince, j'y ai réfléchi, et j'ai conclu que la guerre n'est pas une chose souhaitable. Vous en conviendrez ? » Il attendit, mais le visage de Tristan ne trahissait aucune réponse. « Un tel gâchis, reprit Bedwin, et tout en ne voyant pas en quoi mon seigneur Owain serait en faute, j'avoue que nous avons manqué à notre devoir de protéger vos compatriotes sur la lande. C'est vrai. Nous avons tristement manqué à nos devoirs, et donc, Seigneur Prince, s'il plaît à votre père, nous verserons le *sarhaed*, assurément, mais pas pour le chaton. » À ces derniers mots, il gloussa.

Tristan fit la moue. « Et l'homme qui a organisé le carnage ? »

Bedwin haussa les épaules. « Quel homme ? Je ne le connais point.

— Owain, fit Tristan. Qui a très certainement pris l'or de Cadwy. »

Bedwin secoua la tête. « Non, non et non. C'est impossible. Sur l'honneur, Seigneur Prince, je ne sache aucun coupable. » Il adressa à Tristan un regard suppliant. « Mon Seigneur Prince, je serais profondément affligé de voir nos pays en guerre. J'ai offert ce que je puis offrir, et je ferai dire des prières pour vos morts, mais je ne puis révoquer un homme qui a juré de son innocence.

— Moi si », fit Arthur. Il attendait derrière le paravent des cuisines, au fond de la salle. J'étais avec lui lorsqu'il entra dans la salle, où son manteau blanc brillait dans la ténèbre humide.

Bedwin le regarda en clignant des yeux. « Seigneur Arthur ? »

Arthur s'avança entre les corps remuants et grognants. « Si l'homme qui a tué les mineurs de Kernow n'est pas puni, Bedwin, il risque de tuer de nouveau. Tu n'es pas d'accord ? »

Bedwin haussa les épaules, tendit les mains, puis haussa de nouveau les épaules. Tristan avait la mine renfrognée, ne sachant trop où Arthur voulait en venir.

Arthur s'arrêta auprès de l'un des piliers centraux de la salle. « Et pourquoi le royaume verserait-il le *sarhaed* alors qu'il n'est pas responsable du massacre ? Au nom de quoi vider le trésor de mon seigneur Mordred pour la faute d'un autre ? »

Bedwin fit signe à Arthur de se taire : « Nous ne connaissons pas le meurtrier ! protesta-t-il.

— En ce cas nous devons établir son identité, répondit simplement Arthur.

— Impossible ! s'exclama Bedwin avec irritation. L'enfant n'a pas Langue. Et Seigneur Owain, si c'est de lui que tu parles, a juré qu'il était innocent. Il a Langue. Alors à quoi bon la farce d'une épreuve ? Sa parole suffit.

— Dans une cour de paroles, oui, mais il est aussi la cour des épées, et par mon épée, Bedwin – à ces mots il s'arrêta et tira la lame scintillante d'Excalibur dans la demi-lumière –, j'affirme qu'Owain, champion de Dumnonie, a fait du tort à nos cousins de Kernow et que lui seul, personne d'autre, doit en payer le prix. » Écartant les joncs couverts d'immondices, il pointa l'extrémité d'Excalibur dans la terre et la laissa là, frémissante. L'espace d'une seconde, je me demandai si les Dieux de l'Au-Delà n'allaient pas soudain voler à la rescousse d'Arthur, mais on n'entendait que le bruit du vent et de la pluie, ainsi que le halètement des hommes qui se réveillaient.

Bedwin hoqueta lui aussi. Pendant quelques secondes, il demeura sans voix. « Toi... » finit-il par bredouiller, incapable d'en dire plus.

Son beau visage pâle sous une lumière blafarde, Tristan hocha la tête : « Si quelqu'un doit se présenter devant la cour des épées, dit-il à Arthur, ce doit être moi. »

Arthur sourit. « J'ai demandé le premier, Tristan, fit-il d'une voix légère.

— Non ! protesta Bedwin qui retrouvait ses mots. C'est impossible ! »

Arthur fit un geste en direction de l'épée. « Tu veux l'arracher, Bedwin ?

— Non ! » Bedwin était affligé, voyant déjà la mort du meilleur espoir du royaume, mais, sans lui laisser le temps d'ajouter un mot, Owain fit irruption dans la salle. Sa longue chevelure et sa barbe épaisse étaient trempées, et sa large poitrine toute ruisselante de pluie.

Il considéra tour à tour Bedwin, Tristan et Arthur, puis posa les yeux sur l'épée plantée dans la terre. Il semblait dérouté. « Tu es fou ? demanda-t-il à Arthur.

— Mon épée, répondit celui-ci d'une voix douce, prétend que tu es coupable dans l'affaire entre Kernow et Dumnonie.

— Il est fou », fit Owain, s'adressant à ses guerriers qui s'attroupaient derrière lui. Le champion avait les yeux rouges et tirés. Il avait bu une bonne partie de la nuit et avait connu un sommeil troublé, mais le défi semblait lui donner un regain d'énergie. Il cracha en direction d'Arthur. « Je vais rejoindre le lit de cette pute de Silurienne et, à mon réveil, ce ne sera plus qu'un rêve.

— Tu es un poltron, un meurtrier et un menteur », dit Arthur sur un ton calme alors qu'Owain se retirait, et ses mots firent de nouveau hoqueter toute l'assistance.

« Petit morveux ! » fit-il à Arthur. Il se dirigea vers Excalibur et renversa l'épée, signe qu'il acceptait le défi. « Ainsi, freluquet, ta mort fera partie de mon rêve. Dehors. » Il fit un brusque mouvement de tête en direction de la pluie. Le combat ne pouvait se dérouler à l'intérieur, sous peine de vouer la salle à une abominable malédiction. Les hommes devaient donc se battre sous la pluie de l'hiver.

Le fort tout entier était maintenant en émoi. Nombre des habitants de Lindinis avaient passé la nuit à Caer Cadarn et l'enceinte grouillait de gens réveillés pour assister au combat. Lunete était là, ainsi que Nimue et Morgane ; en vérité, Caer Cadarn se hâta pour voir les deux hommes s'affronter, comme le voulait la tradition, dans le cercle de la Pierre royale. Un manteau rouge passé sur sa splendide armure romaine, Agricola se tenait entre Bedwin et le prince Gereint, tandis que le roi Melwas, un quignon de pain à la main, ouvrait de grands yeux parmi ses gardes. Tristan se tenait à l'extrémité où, moi aussi, j'avais pris place. Me voyant là, Owain imagina que je l'avais trahi. Il rugit que j'allais suivre Arthur dans l'Autre Monde, mais Arthur se porta garant de ma vie.

« Il a trahi son serment ! hurla Owain en me pointant du doigt.

— Je jure que ce n'est pas vrai », répondit Arthur, qui retira son manteau blanc et le plia avec soin sur l'une des pierres. Il portait un pantalon, des bottes et un pourpoint de cuir mince sur une veste de laine. Owain était torse nu. Ses pantalons étaient entrecroisés de cuir et il chaussait d'énormes bottes cloutées. Arthur s'assit sur une pierre et retira les siennes, préférant combattre pieds nus.

« Ce n'est pas nécessaire, lui dit Tristan.

— Ça l'est absolument, fit Arthur qui se leva et retira Excalibur de son fourreau.

— Tu te sers de ton épée magique, Arthur ? railla Owain. T'as peur de te battre avec une arme mortelle, hein ? »

Arthur remit Excalibur dans son fourreau et la déposa sur son manteau.

« Derfel, demanda-t-il en se tournant vers moi, est-ce l'épée d'Hywel ?

— Oui, Seigneur.

— Voudrais-tu me la prêter ? Je promets de la rendre.

— Sauve ta vie pour tenir ta promesse, Seigneur. » Sur ce, je retirai Hywelbane de son fourreau et la lui tendis par la garde. Il empoigna l'épée, puis me pria de courir à la salle chercher une poignée de sable cendreux, dont il frotta ensuite le cuir huilé de la garde. Il se tourna alors vers Owain.

« Si le seigneur Owain, proposa-t-il courtoisement, désire combattre une fois qu'il se sera reposé, je puis attendre.

— Damerct ! cracha Owain. T'es sûr que tu veux pas mettre ton armure de poisson ?

— Elle rouille sous la pluie, répondit Arthur calmement.

— Un soldat de beau temps », le nargua Owain, avant de faire siffler son épée en donnant deux grands coups en l'air. Dans la ligne de boucliers, il préférait se battre avec une épée courte, mais quelle que fût la longueur de sa lame, Owain était un homme redoutable. « J'suis prêt, freluquet. »

Je me trouvais avec Tristan et ses gardes lorsque Bedwin fit, en vain, un dernier effort pour arrêter le combat. Nul ne doutait de l'issue. Arthur était grand, mais fluet en comparaison de la masse musculaire d'Owain et nul n'avait jamais vu Owain succomber. Reste qu'Arthur semblait étonnamment maître de lui lorsqu'il prit place du côté ouest du cercle, face à Owain, campé plus à l'est.

« Vous en remettez-vous à la cour des épées ? » demanda Bedwin aux deux hommes. Tous deux firent signe que oui.

« Alors Dieu vous bénisse et Dieu donne la vraie victoire. » Bedwin fit un signe de croix puis, d'un air abattu, sortit du cercle.

Comme nous l'attendions, Owain se rua sur Arthur, mais à mi-chemin, juste à côté de la Pierre royale, son pied glissa dans la boue. Soudain, Arthur chargeait. J'avais imaginé qu'Arthur se battrait calmement, mettant à profit les leçons d'Hywel, mais ce matin-là, alors qu'une pluie battante tombait des cieux hivernaux, je vis à quel point il se métamorphosait dans la bataille. Un vrai diable ! Toute son énergie était concentrée sur une seule chose, la mort, et il assena à Owain des coups puissants et rapides qui firent reculer le géant. Les épées s'entrechoquaient rudement. Arthur crachait sur Owain, le maudissant, l'accablant de sarcasmes, l'entaillant tant et plus du tranchant de son épée, sans jamais lui laisser à la moindre chance de se remettre d'une parade.

Owain se battit bien. Aucun autre homme n'aurait pu soutenir ce premier assaut meurtrier. Ses bottes glissaient dans la boue, et plus d'une fois il lui fallut parer les attaques d'Arthur à genoux, mais il parvint toujours à se redresser quand bien même il était forcé de reculer. Lorsque Owain glissa une quatrième fois, je compris en partie d'où venait l'assurance d'Arthur. Il avait souhaité se battre sous la pluie, sur un terrain glissant, et il savait, je crois, qu'Owain serait congestionné et fatigué par ses ripailles nocturnes. Il ne parvenait pourtant à enfoncer cette garde obstinée, même s'il contraignit le champion à se rabattre sur l'endroit où le sang de Wlenca formait encore une tache plus sombre dans la gadoue.

Et là, foi de Saxon, la chance tourna. Arthur glissa. Il se rétablit, mais son hésitation offrit à Owain l'ouverture dont il avait besoin. Il allongea une botte. Arthur para, mais l'épée du géant transperça le pourpoint de cuir, faisant jaillir de la poitrine d'Arthur le premier filet de sang. Arthur para, parant encore, cette fois obligé de reculer devant les bottes rapides et vives qui eussent percé le cœur d'un bœuf. Les hommes d'Owain vociféraient pour soutenir leur champion qui, flairant la victoire, voulut se lancer de tout son poids afin d'entraîner son adversaire plus léger dans la boue. Mais Arthur avait deviné la manœuvre et il fit un pas de côté vers la Pierre royale et assena un grand coup d'épée dans la nuque d'Owain. La blessure, comme toutes les blessures du cuir chevelu, se mit à pisser le sang, collant ses cheveux et dégoulinant dans son dos avant d'être dilué par la pluie. Ses hommes firent silence.

Arthur bondit de la pierre, repassant à l'attaque, et une fois de plus Owain se retrouva sur la défensive. Les deux hommes haletaient, maculés de boue et sanguinolents, mais trop épuisés pour se cracher encore des insultes. La pluie aidant, leurs cheveux pendaient en longues mèches saturées de pluie, tandis qu'Arthur continuait à frapper à droite et à gauche au même rythme soutenu qu'au départ. Il était si rapide qu'Owain n'avait d'autre possibilité que de contrer les coups. Je me souvenais du mépris avec lequel Owain décrivait la manière de se battre d'Arthur. On dirait qu'il coupe les foins, avait-il ironisé, pour gagner de vitesse le mauvais temps. Une fois, juste une fois, Arthur franchit la garde d'Owain, mais le coup fut à demi paré, le privant de sa force, et l'épée échoua dans les anneaux de fer de sa barbe. Owain écarta la lame et essaya de nouveau de faire chuter Arthur avec le poids de son corps. Tous deux tombèrent et, l'espace d'une seconde, on put croire qu'Owain allait piéger Arthur, mais celui-ci parvint tant bien que mal à se dégager et à se relever.

Arthur attendit qu'Owain se remît debout. Les deux hommes haletaient. Ils se tancèrent quelques secondes, évaluant leurs chances, puis Arthur repassa à l'attaque. Il lançait de grands coups d'épée, comme auparavant, et Owain parait ses coups furieux. C'est alors qu'Arthur glissa pour la deuxième fois. Il poussa un cri de peur en tombant, et à son cri répondit un hurlement de triomphe : Owain retirait son bras pour porter le coup fatal. Le géant comprit alors qu'Arthur n'était aucunement tombé, mais qu'il avait simplement fait une feinte pour l'obliger à ouvrir sa garde, et c'est maintenant Arthur qui allongea une botte. Ce fut sa première botte du combat, et sa dernière. Owain me tournait le dos et je me cachais à moitié les yeux afin de ne pas voir la mort d'Arthur quand, juste devant moi, je vis la pointe brillante d'Hywelbane ressortir par le dos trempé et dégoulinant de sang d'Owain. La botte d'Arthur avait transpercé de part en part le corps du champion. Owain parut se figer, son bras soudain impuissant. Puis, de ses doigts sans nerf, son épée tomba dans la boue.

L'espace d'une seconde, d'un battement de cœur, Arthur laissa Hywelbane dans le ventre d'Owain, puis au prix d'un effort considérable qui mobilisa tous les muscles de son corps, il tourna la lame et la libéra. Il cria en tirant la lame d'acier, cria lorsqu'il libéra la lame de l'étreinte de la chair et qu'elle déchira les boyaux et les muscles, la peau et la chair, cria encore lorsque l'épée retrouva la lumière grise du jour. La force nécessaire pour arracher l'acier du corps massif d'Owain l'obligea à de rudes mouvements d'épée qui ne cessaient de faire gicler le sang dans la boue.

Tandis qu'Owain, l'incrédulité sur son visage et ses boyaux se répandant dans la boue, s'affaissait.

Alors Hywelbane plongea une fois dans le cou du champion.

Et le silence se fit sur Caer Cadarn.

Arthur s'éloigna du cadavre. Puis il fit le tour du cercle pour dévisager chacun des hommes présents. Il n'y avait plus là une once de bonté, juste le visage d'un combattant qui a triomphé. Un visage terrible, avec la grosse mâchoire figée en un rictus de haine en sorte que ceux d'entre nous qui n'avaient de lui que l'image d'un homme posé et réfléchi furent choqués par la métamorphose. « Est-il un homme ici, lança-t-il d'une voix forte, qui conteste le jugement ? »

Personne. La pluie dégoulinait des manteaux et diluait le sang d'Owain. Arthur se déplaça alors pour s'adresser aux lanciers du champion abattu. « Voici l'occasion pour vous de venger votre seigneur, sans quoi vous êtes miens. » Nul ne pouvant soutenir son regard, il se détourna, enjamba le corps du seigneur foudroyé, et se mit en face de Tristan. « Kernow accepte-t-elle le jugement, Seigneur Prince ? »

Le visage pâle, Tristan hocha la tête. « Oui, Seigneur.

— Le *sarhaed*, décréta Arthur, sera payé sur les biens d'Owain. » Il se tourna vers les guerriers : « Qui commande les hommes d'Owain, désormais ? »

Griffid ap Annan s'avança nerveusement. « Moi, Seigneur.

— Tu viendras chercher les ordres auprès de moi dans une heure. Et si l'un de tes hommes touche Derfel, mon camarade, alors vous brûlerez tous dans un brasier. » Plutôt que de soutenir son regard, tous baissèrent les yeux.

Arthur prit une poignée de boue pour nettoyer l'épée de son sang, puis me la tendit. « Sèche-la bien, Derfel.

— Oui, Seigneur.

— Et merci à toi. Une bonne épée. » Soudain, il ferma les yeux. « Dieu me vienne en aide, fit-il, mais j'ai aimé cela. Et maintenant – il rouvrit les yeux – j'ai joué mon rôle, et toi ?

— Moi ? fis-je, interloqué.

— Un chaton, dit-il patiemment, pour Sarlinna.

— J'en ai un, Seigneur.

— Alors va le chercher et viens dans la salle pour le petit déjeuner. As-tu une femme ?

— Oui, Seigneur.

— Dis-lui que nous partons demain, dès que le conseil en aura terminé. »

Je le regardai fixement, ayant du mal à croire à ma chance. « Tu veux dire, commençai-je...

— Je veux dire, trancha-t-il avec impatience, que dorénavant tu me serviras.

— Oui, Seigneur ! Oui, Seigneur ! »

Il ramassa son épée, son manteau et ses bottes, prit la main de Sarlinna et s'éloigna du rival qu'il avait tué.

Et moi, j'avais trouvé mon seigneur.

Lunete ne voulait pas aller dans le nord, à Cervinium, où Arthur passait l'hiver avec ses hommes. Elle ne voulait pas quitter ses amis et de surcroît, ajouta-t-elle après coup, elle était enceinte. J'accueillis la déclaration par un silence incrédule.

« Tu m'as entendue, glapit-elle, enceinte ! Je ne puis partir. Et pourquoi partirions-nous ? Nous étions heureux ici. Owain était un bon seigneur, et il a fallu que tu gâches tout. Alors pourquoi n'y vas-tu pas tout seul ? » Elle était accroupie près du feu, tâchant de se réchauffer à la chaleur de ses faibles flammes. « Je te déteste, fit-elle en essayant vainement de retirer notre alliance de son doigt.

— Enceinte ? demandai-je sous le choc.

— Mais peut-être pas de toi ! » cria Lunette, puis, renonçant à retirer l'anneau de son doigt enflé, elle me lança une bûche. Réfugiée au fond de la cabane, notre esclave aux abois hurla et, pour faire bonne mesure, Lunette lui lança aussi un rondin.

« Mais je dois y aller, je dois suivre Arthur.

— Et m'abandonner ? hurla-t-elle. Tu veux faire de moi une putain ? C'est cela ? » Elle balança un autre bout de bois et j'abandonnai la bagarre. C'était le lendemain du duel d'Arthur avec Owain et nous avions tous regagné Lindinis, où le conseil de Dumnonie se réunissait dans la villa d'Arthur, qui était en conséquence entourée de solliciteurs avec leurs parents et leurs amis. Ces gens impatients attendaient aux portes de la villa. À l'arrière, un fouillis d'armureries et d'entrepôts se dressaient à la place de l'ancien jardin. L'ancienne troupe d'Owain m'attendait là. Ils avaient bien choisi leur endroit pour me tendre une embuscade :

les houx nous cachaient des bâtiments. Lunette continuait à crier après moi tandis que je suivais mon chemin, me traitant de poltron et de traître. « Elle t'a percé à jour, Saxon », dit Griffid ap Annan en crachant vers moi.

Ses hommes me barraient la route. Il y avait là une douzaine de lanciers, tous d'anciens camarades, mais tous avaient maintenant un visage hostile, implacable. Arthur avait bien pu me placer sous sa protection, mais ici, caché des fenêtres de sa villa, nul ne saurait que j'avais fini dans la boue.

« Tu as trahi ton serment, m'accusa Griffid.

— Ce n'est pas vrai. »

Minac, un vieux guerrier au cou et aux poignets chargés d'or que lui avait donné Owain, baissa sa lance. « T'inquiète pas de ta fille, fit-il méchamment, il ne manque pas d'hommes ici qui savent s'occuper des jeunes veuves. »

Je tirai Hywelbane. Derrière moi, les femmes étaient sorties de leurs cabanes pour voir leurs hommes venger la mort de leur seigneur. Lunete était parmi elles et me brocardait comme les autres.

« Nous avons prêté un nouveau serment, reprit Minac, et, à la différence de toi, nous respectons nos serments. » Il descendait le chemin avec Griffid à ses côtés. Les autres lanciers formaient bloc derrière leurs chefs, alors que, dans mon dos, les femmes me pressaient, d'aucunes lâchant leurs quenouilles et leurs fuseaux pour me lancer des pierres et me pousser vers la lance de Griffid. Je soulevai Hywelbane, dont le tranchant était encore ébréché des suites du combat d'Arthur avec Owain, et je priai les Dieux de m'accorder une bonne mort.

« Saxon ! » Griffid avait employé la pire insulte qu'il pût trouver. Il avançait prudemment car il me savait fine lame. « Traître Saxon ! » Il recula car une grosse pierre tomba dans la boue, entre nous. Il me regarda passer et je lus la peur sur son visage et la lame de sa lance retomber.

« Vos noms, siffla Nimue dans mon dos, sont sur la pierre. Griffid ap Annan, Mapon ap Ellehyd, Minac ap Caddan... » Elle déclina les noms des lanciers et de leurs ancêtres l'un après l'autre, et à chaque fois qu'elle prononçait un nom elle crachait vers la pierre maudite qu'elle avait jetée sur le chemin. Les lances retombèrent.

Je m'écartai pour laisser passer Nimue. Elle était vêtue d'un manteau noir avec un capuchon qui couvrait son visage d'une ombre dans laquelle son œil d'or lançait des éclairs menaçants. Elle s'arrêta à côté de moi, se retourna brusquement et pointa un bâton habillé d'une branche de gui vers les femmes qui avaient lancé des cailloux. « Vous voulez voir vos enfants transformés en rats ? lança-t-elle aux badauds. Vous voulez que votre lait se tarisse et que votre pisse brûle comme le feu ? Filez ! » Les femmes empoignèrent leurs enfants et coururent se réfugier dans les cabanes.

Griffid savait que Nimue était la chérie de Merlin et avait hérité des pouvoirs du druide. Il tremblait de peur devant sa malédiction. « Je t'en prie », dit-il comme Nimue se retournait pour lui faire face.

Elle passa à côté de la pointe baissée de sa lance et lui flanqua un grand coup de bâton sur la joue. « Par terre. Tous ! Par terre ! À plat ! Face contre terre ! Couchés ! » Elle frappa Minac. « Par terre ! »

Ils s'allongèrent sur le ventre, dans la boue, et elle leur marcha sur le dos, l'un après l'autre. Son pas était léger, mais la malédiction était lourde. « Vos morts sont entre mes mains, prévint-elle. Vos vies sont miennes. Je me servirai de vos âmes comme de jouets. Chaque aube, à votre réveil, vous me remercierez de ma miséricorde, et à la brune vous prierez le ciel que vos immondes trognes ne me visitent pas dans mes rêves. Griffid ap Annan : prête allégeance à Derfel. Baise son épée. À genoux, chien ! À genoux ! »

Je protestai que ces hommes ne me devaient aucunement allégeance, mais Nimue se retourna vers moi, fâchée, et m'ordonna de tendre mon épée. Et, un par un, avec la boue et la terreur sur leur visage, mes anciens compagnons se traînèrent à genoux pour baiser la pointe d'Hywelbane. Le serment ne me donnait aucun droit de suzeraineté sur ces hommes, mais il leur interdisait de m'attaquer sous peine de mettre leur âme en danger. Car Nimue les avertit que s'ils trahissaient leur serment, leur âme serait condamnée à séjourner à jamais dans les ténèbres de l'Au-Delà, et ne trouverait jamais de corps nouveau sur cette terre verte et ensoleillée. L'un des lanciers, un chrétien, défia Nimue, affirmant que le serment n'avait aucune valeur, mais son courage flancha quand elle sortit l'œil d'or de son orbite et le lui tendit en sifflant une malédiction. Pris de panique, il tomba à genoux et baisa mon épée comme les autres. Sitôt qu'ils eurent prêté serment, Nimue leur ordonna de s'aplatir à nouveau. Elle remit le globe d'or dans son orbite et nous les laissâmes dans la boue.

Nimue riait. « Ça m'a bien plu ! » fit-elle et je sentis dans sa voix un soupçon de sa malice enfantine d'autrefois. « Ça m'a bien plu ! Je hais les hommes, Derfel.

— Tous les hommes ?

— Les hommes en cuir, les porteurs de lance. » Elle frissonna. « Pas toi. Mais les autres, je les hais. » Elle se retourna pour cracher sur le chemin. « Comme les Dieux doivent rire des petits hommes qui se pavanent. » Elle abaissa son capuchon pour me regarder. « Désires-tu que Lunete t'accompagne à Corinium ?

— J'ai juré de la protéger, dis-je d'un air piteux, et elle me raconte qu'elle est enceinte.

— Est-ce à dire que tu souhaites sa compagnie ?

— Oui, fis-je, tout en voulant dire non.

— À mon avis, t'es cinglé, mais Lunete fera comme je lui dirai. Mais je te préviens, Derfel, si tu ne la quittes pas maintenant, c'est elle qui te quittera le moment venu. » Nimue mit la main sur mon bras pour me retenir. Nous approchions du porche de la villa où la foule des solliciteurs attendait Arthur. « Savais-tu, me demanda Nimue à voix basse, qu'Arthur pense à libérer Gundleus ?

— Non, répondis-je, choqué par la nouvelle.

— Si. Il pense que Gundleus respectera la paix désormais, et il estime qu'il n'y a pas de meilleur maître pour la Silurie. Arthur ne le libérera pas sans le consentement de Tewdric. Ce n'est donc pas pour tout de suite, mais quand ça arrivera, Derfel, je tuerai Gundleus. » Elle s'exprimait avec la terrible simplicité de qui dit la vérité, et je songeais, en l'entendant, que la férocité lui donnait une beauté que la nature lui avait refusée. Par-delà les terres froides et humides, elle regardait la butte lointaine de Caer Cadarn. « Arthur, reprit-elle, rêve de paix, mais il n'y aura jamais la paix. Jamais ! La Bretagne est un chaudron, Derfel, et Arthur va en faire sortir l'horreur.

— Tu as tort », tranchai-je loyalement.

Pour toute réponse, Nimue me fit la grimace puis, sans ajouter un mot, elle fit demi-tour et redescendit le chemin vers les huttes des guerriers.

J'écartai les quémandeurs pour pénétrer dans la villa. Arthur me vit entrer, me salua d'un geste distrait, puis tendit à nouveau l'oreille vers un homme qui se plaignait que son voisin eût déplacé les pierres limitrophes. Bedwin et Gereint étaient attablés avec Arthur, Agricola et le prince Tristan se tenant debout, sur le côté, comme des gardes. Bon nombre de conseillers et de magistrats étaient assis sur le sol, lequel était curieusement chaud, grâce à cette manière qu'avaient les Romains de laisser au-dessous un espace que l'on pouvait emplir d'air chaud. Une fissure des carreaux laissait s'échapper dans la grande salle des filets de fumée.

Les solliciteurs étaient reçus un par un, et justice leur était rendue. La plupart des affaires auraient pu être tranchées par la cour de Lindinis qui siégeait à une centaine de pas seulement de la villa, mais beaucoup de gens, surtout les païens de la campagne, estimaient qu'une décision rendue par le Conseil royal avait plus de poids qu'un jugement prononcé par un tribunal constitué par les Romains, et ils gardaient donc leurs doléances et leurs conflits en attendant le conseil. Représentant Mordred, l'enfançon, Arthur les examina patiemment, mais il se montra soulagé lorsque vint l'heure d'aborder la vraie question du jour. Il s'agissait de régler les difficultés créées par le duel de la veille. Les guerriers d'Owain furent confiés au prince Gereint, Arthur recommandant de les scinder en diverses troupes. L'un des capitaines de Gereint, un dénommé Llywarch, fut désigné commandant de la garde du roi à la place d'Owain, puis un magistrat reçut pour mission d'inventorier la richesse d'Owain et d'envoyer à Kernow la part qui lui était due au titre de *sarhaed*. J'observai avec quelle poigne Arthur menait sa barque, quoique jamais sans donner à chaque homme présent l'occasion de dire le fond de sa pensée. Ces consultations pouvaient déboucher sur d'interminables discussions, mais Arthur était fort heureusement doué pour comprendre vite les affaires compliquées et proposer des compromis qui plaisaient à tout le monde. Je remarquai aussi que Gereint et Bedwin s'effaçaient volontiers devant lui. Bedwin avait placé dans l'épée d'Arthur tous ses espoirs pour l'avenir de la Dumnonie et il était le plus farouche partisan d'Arthur, tandis que Gereint, le neveu d'Uther, aurait pu être un adversaire, mais le prince ne partageait pas l'ambition de son oncle et se montrait ravi qu'Arthur fût disposé à assumer la responsabilité du gouvernement. Le roi de Dumnonie avait un nouveau champion, Arthur ab Uther, et le soulagement, dans la salle, était tangible.

Le prince Cadwy d'Isca reçut l'ordre de participer au *sarhaed* versé à Kernow. Il protesta, mais fléchit devant le courroux d'Arthur et consentit humblement à en payer le quart. Arthur, j'imagine, aurait préféré infliger un châtiment plus rude, mais j'étais tenu par mon serment de ne point révéler le rôle de Cadwy dans l'attaque sur la lande et, faute d'autre preuve de sa complicité, il échappa à une sanction plus lourde. Le prince Tristan signifia son accord d'un hochement de tête.

Restait à régler l'avenir du roi. Mordred avait vécu dans la maison d'Owain et il fallait maintenant lui trouver un nouveau foyer. Bedwin avança le nom d'un certain Nabur, le haut magistrat de Durnovarie. Un autre conseiller protesta aussitôt : Nabur était chrétien.

Arthur tapa du poing sur la table pour mettre fin à la dispute avant qu'elle ne s'envenime. « Nabur est-il ici ? » demanda-t-il.

Un grand homme se tenait debout au fond de la salle. « C'est moi. » L'homme était rasé de près et portait une toge romaine. « Nabur ap Lwyd », précisa-t-il. C'était un homme jeune au visage étroit et grave, avec des cheveux en brosse qui lui donnaient l'air d'un évêque ou d'un druide.

« As-tu des enfants, Nabur ? demanda Arthur.

— Trois vivants, Seigneur. Deux garçons et une fille. La fille a l'âge de notre seigneur Mordred.

— Et y a-t-il un druide ou un barde à Durnovarie ? »

Nabur fit signe que oui. « Derella le barde, Seigneur. »

Arthur se tourna vers Bedwin, qui hocha la tête, puis adressa un sourire à Nabur. « Prendrais-tu soin du roi ?

— Avec plaisir, Seigneur.

— Tu peux lui enseigner ta religion, Nabur ap Lwyd, mais seulement en présence de Derella, et Derella deviendra son tuteur dès que le garçon aura cinq ans. Tu recevras du trésor une demi-solde et tu devras veiller à ce que le seigneur Mordred soit protégé à chaque instant par vingt gardes. Le prix de sa vie est ton âme et les âmes de toute ta famille. Acceptes-tu ? »

Nabur blanchit en apprenant que sa femme et ses enfants mourraient si Mordred était tué, mais il acquiesça d'un signe de tête. Ce qui n'avait rien d'étonnant. Être le protecteur du roi le plaçait au cœur du pouvoir en Dumnonie. « J'accepte, Seigneur. »

La dernière affaire du conseil était le sort de Ladwys, épouse et maîtresse de Gundleus, mais aussi esclave d'Owain. Elle fut introduite dans la salle, où elle se posta devant Arthur d'un air de défi. « Ce jour, annonça Arthur, je me rends à Corinium où ton mari est notre prisonnier. Veux-tu venir ?

— Ainsi, tu peux m'humilier davantage encore ? » demanda Ladwys. Malgré sa brutalité, Owain n'avait jamais réussi à la briser.

Devant son ton hostile, Arthur fronça les sourcils. « Tu peux donc le rejoindre, Dame, fit-il d'une voix douce. L'emprisonnement de ton mari n'est pas rude ; il possède une maison comme celle-ci – gardée, il est vrai. Mais tu peux partager sa vie en paix, si tel est ton désir. »

Les yeux de Ladwys s'embuèrent de larmes. « S'il veut de moi ! J'ai été souillée. »

Arthur haussa les épaules. « Je ne puis parler pour Gundleus, j'attends juste ta décision. Si tu choisis de rester ici, libre à toi. Owain étant mort, tu es libre. »

Elle semblait stupéfaite de tant de générosité, mais elle réussit à hocher la tête. « Je viendrai, Seigneur.

— Bien ! » Arthur se leva et porta son siège sur le côté, l'invitant courtoisement à s'asseoir. Puis il se tourna vers l'assemblée des conseillers, des lanciers et des chefs : « J'ai une chose à dire, juste une, mais il faut que, vous tous, vous la compreniez et la répétiez à vos hommes, vos familles, vos tribus et vos septs. Notre roi est Mordred, personne d'autre que Mordred, et c'est à Mordred que nous devons notre allégeance et nos épées. Dans les années qui viennent, cependant, le royaume devra affronter des ennemis, comme tous les royaumes, et il y aura besoin, comme toujours, de décisions fermes. Le jour où ces décisions seront prises, il y aura des hommes, parmi vous, pour chuchoter que j'usurpe le pouvoir du roi. Vous serez même tentés de penser que je veux ce pouvoir pour moi. Alors aujourd'hui, en face de vous, en face de nos amis de Gwent et de Kernow – à ces mots, Arthur adressa un geste de courtoisie à Agricola et à Tristan –, permettez-moi d'en prêter le serment sur ce qui vous est le plus cher : je n'utiliserai le pouvoir que vous me conférez qu'à une fin, et une fin seulement, et cette fin est de voir Mordred me prendre ce royaume des mains dès qu'il en aura l'âge. Je le jure. » Il s'arrêta brusquement.

Il y avait des remous dans la salle. Jusque-là, personne n'avait vraiment compris avec quelle célérité Arthur s'était emparé du pouvoir en Dumnonie. Qu'il siégeât aux côtés de Bedwin et du prince Gereint suggérait que tous trois avaient un pouvoir égal, mais voilà que ces propos affirmaient qu'il n'y avait qu'un seul responsable. Et, par leur silence, Bedwin et Gereint signifiaient qu'ils l'approuvaient. Ni l'un ni l'autre n'était dépouillé de son pouvoir, mais ils s'en remettaient maintenant au bon plaisir d'Arthur, et son plaisir fut que Bedwin arbitrerait les différends au sein du royaume, que Gereint garderait la frontière saxonne, tandis qu'Arthur irait au nord pour combattre les forces de Powys. Je savais, et peut-être Bedwin le savait-il aussi, qu'Arthur caressait de grands espoirs de paix avec le royaume de Gorfyddyd, mais tant que la paix ne serait pas conclue il resterait sur le pied de guerre.

Cet après-midi-là, une grande délégation partit pour le nord. Accompagné de ses deux guerriers et de Hygwydd, son serviteur, Arthur chevauchait en tête avec Agricola et ses hommes. Morgane, Ladwys et Lunete étaient dans une carriole, tandis que je marchais avec Nimue. Lunete était soumise, terrassée par la colère de Nimue. Nous passâmes la nuit au Tor, où je pus voir que Gwlyddyn faisait du bon travail. La nouvelle palissade était en place et une nouvelle tour s'élevait sur les fondations de l'ancienne. Ralla était enceinte. Pellinore ne me connaissait plus, mais se contentait d'arpenter sa nouvelle cage comme s'il montait la garde et aboyait des ordres à d'invisibles lanciers. Druidan reluquait Ladwys. Gudovan, le clerc, me fit voir la tombe d'Hywel, au nord du Tor, puis conduisit Arthur au sanctuaire de la Sainte-Épine, où sainte Norwenna était enterrée à proximité de l'arbre miraculeux.

Le lendemain matin, je fis mes adieux à Morgane et à Nimue. Le ciel était de nouveau bleu, le vent était froid. Je partais dans le nord avec Arthur.

*

Mon fils naquit au printemps. Il mourut trois jours plus tard. Dans les jours qui suivirent, la petite frimousse rouge et ridée revint me hanter et, à ce souvenir, les larmes me montaient aux yeux. Il avait paru en bonne santé mais, un matin, suspendu dans ses langes au mur de la cuisine pour le mettre hors de portée des chiens et des porcelets, il mourut purement et simplement. Lunete pleura, tout comme moi, mais elle me reprocha aussi la mort de son bébé, affirmant que l'air de Corinium était pestilentiel, alors même qu'en vérité elle était assez heureuse en ville. Elle aimait la propreté des constructions romaines et sa petite maison de brique qui donnait sur une rue pavée et, contre toute attente, elle s'était liée d'amitié avec Ailleann, la maîtresse d'Arthur, et avec ses jumeaux, Amhar et Loholt. Moi aussi, je l'aimais bien, Ailleann, mais les garçons étaient de petits diables. Arthur les gâtait, peut-être parce qu'il se sentait coupable qu'ils ne fussent pas nés pour hériter : comme lui, ils n'étaient que des bâtards qui devraient se hisser à la force du poignet dans un monde cruel. À ma connaissance, ils ne recevaient jamais la moindre correction – sauf une fois, lorsque je les surpris en train d'éborgner un chiot avec un couteau. Je les frappai rudement. Le chiot étant aveugle, je fis ce que me dictait la miséricorde et abrégeai au plus vite ses souffrances. Arthur compatit, tout en me rappelant qu'il ne m'appartenait pas de corriger ses marmots. Ses guerriers m'applaudirent et Ailleann, je crois bien, approuva.

C'était une femme triste. Elle savait que ses jours auprès d'Arthur étaient comptés, car son homme était devenu le véritable chef du royaume le plus puissant de Bretagne et il lui faudrait épouser une femme susceptible de conforter son pouvoir. Cette femme, c'était Ceinwyn, je le savais, l'étoile et la princesse de Powys, et j'ai dans l'idée qu'Ailleann le savait elle aussi. Elle souhaitait retourner à Benoïc, mais Arthur ne voulait pas voir ses fils quitter le pays. Ailleann savait qu'Arthur ne la laisserait jamais mourir de faim, mais il ne voudrait pas non plus offenser sa royale épouse en gardant sa maîtresse à proximité. Avec le printemps, les arbres se couvrirent de feuilles et la campagne de fleurs. Ailleann était de plus en plus triste.

Les Saxons attaquèrent au printemps, mais Arthur ne partit point en guerre. Le roi Melwas défendit la frontière sud depuis Venta, sa capitale, tandis que les bandes du prince Gereint, en garnison à Durocobrivis, opéraient des sorties pour s'opposer aux raids d'Aelle, le redoutable roi saxon. Gereint connut des moments difficiles et Arthur le secourut en lui dépêchant Sagramor accompagné de trente cavaliers qui firent pencher la balance en notre faveur. Voyant le visage noir de Sagramor, les Saxons, nous dit-on, le prenaient pour un monstre dépêché par le Royaume de la Nuit, et ils n'avaient ni les sorciers ni les épées susceptibles de lui faire front. Le Numide les fit reculer à une bonne journée de marche de leur ancienne frontière et il marqua la nouvelle ligne de démarcation par une rangée de têtes coupées. Il opéra des razzias en plein cœur de Lloegyr, menant même une fois ses cavaliers jusqu'à Londres, qui avait été jadis la plus grande ville de la Bretagne romaine, mais qui se décomposait maintenant derrière ses murs effondrés. Les survivants Bretons, nous expliqua Sagramor, étaient apeurés et le supplièrent de ne pas troubler la paix fragile qu'ils avaient conclue avec leurs suzerains Saxons.

On n'avait toujours aucune nouvelle de Merlin.

À Gwent, on attendait l'attaque de Gorfyddyd de Powys, mais rien ne vint. Un messager quitta Caer Sws, la capitale, et deux semaines plus tard Arthur prenait la route du nord pour retrouver le roi ennemi. Il était escorté de douze guerriers, dont moi, armés d'épées, mais sans lances ni boucliers. Nous étions en mission de paix, et Arthur était tout excité à cette perspective. On emmena Gundleus de Silurie avec nous et l'on commença par se diriger vers l'est, en direction de Burrium, la capitale de Tewdric, ville romaine où l'on ne comptait pas les armureries ni les forges qui empestaient la ville de leurs fumées. Tewdric nous accompagna dans le nord avec son escorte. Agricola défendait la frontière de Gwent avec les Saxons et Tewdric, comme Arthur, ne prit qu'une poignée de gardes, même s'il se fit accompagner de trois prêtres, dont Sansum, le petit prêtre courroucé à la tonsure noire que Nimue avait surnommé Lughtigern, le Seigneur des Souris.

Nous formions un détachement coloré. Les hommes de Tewdric portaient un manteau rouge sur leurs uniformes romains, tandis qu'Arthur avait équipé chacun de ses guerriers de nouveaux manteaux verts. Nous nous déplacions sous quatre bannières : le dragon de Mordred pour la Dumnonie, l'ours d'Arthur, le renard de Gundleus et le taureau de Tewdric. Gundleus chevauchait avec Ladwys, l'unique femme du groupe. Elle avait retrouvé le sourire et Gundleus paraissait satisfait de l'avoir de nouveau à ses côtés. Il était toujours prisonnier, mais il portait une épée et avait droit à la place d'honneur, auprès d'Arthur et de Tewdric. Ce dernier se méfiait encore de lui, mais Arthur le traitait comme un vieil ami. Gundleus avait en fait un rôle à jouer dans son plan pour faire régner la paix parmi les Bretons, une paix qui permettrait à Arthur de retourner ses épées et ses lances contre les Saxons.

À la frontière de Powys, nous accueillit une garde venue nous rendre les honneurs. Des joncs furent jetés sur la route et un barde chanta la victoire d'Arthur sur les Saxons dans la Vallée du Cheval Blanc. Le roi Gorfyddyd ne s'était pas déplacé pour nous saluer, mais il avait dépêché Leodegan, le roi de Henis Wyren, dont les Irlandais avaient pris les terres et qui se trouvait maintenant en exil à la cour de Gorfyddyd. Il avait été choisi parce que son rang nous honorait, bien que lui-même fût un abruti notoire. Extraordinairement grand, il était aussi très maigre avec un long cou, des cheveux noirs mécheux et une bouche molle et mouillée.

Incapable de tenir en place, il passait son temps à s'élancer ou à s'arrêter brusquement, à ciller, à se gratter ou à faire de l'embarras. « Le roi aurait aimé être ici, mais en fait, c'était impossible. Vous comprenez ? Mais tout de même salutations de Gorfyddyd ! » C'est d'un œil envieux qu'il regarda Tewdric récompenser le barde avec de l'or. Leodegan, devions-nous apprendre, était un homme considérablement appauvri et il passait son temps à essayer de se refaire des pertes immenses qu'il avait subies lorsque Diwrnach, le conquérant irlandais, lui avait pris ses terres. « Allons-nous continuer ? Il y a des quartiers à... » Leodegan s'arrêta. « Mon Dieu, j'ai oublié, mais le commandant de la garde sait. Où est-il ? Là. Quel est son nom ? Peu importe, nous y arriverons. »

Le drapeau à l'aigle de Powys et la bannière au cerf de Leodegan se joignirent à nos étendards. Nous suivîmes une route romaine toute droite à travers un pays accueillant, celui-là même qu'Arthur avait mis à feu et à sang l'automne précédent, même si seul Leodegan se montra assez indélicat pour évoquer la campagne. « Tu y es déjà venu, bien sûr », lança-t-il à Arthur. N'ayant point de cheval, Leodegan était obligé de marcher à côté de la délégation royale.

Arthur fronça les sourcils : « Je ne suis pas sûr de connaître ce pays, dit-il diplomatiquement.

— Mais si, mais si. Tu vois ? La ferme brûlée ? Ton œuvre ! » Leodegan considérait Arthur avec un sourire rayonnant. « Ils t'ont sous-estimé, n'est-ce pas ? Je l'ai dit à Gorfyddyd, je lui ai dit droit dans les yeux. Le jeune Arthur est brave, lui ai-je dit, mais Gorfyddyd n'a jamais été homme à entendre raison. Un combattant, oui, un penseur, non. Le fils vaut mieux, je crois. Cuneglas vaut nettement mieux. J'espérais assez que le jeune Cuneglas pourrait épouser une de mes filles, mais Gorfyddyd ne veut pas en entendre parler. Peu importe. » Il trébucha sur une touffe d'herbe. La route, tout comme la grande Voie romaine, près d'Ynys Wydryn, était remblayée en sorte que la surface se vidait dans les fossés, mais les années les avaient comblés et la terre avait glissé sur les pavés qui étaient maintenant recouverts de mauvaises herbes. Leodegan persistait à montrer du doigt d'autres endroits qu'Arthur avait dévastés, mais, au bout de quelque temps, il se fatigua de n'obtenir aucune réponse et ralentit le pas pour se retrouver avec nous, les gardes, derrière les trois prêtres de Tewdric. Il essaya de parler à Agravain, le commandant de la garde d'Arthur, mais il était d'humeur maussade et Leodegan finit par conclure que, de tout l'entourage d'Arthur, j'étais le plus sympathique, et il me questionna avidement sur la noblesse de Dumnonie. Il cherchait à savoir qui était marié, et qui ne l'était pas. « Le prince Gereint, maintenant ? Il l'est ? Il l'est ?

— Oui, Seigneur.

— Et elle se porte bien ?

— Pour autant que je sache, Seigneur.

— Le roi Melwas, alors ? Il a une reine ?

— Elle est morte, Seigneur.

— Ah ! fit-il en s'illuminant aussitôt. J'ai des filles, tu comprends ? expliqua-t-il avec le plus grand sérieux. Deux filles, et les filles doivent être mariées, n'est-ce pas ? Les filles non mariées ne sont d'aucune utilité pour l'homme ni pour la bête. Attention, pour être franc, l'une de mes deux chéries doit se marier. C'est de Guenièvre que je parle. Elle doit épouser Valerin. Tu connais Valerin ?

— Non, Seigneur.

— Un bel homme, un bel homme, un bel homme, mais pas... » Il s'arrêta, cherchant le mot juste. « Pas de fortune ! Pas vraiment de terre, tu comprends. Des broussailles à l'ouest, je crois, mais pas d'argent qui mériterait d'être compté. Il n'a ni rentes ni or, et sans rentes ni or un homme ne saurait aller bien loin. Et Guenièvre est une princesse ! Puis il y a Gwenhwyvach, sa sœur, et elle n'a point de perspectives de mariage, aucune ! Elle vit uniquement de ma bourse, et les Dieux savent qu'elle est assez maigre. Et la couche de Melwas est vide, vraiment ? En voilà une idée ! Mais c'est bien dommage pour Cuneglas.

— Pourquoi, Seigneur ?

— Il ne semble pas vouloir de l'une ni de l'autre ! répondit Leodegan indigné. J'en ai fait la suggestion à son père. Une alliance solide, expliquai-je, des royaumes adjacents, un arrangement idéal ! Mais non. Cuneglas n'a d'œil que pour Helledd d'Elmet et Arthur, dit-on, doit épouser Ceinwyn.

— Je ne savais pas, Seigneur, dis-je innocemment.

— Ceinwyn est une jolie fille ! Ah ça oui ! Mais ma Guenièvre aussi, seulement elle doit épouser Valerin. Mon amour. Quel gâchis ! Ni rentes ni or ni argent, rien, hormis quelques pâturages inondés et une poignée de vaches malingres. Ça ne lui plaira pas. Elle aime son confort, Guenièvre, mais Valerin ne sait pas ce que ça veut dire ! Pour autant que je sache, il vit dans une porcherie.

Et pourtant il est chef. Vois-tu, plus on s'enfonce dans Powys, plus les hommes sont enclins à s'appeler chefs. » Il soupira. « Mais c'est une princesse ! Je pensais que l'un des garçons de Cadwallon à Gwynedd pourrait l'épouser, mais Cadwallon est un drôle d'oiseau. Il ne m'a jamais beaucoup aimé. Il ne m'a pas aidé quand les Irlandais sont venus. »

Il se tut en ruminant cette grande injustice. Nous avions avancé suffisamment dans le nord pour que le pays et ses habitants nous fussent peu familiers. En Dumnonie, nous étions entourés par Gwent, la Silurie, Kernow et les Saxons, mais ici les hommes parlaient de Gwynedd et d'Elmet, de Lleyn et d'Ynys Mon. Lleyn était naguère Henis Wyren, le royaume de Leodegan, dont faisait partie Ynys Mon, l'Île de Mona. Mais les deux territoires étaient désormais gouvernés par Diwrnach, l'un des seigneurs irlandais d'Outre-Mer, qui se taillaient des royaumes en Bretagne. Leodegan, me dis-je, avait dû être une proie facile pour un homme aussi sinistre que Diwrnach, réputé pour sa cruauté. Même en Dumnonie, on racontait comment il peignait les boucliers de ses soldats avec le sang des hommes tombés au combat. Mieux valait combattre les Saxons, disait-on, que d'affronter Diwrnach.

Mais nous nous rendions à Caer Sws pour faire la paix, non pour préparer la guerre. Caer Sws était en fait une petite ville romaine entourant un fort romain gris installé dans une large vallée au fond plat, à côté d'un gué profond qui permettait de franchir le Severn, ici baptisé *Hafren*. La véritable capitale de Powys était Caer Dolforwyn, une belle colline couronnée d'une Pierre royale, mais Caer Dolforwyn, comme Caer Cadarn, n'avait ni eau ni assez de place pour abriter le tribunal du roi, le trésor, les armureries, les cuisines et les entrepôts, si bien que, de même que les affaires quotidiennes de la Dumnonie étaient conduites depuis Lindinis, le gouvernement de Powys avait son siège à Caer Sws, la cour de Gorfyddyd ne descendant le fleuve pour rejoindre les hauts de Caer Dolforwyn que dans les temps de danger ou à l'occasion des grandes festivités royales.

Les constructions romaines de Caer Sws avaient presque disparu, mais la salle de banquet était édifiée sur de vieilles fondations en pierre. Gorfyddyd avait flanqué cette bâtisse de deux nouvelles salles spécialement construites pour Tewdric et Arthur. Il vint en personne nous accueillir. Le roi de Powys était un homme revêche, dont la manche gauche pendait, vide, du fait d'Excalibur. Homme d'âge mûr, solidement charpenté, il avait de petits yeux et un visage soupçonneux : il embrassa Tewdric sans chaleur et grommela à contrecœur quelques mots de bienvenue. Il se réfugia dans un silence maussade lorsqu'Arthur, qui n'était pas un roi, s'agenouilla devant lui. Ses chefs et ses guerriers avaient tous natté leurs moustaches, et leurs manteaux épais étaient dégoulinants de la pluie tombée toute la journée. La salle sentait le chien mouillé. Il n'y avait aucune femme, hormis deux esclaves portant des jarres où Gorfyddyd puisait fréquemment des cornes d'hydromel. Nous apprîmes plus tard qu'il s'était mis à boire au cours des longues semaines qui avaient suivi la perte de son bras sous le tranchant d'Excalibur ; des semaines de fièvre au cours desquelles ses hommes doutèrent de sa survie. L'hydromel était brassé épais et fort, et il eut pour effet de transférer la charge de Powys d'un Gorfyddyd aigri et grisé sur les épaules de son fils Cuneglas, Edling de Powys.

Cuneglas était un jeune homme au visage rond et malin avec de longues moustaches noires. Détendu et chaleureux, il riait volontiers. Arthur et lui, cela sautait aux yeux, étaient des âmes sœurs. Trois jours durant, ils chassèrent le cerf dans les montagnes et, la nuit, ils banquetaient et écoutaient les bardes. Les chrétiens étaient peu nombreux à Powys, mais sitôt qu'il eut appris que Tewdric était chrétien, Cuneglas transforma un entrepôt en église et invita des prêtres à prêcher. Il alla même jusqu'à écouter l'un des sermons bien que, par la suite, il hochât la tête en disant préférer ses Dieux à lui. Le roi Gorfyddyd tenait l'Église pour une sottise, mais il n'empêcha point son fils de tolérer la religion de Tewdric tout en priant cependant son druide d'entourer d'un cercle de charmes l'église de fortune. « Gorfyddyd n'est pas vraiment convaincu que nous voulions la paix, nous prévint Arthur la deuxième nuit, mais Cuneglas l'a persuadé. Alors, par la grâce de Dieu, restons sobres, laissons nos épées aux fourreaux et évitons la bagarre. Une seule étincelle ici, et Gorfyddyd nous chassera pour reprendre la guerre. »

Le quatrième jour, le conseil de Powys se réunit dans la grande salle. La paix était la principale affaire inscrite à l'ordre du jour et, malgré les réserves de Gorfyddyd, les choses furent réglées rapidement. Avachi sur son siège, le roi de Powys regarda son fils faire la proclamation. Powys, Gwent et la Dumnonie, dit Cuneglas, seraient alliés, le sang de l'un serait le sang de l'autre, et toute attaque contre l'un des trois serait reçue comme une attaque contre les autres. Gorfyddyd hocha la tête, quoique sans enthousiasme. Mieux encore, poursuivit Cuneglas, sitôt prononcé son mariage avec Helledd d'Elmet, Elmet rejoindrait à son tour le pacte, en sorte que les Saxons seraient cernés par un front uni de royaumes bretons. Cette alliance était le grand avantage que Gorfyddyd retirait de la paix avec la Dumnonie : l'occasion de faire la guerre aux Saxons, et il y avait consenti à condition que la direction des opérations lui revînt. « Il désire être Grand Roi », grommela Agravain au fond de la salle. Gorfyddyd exigeait aussi le rétablissement de son cousin, Gundleus de Silurie. Tewdric, qui avait plus qu'aucun autre souffert des raids siluriens, rechignait à remettre Gundleus sur son trône et nous, les Dumnoniens, nous n'étions guère prêts à lui pardonner le meurtre de Norwenna. Pour ma part, je haïssais l'homme pour ce qu'il avait fait subir à Nimue, mais Arthur nous avait persuadés que la liberté de Gundleus était un prix assez modeste à payer pour obtenir la paix, et le félon fut donc dûment restauré.

Sans doute Gorfyddyd avait-il semblé réticent à conclure le traité, mais il avait dû se laisser persuader de ses avantages, car il se montra disposé à payer au prix fort cet heureux dénouement. Il consentait à donner sa fille Ceinwyn, l'étoile de Powys, en mariage à Arthur. Froid, soupçonneux et rude, il n'en aimait pas moins sa fille de dix-sept ans et il la comblait de tout ce que son âme recelait encore d'affection et de tendresse. Qu'il consentît à la donner à Arthur, qui n'était pas roi et qui n'avait pas même le titre de prince, était la preuve qu'il en était bien convaincu : ses guerriers ne devaient plus combattre leurs frères bretons. Les fiançailles étaient aussi la preuve que Gorfyddyd, comme son fils Cuneglas, reconnaissait en Arthur le vrai chef de la Dumnonie, tant et si bien que, lors du banquet qui suivit le conseil, Ceinwyn et Arthur furent officiellement fiancés.

La cérémonie fut jugée suffisamment importante pour que toute l'assemblée se déplaçât vers la salle des fêtes plus accueillante, au sommet de Caer Dolforwyn, qui devait son nom à la prairie qui s'étendait à ses pieds, la Prairie des Vierges. Nous arrivâmes au crépuscule, alors que le sommet était enfumé par les grands feux dressés pour rôtir le cerf et le cochon. En contrebas, au loin, le Severn argenté serpentait dans sa vallée tandis qu'au nord les grandes chaînes de collines s'étendaient en direction de Gwynedd qui se perdait dans l'obscurité. On disait que par beau temps on pouvait apercevoir Caer Idris depuis le sommet de Caer Dolforwyn, mais ce soir-là l'horizon était brouillé par la pluie. Les contreforts étaient recouverts de grands chênes d'où surgirent un couple de milans rouges, alors que le soleil donnait aux nuages une couleur écarlate. Chacun convint que la vue des deux oiseaux volant si tard en fin de journée augurait fort bien de ce qui allait suivre. Dans la salle, les bardes chantaient l'histoire d'Hafren, de la vierge qui avait donné son nom à Dolforwyn et qui s'était métamorphosée en Déesse lorsque sa marâtre avait essayé de la noyer dans la rivière au pied de la colline. Ils chantèrent jusqu'au coucher du soleil.

Les fiançailles furent célébrées de nuit afin que la Déesse Lune bénît le couple. Arthur s'y prépara le premier, quittant la salle une bonne heure avant de revenir dans toute sa splendeur. Même les guerriers endurcis en restèrent bouche bée lorsqu'il rentra dans la salle, revêtu de son armure. La cotte d'écailles, avec ses plaques d'or et d'argent, qui scintillaient à la lueur des flammes, et les plumes d'oie de son casque à tête de mort en argent repoussé touchèrent les chevrons lorsqu'il remonta l'allée centrale. Son bouclier revêtu d'argent étincelait à la lumière tandis que son manteau blanc balayait le sol sur son passage. On ne porte pas d'armes dans une salle de banquet, mais cette nuit-là Arthur choisit de porter Excalibur, et c'est comme un conquérant faisant la paix qu'il se dirigea vers la table haute ; Gorfyddyd lui-même en eut le souffle coupé quand il vit son ancien ennemi s'avancer vers le dais. Jusqu'à maintenant, Arthur avait toujours été un pacificateur, mais cette nuit-là il entendait rappeler sa puissance à son futur beau-père.

Ceinwyn fit son entrée quelques instants plus tard. Depuis notre arrivée à Caer Sws, elle était demeurée cachée dans les appartements des femmes, ce qui n'avait fait qu'exciter l'impatience de ceux d'entre nous qui n'avaient encore jamais vu la fille de Gorfyddyd. Pour la plupart, je l'avoue, nous nous attendions à être déçus par cette étoile de Powys, mais en vérité elle faisait pâlir les étoiles par son éclat. Elle entra dans la salle avec les dames de sa suite, et la vue de la princesse coupa le souffle des hommes. Le mien, assurément. Elle avait cette blondeur qui est plus répandue chez les Saxons, mais chez Ceinwyn ce blond avait un charme pâle et délicat. Elle paraissait fort jeune avec son farouche minois et son maintien réservé. Elle portait une robe de lin teinte en jaune d'or avec de la cire d'abeille et brodée d'étoiles blanches autour du cou et des ourlets. Sa chevelure d'or était si légère qu'elle semblait briller autant que l'armure d'Arthur. Elle était si gracile qu'Agravain, assis par terre à côté de moi, observa qu'elle aurait du mal à mettre des enfants au monde. « Un bébé digne de ce nom mourra en essayant de forcer ces hanches », dit-il avec aigreur, ce qui ne devait pas m'empêcher de plaindre Ailleann, qui avait certainement espéré que la femme d'Arthur ne serait rien de plus qu'une commodité dynastique.

La lune flottait au-dessus de Caer Dolforwyn lorsque Ceinwyn se dirigea timidement, d'un pas lent, vers Arthur. Elle portait dans ses mains un licol : le cadeau qu'elle apportait à son futur mari, symbole qu'elle se soustrayait à l'autorité de son père pour se placer sous la sienne. Arthur hésita et faillit laisser tomber le licol lorsque Ceinwyn le lui remit. C'était certainement de mauvais augure, mais tout le monde, Gorfyddyd le premier, rit de la maladresse, puis Iorweth, le druide de Powys, fiança officiellement le couple. Les torches vacillèrent lorsque leurs mains furent liées par une chaîne d'herbes nouées. Le visage d'Arthur était dissimulé derrière le casque gris argent, mais Ceinwyn, la douce Ceinwyn, semblait radieuse. Le druide donna sa bénédiction, priant Gwydion, le Dieu de la Lumière, et Aranrhod, la Déesse dorée de l'Aube, d'être leurs divinités attitrées et de combler toute la Bretagne de leur paix. Une harpiste joua, les hommes applaudirent et Ceinwyn, l'adorable Ceinwyn aux reflets d'argent, pleura et rit au fond de son âme. Mon cœur lui fut à jamais acquis dès cette nuit-là. Et je ne fus pas le seul dans ce cas. Elle avait l'air si heureuse, et ce n'était pas étonnant, car avec Arthur elle échappait au cauchemar de toutes les princesses, qui était de se marier dans l'intérêt de leur pays plutôt qu'en suivant les inclinations de leur cœur. Une princesse devra partager la couche de n'importe quel vieux bouc puant et bedonnant si la sécurité d'une frontière ou d'une alliance l'exige, mais Ceinwyn avait trouvé Arthur et, dans sa jeunesse et sa bonté, elle voyait sans doute une échappatoire à ses peurs.

Leodegan, le roi en exil de Henis Wyren, arriva dans la salle des fêtes à l'apogée de la cérémonie. On ne l'avait pas revu depuis notre arrivée, car il avait préféré rejoindre ses pénates, au nord de Caer Sws. Impatient de profiter des largesses qui suivaient toujours les fiançailles, il se tenait maintenant au fond de la salle et se joignit aux applaudissements qui accueillirent la distribution d'or et d'argent par Arthur. Arthur avait également obtenu du conseil de Dumnonie la permission de rapporter l'accoutrement guerrier de Gorfyddyd, dont il s'était emparé l'année précédente, mais ce trésor avait été restitué discrètement afin que rien ne vînt rappeler à l'assistance la défaite powysienne.

Sitôt les cadeaux distribués, Arthur retira son casque et s'assit à côté de Ceinwyn. Il lui adressa la parole, se penchant vers elle, suivant son habitude, en sorte qu'elle eut sans nul doute le sentiment qu'elle était la personne la plus importante de tout son firmament et, de fait, c'était bien normal. Nous étions nombreux, dans la salle, à jalouser un amour qui semblait si parfait, et même Gorfyddyd, qui devait être amer de perdre sa fille au profit d'un homme qui l'avait vaincu et estropié dans la bataille, paraissait heureux de la joie de Ceinwyn.

Mais ce fut au cours de cette nuit heureuse, alors que la paix était enfin conclue, qu'Arthur fit voler la Bretagne en éclats.

Aucun d'entre nous ne le savait alors. Après les largesses, on but et on chanta. On regarda les jongleurs, on écouta le barde royal de Gorfyddyd et on beugla nos chansons à nous. L'un de nos hommes oublia l'avertissement d'Arthur et se laissa entraîner dans une altercation avec un guerrier powysien ; on traîna dehors les deux hommes ivres pour les asperger d'eau : une demi-heure plus tard, ils se serraient dans les bras l'un de l'autre et se juraient une indéfectible amitié. C'est à ce moment-là, alors que les flammes se déchaînaient et que la boisson coulait à flots, que je surpris Arthur en train de regarder fixement le fond de la salle. Curieux, je me retournai pour voir ce qui captait son regard.

Et je vis une jeune femme qui dépassait la foule de la tête et des épaules et arborait un air de défi. Si vous pouvez me dominer, semblait dire ce regard, si vous pouvez me dominer, alors vous pourrez dominer tout ce que ce monde méchant pourrait vous réserver. Je la vois encore aujourd'hui, debout parmi ses lévriers qui avaient les mêmes corps minces et élancés, le même long nez et les mêmes yeux de chasseresse que leur maîtresse. Des yeux verts, au fond desquels on lisait la cruauté. Ce n'était pas un visage doux, pas plus que son corps n'était doux. C'était une femme aux traits marqués et à l'ossature puissante, qui lui donnaient un visage bon et beau, mais dur, tellement dur. Ce qui la rendait belle, c'étaient sa chevelure et son port, car elle se tenait aussi droit qu'une lance, et ses cheveux qui lui tombaient sur les épaules en une cascade de fils roux entremêlés. Ses cheveux roux lui donnaient un air plus doux tandis que son rire piégeait les hommes comme un saumon pris dans une nacelle. Beaucoup de femmes étaient plus belles, et il en était des milliers de meilleures, mais depuis que le monde est monde, je doute qu'il y en ait eu beaucoup d'aussi inoubliables que Guenièvre, la fille aînée de Leodegan, le roi en exil de Henis Wyren.

Et il eût mieux valu, disait toujours Merlin, qu'elle eût été noyée à sa naissance.

*

Le lendemain, les rois chassèrent le cerf. Les lévriers de Guenièvre abattirent un brocard, un jeune mâle sans andouillers, bien qu'à entendre Arthur on aurait cru qu'ils avaient capturé le Cerf Sauvage de Dyfed !

Les bardes chantent l'amour qui fait languir les hommes et les femmes, mais nul ne sait ce qu'est l'amour avant qu'il ne frappe, telle une lance jaillie des ténèbres. Arthur ne pouvait quitter Guenièvre des yeux, et pourtant les Dieux savent qu'il essaya. Dans les jours qui suivirent la cérémonie, alors que nous regagnions Caer Sws, il marcha et bavarda avec Ceinwyn, mais Guenièvre accaparait ses pensées et elle, sachant parfaitement ce qu'elle faisait, le mettait au supplice. Son fiancé, Valerin, était à la cour, et elle marchait à son bras en riant ; puis, soudain, elle lui lançait un chaste regard en coin, et le monde d'Arthur s'arrêtait brusquement de tourner. Il brûlait d'amour pour Guenièvre.

La présence de Bedwin y eût-elle changé quelque chose ? Je ne pense pas. Merlin lui-même n'aurait pu arrêter ce qui se passait. Autant demander à la pluie de remonter dans les nuages ou à une rivière de regagner sa source !

La deuxième nuit après la fête, Guenièvre rejoignit Arthur dans l'obscurité et, moi qui montais la garde, j'entendis leurs rires et le murmure de leur conversation. Ils bavardèrent toute la nuit, et peut-être ne firent-ils pas que parler, je ne saurais le dire, mais en tout cas ils parlèrent, et cela je le sais parce que j'étais posté dehors et que je n'ai guère pu m'empêcher de tendre l'oreille. Tantôt, leur voix était trop basse pour que je pusse les entendre, mais d'autres fois, j'entendais Arthur expliquer et persuader, tour à tour suppliant et pressant. Ils ont dû parler d'amour, mais je ne l'ai pas entendu ; en revanche, j'ai entendu Arthur parler de la Bretagne et du rêve qui l'avait fait revenir d'Armorique. Il parla des Saxons comme d'un fléau dont il fallait se débarrasser si l'on voulait que le pays fût un jour heureux. Il parla de la guerre et de la joie terrible qu'il avait à entraîner un cheval caparaçonné dans la bataille. Il parlait comme il m'avait parlé sur les remparts verglacés de Caer Cadarn, décrivant un pays en paix, où les petits gens ne craignaient pas l'irruption des lanciers au petit matin. Il s'exprimait fougueusement, d'un ton pressant, et Guenièvre l'écoutait de bon cœur et lui assurait que son rêve était inspiré. Arthur filait un avenir à partir de son rêve, et Guenièvre était au cœur de ce fil. Pauvre Ceinwyn ! Elle n'avait que sa beauté et sa jeunesse, tandis que Guenièvre voyait la solitude dans l'âme d'Arthur et promettait de la guérir. Elle se retira avant le point du jour, silhouette noire se faufilant à travers Caer Cadarn avec un croissant de lune piégé dans sa chevelure entremêlée.

Le lendemain, assailli de remords, Arthur se promena avec Ceinwyn et son frère. Ce jour-là, Guenièvre portait un nouveau torque d'or massif et certains d'entre nous eurent un pincement de cœur pour Ceinwyn, mais Ceinwyn était une enfant quand Guenièvre était une femme, et Arthur était désemparé.

C'était une folie que cet amour. Une folie qui valait bien celle de Pellinore. Une folie qui suffisait à vouer Arthur à l'Île des Morts. Plus rien n'existait pour Arthur : la Bretagne, les Saxons, la nouvelle alliance, l'équilibre de la paix pour laquelle il avait œuvré sans relâche, patiemment, depuis qu'il avait quitté l'Armorique, voici que tout était emporté dans un tourbillon pour la possession de cette princesse aux cheveux roux, sans le sou et sans terre. Il savait ce qu'il faisait, mais il ne pouvait pas plus s'arrêter qu'il ne pouvait arrêter la course du soleil. Il était possédé, il pensait à elle, il parlait d'elle, il rêvait d'elle, il ne pouvait vivre sans elle, même si, non sans angoisse, il s'efforçait de sauver les apparences en réglant les préparatifs du mariage. Pour marquer la contribution de Tewdric au traité de paix, le mariage serait célébré à Glevum, où Arthur se rendrait le premier afin de mettre la dernière main aux festivités. Les noces attendraient que la lune fût dans son croissant. Elle était maintenant à son décours et l'on ne pouvait prendre le risque d'un mariage sous d'aussi mauvais augures, mais d'ici quinze jours les augures seraient bons et Ceinwyn descendrait dans le sud, la chevelure fleurie.

Mais c'est les cheveux de Guenièvre qu'Arthur portait autour du cou. Une fine tresse de cheveux roux qu'il dissimulait sous son col, mais que j'aperçus un matin que je lui portais de l'eau. Torse nu, il aiguisait son couteau à barbe sur une pierre. Voyant que j'avais remarqué la mèche, il haussa les épaules. « Tu crois que les cheveux roux portent la poisse, Derfel ? demanda-t-il, voyant que je faisais la moue.

— Tout le monde le dit, Seigneur.

— Mais tout le monde a-t-il raison ? demanda-t-il au miroir de bronze. Pour tremper la lame d'une épée, Derfel, on ne la plonge pas dans l'eau, mais dans l'urine d'un rouquin. Cela doit porter chance, n'est-ce pas ? Et si les cheveux roux portent malheur ? » Il s'arrêta, cracha sur la pierre et affûta la lame de son couteau. « Notre tâche, Derfel, est de changer les choses, non de les laisser en l'état. Pourquoi ne pas faire des cheveux roux un porte-bonheur ?

— Tu peux faire n'importe quoi, Seigneur », répondis-je, fidèle et malheureux à la fois.

Il soupira. « J'espère que c'est vrai, Derfel, j'espère vraiment que c'est vrai. » Il scruta le miroir de bronze puis tressaillit en posant le couteau sur sa joue. « La paix vaut plus qu'un mariage, Derfel ! Il le faut ! On ne fait pas la guerre pour une épouse. Si la paix est tellement souhaitable, et elle l'est, on n'y renonce pas parce qu'un mariage ne se fait pas, pas vrai ?

— Je n'en sais rien, Seigneur. » La seule chose que je savais, c'était que mon seigneur répétait ses arguments dans sa tête, qu'il les ressassait jusqu'à s'en convaincre. Il était fou d'amour, si fou que le nord devenait le sud et que la chaleur se confondait avec le froid. Pour moi, c'était un Arthur que je n'avais encore jamais vu ; un homme de passion, et, j'ose le dire, d'égoïsme. Arthur avait connu une ascension si rapide. Il est vrai qu'il était né avec du sang royal dans les veines, mais il n'avait pas reçu son patrimoine et il considérait qu'il ne devait ses réalisations qu'à lui seul. Il en était fier et, du coup, il se croyait plus malin que tout le monde, excepté Merlin peut-être, et, parce que souvent cette certitude répondait aux vœux mal définis des autres, ses ambitions égoïstes étaient généralement jugées nobles et clairvoyantes. Mais à Caer Sws, les ambitions se heurtaient au vouloir des autres.

Je le laissai se raser et sortis au soleil où Agravain affûtait une lance à sanglier. « Eh bien ?

— Il ne va pas épouser Ceinwyn. » Nous étions hors de portée de la salle, mais même si nous avions été plus près Arthur n'aurait pu nous entendre. Il chantait.

Agravain cracha. « Il épousera celle qu'on lui dit d'épouser », conclut-il avant d'enfoncer la lance dans la terre et de rejoindre les appartements de Tewdric.

Gorfyddyd et Cuneglas savaient-ils ce qui se tramait, je ne saurais le dire, car ils n'étaient pas autant que nous dans l'intimité d'Arthur. S'il avait des soupçons, Gorfyddyd pensait probablement que ça n'avait pas d'importance. Il croyait sans doute, si tant est qu'il crût quelque chose, qu'Arthur prendrait Guenièvre pour maîtresse et Ceinwyn pour épouse. Naturellement, ce n'était pas des manières – faire ce type d'arrangement la semaine de ses fiançailles –, mais Gorfyddyd de Powys ne s'était jamais embarrassé de bonnes manières. Lui-même n'avait aucun savoir-vivre, et il savait, comme tous les rois, que l'on choisit une femme pour la dynastie et des maîtresses pour le plaisir. Son épouse était morte depuis longtemps, mais les esclaves se succédaient pour lui tenir chaud dans son lit et, de son point de vue, Guenièvre n'était qu'une femme désargentée : elle ne serait jamais beaucoup plus qu'une esclave et elle ne constituait donc pas une menace pour sa fille chérie. Cuneglas était plus perspicace et il dut flairer le trouble, j'en suis sûr, mais il avait mis toute son énergie dans le traité de paix, et il avait dû espérer que l'obsession d'Arthur durerait ce que dure une bourrasque en été. Ou peut-être ni Gorfyddyd ni Cuneglas ne soupçonnèrent-ils quoi que ce soit, car assurément ils n'éloignèrent point Guenièvre de Caer Sws – mais les Dieux seuls savent si cela aurait servi à quelque chose. Agravain pensait que la folie passerait sans doute. Il me confia qu'Arthur avait déjà eu pareil coup de foudre. « Avec une fille d'Ynys Trebes. Impossible de me rappeler son nom. Mella ? Messa ? Quelque chose comme ça. Une jolie petite. Arthur en était entiché et se traînait à ses basques comme un chien derrière un corbillard. Mais vois-tu, il était jeune alors, si jeune que son père à elle se dit qu'il ne ferait jamais rien de bon et qu'il envoya sa Mella-Messa de fille en Brocéliande et la maria à un magistrat de cinquante ans plus vieux qu'elle. Elle mourut en couches, mais Arthur l'avait alors oubliée. Ce sont des choses qui passent, Derfel. Tewdric va lui remettre la cervelle à l'endroit, tu vas voir. »

Tewdric passa toute la matinée enfermé avec Arthur, et je me dis qu'il avait peut-être réussi à lui remettre les idées en place, car mon seigneur parut calmé le reste de la journée. Pas une seule fois il ne regarda Guenièvre, mais il s'obligea au contraire à entourer Ceinwyn de ses attentions, et cette nuit-là, peut-être pour faire plaisir à Tewdric, sa promise et lui allèrent écouter Sansum prêcher dans la petite église de fortune. Je pensai qu'Arthur avait dû être satisfait du sermon du Seigneur des

Souris car, ensuite, il invita le prêtre chez lui et s'enferma un long moment en sa compagnie.

Le lendemain matin, Arthur apparut avec un visage sévère et impassible pour annoncer que nous partions tous le matin même. Dans l'heure, en fait. Nous devions rester encore deux jours, et Gorfyddyd, Cuneglas et Ceinwyn durent être surpris, mais Arthur les persuada qu'il avait besoin d'un délai supplémentaire pour préparer ses noces et Gorfyddyd accepta assez placidement ses excuses. Cuneglas a sans doute cru qu'Arthur précipitait son départ pour se soustraire à la tentation de Guenièvre. Toujours est-il qu'il n'éleva aucune protestation et demanda qu'on nous préparât du pain, du fromage, du miel et de l'hydromel pour la route. Ceinwyn, la jolie Ceinwyn, fit ses adieux, en commençant par nous, la garde. Nous étions tous amoureux d'elle et nous en voulions tous à Arthur de sa folie, quand bien même notre rancœur ne pouvait servir à grand-chose. Ceinwyn nous offrit à chacun un peu d'or, et chacun fit mine de refuser, mais elle insista. Elle me donna une broche aux motifs entrecroisés que j'essayai de lui remettre dans les mains, mais elle se contenta d'un sourire en refermant mes doigts sur l'or.

« Veille sur ton seigneur, dit-elle gravement.

— Et sur toi », répondis-je avec ferveur.

Elle sourit puis se dirigea vers Arthur et lui offrit une branche d'aubépine en fleurs, qui lui assurerait un voyage sûr et rapide. Arthur fixa le rameau à sa ceinture et baisa la main de sa promise avant de grimper sur le large dos de Llamerei. Cuneglas voulait envoyer des gardes pour nous escorter, mais Arthur déclina cet honneur. « Partons, Seigneur Prince, partons au plus vite arranger notre bonheur. »

Les paroles d'Arthur réjouirent Ceinwyn et Cuneglas, toujours bienveillant, ordonna qu'on ouvrît les portes. Tel un homme libéré d'une épreuve, Arthur lança son cheval au galop à travers le gué encaissé du Severn. Nous autres, les gardes, nous suivions à pied. Sur les rives de la rivière, nous trouvâmes à terre un rameau d'aubépine, qu'Agravain ramassa pour éviter que Ceinwyn ne le découvre.

Sansum nous accompagnait sans qu'on nous eût expliqué pourquoi, mais Agravain subodorait que Tewdric avait ordonné au prêtre de mettre en garde Arthur contre sa folie. Une folie qui passerait, espérions-nous dans nos prières, mais nous nous trompions. La folie était irrémédiable dès l'instant où, promenant ses regards dans la salle de Gorfyddyd, Arthur avait aperçu la chevelure rousse de Guenièvre. Sagramor aimait à nous raconter une ancienne bataille dans le vieux monde ; une bataille dont l'enjeu était une grande cité avec ses tours, ses palais et ses temples, et toute cette histoire navrante avait commencé à cause d'une femme, et pour cette femme dix mille guerriers couverts de bronze avaient mordu la poussière.

Une histoire, somme toute, pas si ancienne.

Car deux heures tout juste après que nous eûmes quitté Caer Sws, dans un coin de bois perdu où aucune ferme ne se dressait, au milieu de collines aux flancs escarpés, de cours d'eau rapides et de gros arbres au feuillage épais, nous trouvâmes Leodegan de Henis Wyren qui attendait sur le bord du sentier. Il nous conduisit sans un mot sur un chemin qui serpentait à travers les racines de grands chênes pour déboucher sur une clairière à côté d'une mare créée par un barrage de castors. Les bois étaient couverts de mercuriales vivaces et de lis tandis que les dernières jacinthes des bois chatoyaient dans les ombres. Le soleil inondait l'herbe où poussaient des primevères, des fleurs de coucou et des violettes des chiens et où, avec plus d'éclat qu'aucune fleur, Guenièvre attendait dans sa robe de lin couleur crème. Elle avait des primevères des champs dans les cheveux. Elle portait le torque en or d'Arthur, des bracelets d'argent et une pèlerine de laine couleur lilas. Sa vue suffisait pour prendre un homme à la gorge. Agravain jura tranquillement.

Arthur mit pied à terre et courut vers Guenièvre. Il la prit dans ses bras et nous l'entendîmes rire tandis qu'il la faisait tourbillonner. « Mes fleurs ! » s'écria-t-elle en se mettant une main sur la tête, et Arthur la déposa délicatement, puis s'agenouilla pour baiser l'ourlet de sa robe.

S'étant enfin relevé, il se retourna. « Sansum !

— Seigneur ?

— Tu peux nous marier maintenant. »

Sansum refusa. Il croisa les bras sur sa robe noire poussiéreuse et inclina sa face de souris entêtée. « Tu es fiancé, Seigneur », protesta-t-il, nerveux.

Je croyais en la noblesse de Sansum, mais en vérité tout avait été arrangé. Sansum n'était point venu avec nous à la demande de Tewdric, mais à celle d'Arthur, et celui-ci se retourna, en colère contre le prêtre têtu qui avait changé d'avis. « Nous étions d'accord ! » Et Sansum se contentant d'un hochement de sa tête tonsurée, Arthur porta la main à la garde d'Excalibur. « Je pourrais te retirer le crâne de tes épaules, prêtre.

— Ce n'est pas la première fois qu'un tyran aura fait des martyrs, Seigneur », dit Sansum, tombant à genoux dans l'herbe parsemée de fleurs où il courba la tête pour mettre à nu sa nuque crasseuse. « Me voici, Seigneur, brailla-t-il en direction de l'herbe. Ton serviteur ! Qui viens vers Ta Gloire, Loué sois-tu ! Je vois s'ouvrir les portes du ciel ! Je vois les anges qui m'attendent ! Accueille-moi, Seigneur Jésus, dans ton sein béni ! J'arrive ! Me voici !

— Calme-toi. Debout ! » commanda Arthur d'un air las.

Sansum loucha timidement vers Arthur. « Tu ne me donneras pas la félicité des cieux, Seigneur ?

— La nuit dernière, reprit Arthur, tu as consenti à nous marier. Pourquoi refuses-tu maintenant ? »

Sansum haussa les épaules. « J'ai bataillé avec ma conscience, Seigneur. »

Arthur comprit et soupira. « Alors quel est ton prix, prêtre ?

— Un évêché, répondit Sansum en toute hâte, peinant à se relever.

— Je croyais que tu avais un pape pour accorder les évêchés. Simplicius ? N'est-ce pas son nom ?

— Le très saint Simplicius, puisse-t-il vivre en bonne santé, confirma Sansum, mais donne-moi une église, et un trône dans une église, et les hommes m'appelleront évêque.

— Une église et un siège ? Rien de plus ?

— Et le titre de chapelain du roi Mordred. Il le faut ! Son seul et unique chapelain, tu entends ? Avec une allocation suffisante pour que j'aie mon régisseur, mon portier, mon cuisinier et mon chandelier. » Il brossa les herbes de sa robe noire. « Et une blanchisseuse, s'empressa-t-il d'ajouter.

— C'est tout ? demanda Arthur sur un ton sarcastique.

— Une place au conseil de Dumnonie, dit encore Sansum comme s'il s'agissait d'une bagatelle. C'est tout.

— Accordé, fit Arthur d'un air distrait. Alors, que faisons-nous pour être mariés ? »

Tandis que se déroulaient ces négociations, j'observais Guenièvre. Elle arborait un air de triomphe, ce qui n'avait rien d'étonnant, vu qu'elle se mariait très au-dessus des espoirs paternels. Son père, la lippe molle et tremblotante, était paniqué à l'idée que Sansum pouvait refuser de célébrer la cérémonie, tandis que derrière Leodegan se tenait une petite fille boulotte qui paraissait en charge de la meute de Guenièvre et des maigres bagages de la famille royale en exil. La courtaude se nommait, en fait, Gwenhwyvach : elle était la sœur cadette de Guenièvre. Il y avait un frère, aussi, mais il s'était de longue date retiré dans un monastère de la côte sauvage de Strath Clota, où d'étranges ermites chrétiens rivalisaient d'ardeur, se laissant pousser les cheveux, se nourrissant de baies et prêchant le salut aux phoques.

Le mariage se déroula sans trop de cérémonie. Arthur et Guenièvre se placèrent sous sa bannière tandis que Sansum tendit les bras pour réciter quelques prières en grec, puis Leodegan tira son épée pour toucher le dos de sa fille avec la lame, après quoi il tendit l'arme à Arthur – signe qu'il lui cédait l'autorité sur sa fille. Sansum prit alors un peu d'eau dans le ruisseau et en aspergea les époux, disant que par ce geste il les lavait du péché et les accueillait dans la famille de la Sainte Église, laquelle reconnaissait par là que leur union était une et indissoluble, sacrée devant Dieu et vouée à la procréation. Puis il dévisagea chacun des gardes, l'un après l'autre, et nous demanda de déclarer que nous avions été les témoins de cette cérémonic solennelle. Tout le monde s'exécuta et Arthur était si heureux qu'il n'entendit pas notre réticence, qui ne devait pourtant pas échapper à Guenièvre. Rien ne lui échappait. « Voilà, fit Sansum une fois terminé ce rituel mesquin, vous voilà marié, Seigneur. »

Guenièvre rit. Arthur l'embrassa. Elle était aussi grande que lui, d'un doigt plus grande peut-être, et j'avoue qu'en les regardant je trouvais qu'ils formaient un couple magnifique. Plus que splendide, car Guenièvre était vraiment marquante. Ceinwyn pâlissait, mais le soleil pâlissait en présence de Guenièvre. Nous les gardes, nous étions en état de choc. Nous n'avions rien pu faire pour empêcher notre seigneur d'aller jusqu'au bout de sa folie, mais cette hâte semblait aussi indécente que trompeuse. Arthur, nous le savions, était un homme d'impulsion et d'enthousiasme, mais il nous avait laissés interloqués par sa précipitation. Leodegan, cependant, jubilait et babillait, expliquant à sa cadette que les finances familiales allaient maintenant se rétablir et que, plus vite qu'on ne l'imaginait, les guerriers d'Arthur allaient bouter l'usurpateur irlandais hors de Henis Wyren. Surprenant la vantardise, Arthur se retourna brusquement : « Je ne crois pas que ce soit possible, Père.

— Possible ! Bien sûr que si, c'est possible ! intervint

Guenièvre. Tu feras du retour du royaume de mon père chéri mon cadeau de noces. »

Agravain cracha en signe de désapprobation. Guenièvre fit celle qui n'avait rien vu et se dirigea plutôt vers les gardes alignés pour nous donner à chacun l'une des primevères du diadème dont elle était couronnée. Puis, comme des criminels fuyant la justice d'un seigneur, nous repartîmes en hâte vers le sud pour quitter le royaume de Powys avant que ne s'abatte le châtiment de Gorfyddyd.

Le destin, disait toujours Merlin, est inexorable. Bien des choses découlèrent de cette cérémonie bâclée dans une clairière parsemée de fleurs au bord d'un ruisseau. Beaucoup ont trouvé la mort. Il y eut tant de chagrin, tant de sang, tant de larmes qu'elles formeraient un fleuve ; pourtant, avec le temps, les remous s'apaisèrent, de nouvelles rivières se rejoignirent et les larmes se perdirent dans l'océan, et d'aucuns oublièrent comment tout avait commencé. L'heure de gloire arriva, qui aurait bien pu ne jamais venir, et de tous ceux qui furent meurtris par cette heure, c'est Arthur qui le fut le plus profondément.

Mais, ce jour-là, il était heureux. Nous rentrâmes au pas de course.

*

La nouvelle du mariage résonna en Bretagne comme la lance d'un Dieu frappant un bouclier. Au départ, le fracas étourdit et, en cette période calme, alors que les hommes tâchaient d'en mesurer les conséquences, une délégation arriva de Powys. Au nombre des ambassadeurs se trouvait Valerin, le chef qui avait été fiancé à Guenièvre. Il défia Arthur de se battre, mais Arthur refusa, et lorsque Valerin voulut dégainer, c'est nous, les gardes, qui nous chargeâmes de le raccompagner hors de Lindinis. Valerin était un homme grand et vigoureux avec des cheveux noirs et une barbe noire, des yeux enfoncés et un nez cassé. Sa douleur fut terrible, sa colère pire encore, et sa tentative de vengeance déjouée.

C'est Iorweth, le druide, qui conduisait la délégation de Powys, dépêchée par Cuneglas plutôt que par son père. Gorfyddyd était ivre de rage et d'hydromel, tandis que son père espérait encore qu'il y eût une chance de sauver la paix de la catastrophe. Homme grave et sensé, Iorweth eut une longue discussion avec

Arthur. Le mariage, expliqua le druide, n'était pas valable parce qu'il avait été célébré par un prêtre chrétien et que les Dieux de Bretagne ne reconnaissaient pas la nouvelle religion. « Prends Guenièvre pour maîtresse, supplia-t-il Arthur, et Ceinwyn pour épouse.

— Guenièvre est ma femme », hurla Arthur.

Mgr Bedwin vint à la rescousse du druide, mais il ne put le faire changer d'avis. La perspective d'une guerre ne suffirait même à l'ébranler. Iorweth en évoqua la possibilité, affirmant que la Dumnonie avait fait un affront à Powys et qu'il faudrait la laver dans le sang si Arthur ne revenait pas sur sa décision. Tewdric de Gwent avait dépêché l'évêque Conrad plaider la cause de la paix, implorant Arthur de renoncer à Guenièvre pour épouser Ceinwyn, et Conrad brandit même la menace d'un traité de paix séparé entre Tewdric et Powys. « Mon Seigneur Roi ne combattra point contre la Dumnonie, s'empressa d'ajouter Conrad pour rassurer Bedwin tandis que les deux évêques faisaient les cent pas sur la terrasse devant la villa de Lindinis, mais il ne se battra pas non plus pour cette putain de Henis Wyren.

— Cette putain ? reprit Bedwin, alarmé et choqué par le mot.

— Peut-être pas, admit Conrad. Mais je vais te dire une chose, mon Frère, Guenièvre n'a jamais reçu les verges. Jamais ! »

Bedwin hocha la tête pour bien montrer qu'il réprouvait lui aussi le laxisme de Leodegan, puis les deux hommes s'éloignèrent. Le lendemain, Mgr Conrad et la délégation powysienne se retiraient. Les nouvelles n'étaient pas bonnes.

Mais Arthur croyait que l'heure de son bonheur avait sonné. Il n'y aurait pas de guerre, affirmait-il, car Gorfyddyd avait déjà perdu un bras et ne risquerait pas l'autre. Le bon sens de Cuneglas, ajoutait-il, assurerait la paix. Pendant un temps, il y aurait certes des rancunes et de la méfiance, mais tout cela passerait. Son bonheur, il en était convaincu, ne pouvait manquer d'embrasser le monde.

On recruta de la main-d'œuvre pour réparer et agrandir la villa de Lindinis et la transformer en un palais digne d'une princesse. Arthur dépêcha un messager auprès du roi Ban de Benoïc, adjurant son ancien seigneur de lui envoyer des maçons et des plâtriers sachant restaurer les édifices romains. Il voulait un verger, un jardin, un bassin de poissons ; il voulait des bains avec de l'eau chaude, une cour où des harpistes pussent jouer. Il voulait le paradis sur terre pour son épousée, mais d'autres ruminaient leur vengeance et, cet été-là, nous apprîmes que Tewdric de Gwent avait rencontré Cuneglas et conclu un traité de paix ; en vertu de cet accord, les armées de Powys pourraient emprunter librement les voies romaines qui traversaient Gwent. Ces routes ne menaient qu'à la Dumnonie.

Pourtant, l'été s'écoula sans qu'aucune attaque ne se dessinât. Sagramor tenait en respect les Saxons d'Aelle tandis qu'Arthur passa un été d'amoureux. J'étais membre de sa garde et restais auprès de lui à longueur de journée. J'aurais dû porter une épée, un bouclier et une lance, mais j'étais bien souvent chargé de flasques de vins et de monceaux de victuailles, car Guenièvre aimait à prendre ses repas dans des sommières cachées, auprès de ruisseaux secrets, et il nous fallait porter de la vaisselle d'argent, des cornes à boire, des vivres et du vin à l'endroit choisi. Elle réunit une compagnie de dames pour en faire sa cour et, Dieu m'est témoin, Lunete en fit partie. Elle s'était fait tirer l'oreille pour abandonner sa maison de brique de Lindinis, mais il ne lui fallut que quelques jours pour décider que son avenir serait plus souriant auprès de Guenièvre. Lunete était belle et Guenièvre décréta qu'elle ne serait entourée que de jolis minois et de beaux objets, si bien que ses dames et elle se vêtaient des plus beaux tissus ornés d'or, d'argent, de jais et d'ambre, et elle payait des harpistes, des chanteurs, des danseuses et des poètes pour divertir sa cour. Elles jouaient dans les bois, où elles se pourchassaient, se cachaient et payaient des amendes si elles enfreignaient l'une des règles élaborées conçues par Guenièvre. L'argent de ces jeux, comme l'argent dépensé au profit de la villa de Lindinis, venait de Leodegan, nommé trésorier de la maison d'Arthur. Leodegan jurait que tout l'argent venait des arriérés de rente, et peut-être Arthur croyait-il son beau-père, mais le bruit parvint à nos oreilles de sombres histoires : on disait que le trésor de Mordred était soulagé de son or, remplacé par les promesses en l'air de remboursement proférées par Leodegan. Arthur semblait ne pas s'en soucier. Cet été-là lui procurait un avant-goût de la Bretagne en paix quand, pour nous autres, c'était le paradis des écervelés.

Amhar et Loholt furent rapatriés à Lindinis, mais sans Ailleann, leur mère. Les jumeaux furent présentés à Guenièvre, et Arthur, je crois, espérait les voir logés dans le palais à colonnes qui s'élevait autour du cœur de l'ancienne villa. Guenièvre ne souffrit leur compagnie qu'une seule journée, puis décréta que leur présence la dérangeait. Ils n'étaient pas amusants. Ils n'étaient pas jolis, dit-elle, tout comme sa sœurette, Gwenhwyvach, n'était pas jolie, et s'ils n'étaient ni mignons ni divertissants ils n'avaient point leur place dans sa vie. En outre, les jumeaux appartenaient à l'ancienne vie d'Arthur, et celle-là était morte. Elle ne voulait pas d'eux, et elle ne se gêna pas pour le faire savoir publiquement. « Si nous voulons des enfants, mon Prince, dit-elle en caressant la joue d'Arthur, nous ferons les nôtres. »

Guenièvre lui donnait toujours du prince. Arthur commença par protester qu'il n'était pas prince, mais Guenièvre insista : il était le fils d'Uther et, donc, de sang royal. Pour lui complaire, Arthur la laissa lui donner ce titre, mais bientôt nous reçûmes l'ordre d'en faire autant. Guenièvre ordonna, nous obéîmes.

Nul n'avait jamais tenu tête à Arthur au sujet d'Amhar et Loholt ni, *a fortiori*, eu gain de cause, mais Guenièvre le fit et les jumeaux furent renvoyés chez leur mère à Corinium. La moisson fut médiocre cette année-là, car les récoltes furent niellées par les dernières pluies qui les laissèrent noircies et flétries. La rumeur courut que les Saxons avaient eu plus de chance car la pluie avait épargné leurs terres, si bien qu'Arthur emmena ses guerriers à l'est, au-delà du Durocobrivis afin de mettre la main sur leurs réserves de grains. Il était heureux, je crois, d'échapper aux chants et aux danses de Caer Cadarn, et nous étions heureux qu'il fût de nouveau notre chef, mais aussi de porter des lances plutôt que des costumes de fêtes. Ce fut une razzia profitable, qui inonda la Dumnonie de grain subtilisé, d'or pillé et d'esclaves saxons. Désormais membre du conseil de Dumnonie, Leodegan reçut pour mission de distribuer le grain gratuit dans toutes les parties du royaume, mais l'horrifique rumeur courut qu'il préféra le vendre et que l'or ainsi gagné aboutit dans la nouvelle demeure qu'il se faisait construire de l'autre côté de la rivière, en face du palais aux murs couverts de plâtre de Guenièvre.

Il arrive que la folie cesse. Ce sont les Dieux qui en décident, pas l'homme. Arthur avait été fou d'amour tout l'été, et ce fut un bel été malgré nos occupations de laquais, car un Arthur heureux était un seigneur enjôleur et prodigue, mais lorsque l'automne balaya le pays de ses vents, de ses pluies et de ses feuilles d'or, il parut émerger de son rêve estival. Il était encore amoureux – en vérité, je pense qu'il fut toujours épris de Guenièvre –, mais, cet automne, il mesura le mal qu'il avait fait à la Bretagne. Au lieu de la paix, régnait une trêve lugubre, et il savait qu'elle ne durerait pas.

On étêta les frênes pour en faire des lances et les cabanes des forgerons bruirent des coups de marteau sur l'enclume. Sagramor fut rappelé de la frontière saxonne vers le cœur du pays. Arthur dépêcha un messager auprès de Gorfyddyd, reconnaissant ses torts envers le roi et sa fille, s'en excusant, mais plaidant la cause de la paix en Bretagne. Il envoya à Ceinwyn un collier de perles et d'or, mais Gorfyddyd le lui retourna enroulé autour de la tête tranchée du messager. Nous apprîmes que Gorfyddyd avait cessé de boire et repris à Cuneglas, son fils, les rênes du royaume. Ces nouvelles confirmaient qu'il n'y aurait jamais la paix tant que les longues lances de Powys n'auraient pas vengé l'affront fait à Ceinwyn.

De toutes parts, les voyageurs rapportaient des récits de malheur. Les seigneurs d'Outre-Mer faisaient venir dans leurs royaumes côtiers de nouveaux guerriers irlandais. Les Francs massaient des hommes aux confins de l'Armorique. Powys engrangea ses récoltes et leva des hommes pour se battre armés de lances plutôt que pour tailler les blés à coups de faucilles. Cuneglas avait épousé Helledd d'Elmet, et des hommes de cette contrée septentrionale venaient maintenant gonfler les rangs de l'armée de Powys. Restauré en Silurie, Gundleus forgeait des épées et des lances dans les vallées encaissées de son royaume, tandis qu'à l'est les navires saxons accostaient sur les rivages conquis.

Arthur endossa son armure d'écailles – c'était la troisième fois seulement que je la voyais depuis son arrivée en Bretagne – et fit le tour de la Dumnonie avec deux vingtaines de cavaliers revêtus de leur armure. Il entendait montrer sa puissance au royaume, et il voulait que les voyageurs qui transportaient leurs marchandises par-delà les frontières se fissent l'écho de sa vaillance. Puis il revint à Lindinis, où Hygwydd, son serviteur, veilla à retirer la rouille de son armure.

La première défaite survint cet automne-là. Une épidémie sévit à Venta, affaiblissant les hommes du roi Melwas, et Cerdic, le nouveau chef des Saxons, mit en déroute les troupes belges et s'empara d'une vaste étendue de bonne terre arrosée. Le roi Melwas demanda instamment des renforts, mais Arthur savait que Cerdic était le moindre de ses embarras. Les tambours de guerre battaient à travers Lloegyr, désormais entre les mains des Saxons, et à travers les royaumes bretons du nord, et il ne restait aucune lance pour Melwas. En outre, Cerdic semblait pleinement accaparé par ses nouveaux fiefs et ne menaçait pas davantage la Dumnonie, si bien qu'Arthur préféra laisser quelque temps les Saxons en paix. « Nous allons donner une chance à la paix », déclara-t-il au conseil.

Mais il n'y eut point de paix.

À la fin de l'automne, alors que la plupart des armées pensaient à graisser leurs armes et à les stocker pour les mois de grand froid, les forces de Powys se mirent en marche. La Bretagne était en guerre.

TROISIÈME PARTIE

LE RETOUR DE MERLIN

Igraine me parle d'amour. C'est le printemps ici, à Dinnewrac, et le soleil baigne le monastère d'une douce chaleur. Il y a des agneaux sur les pentes sud, même si hier un loup en a tué trois et a laissé une traînée de sang devant notre porte. Des mendiants s'attroupent pour quémander des vivres et tendent leurs mains gangrenées lorsque vient Igraine. L'un d'eux a volé aux corbeaux nécrophages la carcasse d'un agneau mangée par les asticots. Ce matin-là, quand Igraine est arrivée, il était assis à la porte en train de dévorer la dépouille.

Elle me demande si Guenièvre était réellement belle. Je réponds que non, mais bien des femmes troqueraient leur beauté contre son allure. Naturellement, Igraine voulut savoir si elle-même était belle et je m'empressai de la rassurer, mais elle dit que les miroirs du Caer de son époux étaient très vieux et bosselés, et qu'il était difficile de se faire une idée. « Ne serait-il pas charmant, demanda-t-elle, de nous voir tels que nous sommes ?

— Dieu le sait, fis-je, et Dieu seulement. »

Elle plissa son visage. « Je déteste que tu me fasses des prêchi-prêcha, Derfel. Ça ne te va pas. Si Guenièvre n'était pas belle, alors pourquoi Arthur s'est-il épris d'elle ?

— L'amour ne s'adresse pas seulement à la beauté, tranchai-je d'un ton de reproche.

— Ai-je jamais dit le contraire ? demanda-t-elle indignée, mais c'est toi qui as dit que Guenièvre séduisit Arthur dès le tout premier instant. Alors, si ce n'était la beauté, qu'est-ce que c'était ?

— Le seul fait de la voir transforma son sang en fumée. »

Cela lui plut. Igraine sourit. « Elle était donc belle ?

— Elle le provoqua, et il se dit qu'il ne serait pas un homme s'il ne la capturait pas. Et peut-être les Dieux jouaient-ils avec nous ? » Je haussai les épaules, incapable de trouver d'autres raisons. « De surcroît, je n'ai jamais voulu dire qu'elle n'était pas belle, mais simplement qu'elle était plus que cela. Jamais je ne vis femme qui eût autant d'allure.

— Moi compris ? demanda aussitôt ma reine.

— Hélas, fis-je, ma vue se trouble avec l'âge. »

Elle rit de mon échappatoire. « Guenièvre aimait-elle Arthur ?

— Elle aimait l'idée qu'elle s'en faisait. Elle aimait qu'il fût le champion de la Dumnonie, et elle l'aimait tel qu'il était la première fois qu'elle le vit, dans son armure : le grand Arthur, resplendissant, le seigneur de guerre, l'épée la plus redoutée de toute la Bretagne et de l'Armorique. »

Igraine jouait avec le cordon à houppes de sa robe blanche. Elle demeura songeuse un instant. « Crois-tu que je transforme le sang de Brochvael en fumée ? demanda-t-elle avec un soupçon d'envie.

— De nuit.

— Oh, Derfel ! » soupira-t-elle en quittant le rebord de la fenêtre pour se diriger vers la porte d'où elle pouvait embrasser du regard notre petite salle. « As-tu jamais été amoureux de cette façon-là ?

— Oui, avouai-je.

— De qui ? demanda-t-elle aussitôt.

— Aucune importance.

— Pour moi si ! J'insiste. De Nimue ?

— Ce n'était pas Nimue, répondis-je d'un ton ferme. Nimue était différente. Je l'aimais, mais je n'étais pas fou de désir pour elle. Je la trouvais juste infiniment... » Je m'arrêtai, cherchant un mot que je ne trouvais pas. « Merveilleuse », ajoutai-je faiblement, sans regarder Igraine afin qu'elle ne vît point mes larmes.

Elle attendit un instant. « De qui donc as-tu été amoureux ? De Lunete ?

— Non, non !

— De qui alors ?

— L'histoire viendra en son temps... si je vis.

— Bien sûr que tu vivras. Nous te ferons porter du Caer des mets de choix.

— Que mon seigneur Sansum, dis-je, ne voulant pas la voir se dépenser en pure perte, me retirera comme une chère indigne d'un simple frère.

— Alors viens vivre au Caer, dit-elle impatiente. Je t'en prie ! »

Je souris. « Je le ferais très volontiers, Dame, mais hélas, j'ai fait le serment de rester ici.

— Pauvre Derfel. » Elle retourna à la fenêtre et regarda Frère Maelgwyn retourner la terre. Il avait avec lui Frère Tudwal, le novice qui avait survécu. Le deuxième novice est mort à la fin de l'hiver, mais Tudwal vit encore et partage la cellule du saint. Celui-ci veut que le garçon lui apprenne à lire, essentiellement, je crois, pour savoir si je traduis vraiment l'Évangile en saxon, mais le garçon n'est pas bien malin et semble mieux fait pour bêcher que pour lire. Il est temps que nous ayons de vrais doctes à Dinnewrac, car ce timide printemps a rallumé nos vieilles disputes hargneuses sur la date de Pâques, et nous n'aurons pas la paix tant que la querelle ne sera point vidée. « Sansum a-t-il vraiment marié Arthur et Guenièvre ? demanda Igraine, m'arrachant ainsi à mes pensées moroses.

— Oui, vraiment.

— Et ce n'était pas dans une grande église ? Avec des trompettes ?

— Dans une clairière, au bord d'un cours d'eau, avec des grenouilles qui croassaient et les chatons des saules qui s'accumulaient derrière le barrage des castors.

— Nous fûmes mariés dans une salle de banquet, dit Igraine, et la fumée me faisait pleurer. » Elle haussa les épaules. « Qu'as-tu donc changé dans la dernière partie ? Quelle menterie as-tu encore inventée ?

— Aucune, fis-je en hochant la tête.

— Mais lors de l'acclamation de Mordred, demanda-t-elle d'un air dépité, l'épée fut juste posée sur la pierre ? Pas plantée en elle ? Tu en es sûr ?

— Elle reposait à plat sur la pierre. Je le jure », et, à ces mots, je fis le signe de croix, « sur le sang du Christ, ma Dame ».

Nouveau haussement d'épaules. « Dafydd ap Gruffud traduira le récit comme il me plaira, et j'aime l'idée d'une épée plantée dans la pierre. Je suis ravi que tu aies été bon à propos de Cuneglas.

— C'était un brave homme. » Il était aussi le grand-père du mari d'Igraine.

« Ceinwyn était-elle vraiment belle ? » demanda Igraine.

Je hochai la tête. « Oui, vraiment. Elle avait les yeux bleus.

— Des yeux bleus ! » La pensée qu'elle avait les traits des

Saxons lui donna le frisson. « Et qu'est devenue la broche qu'elle t'a donnée ?

— J'aimerais bien le savoir », répondis-je dans un mensonge. Elle était dans ma cellule, bien cachée, hors d'atteinte des fouilles les plus méticuleuses de Sansum. Le Saint, que Dieu exaltera certainement au-dessus de tous les vivants et les morts, ne souffre pas que nous possédions le moindre trésor. Tous nos biens doivent être confiés à sa garde, telle est la règle, et bien que je lui aie abandonné tout le reste, y compris Hywelbane, Dieu me pardonne, j'ai gardé la broche de Ceinwyn. Les ans ont terni son éclat, mais je vois encore Ceinwyn lorsque, dans l'obscurité, je sors la broche de sa cachette et en contemple les motifs entrelacés au clair de la lune. Parfois – pas toujours – je la porte à mes lèvres. Quel vieux sot suis-je devenu ! Peut-être donnerai-je cette broche à Igraine, car j'en sais la valeur, mais je la garderai encore un moment car l'or est comme une parcelle de soleil dans ce lieu gris et glacial. Bien entendu, Igraine saura que la broche existe quand elle lira ces pages, mais si elle est aussi bonne que je la sais, elle me la laissera en modeste souvenir d'une vie de péché.

« Je n'aime pas Guenièvre, dit Igraine.

— C'est donc que je m'y suis mal pris.

— À t'entendre, elle paraît très dure. »

Je ne dis rien pendant quelques instants, me contentant d'écouter les moutons bêler. « Elle pouvait être extraordinairement bonne, repris-je après ce temps de pause. Elle savait égayer les tristes, mais elle ne supportait pas la banalité. Les estropiés, les raseurs ou les laiderons n'avaient pas de place dans sa vision du monde et elle voulait donner une réalité à ce monde en bannissant tous les fâcheux de cette espèce. Arthur avait une vision, lui aussi, sauf que sa vision lui dictait de secourir les infirmes, et il entendait rendre ce monde tout aussi réel.

— Il voulait Camelot, observa Igraine d'un air songeur.

— Nous l'appelions la Dumnonie, dis-je gravement.

— Quel rabat-joie tu fais, Derfel ! » Igraine était de mauvaise humeur, mais elle n'était jamais vraiment fâchée contre moi. « Je veux que ce soit le Camelot du poète : de l'herbe verte et de grandes tours, avec des dames en robe et des guerriers qui jettent des fleurs sous leurs pas. Je veux des ménestrels et des éclats de rire ! Ça n'a donc jamais été ainsi ?

— Un petit peu, mais je ne me souviens guère de chemins jonchés de fleurs. Je me souviens de guerriers revenant en clopinant de la bataille et, pour certains, rampant et pleurant, traînant leurs entrailles dans la poussière.

— Arrête ! commanda Igraine. Alors pourquoi les bardes lui donnent le nom de Camelot ?

— Parce que les poètes ont toujours été des sots, autrement pourquoi seraient-ils poètes ?

— Non, Derfel ! Qu'y avait-il de si particulier dans Camelot ? Raconte !

— C'était particulier, parce qu'Arthur y faisait régner la justice. »

Igraine fronça les sourcils. « C'est tout ?

— C'est bien plus, mon enfant, que la plupart des souverains ne rêvent de faire, *a fortiori* qu'ils ne font. »

Elle changea de sujet d'un simple haussement d'épaules. « Guenièvre était-elle intelligente ? demanda-t-elle.

— Très. »

Igraine jouait avec la croix qu'elle portait autour du cou. « Parle-moi de Lancelot.

— Attends !

— Quand Merlin arrive-t-il ?

— Bientôt.

— Et saint Sansum, il est méchant avec toi ?

Le saint a sur la conscience le destin de nos âmes immortelles. Il accomplit son devoir.

— Mais il est vraiment tombé à genoux en implorant le martyre avant d'unir Arthur à Guenièvre ?

— Oui », répondis-je, incapable de retenir un sourire à ce souvenir.

Igraine rit. « Je demanderai à Brochvael de faire du Seigneur des Souris un vrai martyr, comme ça tu seras en charge de Dinnewrac. Ça te plairait, Frère Derfel ?

— J'aimerais pouvoir continuer mon récit en paix, répondis-je d'un ton de reproche.

— Alors, et après ? » demanda-t-elle, impatiente.

Après ? L'Armorique. L'Outre-Mer. Ynys Trebes la belle, le roi Ban, Lancelot, Galahad et Merlin. Cher Seigneur, quels hommes, quels jours, quelles batailles avons-nous livrées et quels rêves avons-nous brisés ! En Armorique.

*

Plus tard, beaucoup plus tard, quand nous nous retournions sur ces temps, nous les appelions simplement les « années noires », mais rarement nous en discutions. Arthur détestait qu'on lui rappelât ces premiers jours en Dumnonie, lorsque sa passion pour Guenièvre plongea le pays dans le chaos. Ses fiançailles avec Ceinwyn avaient été un genre de broche retenant une fragile robe de gaze légère ; et, la broche partie, le vêtement s'était effiloché. Arthur se le reprochait et n'aimait point parler des années noires.

Pendant un temps, Tewdric refusa de prendre parti. Il blâmait Arthur d'avoir brisé la paix et il le lui fit payer en autorisant Gorfyddyd et Gundleus à conduire leurs troupes à travers Gwent vers la Dumnonie. Les Saxons se pressaient à l'est, les Irlandais multipliaient les razzias depuis la côte ouest et, comme s'il n'y avait pas assez d'ennemis, le prince Cadwy d'Isca se rebella contre le pouvoir d'Arthur. Tewdric essaya de rester à l'écart de la mêlée, mais lorsque les Saxons d'Aelle attaquèrent sa frontière, les seuls amis qu'il pouvait appeler à la rescousse étaient au fond les Dumnoniens, et force lui fut donc d'entrer en guerre aux côtés d'Arthur, mais les lanciers de Powys et de Silurie avaient profité de ses routes pour s'emparer des collines au nord d'Ynys Wydryn, et lorsque Tewdric se déclara enfin pour la Dumnonie ils occupèrent également Glevum.

C'est dans ces années-là que je devins adulte. Je finis par ne plus compter le nombre d'hommes que je trucidai et le nombre d'anneaux de guerriers que je forgeai. Je reçus un surnom, *Cadarn*, qui signifie « le puissant ». Derfel Cadarn, sobre dans la bataille et redoutable dans le maniement de l'épée. Le jour venu, Arthur m'invita à rejoindre sa cavalerie, mais je préférai rester sur la terre ferme et demeurai lancier. Je l'observai en ce temps-là et commençai à mesurer à quel point il était un grand soldat. Ce n'était pas simplement sa bravoure, bien qu'il fût brave, mais il dupait ses ennemis. Nos armées étaient des instruments pesants : elles marchaient lentement et elles changeaient de direction avec peine une fois qu'elles étaient en marche, mais Arthur forgea une petite force qui apprit à se déplacer rapidement. Il conduisait ces hommes, les uns à pied, les autres en selle, dans de longues marches qui contournaient les flancs de l'ennemi, si bien qu'ils apparaissaient toujours où on les attendait le moins. Nous aimions attaquer à l'aube, lorsque l'ennemi était encore hébété par les beuveries de la nuit ; ou alors, nous le bernions par de fausses retraites avant de nous abattre sur ses flancs demeurés sans protection. Après un an de batailles de ce genre, lorsque nous eûmes enfin chassé Gorfyddyd et Gundleus de Glevum et du nord de la Dumnonie, Arthur fit de moi un capitaine et je commençai moi aussi à distribuer de l'or à mes hommes. Deux ans plus tard, je reçus même l'ultime accolade du guerrier, une invitation à passer à l'ennemi. Elle me vint de Ligessac en personne, le commandant félon de la garde de Norwenna, qui m'adressa la parole dans un temple de Mithra, où sa vie était protégée, et il m'offrit une fortune si je suivais son exemple et servais Gundleus. Je refusai. Grâce à Dieu, je demeurai toujours fidèle à Arthur.

Sagramor aussi, et c'est lui qui m'initia au service de Mithra, ce Dieu que les Romains avaient introduit en Bretagne et qui avait dû se plaire sous nos climats parce qu'Il était encore tout-puissant. C'est le Dieu des Soldats, et aucune femme ne saurait être initiée à ses mystères. Mon initiation eut lieu à la fin de l'hiver, lorsque les soldats ont du temps libre. Cela se passa dans les collines. Sagramor me conduisit seul dans une vallée si encaissée qu'en fin d'après-midi l'herbe était encore toute craquante du gel matinal. Nous nous arrêtâmes à l'entrée d'une grotte, où Sagramor me pria de mettre mes armes de côté et de me dénuder. J'étais là, grelottant, lorsque le Numide me noua un linge épais sur les yeux et me dit que je devais maintenant obéir à chaque consigne et que si je flanchais ou parlais une fois, juste une fois, on me reconduirait à mes habits et à mes armes pour me renvoyer.

L'initiation consiste en une agression contre les sens de l'homme et qui veut y survivre doit se rappeler une seule chose : obéir. Voilà pourquoi les soldats aiment Mithra. La bataille assaille les sens, et l'attaque fait fermenter la peur, et l'obéissance est ce mince fil qui arrache au chaos de la peur et promet la survie. Par la suite j'ai initié nombre de mes hommes à Mithra et j'ai fini par connaître assez bien les trucs, mais cette première fois, lorsque j'entrai dans la grotte, je n'avais aucune idée de ce qui m'attendait. Lorsque je pénétrai pour la première fois dans l'antre du Dieu, Sagramor, ou peut-être un autre homme, me fit tourner dans le sens du soleil, si vite et si rudement que j'en fus tout étourdi, puis je reçus l'ordre d'avancer. Suffoqué par la fumée, je continuai néanmoins d'avancer, suivant la pente descendante du rocher. Une voix me cria de m'arrêter, une autre m'ordonna de tourner, une troisième de m'agenouiller. On me fourra je ne sais quoi dans la bouche, et je reculai devant la puanteur des excréments humains qui me faisaient tourner la tête. « Bouffe ! » ordonna une voix et je faillis vomir la bouchée jusqu'à ce que j'eus compris que je mâchonnais du poisson séché. Je bus quelque infâme breuvage qui me fit tourner la tête. Probablement était-ce du jus d'aubépine mélangé à de la mandragore ou à des tue-mouches, car alors même que j'avais encore les yeux bandés, j'eus la vision de créatures brillantes aux ailes chiffonnées qui me cisaillaient la chair de leurs bouches crochues. Des flammes me caressaient la peau, brûlant les poils de mes bras et de mes jambes. l'ordre me fut donné d'avancer à nouveau, puis de m'arrêter, et je devinai qu'on mettait des bûches dans le feu et sentis le bois s'embraser juste devant moi. Le feu rugissait, les flammes rôtissaient ma peau nue et mon sexe, puis la voix me commanda d'avancer dans le feu, et j'obéis... mettant le pied dans une mare d'eau glacée qui me fit presque hurler de peur. Je me croyais dans une cuve de métal fondu.

Je sentis la pointe d'une épée pressée sur ma virilité. Je reçus l'ordre d'avancer et, comme j'avançai, la pointe s'éloigna. Des artifices, bien entendu, mais les herbes et les champignons ajoutés au breuvage suffisaient à leur donner des allures de miracles, et lorsque j'eus parcouru le chemin sinueux qui menait à la chambre chaude, enfumée et résonnante au cœur de la cérémonie, j'étais déjà dans les transes de la terreur et de l'exaltation. On me conduisit à une pierre de la hauteur d'une table et l'on me mit un couteau dans la main droite tandis que l'on plaçait ma main gauche, la paume tournée vers le bas, sur un ventre nu. « C'est un enfant que tu as sous la main, misérable crapaud », dit la voix, et une main déplaça ma main droite en sorte que la lame se retrouva suspendue au-dessus de la gorge de l'enfant, « un enfant innocent qui n'a fait de mal à personne, un enfant qui ne mérite que de vivre, et tu vas le tuer. Frappe ! » L'enfant hurla lorsque je plongeai le couteau et sentis le sang chaud gicler sur mon poignet et ma main. Sous ma main gauche, le ventre palpitant eut un dernier spasme et s'immobilisa. À proximité ronflait un feu dont la fumée m'obstruait les narines.

Je dus m'agenouiller et ingurgiter un breuvage écœurant qui m'engorgea le gosier et me donna des aigreurs d'estomac. C'est alors seulement, lorsque j'eus vidé la corne de sang de taureau, qu'on me retira mon bandeau et que je vis que j'avais tué un agnelet au ventre rasé. Amis et ennemis s'agglutinèrent autour de moi pour me féliciter d'être maintenant entré au service du Dieu des Soldats. Je faisais désormais partie d'une société secrète qui essaimait à travers le monde romain et même par-delà ses frontières ; une société d'hommes qui avaient fait leurs preuves dans la bataille, non pas en simples soldats, mais en authentiques guerriers. Devenir un adepte de Mithra était un véritable honneur, car tout membre du culte pouvait s'opposer à l'initiation d'un autre. D'aucuns qui conduisaient des armées n'étaient jamais élus, d'autres qui demeuraient dans le rang étaient ainsi distingués.

Maintenant que je comptais au nombre des élus, on me ramena mes vêtements et mes armes. Je me rhabillai et l'on me fit part des mots secrets du culte qui me permettraient d'identifier mes camarades dans la bataille. Si je m'apercevais que je combattais un adepte de Mithra, je devais le tuer promptement, sans miséricorde, et si un tel homme était mon prisonnier je devais lui rendre les honneurs. Puis, les formalités terminées, nous entrâmes dans une seconde caverne immense éclairée par des torches fumantes et par un grand feu où rôtissait la carcasse d'un taureau. Le rang des hommes qui étaient du banquet était pour moi un grand honneur. La plupart des initiés doivent se contenter de leurs camarades, mais pour Derfel Cadarn les puissants des deux camps étaient venus dans l'antre hivernal. Agricola de Gwent était là et, avec lui, deux de ses ennemis de Silurie, Ligessac et un lancier, un dénommé Nasiens, le champion de Gundleus. Étaient également présents une douzaine de guerriers d'Arthur, avec quelques-uns de mes hommes et même Mgr Bedwin, le conseiller d'Arthur, qui avait un drôle d'air avec son plastron rouillé, son ceinturon et sa cape de guerrier. « J'ai été guerrier autrefois, dit-il pour expliquer sa présence, et j'ai été initié. Voyons, c'était quand ? Il y a trente ans de cela ? Bien avant que je ne devienne chrétien, cela va de soi.

— Et ceci – d'un geste de la main, je désignai la tête tranchée du taureau que l'on avait hissée sur un trépied de lances et dont le sang se vidait sur le sol –, et ceci n'est pas contraire à ta religion ? »

Bedwin haussa les épaules. « Bien sûr que si, mais la camaraderie me manquerait. » Se penchant vers moi, il baissa la voix pour chuchoter avec des airs de conspirateur. « Je compte sur toi pour n'en rien dire à Mgr Sansum ? » Je ris à la seule idée de jamais me confier au sourcilleux Sansum qui vrombissait comme une abeille ouvrière dans la Dumnonie malmenée par la guerre.

Il passait son temps à condamner ses ennemis, et il n'avait point d'amis. « Le Jeune Maître Sansum, dit Bedwin, la bouche pleine de bœuf et la barbe dégoulinante de jus de viande, veut prendre ma place et je pense qu'il y arrivera.

— Ah bon ? fis-je interloqué.

— Parce qu'il en meurt d'envie et qu'il ne ménage pas ses efforts. Grand Dieu, quel acharnement chez cet homme ! Sais-tu ce que j'ai découvert pas plus tard que l'autre jour ? Il ne sait pas lire ! Pas un mot ! De nos jours, on ne saurait être un haut dignitaire de l'Église si l'on ne sait pas lire, et que fait Sansum ? Il a un esclave qui lui fait la lecture, et il apprend tout par cœur. » Bedwin me donna un coup de coude pour s'assurer que je mesurais bien l'extraordinaire mémoire de Sansum. « Tout ça par cœur ! Les psaumes, les prières, la liturgie, les écrits des Pères, tout par cœur ! Dame ! » Il hocha la tête. « Tu n'es pas chrétien, n'est-ce pas ?

— Non.

— Tu devrais y songer. Sans doute n'avons-nous pas grand-chose à t'offrir en guise de plaisirs terrestres, mais notre vie après la mort en vaut certainement la peine. Non que j'aie jamais pu en persuader Uther, mais j'ai quelque espoir avec Arthur. »

Je jetai un coup d'œil sur l'assemblée. « Pas d'Arthur », observai-je, déçu que mon seigneur ne fût point du culte.

« Il a été initié, dit Bedwin.

— Mais il ne croit pas aux Dieux », ajoutai-je, répétant les allégations d'Owain.

Bedwin hocha la tête. « Arthur croit. Comment un homme peut-il ne pas croire en Dieu ou aux Dieux ? Tu penses qu'Arthur croit que nous nous sommes faits nous-mêmes ? Ou que le monde est apparu simplement par hasard ? Arthur n'est pas sot, Derfel Cadarn. Arthur croit, mais il garde ses convictions pour lui. Ainsi les chrétiens le prennent-ils pour l'un des leurs, ou croient qu'ils pourraient le devenir, tandis que les païens pensent de même, et les uns et les autres le servent d'autant plus volontiers. Et souviens-toi, Derfel, Arthur est aimé de Merlin, et Merlin, crois-moi, n'aime pas les mécréants.

— Merlin me manque.

— Il nous manque à tous, dit Bedwin d'un ton calme, mais son absence nous est un sujet de consolation, car il ne serait pas ailleurs si la Bretagne était menacée de destruction. Merlin viendra quand on aura besoin de lui.

— Crois-tu que nous n'ayons pas besoin de lui ? » demandai-je avec aigreur.

Bedwin s'essuya la barbe avec la manche de son manteau puis but du vin. « Certains disent, reprit-il en baissant la voix, que nous serions mieux lotis sans Arthur. Que sans Arthur il y aurait la paix, mais sans lui qui protège Mordred ? Moi ? » L'idée même le fit sourire. « Gereint ? C'est un brave homme, il en est peu de meilleurs, mais il n'est pas bien malin et il est incapable de prendre une décision ; qui plus est, il ne veut pas non plus gouverner la Dumnonie. C'est Arthur ou personne, Derfel. Ou plutôt, c'est Arthur ou Gorfyddyd. Et cette guerre n'est pas perdue. Nos ennemis craignent Arthur. Aussi longtemps qu'il vivra, la Dumnonie sera en sécurité. Non, je ne pense pas que Merlin nous soit encore nécessaire. »

Ligessac, le traître, était aussi de ces chrétiens qui ne voyaient point de conflit entre sa foi déclarée et les rituels secrets de Mithra. Le félon vint me parler à la fin du banquet. Je le reçus avec froideur, alors même qu'il était comme moi dévoué à Mithra, mais il feignit de ne pas voir mon hostilité et, me prenant par le coude, m'entraîna dans un coin obscur de la grotte. « Arthur va perdre. Tu le sais, n'est-ce pas ?

— Non. »

Ligessac se débarrassa d'un lambeau de viande coincé entre ses chicots. « D'autres hommes d'Elmet vont se lancer dans la guerre. Powys, Elmet, la Silurie – fit-il en comptant sur ses doigts –, tous unis contre Gwent et la Dumnonie. Gorfyddyd sera le prochain Pendragon. Nous commencerons par bouter les Saxons hors des terres à l'est de Ratae, puis nous pousserons vers le sud pour en finir avec la Dumnonie. Deux ans ?

— La pitance t'est montée à la tête, Ligessac.

— Et mon seigneur paiera les services d'un homme de ta trempe. » Ligessac était porteur d'un message. « Mon Seigneur Roi Gundleus est un homme généreux, Derfel, très généreux.

— Dis à ton Seigneur Roi que Nimue d'Ynys Wydryn fera de son crâne un vase à boire, et que c'est moi qui le lui apporterai. » Sur ce, je me retirai.

Ce printemps-là, la guerre fit de nouveau rage, même si, dans un premier temps, elle fit moins de ravages. Arthur avait versé de l'or à Œngus Mac Airem, le roi irlandais de Démétie, pour qu'il attaque Powys et la Silurie sur le front ouest, et ces attaques éloignèrent nos ennemis de nos frontières septentrionales. Arthur lui-même prit la tête d'une bande de soldats pour pacifier l'ouest de la Dumnonie où Cadwy avait proclamé l'indépendance des terres de sa tribu, mais il était là-bas lorsque les Saxons lancèrent une puissante offensive contre le territoire de Gereint. Gorfyddyd, nous le sûmes plus tard, avait soudoyé les Saxons, comme nous les Irlandais, et l'argent de Powys fut probablement mieux placé, car les Saxons s'abattirent sur ces terres comme un véritable déluge, obligeant Arthur à rentrer précipitamment de l'ouest où il laissa à Cei, son ami d'enfance, le soin de combattre les tribus tatouées de Cadwy.

C'est alors, tandis que l'armée saxonne d'Aelle menaçait de s'emparer de Durocobrivis et que les forces de Gwent devaient batailler contre Powys et les Saxons, au nord, pendant que le roi Marc de Kernow encourageait la rébellion indomptée de Cadwy, que Ban de Benoïc lança son appel.

Nous savions tous que le roi Ban n'avait autorisé Arthur à venir en Dumnonie qu'à condition qu'il revienne en Armorique si Benoïc était jamais menacé. Et voici que son messager affirmait que le royaume courait les plus graves dangers : le roi Ban, insistant pour qu'il respectât son serment, exigeait le retour d'Arthur.

La nouvelle nous parvint à Durocobrivis. La ville, qui avait jadis été une colonie romaine prospère avec des bains somptueux, un palais de justice en marbre et une belle place du marché, n'était plus maintenant qu'un fort frontalier appauvri, vivant dans l'obsession des Saxons. Au-delà de l'enceinte de terre, les pillards d'Aelle avaient incendié tous les bâtiments, qui n'avaient jamais été reconstruits, tandis qu'à l'intérieur de la ville les grands édifices romains tombaient en ruine. Le messager de Ban nous rejoignit dans ce qu'il subsistait de la salle voûtée des bains romains. C'était la nuit et un feu brûlait dans la fosse de l'ancienne piscine, la fumée bouillonnait à hauteur du plafond voûté, où le vent l'attirait et l'entraînait par un fenestron. Nous avions avalé notre repas du soir, assis en cercle sur le sol froid, et Arthur invita le messager de Ban à se placer au centre de notre cercle où il traça une carte sommaire de la Dumnonie dans la poussière, puis dispersa des tesselles de mosaïque rouges et blancs pour indiquer la position de nos ennemis et de nos amis. De tous côtés les carreaux rouges de la Dumnonie étaient cernés par des morceaux blancs. Nous nous étions battus ce jour-là et Arthur avait la pommette droite entaillée par un fer de lance : la blessure n'était pas dangereuse, mais elle était assez profonde pour que se forme sur sa joue une croûte de sang. Il s'était battu sans son casque, affirmant qu'il voyait mieux sans ce carcan de métal, mais si le Saxon avait frappé un pouce plus haut et sur le côté, il aurait enfoncé son acier dans la cervelle d'Arthur. Il s'était battu à pied, suivant son habitude, car il économisait ses gros chevaux pour les batailles plus désespérées. Une demi-douzaine de cavaliers montaient chaque jour, mais la plupart des chevaux de guerre les plus coûteux et les plus rares étaient gardés au cœur de la Dumnonie, à l'abri des raids ennemis. Ce jour-là, après qu'il eut été blessé, notre poignée de cavaliers avaient dispersé les lignes saxonnes, tuant leur chef et refoulant les survivants vers l'est. Reste qu'on l'avait échappé belle et que nous étions tous mal à l'aise. L'arrivée du messager, un chef qui s'appelait Bleiddig, rendit l'atmosphère plus lugubre encore.

« Tu vois, expliqua Arthur à Bleiddig en lui montrant du doigt les tesselles rouges et blancs, tu vois pourquoi je ne puis partir ?

— Un serment est un serment, rappela brutalement le messager.

— Si le prince s'en va, intervint Gereint, la Dumnonie tombe. » Gereint était un homme lourd à l'esprit lent, mais fidèle et honnête. En tant que neveu d'Uther, il pouvait prétendre au trône de la Dumnonie, mais il s'en était toujours bien gardé et il se montra toujours dévoué envers Arthur, son bâtard de cousin.

« Mieux vaut la Dumnonie que Benoïc, trancha Bleiddig en faisant mine d'ignorer la mauvaise humeur qui accueillit ses paroles.

— J'ai fait le serment de défendre Mordred, objecta Arthur.

— Tu as fait le serment de défendre Benoïc, répliqua Bleiddig, écartant l'objection d'un haussement d'épaules. Emmène l'enfant avec toi.

— Je dois donner son royaume à Mordred, insista Arthur. S'il s'en va, le royaume perd son roi et son cœur. Mordred reste ici.

— Et qui menace donc de lui prendre le royaume ? » demanda Bleiddig, visiblement contrarié. Le chef de Benoïc était un grand gaillard, qui rappelait un peu Owain par sa force de brute. « Toi ! » fit-il en désignant Arthur d'un geste de mépris. « Si tu avais épousé Ceinwyn, il n'y aurait point de guerre ! Si tu avais épousé Ceinwyn, la Dumnonie, mais aussi Gwent et Powys enverraient des troupes pour secourir mon roi ! »

Des hommes criaient et tiraient leurs épées, mais Arthur imposa le silence. Un filet de sang s'échappait de sa blessure et coulait le long de sa joue creuse. « Combien de temps, demanda-t-il à Bleiddig, avant que Benoïc ne tombe ? »

Le chef fronça les sourcils. Il était clair qu'il ne pouvait répondre, mais il suggéra six mois, voire un an. Les Francs, expliqua-t-il, avaient massé de nouvelles armées à l'est de son pays, et Ban ne pouvait les combattre toutes. Conduite par Bors, son champion, l'armée de Ban tenait la frontière nord, tandis que les hommes qu'Arthur avait laissés derrière lui sous la houlette de son cousin Culhwch tenaient la frontière sud.

Arthur examinait sa carte de tesselles rouges et blancs. « Trois mois, dit-il, et je viens. Si je peux ! Trois mois. Mais en attendant, Bleiddig, je vais t'envoyer une bande de braves. »

Bleiddig persista, protestant que son serment commandait à Arthur de rentrer sur-le-champ en Armorique, mais Arthur ne se laissa pas fléchir. Trois mois ou rien ! Bleiddig dut accepter le compromis.

Arthur me fit signe de le suivre dans la cour à colonnes qui se trouvait à côté de la salle. Il y avait là des cuves qui empestaient comme des latrines, mais il semblait indifférent à la puanteur. « Dieu sait, Derfel », commença-t-il, et je sus qu'il devait être tendu pour employer le mot « Dieu », de même qu'il employait le singulier des chrétiens ; mais, comme pour faire bonne mesure, il se reprit aussitôt : « Les Dieux savent que je n'ai pas envie de te perdre, mais il me faut envoyer quelqu'un qui n'ait pas peur d'enfoncer un mur de boucliers. C'est toi que je dois envoyer.

— Seigneur Prince...

— Ne m'appelle pas prince, trancha-t-il courroucé. Je ne le suis pas. Et ne discute pas. Tout le monde discute. Tout le monde sait comment gagner cette guerre, sauf moi. Melwas réclame des hommes à cor et à cri, Tewdric me veut dans le nord, Cei dit qu'il a besoin de cent lanciers de plus, et voilà maintenant que Ban me demande ! S'il dépensait plus d'argent pour son armée et moins pour ses poètes, il ne serait pas dans cette mauvaise passe !

— Des poètes ?

— Ynys Trebes est le paradis des poètes », expliqua-t-il avec amertume en évoquant la capitale de l'île. « Des poètes ! Nous avons besoin de lanciers, pas de poètes. » Il s'arrêta pour s'adosser à un pilier. Jamais je ne l'avais vu aussi fatigué. « Je ne puis réaliser quoi que ce soit tant que nous n'aurons cessé de nous battre. Si seulement je pouvais parler à Cuneglas, en face-à-face, il y aurait un espoir.

— Pas tant que Gorfyddyd vivra, dis-je.

— Pas tant que Gorfyddyd vivra », admit-il avant de se taire. Il pensait à Ceinwyn et à Guenièvre, je le savais. Par une brèche de la toiture, le clair de lune inondait son visage osseux d'une lumière argentée. Il ferma les yeux et je compris qu'il s'en voulait de la guerre, mais ce qui était fait était fait. Il fallait établir une nouvelle paix, et un seul homme pouvait l'imposer à la Bretagne : Arthur lui-même. Il ouvrit les yeux et grimaça. « Quelle est cette odeur ? demanda-t-il, l'ayant enfin remarquée.

— C'est ici qu'ils blanchissent la toile, Seigneur », expliquai-je en montrant d'un geste de la main les cuves de bois que l'on emplissait d'urine et de fiente de poulet lavée pour produire le précieux tissu blanc comme les manteaux qu'affectionnait Arthur.

D'ordinaire, Arthur aurait trouvé un motif d'encouragement dans un tel signe d'industrie au cœur d'une ville par ailleurs en décrépitude comme Durocobrivis, mais cette nuit-là, il se contenta d'un haussement d'épaules et effleura le filet de sang frais qui courait sur sa joue. « Une cicatrice de plus, fit-il d'un ton lugubre. Bientôt, j'en aurai autant que toi, Derfel.

— Tu devrais porter ton casque, Seigneur.

— Quand je le porte, je ne vois pas plus à droite qu'à gauche », trancha-t-il. Il s'éloigna du pilier et me fit signe de le suivre sous les arcades. « Maintenant écoute, Derfel. Combattre les Francs et combattre les Saxons, c'est la même chose. Ce sont des Germains, et ils n'ont rien de bien particulier, si ce n'est qu'ils aiment lancer des javelines en plus des armes habituelles. Donc, quand ils chargent, baisse la tête, mais après ce n'est qu'un mur de boucliers contre un autre. Ce sont de farouches combattants, mais ils boivent trop, si bien qu'on arrive généralement à les duper. Voilà pourquoi c'est toi que j'envoie. Tu es jeune, mais tu as plus de jugeote que la plupart de nos soldats. Ils croient qu'il suffit de s'enivrer et d'écharper l'ennemi à coups d'épée, mais on ne gagne pas la guerre ainsi. » Il s'arrêta pour essayer de réprimer un bâillement. « Pardonne-moi. Et pour autant que je sache, Derfel, Benoïc ne court aucun danger. Ban est un émotif, observa-t-il avec aigreur, et il panique pour un rien, mais s'il perd Ynys Trebes, il en aura le cœur brisé et j'aurai ce poids supplémentaire à porter. Tu peux te fier à Culhwch, c'est un brave. Bors est capable.

— Mais traître. » Sagramor se tenait dans l'ombre, à côté des cuves de blanchiment. Il était sorti pour surveiller Arthur.

« C'est injuste, corrigea Arthur.

— C'est un traître, insista Sagramor de sa voix rauque, parce que c'est l'homme de Lancelot. »

Arthur haussa les épaules. « Lancelot est parfois difficile. C'est l'héritier de Ban, et il aime faire les choses à sa façon, mais moi aussi. » Il sourit en tournant les yeux vers moi. « Tu sais écrire, n'est-ce pas ?

— Oui, Seigneur. » Nous passâmes devant Sagramor, qui resta dans l'ombre, sans jamais quitter Arthur des yeux. Des chats filèrent devant nous, tandis que des chauves-souris tournoyaient autour du pignon fumant de la grande salle. J'essayai d'imaginer cet endroit puant avec des Romains en toge, et éclairé par des lampes à huile, mais l'idée semblait saugrenue.

« Tu dois écrire et me raconter ce qui se passe, reprit Arthur, que je ne sois pas obligé de m'en remettre aux lubies de Ban. Comment va ta femme ?

— Ma femme ? » La question me dérouta et, l'espace d'une seconde, je crus qu'Arthur faisait allusion à Canna, une petite esclave saxonne qui me tenait compagnie et qui m'apprenait son dialecte, légèrement différent de ma langue maternelle, mais je compris ensuite qu'Arthur pensait à Lunete. « Aucune nouvelle, Seigneur.

— Et tu n'en demandes pas, hein ? » Il me gratifia d'un sourire narquois et soupira. Lunete se trouvait avec Guenièvre, laquelle était partie dans la lointaine Durnovarie pour occuper le vieux palais d'hiver d'Uther. Guenièvre ne voulait pas quitter son joli palais tout neuf de Caer Cadarn, mais Arthur l'avait pressée de s'enfoncer dans le cœur du pays pour se mettre à l'abri des incursions ennemies. « Sansum me dit que Guenièvre et ses dames se vouent toutes au culte d'Isis, ajouta Arthur.

— De qui ?

— Exactement, reprit-il dans un sourire. Isis est une Déesse étrangère, Derfel, avec ses mystères à elle ; quelque chose à voir avec la lune, je crois. C'est du moins ce que me raconte Sansum. Je ne pense pas qu'il sache lui non plus, mais il prétend que je dois interdire ce culte. Il dit que les mystères d'Isis sont inqualifiables, mais quand je lui demande en quoi ils consistent, il ne sait pas. Ou il ne veut rien dire. Tu n'as rien entendu ?

— Rien, Seigneur.

— Naturellement, reprit-il sur un ton de conviction forcé, si Guenièvre y trouve une consolation, ça ne saurait être mal. Je me fais du souci pour elle. Je lui ai tant promis, tu comprends, et je ne lui donne rien. Je veux remettre son père sur son trône, et nous le ferons, nous le ferons, mais tout cela sera plus long que nous l'imaginons.

— Tu veux combattre Diwrnach ? demandai-je, interloqué.

— Ce n'est qu'un homme, Derfel, et on peut le tuer. Un jour, nous le ferons. » Il retourna vers la salle. « Tu pars dans le sud. Je ne puis me séparer de plus de soixante hommes – Dieu sait que ce n'est pas suffisant si Ban est réellement dans une mauvaise passe –, mais conduis-les outre-mer, Derfel, et place-toi sous les ordres de Culhwch. Peut-être peux-tu passer par Durnovarie ? Et m'envoyer des nouvelles de ma chère Guenièvre ?

— Oui, Seigneur.

— Je te donnerai un cadeau pour elle. Peut-être ce collier de joyaux que portait le chef des Saxons ? Tu penses qu'il lui plairait ? me demanda-t-il inquiet.

— Il plairait à n'importe quelle femme. » C'était du travail de Saxon, grossier et massif, mais tout de même beau. Un collier de plaques d'or évasées comme les rayons du soleil et incrustées de pierres précieuses.

« Bien ! Porte-le à Durnovarie, Derfel, puis va-t'en sauver Benoïc.

— Si je peux, fis-je d'un ton sinistre.

— Si tu le peux, reprit-il, pour le repos de ma conscience. » Il ajouta ces mots tranquillement puis débarrassa ses bottes d'une croûte d'argile et effraya un chat qui fit le gros dos et souffla. « Il y a trois ans, tout semblait si facile. »

Mais alors arriva Guenièvre.

Le lendemain, je partais dans le sud avec soixante hommes.

*

« T'a-t-il envoyé pour m'espionner ? demanda Guenièvre dans un sourire.

— Non, Dame.

— Ce cher Derfel, railla-t-elle, il ressemble tellement à mon mari. »

J'en restai bouche bée. « Moi ?

— Oui, Derfel, toi. Sauf qu'il est beaucoup plus malin. Tu aimes cet endroit ? demanda-t-elle en me montrant la cour.

— C'est beau. » Naturellement, la villa de Durnovarie était

romaine, bien qu'elle eût servi en son temps de palais d'hiver à Uther. Dieu sait qu'elle ne devait pas être bien belle quand il l'occupait, mais Guenièvre avait restauré l'édifice pour lui rendre un peu de son élégance. C'était une cour à colonnade, comme celle de Durocobrivis, mais toutes les tuiles de la toiture étaient à leur place et toutes les colonnes étaient blanchies à la chaux. Le symbole de Guenièvre était peint sur les murs, sous les arcades : une succession de cerfs couronnés de croissants de lune. Le cerf était le symbole de son père, et la lune un ajout personnel, et les œils-de-bœuf peints avaient fière allure. Des roses blanches poussaient en plates-bandes, que de petites rigoles de tuiles ravitaillaient en eau. Juchés sur leur perchoir, deux faucons de chasse tournaient leur tête chaperonnée tandis que nous déambulions sous les arcades. Des statues se dressaient dans la cour, rien que des hommes et des femmes nus, tandis que les plinthes, sous la colonnade, étaient ornées de têtes de bronze festonnées de fleurs. Le collier saxon que j'avais apporté de la part d'Arthur était maintenant suspendu au cou de l'un de ces bronzes. Guenièvre avait joué quelques secondes avec le présent, puis froncé les sourcils. « C'est du travail grossier, n'est-ce pas ? m'avait-elle demandé.

— Le prince Arthur le trouve beau, Dame, et digne de vous.

— Cher Arthur. » Elle l'avait dit distraitement puis avait choisi un affreux bronze d'homme renfrogné pour lui passer le collier autour du cou. « Ça va l'arranger, dit-elle de la tête de bronze. Je l'appelle Gorfyddyd. Tu ne trouves pas qu'il ressemble à Gorfyddyd ?

— Si, Dame. » De fait, le buste rappelait la trogne revêche et malheureuse de Gorfyddyd.

« C'est un butor, reprit Guenièvre. Il a essayé de me prendre ma virginité.

— Vraiment ? balbutiai-je une fois remis du choc de la révélation.

— Essayé et raté, dit-elle avec fermeté. Il m'a couverte de sa bave. J'étais tout empestée de sa bave », fit-elle en faisant mine de brosser son corsage. Elle portait un fourreau de lin blanc tout simple qui tombait en plis droits de ses épaules jusqu'à ses pieds. Le lin avait dû coûter les yeux de la tête, car le tissu était si fin que si je la regardais, ce que j'essayais d'éviter, il était possible d'entrevoir sa nudité sous l'étoffe. Une image dorée de cerf au croissant de lune pendait à son cou, en guise de boucles d'oreilles elle portait des pendants en ambre sertis dans l'or, tandis qu'à sa main gauche on remarquait la bague en or avec l'ours d'Arthur et la croix des amants. « De la bave, de la bave, dit-elle avec délectation, si bien que lorsqu'il eut fini, ou, pour être exacte, lorsqu'il eut fini d'essayer de commencer, sanglotant qu'il voulait faire de moi sa reine, et la reine la plus riche de toute la Bretagne, je suis allée voir Iorweth et lui ai demandé de jeter un sort à un amant indésirable. Je n'ai pas dit au druide qu'il s'agissait du roi, naturellement, même si ça n'aurait probablement pas changé grand-chose parce que Iorweth ferait n'importe quoi pour un sourire, alors il a fait le charme et je l'ai enterré, puis j'ai demandé à mon père de dire à Gorfyddyd que j'avais enterré un charme mortel contre la fille d'un homme qui avait tenté de me violenter. Gorfyddyd savait ce que je voulais dire et, comme il raffole de cette insipide petite Ceinwyn, il a pris désormais grand soin de m'éviter. » Elle s'esclaffa. « Que les hommes sont sots !

— Pas le prince Arthur, dis-je avec fermeté, veillant à employer le titre auquel Guenièvre tenait tant.

— Il ne connaît rien aux bijoux », dit-elle d'une voix revêche avant de me demander si Arthur m'avait chargé de l'espionner.

Nous déambulions sous la colonnade. Nous étions seuls. Un dénommé Lanval, commandant la garde de la princesse, avait voulu laisser ses hommes dans la cour, mais Guenièvre les pria de se retirer. « Qu'ils fassent donc courir la rumeur à notre sujet », me dit-elle gaiement avant de se renfrogner. « Je me dis parfois que Lanval a reçu l'ordre de m'espionner.

— Il veille simplement sur vous, Dame, répondis-je, car de votre sécurité dépend le bonheur du prince Arthur, et sur son bonheur repose un royaume.

— C'est gentil, Derfel, ça me plaît », conclut-elle d'un ton à demi moqueur. Nous continuions à marcher. Un bol de pétales roses trempés dans l'eau répandait un parfum délicat sous la colonnade qui nous préservait agréablement de la chaleur du soleil. « Veux-tu voir Lunete ? me demanda soudain Guenièvre.

— Je doute qu'elle en ait envie.

— Probablement que non. Mais tu es marié, n'est-ce pas ?

— Non, Dame, nous n'avons jamais été mariés.

— Alors ça ne compte pas, hein ? » demanda-t-elle, sans préciser ce qui ne comptait pas. Et je me gardai bien de le lui demander. « Je désirais te voir, Derfel, reprit-elle gravement.

— Vous me flattez, Dame.

— Tes propos sont de plus en plus charmants ! » Elle claqua des mains, puis fronça le nez. « Dis-moi, Derfel, te laves-tu jamais ?

— Oui, Dame, fis-je en piquant un fard.

— Tu empestes le cuir, le sang, la sueur et la poussière. Ce peut être un délicieux arôme, mais pas aujourd'hui. Il fait trop chaud. Te plairait-il que mes dames te donnent un bain ? Nous le faisons à la romaine, avec force transpiration et frottements. C'est très fatiguant. »

À dessein, je reculai d'un pas. « Je trouverai un ruisseau, Dame.

— Mais j'avais envie de te voir ! » Elle se rapprocha de moi et me prit par le bras. « Parle-moi de Nimue.

— Nimue ? demandai-je, surpris par la question.

— Sait-elle vraiment la magie ? » demanda-t-elle avidement. La princesse était aussi grande que moi et son visage, si beau avec ses pommettes hautes, était tout près du mien. La proximité de Guenièvre avait quelque chose d'irrésistible, aussi puissant que le trouble des sens après avoir ingurgité le breuvage de Mithra. Ses cheveux roux étaient parfumés et ses yeux verts éblouissants étaient soulignés par de la gomme mêlée à de la suie qui les faisaient paraître plus grands. « Est-elle une magicienne ? demanda-t-elle à nouveau.

— Je le crois.

— Tu le crois ! » Elle recula, visiblement déçue. « Tu le crois seulement ? »

Je sentis palpiter la cicatrice de ma main gauche et ne savais trop que dire.

Guenièvre rit. « Dis-moi la vérité, Derfel. J'ai besoin de savoir ! » Elle remit son bras sous le mien et m'entraîna à l'ombre, sous l'arcade. « Cet abominable Mgr Sansum veut faire de nous tous des chrétiens et, moi, je ne veux pas en entendre parler ! Il veut que nous nous sentions coupables en permanence, et je ne cesse de lui répéter que je n'ai rien à me reprocher, mais les chrétiens sont de plus en plus puissants. Ils bâtissent ici une nouvelle église ! » Mue d'une soudaine impulsion, elle se retourna et claqua des mains. Des esclaves entrèrent dans la cour en toute hâte et elle ordonna qu'on lui apporte son manteau et ses chiens. « Je vais te montrer une chose, Derfel, que tu puisses voir ce que ce misérable petit évêque est en train de faire à notre royaume. »

Elle jeta un manteau de laine mauve sur son fourreau de lin, puis elle prit les laisses de deux lévriers qui haletaient à côté d'elle, leurs langues pendillant entre des crocs acérés. Les portes de la villa s'ouvrirent devant nous. Suivis par deux esclaves et flanqués d'un quatuor de gardes, nous descendîmes la rue principale magnifiquement pavée de larges pierres, avec une rigole qui canalisait les eaux de pluie vers la rivière qui coulait à l'est de la ville. Les boutiques à la devanture ouverte regorgeaient de marchandises : des souliers, une boucherie, du sel, un potier. Certaines maisons s'étaient effondrées, mais la plupart étaient en bon état, peut-être parce que la présence de Mordred et de Guenièvre avait valu à la cité un regain de prospérité. Il y avait des mendiants, bien sûr, qui se traînaient sur des moignons, se pressant pour ramasser les pièces de cuivre que jetaient les deux esclaves de Guenièvre au risque de recevoir des coups de hampe. Guenièvre elle-même, sa chevelure rousse exposée au soleil, continua son chemin sans guère prêter attention à l'émoi que suscitait sa présence. « Tu vois cette maison ? demanda-t-elle en montrant du doigt une belle maison à étage, du côté nord de la rue. C'est là qu'habite Nabur, et que notre roitelet pète et vomit. » Elle haussa les épaules. « Mordred est un enfant particulièrement désagréable. Il boitille et ne cesse jamais de hurler. Là ! Tu l'entends ? » J'entendais bien un enfant vagir, mais je n'aurais su dire s'il s'agissait de Mordred. « Allons, passe par ici », ordonna Guenièvre en fendant la petite foule de badauds qui la regardaient de l'autre côté de la rue, puis elle grimpa sur un monceau de pierres cassées juste à côté de la belle maison de Nabur.

La suivant, je m'aperçus que nous étions sur un chantier, ou plutôt à un endroit où l'on démolissait une bâtisse pour en ériger une autre sur ses ruines. Sur les décombres d'un temple romain. « C'est là que les fidèles adoraient Mercure, observa Guenièvre, mais maintenant nous allons avoir un sanctuaire pour un charpentier mort. Et explique-moi comment un charpentier mort va nous assurer de bonnes récoltes ! » Ces derniers mots, qui s'adressaient en apparence à moi, furent prononcés assez fort pour troubler la douzaine de chrétiens qui travaillaient à leur nouvelle église. Les uns posaient des pierres, d'autres aplanissaient des montants de porte, d'autres encore abattaient d'anciens murs afin de récupérer des matériaux pour le nouvel édifice. « S'il te faut un bouge pour ton charpentier, dit Guenièvre d'une voix sonore, pourquoi ne pas reprendre tout simplement l'ancien bâtiment ? ai-je demandé à Sansum, mais il prétend que tout doit être neuf afin que ses précieux chrétiens ne respirent point l'air souillé par les païens, en vertu de quoi nous démolissons l'ancienne bâtisse, qui était exquise, pour ériger un affreux bâtiment bancal et dénué de grâce ! » Elle cracha dans la poussière pour conjurer le mal. « Il dit que c'est une chapelle pour Mordred ! Tu peux croire une chose pareille ? Il est bien décidé à faire de ce malheureux gosse un pleurnichard de chrétien. Et voilà le but de cette horreur !

— Chère Dame ! » Mgr Sansum surgit de derrière l'un des nouveaux murs, qui était effectivement de guingois en comparaison de la maçonnerie soignée des vestiges du temple romain. Sansum portait une robe noire qui, comme ses cheveux sévèrement tonsurés, était couverte de poussière blanche. « Votre gracieuse présence est pour nous un grand honneur, Dame, fit-il en s'inclinant devant Guenièvre.

— Je ne suis pas venue t'honorer, vermisseau. Je suis venue montrer à Derfel les carnages auxquels tu te livres. Comment adorer ton Dieu là-dedans ? demanda-t-elle en montrant de la main l'église en chantier. Autant prendre des écuries !

— Notre cher Seigneur est né dans une étable, Dame, et je me réjouis que notre humble église t'y fasse penser. » Il s'inclina de nouveau devant elle. Certains de ses ouvriers s'étaient rassemblés à l'extrémité du nouvel édifice et entonnèrent un de leurs cantiques pour conjurer la funeste présence des païens.

« Ah ça, pour sûr, on dirait une étable ! » Puis, écartant le prêtre, elle s'avança sur le sol jonché de gravats en direction d'une cabane de bois adossée au mur de pierre et de briques de la maison de Nabur. Elle lâcha la bride à ses lévriers. « Où est cette statue, Sansum ? » Elle lança la question par-dessus son épaule tout en ouvrant brusquement la porte.

« Hélas, gracieuse Dame, j'ai voulu la sauver pour vous, mais notre bienheureux seigneur a commandé qu'elle soit fondue. Pour les pauvres, vous comprenez ? »

Elle se retourna furieuse vers l'évêque. « Un bronze ! À quoi le bronze peut-il servir aux pauvres ? Ils le mangent ? » Elle me regarda. « Une statue de Mercure, Derfel, de la taille d'un grand gaillard et magnifiquement travaillée. Et belle ! Du travail de Romain, non de Breton, mais la voilà disparue, fondue dans un four chrétien, tout ça parce que vous autres – elle fixait Sansum d'un regard haineux –, vous ne supportez pas la beauté. Elle vous fait peur. Vous êtes comme des larves qui abattent un arbre et vous n'avez aucune idée de ce que vous faites. » Elle se baissa pour entrer dans la cabane, où, de toute évidence, Sansum entreposait les objets précieux qu'il découvrait dans les temples romains. Elle en ressortit avec une statuette de pierre qu'elle lança à l'un de ses gardes. « Ce n'est pas grand-chose, mais c'est déjà ça de pris à un avorton de charpentier né dans une étable. »

Toujours souriant, malgré les insultes, Sansum me demanda où en étaient les batailles dans le nord. « Nous gagnons lentement.

— Dis à mon seigneur, le prince Arthur, que je prie pour lui.

— Prie pour ses ennemis, crapaud, intervint Guenièvre, et peut-être gagnerions-nous plus vite. » Elle regarda ses deux chiens qui pissaient contre les nouveaux murs de l'église. « Cadwy a suivi cette route le mois dernier et s'est approché, me dit-elle.

— Grâce à Dieu, nous avons été épargnés, ajouta pieusement Mgr Sansum.

— Pas grâce à toi, misérable vermisseau, trancha Guenièvre. Les chrétiens ont détalé. Ramassé leurs frusques et filé à l'est. Nous autres, nous sommes restés, et Lanval, grâce soit rendue à nos Dieux, a chassé Cadwy. » Elle cracha en direction de la nouvelle église. « Nous finirons par être libérés de nos ennemis et ce jour-là, Derfel, j'abattrai cette étable pour bâtir un temple digne d'un vrai Dieu.

— Pour Isis ? demanda craintivement Sansum.

— Prends garde, le prévint Guenièvre, car ma Déesse règne sur la nuit et elle pourrait bien se saisir de ton âme pour son amusement. Bien que les Dieux seuls sachent à quoi pourrait bien servir ton âme misérable. Viens, Derfel. »

Elle récupéra ses deux lévriers et nous remontâmes la colline. Guenièvre hochait la tête sous l'effet de la colère. « Tu vois ce qu'il fabrique ? Démolir l'ancien ! Et pourquoi ? Afin de nous imposer ses mesquines superstitions de pacotille. Pourquoi ne peut-il laisser en paix les anciens ? Que des imbéciles veuillent se prosterner devant un charpentier, c'est leur affaire, mais en quoi ça le gêne de savoir qui nous adorons ? Mon avis, c'est que plus il y a de Dieux, mieux ça vaut. Pourquoi offenser certains Dieux pour exalter le sien ? Ça n'a pas de sens.

— Qui est Isis ? » demandai-je alors que nous franchissions la porte de sa villa.

Elle me lança un regard amusé. « Est-ce la question de mon cher mari que j'entends ?

— Oui. »

Elle rit. « Bien joué, Derfel. La vérité est toujours étonnante. Ainsi donc, Arthur s'inquiète de ma Déesse ?

— Il s'inquiète, parce que Sansum le tracasse avec des histoires de mystères. »

D'un mouvement d'épaules, elle se débarrassa de son manteau qui tomba sur les dalles de la cour, où une esclave le ramassa. « Dis à Arthur qu'il n'a aucun souci à se faire. Doute-t-il de mon affection ?

— Il vous adore, répondis-je avec ménagement.

— Moi aussi, fit-elle dans un sourire. Dis-le-lui, Derfel, ajouta-t-elle avec chaleur.

— Je n'y manquerai pas, Dame.

— Et dis-lui qu'il n'a aucun souci à se faire à propos d'Isis. » D'un geste impulsif, elle me prit par la main. « Viens », dit-elle, comme elle l'avait fait pour me conduire au nouveau sanctuaire chrétien, mais cette fois-ci elle m'entraîna à travers la cour, enjambant les petites rigoles, vers une petite porte creusée dans les arcades. Lâchant ma main pour ouvrir la porte, elle annonça alors : « Voici le sanctuaire d'Isis qui tracasse mon cher seigneur.

— Les hommes ont le droit d'y entrer ? demandai-je hésitant.

— De jour, oui. De nuit ? Non. » Elle se baissa pour franchir la porte et écarta un épais rideau de laine suspendu à l'entrée. Je la suivis et me retrouvai dans une pièce noire, sans la moindre lumière. « Reste où tu es », me prévint-elle, et au départ je crus obéir à une règle d'Isis, mais, mes yeux s'habituant à l'obscurité, je compris qu'elle m'avait dit de m'arrêter pour m'empêcher de trébucher dans un bassin creusé dans le sol. La seule lumière venait des franges du rideau, à la porte, mais comme j'attendais je pris conscience d'une lumière grise qui filtrait au fond de la pièce ; puis je vis que Guenièvre baissait couche sur couche de tentures murales noires, toutes soutenues par un bâton supporté par des crochets. Et les tissus étaient si épais que les diverses couches de toile ne laissaient entrer aucune lumière. Derrière les tentures, maintenant fripées sur le sol, se trouvaient des volets, que Guenièvre ouvrit, laissant entrer un flot de lumière éblouissante.

« Voilà, dit-elle en se postant à côté de la grande fenêtre cintrée, voilà les mystères ! » Elle se moquait des craintes de Sansum, même si, en vérité, la pièce était réellement mystérieuse car elle était toute noire. Le sol était de pierres noires, les murs et le plafond voûté étaient enduits de poix. Au centre de la pièce, se trouvait un bassin peu profond d'eau noire et derrière, entre le bassin et la fenêtre maintenant grande ouverte, se dressait un petit trône de pierre noire.

« Alors, Derfel, qu'en penses-tu ?

— Je ne vois point de Déesse, dis-je en cherchant des yeux une statue d'Isis.

— Elle vient avec la lune », répondit Guenièvre tandis que j'essayais d'imaginer la pleine lune inondant de son éclat le bassin et miroitant sur les murs noirs. « Parle-moi de Nimue, ordonna-t-elle, et je te parlerai d'Isis.

— Nimue est la prêtresse de Merlin et elle apprend ses secrets. » Ma voix résonnait dans la salle de pierre peinte en noir.

« Quels secrets ?

— Les secrets des anciens Dieux, Dame. »

Elle fronça les sourcils. « Mais comment trouve-t-il ces secrets ? Je croyais que les anciens druides ne couchaient rien par écrit. Il leur était interdit d'écrire, n'est-ce pas ?

— En effet, Dame, mais Merlin n'en est pas moins en quête de leur savoir. »

Guenièvre inclina la tête. « Je savais que des connaissances s'étaient perdues. Et Merlin va les retrouver ? Bien ! Cela pourrait clouer le bec à cet infâme crapaud de Sansum. » Elle s'était placée au centre de la fenêtre et, par-delà les toitures de tuiles et de chaume de Durnovarie, les remparts sud et l'amphithéâtre envahi par les herbes, elle regardait les énormes murs de terre de Mai Dun qui se dressaient à l'horizon. Des nuages blancs s'amoncelaient dans le ciel blanc, mais ce qui me coupa le souffle, c'est la lumière du soleil qui traversait le fourreau de lin blanc de Guenièvre, en sorte que la dame de mon seigneur, cette princesse de Henis Wyren, aurait pu tout aussi bien être nue. En cet instant, alors que le sang me battait les oreilles, je jalousai mon seigneur. Guenièvre avait-elle conscience de la trahison du soleil ? Je ne le pensais pas, mais j'ai bien pu me tromper. Elle me tournait le dos, mais elle se tourna brusquement à demi pour me voir. « Lunette est-elle une magicienne ?

— Non, Dame.

— Mais elle a appris auprès de Nimue, n'est-ce pas ?

— Non. Elle n'a jamais été admise dans l'antre de Merlin. Ça ne l'intéressait pas.

— Mais toi, tu y es entré ?

— Juste deux fois. » Je pouvais voir ses seins et, délibérément, je baissai les yeux vers le bassin noir, à seule fin d'y voir se refléter sa beauté, l'eau ajoutant un sensuel chatoiement de sombre mystère à son corps souple et élancé. Un silence pesant se fit et je compris, songeant à notre dernier échange, que Lunete avait dû prétendre posséder quelques rudiments de la magie de Merlin et que je venais sans conteste de démasquer l'imposture. « Peut-être, repris-je d'une voix faible, Lunete en sait-elle plus qu'elle ne m'a jamais dit ? »

Guenièvre haussa les épaules et se détourna. Je levai de nouveau les yeux. « Mais Nimue, dis-tu, est plus avertie que Lunete ?

— Infiniment plus, Dame.

— Par deux fois, je lui ai demandé de venir, reprit-elle brusquement, et par deux fois elle a refusé. Comment la persuader de venir ?

— La meilleure façon d'obtenir quelque chose de Nimue, c'est de le lui interdire. »

Le silence se fit à nouveau. Le brouhaha de la ville était assez bruyant ; les cris des camelots sur le marché, le fracas des roues des charrettes sur la pierre, les aboiements, le bruit de ferraille de récipients dans une cuisine proche, mais dans cette pièce, c'était le silence. « Un jour, je construirai ici un temple à Isis », annonça-t-elle en tendant la main vers les remparts de Mai Dun qui bouchaient le ciel, du côté sud. « C'est un endroit sacré ?

— Très sacré.

— Bien. » Elle se retourna vers moi, le soleil baignant ses cheveux roux et donnant de l'éclat à sa peau douce sous son fourreau blanc. « Je ne veux pas de ces enfantillages, Derfel, je ne vais pas essayer de jouer au plus malin avec Nimue. Je la veux ici. J'ai besoin d'une vraie prêtresse. J'ai besoin d'une amie des anciens Dieux pour combattre ce morveux de Sansum. J'ai besoin de Nimue, Derfel, alors au nom de l'amour que tu portes à Arthur, dis-moi quel message la fera venir. Dis-le-moi et je te dirai pourquoi j'adore Isis. »

Je marquai un temps de pause, réfléchissant à ce qui pourrait l'appâter. « Dites-lui, annonçai-je enfin, qu'Arthur lui livrera Gundleus si elle t'obéit. Mais veillez qu'il le fasse, ajoutai-je.

— Merci à toi, Derfel. » Elle sourit et s'assit sur le trône de pierre noire polie. « Isis, m'expliqua-t-elle, est une Déesse de femme et le trône est son symbole. Un homme pourrait monter sur le trône, mais c'est Isis qui décide qui est cet homme. Voilà pourquoi je la vénère. »

Je flairai un parfum de trahison dans ses paroles. « Le trône de ce royaume, Dame, est occupé par Mordred ».

Je répétai un leitmotiv d'Arthur qui eut le don d'exciter ses sarcasmes. « Mordred ! Il n'occuperait même pas un pot de chambre ! Mordred n'est qu'un estropié ! Un gosse mal élevé qui flaire déjà le pouvoir comme un pourceau reniflant pour saillir une truie. » Elle parlait d'une voix cinglante et méprisante. « Et depuis quand, Derfel, un trône se transmet de père en fils ? Il n'en a jamais été ainsi dans l'ancien temps ! Le meilleur de la tribu prenait le pouvoir, et c'est ainsi qu'il devrait en être aujourd'hui. » Elle ferma les yeux comme si elle regrettait soudain sa sortie. « Tu es un ami de mon mari ? demanda-t-elle au bout de quelque temps, les yeux rouverts.

— Dame, vous le savez.

— Alors nous sommes des amis, toi et moi, Derfel. Nous ne faisons qu'un, parce que tous deux nous aimons Arthur, et crois-tu, mon ami Derfel Cadarn, que Mordred fera un meilleur roi qu'Arthur ? »

J'hésitai, parce qu'elle m'invitait à tenir le langage de la trahison, mais elle m'incitait aussi à parler franchement dans un lieu consacré, et je lui dis la vérité. « Non, Dame. Le prince Arthur ferait un meilleur roi.

— Bien, approuva-t-elle dans un sourire. Alors dis à Arthur qu'il n'a rien à craindre mais, au contraire, beaucoup à gagner de mon culte d'Isis. Dis-lui que c'est pour son avenir que je la vénère ici, et que rien de ce qui se passe dans cette pièce ne peut lui faire de tort. Est-ce assez clair ?

— Je le lui dirai, Dame. »

Elle me dévisagea un bon moment. Je me tenais droit comme un soldat, avec mon manteau qui touchait terre, Hywelbane à mon côté et ma barbe dorée qui étincelait au soleil. « Allons-nous gagner cette guerre ? demanda enfin Guenièvre.

— Oui, Dame. »

Elle sourit de mon assurance. « Dis-moi pourquoi.

— Parce qu'au nord Gwent est solide comme le roc, parce que les Saxons se déchirent comme nous et qu'ils ne s'unissent jamais contre nous. Parce que Gundleus de Silurie craint comme la peste une nouvelle défaite. Parce que Cadwy est une limace qui se fera écrabouiller dès que nous aurons un moment de répit. Parce que Gorfyddyd sait se battre, mais pas conduire des armées. Et surtout, Dame, parce que nous avons le prince Arthur.

— Bien », fit-elle en se levant, en sorte que le soleil traversait de nouveau son délicat fourreau de lin blanc. « Tu dois filer, Derfel. Tu en as assez vu. » Je rougis. Elle rit. « Et trouve un ruisseau ! » lança-t-elle comme j'écartais le rideau de la porte. « Parce que tu pues comme un Saxon ! »

Je trouvai un ruisseau, me lavai et emmenai mes hommes au sud, en direction de la mer.

*

Je n'aime pas la mer. Elle est froide et perfide, avec ses collines grises et ondoyantes qui n'en finissent pas de venir de l'ouest où le soleil meurt chaque jour. Quelque part au-delà de cet horizon désert, me dirent les matelots, se trouve le fabuleux pays de Lyonesse, mais personne ne l'a vu, ou en tout cas nul n'en est jamais revenu, si bien que cette terre est devenue un pays enchanté pour les pauvres matelots ; une terre de délices terrestres, où il n'y a ni guerre ni famine ni surtout de navires pour traverser la mer grise et houleuse avec ces crêtes blanches balayées par le vent cinglant, les pentes gris-vert qui soulèvent si implacablement nos frêles embarcations de bois. La côte de Dumnonie semblait si verte. Je n'avais pas mesuré à quel point j'aimais ce pays avant de le quitter pour la première fois.

Mes hommes se partagèrent entre trois navires, tous manœuvrés par des esclaves, même si une fois que nous eûmes quitté le fleuve souffla un vent d'ouest qui nous obligea à rentrer les rames pour laisser à nos voiles en lambeaux le soin d'entraîner nos malheureuses embarcations sur les pentes vertigineuses des vagues. Nombre de mes hommes furent malades. Ils étaient jeunes, pour la plupart plus jeunes que moi, car la guerre est réellement une affaire de garçon, mais quelques-uns étaient plus âgés. Cavan, mon second, frisait la quarantaine avec sa barbe grisonnante et son visage balafré. C'était un Irlandais buté qui avait servi sous Uther et qui ne voyait rien d'étrange à être maintenant commandé par un homme moitié moins âgé que lui. Il m'appelait Seigneur, supposant que, puisque je venais du Tor, j'étais, sinon l'héritier de Merlin, du moins le noble rejeton qu'une esclave saxonne avait donné au magicien. Arthur m'avait donné Cavan, je crois, au cas où mon autorité ne se révélerait pas plus grande que mes années, mais en toute franchise je n'ai jamais eu de problème pour les commander. Vous dites aux soldats ce qu'ils doivent faire, vous le faites vous-mêmes, vous les châtiez s'ils défaillent, mais autrement vous les récompensez largement et leur donnez la victoire. Mes lanciers étaient tous des volontaires pour aller en Benoïc, soit qu'ils voulussent me servir, soit, plus probablement, qu'ils imaginassent qu'il y aurait plus de butin et de gloire au sud de la mer. Nous partîmes sans femmes, sans chevaux ni serviteurs. J'avais rendu à Canna sa liberté et l'avais renvoyée au Tor, espérant que Nimue s'occuperait d'elle, mais je doutais de revoir un jour ma petite Saxonne. Elle se trouverait bientôt un mari, tandis que je découvrirais la nouvelle Bretagne, l'Armorique, et verrais de mes propres yeux la beauté légendaire d'Ynys Trebes.

Bleiddig, le chef dépêché par le roi Ban, nous accompagnait. Il grommela que je manquais d'années, mais après que Cavan eut grogné que j'avais probablement tué plus d'hommes que Bleiddig lui-même, il décida de garder ses réserves pour lui. En revanche, il persista à déplorer que nous fussions trop peu nombreux. Les Francs, assurait-il, étaient avides de terre, bien armés et nombreux. Deux cents hommes pourraient faire la différence, prétendait-il maintenant, mais pas soixante.

Cette première nuit, nous mouillâmes dans la baie d'une île. La mer se déchaînait à l'embouchure tandis que sur la côte une bande de loqueteux se mit à nous interpeller et à tirer de faibles flèches qui retombèrent bien loin de nos trois navires. Notre capitaine redoutait une tempête et, à cette fin, il sacrifia un chevreau qui se trouvait à bord. Il aspergea la proue de son navire du sang de l'animal et, au matin, le vent était retombé, mais un grand brouillard enveloppait la mer. Aucun capitaine ne se risquerait à faire voile dans des conditions pareilles, et nous attendîmes un jour plein et une nuit, puis, le ciel s'étant dégagé, nous poursuivîmes à la rame vers le sud. La journée fut longue. Nous élongeâmes de redoutables rochers que couronnaient les carcasses de navires venus s'y briser puis, par une chaude soirée, alors qu'un vent léger et la marée montante aidaient nos rameurs fatigués, nous entrâmes dans un large fleuve où, sous les ailes fortunées d'une volée de cygnes, nous accostâmes. Il y avait un fort dans le voisinage et des hommes en armes descendirent sur la rive pour nous défier, mais Bleiddig cria que nous étions des amis. Les hommes répondirent en Bretons pour nous souhaiter la bienvenue. Le soleil couchant dorait les remous et les tourbillons du fleuve. L'endroit sentait le poisson, le sel et la poix. Des filets noirs pendaient à des râteliers à côté de bateaux de pêche à l'échouage, des feux flamboyaient sous les marais salants, des chiens allaient et venaient dans les vaguelettes, aboyant après nous, tandis qu'un groupe de marmots accourut de cabanes voisines pour nous voir patauger jusque sur la terre ferme.

Je descendis le premier avec mon bouclier orné de l'ours, le symbole d'Arthur, mais retourné, et lorsque j'eus franchi la ligne de goémon formée par la marée haute j'enfonçai la hampe de ma lance dans le sable et priai Bel, mon protecteur, et Manawydan, le Dieu de la Mer, qu'ils me ramènent un jour d'Armorique vers la côte de mon seigneur Arthur dans la bienheureuse Bretagne.

Puis nous allâmes guerroyer.

Je m'étais laissé dire qu'aucune ville, pas même Rome ou Jérusalem, n'était aussi belle qu'Ynys Trebes, et peut-être ces hommes disaient-ils vrai car, bien que je n'eusse jamais vu ces autres cités, j'ai vu Ynys Trebes, et c'était un lieu de merveilles, une ville prodigieuse, la plus belle capitale que j'eusse jamais vue. Elle était bâtie sur une île de granit escarpée au milieu d'une baie large et peu profonde parfois balayée par les vents hurlants et déchirée par l'écume, mais au sein d'Ynys Trebes régnait le calme. En été, la baie miroitait de chaleur, mais dans la capitale de Benoïc il faisait toujours frais. Guenièvre aurait aimé Ynys Trebes, car on y chérissait tout ce qui était ancien et on en rejetait tout ce dont la laideur pouvait gâter la grâce.

Les Romains étaient venus à Ynys Trebes, bien entendu, mais ils ne l'avaient point fortifiée, se bornant à édifier deux villas à son sommet. Les villas étaient toujours là : le roi Ban et la reine Elaine les avaient réunies puis embellies en pillant les édifices romains de la terre ferme en quête de piliers et de piédestaux, de mosaïques et de statues, si bien que le sommet de la colline était désormais couronné par un palais aérien et lumineux, où le moindre souffle de vent venu de la mer brasillante gonflait les rideaux de lin blanc. C'est par bateau qu'on accédait le plus facilement à l'île, bien qu'il y eût un genre de digue toujours couverte à marée haute et que les sables mouvants pouvaient rendre traîtresse à marée basse. Des brins d'osier marquaient la digue, mais la force des marées gigantesques déplaçait sans cesse les balises et seul un fou pouvait s'y risquer sans recourir aux services d'un guide du pays pour le diriger à travers les sables aspirants et les criques mouvantes. Lors des marées les plus basses, Ynys Trebes émergeait au milieu d'une vaste étendue de sable parsemée de mares et de ravines, tandis qu'à marée haute, lorsque soufflait un fort vent d'ouest, la cité ressemblait à un monstrueux navire suivant son cours, intrépide, dans une mer démontée.

Sous le palais, s'agglutinaient des constructions de moindre importance accrochées aux pentes de granit comme des nids d'oiseaux de mer. Il y avait des temples, des boutiques, des églises et des maisons, toutes chaulées, toutes en pierre, toutes ornées des sculptures et des décorations dont on n'avait pas voulu dans le palais de Ban, et toutes donnant sur une voie pavée qui grimpait par escaliers autour de l'île jusqu'à la maison royale. Du côté est de l'île, il y avait un petit quai de pierre où les bateaux pouvaient accoster, même si le débarquement n'était confortable que par très beau temps, et c'est pourquoi nos navires nous avaient déposés en lieu sûr, à un jour de marche, plus à l'ouest. Au-delà du quai se trouvait un petit port, qui n'était qu'un bassin de marée protégé par des digues de sable. À marée basse, le bassin était coupé de la mer tandis qu'à marée haute il faisait un havre peu sûr avec le vent du nord. Tout autour de l'île, à la base, sauf aux endroits où la falaise de granit était trop raide pour qu'on pût l'escalader, un mur de pierre prétendait tenir en respect le monde extérieur. Hors d'Ynys Trebes, tout n'était que tumulte, ennemis francs, sang, misère et maladie ; dans ses murs, régnait au contraire la science, la musique, la poésie et la beauté.

Ma place n'était pas dans la capitale insulaire chérie du roi Ban. Ma mission était de défendre Ynys Trebes en combattant sur la terre ferme de Benoïc, où les Francs pillaient les fermes qui entretenaient la somptueuse capitale, mais Bleiddig insista pour que je visse le roi. Je me laissai donc guider à travers la digue, franchis la porte décorée d'une sculpture de triton brandissant un trident, puis grimpai la route escarpée qui conduisait au sublime palais. Tous mes hommes étaient restés sur la terre ferme, mais j'aurais aimé leur faire voir les merveilles de la cité : les portes sculptées ; les escaliers de pierre raides creusés dans le granit entre les temples et les boutiques ; les maisons à balcons décorés d'urnes de fleurs ; les statues et les sources qui approvisionnaient en eau fraîche des bassins de marbre sculptés, où chacun pouvait plonger une seille ou se désaltérer. Bleiddig, qui me servait de guide, ne cessa de rouspéter que la cité gaspillait du bon argent qu'il eût fallu employer pour renforcer les défenses à terre, mais, pour ma part, ce grandiose spectacle m'impressionnait. Cet endroit, pensais-je, méritait qu'on se batte pour lui.

Bleiddig me fit franchir la dernière porte décorée d'un triton qui donnait sur la cour du palais. Les bâtiments couverts de plantes grimpantes occupaient trois côtés de la cour, tandis que le quatrième était délimité par une série d'arches blanches qui dominaient la mer. À chaque porte étaient postés des gardes en manteaux blancs, la hampe de leur lance bien polie et le fer brillant. « Ils ne servent à rien, marmonna Bleiddig. Ils ne feraient pas peur à un chiot, mais ils ont fière allure. »

Un courtisan en toge blanche nous accueillit à la porte du palais et nous escorta à travers une enfilade de chambres, toutes regorgeant de trésors rares. Il y avait des statues d'albâtre et de la vaisselle en or ; une pièce était couverte de miroirs devant lesquels je restai bouche bée en apercevant mon lointain reflet qui se répétait à l'infini : un soldat barbu et crasseux avec son manteau de bure, de plus en plus petit à mesure que je m'enfonçais dans les plis du miroir. Dans la pièce suivante, toute peinte en blanc et sentant les fleurs, une fille jouait de la harpe. Elle portait une tunique courte et rien d'autre. Elle sourit lorsque nous passâmes devant elle et continua à jouer. Ses seins étaient dorés par le soleil, ses cheveux courts et son sourire engageant. « On dirait un bordel, chuchota Bleiddig de sa voix rauque. Dommage que ça n'en soit pas, on en aurait l'usage. »

Le courtisan en toge ouvrit la dernière porte à deux battants et aux poignées de bronze et s'écarta pour nous faire entrer dans une vaste pièce qui donnait sur la mer chatoyante. « Sire, fit-il en s'inclinant devant l'unique occupant de la pièce, le chef Bleiddig et Derfel, capitaine de Dumnonie. »

Un grand homme maigre au visage inquiet et aux cheveux blancs clairsemés quitta sa table où il écrivait sur un parchemin. Une risée de vent fit bouger son ouvrage et il s'affaira, le temps de glisser les coins de son parchemin sous des cornes à encre et des pierres de serpent. « Ah, Bleiddig, fit le roi en s'avançant vers nous. Tu es de retour, à ce que je vois. Bien, bien. Certains ne reviennent jamais. Les navires ne survivent pas. Nous devrions y songer. La solution est-elle dans de plus gros bateaux, qu'en penses-tu ? Ou est-ce que nous les construisons mal ? Je ne suis pas certain que nous soyons de bons constructeurs de bateaux, même si nos pêcheurs jurent que si, mais certains d'entre eux ne reviennent jamais non plus. Un problème. » Le roi Ban s'arrêta à mi-chemin, au milieu de la pièce, et se gratta la tempe, maculant un peu plus d'encre ses maigres cheveux. « Aucune solution évidente ne s'impose, annonça-t-il enfin avant de me dévisager. Drivel, n'est-ce pas ?

— Derfel, Sire, répondis-je en mettant un genou à terre.

— Derfel ! » Il répéta mon nom avec étonnement. « Derfel ! Laisse-moi réfléchir un instant ! Derfel, j'imagine, si ce nom signifie quoi que ce soit, il veut dire " qui appartient à un druide ". Est-ce ton cas, Derfel ?

— J'ai été élevé par Merlin, Sire.

— Ah oui ? Vraiment ! Ah ça, par exemple ! Sapristi. Je vois que nous devons parler. Comment va mon cher Merlin ?

— Voici cinq ans qu'on ne l'a revu, Seigneur.

— Il est donc invisible ! Ha ! J'ai toujours pensé que ce pouvait être l'une de ses ruses. Une ruse utile, aussi. Il faut que je demande à mes sages d'enquêter. Allons, debout, relève-toi. Je ne souffre pas qu'on s'agenouille devant moi. Je ne suis pas un Dieu, du moins je ne le pense pas. » Le roi m'examina et sembla déçu. « Tu ressembles à un Franc ! observa-t-il d'une voix perplexe.

— Je suis Dumnonien, Sire, répondis-je fièrement.

— J'en suis bien sûr, et un Dumnonien, je l'espère, qui précède ce cher Arthur, n'est-ce pas ? » demanda-t-il impatient.

Je ne m'y étais pas préparé. « Non, Seigneur. Arthur est assiégé par une foule d'ennemis. Il se bat pour la survie de notre royaume et il m'a donc envoyé avec quelques hommes, tous ceux dont il pouvait se passer, et je dois lui écrire pour lui dire s'il en faut davantage.

— D'autres seront nécessaires, assurément, dit Ban aussi fermement que le lui permettait son mince filet de voix haut perché. Hélas oui ! Ainsi tu es venu avec quelques hommes ? Combien au juste ?

— Soixante, Seigneur. »

Le roi Ban se laissa tomber sur un siège incrusté d'ivoire. « Soixante ! J'en avais espéré trois cents ! Et Arthur en personne. Tu as l'air bien jeune pour être un capitaine », ajouta-t-il sceptique. Puis il s'illumina. « Ai-je bien entendu ? Tu as dit que tu savais écrire ?

— Oui, Seigneur.

— Et lire ? demanda-t-il anxieusement.

— En effet, Sire.

— Tu vois, Bleiddig ! s'exclama le roi d'une voix triomphante tout en se relevant. Il est des guerriers qui savent lire et écrire ! Ils n'en sont pas moins virils pour autant. Ça ne les ravale pas au rang insignifiant des clercs, des femmes, des rois ou des poètes comme tu aimes à le croire. Ah ! Un guerrier lettré. Par un heureux hasard, écrirais-tu de la poésie ?

— Non, Seigneur.

— Comme c'est dommage. Nous formons une communauté de poètes. Une confrérie ! Nous nous appelons les *fili*, et la poésie est notre austère maîtresse. C'est, pour ainsi dire, notre tâche sacrée. Peut-être seras-tu inspiré ? Viens avec moi, mon docte Derfel ! » Oubliant l'absence d'Arthur, Ban traversa la pièce en proie à une vive excitation, me faisant signe de le suivre à travers une seconde série de grandes portes et une autre petite pièce, où une seconde harpiste, à demi nue comme la première et tout aussi belle, caressait les cordes avant de pénétrer dans une grande bibliothèque.

Je n'avais encore jamais vu de vraie bibliothèque et le roi Ban, ravi de montrer la pièce, épiait ma réaction. J'étais ahuri, et pour cause ! Chaque rouleau enrubanné était déposé dans un casier ouvert, taillé sur mesure, les écrins s'empilant les uns sur les autres comme les cellules d'une ruche. Il y en avait des centaines, chacune abritant son rouleau et portant une étiquette calligraphiée avec soin. « Quelles langues parles-tu, Derfel ? me demanda Ban.

— Le saxon, Seigneur, et le breton.

— Ah ! fit-il déçu. Uniquement des langues grossières. Pour ma part, je maîtrise maintenant le latin, le grec, le breton, cela va de soi, et quelques bribes d'arabe. Le père Celwin, ici présent, parle dix fois plus de langues, n'est-ce pas, Celwin ? »

Le roi s'adressait à l'unique occupant des lieux, un vieux prêtre à la barbe blanche. Le dos grotesquement voûté, il avait le capuce des moines. Pour toute réponse, le prêtre leva une main décharnée, sans quitter des yeux les rouleaux qui encombraient sa table. L'espace d'un instant, je crus que le prêtre avait un cache-col noué à l'arrière de son capuce, puis je vis un chat gris qui leva la tête, me regarda, bâilla et se replongea dans le sommeil. Sans s'offusquer de la grossièreté du moine, le roi Ban me fit faire le tour de ses casiers en me parlant des trésors qu'il avait amassés. « J'ai ici, commença-t-il fièrement, tout ce que les Romains ont laissé et tout ce que mes amis pensent à m'envoyer. Certains manuscrits sont trop anciens pour qu'on les puisse encore manipuler, et ce sont ceux-là que nous recopions. Voyons voir, de quoi s'agit-il ? Ah oui, les douze pièces d'Aristophane. Je les ai toutes, naturellement. Voici *Les Babyloniens*. Une comédie en grec, jeune homme.

— Et pas amusante du tout, glapit le prêtre depuis sa table.

— Et d'une drôlerie irrésistible », ajouta le roi Ban, indifférent à la grossièreté du prêtre à laquelle il était visiblement habitué. « Peut-être les *fili* devraient-ils construire un théâtre et la jouer ? Ah, voici qui te plaira. Horace, l'*Ars Poetica*. Je l'ai copié moi-même.

— Pas étonnant que ce soit illisible, trancha le père Celwin.

— Je demande à tous les *fili* d'étudier les maximes d'Horace, m'expliqua le roi.

— Et c'est pourquoi ils font de si exécrables poètes, intervint le prêtre, toujours sans lever les yeux de ses rouleaux.

— Ah, Tertullien ! » Le roi sortit un rouleau de son écrin et souffla la poussière du parchemin. « Une copie de son *Apologétique* !

— Fadaises ! trancha Celwin. De l'encre précieuse dépensée en pure perte.

— L'éloquence même ! s'exalta le roi. Je ne suis pas chrétien, Derfel, mais certains écrits chrétiens sont pétris de bon sens moral.

— Rien de tel ici, s'obstina le prêtre.

— Ah, voici une œuvre que tu dois déjà connaître, fit le roi en tirant un autre rouleau de son casier. Les *Pensées* de Marc Aurèle. Un guide sans pareil, mon cher Derfel, un viatique.

— Des platitudes en mauvais grec écrites par un raseur romain, grommela le prêtre.

— Probablement le plus grand livre jamais écrit, ajouta le roi d'un air songeur en remettant Marc Aurèle à sa place pour extraire aussitôt un autre rouleau. Et voici une curiosité, vraiment. Le grand traité d'Aristarque de Samos. Tu le connais, j'en suis sûr ?

— Non, Seigneur, avouai-je.

— Peut-être n'est-il point sur la liste de lecture de tout le monde, admit tristement le roi, mais il ne manque pas d'un certain piquant. Aristarque prétend – ne ris pas – que c'est la terre qui tourne autour du soleil, plutôt que le contraire. » Et le roi d'illustrer cette idée saugrenue avec force extravagants moulinets des deux bras. « Il a tout renversé, tu comprends ?

— Ça me paraît raisonnable, fit Celwin toujours plongé dans son travail.

— Et Silius Italicus ! » D'un geste de la main, le roi désigna tout un groupe de cases emplies de rouleaux. « Le cher Silius Italicus ! J'ai les dix-huit volumes de son histoire de la Seconde Guerre punique. Toute en vers, bien entendu. Quel trésor !

— La Seconde Guerre emphatique, ricana le prêtre.

— Voilà ma bibliothèque, conclut fièrement Ban en m'entraînant hors de la pièce, la gloire d'Ynys Trebes ! Cela et nos poètes. Désolé de vous avoir dérangé, Père !

— Une sauterelle dérange-t-elle un chameau ? » demanda le père Celwin alors que la porte se refermait sur lui et qu'emboîtant le pas à Ban je passai à nouveau devant la harpiste aux seins nus pour retrouver Bleiddig qui nous attendait.

« Le père Celwin poursuit des recherches, annonça fièrement le roi, sur l'envergure des ailes des anges. Peut-être devrais-je l'interroger sur l'invisibilité ? Il semble tout savoir. Mais comprends-tu maintenant, Derfel, pourquoi il est si important qu'Ynys Trebes ne tombe pas ? Dans ce modeste endroit, mon cher compagnon, repose toute la sagesse de notre monde, recueillie dans ses ruines et mise en sécurité. Je me demande ce qu'est un chameau. Sais-tu ce qu'est un chameau, Bleiddig ?

— Une sorte de charbon, Seigneur. Les forgerons s'en servent pour faire de l'acier.

— Vraiment ? Comme c'est intéressant. Mais une sauterelle n'importunerait pas du charbon, n'est-ce pas ? Ça ne risquerait guère d'arriver, alors pourquoi cette suggestion ? Comme c'est déroutant. Il faut que je pose la question au Père quand il sera d'humeur à être interrogé, ce qui n'arrive pas souvent. Maintenant, jeune homme, je sais que tu es venu sauver mon royaume et je suis sûr que tu as hâte de te mettre à l'œuvre, mais d'abord tu dois rester à souper. Mes fils sont ici, tous les deux des guerriers ! J'avais espéré qu'ils se consacreraient à la poésie et à la science, mais les temps exigent des guerriers, n'est-ce pas ? Reste que mon cher Lancelot apprécie les *fili* tout autant que moi, et tout espoir n'est donc pas perdu. » Il s'arrêta, fronça le nez et me gratifia d'un charmant sourire. « Tu prendras volontiers un bain, je crois ?

— Si je prendrai un bain ?

— Oui, fit-il d'un ton ferme. Leanor te conduira à ta chambre, te préparera un bain et te donnera des vêtements. » Il claqua des mains et la première harpiste se présenta à la porte. Apparemment, c'était Leanor.

C'était un palais au bord de mer, inondé de lumière et de beauté, hanté par la musique, consacré à la poésie et chanté par ses habitants, qui paraissaient venus d'un autre âge et d'un autre monde.

Puis je rencontrai Lancelot.

*

« Tu n'es guère plus qu'un enfant, me dit Lancelot.

— Vrai, Seigneur. » Je mangeais du homard trempé dans du beurre fondu, et je ne crois pas avoir jamais mangé avant ni depuis quelque chose d'aussi délicieux.

« Arthur nous fait offense en nous envoyant un gamin, insista Lancelot.

— Faux, répondis-je, la barbe dégoulinant de beurre.

— Tu m'accuses de mentir ? demanda le prince Lancelot, Edling de Benoïc.

— Je t'accuse de te fourvoyer, Seigneur Prince, répliquai-je dans un sourire.

— Soixante hommes ! railla-t-il. Est-ce tout ce qu'Arthur peut trouver ?

— Oui, Seigneur.

— Soixante hommes conduits par un enfant ! » conclut Lancelot avec mépris. Il avait à peine un an ou deux de plus que moi, mais sa lassitude était celle d'un homme beaucoup plus âgé. Il était d'une beauté foudroyante, grand et bien bâti, avec un visage étroit et des yeux sombres, aussi marquant dans sa virilité que l'était celui de Guenièvre dans sa féminité, même si ces airs hautains avaient quelque chose de déconcertant et de serpentin. Il avait des cheveux noirs ramassés en boucles huilées par des peignes d'or, sa moustache et sa barbe étaient parfaitement soignées et huilées, et son parfum sentait la lavande. Il était le plus bel homme que j'eusse jamais vu et, ce qui est pis, il le savait. Dès l'instant où je le vis, je le pris en grippe. Nous nous retrouvâmes dans la salle de banquet de Ban, qui ne ressemblait en rien aux autres salles de banquet que j'avais vues. Celle-ci avait des piliers de marbre, des rideaux blancs qui voilaient de brume la vue sur la mer et des murs de plâtre lisses sur lesquels étaient peints des Dieux, des Déesses et des animaux fabuleux. Des serviteurs et des gardes étaient postés le long des murs de cette salle élégante éclairée par une myriade de petits récipients en bronze où des mèches flottaient dans l'huile, tandis que d'épaisses bougies de cire d'abeille se consumaient sur la longue table couverte d'un linge blanc que je ne cessais de maculer de gouttes de beurre, de même que je souillais la toge malcommode que le roi avait voulu à tout prix me faire porter à la fête.

J'aimais la chère et détestais la compagnie. Le père Celwin était présent et j'eusse saisi avec joie l'occasion de discuter avec lui, mais il taquinait l'un des trois poètes de la tablée, tous membres de la bande des *fili* chère au cœur du roi Ban, tandis que j'étais isolé en bout de table avec le prince Lancelot. La reine Elaine, qui siégeait à côté du roi, son époux, défendait les poètes contre les traits acérés de Celwin, qui semblaient beaucoup plus amusants que les commentaires furieux de Lancelot. « Arthur nous insulte, recommença-t-il.

— Je suis navré que tu le penses, Seigneur.

— Tu ne discutes jamais, enfant ? »

Je plongeai mon regard dans ses yeux ternes et durs. « Je trouvais malavisé pour un guerrier de discuter lors d'un banquet, Seigneur Prince.

— Tu es donc un enfant timide ! » railla-t-il.

Je soupirai et baissai la voix. « Tu cherches réellement la dispute, Seigneur Prince ? demandai-je, maintenant à bout de patience, parce que si c'est cela, traite-moi encore une fois d'enfant et je te fends le crâne. » Je souris.

« Enfant », fit-il après un battement de cœur.

Je lui lançai de nouveau un regard perplexe, me demandant s'il jouait un jeu dont je ne pouvais deviner les règles, mais si tel était le cas, le jeu était d'un sérieux mortel. « Dix fois l'épée noire, dis-je.

— Quoi ? » Il fronça les sourcils, ne reconnaissant pas la formule mithriaque signifiant qu'il n'était pas mon frère. « As-tu perdu la tête ? » demanda-t-il, puis, après une pause, il reprit : « Serais-tu un enfant fou aussi bien que timide ? »

Je le frappai. J'aurais dû garder mon sang-froid, mais mon malaise et ma colère eurent raison de ma prudence. Je lui donnai un grand coup de coude qui lui mit le nez en sang, lui ouvrit la lèvre et le fit basculer de son siège. Il tomba les quatre fers en l'air et voulut me balancer dessus la chaise tombée, mais j'étais trop prompt et trop près pour que le coup eût la moindre force. Je repoussai la chaise, l'obligeai à se redresser et le repoussai contre un pilier ou je frappai sa tête contre la pierre et lui enfonçai un genou dans l'aine. Il fléchit. Sa mère hurlait, tandis que le roi Ban et les poètes me regardaient bouche bée. Un garde nerveux en manteau blanc me pointa sa lance sur la gorge. « Retire ça, ordonnai-je, ou tu es un homme mort. » Il s'exécuta.

« Qui suis-je, Seigneur Prince ? demandai-je à Lancelot.

— Un enfant. »

Je lui mis l'avant-bras en travers de la gorge, l'étouffant à moitié. Il se débattait, sans pouvoir me repousser. « Qui suis-je, Seigneur ? demandai-je à nouveau.

— Un enfant », croassa-t-il.

Une main me toucha le bras. Me retournant, je vis un homme blond de mon âge, qui souriait. Il s'était assis à l'autre bout de la table et je l'avais pris pour un poète, lui aussi, mais je m'étais trompé. « Il y a longtemps que je voulais faire ce que tu fais, dit le jeune homme, mais si tu veux que mon frère cesse de t'insulter, il te faudra le tuer, et l'honneur de ma famille m'obligera à te tuer à mon tour, et je ne suis pas sûr d'en avoir envie. »

Je retirai mon bras de la gorge de Lancelot. L'espace de quelques secondes, il resta là, peinant à retrouver sa respiration, puis hocha la tête, me cracha dessus et retourna à table. Il saignait du nez. Il avait les lèvres tuméfiées et les cheveux en bataille. Son frère semblait s'amuser de la bagarre. « Je suis Galahad, dit-il, et je suis fier de rencontrer Derfel Cadarn. »

Je le remerciai puis me forçai à rejoindre le siège du roi Ban où, malgré son aversion déclarée pour les gestes de respect, je m'agenouillai. « De l'affront fait à votre maison, Sire, je vous demande pardon et m'en remets à votre châtiment.

— Châtiment ? fit-il, visiblement surpris. Ne fais pas le sot. C'est juste le vin. Un excès de vin. Ne devrions-nous pas mettre de l'eau dans notre vin comme le faisaient les Romains, Père Celwin ?

— Ridicule ! dit le vieux prêtre.

— Point de châtiment, Derfel, conclut Ban. Et relève-toi, je ne supporte pas qu'on se prosterne devant moi, et quelle faute y a-t-il là ? J'aime la dispute, n'est-ce pas, Père Celwin ? Un souper sans dispute est pareil à un jour sans poésie – le roi fit mine de ne pas entendre le commentaire acide du prêtre affirmant que ce serait un jour béni entre tous – et mon fils Lancelot est un homme emporté. Il a un cœur de guerrier et une âme de poète, ce qui est, je crois, un mélange des plus explosifs. Assieds-toi et mange. » Ban était un monarque fort généreux, même si je remarquais que sa reine Elaine était loin d'être satisfaite de sa décision. Elle avait les cheveux gris, et pourtant son visage était sans ride et respirait une grâce et un calme qui seyaient à la beauté sereine d'Ynys Trebes. À cet instant, cependant, la reine me tançait d'un air sévère et réprobateur.

« Tous les guerriers dumnoniens ont-ils aussi peu de manières ? demanda-t-elle d'une voix revêche à toute la tablée.

— Vous voudriez que les guerriers soient des hommes de cour ? répliqua sèchement Celwin. Vous enverriez vos précieux poètes tuer les Francs ? Non pas en récitant leurs vers, quoique j'en arrive à penser que ce pourrait être fort efficace ! » Il lança des œillades à la reine et les trois poètes haussèrent les épaules. Celwin avait tant bien que mal échappé à l'interdit frappant la laideur à Ynys Trebes, car sans le capuchon qu'il portait dans la bibliothèque, il semblait étonnamment peu gâté par la nature, avec son bandeau taché sur un œil, sa bouche aigre et tordue, ses cheveux plats qui poussaient derrière une ligne de tonsure hachurée, une barbe crasseuse dissimulant à moitié une croix de bois pendant sur sa poitrine creuse, et un corps voûté et déformé par son incroyable bosse. Le chat gris installé autour de son cou à la bibliothèque était maintenant enroulé sur ses genoux et se régalait de miettes de homard.

« Viens t'asseoir à côté de moi et ne te fais aucun reproche.

— Mais si, c'est ma faute. J'aurais dû garder mon sang-froid.

— Mon frère, reprit Galahad quand chacun eut repris sa place, mon demi-frère se plaît à asticoter les gens. C'est son passe-temps favori, mais la plupart n'osent pas riposter, parce qu'il est l'Edling, ce qui veut dire qu'un jour il aura pouvoir de vie et de mort. Mais tu as bien fait.

— Non, j'ai mal réagi.

— Je ne discuterai pas. Mais je te conduirai sur la côte cette nuit.

— Cette nuit ? fis-je surpris.

— Mon frère ne prend pas la défaite à la légère, dit Galahad d'une voix douce. Un coup de couteau entre les côtes pendant que tu dors ? Si j'étais toi, Derfel, j'irais retrouver mes hommes sur la côte pour dormir en sécurité dans leurs rangs. »

Je dirigeai mes regards à l'autre bout de la table, où le bel et ténébreux Lancelot se faisait maintenant consoler par sa mère qui tamponnait son visage ensanglanté avec une serviette imbibée de vin. « Ton demi-frère ? demandai-je à Galahad.

— Je suis né de la maîtresse du roi, non de sa femme, m'expliqua-t-il à voix basse en se penchant vers moi. Mais Père a été bon avec moi et insiste pour qu'on m'appelle prince. »

Le roi Ban discutait maintenant avec le père Celwin de quelque obscur point de théologie chrétienne. Ban débattait avec un enthousiasme courtois tandis que Celwin crachait des insultes, et les deux hommes s'amusaient vivement. « Ton père me dit que Lancelot et toi êtes tous deux des guerriers, dis-je à Galahad.

— Tous les deux ? fit-il en riant. Mon cher frère emploie des poètes et des bardes pour chanter ses louanges comme s'il était le plus grand guerrier d'Armorique, mais je ne l'ai encore jamais vu dans une ligne de boucliers.

— Je dois cependant me battre pour préserver son patrimoine, dis-je avec aigreur.

— Le royaume est perdu, lâcha négligemment Galahad. Père a dépensé son argent en bâtiments et en manuscrits, plutôt qu'en soldats, et ici, à Ynys Trebes, nous sommes trop loin des nôtres, si bien qu'ils se replieraient sur la Brocéliande plutôt que de nous appeler à la rescousse. Les Francs gagnent partout. Ton devoir, Derfel, est de rester en vie et de rentrer sain et sauf au pays. »

Sa franchise me fit le regarder avec un intérêt nouveau. Il avait un visage plus large et plus rond que son frère, mais aussi plus ouvert ; le genre de figure qu'on serait ravi d'avoir à sa droite dans une ligne de boucliers. Le côté droit est en effet défendu par le bouclier de son voisin, et il vaut donc mieux être en bons termes avec celui-ci, et Galahad, je le sentais d'instinct, serait un homme facile à aimer. « Es-tu en train de dire que nous ne devrions pas combattre les Francs ? lui demandai-je posément.

— Je dis que la bataille est perdue, mais que, oui, tu as promis sous serment à Arthur de te battre, et chaque instant de vie pour Ynys Trebes est un moment de lumière dans un monde de ténèbres. J'essaie de persuader Père d'envoyer sa bibliothèque en Bretagne, mais je crois qu'il préférerait d'abord se faire arracher le cœur. Mais lorsque sonnera l'heure, j'en suis sûr, il l'expédiera. Maintenant – il écarta de la table son siège doré – il nous faut partir, toi et moi. Avant, ajouta-t-il à voix basse, que les *fili* ne récitent. À moins, bien sûr, que tu n'aies le goût des vers interminables sur la splendeur du clair de lune dans les roseaux ? »

Je me levai et frappai la table avec l'un de ces couteaux spéciaux que le roi Ban offrait à ses hôtes. Ceux-ci m'observaient maintenant avec circonspection. « J'ai des excuses à présenter, fis-je, à vous tous, certes, mais aussi à mon seigneur Lancelot. Un aussi grand guerrier que lui méritait un meilleur compagnon de souper. Maintenant, pardonnez-moi, j'ai besoin de dormir. »

Lancelot ne répondit pas. Le roi Ban sourit, la reine Elaine fit la moue et Galahad me conduisit au pas de course à l'endroit où m'attendaient mes habits et mes armes, puis sur le quai éclairé à la torche où un bateau attendait de nous conduire sur la côte. Toujours vêtu de sa toge, Galahad portait un sac qu'il balança sur le pont, où il retomba avec un cliquetis métallique. « Qu'est-ce ?

— Mes armes et mon armure. » Il coupa l'amarre, puis sauta à bord. « Je viens avec toi. »

Le bateau glissa du quai sous une voile sombre. L'eau se rida à la proue et clapota doucement le long de la côte lorsque nous entrâmes dans la baie. Galahad se débarrassait de sa toge, qu'il lança au matelot, avant de passer son accoutrement de guerrier, tandis que je me retournais vers le palais sur la colline. Il était suspendu dans le ciel comme un vaisseau céleste voguant dans les nuages, ou peut-être comme une étoile descendue sur terre ; un refuge où régnaient un roi juste et une belle reine, où les poètes chantaient et où des vieillards pouvaient étudier l'envergure des anges. Elle était si belle, Ynys Trebes, si extraordinairement belle.

Et, à moins que nous parvenions à la sauver, absolument condamnée.

*

Nous nous battîmes deux ans. Deux ans contre tout espoir. Deux ans de splendeur et de bassesses. Deux ans de carnage et de banquets, d'épées brisées et de boucliers fracassés, de victoires et de déroutes, et tout au long de ces mois et de ces batailles exténuantes, alors que des braves mouraient étouffés par leur propre sang et que des hommes ordinaires accomplissaient des prouesses qu'ils n'auraient jamais crues possibles, pas une fois je ne vis Lancelot. Les poètes n'en racontèrent pas moins qu'il était le héros de Benoïc, le plus parfait des guerriers, le combattant d'entre les combattants. Les poètes dirent que la défense de Benoïc fut l'œuvre de Lancelot, non la mienne, ni celle de Galahad ou de Culhwch, mais celle de Lancelot. Mais Lancelot passa la guerre au lit, priant sa mère de lui porter du vin et du miel.

Non, pas toujours au lit. Il lui arriva de se battre, mais toujours à un mille derrière les lignes afin de pouvoir regagner Ynys Trebes avec ses nouvelles de victoire. Il savait déchirer un manteau, ébrécher une épée, ébouriffer ses cheveux huilés et même se taillader la figure de manière à rentrer chez lui d'un pas chancelant en se donnant des airs de héros. Sa mère chargeait alors les *fili* de composer un nouveau chant que camelots et matelots portaient en Bretagne, en sorte que jusque dans la lointaine Rheged, au nord d'Elmet, chacun prenait Lancelot pour le nouvel Arthur. Les Saxons redoutaient sa venue, tandis qu'Arthur lui fit porter en cadeau un ceinturon brodé orné d'une boucle richement émaillée.

« Tu voudrais que la vie soit juste ? me demanda Culhwch quand je déplorai ce geste.

— Non, Seigneur.

— Alors n'use pas ta salive avec Lancelot », trancha Culhwch. Il commandait la cavalerie restée en Armorique lorsque Arthur était parti pour la Bretagne, et il était aussi un cousin d'Arthur, même s'il ne ressemblait en rien à mon seigneur. Culhwch était un bagarreur trapu, à la barbe aussi épaisse que ses bras étaient longs : il ne demandait rien à la vie, sinon une abondance d'ennemis, de boisson et de femmes. Arthur lui avait confié le commandement de trente hommes et de trente chevaux, mais tous les chevaux étaient morts et la moitié des hommes avaient péri si bien que Culhwch se battait maintenant à pied. Je joignis mes hommes aux siens et acceptai donc son commandement. Il était impatient que la guerre prît fin en Benoïc afin de pouvoir à nouveau se battre aux côtés d'Arthur. Il adorait Arthur.

Ce fut une guerre étrange. Lorsque Arthur était en Armorique, les Francs étaient encore à quelques lieues plus à l'est, où la terre était plate et sans arbres : un terrain idéal pour de pesants cavaliers ; mais l'ennemi s'était maintenant enfoncé au cœur des bois qui recouvraient le centre de Benoïc. Le roi Ban, comme Tewdric de Gwent, avait mis sa confiance dans les fortifications, mais alors que Gwent était dans une situation idéale pour des forts massifs et de hautes murailles, les bois et les collines de Benoïc offraient à l'ennemi trop de sentiers pour contourner les forteresses juchées au sommet des collines et occupées par les forces démoralisées de Ban. Notre mission était de leur redonner espoir et nous le faisions en recourant à la tactique d'Arthur : marches forcées et attaques-surprise. Les collines boisées de Benoïc étaient faites pour de telles batailles et nos hommes étaient sans pair. Il est peu de joies comparables à la bataille qui suit une embuscade bien tendue, lorsque l'ennemi dupé a encore ses armes au fourreau. Le long tranchant d'Hywelbane y gagna de nouveaux accrocs.

Les Francs avaient peur de nous. Ils nous appelaient les loups des forêts, et nous fîmes de cette insulte notre symbole en portant des queues de loup gris sur nos casques. Nous hurlions pour les effrayer, nous les tenions en éveil nuit après nuit, nous les filions des jours durant et tendions nos embuscades quand nous le voulions et non quand ils étaient prêts, et pourtant, l'ennemi était légion, et nous étions peu nombreux, et mois après mois nos effectifs s'amenuisaient.

Galahad se battit avec nous. C'était un valeureux doublé d'un savant qui avait fouiné dans la bibliothèque de son père et, nuitamment, il nous entretenait des Dieux anciens, des religions nouvelles, d'étranges contrées et de grands hommes. Je me souviens d'une nuit où nous campions dans une villa en ruines. Une semaine auparavant, c'était une colonie de peuplement prospère, avec son moulin à foulon, sa poterie et sa laiterie, mais les Francs étaient passés par là et la villa n'était plus que ruines fumantes éclaboussées de sang et aux murs abattus, avec sa source empoisonnée par les cadavres de femmes et d'enfants. Nos sentinelles gardaient les sentiers des bois si bien que nous nous étions offert le luxe d'un feu pour faire rôtir un couple de lièvres et un chevreau. Nous buvions de l'eau en faisant comme si c'était du vin.

« Falernian, fit Galahad d'un air songeur, tendant sa coupe d'argile vers les étoiles comme s'il s'agissait d'une flasque d'or.

— Qui est-ce ? demanda Culhwch.

— Falernian, mon cher Culhwch, est un vin, le plus délicieux des vins romains.

— Je n'ai jamais aimé le vin, dit le guerrier en bâillant à s'en décrocher la mâchoire. Une boisson de femme. Et maintenant la bière des Saxons ! Il y a une boisson pour toi. » Quelques minutes plus tard, il dormait.

Galahad ne trouvait pas le sommeil. Les flammes vacillaient faiblement tandis que les étoiles brillaient au-dessus de nous. On en vit une tomber, suivant un sente blanche à travers les cieux, et Galahad fit le signe de croix, car il était chrétien, et pour lui la chute d'une étoile était le signe d'un démon chutant du paradis. « Il était jadis sur terre, dit-il.

— Quoi donc ?

— Le paradis. » Il se coucha sur l'herbe, croisant ses bras sous sa tête. « Doux paradis…

— Ynys Trebes, tu veux dire ?

— Non, non, Derfel. Je parle de l'époque où Dieu a fait l'homme. Il nous a donné un paradis où vivre, et il me vient à l'idée que, depuis lors, nous avons perdu ce paradis, chaque jour un peu plus. Et bientôt, je crois, il aura disparu. La ténèbre s'abat sur nous. » Il garda le silence un moment, puis se redressa, ses réflexions lui procurant un regain d'énergie. « Penses-y, il n'y a pas cent ans, cette terre était paisible. Des hommes bâtissaient de grandes maisons. Nous ne savons plus construire comme eux. Je sais que Père a fait un beau palais, mais ce ne sont que des débris d'anciens palais réunis et mêlés à de la pierre. Nous ne savons plus construire comme les Romains. Nous ne savons bâtir aussi haut ni aussi beau. Nous sommes incapables d'aménager des routes, des canaux ou des aqueducs. » Je ne savais même pas ce qu'était un aqueduc, mais je gardai le silence tandis que Culhwch ronflait comme un bienheureux à côté de moi. « Les Romains ont construit des villes entières, reprit Galahad, des endroits si vastes, Derfel, qu'il fallait une matinée entière pour aller d'une extrémité de la ville à l'autre en marchant, tout du long, sur des voies de pierres taillées et ajustées. Et, en ce temps-là, tu pouvais marcher des semaines et rester en pays romain, toujours soumis aux lois de Rome et écoutant encore la langue des Romains. Et maintenant, regarde-moi ça ! » D'un geste de la main, il montrait la nuit. « Rien que la ténèbre. Et elle se répand, Derfel. L'obscurité se propage en Armorique. Benoïc succombera et, après Benoïc, Brocéliande, et, après Brocéliande, la Bretagne. Plus de lois, plus de livres, plus de musique, plus de justice, rien que des rustres assis autour de feux fumants et se demandant qui ils vont bien pouvoir tuer demain.

— Pas tant que vivra Arthur, fis-je, entêté.

— Un homme contre la ténèbre ? demanda Galahad, sceptique.

— Ton Christ ne s'est-il pas dressé contre la ténèbre ? »

Galahad s'accorda une seconde de réflexion, les yeux braqués sur le feu qui laissait dans l'ombre son visage énergique. « Le Christ, reprit-il enfin, était notre dernière chance. Il nous a dit de nous aimer les uns les autres, de nous faire du bien les uns aux autres, de faire l'aumône aux pauvres, de nourrir ceux qui ont faim, de vêtir les nus. Alors les hommes l'ont tué. » Il se tourna vers moi. « Je crois que le Christ savait ce qui se préparait et c'est pour cela qu'il nous a promis que si nous vivions comme Il a vécu, nous serions un jour avec Lui au paradis. Non pas sur terre, Derfel, mais au Paradis. Là-haut – il pointa son doigt vers les étoiles – parce qu'Il savait que la terre était finie. Nous sommes dans les derniers jours. Même nos Dieux nous ont délaissés. N'est-ce pas ce que tu me dis ? Que ton Merlin écume d'étranges contrées pour trouver les traces des anciens Dieux, mais à quoi bon ? Ta religion est morte il y a bien longtemps, lorsque les Romains ont ravagé Ynys Mon et qu'il ne vous est plus resté que des bribes de savoir sans suite. Vos Dieux sont partis.

— Non », fis-je, pensant à Nimue qui sentait leur présence, bien que les Dieux aient toujours été pour moi distants et indistincts. Bel était comme Merlin, mais lointain, d'une taille indescriptible et infiniment plus mystérieux. Je pensais à Bel, qui devait vivre dans l'extrême-nord, tandis que Manawydan devait vivre à l'ouest où les eaux n'en finissaient pas de chuter.

« Les anciens Dieux sont partis, insista Galahad. Ils nous ont abandonnés parce que nous ne sommes pas dignes.

— Arthur l'est, dis-je avec obstination, et toi aussi. »

Il secoua la tête. « Je suis un si vil pécheur, Derfel, que je rampe. » Son ton pitoyable me fit rire. « Sottises !

— Je tue, je convoite, j'envie. » Il était réellement misérable, mais Galahad, comme Arthur, était un homme qui ne cessait de sonder son âme et qui, toujours, y trouvait à redire. Jamais je ne vis un homme de cette trempe heureux bien longtemps.

« Tu ne tues jamais que des hommes qui te tueraient, dis-je, prenant sa défense.

— Et, Dieu m'assiste, j'y trouve plaisir. » Il se signa.

« Bien, fis-je. Et qu'y a-t-il de mal dans le désir ?

— Il triomphe de la raison.

— Mais tu es raisonnable, objectai-je.

— Je désire, Derfel, si tu savais comme je désire. Il est une fille, à Ynys Trebes, l'une des harpistes de mon père. » Il hocha la tête en signe d'accablement.

« Mais tu restes maître de ton désir, alors sois en fier !

— J'en suis fier, mais l'orgueil est aussi un péché. »

Je hochai la tête à mon tour, décourageant d'arriver à quoi que ce soit en discutant avec lui. « Et l'envie ? demandai-je, invoquant le dernier péché de sa trinité. Qui envies-tu ?

— Lancelot.

— Lancelot ? demandai-je surpris.

— Pas parce qu'il est l'Edling, non. Parce qu'il prend ce qu'il veut, quand il veut, et qu'il ne paraît pas le regretter. Cette harpiste ? Il l'a prise. Elle a hurlé, elle s'est débattue, mais nul n'a osé l'arrêter, car c'était Lancelot.

— Pas même toi ?

— Je l'aurais tué, mais j'étais loin de la cité.

— Ton père ne l'a pas retenu ?

— Mon père était avec ses livres. Probablement a-t-il pris les cris de la fille pour une mouette appelant dans la mer ou a-t-il cru à deux *fili* se chamaillant au sujet d'une métaphore. »

Je crachai dans le feu. « Lancelot est un vermisseau.

— Non, rectifia Galahad. Il est tout simplement Lancelot. Il obtient ce qu'il veut et il passe ses journées à intriguer pour parvenir à ses fins. Il sait être très charmant, très enjôleur, il pourrait même faire un grand roi.

— Jamais, dis-je avec fermeté.

— Vraiment. Si c'est le pouvoir qu'il veut, et tel est le cas, et s'il le reçoit, peut-être ses appétits seront-ils assouvis ? Il veut être aimé.

— Étrange manière de s'y prendre, fis-je, me souvenant des taquineries de Lancelot à la table de son père.

— Il a su, dès le départ, que tu ne l'aimerais pas et il t'a provoqué. Ainsi, en faisant de toi son ennemi, il peut s'expliquer que tu ne l'aimes pas. Mais avec ceux qui ne le menacent pas, il peut être bon. Il pourrait être un grand roi.

— C'est un faible », tranchai-je avec mépris.

Galahad sourit. « Derfel le Fort. Derfel qui ne connaît pas le doute. Tu dois tous nous trouver faibles.

— Non, mais je crois que nous sommes tous fatigués, et comme demain il nous faut tuer des Francs je vais dormir. »

Le lendemain, nous tuâmes des Francs puis allâmes prendre du repos dans l'un des forts de Ban, au sommet d'une colline. Puis, nos blessures bandées et nos épées de nouveau aiguisées, nous retournâmes dans les bois. Mais semaine après semaine, mois après mois, les combats se rapprochaient d'Ynys Trebes. Le roi Ban demanda à son voisin, Budic de Brocéliande, d'envoyer des troupes, mais celui-ci fortifiait sa propre frontière et refusa de gaspiller des hommes pour défendre une cause perdue. Ban en appela à Arthur, et Arthur lui envoya une petite cargaison d'hommes, mais il ne vint pas en personne. Il était trop occupé à combattre les Saxons. Nous recevions des nouvelles de Bretagne, qui étaient rares et souvent vagues, mais nous sûmes que de nouvelles hordes saxonnes essayaient de coloniser les terres centrales et faisaient pression sur les frontières de Dumnonie. Gorfyddyd, qui était si menaçant quand j'avais quitté la Bretagne, s'était calmé ces derniers temps en raison d'une terrible épidémie qui avait affligé son pays. Des voyageurs nous rapportèrent que Gorfyddyd lui-même était malade et beaucoup pensaient qu'il ne passerait pas l'année. La même maladie qui avait affligé Gorfyddyd avait tué le fiancé de Ceinwyn, un prince de Rheged. Je n'avais même pas su qu'elle était de nouveau fiancée et c'est avec un plaisir égoïste, je l'avoue, que j'appris que le prince mort n'épouserait donc pas l'étoile de Powys. De Guenièvre, de Nimue ou de Merlin, aucune nouvelle.

Le royaume de Ban s'effondra. La dernière année, on ne trouva plus d'hommes pour rentrer la moisson et nous passâmes l'hiver entassés dans une forteresse où nous vécûmes de venaison, de tubercules, de baies et de sauvagine. De temps à autre, nous faisions encore des incursions en territoire franc, mais nous étions désormais pareils à des guêpes piquant un taureau jusqu'à la mort, car les Francs étaient partout. Les haches résonnaient à travers nos forêts tandis qu'ils défrichaient la terre pour leurs fermes qu'ils entouraient de nouvelles palanques de rondins bien fendus qui brillaient sous le soleil hivernal.

Au début du printemps, nous dûmes reculer devant une armée de guerriers francs venus avec des battements de tambours et sous des bannières faites de cornes de taureaux montées sur des perches. Je vis un mur de boucliers de plus de deux cents hommes et sus que nos cinquante survivants ne pourraient jamais l'enfoncer ; flanqué de Culhwch et de Galahad, je décidai donc de battre en retraite. Les Francs nous raillèrent et nous pourchassèrent en faisant pleuvoir sur nous une grêle de javelines.

Le royaume de Benoïc s'était dépeuplé. La plupart avaient trouvé refuge en Brocéliande, qui promettait de la terre à ceux qui consentaient à porter les armes. Les anciennes colonies romaines désertées, le chiendent envahissait les champs. Nous autres, Dumnoniens, nous marchâmes vers le nord en traînant nos lances pour défendre la dernière forteresse du royaume de Ban : Ynys Trebes elle-même.

La ville insulaire était bondée de fugitifs. Chaque maison en hébergeait une vingtaine. Des enfants pleuraient, des familles se chamaillaient. Des canots de pêche transportèrent quelques-uns des fugitifs à l'ouest, vers la Brocéliande, ou au nord, vers la Bretagne, mais il n'y avait jamais assez de bateaux, et lorsque les armées franques firent leur apparition sur la côte, en face d'Ynys Trebes, Ban ordonna que les dernières embarcations restassent ancrées dans le petit port malcommode de la cité. Il songeait au ravitaillement de la garnison le jour où le siège commencerait, mais les capitaines sont une race obstinée, et lorsque l'ordre leur parvint de rester, beaucoup préférèrent larguer les amarres et partir vers le nord sans autre cargaison. Seule resta une poignée de bateaux.

Lancelot fut nommé commandant de la cité, et les femmes l'acclamèrent lorsqu'il descendit la rue circulaire de la cité. Tout irait bien maintenant, croyaient les citoyens, car le plus grand des soldats était aux commandes. Il reçut cette adulation de bonne grâce et se répandit en discours, promettant à Ynys Trebes d'ériger une nouvelle levée avec les crânes des Francs morts. Le prince avait certainement l'allure d'un héros avec son armure d'écailles, dont chaque plaque de métal était émaillée d'un blanc si éblouissant que son accoutrement étincelait sous le soleil de ce début de printemps. Lancelot prétendait que cette armure avait appartenu à Agamemnon, un héros de l'Antiquité, mais Galahad me certifia que c'était un travail de Romains. Lancelot portait aussi des bottes de cuir rouge, un manteau bleu foncé et à la hanche, suspendue au ceinturon brodé offert par Arthur, son épée, Tanlladwyr, « qui tue comme l'éclair ». Les ailes déployées d'un pygargue couronnaient son casque noir. « Ainsi peut-il s'en aller à tire-d'aile », observa avec aigreur notre peu démonstratif Irlandais.

Lancelot réunit un conseil de guerre dans la chambre haute et venteuse jouxtant la bibliothèque de Ban. La marée était basse et la mer s'était retirée des rives ensablées de la baie où des groupes de Francs tâchaient de trouver une voie d'accès sans risque à la cité. Galahad avait planté des faux joncs à travers la baie, pour essayer d'entraîner l'ennemi dans les sables mouvants ou vers la terre ferme, où ils seraient les premiers emportés lorsque la marée tournerait et mettrait la baie en effervescence. Tournant le dos à l'ennemi, Lancelot nous exposa sa stratégie. Son père avait pris place à côté de lui, sa mère de l'autre, et tous deux s'inclinèrent devant la sagesse de leur fils.

La défense d'Ynys Trebes était simple, annonça Lancelot. La seule chose à faire, c'était de tenir les murs de l'île. Et rien d'autre. Les Francs n'avaient guère de bateaux, ils n'avaient pas d'ailes, il leur fallait donc gagner Ynys Trebes à pied, et c'est un trajet qu'ils ne pourraient faire qu'à marée basse, et encore leur fallait-il d'abord trouver une route sûre à travers les sables. Une fois arrivés à la cité, ils seraient fatigués et bien incapables d'escalader les murs de pierre. « Tenez les murs, déclara Lancelot, et nous sommes en sécurité. Des bateaux peuvent nous ravitailler. Il n'y a aucune raison pour qu'Ynys Trebes tombe un jour !

— Vrai, vrai ! s'exclama le roi Ban, ragaillardi par l'enthousiasme de son fils.

— Combien de vivres avons-nous ? » grommela Culhwch. Lancelot lui lança un regard apitoyé. « La mer regorge de poissons. Ce sont ces choses brillantes avec des nageoires et des queues, Seigneur Culhwch, et ça se mange.

— Je ne savais pas, répondit-il impassible. J'étais trop occupé à tuer des Francs ! »

Une discrète vague d'hilarité parcourut les rangs des guerriers convoqués au conseil. Une douzaine d'hommes, comme nous, s'étaient battus sur la terre ferme, mais les autres étaient des intimes du prince Lancelot, récemment promus au rang de capitaines du siège. Bors, le cousin de Lancelot, était le champion de Benoïc et commandait la garde du palais. Lui, au moins, avait vu la bataille et y avait gagné une réputation de guerrier, bien qu'il eût l'air maintenant amoché, vautré de tout son long dans un uniforme romain, avec ses cheveux noirs huilés et plaqués sur son crâne, comme ceux de son cousin Lancelot.

« Combien de lances avons-nous ? » demandai-je.

Jusque alors, Lancelot m'avait ignoré. Il n'avait pas oublié notre rencontre deux ans plus tôt, je le savais, mais ma question ne l'en fit pas moins sourire. « Nous avons quatre cent vingt hommes sous les armes et chacun d'eux a une lance. Tu sais faire le calcul ? »

Je lui retournai son sourire mielleux. « Les lances se brisent, Seigneur Prince, et les hommes qui défendent les murs jettent leurs lances comme des javelines. Quand nous aurons lancé nos quatre cent vingt lances, que lancerons-nous ensuite ?

— Des poètes, grommela Culhwch, par chance trop doucement pour que Ban l'entende.

— Il y en a en réserve, répondit Lancelot avec désinvolture, et en outre nous emploierons celles que nous lanceront les Francs.

— Des poètes, pour sûr !
— Tu as dit quelque chose, Seigneur Culhwch ? demanda Lancelot.
— J'ai roté, Seigneur Prince. Mais puisque j'ai votre gracieuse attention, avons-nous des archers ?
— Quelques-uns ?
— Beaucoup ?
— Dix.
— Les Dieux nous aident », fit Culhwch en se laissant glisser sur son siège. Il détestait les chaises.
Puis c'est Elaine qui prit la parole, nous rappelant que l'île abritait des femmes, des enfants et les plus grands poètes du monde. « La sécurité des *fili* est entre vos mains, nous dit-elle, et vous savez ce qu'il adviendra d'eux si vous échouez. » Je donnai un coup de pied à Culhwch pour l'empêcher de faire un commentaire.
Ban se leva et fit un geste de la main en direction de la bibliothèque. « Sept mille huit cent quarante-trois rouleaux sont déposés là, déclara-t-il d'un ton solennel, les trésors accumulés du savoir humain, et si la cité tombe, c'en sera fait de la civilisation. » Puis il nous raconta l'antique histoire d'un héros entrant dans un labyrinthe pour tuer un monstre et traînant derrière lui un fil de laine afin de retrouver son chemin dans les ténèbres. « Ce fil, c'est ma bibliothèque, conclut-il, nous expliquant enfin l'objet de son laïus. Qu'elle sombre, messieurs, et nous croupirons dans les ténèbres éternelles. Alors je vous en supplie, je vous en supplie, combattez ! » Il s'arrêta, le sourire aux lèvres. « Et j'ai demandé de l'aide. Des lettres sont parties pour la Brocéliande et pour Arthur, et je crois que le jour n'est pas loin où notre horizon sera envahi de voiles amies. Arthur, ne l'oubliez pas, est tenu par serment de nous aider !
— Arthur, coupa Culhwch, a plein de Saxons sur les bras.
— Un serment est un serment ! » répliqua Ban d'un air de reproche.
Galahad demanda si nous envisagions de faire des raids sur les campements francs de la côte. Nous pourrions aisément y aller en bateau, expliqua-t-il, débarquer à l'est ou à l'ouest de leurs positions, mais Lancelot écarta l'idée. « Si nous quittons les murs, nous mourrons. C'est aussi simple que cela.
— Aucune sortie ? demanda Culhwch en faisant la moue.
— Si nous quittons les murs, répéta Lancelot, nous mourrons.

Vos ordres sont simples : vous restez derrière les murs. » Il annonça que les meilleurs guerriers de Benoïc, une centaine de vétérans de la guerre sur la terre ferme, garderaient la porte principale. Nous, les cinquante survivants dumnoniens, nous fûmes affectés aux murs ouest, tandis que les troupes levées dans la cité, renforcées par les fugitifs de la terre ferme, garderaient le reste de l'île. Lancelot lui-même, avec une compagnie de la garde blanche, formerait la réserve : ils suivraient les combats depuis le palais et interviendraient chaque fois qu'on aurait besoin de leur aide.

« Autant appeler les fées, grommela Culhwch à mon oreille.

— Encore roté ? demanda Lancelot.

— C'est tout le poisson que je mange, Seigneur Prince », expliqua Culhwch.

Le roi Ban nous invita à examiner sa bibliothèque avant de nous retirer, peut-être dans le désir de nous impressionner par la valeur de ce que nous défendions. La plupart des hommes qui avaient siégé au conseil s'y rendirent en traînant les pieds, ouvrant de grands yeux devant les rouleaux nichés dans leurs casiers, puis s'en allèrent reluquer la harpiste aux seins nus qui jouait dans l'antichambre. Galahad et moi nous attardâmes dans la bibliothèque ; Celwin, le père bossu, était encore courbé sur sa vieille table, où il essayait d'empêcher son chat de jouer avec sa plume.

« Encore à calculer l'envergure des anges, Père ? demandai-je.

— Il faut bien que quelqu'un le fasse, répondit-il, avant de se tourner vers moi et de me menacer de son œil valide.

— Derfel, Père, de Dumnonie. Nous nous sommes rencontrés il y a deux ans. Je suis surpris de vous voir encore ici.

— Ta surprise ne m'intéresse pas, Derfel de Dumnonie. Qui plus est, je me suis absenté quelque temps. Je suis allé à Rome. Un lieu pouilleux. Je pensais que les Vandales auraient fait le ménage, mais la ville fourmille encore de prêtres avec leurs gamins potelés, alors je suis rentré. Les harpistes de Ban sont beaucoup plus mignonnes que les gitons de Rome. » Il me lança un regard hostile. « Te soucies-tu de ma sécurité, Derfel de Dumnonie ? »

Je ne pouvais guère répondre non, bien que je fusse tenté de le faire. « Mon métier est de défendre la vie, fis-je d'un air assez suffisant, y compris la vôtre, Père.

— Alors je remets ma vie entre tes mains, Derfel de Dumnonie. » Sur ces mots, il retourna son affreuse trogne vers la table et écarta le chat de sa plume. « Je m'en remets à ta conscience,

Derfel de Dumnonie, et maintenant tu peux disposer et aller te battre, et me laisser faire œuvre utile. »

Je voulus interroger le prêtre sur Rome, mais il balaya mes questions d'un revers de main et je rejoignis le dépôt du mur ouest, où je devais loger jusqu'à la fin du siège. Galahad, qui se considérait maintenant comme un Dumnonien d'honneur, se trouvait avec nous. Lui et moi essayâmes de compter les Francs qui reculaient devant la marée montante après une nouvelle tentative pour découvrir une piste à travers les sables. Chantant le siège d'Ynys Trebes, les bardes disent qu'il y avait plus d'ennemis que de grains de sable dans la baie. Ils n'étaient pas vraiment si nombreux, mais ils étaient tout de même légion. Toutes les bandes franques de l'ouest de la Gaule s'étaient associées pour prendre Ynys Trebes, le joyau d'Armorique, qui, disait la rumeur, abritait les trésors de l'ancien Empire romain. Galahad estima que nous avions trois mille Francs en face de nous ; d'après mes calculs, ils étaient deux milliers, mais Lancelot nous assura qu'ils étaient dix mille. Quoi qu'il en soit, ils étaient très nombreux.

Les premières attaques se soldèrent pour les Francs par une catastrophe. Ils trouvèrent un chemin à travers les sables et voulurent prendre d'assaut la porte principale, mais ils se firent repousser dans un bain de sang. Le lendemain, ils s'attaquèrent à notre pan de mur, où ils reçurent le même accueil, sauf que cette fois ils restèrent trop longtemps et qu'une bonne partie de leurs forces furent emportées par la marée montante. D'aucuns essayèrent de regagner la terre ferme en pataugeant dans l'eau et se noyèrent, d'autres se réfugièrent sur la bande de sable de plus en plus mince qui s'étendait devant nos remparts et se firent massacrer par les lanciers sortis sous la houlette de Bleiddig, le chef qui m'avait conduit en Benoïc et qui dirigeait maintenant les vétérans. Cette sortie à travers les sables était en contradiction formelle avec les ordres de Lancelot, qui nous avait enjoints de ne pas quitter la cité, mais elle fit tant de morts que Lancelot assura avoir lui-même ordonné l'attaque et plus tard, après la mort de Bleiddig, il prétendit même avoir dirigé personnellement les opérations. Les *fili* composèrent un chant racontant comment Lancelot avait endigué la baie avec les cadavres des Francs, mais en vérité le prince resta dans son palais tandis que Bleiddig attaquait. Les jours suivants, les corps de guerriers francs étaient nombreux à boire la tasse autour de l'île, assurant pléthore de charognes aux goélands.

Les Francs se mirent alors à construire une levée digne de ce nom. Ils abattirent des centaines d'arbres qu'ils disposèrent sur les sables, puis ils immobilisèrent les troncs avec des rochers transportés sur la côte par des esclaves. Dans la baie d'Ynys Trebes, les marées étaient d'une grande force, parfois même la mer marnait de quarante pieds, et les courants emportaient la nouvelle digue si bien qu'à marée basse le platin était jonché de rondins flottants, mais les Francs ne se lassaient jamais d'apporter d'autres arbres et de colmater les brèches. Ils avaient capturé des milliers d'esclaves et peu leur importait combien trouvaient la mort sur le chantier. Plus la digue s'allongeait, plus le ravitaillement se faisait maigre. Nos rares bateaux continuaient à pêcher et d'autres apportaient du grain de Brocéliande, mais les Francs lancèrent leurs bateaux depuis la côte et, après qu'ils eurent capturé deux bateaux de pêche à nous et étripé leurs équipages, nos capitaines renoncèrent à sortir en mer. Se pavanant avec leurs lances, les poètes de la colline vivaient sur les riches magasins du palais, mais nous autres, les guerriers, nous arrachions les bernacles des rochers, avalions des moules ou des solens ou faisions cuire en ragoût les rats que nous attrapions dans nos entrepôts encore pleins de peaux, de sel et de barils de clous. Nous ne mourrions pas de faim. Nous avions placé des pièges à poisson en saule à la base des rochers et, le plus souvent, ils nous donnaient quelques petits poissons même si les Francs profitaient de la marée basse pour envoyer des hommes détruire nos pièges.

À marée haute, les bateaux francs faisaient le tour de l'île pour retirer les pièges à poissons placés plus loin de nos côtes. La baie était assez peu profonde pour que l'ennemi les repérât et les brisât avec ses lances. L'un de ces canots s'échoua alors qu'il regagnait la terre ferme et se retrouva bloqué à quelques centaines de mètres de la cité lorsque la marée baissa. Culhwch ordonna une sortie, et nous fûmes une trentaine à descendre par les filets de pêche suspendus aux murs de la ville. Les douze hommes d'équipage s'enfuirent en nous voyant approcher et, à l'intérieur de l'embarcation abandonnée, nous découvrîmes une barrique de poisson salé et deux miches de pain sec que nous rapportâmes en triomphe. À marée montante, nous rapportâmes le bateau vers la cité et l'attachâmes en sécurité à nos remparts. Lancelot s'aperçut de notre désobéissance mais n'adressa aucune réprimande ; en revanche, nous reçûmes un message de la reine : elle exigeait de savoir quelles provisions nous étions allés chercher. Nous fîmes monter un peu de poisson séché et nul doute que le cadeau fut reçu comme une insulte. Lancelot nous accusa alors d'avoir pris le bateau afin de pouvoir déserter d'Ynys Trebes et nous ordonna de conduire l'embarcation dans le petit port de l'île. Pour toute réponse, je grimpai au palais et le sommai de défendre à l'épée son accusation de couardise. Je lançai mon défi à haute voix dans la cour, mais le prince et ses poètes restèrent à l'abri de leurs portes verrouillées. Je crachai sur le seuil et me retirai.

Plus la situation était désespérée, plus Galahad était heureux. Son bonheur tenait en partie à la présence de Leanor, la harpiste qui m'avait accueilli deux ans plus tôt, la fille pour laquelle il m'avait confessé son désir, celle-là même que Lancelot avait violée. Galahad et elle vivaient dans un coin de l'entrepôt. Nous avions tous des femmes. Un je ne sais quoi, dans notre situation désespérée, érodait notre comportement ordinaire, si bien que nous mordions la vie à pleines dents dans l'attente de notre mort annoncée. Les femmes montaient la garde avec nous et balançaient des cailloux quand les Francs essayaient de démanteler nos fragiles pièges à poisson. Nous étions depuis longtemps à court de lances, exception faite de celles que nous avions nous-mêmes apportées en Benoïc et que nous gardions pour le dernier assaut. Notre poignée d'archers n'avaient point de missiles, hormis ceux que les Francs tiraient sur la cité, et leurs munitions s'accrurent lorsque la digue de l'ennemi fut à une petite portée d'arc de la porte de la ville. Les Francs dressèrent à l'extrémité de la levée une palissade à l'abri de laquelle leurs archers tiraient une pluie de flèches sur les défenseurs de la cité. Mais ils ne firent aucun effort pour prolonger la digue jusqu'à la ville, car le seul but de leur voie était de leur assurer un passage à sec d'où ils pourraient lancer leur offensive. Nous savions qu'elle était pour bientôt.

Ce fut en début d'été, lorsqu'ils eurent terminé la digue. La pleine lune provoquait d'immenses marées. Le plus clair du temps, leur construction était sous les eaux, mais à marée basse les sables s'étendaient jusqu'à Ynys Trebes, et les Francs, qui jour après jour découvraient les secrets de nos sables mouvants, s'alignèrent au grand complet contre nous. Leurs tambours battaient sans relâche et nos oreilles étaient fatiguées de leurs sempiternelles menaces. Puis vint la grande fête de leurs tribus : au lieu de nous attaquer, ils allumèrent de grands feux sur la grève et conduisirent une colonne d'esclaves à l'extrémité de la digue où ils décapitèrent les captifs, l'un après l'autre. Les esclaves étaient tous des Bretons, dont certains avaient des parents qui virent la scène depuis le mur de la cité ; la barbarie du carnage poussa quelques défenseur d'Ynys Trebes à tenter une sortie dans le vain espoir de sauver les femmes et les enfants condamnés. Les Francs, qui s'attendaient à l'attaque, formèrent un mur de boucliers sur le sable, mais les hommes d'Ynys Trebes, fous de rage et de faim, chargèrent quand même. Bleiddig comptait parmi les attaquants. Il mourut ce jour-là sous la lance d'un Franc. Nous autres, Dumnoniens, vîmes une poignée de survivants revenir à la hâte vers la cité. Nous ne pouvions rien faire, hormis ajouter nos cadavres au monceau. La dépouille de Bleiddig fut écorchée, étripée, puis plantée sur pieu à l'extrémité de la digue, où nous étions condamnés à le voir jusqu'à la prochaine marée haute. Le corps n'en resta pas moins accroché au pieu si bien que le lendemain matin, dans l'aube rose, les goélands déchiraient son cadavre lavé par le sel.

« Nous aurions dû charger avec Bleiddig, dit Galahad avec amertume.

— Non.

— Mieux valait mourir en homme face à un mur de boucliers que de crever de faim ici.

— Tu auras l'occasion d'affronter un mur », promis-je, mais je pris aussi les mesures qui s'imposaient pour aider les miens dans la défaite. Nous barricadâmes les allées qui menaient à notre secteur en sorte que, si les Francs pénétraient dans la cité insulaire, nous puissions les tenir en respect le temps d'emmener nos femmes sur l'étroit sentier hérissé de rochers qui serpentait à travers la masse de granit jusqu'à la toute petite crevasse où nous avions caché notre bateau capturé à l'ennemi. Cette crevasse n'avait rien d'un port, si bien que nous protégions notre bateau en l'emplissant de cailloux en sorte que la marée le recouvrait deux fois par jour. Sous l'eau, la coque fragile ne risquait pas de se fracasser sur les flancs rocailleux de la falaise sous l'effet du vent et des vagues. Je subodorais que l'ennemi attaquerait à marée basse et deux de nos blessés reçurent pour instruction de vider le bateau de ses cailloux sitôt le début de l'offensive afin que l'embarcation fût portée par la marée. L'idée de s'enfuir en bateau était sans espoir, mais elle donna du cœur aux nôtres.

Aucun navire ne vint à notre secours. Un matin, on perçut une grande voile dans le nord, et la rumeur se répandit comme une traînée de poudre dans la cité qu'Arthur lui-même arrivait, mais la voile s'éloigna peu à peu au large et disparut dans la brume estivale. Nous étions seuls. De nuit, nous chantions et racontions des histoires, de jours nos observions les bandes franques qui s'amassaient sur la côte.

Ces bandes lancèrent leur offensive en fin d'après-midi, à la marée descendante : un grand essaim d'hommes en armure de cuir et casque de fer, brandissant bien haut leurs boucliers. Ils suivirent la digue puis sautèrent avant de gravir la légère pente de sable menant à la porte de la ville. Les premiers attaquants portaient un gros tronc d'arbre en guise de bélier, dont l'extrémité avait été durcie par le feu et gainée de cuir ; les suivants portaient de grandes échelles. Une horde vint lancer ses échelles contre nos murs. « Laissez-les grimper ! » hurla Culhwch à nos soldats. Il attendit que cinq hommes eussent commencé à monter sur une échelle pour lancer une énorme pierre entre les montants. Les Francs hurlèrent en lâchant prise. Une flèche glissa sur son casque alors qu'il lançait une deuxième pierre. D'autres flèches s'écrasaient contre le mur ou sifflaient au-dessus de nos têtes tandis qu'une grêle de javelines se brisaient avec fracas sur la pierre. Les Francs formaient une masse grouillante au pied du mur où nous balancions rochers et excréments. Cavan réussit à s'emparer d'une échelle et nous la débitâmes en morceaux que nous fîmes aussitôt pleuvoir sur nos assaillants. Quatre de nos femmes se débrouillèrent pour hisser sur les remparts une colonne cannelée arrachée à une porte de la cité : la faisant basculer par-dessus le mur, elles se réjouirent en entendant les hurlements des hommes écrasés.

« Voilà comment descend la ténèbre ! » me cria Galahad. Il exultait : livrer la dernière bataille et cracher dans l'œil de la mort. Il attendit qu'un Franc fût en haut de l'échelle, puis d'un formidable coup d'épée il fit voler la tête de l'homme sur le sable. Le reste du corps demeura accroché à l'échelle, gênant les mouvements des suivants qui devinrent des cibles faciles pour nos pierres. Nous démolissions le mur de l'entrepôt, maintenant, pour accroître nos munitions, et nous étions aussi en passe de gagner la bataille car de moins en moins de Francs osaient s'aventurer sur les échelles. Ils s'éloignèrent de la base du mur sous nos quolibets : ils s'étaient inclinés devant des femmes, mais s'ils revenaient à la charge, nous réveillerions nos guerriers. Je ne saurais dire s'ils comprenaient nos sarcasmes, mais toujours est-il qu'ils restèrent en arrière, apeurés par nos défenses. Pendant ce temps, le gros de l'attaque était concentré sur les portes de la ville, où le bruit du bélier était pareil à un tambour géant qui résonnait à travers la baie, mettant les nerfs de la population à rude épreuve.

Le soleil allongeait les ombres de la pointe de terre occidentale de la baie à travers le sable, tandis que le ciel était strié de nuages roses. Les goélands regagnaient leurs perchoirs. Nos deux blessés étaient partis vider notre embarcation de ses pierres : j'espérais qu'aucun Franc n'avait pu encore s'aventurer jusque-là, même si je ne pensais pas que nous en eussions besoin. Le soir tombait, la marée montait : bientôt l'eau repousserait les assaillants vers la digue et leurs campements et nous fêterions une fameuse victoire.

Mais c'est alors que nous entendîmes un rugissement d'allégresse aux portes de la ville et que nous vîmes nos Francs défaits rejoindre au pas de course les assaillants, et nous sûmes que la cité était perdue. Plus tard, en parlant aux survivants, nous découvrîmes que les Francs avaient réussi à grimper sur le quai de pierre du port et qu'ils essaimaient maintenant à travers la ville.

Les hurlements commencèrent.

Galahad et moi rejoignîmes la barricade la plus proche avec une vingtaine d'hommes. Des femmes couraient vers nous mais, nous voyant, elles paniquèrent et essayèrent d'escalader la colline de granit. Culhwch demeura pour garder le mur et protéger notre retraite vers le bateau tandis que la première fumée d'une cité vaincue s'élevait dans le ciel crépusculaire.

Nous courions derrière les défenseurs de la porte principale et, au détour d'une volée d'escaliers, nous vîmes l'ennemi grouillant comme des rats dans un grenier. Les lanciers ennemis affluaient du quai par centaines. Leurs étendards aux cornes de taureaux avançaient de toutes parts, leurs tambours battaient tandis que les femmes piégées dans les maisons poussaient des cris perçants. À notre gauche, au bout du quai où seuls quelques assaillants avaient réussi à prendre pied, surgit soudain un détachement de lanciers en manteau blanc. Bors, le cousin de Lancelot et le commandant de la garde du palais, lançait une contre-attaque ; l'espace d'un instant, je crus que la chance allait tourner et qu'il allait forcer les envahisseurs à battre en retraite, mais au lieu de poursuivre son offensive sur le quai, Bors conduisit ses hommes vers une flotte de petits bateaux qui attendaient pour les mettre tous en sécurité. Je vis le prince Lancelot se précipitant au milieu de la garde, tirant sa mère par la main et entraînant un groupe de courtisans paniqués. Les *fili* fuyaient la ville condamnée.

Galahad tailla en pièces deux hommes qui essayaient de gravir les marches, puis je vis les manteaux sombres des Francs inonder la rue derrière nous. « Arrière ! » hurlai-je en tâchant d'entraîner Galahad.

« Laisse-moi me battre ! » Il essaya de se libérer pour affronter les deux suivants qui montaient maintenant les escaliers de pierre.

« Vis donc, imbécile ! » Je me portai devant lui, feignis une attaque à gauche avant de brandir ma lance et d'enfoncer la lame dans la tête d'un Franc. Lâchant la hampe, je parai la lance du second avec mon bouclier et tirai Hywelbane pour lui assener un petit coup sec sous le bord de son bouclier : l'homme dégringola les marches, les mains serrées sur son ventre qui pissait le sang. « Tu sais comment nous sortir sains et saufs de la ville ! » criai-je à Galahad. J'abandonnai ma lance pour l'arracher aux ennemis enragés qui inondaient les escaliers. En haut des marches, se trouvait un atelier de poterie et, malgré le siège, la marchandise du boutiquier était encore exposée sur des tréteaux à l'abri d'une banne de toile. Je renversai une table de cruches et de vases sur le chemin des assaillants, puis arrachai le vélum pour le leur lancer dessus. « Conduis-nous ! » Il y avait des allées et des jardins que seuls connaissaient les habitants d'Ynys Trebes, et ces passages secrets nous étaient nécessaires pour fuir.

Les envahisseurs avaient maintenant enfoncé la porte principale pour nous isoler de Culhwch et de ses hommes. Galahad nous conduisit au sommet de la colline ; de là, on tourna à gauche, empruntant un petit tunnel qui passait sous un temple, puis on traversa un jardin pour rejoindre un mur jouxtant une citerne à pluie. À nos pieds, c'était l'horreur. Les Francs victorieux enfonçaient les portes pour venger les leurs, morts sur le sable. Les épées faisaient taire les enfants vagissants. Je vis un guerrier franc, un géant au casque cornu, massacrer à la hache quatre de nos défenseurs, pris au piège. La fumée s'élevait des maisons. Certes la cité était bâtie en pierre, mais il ne manquait pas de meubles, de poix à bateau et de toitures en bois pour alimenter un formidable brasier. En mer, où la marée montante recouvrait les digues de sable, j'aperçus le casque ailé de Lancelot qui brillait dans l'un des trois canots de sauvetage, tandis qu'au-dessus de moi, rose dans le soleil couchant, l'élégant palais attendait ses derniers instants. La brise du soir chassait la fumée grise et faisait délicatement gonfler un rideau blanc accroché à une fenêtre du palais ombragé.

« Par ici ! cria Galahad en montrant du doigt un sentier. Suivez ce chemin jusqu'à notre embarcation ! » Nos hommes couraient pour sauver leur peau. « Viens, Derfel ! » me lança-t-il.

Mais je ne bougeai pas. Je fixais la colline escarpée.

« Viens, Derfel ! » insista Galahad.

Mais, dans ma tête, j'entendais une voix. C'était la voix d'un vieillard : une voix sèche, sardonique et hostile, dont le ton me clouait sur place.

« Viens, Derfel ! » hurla Galahad.

« Je remets ma vie entre tes mains », avait dit le vieillard, et soudain il se remit à parler à l'intérieur de mon crâne : « Je m'en remets à ta conscience, Derfel de Dumnonie. »

« Comment rejoindre le palais ? demandai-je à Galahad.

— Le palais ?

— Comment ! criai-je, exaspéré.

— Par ici, par ici ! »

Nous grimpâmes.

Les bardes chantent l'amour, célèbrent les carnages, louent les rois et flattent les reines, mais si j'étais poète j'écrirais un éloge de l'amitié.

J'ai eu de la chance en amitié. Arthur fut un ami mais, de tous mes amis, il n'y eut aucun autre comme Galahad. Tantôt nous nous comprenions sans parler, tantôt les mots roulaient des heures durant. Nous partagions tout, sauf les femmes. Je ne saurais compter le nombre de fois où nous nous retrouvâmes épaule contre épaule dans le mur de boucliers ni le nombre de fois où nous partageâmes nos dernières provisions. Les hommes nous prenaient pour des frères et c'est bien ainsi que nous nous considérions.

Et en cette soirée de malheur, alors que la ville se consumait lentement, Galahad comprit que rien ne me ferait rejoindre le bateau qui nous attendait. Il me savait sous l'empire d'un impératif, d'un message venu des Dieux qui me faisait grimper vers le palais serein couronnant Ynys Trebes. Tout autour de nous, l'horreur submergeait la colline, mais nous avions quelques longueurs d'avance, courant avec l'énergie du désespoir sur le toit d'une église, sautant dans une allée où nous bousculâmes une foule de réfugiés qui croyaient que l'église leur offrirait un sanctuaire, puis grimpant une volée d'escaliers pour rejoindre la grande rue circulaire. Des Francs nous donnaient la chasse, luttant pour être les premiers au palais de Ban, mais nous étions en tête, accompagnés d'une dérisoire poignée d'habitants qui avaient échappé au carnage de la ville basse et qui cherchaient maintenant un refuge désespéré au sommet de la colline.

Les gardes avaient déserté la cour. Les portes du palais étaient restées ouvertes et à l'intérieur, où les femmes se blottissaient et les enfants pleuraient, le beau mobilier attendait les conquérants. Le vent agitait les rideaux.

Je m'élançai à travers les salles élégantes, traversai la chambre des glaces, passai devant la harpe abandonnée de Leanor et entrai dans la grande pièce où Ban m'avait reçu la première fois. Le roi était encore là, encore dans sa toge, encore à sa table, une plume à la main. « Il est trop tard », dit-il comme je faisais irruption dans la salle, l'épée tirée. « Arthur a manqué à ses engagements. »

Les couloirs du palais n'étaient que hurlements. La fumée cachait la vue des fenêtres cintrées.

« Père, venez avec nous ! dit Galahad.

— J'ai à faire », répondit Ban avec humeur. Il trempa sa plume dans son encrier et se mit à écrire. « Tu ne vois pas que je suis occupé ? »

J'enfonçai la porte qui menait à la bibliothèque, traversai l'antichambre déserte puis, ouvrant la porte, aperçus le prêtre bossu debout devant une étagère à rouleaux. Le parquet de bois poli était jonché de manuscrits. « Votre vie m'appartient », criai-je avec colère, en voulant à cet affreux nabot de m'avoir mis dans cette obligation quand il y avait tant d'autres vies à sauver dans la cité. « Alors venez avec moi ! Tout de suite ! » Le prêtre fit comme s'il n'avait rien entendu. Il retirait frénétiquement les rouleaux des casiers, défaisait les rubans et les sceaux et parcourait les premières lignes avant de les jeter et de s'emparer d'autres rouleaux. « Venez ! grondai-je.

— Une minute ! » insista Celwin. Il retira un autre rouleau, dont il se débarrassa aussi vite pour en ouvrir un autre. « Pas encore ! »

Un grand fracas déchira le silence du palais. Des hourras retentirent, bien vite noyés dans les hurlements. Galahad se tenait à la porte de la bibliothèque, implorant son père de nous suivre, mais Ban donna congé à son fils d'un geste de la main, comme si ses paroles le gênaient. Puis la porte s'ouvrit brusquement sur les pas de trois guerriers francs en nage. Galahad se précipita à leur rencontre, mais il n'eut pas le temps de sauver la vie de son père et Ban n'esquissa pas même un geste pour se défendre. Le chef franc l'abattit d'un coup d'épée, mais je crois que le roi de Benoïc était mort d'une crise cardiaque avant même que la lame ennemie ne le touchât. Le Franc essaya de trancher la tête du roi mais tomba sous la lance de Galahad tandis que, brandissant Hywelbane, j'allongeai une botte au second et balançai son corps blessé pour faire trébucher le troisième. L'haleine du moribond empestait la bière, comme l'haleine des Saxons. La fumée apparut derrière la porte. Galahad se trouvait à côté de moi, maintenant, donnant un grand coup de lance pour tuer le troisième. Mais déjà d'autres Francs se pressaient dans le couloir. Je dégageai mon épée pour me replier dans l'antichambre. « Venez, vieux fou ! criai-je par-dessus mon épaule au prêtre entêté.

— Vieux, oui, Derfel, mais fou ? Jamais. » Le prêtre rit, et quelque chose dans ce rire acerbe me fit me retourner et je vis, comme en rêve, que la bosse disparaissait tandis que le prêtre s'étirait de tout son long. Il n'était pas laid du tout, me dis-je, mais merveilleux et majestueux, et si plein de sagesse qu'alors même que je me trouvais dans un lieu de mort qui puait le sang et résonnait des cris perçants des mourants, je me sentis plus en sécurité que je ne l'avais jamais été de toute ma vie. Il continuait à se moquer de moi, visiblement ravi de m'avoir dupé si longtemps.

« Merlin ! » J'avoue que j'avais les larmes aux yeux.

« Accorde-moi quelques minutes, retiens-les. » Il continuait à piocher des rouleaux, déchirant les sceaux et les jetant après un rapide coup d'œil. Il avait retiré son bandeau, qui faisait simplement partie de son déguisement. « Retiens-les », reprit-il en se dirigeant vers un nouveau casier de rouleaux qu'il n'avait pas examinés. « J'entends que tu es bon au massacre, alors excelle maintenant. »

Galahad boucha le passage avec la harpe et le tabouret de la harpiste et nous défendîmes l'accès à l'aide de nos lances, de nos épées et de nos boucliers. « Savais-tu qu'il était ici ? demandai-je à Galahad.

— Qui ? » Galahad plongea sa lance dans le bouclier rond d'un Franc et la retira.

« Merlin.

— C'est lui ? demanda Galahad, visiblement surpris. Bien sûr que non, je ne le savais pas. »

Un Franc aux cheveux bouclés et à la barbe ensanglantée abattit sa lance sur moi en hurlant. Je l'empoignai juste sous le fer et m'en servis pour le mettre à portée de mon épée. Une autre lance vola juste à côté de moi et alla plonger sa tête d'acier dans le linteau, dans mon dos. Un homme se prit les pieds dans les cordes cacophoniques de la harpe et trébucha devant Galahad. Je lui assenai un coup de bouclier sur la nuque et parai un coup d'épée. Le palais résonnait de hurlements et s'emplissait d'une fumée âcre, mais nos assaillants se désintéressaient de la bibliothèque pour se livrer à des rapines plus faciles dans le reste des bâtiments.

« Merlin est ici ? demanda Galahad d'un air incrédule.

— Attention à toi. »

Galahad se retourna pour regarder le grand personnage qui fouillait avec tant d'acharnement la bibliothèque condamnée de Ban. « C'est Merlin ?

— Oui.

— Comment savais-tu qu'il était ici ?

— Je ne le savais pas », avouai-je. « Viens, mon salaud ! » lançai-je à un grand gaillard en manteau de cuir qui brandissait une hache de guerre à deux têtes et voulait jouer les héros. Il entonna son hymne de guerre en chargeant : il chantait encore lorsqu'il expira. La hache s'enfonça dans le parquet, aux pieds de Galahad, lorsqu'il retira sa lance de la poitrine du Franc.

« Je l'ai, je l'ai ! » s'exclama soudain Merlin derrière nous. « Silius Italicus, bien sûr ! Il n'a jamais écrit dix-huit livres sur la Seconde Guerre punique, juste dix-sept. Comment ai-je pu être aussi stupide ? Tu as raison, Derfel, je suis un vieux fou ! Un fou dangereux ! Dix-huit livres sur la Seconde Guerre emphatique ? Le premier enfant venu sait qu'il n'y en a jamais eu que dix-sept ! Je l'ai ! Viens, Derfel, ne gaspillons pas mon temps ! Nous ne pouvons traîner là toute la nuit ! »

Nous regagnâmes la bibliothèque en désordre, où je repoussai la grande table de travail contre la porte pour barrer la route à nos assaillants tandis que Galahad ouvrait les volets des fenêtres, côté ouest. Un nouvel essaim de Francs surgit par la chambre de la harpiste et, arrachant la croix de bois qu'il portait autour du cou, Merlin balança le modeste projectile sur les intrus momentanément entravés par la lourde table. Lorsque la croix retomba, un grand brasier engloutit l'antichambre. Je crus que le feu meurtrier était une pure coïncidence et que le mur de la pièce s'était effondré pour laisser la pièce s'embraser au moment même où la croix frappa, mais Merlin se réjouit de son triomphe. « L'horrible chose devait être bonne à quelque chose », dit-il en parlant de la croix avant de ricaner de l'ennemi qui se consumait dans les hurlements. « Rôtissez, vermisseaux, rôtissez ! » Il fourra le précieux rouleau dans la poche de sa robe. « As-tu jamais lu Silius Italicus ? me demanda-t-il.

— Jamais entendu parler de lui, Seigneur, avouai-je en l'entraînant vers la fenêtre ouverte.

— Il a écrit une épopée en vers, mon cher Derfel, une épopée en vers. » Résistant à mes efforts acharnés, il posa une main sur mon épaule. « Laisse-moi te donner un conseil. » Il parlait avec le plus grand sérieux. « Méfie-toi des épopées en vers. Je parle d'expérience. »

Soudain j'eus envie de chialer comme un enfant. Quel soulagement de revoir ses yeux sages et cruels ! Comme de retrouver son père. « Vous m'avez manqué, Seigneur !

— Ce n'est pas le moment de faire du sentiment ! » glapit Merlin avant de se précipiter vers la fenêtre tandis qu'un guerrier franc jaillissant des flammes glissait sur le plateau de la table en criant. Ses cheveux fumaient lorsqu'il jeta sa lance dans notre direction. J'écartai la lame avec mon bouclier, allongeai une botte, le repoussai du pied et allongeai une nouvelle botte. « Par ici ! » cria Galahad du jardin. J'assenai un dernier coup au Franc moribond, puis je m'aperçus que Merlin était retourné à sa table de travail. « Vite, Seigneur !

— Le chat, expliqua Merlin. Je ne puis abandonner le chat ! Ne sois pas ridicule !

— Au nom des Dieux, Seigneur ! » Mais Merlin jouait des pieds et des mains sous la table pour récupérer le chat gris effarouché qu'il serrait dans ses bras lorsqu'il se décida enfin à escalader le rebord de la fenêtre pour retomber dans le jardin protégé par de petites haies de lauriers. Le soleil était magnifique à l'ouest, noyant le ciel d'un rouge vif et inondant les eaux de la baie de ses reflets ardents et tremblotants. Nous franchîmes la haie et, suivant Galahad, descendîmes une volée d'escaliers qui menaient à une cabane de jardinier, puis nous longeâmes un sentier périlleux qui contournait le pic de granit. D'un côté, la falaise, de l'autre le vide, mais Galahad connaissait ces sentiers depuis sa plus tendre enfance et nous conduisit avec assurance vers l'eau ténébreuse.

Des corps flottaient dans la mer. Notre bateau, bondé au point que c'était un miracle qu'il pût encore flotter, était déjà à un quart de mille, ses rames peinant à mettre sa cargaison de passagers en sécurité. Je mis les mains en porte-voix et criai. « Culhwch ! » Ma voix se répéta en écho dans les rochers puis s'estompa à travers la mer où elle se perdit dans l'immensité des pleurs et des geignements qui marquèrent la fin d'Ynys Trebes.

« Laissons-les filer », dit calmement Merlin, avant de fouiller sous sa robe crasseuse de Père Celwin. « Prends ça ! » Il me fourra le chat dans les bras puis se remit à tâtonner sous sa robe jusqu'à ce qu'il eût trouvé une petite corne d'argent, dans laquelle il souffla une fois. Une note très légère.

Presque aussitôt apparut sur la côte nord d'Ynys Trebes un frêle esquif noir. Un homme en robe, seul, le manœuvrait à l'aide d'un aviron dont il se servait comme d'une godille. L'esquif avait une proue pointue et son ventre était juste assez grand pour accueillir trois passagers. Un coffre de bois reposait au fond, portant le sceau de Merlin avec le Dieu cornu, Cernunnos. « J'ai pris ces dispositions, expliqua Merlin d'un ton dégagé, lorsqu'il est apparu clairement que le malheureux Ban n'avait aucune idée des rouleaux qu'il possédait. J'ai pensé qu'il me faudrait plus de temps, et je ne me suis pas trompé. Naturellement, les rouleaux étaient étiquetés, mais les *fili* passaient leur temps à les mélanger, prétendant les améliorer quand ils ne les pillaient pas carrément en donnant les vers pour les leurs. Une fripouille a passé six mois à plagier Catulle, avant de le ranger sous le nom de Platon. Bonsoir, mon cher Caddwg ! » Il salua chaleureusement le batelier. « Tout va bien ?

— Mis à part que le monde se meurt, oui, grogna Caddwg.

— Mais tu as le coffre, ajouta Merlin en montrant la petite malle scellée. Tout le reste n'a aucune importance. »

L'esquif gracieux appartenait naguère au palais et servait à transporter les passagers du port jusqu'aux grands navires qui mouillaient au large, et Merlin avait veillé qu'il attendît ses ordres. Dès que nous fûmes montés à bord et installés sur le pont, Caddwg le revêche lança notre petite embarcation dans la mer du soir. Une seule lance plongea depuis les hauteurs et fut engloutie par l'eau à côté de nous, sans quoi notre départ passa inaperçu. Merlin me reprit le chat et alla s'installer paisiblement à l'avant tandis que Galahad et moi observions la mort de l'île.

La fumée se répandait sur l'eau. Les cris des condamnés formaient un thrène plaintif alors que le jour expirait. Nous voyions les sombres silhouettes des lanciers francs qui continuaient à traverser la digue et à patauger à son extrémité en direction de la ville tombée. Le soleil plongeait, enveloppant la baie d'un voile de ténèbres qui rendait les flammes du palais plus vives encore. Un rideau prit feu et s'embrasa un court instant avant de tomber en cendres. En revanche, c'est dans la bibliothèque que le feu se déchaîna avec le plus de violence, les rouleaux s'enflammèrent l'un après l'autre pour transformer ce coin du palais en un véritable enfer. Ce fut le bûcher funéraire du roi Ban qui brûla dans la nuit.

Galahad pleura. Agenouillé sur le pont, serrant sa lance, il observa sa maison tomber en poussière. Il se signa et pria en silence que l'âme de son père rejoignît l'Au-Delà auquel il croyait. La mer était miséricordieusement calme. Elle était noire et rouge – le sang et la mort –, parfait miroir de la cité en flammes où notre ennemi dansait, tout à son triomphe macabre. Nous ne devions jamais voir Ynys Trebes reconstruite : les murs tombèrent, le chiendent poussa, les oiseaux de mer y nichèrent. Les pêcheurs francs évitaient l'île qui avait vu tant de morts. Ils ne l'appelaient plus Ynys Trebes, mais lui donnèrent un nouveau nom dans leur langue vulgaire : le Mont de la Mort et la nuit, disent leurs matelots, lorsque la silhouette de l'île déserte se détache, toute noire, sur la mer d'obsidienne, on entend encore les sanglots des femmes et les geignements des enfants.

Nous débarquâmes sur une plage déserte, du côté ouest de la baie. Abandonnant l'embarcation, nous transportâmes le coffre scellé de Merlin à travers les ajoncs et les épineux courbés par le vent marin jusqu'à la crête de la langue de terre. La nuit était noire lorsque nous atteignîmes le sommet, et je me retournai vers Ynys Trebes qui rougeoyait comme des cendres ardentes dans l'obscurité, puis je continuai mon chemin pour m'acquitter de mon devoir envers la conscience d'Arthur. Ynys Trebes était morte.

*

Nous prîmes un bateau pour la Bretagne à l'embouchure de ce même fleuve où j'avais autrefois prié Bel et Manawydan de me ramener sain et sauf au pays. Nous retrouvâmes Culhwch dans la rivière, son bateau surchargé ensablé. Leanor était vivante, de même que la plupart de nos hommes. Un navire prêt à partir était resté sur le fleuve, son maître ayant espéré se remplir les poches en embarquant les survivants aux abois, mais Culhwch lui mit son épée en travers de la gorge et l'obligea à nous rapatrier sans bourse délier. Les autres avaient déjà fui devant les Francs. Nous attendîmes la fin de la nuit, illuminée par le reflet des flammes d'Ynys Trebes ; au petit matin, nous levâmes l'ancre et fîmes voile vers le nord.

Merlin regardait la côte s'éloigner et moi, osant à peine croire que le vieil homme nous était revenu, je le regardai fixement. C'était un homme grand et décharné, peut-être l'homme le plus grand que j'eusse jamais connu, avec ses longs cheveux blancs rassemblés en une queue de cheval nouée par un ruban noir sous sa ligne de tonsure. Quand il se faisait passer pour le père Celwin, il laissait flotter ses cheveux ébouriffés, mais maintenant qu'il avait retrouvé sa queue de cheval il ressemblait en effet au vieux Merlin. Sa peau avait la couleur d'un vieux bois poli, ses yeux étaient verts et son nez pointu et osseux. Sa barbe et ses moustaches étaient tressées en fines cordelettes qu'il aimait à entortiller autour de ses doigts quand il réfléchissait. Nul ne savait son âge, mais assurément je n'ai jamais rencontré homme plus chargé d'années, sauf peut-être le druide Balise, et je n'ai jamais connu homme qui parût aussi sans âge que Merlin. Il avait encore toutes ses dents – pas une ne manquait ! – et il conservait l'agilité d'un jeune homme, même s'il se plaisait à répéter qu'il était vieux, fragile et sans défense. Tout de noir vêtu, toujours en noir, sans jamais aucune autre couleur, il portait habituellement un grand bâton noir, bien que maintenant, fuyant l'Armorique, cet attribut lui fît défaut.

L'homme était imposant, et pas uniquement du fait de sa taille, de sa réputation ou de sa prestance, mais par sa présence. Comme Arthur, il savait dominer une foule. Qu'il parte, et une salle comble paraissait vide. Mais alors que la présence d'Arthur était généreuse et communicative, celle de Merlin était toujours dérangeante. Quand il vous dévisageait, il semblait capable de lire les secrets de votre cœur et, pire encore, s'en amuser. Il était malicieux, impatient, impulsif et d'une sagesse totale, absolue. Rien ne trouvait grâce à ses yeux, il dénigrait tout le monde et n'aimait sans réserve qu'une poignée de gens. Arthur en était, Nimue aussi, et moi, je crois, j'étais le troisième, bien que je n'aie jamais pu en être vraiment sûr, car il aimait à simuler et à donner le change. « Tu me regardes, Derfel ! me reprocha-t-il depuis la poupe du navire, où il me tournait pourtant le dos.

— J'espère ne plus jamais vous perdre de vue, Seigneur.

— Petit sot ! Que tu as l'âme bien tendre. » Il se retourna, visiblement furieux. « J'aurais dû te rejeter dans la fosse de Tanaburs. Porte ce coffre dans ma cabine. »

Merlin avait réquisitionné la cabine du capitaine, où je déposai maintenant le coffre de bois. Merlin se baissa pour franchir la porte, arrangea les coussins du capitaine pour se faire un siège confortable puis se laissa aller avec un soupir de satisfaction. Le chat gris sauta sur ses genoux tandis que, prenant l'épais rouleau pour lequel il avait risqué sa vie, il en déroula quelques pouces sur une table sommaire qui brillait d'écailles de poisson.

« Qu'est-ce ?

— C'est le seul vrai trésor que Ban possédât, répondit Merlin. Le reste était, pour l'essentiel, des fadaises grecques et romaines. Quelques bonnes choses, j'imagine, mais pas beaucoup.

— Mais qu'est-ce ?

— Un rouleau, cher Derfel », reprit-il, comme si j'avais perdu la tête pour lui poser la question. Jetant un coup d'œil vers le ciel, il aperçut la voile gonflée par un vent encore âcre de la fumée d'Ynys Trebes. « Bon vent ! fit-il avec allégresse. Nous serons rendus à la tombée de la nuit, peut-être ? La Bretagne m'a manqué. » Il plongea de nouveau les yeux dans le rouleau. « Et Nimue ? Comment va la chère enfant ? demanda-t-il en parcourant les premières lignes.

— La dernière fois que je l'ai vue, dis-je d'un ton amer, elle s'était fait violer et avait perdu un œil.

— Ce sont des choses qui arrivent », observa Merlin négligemment.

Son insensibilité me laissa sans voix. J'attendis puis lui demandai une fois de plus pourquoi ce rouleau avait tant d'importance. « Tu es un importun, Derfel. C'est bon, je vais satisfaire ton caprice. » Il lâcha le manuscrit qui s'enroula tout seul et se laissa tomber dans les coussins humides et usés du capitaine. « Bien entendu, tu sais qui était Caleddin ?

— Non, Seigneur », avouai-je.

Il leva les mains en signe de désespoir. « N'as-tu pas honte de ton ignorance, Derfel ? Caleddin était un druide des Ordovicii. Une malheureuse tribu, et j'en sais quelque chose. L'une de mes épouses était une Ordovicienne et une créature de ce genre était bien suffisante pour douze vies. Plus jamais ça. » Il frissonna rien que d'y penser, puis plongea son regard dans le mien. « Gundleus a violé Nimue, n'est-ce pas ?

— Oui. » Je me demandais comment il le savait.

« Le sot ! Le sot ! » Loin de le contrarier, le destin de sa maîtresse semblait l'amuser. « Comme il va souffrir. Nimue est fâchée ?

— Furieuse.

— Bien. La fureur est fort utile et la chère Nimue est douée pour ça. L'une des choses qui m'insupportent chez les chrétiens, c'est leur admiration pour l'humilité. Imagine ! Élever l'humilité au rang de vertu ! L'humilité ! Tu imagines un ciel où il n'y aurait que des humbles ? Quelle idée épouvantable. Les plats refroidiraient car tout le monde passerait le sien à son voisin. L'humilité n'est pas une bonne chose, Derfel. La colère et l'égoïsme, voilà les qualités qui font marcher le monde. » Il s'esclaffa. « Revenons à Caleddin. C'était un bon druide pour un Ordovicien, pas tout à fait aussi bon que moi, cela va sans dire, mais il avait ses bons jours. Entre parenthèses, j'ai apprécié que tu veuilles occire Lancelot, quel dommage que tu n'aies pas fini le travail. J'imagine qu'il s'est enfui ?

— Dès l'instant où la cité était condamnée, oui.

— Les marins disent que les rats sont toujours les premiers à quitter le navire. Pauvre Ban. C'était un idiot, mais un brave idiot.

— Savait-il qui vous étiez ?

— Bien sûr que oui. C'eût été terriblement grossier de ma part d'abuser mon hôte. Il ne l'a dit à personne d'autre, naturellement, sans quoi j'eusse été assailli par ces redoutables poètes qui m'auraient prier d'user de ma magie pour faire disparaître leurs rides. Tu n'imagines pas, Derfel, à quel point un peu de magie peut être importune. Ban savait qui j'étais, Caddwg aussi. C'est mon serviteur. Le pauvre Hywel est mort, n'est-ce pas ?

— Si vous le savez déjà, pourquoi le demander ?

— J'entretiens juste la conversation ! protesta-t-il. La conversation est l'un des arts civilisés, Derfel. On ne peut pas tous traverser la vie en grognant avec une épée et un bouclier. Quelques-uns d'entre nous doivent essayer de préserver la dignité. » Il renifla.

« Alors comment savez-vous qu'Hywel est mort ?

— Parce que Bedwin me l'a écrit, pauvre sot.

— Bedwin vous a écrit tout au long de ces années ? demandai-je stupéfait.

— Bien entendu. Il avait besoin de mes conseils. Que croyais-tu que je faisais ? Que j'avais disparu ?

— Vous aviez bel et bien disparu, répliquai-je avec rancœur.

— Sottises. C'est simplement que tu ne savais pas où me chercher. Non que Bedwin m'ait consulté sur tout. Quel gâchis il a fait ! Mordred en vie ! Folie pure. Il aurait fallu étrangler l'enfançon avec son cordon ombilical, mais j'imagine qu'on n'aurait jamais pu persuader Uther de le faire. Pauvre Uther. Il croyait que les vertus se transmettent par les reins d'un homme ! Quelle sottise ! Un enfant, c'est comme un veau ; si la chose naît estropiée, on s'empresse de lui briser le crâne pour saillir de nouveau la vache. Il n'y a pas grand plaisir pour les femmes dans tout cela, c'est entendu, mais il faut bien que quelqu'un souffre. Remercions les Dieux que ce soit elles, plutôt que nous.

— Avez-vous jamais eu des enfants ? demandai-je, m'étonnant de n'avoir encore jamais pensé à lui poser la question.

— Bien sûr que oui ! Quelle question extraordinaire. » Il me considéra comme s'il doutait de ma santé mentale. « Je n'ai jamais eu beaucoup d'affection pour aucun d'entre eux et, fort heureusement, la plupart sont morts ; quant aux autres, je les ai reniés. Il y a même un chrétien parmi eux, je crois. » Il frissonna. « Je préfère de beaucoup les enfants des autres. Ils sont bien plus reconnaissants. Mais de quoi parlions-nous ? Ah oui, Caleddin. Un homme terrible. » Il hocha la tête d'un air lugubre.

« C'est lui qui a écrit le rouleau ?

— Ne sois pas stupide, Derfel, trancha-t-il avec humeur. Les druides ne sont pas habilités à écrire quoi que ce soit, c'est contre les règles. Tu le sais ! Dès que tu écris quelque chose, ça devient figé. Ça devient un dogme. Les gens peuvent en discuter, ils deviennent péremptoires, ils se réfèrent aux textes, produisent de nouveaux manuscrits, ils discutent encore et bientôt ils s'entretuent. Si tu n'as jamais rien écrit, personne ne sait exactement ce que tu as dit et tu peux toujours le changer. Faut-il donc que je t'explique tout ça ?

— Vous pouvez expliquer ce qui est écrit sur le rouleau, dis-je humblement.

— C'est exactement ce que j'étais en train de faire ! Mais tu ne cesses de m'interrompre et de changer de sujet ! C'est un monde ! Et dire que tu as grandi au Tor. J'aurais dû te fouetter plus souvent, cela t'aurait peut-être inculqué de meilleures manières. J'apprends que Gwlyddyn rebâtit ma demeure ?

— En effet.

— Un brave homme, ce Gwlyddyn, et honnête. Il faudra probablement que je reconstruise tout moi-même, mais il essaie.

— Le rouleau, rappelai-je.

— Je sais ! Je sais ! Caleddin était un druide, je te l'ai dit. Un Ordovicien. Des bêtes redoutables, les Ordoviciens. Quoi qu'il en soit, pense à l'Année Noire et demande-toi comment Suétone a su tout ce qu'il savait de notre religion. Tu sais qui était Suétone, j'imagine ? »

La question était insultante, car tous les Bretons connaissent et méprisent le nom de Suetonius Paulinus, le gouverneur nommé par l'empereur Néron et qui, dans cette Année Noire qui remonte à quelque quatre cents ans avant notre temps, a pratiquement détruit notre ancienne religion. Il n'est de Breton qui n'ait appris en grandissant comment deux légions de Suétone avaient écrasé le sanctuaire druidique d'Ynys Mon. Ynys Mon, comme Ynys Trebes, était une île, le plus grand sanctuaire de nos Dieux, mais les Romains étaient tant bien que mal parvenus à franchir le détroit et avaient passé par l'épée les druides, les bardes et les prêtresses. Ils avaient abattu les bocages consacrés et profané le lac sacré, si bien qu'il ne nous restait plus que l'ombre de l'ancienne religion, et nos druides, comme Tanaburs et Iorweth, n'étaient que de pâles échos d'une gloire passée. « Je sais qui était Suétone, dis-je à Merlin.

— Il y a eu un autre Suétone, dit-il avec amusement. Un écrivain romain, plutôt bon. Ban possédait son *De viris Illustribus*, qui porte essentiellement sur la vie des poètes. Suétone est particulièrement scandaleux au sujet de Virgile. C'est extraordinaire ce que les poètes mettent dans leurs lits ; à commencer par leurs pareils, cela va de soi. Dommage que l'œuvre ait brûlée, car je n'en ai jamais vu d'autres. Le rouleau de Ban pourrait bien avoir été la dernière copie, et il n'est plus que cendres à l'heure qu'il est. Virgile sera soulagé. Quoi qu'il en soit, le fait est que Suetonius Paulinus voulait savoir tout ce qu'il y avait à savoir sur notre religion avant d'attaquer Ynys Mon. Il voulait s'assurer que nous ne le transformerions pas en crapaud ou en poète, alors il s'est trouvé un traître, Caleddin le druide. Et Caleddin a dicté tout ce qu'il savait à un scribe romain, qui l'a intégralement recopié dans ce qui m'a tout l'air d'un latin exécrable. Mais exécrable ou pas, c'est l'unique trace de notre ancienne religion ; tous ses secrets, tous ses rites, toutes ses significations et toute sa puissance. La voici, mon enfant. » Il fit un geste en direction du rouleau, qu'il parvint à faire tomber de la table. Je récupérai le manuscrit sous la couchette du capitaine.

« Et moi qui te prenais pour un chrétien qui essayait de découvrir l'envergure des anges, fis-je d'un ton amer.

— Ne sois pas désobligeant, Derfel ! Tout le monde sait que

l'envergure doit varier en fonction de la taille et du poids de l'ange. » Il déroula à nouveau le rouleau pour en scruter le contenu. « J'ai cherché partout ce trésor. Même à Rome ! Et ce pauvre idiot de Ban qui en avait fait le dix-huitième volume de Silius Italicus. Cela prouve simplement qu'il ne l'a jamais lu, quand bien même il prétendait qu'il était merveilleux. Reste que je n'imagine pas que personne l'ait jamais lu en entier. Comment le pourrait-on ? » Il frémit.

« Pas étonnant qu'il vous ait fallu plus de cinq ans pour le trouver, dis-je en pensant à la foule de ceux à qui il avait manqué pendant ce temps.

— Sottises. Je n'ai su l'existence du rouleau qu'il y a un an. Avant, je cherchais d'autres choses : la Corne de Bran Galed, le Couteau de Laufrodded, la Planche de Gwenddolau, l'Anneau d'Eluned. Les Trésors de la Bretagne, Derfel... » Il s'arrêta, jeta un coup d'œil au coffre scellé, puis se retourna vers moi. « Les trésors sont les clés du pouvoir, Derfel, mais sans les secrets de ce rouleau, ce ne sont que des objets morts. » Sa voix trahissait une rare révérence, qui n'avait rien de très surprenant, car les Treize Trésors étaient les talismans les plus mystérieux et les plus secrets de la Bretagne. Une nuit, en Benoïc, alors que nous avions grelotté dans l'obscurité en épiant les Francs au milieu des arbres, Galahad avait ironisé en doutant que les trésors aient pu survivre aux longues années de domination romaine, mais Merlin avait toujours prétendu que les anciens druides, face à la défaite, les avaient si bien cachés qu'aucun Romain ne les trouverait jamais. Il s'était donné pour mission de retrouver les Treize Talismans ; toute son ambition le portait vers l'instant fatidique où il pourrait enfin s'en servir. Apparemment, le mode d'emploi figurait dans le rouleau perdu de Caleddin.

« Alors, que nous apprend le rouleau ? demandai-je avidement.

— Comment le saurais-je ? Tu ne me laisses pas le temps de le lire. Pourquoi ne pas te rendre utile ? Épisser un cordage ou je ne sais quoi, ce que font les marins quand ils ne se noient pas. » Il attendit que je fusse à la porte. « Oh, encore une chose », ajouta-t-il d'un air distrait.

Me retournant, je vis qu'il s'était de nouveau plongé dans les premières lignes du gros rouleau. « Oui, Seigneur ?

— Je tenais simplement à te remercier, Derfel, dit-il avec désinvolture. Merci à toi. J'ai toujours espéré que tu serais utile un jour. »

Je pensais à Ynys Trebes en feu et au roi mort. « J'ai manqué à mes engagements envers Arthur, dis-je avec amertume.

— Tout le monde lui fait faux bond. Arthur attend beaucoup trop. Maintenant, va ! »

*

J'avais imaginé que Lancelot et sa mère Elaine feraient voile vers l'ouest, en direction de Brocéliande, pour rejoindre la masse des réfugiés chassés par les Francs du royaume de Ban, mais ils avaient fait voile vers le nord, jusqu'en Bretagne. Jusqu'en Dumnonie.

Sitôt en Dumnonie, ils poussèrent jusqu'à Durnovarie, où ils arrivèrent deux jours pleins avant que Merlin, Galahad et moi ne mettions pied à terre, si bien que nous n'étions pas là pour voir leur entrée. Mais nous en eûmes de nombreux échos, car toute la ville bruissait de récits admiratifs sur les hauts faits des fugitifs.

Le groupe royal de Benoïc avait voyagé à bord de trois navires rapides, qui tous avaient été ravitaillés avant la chute d'Ynys Trebes et dont les cales regorgeaient de l'or et de l'argent que les Francs avaient espéré trouver dans le palais de Ban. Lorsque l'escorte de la reine Elaine arriva à Durnovarie, le trésor avait été caché, et tous les fugitifs étaient à pied, d'aucuns sans soulier, tous en guenilles et couverts de poussière, les cheveux en bataille et couverts d'une croûte de sel marin, avec du sang coagulé sur leurs habits et sur leurs armes ébréchées qu'ils serraient dans leurs mains inertes. Elaine, reine de Benoïc, et Lancelot, maintenant roi d'un Royaume Perdu, remontèrent en clopinant la rue principale pour se présenter comme des indigents au palais de Guenièvre. Derrière eux, se pressait une cohorte bigarrée de gardes, de poètes et de courtisans, qui, prétendit Elaine d'un air piteux, étaient les seuls rescapés du massacre. « Si seulement Arthur avait tenu parole, gémissait-elle, si seulement il avait fait ne serait-ce que la moitié de tout ce qu'il avait promis.

— Mère ! Mère ! » Lancelot se cramponnait à elle.

« Je ne souhaite plus que mourir, mon cher, déclara Elaine, comme toi qui as failli perdre la vie dans la bataille. »

Guenièvre fut naturellement à la hauteur des circonstances. Elle fit venir des habits, préparer des bains, cuisiner des repas, servir du vin, bander les blessures. Elle prêta une oreille attentive aux récits, distribua des trésors et fit appeler Arthur.

Les histoires étaient merveilleuses. Elles se propagèrent à travers la ville entière et, lorsque nous arrivâmes à Durnovarie, toute la Dumnonie les racontait ; déjà, elles volaient par-delà les frontières pour être reprises dans les innombrables salles de banquet de Bretagne et d'Irlande. C'était une épopée héroïque : comment Lancelot et Bors avaient tenu la Porte de Merman, comment ils avaient couvert les sables d'un tapis de Francs morts et gavé les goélands de tripaille franque. Les Francs, assurait-on, avaient imploré miséricorde avec force cris perçants, redoutant que Tanlladwyr ne lançât à nouveau des éclairs entre les mains de Lancelot, mais c'est alors que d'autres défenseurs, hors de la vue de Lancelot, avaient capitulé. L'ennemi était dans la ville, et si la lutte avait été sinistre, elle tourna à l'épouvante. Les ennemis tombaient les uns après les autres tandis que l'on bataillait, rue après rue. Tous les héros de l'Antiquité eux-mêmes n'auraient pu endiguer cette ruée d'ennemis aux casques de fer qui essaimaient de la mer environnante comme autant de démons jaillis des cauchemars de Manawydan. Les héros débordés reculèrent, laissant les rues gorgées de cadavres ennemis ; l'ennemi se faisait toujours plus nombreux, et nos héros se replièrent, ils se replièrent vers le palais où Ban, le bon roi Ban, se penchait sur sa terrasse, scrutant l'horizon dans l'attente des vaisseaux d'Arthur. « Ils viendront, avait insisté Ban, car Arthur a promis. »

Le roi, poursuivait la légende, ne voulait point quitter sa terrasse, car si Arthur venait et qu'il ne fût pas là, que diraient les hommes ? Il voulut à tout prix rester pour accueillir Arthur, mais il commença par embrasser sa femme, étreignit son héritier, puis leur souhaita bon vent pour la Bretagne avant de retourner attendre des secours qui ne sont jamais venus.

Une histoire grandiose ! Le lendemain, alors qu'il semblait qu'aucun autre navire n'arriverait de la lointaine Armorique, elle connut de subtils changements. C'étaient maintenant les hommes de Dumnonie, les forces conduites par Culhwch et Derfel, qui avaient laissé l'ennemi investir Ynys Trebes. « Ils se sont battus, assura Lancelot à Guenièvre, mais ils ne pouvaient résister. »

Arthur, qui faisait campagne contre les Saxons de Cerdic, rentra au grand galop à Durnovarie pour accueillir ses hôtes. Il arriva quelques heures seulement avant que notre triste troupe, sans attirer l'attention, ne remontât péniblement la route qui venait de la mer et longeait les grands remparts herbus de Mai

Dun. L'un des gardes de la porte sud de la ville me reconnut et nous laissa entrer. « Vous arrivez juste à temps.

— Pourquoi ?

— Arthur est ici. Ils racontent l'histoire d'Ynys Trebes.

— Maintenant ? » Je jetai un coup d'œil en direction du palais, sur la colline occidentale. « J'aimerais bien entendre ça », dis-je en entraînant mes compagnons dans la ville. Je me précipitai vers le carrefour central, impatient d'inspecter la chapelle que Sansum avait construite pour Mordred, mais, à ma grande surprise, il n'y avait ni chapelle ni temple, juste un terrain vague couvert d'herbes de Saint-Jacques.

« Nimue, dis-je, amusé.

— Quoi ? » demanda Merlin. Il avait rabattu son capuchon en sorte que personne ne le reconnaissait.

« Un petit homme imbu de son importance se proposait de bâtir ici une église. Guenièvre a fait venir Nimue pour l'en empêcher.

— Guenièvre n'est donc pas totalement dépourvue de bon sens ? demanda Merlin.

— Ai-je jamais dit qu'elle l'était ?

— Non, cher Derfel, non. Allons-nous continuer ? » Nous commençâmes à gravir la colline en direction du palais. C'était le soir et les esclaves du palais plaçaient des torches dans les pattes de la cour où, sans se soucier des dégâts infligés aux roses de Guenièvre et à ses rigoles, une foule s'était rassemblée pour voir Lancelot et Arthur. Lorsque nous franchîmes la porte, personne ne nous reconnut. Merlin était encapuchonné tandis que Galahad et moi avions rabattu sur notre visage les couvre-joues de nos casques à queue de loup. Nous nous pressâmes sous une arcade avec Culhwch et une douzaine d'autres hommes, à l'arrière de la foule.

Et c'est là, alors que la nuit tombait, que nous entendîmes le récit de la chute d'Ynys Trebes.

Lancelot, Guenièvre, Elaine, Arthur, Bors et Bedwin se tenaient du côté est de la cour, où le dallage était surélevé de quelques pieds, formant une espèce de scène naturelle ; l'impression était rehaussée par les torches fixées au mur, sous la terrasse desservie par des escaliers menant à la cour. Je cherchai Nimue des yeux, mais ne parvins à la voir, pas plus que le jeune évêque Sansum. Mgr Bedwin récita une prière à laquelle les chrétiens présents répondirent dans un murmure avant de se signer et de s'installer pour écouter une fois encore l'horrifique récit de la chute d'Ynys Trebes. C'est Bors qui le fit. Juché en haut des marches, il raconta la bataille de Benoïc et la foule des auditeurs était bouche bée devant tant d'horreurs, mais elle poussa des hourras lorsqu'il en vint à décrire un acte d'héroïsme de Lancelot. Aussitôt, terrassé par l'émotion, Bors fit un simple geste en direction de Lancelot, qui tenta de faire taire les acclamations en levant une main enveloppée de bandages ; son geste demeurant sans effet, il se contenta d'un hochement de tête, comme pour dire que les vivats de la foule étaient plus qu'il n'en pouvait supporter. Drapée de noir, Elaine sanglotait à côté de son fils. Bors ne s'attarda point sur Arthur qui avait manqué à sa promesse de renforcer la garnison condamnée, mais expliqua plutôt que Lancelot savait qu'Arthur se battait en Bretagne et que le roi Ban s'était accroché à des espoirs irréalistes. Tout de même blessé, Arthur secoua la tête, visiblement au bord des larmes, surtout lorsque Bors en vint au touchant récit des adieux du roi Ban à sa femme et à son fils. J'étais moi aussi au bord des larmes, non pas à cause de ce tissu de mensonges, mais tout simplement à cause de la joie de revoir Arthur. Il n'avait pas changé. Le visage anguleux était toujours aussi puissant et ses yeux toujours pleins de sollicitude.

Bedwin demanda ce qu'il était advenu des hommes de Dumnonie et Bors, apparemment à contrecœur, se laissa arracher le récit de nos tristes trépas. La foule gémit en apprenant que c'étaient nous, les Dumnoniens, qui avions lâché les murs de la cité. Bors leva une main gantée. « Ils se sont bien battus ! » dit-il, mais la foule demeurait inconsolée.

Visiblement, Merlin n'avait prêté aucune attention aux fadaises de Bors, préférant chuchoter à l'oreille d'un homme, à l'arrière de la foule. Mais il s'avança vers moi d'un pas traînant pour me toucher le coude. « J'ai besoin de pisser, cher garçon, dit-il en empruntant la voix du père Celwin. La vessie d'un vieillard. Occupe-toi de ces imbéciles. J'en ai pour une minute. »

« Vos hommes se sont bien battus ! gueula Bors à l'adresse de la foule, et bien qu'ils aient succombé, ils sont morts en hommes !

— Et maintenant, comme des fantômes, ils reviennent de l'Au-Delà », criai-je en frappant mon bouclier contre un pilier, faisant voler un petit nuage de chaux. Je me plaçai sous la flamme d'une torche. « Tu mens, Bors ! »

Culhwch se plaça à côté de moi. « Moi aussi, je dis que tu mens, gronda-t-il.

— Et moi aussi ! » fit Galahad en sortant de l'ombre.

Je dégainai Hywelbane. Le frottement de l'acier contre la gorge de bois du fourreau fit reculer la foule, libérant ainsi un passage vers la terrasse au milieu des roses piétinées. Nous avançâmes tous les trois, épuisés par la bataille, crasseux, casqués et en arme. Nous marchâmes d'un même pas, lentement, et ni Bors ni Lancelot n'osèrent parler lorsqu'ils virent les queues de loup sur nos casques. Je m'arrêtai au centre du jardin et donnai un grand coup d'épée sur les rosiers. « Mon épée dit que tu mens. Derfel, fils d'un esclave, dit que Lancelot ap Ban, roi de Benoïc, ment !

— Culhwch ap Galeid aussi ! » Culhwch abattit sa lame ébréchée à côté de la mienne.

« Et Galahad ap Ban, prince de Benoïc, également. » Galahad ajouta son épée.

« Jamais les Francs n'ont pris notre mur, dis-je, retirant mon casque afin que Lancelot pût voir mon visage. Aucun Franc n'osa escalader notre mur tant les morts étaient nombreux à son pied.

— Et moi, frère – Galahad retira à son tour son casque –, j'étais avec notre père aux derniers instants, pas toi.

— Et toi, Lancelot, criai-je, tu n'avais point de bandages quand tu as quitté Ynys Trebes. Qu'est-il arrivé ? Une écharde du plat-bord du navire t'aurait-elle piqué le pouce ? »

La foule était en effervescence. Quelques gardes de Bors se placèrent sur le côté de la cour et tirèrent leur épée en criant des insultes, mais Cavan et le reste de nos hommes s'engouffrèrent par la porte ouverte pour menacer d'un massacre. « Aucun de vous, salauds, ne vous êtes battus pour la ville, hurla Cavan, alors battez-vous maintenant ! »

Lanval, le commandant des gardes de Guenièvre, ordonna à ses archers de s'aligner sur la terrasse. Elaine était livide, encadrée par Lancelot et Bors, qui, tous deux, semblaient trembler. Mgr Bedwin hurlait, mais c'est Arthur qui rétablit l'ordre. Dégainant Excalibur, il frappa un grand coup contre son bouclier. Lancelot et Bors s'étaient repliés à l'arrière de la terrasse, mais Arthur leur fit signe d'avancer, puis il se tourna vers nous, les trois guerriers. La foule fit silence et les archers retirèrent les flèches de leurs cordes. « Dans la bataille, expliqua Arthur d'une voix douce retenant l'attention de toute la cour, les choses sont confuses. Rarement les hommes voient tout ce qui se passe au cours d'une bataille. Il y a tant de fracas, tant de chaos, tant d'horreur. Nos amis d'Ynys Trebes – et à ces mots il prit Lancelot par l'épaule – se sont trompés, mais ils se sont trompés de bonne foi. Sans doute quelque malheureux à l'esprit brouillé leur a-t-il fait le récit de vos morts, et ils l'ont cru, mais maintenant, par bonheur, voilà l'erreur corrigée. Mais nulle honte là-dedans ! Il y avait assez de gloire à Ynys Trebes pour que tous la partagent. N'ai-je pas raison ? »

Arthur avait adressé la question à Lancelot, mais c'est Bors qui répondit. « J'ai tort, fit-il, et suis ravi d'avoir tort.

— Moi aussi, ajouta Lancelot d'une voix claire et sonore.

— Voilà ! s'exclama Arthur en nous adressant un sourire. Maintenant, mes amis, rangez vos armes. Il n'y aura pas place ici pour l'hostilité ! Vous êtes tous des héros, tous ! » Il attendit, mais aucun de nous ne bougea. Les flammes des torches se reflétaient sur nos casques et effleuraient les lames de nos épées plantées, qui étaient un appel à se battre pour établir la vérité. Le sourire d'Arthur disparut ; il se dressa de toute sa hauteur. « Je vous ordonne de reprendre vos épées. Ceci est ma maison. Toi, Culhwch, et toi, Derfel, vous êtes liés à moi par serment. Trahiriez-vous votre serment ?

— Je défends mon honneur, Seigneur, répondit Culhwch.

— Votre honneur est à mon service », trancha Arthur, et l'éclat de sa voix suffit à me donner le frisson. C'était un homme bon, mais on oubliait facilement qu'il n'était pas devenu un seigneur de la guerre par pure bonté. Il parlait beaucoup de paix et de réconciliation, mais dans la bataille son âme était délivrée de telles préoccupations et s'adonnait au carnage. Il menaçait maintenant de nous tailler en pièces en portant la main à la garde d'Excalibur. « Reprenez vos épées, à moins que vous ne vouliez que je les reprenne pour vous. »

Ne pouvant nous battre contre notre propre seigneur, nous obéîmes. Galahad suivit notre exemple. Cette reddition nous laissa d'humeur maussade, avec le sentiment d'avoir été floués, mais Arthur, sitôt qu'il eut rétabli l'amitié dans sa maison, retrouva le sourire. Il tendit les bras en signe de bienvenue tout en descendant les marches, et sa joie de nous voir était si évidente que ma rancœur s'évanouit aussitôt. Il embrassa son cousin Culhwch puis me serra dans ses bras, et je sentis couler sur ma joue les larmes de mon seigneur. « Derfel, Derfel Cadarn. Est-ce bien toi ?

— Nul autre, Seigneur.

— Tu parais plus vieux, fit-il dans un sourire.

— Pas toi. »

Il fit la grimace. « Je n'étais pas à Ynys Trebes. Je le regrette. » Il se tourna vers Galahad. « J'ai entendu parler de ta bravoure, Seigneur Prince, et je te salue.

— Alors ne me fais pas affront, Seigneur, en prêtant crédit à mon frère, répondit Galahad avec amertume.

— Non ! fit Arthur. Je n'aurai point de querelles. Nous serons amis. J'y tiens. » Et, me prenant par le bras, il nous entraîna tous trois sur la terrasse, où il décréta que nous devions tous embrasser Lancelot et Bors. « Il y a suffisamment d'ennuis sans cela », me dit-il tranquillement comme je reculais.

Je m'avançai en tendant les bras. Lancelot hésita, puis s'avança vers moi. Ses cheveux huilés sentaient la violette. « Enfant, susurra-t-il à mon oreille quand il m'eut donné un baiser sur la joue.

— Couard », répondis-je dans un sourire alors que nous nous séparions.

Mgr Bedwin avait les larmes aux yeux quand il me serra dans ses bras. « Cher Derfel !

— J'ai encore de meilleures nouvelles pour vous, lui dis-je à voix basse. Merlin est ici.

— Merlin ? » Bedwin me dévisagea, n'osant croire la nouvelle. « Merlin est ici ? Merlin ! » La nouvelle se propagea à travers la foule. Merlin était de retour ! Le Grand Merlin était rentré. Les chrétiens se signèrent, tout en reconnaissant eux-mêmes que la nouvelle était d'importance. Merlin avait regagné la Dumnonie, et les troubles du royaume semblaient soudain réduits de moitié.

« Où est-il donc ? demanda Arthur.

— Il est sorti, dis-je à voix basse en montrant la porte.

— Merlin, appela Arthur. Merlin ! »

Aucune réponse. Les gardes le cherchèrent, mais nul ne le trouva. Plus tard, les sentinelles de la porte ouest dirent qu'un vieux prêtre bossu, avec un œil bandé, un chat gris et une méchante toux avait quitté la ville, mais ils n'avaient point vu d'autre sage à la barbe blanche.

« Tu as livré une redoutable bataille, m'expliqua Arthur lorsque nous fûmes installés dans la salle de banquet du palais, où l'on nous servit un repas de porc, de pain et d'hydromel. Les hommes font des rêves étranges lorsqu'ils traversent des épreuves.

— Non Seigneur, protestai-je. Merlin était ici. Demande au prince Galahad.

— Je le ferai. Bien sûr que oui, je le ferai. » Il se tourna vers la table haute, où Guenièvre, appuyée sur le coude, écoutait Lancelot.

« Vous avez tous souffert, reprit Arthur.

— Mais j'ai manqué à mes engagements envers toi, Seigneur, et j'en suis marri.

— Non, Derfel, non ! C'est moi qui ai fait faux bond à Ban. Mais que pouvais-je faire de plus ? Il y a tant d'ennemis. » Il se tut, puis sourit : le rire de Guenièvre était si éclatant dans la salle. « Je suis ravi qu'elle au moins soit heureuse », avoua-t-il, avant de s'en aller bavarder avec Culhwch qui dévorait avec application un cochon de lait.

Lunete se trouvait à la cour cette nuit-là. Ses cheveux étaient nattés et entortillés en un petit cercle truffé de fleurs. Elle portait des torques, des broches et des bracelets, ainsi qu'une robe de lin teinte en rouge avec une ceinture parée d'une boucle d'argent. Elle me sourit, brossa la poussière de ma manche et fronça le nez devant la puanteur de mes vêtements. « Les cicatrices te vont bien, Derfel, dit-elle en caressant mon visage, mais tu prends trop de risques.

— Je suis un guerrier.

— Je ne parle pas de ce genre de risques, mais des histoires que tu inventes à propos de Merlin. J'étais gênée ! Et cette idée de te présenter comme un fils d'esclave ! As-tu jamais pensé à ce que je pouvais ressentir ? Je sais bien que nous ne sommes plus ensemble, mais les gens savent que nous l'avons été jadis, et que crois-tu que j'éprouve quand tu dis être né d'un esclave ? Tu devrais penser aux autres, Derfel, vraiment. » Je remarquai qu'elle ne portait plus notre bague d'amants, mais je ne m'attendais guère à la voir car il y avait belle lurette qu'elle s'était trouvé d'autres hommes qui avaient les moyens d'être plus généreux que je ne pourrais jamais l'être. « J'imagine qu'Ynys Trebes t'a un peu tourné la tête, poursuivit-elle. Pourquoi, sinon, défier Lancelot de se battre ? Je sais que tu es une fine lame, Derfel, mais il est Lancelot, non pas un guerrier comme les autres. » Elle se tourna vers le roi assis à côté de Guenièvre. « N'est-il pas merveilleux ?

— Incomparablement, fis-je avec aigreur.

— Et il n'est pas marié, n'est-ce pas ? me suis-je laissé dire. » Lunette faisait sa coquette.

Je me penchai à son oreille. « Il préfère les garçons », chuchotai-je.

Elle me frappa le bras. « Idiot ! Le premier venu voit bien que non. Vois un peu comment il regarde Guenièvre ! » Ce fut au tour de Lunete d'approcher ses lèvres de mon oreille. « Ne le dis à personne, fit-elle d'une voix rauque, mais elle est enceinte.

— Bien.

— Ce n'est pas bien du tout. Elle n'est pas heureuse. Elle n'a aucune envie d'avoir le ventre rebondi, tu comprends ? Et ce n'est pas moi qui vais l'en blâmer. D'être grosse m'a fait horreur. Ah, voilà quelqu'un que j'ai envie de voir. J'aime les nouveaux visages à la cour. Oh, encore une chose, Derfel ? » Elle arborait un sourire mielleux. « Prends un bain, cher. » Elle traversa la salle pour accoster l'un des poètes de la reine Elaine.

« Au diable les vieux ! Du neuf. » Mgr Bedwin parut à côté de moi.

« Je suis si vieux que je m'étonne que Lunete se souvienne encore de moi », déclarai-je d'un air buté.

Bedwin me sourit puis m'entraîna dans la cour, maintenant déserte. « Merlin était avec toi, fit-il non pas sur un ton interrogatif, mais comme on constate une évidence.

— Oui, Seigneur. » Et je lui racontai comment Merlin m'avait dit s'absenter du palais pour quelques instants seulement.

Bedwin hocha la tête. « Il aime ces jeux, fit-il d'un air accablé. Donne-moi des détails. »

Je lui dis tout ce que je savais. Nous arpentions la terrasse sous la fumée des torches qui se consumaient, et je parlai du père Celwin et de la bibliothèque de Ban, et je lui livrai la véridique histoire du siège et la vérité sur Lancelot. Pour finir, je décrivis le rouleau de Caleddin que Merlin avait arraché à la chute de la cité. « Il affirme, dis-je à Bedwin, qu'il contient la Sagesse de la Bretagne.

— Je prie Dieu qu'il en soit ainsi, que Dieu me pardonne. Nous avons besoin d'aide.

— Les choses vont mal ? »

L'évêque haussa les épaules. Il avait l'air vieux et usé. Ses cheveux étaient mécheux, maintenant, sa barbe maigre et son visage plus hagard que dans mon souvenir. « J'imagine qu'elles pourraient être pires, avoua-t-il, mais hélas elles ne s'arrangent jamais. Les choses ne sont pas très différentes de ce qu'elles étaient à ton départ, sauf qu'Aelle se renforce, il devient si fort qu'il ose même se présenter maintenant comme le Bretwalda. » La prétention du barbare lui donna le frisson. Bretwalda était un titre saxon, qui voulait dire Maître de la Bretagne. « Il s'est emparé de toute la terre entre Durocobrivis et Corintium, m'expliqua Bedwin, et probablement se serait-il emparé de ces deux forteresses s'ils n'avaient acheté la paix avec nos dernières réserves d'or. Puis il y a Cerdic, dans le sud, et il se révèle plus hargneux encore qu'Aelle.

— Mais Aelle n'attaque-t-il pas Powys ?

— Gorfyddyd lui a versé de l'or, tout comme nous.

— Je le croyais malade ?

— L'épidémie a passé, comme toutes les épidémies. Il s'est remis, et le voilà maintenant qui conduit les hommes d'Elmet en même temps que les forces de Powys. Il s'en tire mieux que nous ne le redoutions, ajouta Bedwin d'un air morne, peut-être parce que c'est la haine qui l'anime. Il ne boit plus comme autrefois et il a juré d'avoir la tête d'Arthur pour venger son bras perdu. Mais il y a pire encore, Derfel : Gorfyddyd fait ce qu'Arthur espérait faire ; il rassemble les tribus, malheureusement il le fait contre nous, non contre les Saxons. Il soudoie les Siluriens de Gundleus et les Irlandais Blackshields pour qu'ils fassent des razzias sur nos côtes et il graisse la patte du roi Marc pour qu'il épaule Cadwy, et je ne crains pas de dire qu'il collecte maintenant de l'argent destiné à Aelle, afin de le convaincre de rompre la trêve. Gorfyddyd s'élève, nous chutons. À Powys, ils l'appellent le Grand Roi maintenant. Et il a Cuneglas pour héritier, quand nous n'avons que ce pauvre petit estropié de Mordred. Gorfyddyd lève une armée quand nous n'avons que des bandes. Et sitôt rentrées les moissons, Derfel, il viendra dans le sud avec les hommes d'Elmet et de Powys. Les hommes disent que ce sera la plus grande armée jamais vue en Bretagne et déjà – il baissa la voix – d'aucuns murmurent que nous devrions faire la paix aux conditions qu'il propose.

— Et qui sont ?

— Il n'y met qu'une seule condition. La mort d'Arthur. Gorfyddyd ne lui pardonnera jamais l'affront fait à Ceinwyn. Qui l'en blâmerait ? » Bedwin haussa les épaules et fit quelques pas en silence. « Le vrai danger, reprit-il, est que Gorfyddyd trouve l'argent pour entraîner Aelle dans la guerre. Nous ne saurions verser davantage aux Saxons. Nous n'avons plus rien. Le trésor est vide. Qui paiera les impôts à un régime moribond ? Et nous ne pouvons charger des lanciers de collecter les impôts.

— Il ne manque pas d'or par ici, fis-je avec un mouvement de tête en direction de la salle où l'on festoyait bruyamment. Lunete en était passablement chargée, ajoutai-je avec aigreur.

— Les dames de la princesse Guenièvre, observa Bedwin d'un ton acerbe, ne sont pas censées se défaire de leurs bijoux pour financer la guerre. Quand bien même elles le feraient, je doute qu'il y ait assez pour soudoyer à nouveau Aelle. Et s'il nous attaque à l'automne, Derfel, alors les hommes qui réclament la vie d'Arthur à voix basse hurleront du haut des remparts. Naturellement, Arthur pourrait se contenter de partir. Il pourrait aller en Brocéliande, j'imagine, mais Gorfyddyd mettrait le petit Mordred sous sa coupe, et nous ne serions plus qu'un royaume vassal gouverné par Powys. »

Je marchais en silence. Je n'imaginais pas que les choses étaient à ce point désespérées.

Bedwin eut un sourire triste. « Il me semble, mon jeune ami, que de la marmite bouillonnante tu as sauté dans le feu. Il y aura de l'ouvrage pour ton épée, Derfel, et bientôt, n'aie crainte.

— J'avais espéré avoir le temps de visiter Ynys Wydryn.

— Pour retrouver Merlin ?

— Pour trouver Nimue. »

Il s'arrêta. « Tu n'as pas su ? »

Je sentis mon cœur se glacer. « On ne m'a rien dit. Je croyais la retrouver ici, à Durnovarie.

— Elle y était. La princesse Guenièvre l'avait fait chercher. J'ai été surpris qu'elle vienne, mais elle est venue. Tu dois comprendre, Derfel, que Guenièvre et l'évêque Sansum – tu te souviens de lui ? Comment pourrais-tu l'oublier ? –, que lui et elle sont en bisbille. Nimue a été l'arme de Guenièvre. Dieu sait ce dont elle croyait Nimue capable, mais Sansum n'a pas attendu de le découvrir. Il l'a dénoncée comme une sorcière. Certains de mes frères chrétiens, je le crains, ne sont pas des parangons de bonté et Sansum, dans ses prêches, a réclamé qu'elle soit lapidée.

— Non !

— Non, non ! reprit-il, tendant une main pour me calmer. Elle a riposté en faisant venir en ville les païens de la campagne. Ils ont saccagé la nouvelle chapelle de Sansum. Il y a eu une émeute, qui a coûté la vie à une douzaine de personnes, bien que ni elle ni Sansum n'aient été blessés. Les gardes du roi ont paniqué, imaginant que l'attaque visait Mordred. Ce n'était pas le cas, bien entendu, mais cela ne les a pas empêchés de se servir de leurs lances. Alors Nabur, le magistrat responsable du roi, a fait arrêter Nimue, et il l'a jugée coupable de fomenter la révolte. Naturellement, il était chrétien. Mgr Sansum a réclamé sa mort, la princesse Guenièvre a exigé sa libération, et pendant ce temps Nimue croupissait dans les geôles de Nabur. » Bedwin s'interrompit, et je vis sur son visage que le pire était encore à venir. « Elle est devenue folle, Derfel, reprit enfin l'évêque. Comme un faucon en cage, tu comprends, et elle se rebellait contre ses barreaux. Elle hurlait à la mort. Nul ne pouvait la retenir. »

Je savais ce qui allait suivre et hochai la tête. « Non.

— L'Île des Morts. » Bedwin lâcha l'horrible nouvelle. « Que faire d'autre ?

— Non ! » protestai-je encore, car Nimue était sur l'Île des Morts, perdue parmi les âmes brisées, et l'idée d'un pareil destin m'était insupportable. « Elle a sa Troisième Blessure, fis-je à voix basse.

— Quoi ? » Bedwin porta la main à son oreille.

« Rien, dis-je. Vit-elle encore ?

— Qui sait ? Aucun être vivant n'y va jamais, et qui s'y risque ne saurait en revenir.

— Mais c'est là que Merlin a dû aller ! » m'exclamai-je, soulagé. Merlin avait sans nul doute appris ce qui s'était passé de l'homme avec lequel il chuchotait au fond de la cour, et Merlin pouvait faire ce qu'aucun autre homme ou ce qu'aucune autre femme n'ose faire. L'Île des Morts ne saurait terrifier Merlin. Pourquoi se serait-il autrement éclipsé aussi vite ? Dans un jour ou deux, pensai-je, il serait de retour à Durnovarie, avec Nimue sauvée et rétablie. Il le fallait.

« Prie Dieu qu'il en soit ainsi, fit Bedwin, pour l'amour de Nimue.

— Qu'est-il advenu de Sansum ? demandai-je d'un ton hargneux.

— Il n'a pas été puni officiellement, mais Guenièvre a persuadé Arthur de le démettre de ses fonctions de chapelain auprès de Mordred ; puis le vieil homme qui administrait le sanctuaire de la Sainte-Épine à Ynys Wydryn est mort et j'ai réussi à convaincre notre jeune évêque de prendre la relève. Il n'était pas heureux, mais il savait qu'il s'était fait trop d'ennemis à Durnovarie, et il a accepté. » Bedwin se réjouissait visiblement de la chute de Sansum. « Il y a certainement perdu son pouvoir et je ne l'imagine pas le récupérer. À moins qu'il ne soit beaucoup plus subtil que je ne le pense. Naturellement, il est de ceux qui chuchotent qu'il faut sacrifier Arthur. Tout comme Nabur. Il y a une faction Mordred dans notre royaume, Derfel, et elle demande pourquoi nous devrions nous battre pour la vie d'Arthur. »

Je contournai une petite mare de vomi – l'œuvre d'un soldat ivre. L'homme grogna, puis leva les yeux vers moi et fit un nouvel effort pour régurgiter. « Qui d'autre pourrait régner sur la

Dumnonie ? » demandai-je à Bedwin dès que nous fûmes hors de portée de voix du soûlard.

« Voilà une bonne question, Derfel. Qui, en vérité ? Gorfyddyd, bien entendu, ou Cuneglas, son fils. D'aucuns chuchotent le nom de Gereint, mais il n'y tient pas. Nabur a même suggéré mon nom. Il n'a rien dit de précis, bien sûr, juste des insinuations. » Bedwin gloussa d'un air de dérision. « Mais de quelle utilité serais-je contre nos ennemis ? Nous avons besoin d'Arthur. Personne d'autre n'aurait pu si longtemps tenir en échec ce cercle d'ennemis, Derfel, mais les gens ne le comprennent pas. Ils lui font grief du chaos, mais si un autre prenait les rênes le chaos serait pire encore. Nous sommes un royaume sans roi digne de ce nom, alors tous les fourbes ambitieux lorgnent le trône de Mordred. »

Je m'arrêtai à côté du buste de bronze qui ressemblait tellement à Gorfyddyd. « Si seulement Arthur avait épousé Ceinwyn... »

Mais Bedwin me coupa. « Si, Derfel, si... Si le père de Mordred avait vécu, ou si Arthur avait tué Gorfyddyd au lieu de lui trancher un bras, tout serait différent. L'histoire n'est jamais faite que de si. Et peut-être as-tu raison. Peut-être serions-nous en paix à l'heure qu'il est si Arthur avait épousé Ceinwyn et peut-être la tête d'Aelle serait-elle plantée sur la tête d'une lance à Caer Cadarn, mais combien de temps crois-tu que Gorfyddyd aurait supporté le succès d'Arthur ? Et souviens-toi de la raison première qui a poussé Gorfyddyd à consentir au mariage.

— La paix ?

— Mais non, mon cher. Gorfyddyd a consenti aux fiançailles de Ceinwyn uniquement parce qu'il croyait que son fils, son petit-fils, régnerait sur la Dumnonie à la place de Mordred. J'aurais dû y penser tant c'était évident.

— Pas pour moi », dis-je, car à Caer Sws, où l'amour avait fait perdre la tête à Arthur, je n'étais qu'un simple lancier de la garde, non pas un capitaine qui eût besoin de sonder les mobiles des rois et des princes.

« Nous avons besoin d'Arthur, continua Bedwin, me regardant droit dans les yeux. Et si Arthur a besoin de Guenièvre, ainsi soit-il. » Il haussa les épaules et continua à marcher. « J'aurais préféré le voir épouser Ceinwyn, mais il ne m'appartenait pas de choisir ni de désigner le lit matrimonial. Maintenant, la malheureuse, elle va épouser Gundleus.

— Gundleus ! » m'exclamai-je avec trop de force, faisant

sursauter le soldat qui gémissait au-dessus de ses vomissures. « Ceinwyn va épouser Gundleus ?

— La cérémonie de fiançailles est dans quinze jours, répondit Bedwin avec calme, à l'occasion de Lughnasa. » Lughnasa était la fête estivale de Lleullaw, le Dieu de la Lumière, et elle était consacrée à la fécondité ; ainsi était-il de très bon augure de célébrer des fiançailles à cette occasion. « Ils se marieront à la fin de l'automne, après la guerre. » Il s'interrompit, conscient que ses trois derniers mots suggéraient que Gorfyddyd et Gundleus gagneraient la guerre et que la cérémonie du mariage ferait partie des fêtes de la victoire. « Gorfyddyd a juré de leur donner la tête d'Arthur en cadeau de noces, ajouta Bedwin d'un air triste.

— Mais Gundleus est déjà marié ! » protestai-je, me demandant d'où me venait cette indignation. Était-ce la fragile beauté de Ceinwyn, que je n'avais pas oubliée ? Je portais encore sa broche au revers de mon plastron, mais je me dis que mon indignation ne venait pas d'elle, mais simplement de la haine que je portais à Gundleus.

« D'être marié à Ladwys ne l'a pas empêché d'épouser Norwenna, observa Bedwin avec mépris. Il a mis Ladwys sur la touche, fait trois fois le tour du rocher sacré, puis embrassé le champignon magique ou fait ce que vous faites, vous les païens, pour divorcer. Au passage, il n'est plus chrétien. Un divorce païen, il épouse Ceinwyn, lui fait un héritier et retourne aussi vite dans le lit de Ladwys. Il me semble que c'est ainsi que l'on fait les choses de nos jours. » Il s'arrêta, tendit une oreille en direction des éclats de rire qui venaient de la salle. « Mais peut-être que dans les années à venir, reprit-il, ces jours-là nous apparaîtront comme les derniers moments de bonheur. »

Je ne sais quoi, dans sa voix, acheva de me démoraliser. « Sommes-nous condamnés ?

— Si Aelle respecte la trêve, nous pouvons sans doute tenir une année de plus, mais uniquement si nous battons Gorfyddyd. Et sinon ? Sinon, prions que Merlin nous apporte une vie nouvelle. » Il haussa les épaules, mais il ne paraissait pas très optimiste.

Il n'était pas un bon chrétien, l'évêque Bedwin, même s'il était un très brave homme. Sansum me dit maintenant que son bon cœur n'empêchera pas son âme de rôtir en enfer. Mais cet été-là, au retour de Benoïc, nos âmes semblaient vouées à la perdition. Les moissons commençaient tout juste mais, sitôt qu'elles seraient rentrées, Gorfyddyd lancerait son offensive.

QUATRIÈME PARTIE

L'ÎLE DES MORTS

Igraine exigea de voir la broche de Ceinwyn. Elle la tint dans la fenêtre, la retournant et regardant fixement ses spirales dorées. Je sentais le désir dans ses yeux. « Tu en as beaucoup de plus belles, fis-je d'une voix douce.

— Mais aucune si riche en histoire, dit-elle en serrant la broche contre sa poitrine.

— Mon histoire, chère reine, la grondai-je, pas la tienne. »

Elle sourit. « Mais qu'as-tu écrit ? Que si j'étais aussi bonne que tu me sais, je te laisserais la conserver ?

— Ai-je écrit cela ?

— Parce que tu savais que cela me conduirait à te la rendre. Tu es un vieux roublard, Frère Derfel. » Elle me tendit la broche, puis referma ses doigts sur l'or avant que je pusse m'en saisir. « Sera-t-elle mienne un jour ?

— À personne d'autre, chère Dame. Je le promets. »

Elle la tenait encore. « Et tu ne laisseras pas Mgr Sansum s'en emparer ?

— Jamais », affirmai-je avec ardeur.

Elle la laissa tomber dans ma main. « La portais-tu vraiment sous ton plastron ?

— Toujours, dis-je en la fourrant en sécurité sous ma robe.

— Pauvre Ynys Trebes. » Elle s'était assise à sa place habituelle, sur le rebord de ma fenêtre, d'où elle pouvait contempler la vallée de Dinnewrac, en direction du fleuve lointain dont les eaux montaient à la faveur des pluies de ce début d'été. Imaginait-elle les envahisseurs francs passer le gué et essaimer sur ses pentes ? « Qu'est devenue Leanor ? demanda-t-elle, me prenant au dépourvu.

— La harpiste ? Elle est morte.

— Non ! Je croyais t'avoir entendu dire qu'elle avait fui Ynys Trebes. »

Je hochai la tête. « En effet, mais elle est tombée malade au cours de son premier hiver en Bretagne, et elle est morte. Voilà tout.

— Et ta femme ?

— La mienne ?

— À Ynys Trebes. Tu as dit que Galahad avait Leanor, mais que vous aviez tous des femmes, vous aussi. Qui était la tienne ? Et qu'est-elle devenue ?

— Je ne sais pas.

— Oh, Derfel ! Il est impossible qu'elle n'ait compté pour rien ! »

Je soupirai. « C'était la fille d'un pêcheur. Elle s'appelait Pellcyn, mais tout le monde l'appelait Puss. Son mari s'était noyé un an avant que je ne la rencontre. Elle avait une petite fille, et quand Culhwch conduisit nos survivants au bateau, Puss a glissé de la falaise. Elle tenait son bébé, tu comprends, et elle ne pouvait se tenir aux rochers. C'était le chaos, tout le monde paniquait et courait. Ce n'est la faute de personne. » Bien que, eussé-je été là, Pellcyn aurait vécu. C'est du moins ce que je me suis souvent dit. Une belle plante aux yeux vifs, qui riait volontiers et qui ne rechignait jamais à la besogne. Une brave femme. Mais si je l'avais sauvée, Merlin serait mort. Le destin est inexorable.

Igraine avait dû penser la même chose. « J'aurais bien aimé rencontrer Merlin, dit-elle d'un air songeur.

— Tu lui aurais plu. Il a toujours aimé les jolies femmes.

— Mais Lancelot aussi ? demanda-t-elle aussitôt.

— Oh oui !

— Pas les garçons ?

— Pas les garçons. »

Igraine rit. Ce jour, elle portait une robe de lin brodée, teinte en bleu, qui seyait à sa peau blonde et à ses cheveux bruns. Deux torques d'or soulignaient son cou et un entremêlement de bracelets cliquetaient à son gracile poignet. Elle puait les fèces, mais j'étais assez diplomate pour l'ignorer, sachant bien que force lui était de porter un pessaire façonné avec les premières selles d'un nouveau-né, un vieux remède pour les femmes stériles. Pauvre Igraine !

« Tu haïssais Lancelot ? m'accusa-t-elle soudain.

— Absolument.

— Ce n'est pas juste ! » Sautant du rebord de la fenêtre, elle se mit à arpenter la petite pièce. « L'histoire des gens ne devrait pas être racontée par leurs ennemis. Et si Nwylle écrivait la mienne ?

— Nwylle ?

— Tu ne la connais pas », dit-elle en fronçant les sourcils, et je devinai que c'était la maîtresse de son mari. « Mais ce n'est pas juste, parce que tout le monde sait que Lancelot a été le plus grand des soldats d'Arthur. Tout le monde !

— Pas moi.

— Mais il devait être valeureux ! »

Je regardai par la fenêtre, tâchant d'être équitable, tâchant de trouver un mot positif à dire sur mon pire ennemi. « Il pouvait l'être, mais il en a décidé autrement. Il s'est battu, parfois, mais en règle générale il fuyait la bataille. Il craignait tellement d'avoir le visage balafré, tu comprends. Il était très vain de sa personne. Il collectionnait les miroirs romains. La salle des glaces du palais de Benoïc était son fief. Il s'y installait et s'admirait sous toutes les coutures.

— Je ne le crois pas aussi mauvais que tu veux bien le dire, protesta Igraine.

— Je le crois pire encore. » Je n'aime pas parler de Lancelot, car sa mémoire reste comme un tache dans ma vie. « Avant toute chose, dis-je à Igraine, il était malhonnête. Il racontait sciemment des mensonges parce qu'il voulait donner le change, mais il savait aussi se faire aimer quand il le voulait. Il pouvait faire sortir les poissons de la mer par son charme, ma chère. »

Elle renifla, mécontente de mon jugement. Lorsque Dafydd ap Gruffud traduira ces passages, nul doute que Lancelot soit gâté comme il aurait aimé l'être. Le brillant Lancelot ! Lancelot le droit ! Le beau, le dansant, le souriant, le sémillant, l'élégant Lancelot. Il fut le Roi sans Terre et le Seigneur des Menteries, mais si Igraine parvient à ses fins il brillera à travers les ans comme le parangon des guerriers royaux.

Igraine regardait par la fenêtre : Sansum chassait de notre porte un groupe de lépreux. Le saint leur lançait des mottes de terre, leur criant d'aller au diable et appelant nos autres frères à la rescousse. Tudwal, le novice, qui devient de jour en jour plus grossier avec nous autres, dansait à côté de son maître et l'encourageait de ses vivats. Comme d'habitude flânant aux portes de la cuisine, les gardes d'Igraine finirent par se manifester, brandissant leurs lances pour débarrasser le monastère des mendiants gangrenés. « Sansum voulait-il vraiment sacrifier Arthur ? demanda Igraine.

— C'est ce que m'a dit Bedwin. »

La reine me lança un regard en coin. « Sansum aime-t-il les garçons, Derfel ?

— Le saint aime tout le monde, chère reine, même les jeunes demoiselles qui posent des questions impertinentes. »

Elle sourit d'un air contrit, puis fit la grimace. « Je suis sûre qu'il n'aime pas les femmes. Pourquoi vous interdire le mariage ? D'autres moines se marient, mais aucun ici.

— Le pieux et bien-aimé Sansum, expliquai-je, croit que les femmes nous détournent de notre devoir, qui est d'adorer Dieu. De même que tu me distrais de mon ouvrage. »

Elle s'esclaffa puis, se rappelant soudain une commission, elle prit un air grave. « Il est deux mots que Dafydd n'a point compris dans le dernier lot de peaux, Derfel. Il veut que tu les expliques. *Giton* ?

— Dis-lui de demander à quelqu'un d'autre.

— Je demanderai à quelqu'un d'autre, tu peux y compter, fit-elle indignée. Et *chameau* ? Il dit que ce n'est pas du charbon.

— Un chameau est un animal mythique, Dame, avec des cornes, des ailes, des écailles, une queue fourchue et qui crache des flammes.

— On dirait Nwylle, lâcha Igraine.

— Ah ! Les évangélistes au travail ! Mes deux évangélistes ! » Sansum, les mains crottées de la terre qu'il avait balancée sur les lépreux, se glissa dans la pièce pour jeter un regard méfiant sur ce parchemin avant de froncer le nez. « Je sens quelque chose de fétide ? »

Je pris un air penaud. « Les haricots du petit déjeuner, Seigneur Évêque. Je vous demande pardon.

— Je m'étonne que tu souffres sa compagnie, dit Sansum à Igraine. Et ne devrais-tu pas être à la chapelle, ma Dame ? Prier pour avoir un bébé ? Tu n'as rien à faire ici ? »

Sansum grogna en jetant un coup d'œil par-dessus mon épaule. « Et, frère puant, quel est le mot saxon pour chameau ?

— Nwylle », fis-je.

Igraine gloussa et Sansum lui lança un regard furieux. « Ma Dame trouve amusants les mots de notre Seigneur bien-aimé ?

— Je suis simplement ravie d'être ici, fit-elle humblement, mais je voudrais bien savoir ce qu'est un chameau.

— Tout le monde le sait ! railla Sansum. Un chameau est un poisson, un gros poisson. Pas très différent, ajouta-t-il sournoisement, du saumon que ton mari pense parfois à nous envoyer à nous, pauvres moines !

— Je le prierai d'en envoyer davantage avec le prochain lot de peaux pour Derfel, et je sais qu'il en fera bientôt porter car cet Évangile saxon est très cher au roi.

— Vraiment ? demanda Sansum, soupçonneux.

— Très cher, mon Seigneur Évêque », répondit Igraine d'un ton ferme.

C'est une fille intelligente, très intelligente, et belle également. Le roi Brochvael est un sot de prendre une maîtresse en plus de sa reine, mais les femmes ont toujours fait perdre la tête aux hommes. À certains, tout au moins, et à commencer, j'imagine par Arthur. Ce cher Arthur, mon seigneur, mon bienfaiteur, le plus généreux des hommes, dont c'est ici l'histoire.

*

C'était étrange de se retrouver chez soi, d'autant que je n'avais pas de chez-moi. Je possédais quelques torques d'or et de la bimbeloterie, mais, hormis la broche de Ceinwyn, je les vendis afin que mes hommes aient au moins quelque chose à se mettre sous la dent à leur retour en Bretagne. Mes autres effets étaient tous restés à Ynys Trebes et faisaient désormais partie du trésor des Francs. J'étais pauvre, sans foyer, sans rien de plus à donner à mes hommes, pas même une salle où les régaler, mais ils me le pardonnèrent. C'étaient de braves compagnons, qui avaient juré de me servir. Comme moi, ils avaient laissé tout ce qu'ils ne pouvaient emporter à la chute d'Ynys Trebes. Comme moi, ils étaient désargentés, mais aucun d'eux ne se plaignait. Cavan disait simplement qu'un soldat doit prendre ses pertes comme il prend son butin, d'un cœur léger. Issa, un garçon de ferme qui était un extraordinaire lancier, voulut me rendre un petit torque d'or que je lui avais offert. Il n'était pas juste, expliqua-t-il, qu'un lancier portât un torque d'or quand son capitaine n'en avait pas et, comme je n'en voulais point, il en fit l'hommage à la fille qu'il avait ramenée de Benoïc et qui, dès le lendemain, s'enfuit avec un prêtre itinérant et sa bande de putains. La campagne grouillait de chrétiens en vadrouille, de missionnaires comme ils s'appelaient, et presque tous étaient escortés d'une bande de femmes censées les assister dans les rituels chrétiens. Mais la rumeur courait qu'elles servaient d'appât pour attirer des recrues vers la religion nouvelle.

Arthur me donna une salle juste au nord de Durnovarie, non point pour moi, car elle appartenait à une héritière du nom de Gyllad, une orpheline, mais Arthur fit de moi son protecteur – position qui se soldait généralement par la ruine de la pupille et l'enrichissement de son tuteur. Gyllad avait à peine huit ans et j'aurais pu l'épouser, si j'avais voulu, puis disposer de ses biens, ou encore j'aurais pu la céder en mariage à un homme prêt à acheter la femme en même temps que la terre, mais, conformément aux intentions d'Arthur, je préférai vivre des rentes de Gyllad et la laisser grandir en paix. Ses parents n'en protestèrent pas moins contre ma désignation. La semaine même de mon retour d'Ynys Trebes – cela faisait deux jours à peine que j'occupais la salle de Gyllad –, l'un de ses oncles, un chrétien, en appela à Nabur, le magistrat chrétien de Durnovarie, arguant qu'avant sa mort le père de la petite lui avait promis la garde de la fillette, et je ne parvins à conserver le cadeau d'Arthur qu'en postant mes lanciers tout autour du tribunal. Ils étaient là en grand uniforme, la pointe de leurs lances bien affûtée, et leur présence suffit tant bien que mal à convaincre l'oncle et ses partisans de renoncer à leur procès. Les gardes de la ville furent appelés à la rescousse, mais un simple coup d'œil sur mes vétérans les persuada qu'ils avaient sans doute mieux à faire ailleurs. Nabur déplora le brigandage auquel se livraient les soldats de retour dans une ville paisible, mais lorsqu'il vit que mes adversaires se désistaient il prit sans conviction mon parti. J'appris plus tard que l'oncle avait déjà acheté le verdict opposé en soudoyant Nabur et qu'il ne put jamais rentrer dans son argent. De l'un de mes hommes, Llystan, qui avait perdu un pied dans les bois de Benoïc, je fis l'intendant de Gyllad : tout comme l'héritière et son domaine, il prospéra.

Arthur me fit appeler la semaine suivante. Je le trouvai au palais, où il prenait son repas de midi en compagnie de Guenièvre. Il demanda qu'on apportât pour moi une couche et d'autres portions. À l'extérieur, la cour était bondée de quémandeurs. « Pauvre Arthur, observa Guenièvre, à peine est-il rentré que chacun se plaint de son voisin ou demande qu'on réduise le fermage. Pourquoi ne s'adressent-ils pas aux magistrats ?

— Parce qu'ils ne sont pas assez riches pour leur graisser la patte, répondit Arthur.

— Ou assez puissants pour encercler le tribunal d'hommes au casque de fer ? » ajouta Guenièvre dans un sourire, montrant par là qu'elle ne réprouvait pas ma conduite. Comment l'eût-elle blâmée, elle qui était une ennemie jurée de Nabur, le chef de la faction chrétienne du royaume ?

« Un geste de soutien spontané de la part de mes hommes », fis-je d'un air narquois, et Arthur s'esclaffa.

Ce fut un repas agréable. Je me trouvais rarement seul avec Arthur et Guenièvre mais, quand je l'étais, je ne manquais jamais de constater combien elle le comblait. Elle avait cet esprit acerbe qui lui faisait défaut, mais qu'il aimait, et elle en usait avec douceur. C'est ainsi qu'il la préférait, elle le savait. Elle flattait Arthur tout en lui donnant pourtant aussi de bons conseils. Arthur était toujours disposé à croire le meilleur sur le compte des gens, et il avait besoin du scepticisme de Guenièvre pour corriger cet optimisme. Elle ne faisait pas plus âgée que la dernière fois que je l'avais approchée, même si ces yeux verts de chasseresse avaient une sagacité nouvelle. Je ne voyais rien qui prouvât qu'elle fût enceinte : sa robe vert pâle reposait à plat sur son ventre où une corde garnie d'un gland d'or pendillait comme une ceinture. Son emblème du cerf couronné d'une lune pendait autour de son cou, sous les lourds rayons de soleil du collier saxon qu'Arthur lui avait envoyé de Durocobrivis. Elle avait dédaignée le collier quand je le lui avais remis, mais elle l'arborait fièrement maintenant.

Ce jour-là, la conversation fut pour l'essentiel consacrée à des bagatelles. Arthur voulait savoir pourquoi les merles noirs et les grives cessaient de chanter en été, mais aucun de nous n'avait de réponse, pas plus que nous ne sûmes lui dire où les martinets et les hirondelles s'en allaient en hiver, bien que Merlin m'eût dit un jour qu'ils se réfugiaient dans une immense caverne du grand Nord où ils dormaient jusqu'au printemps dans d'immenses bosquets couverts de duvet. Guenièvre me pressa de questions sur Merlin et je certifiai, sur ma vie, que le druide était bel et bien rentré en Bretagne.

« Il est allé dans l'Île des Morts.

— Il a fait quoi ? » demanda Arthur, interloqué.

Je lui expliquai pour Nimue et pensai à remercier Guenièvre de ses efforts pour sauver mon amie de la vindicte de Sansum.

« Pauvre Nimue, fit Guenièvre. Mais c'est une créature

farouche, n'est-ce pas ? Je l'aimais bien, mais je ne crois pas qu'elle nous aimait beaucoup. Nous sommes tous beaucoup trop frivoles ! Et je n'ai pas réussi à l'intéresser à Isis. Isis, protestait-elle, est une Déesse étrangère, puis elle crachait comme un chaton et marmonnait une prière à Manawydan. »

Arthur ne réagit pas à l'évocation d'Isis et j'imaginai que l'étrange Déesse avait cessé de le tracasser. « Je voudrais bien la connaître mieux, cette Nimue, dit-il plutôt.

— Cela viendra, quand Merlin la ramènera d'entre les morts.

— S'il le peut, fit Arthur, sceptique. Nul n'est jamais revenu de l'île.

— Nimue en reviendra ! protestai-je.

— Elle est extraordinaire, renchérit Guenièvre, et si quelqu'un peut en sortir vivant, c'est bien elle.

— Avec l'aide de Merlin », ajoutai-je.

Ce n'est qu'à la fin du repas que la conversation glissa sur Ynys Trebes, et même alors Arthur prit grand soin de ne pas mentionner le nom de Lancelot. Il regretta plutôt de n'avoir aucun cadeau pour me récompenser de mes efforts.

« D'être de retour au pays m'est une récompense suffisante, Seigneur Prince, dis-je, pensant à employer le titre que préférait Guenièvre.

— Au moins puis-je t'appeler Seigneur, répondit Arthur, et c'est ainsi qu'on t'appellera désormais, Seigneur Derfel. »

Je ris, non que je manquasse de reconnaissance, mais parce que ce titre me semblait trop grand pour mes modestes exploits. J'étais fier, aussi : on décernait le titre de seigneur à un roi, à un prince ou à un chef, ou encore à un homme qui s'était illustré par son épée. Par superstition, j'effleurai la garde d'Hywelbane afin que l'orgueil ne vînt point gâter ma chance. Guenièvre se moqua de moi, non par méchanceté, mais ravie de mon plaisir, et Arthur, qui n'aimait rien tant que de voir les autres heureux, était content pour nous deux. Lui-même était heureux ce jour-là, mais le bonheur d'Arthur était toujours plus discret que la joie des autres. En ce temps-là, à son retour en Bretagne, jamais je ne le vis ivre, jamais je ne le vis tapageur, jamais je ne le vis perdre son sang-froid, sauf sur le champ de bataille. Il avait en lui un calme que d'aucuns trouvaient déconcertant, car ils redoutaient qu'il ne lût dans leur âme, mais je crois que cette sérénité lui venait de son désir d'être différent. Il avait soif d'admiration et il aimait à récompenser l'admiration en se montrant généreux.

Le brouhaha des quémandeurs qui se pressaient au-dehors s'amplifia et Arthur soupira en pensant au travail qui l'attendait. Il écarta sa coupe de vin et m'adressa un regard d'excuse. « Tu mérites de te reposer, Seigneur, dit-il, me flattant délibérément en m'appelant par mon nouveau titre, mais hélas je te demanderai tout bientôt de conduire nos lances dans le nord.

— Mes lances sont à toi, Seigneur Prince », dis-je avec soumission.

Sur le plateau de la table de marbre, il traça un cercle avec son doigt. « Nous sommes entourés d'ennemis, mais le vrai danger est Powys. Gorfyddyd lève une armée telle que la Bretagne n'en a jamais vue. Cette armée se dirigera tout bientôt dans le sud et le roi Tewdric, je le crains, n'a pas le cœur à se battre. Il me faut masser le plus grand nombre de lances possible à Gwent afin de l'empêcher de flancher. Cei peut contenir Cadwy, Melwas devra donner le meilleur de lui-même contre Cerdic et, nous autres, nous irons à Gwent.

— Et Aelle ? demanda Guenièvre d'un air entendu.

— Il est en paix, insista Arthur.

— Il s'en remet au prix le plus fort, objecta Guenièvre, et Gorfyddyd fera bientôt monter les enchères. »

Arthur haussa les épaules. « Je ne puis affronter en même temps Gorfyddyd et Aelle, expliqua-t-il à voix basse. Il faudra trois cents lances pour contenir les Saxons d'Aelle, je ne dis pas pour les vaincre, note-le bien, juste pour les contenir. Mais l'absence de ces trois cents lances nous vaudra la défaite à Gwent.

— Et Gorfyddyd le sait, fit valoir Guenièvre.

— Alors, mon amour, que voudrais-tu que je fasse ? » lui demanda Arthur.

Mais Guenièvre n'avait pas de meilleure solution qu'Arthur et elle se contenta de dire son espoir que la paix fragile se maintiendrait avec Aelle. Le roi saxon avait reçu livraison d'une cargaison d'or et on ne pouvait lui en donner davantage parce que les caisses du royaume étaient vides. « Il nous faut simplement espérer que Gereint puisse le contenir, déclara Arthur, pendant que nous détruirons Gorfyddyd. » Il écarta sa couche de la table en m'adressant un sourire. « Repose-toi jusqu'au lendemain de Lughnasa, Seigneur Derfel, puis dès que les moissons seront rentrées tu marcheras dans le nord avec moi. »

D'un claquement de main, il fit signe aux serviteurs de débarrasser les reliefs du repas et de faire entrer les solliciteurs. Tandis que les serviteurs s'affairaient, Guenièvre me fit un signe de tête. « Pouvons-nous parler ?

— Avec joie, Dame. »

Elle retira son collier massif, le tendit à une esclave, puis, grimpant une volée d'escaliers, m'entraîna jusqu'à une porte donnant sur un verger où deux de ses grands lévriers l'attendaient pour lui faire la fête. Des guêpes bourdonnaient autour des fruits tombés et Guenièvre ordonna à des esclaves de ramasser les fruits pourris, que nous puissions marcher sans être importunés. Elle nourrit les lévriers des restes de poulet du repas de midi tandis qu'une douzaine d'esclaves récoltaient les fruits trempés et tapés dans les plis de leurs robes puis, bien piqués, filèrent, nous laissant tous les deux seuls. Les cadres d'osier des tentes qui seraient décorées de fleurs pour la grande fête de Lughnasa avaient été dressés le long des murs du verger. « C'est joli, dit Guenièvre en parlant du verger, mais je préférerais être à Lindinis.

— L'an prochain, Dame.

— Elle sera en ruines, dit-elle avec aigreur. Tu n'es pas au courant ? Gundleus a saccagé Lindinis. Il n'a pas pris Caer Cadarn, mais il a démoli mon nouveau palais. Il y a un an. » Elle fit la moue. « J'espère que Ceinwyn va lui en faire voir de toutes les couleurs, mais j'en doute. Elle n'est qu'une petite sotte. » À travers les frondaisons, le soleil illuminait ses cheveux roux et couvrait d'ombres fortes son beau visage. « Parfois, j'aimerais être un homme, avoua-t-elle, me prenant par surprise.

— Vraiment ?

— Sais-tu à quel point il est détestable d'attendre les nouvelles ? demanda-t-elle avec flamme. Dans deux ou trois semaines, vous partirez tous dans le nord et il nous faudra attendre. Attendre, toujours attendre. Attendre pour savoir si Aelle manque à sa parole, attendre pour savoir combien d'hommes a pu réellement rassembler Gorfyddyd. » Elle s'interrompit. « Pourquoi Gorfyddyd attend-il ? Pourquoi n'attaque-t-il pas maintenant ?

— Ses recrues rentrent les récoltes. Tout s'arrête pour les moissons. Ses hommes voudront s'assurer de leur propre moisson avant de s'emparer de la nôtre.

— Pouvons-nous les arrêter ? me demanda-t-elle de manière abrupte.

— Dans la guerre, Dame, la question n'est pas toujours ce que nous pouvons faire, mais ce que nous devons faire. Nous devons les arrêter. » Ou mourir, me dis-je d'un air lugubre.

Elle fit quelques pas en silence, éloignant de ses pieds les chiens excités. « Sais-tu ce que les gens disent d'Arthur ? » reprit-elle au bout d'un moment.

Je hochai la tête. « Qu'il aurait mieux fait de fuir en Brocéliande et de céder le royaume à Gorfyddyd. Ils disent que la guerre est perdue. »

Elle me dévisagea, me subjuguant de ses yeux immenses. À cet instant, si près d'elle, seul avec elle dans la chaleur du jardin et envoûté par son parfum délicat, je compris pourquoi Arthur avait risqué la paix du royaume pour cette femme. « Mais tu te battras pour Arthur ?

— Jusqu'au bout, Dame. Et pour vous », ajoutai-je, gêné.

Elle sourit. « Merci. » Nous tournâmes, nous dirigeant vers la petite source qui jaillissait d'un rocher dans l'angle du mur romain. Le filet d'eau irriguait le verger et quelqu'un avait fourré des rubans votifs dans les anfractuosités du rocher moussu. Guenièvre releva l'ourlet de sa robe vert pomme pour enjamber le ruisselet. « Il y a un clan Mordred dans le royaume », dit-elle, répétant les propos que Mgr Bedwin avait tenus la nuit de mon retour. « Ils sont chrétiens, pour la plupart, et tous prient pour la défaite d'Arthur. S'il était vaincu, cela va de soi, ils devraient ramper devant Gorfyddyd, mais ramper, je l'ai remarqué, est pour les chrétiens une seconde nature. Si j'étais un homme, Derfel Cadarn, trois têtes tomberaient sous mon épée. Sansum, Nabur et Mordred. »

Je n'en doutais pas un instant. « Mais si Nabur et Sansum sont les meilleurs hommes que puisse rassembler le parti de Mordred, Dame, Arthur n'a aucun souci à se faire.

— Le roi Melwas, aussi, ajouta Guenièvre, et qui sait combien d'autres ? Presque tous les prêtres itinérants du royaume répandent la pestilence, demandant pourquoi les hommes devraient mourir pour Arthur. Je leur ferais trancher la tête, mais les traîtres ne se démasquent pas, Seigneur Derfel. Ils restent tapis dans l'obscurité et frappent quand on a le dos tourné. Mais si Arthur écrase Gorfyddyd, tous chanteront ses louanges et prétendront l'avoir toujours soutenu. » Elle cracha pour conjurer le mal puis me lança un regard perçant. « Parle-moi du roi Lancelot », demanda-t-elle soudain.

J'avais l'impression que la saison était enfin arrivée de ce genre de flânerie sous les pommiers et les poiriers. « Je ne le connais pas vraiment, fis-je évasivement.

— Il a dit grand bien de toi la nuit dernière.

— Vraiment ? » répondis-je d'un air sceptique. Je savais que Lancelot et ses compagnons habitaient encore sous le toit d'Arthur. En vérité je redoutais de le rencontrer et j'avais été fort aise qu'il ne fût pas du repas de midi.

« Il a dit que tu étais un grand soldat, reprit Guenièvre.

— Il est bon de savoir, répondis-je avec aigreur, qu'il est parfois capable de parler vrai. » J'imaginais que Lancelot, appareillant ses voiles au gré du vent nouveau, avait essayé de rentrer dans les bonnes grâces d'Arthur en louant un homme qu'il savait être son ami.

« Peut-être, observa Guenièvre, les guerriers qui souffrent une terrible défaite comme la chute d'Ynys Trebes finissent-ils toujours par se quereller ?

— Qui souffrent ? repris-je vertement. Je l'ai vu quitter Benoïc, mais je ne me souviens pas de l'avoir vu souffrir. Pas plus que je ne me souviens avoir vu sa main bandée quand il est parti.

— Ce n'est pas un lâche, protesta-t-elle avec chaleur. Il a la main gauche couverte d'anneaux de guerrier, Seigneur Derfel.

— Des anneaux de guerrier ! » m'exclamai-je sur le ton de la dérision. Et à ces mots, je plongeai la main dans la bourse accrochée à ma ceinture pour en sortir une pleine poignée. J'en avais tellement maintenant que je n'y faisais plus attention. Je répandis les anneaux sur l'herbe du verger, effrayant les lévriers qui levèrent la tête vers leur maîtresse pour être rassurés. « N'importe qui peut trouver des anneaux de guerrier, Dame. »

Guenièvre regarda fixement les anneaux à terre puis en écarta un du pied. « J'aime le roi Lancelot », dit-elle d'un air de défi, me mettant ainsi en garde contre d'autres remarques désobligeantes. « Et nous devons veiller sur lui. Arthur estime que nous avons manqué à nos engagements envers Benoïc, et, le moins que nous puissions faire, c'est de traiter les survivants avec honneur. Par égard pour moi, je te demande d'être bon envers Lancelot.

— Oui, Dame, bredouillai-je humblement.

— Nous devons lui trouver une riche épouse, reprit Guenièvre. Il lui faut de la terre et des hommes à commander. La Dumnonie a de la chance, je crois, qu'il ait accosté nos rivages. Nous avons besoin de bons soldats.

— De fait, nous les avons, Dame », approuvai-je.

Devinant le sarcasme, elle fit la moue, mais malgré mon hostilité, elle en vint à la véritable raison qui l'avait conduite à me convier dans son verger ombragé. « Le roi Lancelot souhaite rejoindre les adorateurs de Mithra, et Arthur et moi ne voulons pas qu'il essuie un refus. »

J'eus peine à contenir une bouffée de rage en voyant le peu de cas qu'on faisait de ma religion. « Mithra, Dame, répondis-je froidement, est une religion pour les braves.

— Même toi, Derfel Cadarn, tu n'as pas besoin d'ennemis supplémentaires », répliqua-t-elle tout aussi vertement. Et je sus que Guenièvre serait mon ennemie si je m'opposais aux désirs de Lancelot. Et sans nul doute adresserait-elle le même message à quiconque aurait la velléité de s'opposer à l'initiation de Lancelot aux mystères mithriaques.

« Rien ne se fera avant l'hiver, dis-je, pour éviter de prendre un engagement ferme.

— Mais veille à ce que cela se fasse, dit-elle avant d'ouvrir la porte de la salle. Merci, Seigneur Derfel.

— Merci, Dame. » C'est de nouveau bouillant de rage que je descendis les escaliers. Dix jours ! Il a suffi de dix jours à Lancelot pour mettre Guenièvre dans sa poche. Je jurai, faisant le serment de devenir un vermisseau de chrétien plutôt que de voir Lancelot banqueter dans une grotte sous la tête sanguinolente d'un taureau. J'avais enfoncé trois murs de boucliers saxons et enfoncé Hywelbane jusqu'à la garde dans le corps des ennemis de mon pays avant d'être choisi pour servir Mithra, quand Lancelot s'était contenté, en tout et pour tout, de vantardises et de poses.

Pénétrant dans la salle, je trouvai Bedwin assis à côté d'Arthur. Ils écoutaient les solliciteurs, mais Bedwin quitta le dais pour m'entraîner dans un coin tranquille, à côté de la porte de sortie. « J'apprends que tu es un seigneur maintenant. Mes félicitations.

— Un seigneur sans terre, fis-je amer, encore bouleversé par l'exigence révoltante de Guenièvre.

— La terre suit la victoire, me dit Bedwin, et la victoire suit la bataille, et de batailles, Seigneur Derfel, tu ne vas pas en manquer cette année. » Il s'arrêta : la porte s'ouvrit brusquement. Lancelot entra avec sa suite. Bedwin s'inclina tandis que je me contentai d'un simple hochement de tête. Le roi de Benoïc parut surpris de me voir, mais ne dit mot et alla se placer auprès d'Arthur, qui ordonna qu'on disposât un troisième siège sur le dais. « Lancelot est-il membre du conseil maintenant ? demandai-je à Bedwin d'un ton hargneux.

— Il est roi, répondit l'évêque avec patience. Il ne saurait rester debout tandis que nous siégeons. »

Je remarquai que le roi de Benoïc avait encore la main droite bandée. « J'ai dans l'idée que la blessure du roi signifie qu'il ne pourra nous accompagner ? » dis-je avec aigreur. Je faillis confesser à Bedwin comment Guenièvre avait ordonné que nous recevions Lancelot parmi les adeptes de Mithra, puis me ravisai. Cela pouvait attendre.

« Il ne viendra pas avec nous, confirma Bedwin. Il doit rester ici pour commander la garnison de Durnovarie.

— À quel titre ? » Je réagis si vivement qu'Arthur se tourna sur son siège pour voir d'où venait ce raffut.

« Si les hommes du roi Lancelot gardent Guenièvre et Mordred, expliqua Bedwin d'un air las, cela libère les hommes de Lanval et de Llywarch pour affronter Gorfyddyd. » Il hésita puis posa une main fragile sur mon bras. « Il y a encore une chose que je dois te dire, Seigneur Derfel. » Il s'exprimait d'une voix basse et douce. « Merlin était à Ynys Wydryn la semaine dernière.

— Avec Nimue ? » demandai-je impatiemment.

Il secoua la tête. « Il n'y est jamais allé pour elle, Derfel. Il est parti dans le nord, mais où et pourquoi, nul ne le sait. »

Je sentis palpiter la cicatrice de ma main gauche. « Et Nimue ? demandai-je, redoutant d'apprendre la réponse.

— Toujours sur l'île, si elle vit encore. » Il s'interrompit. « Désolé. »

Je parcourus des yeux la salle bondée. Merlin savait-il ce qu'il en était de Nimue ? Ou avait-il préféré l'abandonner parmi les morts ? Si grande que fût l'affection que je lui portais, je me disais parfois que Merlin pouvait être l'homme le plus cruel au monde. S'il avait séjourné à Ynys Wydryn, il avait dû savoir où Nimue était retenue, et pourtant il n'avait rien fait. Il l'avait laissée chez les morts, et soudain mes craintes se réveillèrent, poussant au fond de moi des cris perçants pareils aux hurlements des enfants mourants d'Ynys Trebes. J'étais glacé. L'espace de quelques secondes je ne pus bouger ni dire un mot, puis je regardai Bedwin. « Si je ne reviens pas, c'est Galahad qui conduira mes hommes dans le nord.

— Derfel ! » Il me prit par le bras. « Personne ne revient de l'Île des Morts. Personne !

— Qu'importe ? » Car si toute la Dumnonie était perdue, quelle importance ? Et Nimue n'était pas morte, je le savais par les palpitations de ma main. Et si Merlin n'en avait rien à faire, moi, je me souciais de Nimue plus que de Gorfyddyd ou d'Aelle ou que ce minable de Lancelot qui ambitionnait de rejoindre les élus de Mithra. Même si jamais elle ne m'aimerait, j'aimais Nimue, et j'avais juré de la protéger.

Ce qui voulait dire que je devais aller où Merlin n'irait point. Je devais aller à l'Île des Morts.

*

L'Île se trouve à quelques lieues seulement, au sud de Durnovarie, pas plus d'une petite matinée de marche mais, vu ce que j'en savais, elle aurait pu aussi bien être sur la face cachée de la lune !

Je savais que ce n'était pas vraiment une île, mais une péninsule de roche dure et pâle, au bout d'une chaussée longue et étroite. Les Romains y avaient creusé des carrières, mais nous exploitions leurs bâtiments plutôt que nous ne creusions la terre, et les carrières avaient donc été délaissées. L'île était restée déserte. Elle était devenue une prison. Trois murs furent construits en travers de la chaussée, et des gardes postés : nous reléguions sur l'île ceux que nous voulions châtier. Avec le temps, nous y expédiâmes d'autres personnes : les hommes et les femmes qui n'avaient plus tous leurs esprits et qui ne pouvaient vivre en paix parmi nous. C'étaient les fous furieux, envoyés dans un royaume où ne vivait aucun être sain d'esprit et où leurs âmes hantées par le démon ne pouvaient menacer les vivants. Les druides prétendaient que l'île était le domaine de Crom Dubh, le sinistre Dieu estropié, les chrétiens assuraient que c'était le strapontin du Diable ici-bas, mais tous en étaient d'accord : les hommes et les femmes envoyés par-delà les murs étaient des âmes perdues. Ils étaient morts quand bien même leurs corps vivaient encore, et lorsque ceux-ci s'éteignaient les démons et les esprits malins étaient piégés sur l'île et ne pouvaient donc jamais revenir hanter les vivants. Les familles conduisaient leurs fous jusqu'à l'île et là, au troisième mur, les livraient aux horreurs inconnues qui les attendaient à l'extrémité de la chaussée. Puis, de retour sur la terre ferme, la famille célébrait les funérailles du parent perdu. Tous les fous n'étaient pas envoyés sur l'île. D'aucuns étaient touchés par les Dieux et donc sacrés, et certaines familles gardaient leurs fous enfermés comme Merlin avait parqué le malheureux Pellinore, mais quand les Dieux qui visitaient le fou étaient malfaisants, la place de l'âme captive était dans l'île.

La mer entourait l'île d'un cercle d'écume blanche. Vers le large, même par temps calme, un grand maelström de tourbillons et d'eaux tourmentées recouvrait l'endroit où l'antre de Cruachan menait aux Enfers. Les embruns explosaient de la mer audessus de l'antre et les vagues se brisaient interminablement pour marquer son hideuse bouche invisible. Aucun pêcheur n'approchait du maelström, car toute embarcation qui se laissait entraîner dans son horreur bouillonnante était immanquablement perdue. Elle coulait et son équipage englouti allait renforcer l'armée des ombres dans les Enfers.

Quand j'arrivai sur l'île, le soleil brillait. Je portais Hywelbane, et c'est tout, parce que nul bouclier et plastron fait de la main de l'homme ne pouvait me protéger des esprits et des serpents de l'île. Pour toute provision, j'avais emporté une gourde d'eau fraîche et une besace de galettes d'avoine tandis qu'en guise de talismans, pour me protéger des démons de l'île, je portais la broche de Ceinwyn et une branche d'ail épinglée à mon manteau vert.

Je passai devant la salle où l'on célébrait les banquets des morts. Au-delà, la route était bordée de crânes, humains et animaux, faits pour rappeler aux étourdis qu'ils approchaient du Royaume des Âmes Mortes. À ma gauche, la mer ; à ma droite, un marais d'eau noire et saumâtre, où aucun oiseau ne chantait. Au-delà, un long banc de galets dessinait une courbe depuis la côte pour devenir la digue qui reliait l'île à la terre ferme. Aborder l'île par le banc de galets obligeait à un détour de plusieurs lieues, si bien que la circulation empruntait le plus souvent la route bordée de crânes qui débouchait sur un quai de bois pourri où un bac faisait la jonction avec la grève. Quelques baraques de garde en clayonnage se dressaient à proximité du quai. D'autres gardes patrouillaient sur la rive de galets.

Les gardes du quai étaient des vieux ou d'anciens combattants blessés qui vivaient avec leur famille dans les gourbis. Les hommes me regardèrent approcher puis me barrèrent le passage avec leurs lances rouillées.

« Je suis le Seigneur Derfel, et je demande le passage. »

Le commandant de la garde, un petit homme vêtu d'un antique plastron de fer et d'un casque de cuir moisi, s'inclina devant moi.

« Je n'ai pas le pouvoir de t'empêcher de passer, Seigneur Derfel, mais je ne saurais te laisser revenir. » Ses hommes, médusés de voir quelqu'un se rendre dans l'île de son plein gré, me regardaient bouche bée.

« Alors je passerai ! » Les lanciers s'écartèrent tandis que le commandant de la garde leur ordonna de manœuvrer le petit bac. « Demande-t-on souvent à emprunter ce passage ?

— Quelquefois, fit le commandant. D'aucuns sont fatigués de vivre ; d'autres croient pourvoir régner sur une île de fous. Peu ont vécu assez longtemps pour me prier de les laisser ressortir.

— Les as-tu laisser faire ?

— Non », dit-il sèchement. Il jeta un œil aux rames que l'on sortait de l'une des baraques, puis me regarda de travers. « Es-tu sûr, Seigneur ?

— Certain. »

Il était curieux, sans oser m'interroger sur mes affaires. Il m'aida plutôt à descendre les marches glissantes du quai et à monter dans l'embarcation noire de poix. « Les rameurs te feront franchir la première porte, me dit-il en pointant le doigt en direction de la digue qui se trouvait à l'extrémité de l'étroit chenal. Après quoi tu arriveras à un deuxième mur, puis à un troisième, au bout de la digue. Il n'y a pas de portes à ces murs, juste des marches. Il y a peu de chances que tu rencontres des âmes mortes entre les murs, mais après ? Les Dieux seuls le savent. Tu tiens vraiment à y aller ?

— Tu n'en as jamais eu la curiosité ?

— Nous sommes autorisés à transporter des vivres et des âmes mortes jusqu'au troisième mur, et je n'ai aucune envie d'aller plus loin, expliqua-t-il sur un ton sinistre. Je rejoindrai le pont des épées vers l'Au-Delà à mon heure, Seigneur. » Il eut un mouvement de menton en direction de la digue. « L'antre de Cruachan se trouve au-delà de l'île, Seigneur, et seuls les déments et les désespérés cherchent la mort avant l'heure.

— J'ai mes raisons et je te reverrai dans ce monde des vivants.

— Pas si tu traverses l'eau, Seigneur. »

Je regardai la pente verte et blanche de l'île qui se profilait audessus des murs de la digue. « J'ai été une fois dans la fosse de la mort, dis-je au commandant de la garde, et j'en suis sorti en rampant comme je sortirai d'ici en rampant. » Je piochai dans ma bourse pour lui donner une pièce. « Nous parlerons de mon départ le moment venu.

— Tu es un homme mort, Seigneur, me prévint-il une dernière fois, dès l'instant où tu auras franchi le bras de mer.

— La mort ne sait pas comment me prendre », répondis-je comme un bravache écervelé, puis j'ordonnai aux rameurs de me conduire par-delà les eaux tumultueuses. Quelques coups de rames suffirent, puis le bateau échoua sur une rive de boue en pente. Nous rejoignîmes la voûte d'entrée du premier mur, où les deux rameurs levèrent la barre, écartèrent les battants et se reculèrent pour me laisser passer. Un seuil noir marquait la frontière entre ce monde et l'autre. Sitôt que j'aurais franchi la poutre noircie, je serais compté pour mort. L'espace d'une seconde, mes peurs me firent hésiter, puis j'avançai.

Les portes se refermèrent bruyamment dans mon dos. Je frémis.

Je me retournai pour inspecter la muraille. Elle était de trois mètres de haut. Une barrière de pierre lisse, du travail soigné, comme savaient faire les Romains, sans la moindre prise. Le mur était couronné d'une palissade-fantôme de crânes pour écarter les âmes mortes du monde des vivants.

J'adressai des prières aux Dieux. J'en récitai une à Bel, mon protecteur attitré, et une autre à Manawydan, le Dieu de la Mer, qui avait sauvé Nimue jadis, puis je longeai la digue jusqu'à l'endroit où le deuxième mur barrait la route. Une grossière digue de pierres polies par la mer, coiffée, tout comme le premier mur, d'une rangée de crânes humains. Je descendis les marches pour passer de l'autre côté. À ma droite, à l'ouest, de grandes vagues se brisaient sur les galets ; à ma gauche, la baie peu profonde et calme était inondée de soleil. Quelques bateaux de pêche s'affairaient dans la baie, mais tous se tenaient bien à l'écart de l'île. Devant moi, se dressait le troisième mur. Je ne voyais homme ni femme qui vive. Des goélands s'élevaient au-dessus de moi, dont les cris se perdaient dans le vent d'ouest. Les bords de la digue étaient couverts de goémon déposé par les marées.

J'étais effrayé. Depuis qu'Arthur était revenu en Bretagne, j'avais affronté d'innombrables murs de boucliers et je ne sais combien d'hommes dans la bataille, mais dans aucun de ces combats, pas même dans Benoïc en feu, je n'avais ressenti une peur pareille au froid qui m'étreignit le cœur à cet instant. Je m'arrêtai pour me retourner vers les douces collines verdoyantes de la Dumnonie et le petit village de pêcheurs dans la baie orientale. Recule maintenant, pensai-je, recule ! Nimue y avait séjourné une année pleine et je doutais que beaucoup d'âmes survécussent longtemps dans l'Île des Morts, à moins qu'elles ne fussent à la fois sauvages et puissantes. Et même si je la retrouvais, elle serait folle. Elle ne pourrait partir d'ici. C'était son royaume, l'empire de la mort. Recule, recule ! répétai-je pour m'encourager, mais je sentis battre la cicatrice de ma paume gauche et je me dis que Nimue vivait.

Un ricanement satanique me fit sursauter. Me retournant, je vis un personnage noir et loqueteux cabrioler au sommet du troisième mur, puis la silhouette disparut de l'autre côté du mur et j'implorai les Dieux de me donner de la force. Nimue avait toujours su qu'elle souffrirait les Trois Blessures, et la cicatrice de ma main gauche était pour elle l'assurance que je l'aiderais à franchir les épreuves. J'avançai.

J'escaladai le troisième mur – encore une digue de pierres grises et lisses – et aperçus une volée de marches rudimentaires qui descendaient vers l'île. Au pied des marches traînaient quelques paniers vides ; à l'évidence le moyen pour les vivants de donner du pain et de la viande salée à leurs parents morts. Le loqueteux s'était évanoui, ne laissant que la colline, se dressant au-dessus de moi, et un enchevêtrement de ronces de part et d'autre d'une route caillouteuse qui menait vers le flanc ouest de l'île, où je devinais un groupe de bâtiments en ruines au pied de la grande colline. L'île était immense. Du troisième mur, il fallait deux heures à un homme pour rejoindre la pointe sud, où la mer bouillonnait, et autant pour escalader l'arête de rochers reliant la côte ouest à la côte est.

Je suivis la route. Au-delà des ronces, le vent faisait frémir les herbes marines. Un oiseau hurla sur mon passage puis, ses ailes blanches déployées, se perdit dans le ciel ensoleillé. La route serpentait et je me dirigeais donc directement vers l'ancienne ville. C'était une ville romaine, mais rien à voir avec Glevum ou Durnovarie, juste un ramassis de maisons basses en pierre, avec des toits de bois flottants et d'algues séchées, où vivaient jadis les esclaves des carrières : de bien misérables refuges, même pour les morts. La peur de ce qui m'attendait en ville me fit défaillir, et une voix hurla soudain pour me prévenir tandis qu'une pierre dévalait la pente, à ma gauche, depuis les broussailles et allait se briser sur la route, à côté de moi. L'alarme fit sortir des cabanes un essaim de créatures en guenilles venues voir qui approchait de leur colonie. L'essaim se composait d'hommes et de femmes, pour la plupart en haillons, mais d'aucuns, la tête couronnée de guirlandes d'algues, portaient leurs loques avec un air de majesté et s'approchèrent de moi comme s'il n'était de plus grands monarques sur terre. Quelques hommes portaient des lances et la quasi-totalité étreignaient des pierres. Certains étaient nus. Il y avait des enfants parmi eux. Des enfants petits, sauvages, dangereux. Quelques adultes étaient secoués de tremblements impossibles à contrôler, d'autres étaient saisis de convulsions, et tous me regardaient d'un œil vif et vorace.

« Une épée ! fit un géant. J'aurai l'épée ! Une épée ! » Il avança vers moi d'un pas traînant et ses acolytes le suivirent, les pieds nus. Une femme lança une pierre et, soudain, toutes hurlaient de plaisir : une nouvelle âme à dépouiller !

Je tirai Hywelbane, mais personne, ni homme ni femme ni enfant ne cilla à la vue de sa longue lame. Sur ce, je pris la fuite. Il n'y avait pas de honte à ce qu'un guerrier détalât devant les morts. Je regagnai la route et un fracas de pierres atterrirent à mes pieds, puis un chien plongea ses crocs dans mon manteau vert. Je me défis de la brute d'un coup d'épée, puis je gagnai le coude de la route où je plongeai sur la droite, traversant les ronces et les broussailles pour atteindre le flanc de la colline. Une chose se cabra devant moi, une chose nue avec une figure d'homme et un corps de brute, hirsute et crasseux. L'un des yeux de la créature était une plaie purulente, sa bouche une fosse de gencives putréfiées, et il se jeta sur moi avec des mains aux ongles si longs et crochus qu'on aurait dit des serres. Hywelbane s'abattit comme un éclair. Je hurlais de terreur, certain d'affronter l'un des démons de l'île, mais mes instincts étaient encore aussi tranchants que ma lame, qui sectionna le bras velu de la bête et lui fendit le crâne. Je bondis par-dessus son corps et escaladai la colline, sachant que j'avais à mes trousses une horde d'âmes faméliques. Une pierre me frappa le dos, une autre ricocha sur la roche à côté de moi, mais je jouais des pieds et des mains pour escalader les piliers et les corniches de rocher avant de découvrir un sentier étroit qui serpentait comme les chemins d'Ynys Trebes autour du flanc de la colline escarpée.

Je me retournai pour faire face à mes poursuivants. Ils hésitaient, enfin effrayés par l'épée qui les attendait sur le sentier, où ils ne pouvaient s'engager qu'un par un. Le géant me lança des œillades. « Petit, petit ! appelait-il d'une voix pateline, descends. » Il tendait un œuf de goéland pour m'appâter. « Viens manger ! »

Une vieille femme releva ses jupes pour me montrer ses hanches. « Viens à moi, mon amant ! Viens à moi, mon chéri. Je savais que tu viendrais ! » Elle se mit à pisser. Un enfant rit et lança un caillou.

Je les laissai. Quelques-uns me suivirent le long du sentier, mais ils finirent par se lasser et regagnèrent leur colonie fantôme.

L'étroit sentier menait entre le ciel et la mer. De loin en loin, une carrière abandonnée où l'on apercevait encore les marques des outils romains sur les blocs de pierre, mais, au-delà, le sentier recommençait à serpenter parmi les touffes de thym et les bosquets d'épineux. Je ne vis personne jusqu'à ce que, soudain, une voix me héla depuis l'une des petites carrières. « Tu n'as pas l'air fou », disait la voix d'un ton dubitatif. Faisant volte-face, l'épée tirée, j'aperçus un homme courtois en manteau noir. Il m'observait gravement depuis l'entrée d'une grotte. Il leva une main. « Je t'en prie ! Pas d'armes. Je m'appelle Malldynn, et je te salue, étranger, si tu viens en paix ; sinon, je te prie de passer ton chemin. »

J'essuyai le sang d'Hywelbane et la rangeai dans son fourreau. « Je viens en paix.

— Es-tu nouveau venu dans l'île ? » demanda-t-il en se rapprochant doucement. Il avait un visage avenant, creusé de rides profondes et triste, avec des manières qui rappelaient l'évêque Bedwin.

« Je suis arrivé il y a une heure.

— Et sans doute as-tu été pourchassé par la racaille de la porte. Je m'en excuse pour eux, bien que les Dieux sachent que je ne suis point responsable de ces goules. Chaque semaine, ils s'emparent du pain et nous le font payer. Fascinant, n'est-ce pas, de voir que même au pays des âmes perdues nous formons des hiérarchies ? Il y a des souverains ici. Il y a les forts et les faibles. Certains hommes rêvent de créer des paradis sur cette terre et la première condition de ces paradis, si je comprends bien, est qu'aucune loi ne doit plus nous entraver. Mais je soupçonne, mon ami, qu'une contrée délivrée des lois ressemblera davantage à cette île qu'à n'importe quel paradis. Je n'ai pas le plaisir de connaître ton nom.

— Derfel.

— Derfel ? » Il réfléchit un instant en fronçant les sourcils. « Un serviteur des druides ?

— Autrefois. Aujourd'hui je suis guerrier.

— Non, non, me corrigea-t-il. Tu es mort. Te voilà dans l'Île des Morts. Je t'en prie, assieds-toi. Ce n'est pas grand-chose, mais voici ma maison. » D'un geste de la main, il montra la grotte où deux blocs de pierre à demi dressés faisaient office de siège et de table. Un vieux bout de toile, peut-être repêché dans la mer, dissimulait mal sa litière d'herbes sèches. Il insista pour que je prenne place sur le petit bloc de pierre. « Je puis t'offrir à boire de l'eau de pluie et à manger du pain de cinq jours. »

Je mis sur la table une galette d'avoine. Malldynn était de toute évidence affamé, mais il résista à la tentation de se jeter sur le biscuit. Il sortit un petit couteau dont la lame avait été si souvent affûtée que son tranchant ondulait et il s'en servit pour couper la galette en deux. « Au risque de paraître ingrat, l'avoine n'a jamais été mon plat favori. Je préfère la viande, la viande fraîche, mais je te remercie tout de même, Derfel. » Il s'était agenouillé en face de moi, mais dès qu'il eut mangé la galette et délicatement débarrassé ses lèvres des miettes, il se leva et s'appuya à la paroi de la grotte. « Ma mère faisait des galettes d'avoine, me dit-il, mais les siennes étaient plus grossières. J'imagine que l'avoine n'était pas convenablement écorcée. Celle-là était délicieuse, et je m'en vais réviser mon opinion sur l'avoine. Encore merci. » Il s'inclina.

« Tu ne me parais point fou. »

Il sourit. C'était un homme d'âge moyen, au visage distingué, avec des yeux malicieux et une barbe qu'il s'efforçait de garder bien peignée. Il avait nettoyé sa grotte à l'aide d'un balai de brindilles qui reposait maintenant contre le mur. « Les fous ne sont pas seuls à être envoyés ici, Derfel », dit-il sur un ton de reproche. « Certains qui veulent punir les sains d'esprit les envoient également ici. Hélas, j'ai offensé Uther. » Il s'arrêta, l'air lugubre. « J'étais un conseiller, reprit-il, un grand homme même, mais quand j'ai dit à Uther que son fils Mordred était un imbécile, je me suis retrouvé ici. Mais j'avais raison. Mordred était un sot, même à dix ans c'était un sot.

— Tu es là depuis si longtemps ? demandai-je, médusé.

— Hélas, oui.

— Comment fais-tu pour survivre ? »

Il haussa les épaules en un geste de modestie. « Les goules qui gardent la porte me croient magicien. Je menace de leur rendre leurs esprits s'ils me contrarient, et ils veillent à me satisfaire. Tout homme sain d'esprit implorerait le ciel de le rendre fou sur cette île. Et toi, ami Derfel, pourrais-je te demander ce qui t'amène ici ?

— Je cherche une femme.

— Ah ! Nous en avons quantité, et la plupart ne s'embarrassent pas de pudeur. Ces femmes, je crois, sont un autre élément obligé des paradis terrestres mais, hélas, la réalité se révèle tout autre. Elles sont assurément impudiques, mais elles sont aussi crasseuses, leur conversation est fastidieuse, et le plaisir qu'on en retire est aussi fugitif qu'honteux. Si c'est ce genre de femmes que tu cherches, Derfel, tu n'auras que l'embarras du choix.

— La femme que je recherche s'appelle Nimue.

— Nimue ? fit-il en se creusant la cervelle. Nimue ! Ah oui, j'y suis ! Une fille aux cheveux noirs qui a perdu un œil. Elle est allée chez les gens de la mer.

— Noyée ? demandai-je, épouvanté.

— Non, non. » Il hocha la tête. « Tu dois comprendre que nous avons nos communautés à nous, sur l'île. Tu as déjà fait connaissance avec les goules de la porte. Nous, qui vivons dans les carrières, nous sommes les ermites, un petit groupe qui chérissons notre solitude et habitons les grottes sur ce versant de l'île. Du côté le plus éloigné, ce sont les brutes. Tu imagines sans doute à quoi ils ressemblent. Et, à la pointe sud, il y a les gens de la mer. Ils pêchent avec des lignes de cheveux humains et des épines en guise d'hameçons, et ce sont, je dois le dire, les mieux policées des tribus insulaires, bien qu'elles ne soient pas exactement réputées pour leur hospitalité. Tous se combattent, naturellement. Vois-tu, nous avons ici tout ce qu'offre le Pays des Vivants ? Sauf, peut-être, la religion, bien qu'un ou deux de nos habitants se prennent pour des Dieux. Et qui leur infligerait un démenti ?

— Tu n'as jamais essayé de te sauver ?

— Si, fit-il tristement. Il y a bien longtemps. J'ai tenté une fois de traverser la baie à la nage, mais ils nous surveillent, une hampe de lance sur le crâne te rafraîchit la mémoire ! Nous ne sommes pas censés quitter l'île, et j'ai fait demi-tour bien avant que de recevoir un pareil rappel à l'ordre. Mais la plupart se noient, qui essaient de s'échapper ainsi. Quelques-uns longent la digue et certains, peut-être, retournent parmi les vivants, mais à condition d'affronter d'abord les goules de la porte. Et s'ils survivent à cette épreuve, il leur faut encore éviter les gardes postés sur la plage. Ces crânes que tu as vus en franchissant la digue ? Ce sont des hommes et des femmes qui ont tenté de fuir. Les malheureux. » Il se tut et, l'espace d'une seconde, je crus qu'il était sur le point de pleurer. Puis il s'écarta brusquement de la paroi. « Où ai-je la tête ? En voilà des manières ! Je dois t'offrir de l'eau. Tu vois ? Ma citerne ! » D'un geste, il montra fièrement une barrique de bois placée à l'entrée de sa grotte de manière à recueillir l'eau qui dévalait en cascade les flancs de la carrière pendant les orages. Il avait une louche avec laquelle il emplit d'eau deux écuelles. « La barrique et la louche viennent d'un canot de pêche qui a fait naufrage ici, quand ? Voyons voir… Il y a deux ans. Les malheureux ! Trois hommes et deux garçons. Un homme a tenté de s'enfuir à la nage et s'est noyé, les deux autres sont morts sous une grêle de pierres et les deux garçons ont été emportés. Tu imagines ce qui leur est arrivé ! Sans doute y a-t-il pléthore de femmes, mais la chair tendre d'un petit pêcheur est un mets rare sur cet île. » Il mit l'écuelle devant moi et hocha la tête. « C'est un endroit terrible, mon ami, et c'est folie de ta part que d'être venu ici. À moins qu'on ne t'y ait envoyé ?

— C'est moi qui ai choisi de venir.

— Alors ta place est ici de toute façon, car tu es fou à lier ! » Il but son eau. « Raconte-moi, reprit-il, les nouvelles de Bretagne. »

Je m'exécutai. Il avait su la mort d'Uther et la venue d'Arthur, mais guère plus. Lorsque je lui dis que le roi Mordred était estropié, il se renfrogna, mais il fut ravi d'apprendre que Bedwin vivait encore. « Je l'aime bien, Bedwin. Ou plutôt, je l'aimais bien. Ici, il nous faut apprendre à parler comme si nous étions morts. Il doit être vieux ?

— Pas autant que Merlin.

— Merlin vit ? demanda-t-il surpris.

— Il vit.

— Ça alors ! Merlin vit ! » Il semblait content. « Un jour je lui ai donné une pierre d'aigle et il m'en a été très reconnaissant. J'en ai une autre ici, quelque part. Où ça ? » Il fouilla dans un petit tas de cailloux et d'éclats de bois qui formaient une collection à l'entrée de la grotte. « Où est-elle passée ? » Il tendit le doigt vers le rideau. « Tu la vois ? »

Je me retournai pour regarder la pierre précieuse et, à peine avais-je détourné les yeux, que Malldynn sauta dans mon dos pour essayer de me plonger dans la gorge la lame ébréchée de son petit couteau. « Je vais te manger ! cria-t-il d'un air de triomphe. Te manger. » Mais de ma main gauche j'étais tant bien que mal parvenu à arrêter son bras et réussis à éloigner la lame de ma trachée. Il me fit tomber à terre et voulut me mordre l'oreille. Il salivait au-dessus de moi, l'appétit réveillé par la perspective de chair fraîche. Je frappai une fois, deux fois, parvins à me retourner et à relever un genou pour le frapper à nouveau, mais le malheureux avait une force étonnante et le bruit de la bagarre fit sortir d'autres hommes de leur antre. Encore quelques secondes et je serais submergé par les nouveaux venus. Au prix d'un effort désespéré, je lui donnai un grand coup de la tête et finis par me défaire de lui. Je continuai à le frapper, jouant des pieds et des mains pour me soustraire à la meute des assaillants, puis je me retrouvai à l'entrée de sa chambre, où j'eus enfin assez de place pour tirer Hywelbane. La lame brillante de l'épée fit reculer les ermites.

La bouche ensanglantée, Malldynn se tenait de l'autre côté de la grotte. « Pas même un bout de foie frais ? m'implora-t-il. Juste un morceau ? Je t'en prie ! »

Je le quittai. Les autres ermites me tirèrent par le manteau tandis que je traversais la carrière, mais aucun n'essaya de m'arrêter. Me voyant partir, l'un d'eux rit à gorge déployée. « Il te faudra bien revenir ! me lança-t-il, et ce jour-là nous serons encore plus affamés.

— Bouffez Malldynn », leur répondis-je avec aigreur.

Je grimpai jusqu'à la crête, où des genêts poussaient parmi les rochers. Du sommet, je pus voir que la grande colline de rocaille n'allait pas jusqu'à la pointe sud de l'île, mais plongeait vers une longue plaine hachée d'un fouillis de vieux murs de pierre : la preuve que des hommes et des femmes ordinaires avaient jadis vécu sur l'île et cultivé le plateau pierreux qui descendait vers la mer. Il y avait encore des colonies sur le plateau : les maisons, me dis-je, des gens de la mer. Un groupe d'âmes mortes m'observaient depuis leur grappe de huttes rondes qui se dressaient au pied de la colline et leur présence me persuada de rester où j'étais et d'attendre l'aube. La vie se réveille lentement au point du jour, et c'est pourquoi les soldats aiment à attaquer aux premières lueurs, et pourquoi je me mettrais en quête de ma Nimue perdue lorsque les habitants fous de l'île seront léthargiques et encore engourdis de sommeil.

Ce fut une rude nuit. Une sale nuit. Les étoiles tournaient au-dessus de moi, foyers de lumière d'où les esprits considèrent la terre débile. J'implorai Bel, lui demandant des forces, et somnolai, mais chaque bruissement d'herbe ou chute de pierre m'arrachait au sommeil. Je m'étais réfugié dans une anfractuosité du rocher de manière à limiter les risques d'attaque. J'étais donc certain de pouvoir me protéger, même si Bel seul savait comment je quitterais jamais l'île. Ou si je retrouverais jamais Nimue.

Je m'extirpai en rampant de ma niche avant l'aube. Au-delà des sinistres remous qui marquaient l'entrée de la Caverne de Cruachan, le brouillard planait au-dessus de la mer et une faible lumière grise faisait paraître l'île plate et froide. Je descendis la colline sans apercevoir âme qui vive. Le soleil ne s'était pas encore levé quand j'entrais dans le premier village de huttes rudimentaires. Hier, avais-je conclu, je m'étais montré trop timoré avec les habitants de l'île. Aujourd'hui, je traiterais les morts comme les charognes qu'ils étaient.

C'étaient de vrais gourbis recouverts d'herbes et de branchages. J'enfonçai une porte de bois branlante, entrai dans la cabane et empoignai la première forme endormie qui me tomba sous la main. Je flanquai la créature dehors, en frappai une autre, puis ouvris un grand trou dans le toit avec Hywelbane. Ces choses qui avaient jadis été humaines se désentortillèrent et s'éloignèrent en rampant. Je frappai un homme à la tête, en assommai un autre avec le plat de la lame puis en entraînai un troisième à la lumière blafarde du petit matin. Je le jetai à terre, posai un pied sur sa poitrine et pointai Hywelbane sur sa gorge. « Je cherche une femme, Nimue. »

Il balbutia quelques mots incompréhensibles. Il ne savait pas parler ou plutôt il ne s'exprimait que dans une langue de son cru, et je l'abandonnai donc à son triste sort pour courser une femme qui clopinait parmi les arbustes. Elle hurla quand je l'empoignai et hurla encore lorsque je pressai l'acier contre sa gorge. « Connais-tu une femme qui s'appelle Nimue ? »

Elle était trop terrorisée pour parler, mais releva ses jupes immondes et sa bouche édentée se fendit en un large sourire égrillard. Je la claquai avec le plat de ma lame. « Nimue ! Nimue ! Une fille borgne. Tu la connais ? » Toujours incapable de parler, elle m'indiqua le sud, tendant une main tremblante vers la pointe de l'île dans un effort désespéré pour me faire fléchir. Je retirai mon épée et rabattis les jupes sur ses cuisses. La femme s'éloigna en rampant parmi les épineux. Depuis leurs cabanes, les autres âmes effarouchées me regardèrent m'éloigner vers la mer tumultueuse.

Je passai devant deux autres minuscules colonies, sans que personne n'essaie de m'arrêter maintenant. Je faisais désormais partie du cauchemar vivant de l'Île des Morts : une créature de l'aube avec de l'acier nu. Je traversai des champs d'herbe pâle parsemés de cornes du diable, d'herbes au lait bleues et d'épis d'orchidées pourpres, et je me dis que j'aurais dû me douter que Nimue, étant une créature de Manawydan, aurait trouvé refuge au plus près de la mer.

La côte sud de l'île était un amas de rochers bordant une petite falaise. De grandes vagues venaient s'y fracasser en écume, s'engouffraient dans des ravines et se brisaient en nuages d'embruns. Au large, le chaudron bouillonnait et crachotait. C'était un matin d'été, mais la mer était grise comme le fer, le vent était glacial, et les oiseaux de mer glapissaient.

Je sautai de rocher en rocher en direction de cette mer mortelle. Mon manteau en haillons flottait au vent quand, contournant un pilier de pierre pâle, j'aperçus une grotte à quelques pas au-dessus de la ligne noire des laminaires et des raisins de mer déposés par les marées les plus hautes. Une corniche conduisait à la grotte et sur la corniche s'entassaient les ossements d'oiseaux et d'animaux divers. Ces amas étaient l'œuvre de mains humaines, car ils étaient à espace régulier, et chaque tas était consolidé par un savant échafaudage d'os plus longs et couronnés par un crâne. Je m'arrêtai, la peur déferlant en moi comme une lame de fond, et gardai les yeux fixés sur le refuge, aussi près que possible de la mer sur cette île des âmes condamnées. « Nimue ? » appelai-je en trouvant le courage d'approcher de la corniche. « Nimue ? »

Je grimpai sur l'étroite plate-forme de rocher et m'avançai à pas lents à travers les tas d'ossements. J'avais peur de ce que j'allais découvrir dans la grotte. « Nimue ? »

En contrebas, une vague déferla sur un éperon rocheux et griffa la corniche de ses doigts blancs. L'eau se retira par les sombres rigoles avant qu'une autre lame ne vînt se fracasser sur la pointe de terre et ses rochers étincelants. La grotte était sombre et plongée dans le silence. « Nimue ? » appelai-je une fois de plus d'une voix défaillante.

L'entrée était gardée par deux crânes humains enfoncés dans des niches, en sorte que leurs dents brisées paraissaient sourire face au vent plaintif. « Nimue ? » Il n'y eut d'autre réponse que le hurlement du vent, les lamentations des oiseaux et le bruit de succion et le frémissement de la mer blafarde.

J'entrai. Il faisait froid et sombre. Les parois étaient ruisselantes. Le sol de galets s'élevait devant moi, m'obligeant à me pencher sous la masse indistincte du plafond et j'avançai prudemment. De plus en plus étroite, la grotte formait un coude sur la gauche, gardé par un troisième crâne jaunissant. J'attendis que mes yeux s'habituent à l'obscurité puis, passant devant ce gardien, je vis que la grotte se perdait dans l'obscurité.

Elle était là, tout au fond, couchée. Ma Nimue.

Au départ, je la crus morte, car elle était nue, repliée sur elle-même, le visage recouvert de ses cheveux noirs et crasseux, ses maigres jambes serrées contre sa poitrine, ses bras pâles agrippés à ses tibias. Dans les vertes collines, il nous arrivait de braver les habitants des tumulus pour creuser les monticules herbeux à la recherche de l'or des anciens, et nous trouvions leurs ossements ainsi repliés, blottis dans la terre afin de conjurer les esprits à travers l'éternité.

« Nimue ? » Force me fut de continuer à quatre pattes pour rejoindre le renfoncement où elle reposait. « Nimue ? » Cette fois, son nom me resta en travers de la gorge, car j'étais certain qu'elle était morte. Puis je vis ses côtes bouger. Elle respirait, mais tout le reste semblait mort. Je posai Hywelbane et tendis une main pour toucher son épaule blanche et froide. « Nimue ? »

Elle bondit vers moi en sifflant, montrant les dents, son orbite creuse à vif et l'autre œil ainsi retourné qu'on ne voyait que le blanc. Elle essaya de me mordre, elle me griffa, murmura une malédiction d'une voix dolente puis me cracha dessus avant de me lacérer le visage de ses grands ongles. Elle crachait, radotait, gesticulait et cherchait à me mordre la figure de ses dents immondes. « Nimue ! »

Elle hurla un autre juron et me saisit la gorge de sa main droite. Elle avait la force des déments et elle poussa un hurlement de triomphe en refermant les doigts sur ma trachée. Puis, soudain, je sus ce que je devais faire. Oubliant ma gorge, je pris sa main gauche et la plaçai sur ma cicatrice. Je la posai là. Je la laissai là et ne bougeai plus.

Lentement, très lentement, la main droite qui me serrait la gorge relâcha son étreinte. Lentement, très lentement, elle roula de l'œil en sorte que je pusse revoir l'âme lumineuse de mon amour. Elle me fixa puis se mit à pleurer.

« Nimue », murmurai-je. Elle se jeta à mon cou et s'accrocha à moi. Elle était maintenant secouée de grands sanglots qui soulevaient ses flancs décharnés. La serrant dans mes bras, je la caressai en murmurant son nom.

Les sanglots se calmèrent et finirent par cesser. Elle demeura longtemps accrochée à mon cou ; puis je la sentis tourner la tête. « Où est Merlin ? demanda-t-elle d'une voix de gamine.

— Ici, en Bretagne.

— Alors nous devons partir. » Elle retira ses bras de mon cou et les posa sur ses hanches pour me regarder en face. « J'ai rêvé que tu viendrais.

— Je t'aime. » Ce n'était pas ce que je voulais dire, mais c'était vrai quand même.

« C'est pour cela que tu es venu, fit-elle comme si cela allait de soi.

— As-tu des vêtements ?

— J'ai ton manteau, répondit-elle. Je n'ai rien d'autre que ta main. »

Je sortis en rampant de la grotte, remis Hywelbane au fourreau et enveloppai son corps pâle et frissonnant de mon manteau vert. Elle glissa son bras par une fente du manteau de laine en haillons et, main dans la main, nous avançâmes entre les ossements et escaladâmes la colline où les gens de la mer nous observaient. Lorsque nous approchâmes du sommet, ils se retirèrent et personne ne nous suivit lorsque nous redescendîmes d'un pas lent en direction du flanc est de l'île. Nimue ne disait rien. Sa folie avait cessé dès l'instant où ma main avait touché la sienne, mais elle l'avait laissée terriblement épuisée. Je l'aidai dans les portions les plus escarpées du chemin. Nous passâmes devant les grottes des ermites sans être inquiétés. Peut-être étaient-ils tous endormis ou les Dieux avaient-ils jeté un charme sur l'île car nous suivîmes notre chemin vers le nord sans aucune âme morte pour nous importuner.

Le soleil se levait. Je voyais maintenant que Nimue avait les cheveux crasseux et grouillant de poux, que sa peau était noire et qu'elle avait perdu son œil d'or. Elle était si faible qu'elle pouvait à peine marcher et comme nous descendions la colline en direction de la digue, je la pris dans mes bras et la trouvai moins lourde qu'un enfant de dix ans. « Que tu es faible !

— Je suis née faible, Derfel, et rien ne sert d'aller contre la vie.

— Mais tu as besoin de repos.

— Je sais. » Elle appuya sa tête contre ma poitrine et pour une fois, dans sa vie, elle se laissa volontiers choyer.

Je la portai jusqu'à la digue et lui fis franchir le premier mur. La mer se brisait sur notre gauche et la baie, sur notre droite, chatoyait au gré des reflets du soleil levant. Je ne savais comment lui faire franchir la garde. Tout ce que je savais, c'était qu'il nous fallait quitter l'île, parce que tel était son destin et que j'en étais l'instrument. Je marchai donc, assuré que les Dieux résoudraient le problème lorsque j'arriverais à la dernière barrière.

Je lui fis franchir le mur du milieu avec sa rangée de crânes et avançai vers les vertes collines de Dumnonie à l'aurore. J'aperçus la silhouette d'un seul et unique lancier au-dessus du mur de pierre lisse et raide, et j'imaginai que quelques-uns des gardes avaient dû traverser la canal à la rame en me voyant quitter l'île. D'autres gardes se tenaient sur la rive de galets ; ils s'étaient postés pour me barrer le passage vers la terre ferme. Si je dois tuer, me dis-je, je tuerai ! Telle était la volonté des Dieux, pas la mienne, et Hywelbane frapperait avec l'agilité et la vigueur d'un Dieu.

Mais alors que je me dirigeais vers le dernier mur en portant mon léger fardeau dans les bras, les portes de la vie et de la mort s'ouvrirent pour me recevoir. Je m'attendais vaguement à retrouver là le commandant avec sa lance rouillée, prêt à me refouler, mais c'étaient Galahad et Cavan qui m'attendaient sur le seuil noir, leurs épées tirées, leurs boucliers de combat au bras. « Nous t'avons suivi, expliqua Galahad.

— Bedwin nous a envoyés », ajouta Cavan. Je recouvris de ma capuche l'abominable chevelure de Nimue en sorte que mes amis ne vissent point sa dégradation et elle s'agrippa à moi, essayant de se cacher.

Galahad et Cavan avaient amené mes hommes, qui avaient manœuvré le bac et tenaient les gardiens de l'île à la pointe de leur lance sur l'autre rive du chenal. « Nous serions partis à ta recherche aujourd'hui », dit Galahad, puis il fit un signe de croix en regardant la digue. Il me lança un regard étrange, comme s'il craignait que je fusse un autre homme à mon retour de l'île.

« J'aurais dû me douter que tu serais ici.

— Oui, tu aurais dû. » Il avait les yeux embués de larmes, des larmes de bonheur.

Nous franchîmes le chenal à la rame puis, portant Nimue dans mes bras, je remontai la route des crânes vers la salle des fêtes, tout au bout du chemin, où je trouvai un homme chargeant une charrette de sel à destination de Durnovarie. J'installai Nimue sur son chargement et marchai derrière la carriole grinçante. J'avais arraché Nimue à l'Île des Morts pour la rendre à un pays en guerre.

Je conduisis Nimue à la ferme de Gyllad. Je ne l'installai pas dans la grande salle, lui préférant une cabane de berger abandonnée où nous pouvions être seuls. Je lui servis du bouillon et du lait, mais je commençai par sa toilette, lavant chaque centimètre de son corps, la lavant deux fois, puis lavant ses cheveux noirs avant d'employer un peigne en os pour tâcher de les démêler. Certains nœuds étaient si serrés qu'il fallut les couper, mais la plupart cédèrent sous le peigne et quand sa chevelure fut raide et mouillée je me servis du peigne pour dénicher les poux et les tuer avant de la rincer une nouvelle fois à grandes eaux. Elle s'y soumit comme une gosse obéissante et, lorsqu'elle fut propre, je l'enveloppai d'une grande couverture de laine et retirai le bouillon du feu pour la faire manger tandis que je me lavais à mon tour et traquais les poux qui avaient sauté de son corps sur le mien.

Quand j'eus terminé, la nuit tombait et elle eut tôt fait de s'endormir sur un lit de fougères fraîchement coupées. Elle dormit toute la nuit et, au matin, elle avala six œufs brouillés que je lui avais préparés sur le feu. Puis elle se rendormit et je pris un couteau et un morceau de cuir pour lui tailler un cache et un lacet qu'elle pourrait nouer autour de ses cheveux. Je demandai à une esclave de Gyllad d'apporter des habits et j'envoyai Issa en ville aux nouvelles. C'était un gaillard intelligent, si ouvert et avenant que les inconnus eux-mêmes étaient ravis de se confier à lui à la table des tavernes.

« La moitié de la ville dit que la guerre est déjà perdue, Seigneur », me confia-t-il à son retour. Nimue dormait et nous nous installâmes à côté du ruisseau qui coulait près de la cabane.

« Et l'autre moitié ? »

Il sourit. « Elle attend Lughnasa, Seigneur. Ils ne voient pas plus loin que ça. Mais la moitié qui pense à la suite, ce sont tous des chrétiens. » Il cracha dans le ruisseau. « Ils disent que Lughnasa est une fête impie et que Gorfyddyd va venir nous châtier de nos péchés.

— Auquel cas nous ferions mieux de nous assurer que nous commettons assez de péchés pour mériter le châtiment ! »

Il rit. « Certains chuchotent que Seigneur Arthur n'ose pas quitter la ville de crainte que les soldats ne se révoltent sitôt qu'il aura le dos tourné. »

Je secouai la tête. « Il tient à passer Lughnasa avec Guenièvre.

— Qui ne le souhaiterait ? demanda Issa.

— As-tu vu l'orfèvre ? »

Il hocha la tête. « Il prétend qu'il ne peut faire un œil en moins de quinze jours, parce qu'il n'en a encore jamais fait, mais qu'il va trouver un cadavre et lui arracher un œil pour avoir les bonnes mesures. Je lui ai dit de prendre de préférence un gamin, parce que la dame n'est pas bien grosse, pas vrai ? » Il eut un mouvement de menton en direction de la cabane.

« Tu lui as dit que l'œil devait être creux ?

— Oui, Seigneur.

— Tu as bien fait. Et maintenant j'imagine que tu as envie de faire des tiennes pour célébrer Lughnasa ? »

Son visage se fendit d'un large sourire. « Oui, Seigneur. » Lughnasa était normalement la fête des moissons imminentes, mais les jeunes en ont toujours fait une fête de la fertilité et les réjouissances devaient commencer cette nuit, la veille de la fête.

« Alors va ! Je resterai ici. »

Cet après-midi, je fis à Nimue une charmille pour Lughnasa. Je ne savais pas trop si elle apprécierait, mais j'y tenais et je fis une petite loge à côté du ruisseau, coupant des roseaux et les pliant pour en faire un abri que j'entrelaçais de bleuets, de coquelicots, d'œils-de-bœuf, de digitales et de longs rouleaux entremêlés de volubilis rose. La Bretagne entière se couvrait de semblables charmilles à cette occasion et, à la fin du printemps suivant, les bébés de Lughnasa naissaient par centaines à travers le pays. Le printemps était considéré comme une saison propice aux naissances, car l'enfant venait dans un monde qui s'éveillait à l'abondance estivale, même si c'étaient les batailles qu'il faudrait livrer après la moisson qui décideraient de l'abondance des récoltes.

Nimue sortit de sa cabane alors que je piquais les dernières digitales au sommet de la charmille. « C'est Lughnasa ? demanda-t-elle, surprise.

— Demain. »

Elle esquissa un sourire espiègle. « Personne ne m'a jamais fait de charmille.

— Tu n'en as jamais voulu.

— Maintenant si », dit-elle en allant s'asseoir sous la tonnelle fleurie avec un air satisfait qui me fit bondir le cœur. Elle avait trouvé le bandeau et enfilé l'une des robes que la servante de Gyllad avait apportées ; c'était une robe d'esclave, une robe de bure ordinaire, mais elle lui allait comme lui allaient toujours les choses simples. Elle était pâle et décharnée, mais elle était propre, et ses joues avaient repris un peu de couleur. « Je ne sais ce qu'est devenu l'œil d'or, fit-elle d'un air lugubre en touchant son bandeau.

— J'en ai commandé un autre », répondis-je sans préciser que l'acompte de l'orfèvre m'avait coûté mes dernières pièces. J'avais bien besoin d'un bon butin pour regarnir ma bourse, pensai-je à part moi.

« Et moi j'ai faim ! » dit Nimue avec une pointe de son ancienne malice.

Je jetai quelques brindilles de boulcau au fond de la casserole pour empêcher le bouillon d'accrocher, y versai le reste de bouillon et le mis sur le feu. Elle avala tout, puis s'étendit sous la charmille de Lughnasa pour regarder le ruisseau. Des bulles trahissaient la présence d'une loutre. Je l'avais déjà remarquée : un vieux mâle à la peau déchirée par la bataille et qui avait échappé de justesse aux lances des chasseurs. Nimue regarda la traînée de bulles disparaître sous un saule abattu et se mit à parler.

Elle avait toujours eu un solide appétit de conversation, mais ce soir-là elle fut insatiable. Elle voulait des nouvelles, et je lui en donnai, mais elle voulait toujours plus de détails, et encore des détails, et chaque détail supplémentaire trouvait place dans un schéma de son cru qu'elle échafaudait de manière obsessionnelle en sorte que l'histoire de l'année passée devint, tout au moins pour elle, pareille à un grand sol carrelé où chaque carreau pris isolément pouvait bien être insignifiant mais, s'ajoutant aux autres, faisait partie d'un ensemble compliqué et lourd de sens. Mais elle s'intéressa surtout à Merlin et au rouleau qu'il avait arraché à la bibliothèque condamnée de Ban. « Tu ne l'as pas lu ?

— Non.

— Je le lirai », promit-elle avec ardeur.

J'hésitai un instant, puis lui livrai le fond de ma pensée. « Je pensais que Merlin viendrait te chercher dans l'île. » Je risquais de l'offenser doublement, d'abord en critiquant implicitement Merlin, puis en abordant le seul sujet dont elle n'avait pas parlé, l'Île des Morts, mais elle ne parut pas s'en émouvoir.

« Merlin pensait que je saurais m'en tirer par moi-même, dit-elle avant de sourire. Et puis il sait que je t'ai. »

Il faisait nuit maintenant et le ruisseau se ridait de reflets argentés sous la lune de Lughnasa. Il y avait quantité de questions que je voulais lui poser, mais je n'osais pas, et soudain elle entreprit d'y répondre quand même. Elle parla de l'île, ou plutôt elle raconta comment une infime partie de son âme avait toujours eu conscience de ses horreurs alors même que le reste de sa personne s'était abandonné à sa perte. « Je croyais que la folie serait comme la mort, et je ne savais pas qu'il y avait une autre solution que la folie, mais tu le sais. Tu le sais vraiment. Comme si tu t'observais et que tu ne pusses t'en empêcher. Tu renonces à toi-même », dit-elle, et je vis son œil s'embuer de larmes.

« Non ! fis-je, me refusant soudain à en savoir davantage.

— Et parfois, poursuivit-elle, je m'asseyais sur mon rocher pour regarder la mer, et je savais que j'étais saine d'esprit et je me demandais quelle était la finalité de tout cela, puis je sus qu'il me fallait être folle parce que, si je ne l'étais pas, tout cela n'avait aucun sens.

— Tout cela n'avait aucun sens, dis-je avec humeur.

— Oh Derfel, cher Derfel. Ton esprit est comme une pierre qui tombe d'une falaise. » Elle sourit. « C'est le même dessein qui a conduit Merlin à trouver le rouleau de Caleddin. Ne comprends-tu pas ? Les Dieux se jouent de nous, mais si nous nous ouvrons nous pouvons être partie prenante à ce jeu au lieu d'en être les victimes. La folie répond à un dessein ! C'est un don des Dieux et comme tous leurs dons il a son prix, mais je l'ai payé maintenant. » Elle parlait avec passion, mais je sentis soudain un bâillement menacer et fis tout mon possible pour le réprimer. Je tâchai de le dissimuler, mais elle s'en aperçut. « Tu as besoin de sommeil.

— Non, protestai-je.

— As-tu dormi la nuit dernière ?

— Un peu. » Assis à la porte de la cabane, j'avais sommeillé par à-coups en écoutant les souris grignoter la toiture de chaume.

« Alors va au lit, maintenant, dit-elle d'un ton ferme, et laisse-moi réfléchir. »

J'étais si fatigué que je n'avais plus la force de me dévêtir, mais je m'allongeai enfin sur le lit de fougères où je dormis d'un sommeil de plomb. Ce fut un long sommeil, un sommeil profond, comme le repos qui vient quand on est en sécurité après la bataille, lorsque l'âme est enfin débarrassée du mauvais sommeil entrecoupé de cauchemars peuplés de lances et de coups d'épée auxquels on a échappé de justesse. Je dormis donc et, dans la nuit, Nimue vint vers moi et je crus d'abord à un rêve, puis je me réveillai en sursaut et trouvai sa peau nue et glacée tout près de moi. « Tout va bien, Derfel, chuchota-t-elle, dors », et je me rendormis, serrant dans mes bras son corps décharné.

On se réveilla à l'aube. L'aube parfaite de Lughnasa. J'ai connu des moments de pur bonheur dans ma vie, et c'en fut un. Il est des fois, j'imagine, où l'amour est en phase avec la vie ; où peut-être est-ce que les Dieux veulent nous rendre fous, et il n'est rien de si doux que la folie de Lughnasa. Le soleil brillait, sa lumière filtrant à travers les fleurs de la charmille où nous faisions l'amour ; après quoi nous jouâmes comme des enfants dans le ruisseau, où j'imitais la loutre pour ressortir, suffoquant, et retrouver Nimue hilare. Un martin-pêcheur courait entre les saules, aussi coloré qu'un manteau dans les rêves. De toute la journée, nous ne vîmes que deux cavaliers qui remontaient la rive, au loin, des faucons au poignet. Ils ne nous virent pas et c'est paisiblement allongés que nous observâmes un de leurs oiseaux fondre sur un héron : un bon présage. Car ce jour parfait Nimue et moi fûmes amants, quand bien même nous était refusé le second plaisir de l'amour, qui est la certitude d'un avenir partagé s'écoulant dans un bonheur aussi plein que l'amour naissant. Mais je n'avais aucun avenir avec Nimue. Son avenir était dans les voies des Dieux, et je n'avais point de talent pour ces routes.

Pourtant, Nimue elle-même était tentée de s'en écarter. Le soir de Lughnasa, alors que la lumière longue ombrageait les arbres des pentes ouest, elle se blottit dans mes bras sous la charmille et parla de tout ce qui pouvait être. Une maisonnette, un lopin de terre, des enfants et des troupeaux. « Nous pourrions aller à Kernow, dit-elle d'un air songeur. Merlin dit toujours que c'est un pays béni. Loin des Saxons.

— L'Irlande est encore plus loin. »

Je la sentis qui secouait la tête contre ma poitrine. « L'Irlande est maudite.

— Pourquoi ?

— Ils possédaient les Trésors de la Bretagne et ils les ont laissés partir. »

Je n'avais pas envie de parler des Trésors de la Bretagne, ni des Dieux, ni de tout ce qui risquait de gâcher ce moment. « Alors Kernow, consentis-je.

— Une petite maison », reprit-elle, avant d'énumérer tout ce qui était nécessaire à une maisonnette : jarres, casseroles, broches, cribles, tamis, seilles, faucilles, cisailles, fuseau, bobinoir à écheveau, filet à saumon, barrique, âtre et couche. Avait-elle rêvé à toutes ces choses dans son antre froid et humide au-dessus du chaudron ? « Et ni Saxons, ajouta-t-elle, ni chrétiens. Peut-être devrions-nous aller dans les îles de l'Ouest ? Au-delà de Kernow. À Lyonesse. » Elle prononça le nom enchanteur d'une voix très basse. « Vivre et aimer à Lyonesse », fit-elle, puis elle rit.

« Pourquoi ris-tu ? »

Elle marqua un temps de silence puis haussa les épaules. « Lyonesse est pour une autre vie. » Par cette déclaration lugubre, elle rompit le charme. Tout au moins pour moi, car je crus entendre le rire sardonique de Merlin à travers les frondaisons et je laissai le rêve se dissiper tandis que nous demeurions allongés, immobiles, sous la lumière longue et douce. Deux cygnes remontaient la vallée vers le nord, en direction de la grande image phallique du Dieu Sucellos sculptée dans le flanc de colline crayeux, au nord des terres de Gyllad. Sansum avait voulu effacer l'image hardie. Guenièvre l'avait arrêté, même si elle n'avait pu l'empêcher d'édifier un petit sanctuaire au pied de la colline. J'avais dans l'idée d'acheter la terre quand j'en aurais les moyens, non pour la cultiver, mais pour empêcher les chrétiens d'enherber la craie ou d'extirper l'image du Dieu.

« Où est Sansum ? » demanda Nimue. Elle lisait dans mes pensées.

« Il est le gardien de la Sainte-Épine, désormais.

— Puisse-t-elle le piquer », dit-elle d'un ton vengeur. Elle s'arracha à mes bras et s'assit, remontant la couverture à hauteur de nos cous. « Et Gundleus se fiance aujourd'hui ?

— Oui.

— Il ne vivra pas assez longtemps pour posséder son épouse. » C'était plus qu'un espoir, pensais-je, qu'une prophétie.

« Sauf si Arthur ne peut vaincre son armée », répondis-je.

Et, le lendemain, les espoirs de victoire semblaient à jamais envolés. J'achevais les préparatifs de la moisson de Gyllad, affûtant les faucilles et clouant les fléaux de bois à leurs pattes de cuir, lorsque arriva à Durnovarie un messager de Durocobrivis. Issa nous apporta les nouvelles de la ville : elles étaient redoutables. Aelle avait rompu la trêve. La veille de Lughnasa, un essaim de Saxons avait fondu sur la forteresse de Gereint et enfoncé ses murailles. Le prince Gereint était mort. Durocobrivis était tombée, et Meriadoc de Stronggore, vassal de Dumnonie, avait pris la fuite. Les dépouilles de son royaume faisaient désormais partie de Lloegyr. En plus de l'armée de Gorfyddyd, Arthur devait maintenant affronter les hordes saxonnes. La Dumnonie était à coup sûr condamnée.

Nimue railla mon scepticisme. « Les Dieux ne termineront pas la partie de sitôt.

— Alors les Dieux feraient mieux de remplir notre trésor, dis-je avec aigreur, parce que nous ne pouvons vaincre en même temps Aelle et Gorfyddyd, ce qui veut dire que nous devons soudoyer les Saxons ou aller à la mort.

— Les petits esprits se soucient d'argent.

— Alors remercie les Dieux pour les petits esprits », répliquai-je. J'étais perpétuellement obsédé de problèmes d'argent.

« Il y a de l'argent en Dumnonie si tu en as besoin, dit Nimue d'un air distrait.

— Celui de Guenièvre ? demandai-je en hochant la tête. Arthur n'y touchera pas. » À cette époque, aucun de nous ne savait l'ampleur du trésor que Lancelot avait rapatrié d'Ynys Trebes ; sans doute aurait-il suffi à acheter la paix d'Aelle mais le roi de Benoïc en exil le tenait bien caché.

« Pas l'or de Guenièvre », protesta Nimue. Puis elle me dit où l'on pourrait trouver le prix du sang d'un Saxon et je me maudis de n'y avoir pas songé plus tôt. Il y avait une chance après tout, me dis-je, une toute petite chance, du moment que les Dieux nous donnaient du temps et que le prix d'Aelle n'était pas prohibitif. Je calculai qu'il faudrait une semaine aux hommes d'Aelle pour dessoûler après leur sac de Durocobrivis, et que nous avions donc juste une semaine pour accomplir notre miracle.

Je conduisis Nimue chez Arthur. Il n'y aurait point d'idylle à Lyonesse, ni crible ni tamis ni lit auprès de la mer. Merlin était parti dans le nord pour sauver la Bretagne et Nimue devait maintenant faire jouer sa sorcellerie dans le sud. Nous allions acheter la paix saxonne tandis que derrière nous, sur la rive de notre ruisseau estival, les fleurs de Lughnasa se fanaient.

*

Arthur et sa garde partirent dans le nord en suivant la Voie romaine. Soixante cavaliers, caparaçonnés de cuir et de fer, s'en allaient en guerre et avec eux cinquante lanciers, six à moi, et les autres conduits par Lanval, l'ancien chef de la garde de Guenièvre, dont la mission avait été usurpée par Lancelot, le roi de Benoïc qui, avec ses hommes, était maintenant le protecteur de tous les grands qui vivaient à Durnovarie. Galahad avait conduit le reste de ses hommes dans le nord, à Gwent. Que nous fussions tous partis avant la moisson était un indice de l'urgence de la situation, mais la traîtrise d'Aelle ne nous laissait pas le choix. Je marchai avec Arthur et Nimue. Elle avait insisté pour m'accompagner alors qu'elle était encore loin d'être robuste, mais rien n'aurait pu la tenir à l'écart de la guerre qui était sur le point de commencer. Nous nous mîmes en marche deux jours après Lughnasa et, augurant peut-être de ce qui nous attendait, le ciel était couvert de nuages. La bourrasque menaçait.

Les cavaliers, accompagnés de leurs laquais et de leurs mulets de bât, ainsi que les lanciers de Lanval attendirent sur la Voie romaine tandis qu'Arthur traversait la langue de terre en direction d'Ynys Wydryn. Nimue et moi l'accompagnions, avec pour toute escorte mes six lanciers. Il était étrange de revenir sous le pic majestueux du Tor, où Gwlyddyn avait rebâti l'antre de Merlin en sorte que le sommet du Tor ressemblait presque à ce qu'il était quand Nimue et moi avions fui la sauvagerie de Gundleus. Même la tour avait été reconstruite et je me demandais si, comme la première tour, c'était une chambre à rêve dans laquelle les chuchotis des Dieux faisaient écho au magicien endormi.

Toutefois, nous n'étions pas venus pour le Tor, mais pour le sanctuaire de la Sainte-Épine. Cinq de mes hommes se postèrent aux portes du sanctuaire tandis qu'Arthur, Nimue et moi pénétrions dans l'enceinte. La tête de Nimue était dissimulée par sa capuche si bien qu'on ne pouvait voir son bandeau de cuir. Sansum se précipita à notre rencontre. Il avait l'air en forme pour un homme soi-disant tombé en disgrâce après qu'il eut fomenté à Durnovarie une émeute meurtrière. Il était plus replet que dans mon souvenir. Il portait une robe noire à demi recouverte d'une chape somptueusement brodée de croix d'or et d'épines d'argent. Une grosse croix d'or pendait sur sa poitrine au bout d'une chaîne d'or tandis qu'un torque d'or massif brillait à son cou. Sa face de souris aux cheveux en brosse sévèrement tonsurés lui donnait l'air de minauder quand il prétendait nous gratifier d'un sourire. « Quel honneur ! Oserai-je espérer, Seigneur Arthur, que tu es venu adorer notre cher Seigneur ? Voilà Son Épine Sacrée ! En mémoire des épines qui Lui ont piqué la tête tandis qu'Il souffrait pour nos péchés. » Il fit un geste en direction de l'arbre penché avec ses petites feuilles tristes. Un groupe de pèlerins entourant l'arbre avait drapé ses membres pathétiques d'offrandes votives. Nous voyant, ces pèlerins s'éloignèrent d'un pas traînant, sans s'apercevoir que le garçon de ferme mal fagoté qui se prosternait avec eux était l'un de nos hommes. C'était Issa, que j'avais envoyé en éclaireur avec une modeste offrande de pièces pour le sanctuaire. « Du vin, peut-être ? nous proposa maintenant Sansum. Et de quoi manger ? Nous avons du saumon froid, du pain nouveau et même des fraises.

— Vous vivez bien, Sansum », fit Arthur en promenant ses yeux autour du sanctuaire. Il avait prospéré depuis la dernière fois que j'avais été à Ynys Wydryn. L'église de pierre avait été agrandie, deux nouveaux bâtiments ajoutés, dont un dortoir pour les moines et une maison pour Sansum lui-même. Les deux bâtisses étaient de pierre, avec des toitures de tuiles reprises de villas romaines.

Sansum leva les yeux vers les nuages menaçants. « Nous ne sommes que d'humbles serviteurs du grand Dieu et notre vie sur terre est entièrement redevable à Sa grâce et à Sa providence. Votre épouse estimée se porte bien, j'espère ?

— Très bien, merci.

— Cela nous réjouit, Seigneur, observa hypocritement Sansum. Et notre roi, il va bien également ?

— Le garçon grandit, Sansum.

— Et dans la vraie foi, j'espère. » Sansum reculait à mesure que nous avancions. « Alors, Seigneur, que nous vaut votre visite dans notre modeste établissement ? »

Arthur sourit. « Le besoin, l'évêque, le besoin.

— De grâce spirituelle ? demanda Sansum.

— D'argent. »

Sansum leva les mains. « Un homme à la recherche de poisson

grimperait-il au sommet d'une montagne ? Un homme mourant de soif irait-il dans le désert ? Pourquoi venir chez nous, Seigneur Arthur ? Nous autres, frères, avons fait vœu de pauvreté et les maigres miettes que le cher Seigneur veut bien laisser tomber sur nos genoux, nous les donnons aux pauvres. » Il joignit les mains avec élégance.

« Alors je suis venu, cher Sansum, déclara Arthur, pour m'assurer que tu respectes tes vœux de pauvreté. On s'enfonce dans la guerre, on a besoin d'argent, le trésor est vide et tu auras l'honneur de consentir à ton roi un prêt. » Nimue, qui maintenant traînait humblement les pieds derrière nous comme une servante encapuchonnée, avait rappelé à Sansum la richesse de l'Église. Comme elle devait se réjouir de la gêne de Sansum !

« L'Église avait été exemptée de ces prêts forcés. » Sansum répliqua vertement en accentuant le dernier mot avec un mépris particulier. « Le Grand Roi Uther, que son âme repose en paix, avait dispensé l'Église de telles exactions, de même que les sanctuaires païens – il se signa – sont honteusement et scandaleusement exemptés !

— Le Conseil du roi Mordred, répondit Arthur, a abrogé l'exemption et ton sanctuaire, évêque, est connu pour être le plus riche de Dumnonie. »

Sansum leva de nouveau les yeux au ciel. « Si nous possédions ne serait-ce qu'une pièce d'or, Seigneur, je me ferais un plaisir de te l'offrir en cadeau. Mais nous sommes pauvres. Il te faut chercher ton prêt sur la colline. » Il fit un geste en direction du Tor. « Là-bas, Seigneur, cela fait des siècles que les païens amassent l'or des infidèles !

— Le Tor, coupai-je sèchement, a été mis à sac quand Norwenna a été tuée. Le peu d'or qui s'y trouvait, et il n'y en avait pas beaucoup, a été volé. »

Sansum fit comme s'il venait de remarquer ma présence. « C'est Derfel, n'est-ce pas ? Je me disais bien. Bienvenue, Derfel !

— Seigneur Derfel », corrigea Arthur.

Sansum écarquilla ses petits yeux. « Loue Dieu ! Loué soit-Il ! Tu t'élèves dans le monde, Seigneur Derfel, et quelle satisfaction cela procure à l'humble ecclésiastique que je suis, qui pourra maintenant se vanter de t'avoir connu quand tu n'étais qu'un simple lancier. Un seigneur maintenant ? Quel bonheur ! Et quel honneur nous fait ta présence ! Mais tu sais toi-même, mon cher Seigneur Derfel, que lorsque le roi Gundleus a pillé le Tor il a également pillé les pauvres moines. Hélas, quelles déprédations n'a-t-il commises ! Le sanctuaire a souffert pour le Christ et il ne s'est jamais remis.

— Gundleus est d'abord allé au Tor, dis-je. Je le sais, parce que j'étais là. Et, ce faisant, il a laissé aux moines le temps de cacher leurs trésors.

— Quelles fables ne faites-vous pas courir sur les chrétiens, vous autres païens ! Prétends-tu encore que nous mangeons des bébés lors de nos banquets d'amour ? » Sansum rit.

Arthur soupira. « Cher évêque Sansum, reprit-il, je sais que ma requête t'est douloureuse. Je sais qu'il entre dans ta mission de préserver la richesse de ton Église, afin qu'elle puisse prospérer et refléter la gloire de Dieu. Tout cela, je le sais, mais je sais aussi que si nous n'avons pas d'argent pour combattre nos ennemis, l'ennemi viendra ici et il n'y aura pas d'église, il n'y aura pas de Sainte-Épine, et l'évêque du sanctuaire – il enfonça un doigt dans les côtes de Sansum – ne sera qu'un tas d'os nettoyés par les corbeaux.

— Il est d'autres manières de tenir l'ennemi à l'écart de nos portes », protesta Sansum, insinuant malencontreusement qu'Arthur était la cause de la guerre et que, s'il quittait tout simplement la Dumnonie, Gorfyddyd serait satisfait.

Arthur garda son calme et se contenta de sourire. « Ton trésor est nécessaire à la Dumnonie, évêque.

— Nous n'avons point de trésor. Hélas ! » Sansum fit le signe de la croix. « Dieu m'est témoin, Seigneur, nous ne possédons rien. »

J'allai jusqu'à l'aubépine. « Les moines d'Ivinium, dis-je, faisant allusion à un monastère à quelques lieues plus au sud, sont de meilleurs jardiniers que vous, évêque. » Sortant Hywelbane de son fourreau, je la pointai dans le sol, à côté du misérable arbuste. « Peut-être devrions-nous déraciner la Sainte-Épine et la confier aux moines d'Ivinium ? Je suis sûr qu'ils paieraient cher le privilège.

— Et l'Épine serait encore plus loin des Saxons ! ajouta Arthur d'un ton vif. Tu approuves certainement notre plan, l'évêque ? »

Sansum agitait les mains en signe de désespoir. « Les moines d'Ivinium sont des ignorantins, Seigneur, de simples marmonneurs de prières. Si vos Seigneuries voulaient bien patienter dans l'église, peut-être puis-je trouver quelques pièces pour vos projets ?

— Fais ! » répondit Arthur.

On nous introduisit tous les trois dans l'église. Un bâtiment simple, avec un sol de dalles, des murs de pierre et une toiture de poutres. Un endroit sombre, où seul un faible rai de lumière pénétrait par les hauts fenestrons où picoraient des moineaux et poussaient des giroflées des murailles. À l'extrémité, un crucifix se dressait sur une table de pierre. Nimue, qui avait retiré son capuchon, lui cracha dessus, tandis qu'Arthur se dirigea vers la table et se hissa des mains afin de s'asseoir sur le bord. « Je n'y prends aucun plaisir, Derfel.

— Pourquoi en prendrais-tu, Seigneur ?

— Ça ne se fait pas d'offenser les Dieux, ajouta Arthur d'un ton lugubre.

— Ce Dieu, fit Nimue avec mépris, on dit qu'il pardonne. Mieux vaut offenser de cette manière que d'une autre. »

Arthur sourit. Il portait un simple justaucorps, des pantalons, un manteau, des bottes et Excalibur. Il ne portait ni or ni armure mais on ne pouvait se méprendre sur son autorité ni, à cette heure, sur son embarras. Il resta assis un moment, silencieux, puis leva les yeux vers moi. Nimue explorait les petites pièces au fond de l'église et nous étions seuls. « Peut-être devrais-je quitter la Bretagne ? dit Arthur.

— Et céder la Dumnonie à Gorfyddyd ?

— Le moment venu, Gorfyddyd mettra Mordred sur le trône, et c'est la seule chose qui compte.

— C'est ce qu'il dit ? demandai-je.

— Oui.

— Et que dirait-il d'autre ? protestai-je, consterné que mon seigneur pût même envisager l'exil. Mais la vérité, ajoutai-je avec force, c'est que Mordred sera le client de Gorfyddyd, et pourquoi Gorfyddyd mettrait-il sur le trône un client ? Pourquoi ne pas y mettre plutôt l'un de ses parents ? Son fils Cuneglas, par exemple, sur notre trône ?

— Cuneglas est un homme honorable, insista Arthur.

— Cuneglas fera ce que son père lui dit de faire, dis-je d'un ton méprisant, et Gorfyddyd veut être Grand Roi, ce qui veut dire qu'il n'a certainement pas envie d'avoir pour rival l'héritier de l'ancien Grand Roi. En outre, crois-tu que les druides de Gorfyddyd laisseront vivre un roi estropié ? Si tu pars, Seigneur, les jours de Mordred sont comptés. »

Arthur ne répondit point. Assis, les mains posées sur les bords de la table, la tête baissée, il gardait les yeux rivés sur le sol. Il savait que j'avais raison, de même qu'il savait qu'il était seul, de tous les seigneurs de Bretagne, à se battre pour Mordred. Les autres voulaient mettre leur homme à eux sur le trône de la Dumnonie, tandis que Guenièvre voulait qu'Arthur lui-même s'y installât. Il leva les yeux vers moi. « Guenièvre...

— Oui », le coupai-je tristement. J'avais cru qu'il faisait allusion à l'ambition qu'avait Guenièvre de le porter sur le trône de la Dumnonie, mais il pensait à tout autre chose.

Il sauta de la table et se mit à faire les cent pas. « Je comprends tes sentiments envers Lancelot, fit-il, me prenant par surprise, mais réfléchis un peu, Derfel. Imagine que Benoïc ait été ton royaume et imagine que tu aies cru que je le sauverais, parce que j'en avais fait le serment, et que j'aie manqué à mes engagements. Ne serais-tu point amer ? Cela ne te rendrait-il pas méfiant ? Le roi Lancelot a terriblement souffert, et par ma faute ! Par la mienne ! Et je tiens, si je le puis, à compenser ses pertes. Je ne puis reprendre Benoïc, mais je peux, peut-être, lui donner un autre royaume.

— Lequel ? »

Il eut un sourire malicieux. Il avait tout échafaudé dans sa tête et il prenait un plaisir immense à me révéler ses plans. « La Silurie. Supposons que nous puissions vaincre Gorfyddyd et, avec lui, Gundleus. Gundleus n'a aucun héritier, Derfel ; donc si nous parvenons à le tuer, le trône est vacant. Nous avons un roi sans trône, ils ont un trône sans roi. Mieux, nous avons un roi à marier ! Offrons Lancelot en mariage à Ceinwyn et Gorfyddyd fera de sa fille une reine, et nous aurons notre ami sur le trône silurien. Paix, Derfel ! » Il s'exprimait avec son enthousiasme d'autrefois, échafaudant en paroles une merveilleuse vision. « Une union ! Le mariage que je n'ai pas contracté, mais maintenant nous pouvons y arriver. Lancelot et Ceinwyn ! Et pour y parvenir, il nous suffit de tuer un homme. Juste un ! »

Et tant d'autres, qui avaient besoin de mourir dans la bataille, pensai-je, mais je m'abstins. Quelque part dans le nord, retentit un roulement de tonnerre. Le Dieu Taranis ne nous oubliait pas : pourvu qu'il soit de notre côté. Le ciel que l'on apercevait à travers les fenestrons était noir comme la nuit.

« Eh bien ? » insista Arthur.

Je n'avais pas desserré les lèvres parce que l'idée que Lancelot épouse Ceinwyn m'était si amère que je ne me fiais guère à ma réaction, mais je m'obligeai maintenant à paraître civil. « Il nous faut d'abord soudoyer les Saxons et vaincre Gorfyddyd, répondis-je avec aigreur.

— Mais si nous y arrivons ? » reprit-il avec impatience, comme si mes objections n'étaient que des obstacles insignifiants.

Je me contentai de hausser les épaules, de l'air de dire que cette idée de mariage dépassait de beaucoup ma compétence.

« L'idée plaît à Lancelot, reprit Arthur, et à sa mère également. Guenièvre l'approuve aussi, mais c'est bien normal puisque c'est elle la première qui a songé à marier Ceinwyn et Lancelot. C'est une fille intelligente. Très intelligente. » Comme il le faisait toujours en pensant à son épouse, il souriait.

« Mais même ton épouse intelligente, Seigneur, osai-je répliquer, ne saurait donner des ordres aux adeptes de Mithra. »

Il eut un brusque mouvement de tête comme si je l'avais frappé. « Mithra ! fit-il avec colère. Pourquoi Lancelot ne pourrait-il en être ?

— Parce que c'est un poltron, grognai-je, incapable de dissimuler mon aigreur plus longtemps.

— Bors dit que non, de même qu'une dizaine d'autres hommes.

— Demande à Galahad ou à ton cousin Culhwch. » La pluie se mit soudain à crépiter sur le toit et, un instant plus tard, à goutter des rebords des fenêtres. Nimue avait reparu par la petite porte cintrée, à côté de la table de pierre, où elle rabattit son capuchon.

« Si Lancelot fait ses preuves, te laisseras-tu fléchir ? me demanda Arthur au bout d'un moment.

— Si Lancelot montre qu'il sait se battre, je m'inclinerai. Mais je le croyais garde de ton palais à cette heure ?

— Son vœu est de commander Durnovarie en attendant que sa blessure de la main soit refermée. Mais s'il se bat, Derfel, tu le choisiras ?

— S'il se bat bien, promis-je à contrecœur, oui. » J'étais bien persuadé que je n'aurais jamais à tenir ma promesse.

« Bien », fit Arthur, comme toujours satisfait d'avoir trouvé un terrain d'entente, puis il se retourna. La porte de l'église s'ouvrit bruyamment avec une rafale de vent pluvieux. Sansum entra, suivi de deux moines qui portaient des sacs de cuir. De tout petits sacs de cuir.

Sansum s'ébroua en traversant l'église au pas de course. « Nous avons cherché, Seigneur, expliqua-t-il à bout de souffle, nous avons chassé, picoté en haut et en bas, et nous avons réuni les maigres trésors que possède notre indigente maison, trésor que nous déposons humblement devant toi, quoique non sans réticence. » Il hocha tristement la tête. « Du fait de notre générosité, nous allons avoir faim cette saison, mais lorsque l'épée commande, les simples serviteurs de Dieu que nous sommes doivent obéir. »

Ses moines versèrent le contenu des deux sacs sur le dallage. Une pièce roula sur le sol jusqu'à ce que j'arrête sa course avec mon pied.

« L'or de l'empereur Hadrien ! » s'exclama Sansum.

Je ramassai la pièce : un sesterce de cuivre jaune avec la tête de l'empereur Hadrien d'un côté, une image de Britannia armée de son trident et d'un bouclier de l'autre. La prenant entre l'index et le pouce, je la pliai en deux et la lançai à Sansum : « De l'or pour imbécile, évêque ! »

Le reste du trésor ne valait pas beaucoup mieux : quelques pièces usées, pour l'essentiel en cuivre et une poignée seulement en argent, quelques barres de fer dont on se servait couramment comme d'une monnaie, une malheureuse broche en or et quelques maillons dorés d'une chaîne cassée. Au total, l'équivalent d'une douzaine de pièces d'or. « C'est tout ? demanda Arthur.

— Nous donnons aux pauvres, Seigneur ! expliqua Sansum, bien que, si vos besoins sont pressants, je puisse ajouter ceci. » Il retira de son cou la croix d'or. La croix massive et sa grosse chaîne valaient facilement quarante ou cinquante pièces d'or : à contrecœur l'évêque les tendit à Arthur. « Mon prêt personnel pour votre guerre, Seigneur ? »

Arthur tendit la main, mais Sansum la retira aussitôt d'un mouvement sec. « Seigneur, reprit-il, baissant la voix en sorte qu'Arthur seul puisse l'entendre, on m'a injustement traité l'an passé. Pour le prêt de cette chaîne – il l'agita de manière à faire cliqueter les maillons –, je demanderais que soit honorée ma nomination au poste de chapelain personnel du roi Mordred. Ma place est aux côtés du roi, Seigneur, non pas ici, dans ce marais pestilentiel. » Avant qu'Arthur ait pu répondre, la porte de l'église s'ouvrit à nouveau. Trempé jusqu'aux os, Issa s'avança à pas traînants. Sansum se retourna furieux contre l'intrus. « L'église n'est pas ouverte aux pèlerins ! aboya l'évêque. Il y a des offices réguliers. Maintenant, dehors ! File ! »

D'un revers de main, Issa se dégagea le front et s'adressa à moi : « Ils cachent tous leurs biens à côté de la mare, derrière la grande maison, Seigneur, tout sous un tas de pierre. Je les ai vus y porter les offrandes du jour. »

Arthur arracha la lourde chaîne des mains de Sansum. « Tu peux conserver ces autres trésors, fit-il en montrant du doigt les pouilleries éparpillées sur le sol, pour nourrir ta misérable maison au cours de l'hiver. Et garde ton torque : qu'il te rappelle que ton cou est une faveur que je te fais. » Il se dirigea vers la porte.

« Seigneur ! protesta Sansum. Je te supplie...

— Supplie, trancha Nimue, retirant son capuchon. Supplie, chien ! » Se retournant, elle cracha sur le crucifix, puis sur les dalles et, une troisième fois, sur Sansum. « Supplie, ordure !

— Mon Dieu ! » L'évêque blêmit à la vue de son ennemie. Il recula en faisant le signe de la croix sur sa maigre poitrine. L'espace d'un instant, il parut trop terrorisé pour pouvoir parler. Il avait dû croire Nimue à jamais perdue sur l'Île des Morts, mais elle était ici, crachant d'un air triomphant. Il se signa une troisième fois puis se tourna vers Arthur : « Tu oses faire entrer une sorcière dans la maison de Dieu ! Sacrilège ! Oh, doux Jésus ! » Il se laissa tomber à genoux, le regard perdu dans les combles. « Lance les feux du ciel ! Lance ! »

Arthur fit comme si de rien n'était et sortit sous la pluie battante qui crottait les malheureux rubans votifs accrochés à la Sainte Épine. « Fais entrer les autres lanciers », ordonna-t-il à Issa. Mes hommes attendaient dehors, au cas où Sansum aurait tenté de planquer ses trésors hors de l'enceinte, mais ils entrèrent maintenant pour refouler les moines forcenés de l'amas de cailloux qui dissimulait leur trésor secret. Quelques moines tombèrent à genoux en voyant Nimue. Ils savaient qui elle était.

Sansum sortit précipitamment de l'église et se jeta sur les cailloux, déclarant sur un ton pathétique qu'il allait faire le sacrifice de sa vie pour défendre l'argent de Dieu. Arthur hocha tristement la tête. « Es-tu sûr de ce sacrifice, Seigneur Évêque ?

— Doux Jésus ! beugla Sansum. Voici ton serviteur, massacré par des méchants et leur ignoble sorcière ! Je n'ai fait qu'obéir à Ta parole. Accueille-moi, Seigneur ! Reçois Ton humble serviteur ! » Suivit un hurlement, car il attendait sa mort, au lieu de quoi Issa le saisit au collet et par le fond de sa culotte pour le porter délicatement du tas de pierres jusqu'à l'étang, où il le laissa choir dans l'eau boueuse et peu profonde. « Je me noie, Seigneur !

hurla Sansum. Jeté dans les eaux déchaînées comme Jonas dans l'océan ! Un martyr du Christ ! Comme Paul et Pierre ont souffert le martyre, Seigneur, me voici ! » Il lâcha quelques bulles et, voyant que personne, auprès de son Dieu, n'y prêtait attention, il s'extirpa lentement des lenticules crottées pour cracher des insultes à mes hommes qui retiraient impatiemment les cailloux.

Sous le monticule, des planches de bois recouvraient une citerne de pierre bourrée de sacs de cuir, et dans les sacs il y avait de l'or : de bonnes pièces d'or, des chaînes en or, des statues en or, des torques d'or, des broches, des bracelets, des épingles. L'or apporté ici par des centaines de pèlerins recherchant la bénédiction de l'Épine, qu'Arthur pria maintenant un moine de compter et de peser afin de délivrer au monastère un reçu en bonne et due forme. Il laissa mes hommes surveiller les comptes et entraîna un Sansum rageur et trempé vers la Sainte Épine. « Tu dois apprendre à faire pousser les épineux avant de te mêler des affaires des rois, mon Seigneur Évêque. Tu ne redeviendras pas l'aumônier du roi, mais tu resteras ici pour apprendre l'agriculture. »

J'y allai à mon tour de mes conseils : « Le prochain arbre, paille-le. Laisse les racines dans l'eau le temps qu'il prenne. Et ne transplante jamais un arbre en fleur, évêque, ils n'aiment pas ça. Tous les problèmes de tes derniers arbustes viennent de là. Tu les as déterrés des bois au mauvais moment. Va les chercher en hiver et creuse-leur un bon trou avec de la paille et du fumier. Tu pourrais faire un vrai miracle !

— Pardonne-leur, Seigneur ! » Sansum tomba à genoux, levant les yeux vers les cieux humides.

Arthur voulut visiter le Tor, mais il commença par aller sur la tombe de Norwenna, devenue pour les chrétiens un lieu de vénération. « Elle a été une femme maltraitée, me dit-il.

— Toutes les femmes le sont, observa Nimue qui nous avait suivis jusqu'à la tombe, tout près de la Sainte Épine.

— Non, protesta Arthur. Peut-être que la plupart des gens le sont, mais pas toutes les femmes, pas plus que tous les hommes. Mais cette femme l'a été et elle attend encore que nous la vengions.

— Tu en as eu l'occasion, l'accusa Nimue avec hargne, et tu as laissé vivre Gundleus.

— Parce que j'espérais la paix, mais la prochaine fois il mourra.

— Ta femme, ajouta Nimue, me l'a promis. »

Arthur frémit, sachant quelle cruauté se cachait derrière le désir de Nimue, mais il consentit d'un signe de tête : « Je te le promets, il est à toi. » Il fit demi-tour et, sous une pluie battante, nous entraîna au sommet du Tor. Nimue et moi rentrions chez nous, Arthur allait voir Morgane.

Il embrassa sa sœur dans la salle. Le masque d'or brillait faiblement dans la lumière orageuse ; autour du cou, elle portait les griffes d'ours serties d'or qu'Arthur lui avait rapportées de Benoïc il y a bien longtemps. Elle s'accrocha à lui, avide de tendresse, et je les laissai en tête à tête. Presque comme si elle n'avait jamais quitté le Tor, Nimue se pencha pour franchir la petite porte des appartements de Merlin tandis que je courais sous la pluie jusqu'à la cabane de Gudovan. Je trouvai le vieux clerc à son bureau, mais il n'était pas au travail car il était affligé de la cataracte, même s'il affirmait pouvoir encore distinguer la lumière de l'obscurité. « Et le plus souvent il fait noir maintenant, ajouta-t-il tristement avant de sourire. J'imagine que tu es trop grand pour qu'on te frappe, Derfel ?

— Tu peux toujours essayer, Gudovan, mais ça ne servira plus à grand-chose.

— Cela a-t-il jamais servi ? » Je gloussai. « La semaine dernière, quand il est venu ici, Merlin a parlé de toi. Oh, il n'est pas resté longtemps. Il est venu, il a parlé avec nous, il nous a laissé un autre chat comme si nous n'en avions pas déjà suffisamment et il est reparti. Il n'a même pas passé la nuit, tellement il était pressé.

— Mais sais-tu où il est allé ?

— Il n'a rien voulu dire, mais où crois-tu qu'il est allé ? » Gudovan avait vaguement retrouvé l'âpreté qui était la sienne autrefois. « Donner la chasse à Nimue. Du moins je l'imagine, même si je me demande bien ce qu'il trouve à cette petite sotte. Je ne comprends pas. Il devrait prendre une esclave ! » Il s'arrêta, semblant soudain au bord des larmes. « Tu sais que Sebile est morte ? poursuivit-il. La malheureuse. Elle a été assassinée, Derfel ! Assassinée ! La gorge tranchée. Personne ne sait par qui. Quelque voyageur, je suppose. Le monde court à sa ruine, Derfel, à sa ruine. » Un instant, il parut perdu, puis retrouva le fil de ses pensées. « Merlin devrait avoir une esclave. Aucun problème avec une esclave empressée et il n'en manque pas en ville qui se rendent agréables pour une piécette. Je fréquente la maison à côté de l'ancien atelier de Gwlyddyn. Il y a une brave femme là-bas, bien que ces derniers temps nous ayons tendance à parler plus qu'à faire branler son lit. Je me fais vieux, Derfel.

— Ça ne se voit pas. Et Merlin ne court pas après Nimue. Elle est ici. »

Le ciel tonna et la main de Gudovan trouva un petit bout de fer qu'il frappa afin de se protéger contre le mal. « Nimue ici ? demanda-t-il sidéré. Mais on nous a dit qu'elle était sur l'Île ! » Il toucha à nouveau le fer.

« Elle y était, fis-je d'une voix monotone, mais elle n'y est plus.

— Nimue… » Il prononça son nom, presque incrédule. « Va-t-elle rester ?

— Non, nous partons dans l'est aujourd'hui même.

— Et vous nous laissez seuls ? demanda-t-il avec irritation. Hywel me manque.

— À moi aussi. »

Il soupira. « Les temps changent, Derfel. Le Tor n'est plus ce qu'il était. Nous sommes tous vieux maintenant et il ne reste pas d'enfants. Ils me manquent et le malheureux Druidan n'a plus personne à courser. Pellinore extravague, Morgane est aigrie.

— Ne l'a-t-elle pas toujours été ? demandai-je d'un ton léger.

— Elle a perdu son pouvoir, expliqua-t-il. Non pas son pouvoir de lire les rêves ou de guérir les malades, mais le pouvoir dont elle jouissait quand Merlin était ici et qu'Uther était sur le trône. Elle en est froissée, Derfel, de même qu'elle en veut à ta Nimue. » Il s'arrêta, pensif. « Elle a été particulièrement fâchée lorsque Guenièvre a envoyé chercher Nimue pour combattre Sansum et son église de Durnovarie. Morgane estime que c'est elle qu'il aurait fallu appeler, mais on dit que la dame Guenièvre ne veut que des beautés autour d'elle. Que pourrait faire Morgane ? » Il posa la question en riant sous cape. « Mais elle est encore une femme de tête, Derfel, et elle a l'ambition de son frère, si bien qu'elle ne se contentera pas de croupir ici à écouter les rêves des rustres et à broyer les herbes pour soigner la fièvre lactée. Elle crève d'ennui ! Elle s'ennuie tellement qu'elle joue même au lancer de balle avec ce scélérat d'évêque Sansum du sanctuaire. Pourquoi l'a-t-on envoyé à Ynys Wydryn ?

— Parce qu'on ne voulait pas de lui à Durnovarie. Mais vient-il vraiment ici batifoler avec Morgane ? »

Gudovan hocha la tête. « Il dit qu'il a besoin de compagnie intelligente et qu'il n'y a pas d'esprit plus délié à Ynys Wydryn, et j'ose dire qu'il a raison. Naturellement il la sermonne, des sottises à n'en plus finir sur une vierge enfantant un Dieu qui se fait clouer sur la Croix, mais tout cela ne fait que glisser sur le masque de Morgane. Du moins je l'espère. » Il s'arrêta et but quelques petites gorgées dans sa corne d'hydromel où une guêpe était en train de se noyer. Lorsqu'il reposa la corne, je pêchai la guêpe et l'écrasai sur le bureau. « Le christianisme gagne des fidèles, Derfel, reprit Gudovan. Même l'épouse de Gwlyddyn, la jolie Ralla, s'est convertie, ce qui veut probablement dire que Gwlyddyn et les deux enfants la suivront. Je m'en bats l'œil, mais pourquoi faut-il qu'ils chantent tant ?

— Tu n'aimes pas le chant ? le taquinai-je.

— Personne n'aime plus que moi une bonne chanson ! répondit-il avec énergie. Le Chant de bataille d'Uther ou le Chant de carnage de Taranis, voilà ce que j'appelle un chant, pas ces jérémiades et ces vagissements sur la condition des pécheurs qui ont besoin de la grâce ! » Il soupira en branlant du chef. « J'apprends que tu étais à Ynys Trebes ? »

Je lui racontai la chute de la ville. L'histoire semblait de circonstance, maintenant que nous étions assis là, tandis qu'il pleuvait dans les champs et que la ténèbre recouvrait la Dumnonie. Quand j'eus terminé mon récit, Gudovan fixait la porte de ses yeux éteints. Je crus qu'il s'était assoupi, mais alors que je me levais de mon tabouret il me fit signe de me rasseoir. « Les choses vont-elles aussi mal que le prétend l'évêque Sansum ?

— Elles vont mal, mon ami, reconnus-je.

— Raconte-moi. »

Je lui racontai comment les Irlandais et les Cornouaillais multipliaient les razzias à l'ouest, où Cadwy prétendait encore diriger un royaume indépendant. Tristan faisait de son mieux pour retenir les soldats de son père, mais le roi Marc ne pouvait résister à la tentation d'enrichir son royaume en détroussant une Dumnonie affaiblie. Je lui racontai comment les Saxons d'Aelle avaient rompu la trêve, mais ajoutai que la plus grande menace venait encore de l'armée de Gorfyddyd. « Il a rassemblé les hommes d'Elmet, de Powys et de Silurie, expliquai-je à Gudovan, et sitôt la moisson rentrée il les conduira dans le sud.

— Et Aelle ne se bat pas contre Gorfyddyd ? demanda le vieux scribe.

— Gorfyddyd a acheté la paix.

— Et Gorfyddyd va-t-il gagner ? »

Je marquai un long silence. « Non », répondis-je enfin. Non que ce fusse la vérité, mais je ne voulais pas que ce vieil ami redoute que son dernier aperçu de la vie fût l'éclair de lumière d'une épée ennemie s'abattant vers ses yeux éteints. « Arthur les combattra, et personne n'a encore battu Arthur.

— Tu les combattras, toi aussi ?

— C'est mon métier désormais, Gudovan.

— Tu aurais fait un bon clerc, dit-il tristement, et c'est une profession honorable et utile, quand bien même personne ne nous fait seigneurs à cause d'elle. » Je me dis qu'il avait dû savoir l'honneur qui m'était fait et, soudain, j'eus honte d'en être si fier. Gudovan s'empara à tâtons de sa corne et but une autre lampée d'hydromel. « Si tu vois Merlin, dis-lui de rentrer. Le Tor est mort sans lui.

— Je le lui dirai.

— Au revoir, Seigneur Derfel. » À ces mots, je devinai que Gudovan savait que nous ne nous reverrions plus ici-bas. Je voulus l'embrasser, mais il me repoussa d'un geste de la main, craignant de trahir ses émotions.

Arthur attendait à la porte de la mer, les yeux tournés vers l'ouest, par-delà les marais balayés par de grandes bourrasques de pluie. « Ce sera mauvais pour la moisson », lâcha-t-il d'un air lugubre. Les éclairs sillonnaient le ciel au-dessus de la mer de Severn.

« Il y a eu une tempête pareille à celle-ci quand Uther est mort », observai-je.

Arthur rajusta son manteau. « Si seulement le fils d'Uther avait vécu... », puis il se tut sans aller jusqu'au bout de sa pensée. Il était d'humeur aussi sombre et lugubre que le temps.

« Le fils d'Uther n'aurait pu combattre Gorfyddyd, Seigneur, ni Aelle.

— Ni Cadwy, ajouta-t-il avec aigreur, ni Cerdic. Tant d'ennemis, Derfel.

— Alors réjouis-toi d'avoir des amis, Seigneur. »

Il approuva d'un sourire puis se tourna vers le nord. « Je me fais du souci pour un ami, reprit-il à voix basse. Je crains que Tewdric ne renonce. Il est las de la guerre, comment l'en blâmerai-je ? Gwent a souffert bien pis que la Dumnonie. » Il me regarda, les yeux inondés de larmes, mais peut-être n'était-ce que la pluie. « Je voulais faire de si grandes choses, Derfel, de si grandes choses. Et au bout du compte c'est moi qui les ai trahis, n'est-ce pas ?

— Non, Seigneur, répondis-je avec fermeté.

— Les amis diraient la vérité, me gronda-t-il gentiment.
— Tu avais besoin de Guenièvre, dis-je, tout embarrassé de m'exprimer ainsi ; et il fallait que tu fusses avec elle, sans quoi pourquoi les Dieux l'auraient-ils conduite dans la salle de banquet le soir de tes fiançailles ? Il ne nous appartient pas, Seigneur, de lire l'esprit des Dieux, mais juste de vivre pleinement notre destin. »

Il fit la grimace, car il aimait à se croire maître de son destin. « Tu crois que nous devrions tous dévaler en trombe les voies de la destinée ?
— Je crois, Seigneur, que lorsque le destin t'empoigne, mieux vaut donner son congé à la raison.
— Ce que j'ai fait », dit-il avec calme, le sourire aux lèvres. « Aimes-tu quelqu'un, Derfel ?
— Les seules femmes que j'aime, Seigneur, ne sont pas pour moi », répondis-je en m'apitoyant sur moi-même.

Il fronça les sourcils puis hocha la tête en signe de commisération. « Pauvre Derfel », fit-il tout doucement, et je ne sais quoi dans son ton me fit lever les yeux vers lui. Pouvait-il croire que j'avais voulu compter Guenièvre au nombre de ces femmes ? Je rougis et me demandai que dire, mais déjà Arthur se tournait vers Nimue qui revenait de la salle. « Il faudra que tu me parles un jour de l'Île des Morts… quand nous aurons le temps.
— Je t'en parlerai, Seigneur, après ta victoire, quand il te faudra de bonnes histoires pour meubler tes longues soirées d'hiver.
— Oui, après notre victoire. » Bien qu'il ne parût guère optimiste. L'armée de Gorfyddyd était si forte, et la nôtre si petite.

Mais avant de combattre Gorfyddyd, il nous fallait essayer d'acheter la paix des Saxons avec l'argent de Dieu. Aussi prîmes-nous la route de Lloegyr.

⋆

Nous sentîmes Durocobrivis bien avant d'approcher de la ville. Cette odeur se manifesta au deuxième jour de notre voyage, alors que nous étions encore à une demi-journée de la ville captive, mais le vent d'est charriait l'âcre puanteur de la mort et de la fumée à travers les fermes désertes. Les champs étaient prêts pour la moisson, mais la population terrifiée avait fui devant les Saxons. À Cunetio, petite ville romaine où nous avions passé la nuit, les réfugiés grouillaient dans les rues et leurs troupeaux avaient été rassemblés dans des bergeries édifiées à la hâte pour l'hiver. Nul n'avait acclamé Arthur à Cunetio et cela n'avait rien d'étonnant, car on lui en voulait de la longueur de la guerre et de ses catastrophes. Des hommes grommelaient que la paix régnait sous Uther et qu'avec Arthur il n'y avait plus rien que la guerre.

Les cavaliers d'Arthur conduisaient notre colonne en silence. Ils portaient leur armure, leur lance et leur épée, mais les boucliers étaient accrochés à l'envers et les pointes de leurs lances nouées de branchages verts – signe qu'ils venaient avec des intentions pacifiques. Derrière cette avant-garde marchaient les lanciers de Lanval, puis une quarantaine de mulets de bât chargés de l'or de Sansum et des pesants boucliers de cuir que portaient les chevaux d'Arthur dans la bataille. Un deuxième contingent de cavaliers, moins nombreux, formait l'arrière-garde. Arthur lui-même marchait avec mes lanciers à queue de loup, juste derrière son porte-étendard qui chevauchait avec le groupe de tête des cavaliers. Llamrei, la jument noire d'Arthur, était conduite par Hygwydd, son serviteur, accompagné d'un inconnu que je pris pour un autre serviteur. Nimue marchait avec nous et, tout comme Arthur, tâchait d'apprendre quelques mots de saxon, mais elle n'était pas bonne élève. Elle eut tôt fait de se lasser de cette langue grossière tandis qu'Arthur avait trop de choses en tête, bien qu'il se fît un devoir d'apprendre quelques mots : paix, terre, lance, vivres, mère, père. Je devais lui servir d'interprète, la première des nombreuses fois où je parlai pour Arthur et lui rapportai les propos de son ennemi.

Nous rencontrâmes l'ennemi à midi, alors que nous descendions une colline en pente douce, longeant un route bordée de part et d'autre par des bois. Une flèche scintilla soudain à travers les arbres pour s'enfoncer dans la terre juste devant Sagramor, notre homme de tête. Il leva la main et Arthur cria à tous les hommes de la colonne de rester tranquilles. « Pas d'épées ! ordonna-t-il. Attendez ! »

Les Saxons avaient dû nous observer toute la matinée car ils avaient rassemblé une petite bande de guerre autour de nous. Ces hommes – ils devaient être soixante ou soixante-dix – sortirent lentement des bois à la suite de leur chef, un homme à la poitrine large qui avança sous un étendard de chef : des andouillers de cerf auxquels pendillaient des lambeaux de peau humaine tannée.

Le chef partageait l'amour des Saxons pour la fourrure ; une affection sensée, car peu de choses arrêtent un coup d'épée aussi sûrement qu'une belle peau bien épaisse. Cet homme avait un collier de fourrure noire autour du cou, ainsi que des bandeaux de fourrure noire autour des biceps et des cuisses. Le reste de son habit était de cuir ou de laine : un justaucorps, des braies, des bottes et un casque de cuir couronné d'une touffe de fourrure noire. À sa taille pendait une longue épée tandis qu'il tenait à la main l'arme favorite des Saxons : la hache à grande lame.

« Êtes-vous perdus, *wealhas* ? » cria-t-il. C'est ainsi qu'ils nous appelaient, nous, les Bretons. *Wealhas !* Le mot veut dire « étrangers » et fleure l'ironie, tout comme le nom de *Saïs* que nous leur donnons. « Ou êtes-vous simplement fatigués de la vie ? » Il s'était mis en travers de la route, tête haute, la hache reposant sur son épaule. Il avait une barbe brune et une masse de cheveux bruns qui sortaient de sous son casque. Les uns en casques de fer, les autres en cuir, ces hommes qui portaient presque tous des haches formaient un mur de boucliers en travers du chemin. Quelques-uns tenaient en laisse d'énormes chiens, des molosses de la taille de loups ; de fait, nous nous étions laissés dire que, ces derniers temps, les Saïs s'en étaient servis comme d'armes, les lâchant contre nos murs de boucliers quelques secondes avant d'abattre leurs haches et leurs lances. Les molosses effarouchaient certains de nos hommes beaucoup plus que les Saxons.

J'avançai avec Arthur. Nous nous arrêtâmes à quelques pas du Saxon bravache. Aucun de nous deux ne portait de lance ni de bouclier et nos épées étaient restées au fourreau. « Voici mon Seigneur, dis-je en Saxon. Arthur, protecteur de la Dumnonie, qui vient vers vous en paix.

— Pour l'instant, fit l'homme, la paix est vôtre, mais juste pour l'instant. » Il continuait à nous défier, mais le nom d'Arthur lui avait visiblement fait forte impression et c'est avec une curiosité évidente qu'il dévisagea longuement mon seigneur avant de se retourner vers moi. « Es-tu Saxon ?

— De naissance, oui. Aujourd'hui, je suis Breton.

— Un loup peut-il devenir crapaud ? demanda-t-il en me lorgnant d'un air maussade. Pourquoi ne pas redevenir Saxon ?

— Parce que j'ai juré de servir Arthur, et ma mission est de porter à votre roi une grande quantité d'or.

— Pour un crapaud, tu hurles bien. Moi, c'est Therdig. »

Je n'avais jamais entendu parler de lui. « Ta gloire, fis-je, donne des cauchemars à nos enfants. »

Il rit. « Bien parlé, crapaud. Alors qui est notre roi ?

— Aelle.

— Je ne t'ai pas entendu, crapaud. »

Je soupirai. « Le Bretwalda Aelle.

— Bien dit, crapaud. » Nous, les Bretons, ne reconnaissions pas le titre de Bretwalda, mais je l'employai pour complaire au chef saxon. Arthur, qui ne comprenait goutte à notre échange, attendit patiemment que je fusse prêt à traduire quelque chose. Il avait confiance en ceux qu'il distinguait et ne me pressait ni n'intervenait.

« Le Bretwalda, reprit Therdig, est à quelques heures d'ici. Peux-tu me donner une raison, crapaud, de troubler sa journée en lui rapportant qu'une épidémie de rats, de souris et de larves a envahi sa terre ?

— Nous apportons de l'or au Bretwalda, Therdig, plus que tu n'en puis rêver. De l'or pour vos hommes, pour vos épouses, pour vos filles, même assez pour vos esclaves. Est-ce une raison suffisante ?

— Montre-moi, crapaud. »

C'était risqué, mais Arthur y consentit volontiers, entraînant Therdig et six de ses hommes jusqu'aux mulets pour leur révéler le contenu des sacs. Le risque était que Therdig se dît que la fortune valait la bagarre séance tenante, mais nous étions supérieurs en nombre, et la vue des hommes d'Arthur sur leurs grands chevaux était redoutablement dissuasive. Il se contenta d'empocher trois pièces d'or en déclarant qu'il allait annoncer notre présence au Bretwalda. « Vous attendrez aux Pierres, ordonna-t-il. Soyez là-bas dans la soirée, et mon roi vous y rejoindra dans la matinée. » Cela nous fit comprendre qu'Aelle avait dû être averti de notre approche et qu'il avait aussi deviné le but de notre ambassade. « Vous pouvez vous reposer en paix aux Pierres, ajouta Therdig, en attendant que le Bretwalda ne décide de votre sort. »

Ce soir-là, car il nous fallut tout l'après-midi pour atteindre les Pierres, je vis le grand cercle pour la première fois. Merlin m'en avait souvent parlé, et Nimue avait eu de nombreux échos de leur puissance, mais personne ne savait qui les avait faites ni pourquoi les grandes pierres dressées étaient disposées en un cercle aussi majestueux. Nimue était certaine que seuls les Dieux avaient pu créer un endroit pareil et, tandis que nous approchions des monolithes gris et solitaires, dont les ombres noires s'allongeaient dans l'herbe pâle, elle chanta des prières. Un fossé entourait les Pierres, disposées en un grand cercle de piliers couronnés de linteaux, tandis qu'à l'intérieur de cette arcade massive et grossière se dressaient d'autres immenses pierres debout entourant un autel en forme de table. Il y avait bien d'autres cercles de pierres en Bretagne, certains de circonférence plus grande encore, mais aucun qui eût autant de mystère et de majesté, et c'est dans un silence mâtiné d'effroi que nous en approchâmes.

Nimue jeta ses charmes puis nous dit que nous pouvions franchir le fossé sans risque, et c'est émerveillés que nous nous promenâmes au milieu des pierres roulées des Dieux. Une épaisse couche de lichens recouvrait les Pierres ; d'aucunes penchaient quand elles n'étaient pas tombées depuis de longues années, tandis que d'autres étaient gravées en profondeur de noms et de chiffres romains. Gereint avait reçu la suzeraineté de ces Pierres, charge imaginée par Uther pour récompenser l'homme qui défendait notre frontière orientale contre les Saxons, même s'il appartenait maintenant à un homme nouveau de prendre le titre et de refouler Aelle au-delà des décombres de Durocobrivis. Il était scandaleux, me déclara Nimue, qu'Aelle eût demandé à nous retrouver ici, en plein cœur de la Dumnonie.

Il y avait des bois dans la vallée, à une demi-lieue plus au sud, et nous allâmes avec nos mulets chercher de quoi faire un feu pour illuminer cette nuit hantée. D'autres brasiers éclairaient la ligne d'horizon, à l'est, preuve que les Saxons nous avaient suivis. Ce fut une nuit agitée. Notre brasier flambait comme le feu de Beltain, mais l'ombre des flammes sur les pierres nous mettait les nerfs à rude épreuve. Nimue jeta des charmes tout autour du fossé et cette précaution apaisa nos hommes, mais nos chevaux aux piquets passèrent la nuit à geindre et à piétiner la terre. Arthur soupçonnait qu'ils sentaient les chiens de guerre des Saxons, mais Nimue était certaine que les esprits des morts tournoyaient tout autour de nous. Nos sentinelles serraient la hampe de leurs lances et interpellaient chaque souffle de vent qui soupirait à travers les tertres entourant les Pierres. Aucun chien, aucune goule ni aucun guerrier ne nous dérangea, même si nous fûmes peu nombreux à trouver le sommeil.

Arthur ne ferma pas l'œil de la nuit. À un moment, il me demanda de le suivre et nous fîmes le tour du cercle de grandes pierres par l'extérieur. Il demeura un temps sans parler, la tête nue sous les étoiles. « Je suis déjà venu ici une fois, déclara-t-il en rompant soudainement le silence.

— Quand, Seigneur ?

— Il y a dix ans. Peut-être onze. » Il haussa les épaules, comme si le nombre des années était sans importance. « Merlin m'a amené ici. » Il se tut et je ne dis rien car je devinais à ses derniers mots que ce lieu avait une place à part dans sa mémoire. Et je ne me trompais pas, car il s'arrêta enfin de marcher et tendit la main en direction du rocher gris qui reposait comme un autel au cœur des Pierres. « C'est ici, Derfel, que Merlin m'a donné Caledfwlch. »

Je jetai un coup d'œil sur le fourreau quadrillé de l'épée. « Un noble présent, Seigneur.

— Et lourd, Derfel. Car elle s'accompagnait d'un fardeau. » Il m'entraîna par le bras. « Il me la donna à condition que je fisse ce qu'il m'ordonnait de faire, et je lui ai obéi. Je suis allé à Benoïc et j'ai appris de Ban quels sont les devoirs d'un roi. J'ai appris qu'un roi ne vaut pas plus que le plus misérable de ses sujets. Telle fut la leçon de Ban.

— Ce ne fut pas la leçon que Ban lui-même en tira », constatai-je avec amertume, songeant que Ban avait fait fi de son peuple pour enrichir Ynys Trebes.

Arthur sourit. « Certains hommes sont mieux taillés pour le savoir que pour l'action. Ban était d'une grande sagesse, mais manquait de sens pratique. Il me faut l'une et l'autre.

— Pour être roi ? » osai-je lui demander, car déclarer une pareille ambition allait contre tout ce qu'Arthur avait jamais dit de sa destinée.

Mais Arthur ne s'offusqua point de mes paroles. « Pour être un souverain. » Il s'était de nouveau arrêté et regardait les silhouettes de ses hommes assoupis, emmitouflés dans leurs manteaux, au centre du cercle, et je crus voir la dalle de pierre chatoyer au clair de lune. Ou peut-être n'était-ce que l'effet de mon imagination enflammée. « Merlin m'a fait mettre nu et passer la nuit sur cette pierre, reprit Arthur. Il pleuvait, il ventait, il faisait froid. Il psalmodia des charmes et me demanda de tenir l'épée à bout de bras et de la garder ainsi. Je me souviens que mon bras était comme le feu puis il finit par s'engourdir, mais il n'était pas question que je laisse retomber Caledfwlch. " Retiens-la, retiens-la ! " hurlait-il, et je demeurai planté là, grelottant, tandis qu'il prenait les morts à témoin de son cadeau. Et ils sont venus, Derfel, colonne de morts après colonne, des guerriers aux yeux vides et aux casques rouillés venus de l'Au-Delà pour voir l'épée qui m'était donnée. »

À ce souvenir, il secoua la tête. « Ou peut-être ai-je simplement rêvé ces hommes mangés par les vers. J'étais jeune, tu comprends, et très impressionnable, et Merlin sait comment inculquer la peur des Dieux aux esprits tendres. Quand il m'eut effrayé par la cohue des témoins morts, cependant, il m'expliqua comment conduire les hommes, comment trouver des guerriers qui ont besoin de chefs et comment livrer des batailles. Il m'a dit ma destinée, Derfel. » De nouveau il fit silence. Le clair de lune rendait son long visage particulièrement sinistre. Puis il sourit tristement. « Fadaises que tout cela. »

Il avait prononcé ces derniers mots si doucement qu'ils avaient failli m'échapper. « Fadaises ? demandai-je, incapable de dissimuler ma réprobation.

— Je dois rendre la Bretagne à ses Dieux. » Au ton de sa voix, je sentis la dérision.

« Tu le feras, Seigneur. »

Il haussa les épaules. « Merlin voulait un bras fort pour tenir une bonne épée, mais ce que veulent les Dieux, Derfel, je ne le sais pas. S'ils veulent la Bretagne, qu'ont-ils besoin de moi ? Les Dieux ont-ils besoin des hommes ? Ou sommes-nous comme des chiens qui aboient après leurs maîtres qui ne veulent pas les écouter ?

— Nous ne sommes pas des chiens. Nous sommes les créatures des Dieux. Ils doivent avoir un dessein pour nous.

— Vraiment ? Peut-être est-ce simplement que nous les faisons rire.

— Merlin dit que nous avons perdu contact avec les Dieux, fis-je avec entêtement.

— Tout comme Merlin a perdu contact avec nous, répliqua Arthur sur un ton ferme. Tu as vu comment il a quitté Durnovarie la nuit de votre retour d'Ynys Trebes. Merlin est trop occupé, Derfel. Merlin donne la chasse à ses Trésors de Bretagne et ce que nous faisons en Dumnonie est sans conséquence à ses yeux. Je pourrais tailler un grand royaume pour Mordred, je pourrais instaurer la justice, je pourrais apporter la paix, je pourrais faire danser les païens et les chrétiens, ensemble, au clair de lune, et rien de cela n'intéresserait Merlin. Il n'attend que l'heure où tout cela sera rendu aux Dieux et, ce jour-là, il me demandera de lui restituer Caledfwlch. Telle était son autre condition. Je pouvais prendre l'épée des Dieux, du moment que je la lui rendrais quand il en aurait besoin. »

Il s'était exprimé avec une pointe de moquerie qui m'avait troublé.

« Tu ne crois pas au rêve de Merlin ?

— Je tiens Merlin pour l'homme le plus sage de Bretagne, répondit-il d'un air grave, et il en sait plus que je ne puis jamais espérer savoir. Je sais aussi que mon destin est lié au sien, tout comme le tien, je crois, et celui de Nimue s'entremêlent, mais je pense aussi que Merlin a connu l'ennui dès l'instant où il est né : il fait donc ce que font les Dieux. Il s'amuse à nos dépens. Ce qui veut dire, Derfel, que l'heure de rendre Caledfwlch sonnera lorsque jamais l'épée ne m'aura été plus nécessaire.

— Alors que feras-tu ?

— Je n'en ai aucune idée. Aucune. » L'idée semblait l'amuser car il sourit, puis posa la main sur mon épaule. « Va dormir, Derfel. J'ai besoin de ta langue, demain, et je ne veux pas que la fatigue la fasse trébucher. »

Je le quittai et grappillai quelques instants de sommeil à l'ombre portée d'une pierre dressée au clair de lune, mais avant de m'assoupir je songeai à cette nuit lointaine où Merlin avait fatigué le bras d'Arthur sous le poids de l'épée et chargé son âme du fardeau plus lourd encore du destin. Pourquoi Merlin avait-il choisi Arthur, me demandai-je, car il me semblait maintenant qu'Arthur et Merlin étaient aux antipodes l'un de l'autre. Merlin croyait qu'on ne pouvait vaincre le chaos qu'en passant le harnais aux forces du mystère, tandis qu'Arthur croyait aux pouvoirs des hommes. Il se pourrait, me dis-je, que Merlin eût exercé Arthur à conduire les hommes pour être libre d'affronter les puissances des ténèbres, mais j'entrevoyais aussi, très vaguement, le jour où il nous faudrait tous choisir entre eux. Et je redoutais cette heure. Je priai qu'elle n'arrive jamais. Puis je dormis jusqu'à ce que le soleil levant projette l'ombre d'une colonne de pierre isolée hors du cercle au cœur même des Pierres où, guerriers fatigués, nous gardions la rançon d'un royaume.

Nous bûmes de l'eau et mangeâmes du pain dur, avant de ceindre nos épées et de répandre l'or sur l'herbe humide de rosée à côté de l'autel. « Qu'est-ce qui peut empêcher Aelle de s'emparer de l'or et de continuer sa guerre ? » demandai-je à Arthur tandis que nous attendions l'arrivée du Saxon. Après tout, Aelle nous avait déjà pris de l'or et cela ne l'avait pas empêché d'incendier Durocobrivis.

Arthur haussa les épaules. Il portait son armure de rechange, une cotte de mailles bosselée et déchirée par de fréquentes batailles. Il portait les lourdes mailles sous l'un de ses manteaux blancs. « Rien, si ce n'est le peu d'honneur qu'il pourrait avoir. C'est pourquoi il se pourrait que nous devions lui offrir plus que de l'or.

— Plus ? » Mais Arthur ne répondit pas, car les Saxons avaient surgi à l'est sous les premières lueurs de l'aube.

Ils formaient une longue ligne à l'horizon, avec leurs battements de tambours et leurs lanciers disposés en ordre de bataille, même si leurs armes étaient couronnées de feuillages pour bien montrer que, dans l'immédiat, ils ne nous voulaient aucun mal. Aelle les conduisait. Je ne devais jamais rencontrer que deux hommes prétendant au titre de Bretwalda. Il fut le premier. L'autre vint plus tard et nous causa plus de soucis, mais Aelle nous en donna bien assez. C'était un grand homme au visage plat et dur, avec des yeux foncés qui ne laissaient rien paraître de ses pensées. Sa barbe était noire, ses joues balafrées, et deux doigts manquaient à sa main droite. Il portait un manteau de tissu noir ceinturé de cuir, des bottes de cuir, un casque de fer surmonté de cornes de taureaux, le tout recouvert d'une pelisse d'ours qu'il laissa tomber lorsque la chaleur du jour devint trop forte pour une aussi flamboyante parure. Sa bannière était un crâne de taureau barbouillé de sang et attaché à la hampe d'une lance.

Ses troupes comptaient quelque deux cents hommes, peut-être un peu plus, et plus de la moitié tenaient de grands chiens de guerre au bout d'une laisse de cuir. Derrière les guerriers, suivait une horde de femmes, d'enfants et d'esclaves. Ils étaient plus qu'assez pour nous submerger, mais Aelle avait donné sa parole que nous étions en paix, du moins jusqu'à ce qu'il décide de notre sort, et ses hommes s'abstinrent de toute manifestation d'hostilité. Leur ligne s'arrêta devant le fossé circulaire tandis qu'Aelle, son conseil, un interprète et deux magiciens s'avancèrent à la rencontre d'Arthur. Les cheveux hérissés par la bouse, les magiciens portaient des peaux de loup en loques. Ils se mirent à tournoyer pour dire leurs charmes, faisant voler autour de leurs corps peints les pattes, les queues et les têtes des loups. Ils hurlèrent leurs incantations tout en s'approchant, afin de neutraliser les sorts que nous aurions pu jeter contre leur chef. Accroupie derrière nous, Nimue psalmodiait ses contre-charmes.

Les deux chefs se toisèrent. Arthur était plus grand, Aelle plus large. Le visage d'Arthur était marquant, mais celui d'Aelle était terrifiant, implacable : le visage d'un homme venu d'outre-mer pour se tailler un royaume en terre étrangère, et il s'était taillé ce royaume sans faire de quartiers, avec sauvagerie et brutalité. « Je devrais te tuer maintenant, Arthur, déclara-t-il, cela ferait un ennemi de moins à détruire. »

Ses magiciens, nus sous leurs peaux mangées aux mites, s'accroupirent derrière lui. L'un d'eux mâchonnait une bouchée de terre, l'autre roulait des yeux tandis que Nimue, son orbite creuse à nu, sifflait. Le conflit entre Nimue et les magiciens était une guerre privée, que les deux chefs ignorèrent.

« L'heure viendra, Aelle, où nous nous retrouverons peut-être dans la bataille. Mais, pour l'heure, je t'offre la paix. » Je m'attendais à moitié à ce qu'Arthur s'inclinât devant Aelle qui, contrairement à lui, était roi, mais il traita le Bretwalda en égal, ce que celui-ci accepta sans protester.

« Pourquoi ? » demanda sèchement Aelle, qui ne s'embarrassait pas de ces circonlocutions auxquelles nous recourions volontiers. J'en vins à remarquer cette différence entre nous et les Saxons. La pensée des Bretons empruntait des voies sinueuses, comme les volutes alambiquées de leurs bijoux, tandis que les Saxons étaient bourrus et directs, aussi mal dégrossis que leurs lourdes broches d'or et leurs colliers trapus. Les Bretons abordaient rarement un sujet bille en tête, mais se plaisaient aux digressions, l'enrobant d'insinuations et d'allusions, toujours pensant à la manœuvre, alors que les Saxons ne se perdaient pas en subtilités. Arthur m'assura un jour que j'avais le franc-parler des Saxons, et je crois qu'il l'entendait comme un compliment.

Arthur fit comme s'il n'avait pas entendu la question d'Aelle. « Je pensais que nous avions déjà la paix. Nous avions scellé un accord avec l'or. »

Le visage d'Aelle ne laissa paraître aucune vergogne d'avoir rompu la trêve. Il se contenta d'un haussement d'épaules, comme si la fin de la paix n'était qu'une bagatelle. « Alors, si une paix échoue, pourquoi en acheter une autre ?

— Parce que j'ai une querelle avec Gorfyddyd, répondit Arthur, adoptant les manières brutales des Saxons, et je cherche ton aide pour vider cette querelle. »

Aelle hocha la tête. « Mais si je t'aide à abattre Gorfyddyd, je te renforce ? Pourquoi le ferais-je ? »

Aelle rit, dévoilant ainsi ses dents pourries. « Un chien se soucie-t-il du rat qu'il tue ? »

Ce qui devint, dans ma traduction, « un chien se soucie-t-il du cerf qu'il abat ». Cela me semblait plus diplomatique et j'observais que l'interprète d'Aelle, un esclave breton, ne le dit point à son maître.

« Non, répondit Arthur, mais tous les cerfs ne sont pas égaux. » L'interprète d'Aelle traduisit que tous les rats ne sont pas égaux, ce que je ne dis pas à Arthur. « Au mieux, Seigneur Aelle, je conserve la Dumnonie et je fais de Powys et de la Silurie mes alliés. Mais si Gorfyddyd gagne, il réunira Elmet, Rheged, Powys, la Silurie et la Dumnonie contre toi.

— Mais tu auras aussi Gwent de ton côté », répliqua Aelle. C'était un esprit vif et avisé.

« Vrai, mais Gorfyddyd aussi, si la guerre oppose les Bretons et les Saxons. »

Aelle grogna. La situation actuelle, où les Bretons s'entretuaient, lui convenait à merveille, mais il savait que les guerres britanniques cesseraient un jour. Comme il semblait désormais que la victoire de Gorfyddyd fût proche, la présence d'Arthur lui offrait un moyen de prolonger le conflit qui déchirait ses ennemis. « Que veux-tu donc de moi ? » demanda-t-il. Ses magiciens sautaient maintenant à quatre pattes comme des sauterelles humaines, tandis que Nimue arrangeait des galets sur le sol. Le dessin de galets avait dû les troubler, car ils se mirent à lâcher des petits jappements de détresse. Aelle fit comme si de rien n'était.

« Je veux que tu accordes trois lunes de paix à Gwent et à la Dumnonie.

— Tu achètes seulement la paix ? » Le rugissement d'Aelle fit sursauter Nimue elle-même. Le Saxon lança une main gantée envers sa bande de guerre accroupie avec femmes, chiens et esclaves au-delà du fossé peu profond. « Que fait une armée en paix ? Dis-le-moi ! Je leur ai promis plus que de l'or. Je leur ai promis de la terre ! Je leur ai promis des esclaves ! Je leur ai promis du sang de *wealhas*, et tu me donnes la paix ? » Il cracha. « Par Thor, Arthur, je te donnerai la paix, mais la paix sera en travers de tes os et mes hommes attendront leur tour avec ta femme. Voilà ma paix ! » Il cracha à terre, puis me regarda. « Dis à ton maître, chien, que la moitié de mes hommes viennent d'arriver par bateau. Ils n'ont pas de moisson engrangée ni de moyens de nourrir leurs gens tout au long de l'hiver. L'or ne se mange pas. Si nous ne prenons pas de terre ni de grain, alors nous crèverons de faim. À quoi bon la paix pour un homme affamé ? »

Je traduisis ses propos à Arthur en omettant les passages les plus insultants.

Un frisson de peine parcourut le visage d'Arthur. Aelle le remarqua et y vit un signe de faiblesse, qu'il traita par le mépris. « Je te laisse deux heures, vermine, cria-t-il par-dessus son épaule, puis je te traque.

— Ratae », dit Arthur sans attendre que j'aie traduit la menace d'Aelle.

Le Saxon se retourna. Il ne dit mot, mais se contenta de fixer Arthur. La puanteur de sa peau d'ours était suffocante : un mélange de sueur, de bouse et de graisse. Il attendit.

« Ratae, reprit Arthur. Dis-lui qu'il peut la prendre. Dis-lui qu'elle regorge de toutes les choses qu'il désire. Dis-lui que la terre qu'elle garde sera sienne. »

Ratae était la forteresse qui protégeait la frontière la plus à l'est de Gorfyddyd avec les Saxons et, si Gorfyddyd perdait cette forteresse, les Saxons se rapprochaient de cinq bonnes lieues du cœur de Powys.

Je traduisis. Il me fallut du temps pour faire comprendre à Aelle ce qu'était Ratae, mais il finit par saisir. Il n'était pas satisfait, car Ratae avait tout l'air d'être une formidable forteresse romaine que Gorfyddyd avait renforcée par un mur de terre massif.

Arthur expliqua que Gorfyddyd avait retiré les meilleurs hommes de sa garnison afin de renforcer l'armée qu'il avait mobilisée pour envahir Gwent et la Dumnonie. Il n'eut pas besoin d'expliquer que Gorfyddyd n'avait pris ce risque qu'après avoir acheté la paix d'Aelle, auprès de qui Arthur faisait maintenant de la surenchère. Il lui révéla qu'une communauté chrétienne avait construit un monastère tout près des murs de terre du fort, et que les allées et venues des moines avaient creusé un passage à travers les remparts. Le commandant de la forteresse, expliqua-t-il, était l'un des rares chrétiens de Gorfyddyd et avait donné sa bénédiction au monastère.

« Comment le sait-il ? me demanda Aelle.

— Dis lui que j'ai avec moi un homme, un homme de Ratae, qui sait comment approcher le monastère et qui est prêt à lui servir de guide. Dis-lui que ma seule condition est qu'on lui laisse la vie sauve. » Je compris alors qui devait être l'inconnu qui marchait avec Hygwydd. Je compris aussi qu'Arthur avait su qu'il lui faudrait sacrifier Ratae avant même de quitter Durnovarie.

Aelle voulut en savoir davantage sur le traître et Arthur lui expliqua que l'homme avait déserté Powys et rejoint la Dumnonie parce qu'il voulait se venger de sa femme qui l'avait abandonné pour l'un des chefs de Gorfyddyd.

Aelle discuta avec son conseil tandis que les deux magiciens lançaient des sons inarticulés à l'adresse de Nimue. L'un d'eux pointa vers elle un fémur, mais Nimue se contenta de cracher. Ce geste parut conclure leur guerre de sorcellerie, car les deux magiciens reculèrent d'un pas traînant tandis que Nimue se relevait en se frottant les mains. Le conseil d'Aelle marchanda avec nous. À un moment, ils réclamèrent tous nos grands chevaux de guerre, mais Arthur exigea en retour tous leurs molosses et finalement, dans l'après-midi, les Saxons acceptèrent l'offre de Ratae et l'or d'Arthur. Sans doute était-ce le plus gros magot jamais payé par un Breton à un Saxon, mais Aelle réclama aussi deux otages qu'il promit de libérer si l'attaque de Ratae n'était pas un traquenard manigancé par Arthur avec Gorfyddyd. Il choisit au hasard deux guerriers d'Arthur : Balin et Lanval.

Ce soir-là, nous mangeâmes avec les Saxons. J'étais curieux de rencontrer ces hommes qui étaient mes frères par la naissance, et je redoutais même de me découvrir quelque parenté avec eux. En vérité, leur compagnie me parut repoussante. Mal embouchés, leurs manières étaient celles de rustauds et ils puaient la chair putréfiée enveloppée de fourrure. Quelques-uns se moquèrent de moi en disant que je ressemblais à leur roi Aelle, mais je ne voyais aucune ressemblance entre son visage plat et ses traits durs et ma figure telle que je l'imaginais. Aelle finit par clouer le bec aux moqueurs, puis me lança un regard froid avant de me prier d'inviter les hommes d'Arthur à partager leur repas : d'énormes quartiers de viande rôtie, que nous mangeâmes les mains gantées, mordant à belles dents dans la chair brûlante jusqu'à en avoir la barbe dégoulinante de sang. Nous leur offrîmes de l'hydromel, ils nous donnèrent de la bière. Il y eut bien quelques rixes d'ivrognes, mais pas de morts. Aelle, comme Arthur, resta sobre, même si les deux magiciens du Bretwalda tombèrent ivres morts puis s'endormirent à côté de leurs vomissures : Aelle expliqua alors que c'étaient des fous en contact avec les Dieux. Il avait d'autres prêtres, précisa-t-il, qui étaient sains d'esprit, mais on prêtait aux lunatiques un pouvoir particulier dont les Saxons pourraient bien avoir besoin. « Nous redoutions que tu n'amènes Merlin, avoua-t-il.

— Merlin est son propre maître, répondit Arthur, mais voici sa prêtresse. » Il fit un geste en direction de Nimue qui regardait fixement le Saxon.

Aelle fit un signe, sans doute pour conjurer le mal. Il redoutait Nimue à cause de Merlin, ce qui était bon à savoir. « Mais Merlin est en Bretagne ? demanda-t-il d'un ton craintif.

— Certains disent que oui, d'autres que non, répondis-je pour Arthur. Qui sait ? Peut-être est-il là, dans les ténèbres. » Je fis un mouvement de tête vers l'obscurité, au-delà des Pierres éclairées par le feu.

Aelle se servit d'une hampe de lance pour réveiller l'un de ses magiciens fous. L'homme glapit piteusement et Aelle parut satisfait : tout malheur était conjuré. Le Bretwalda avait passé autour du cou la croix de Sansum, tandis que d'autres hommes à lui portaient les torques d'or massifs d'Ynys Wydryn. Plus tard dans la nuit, alors que la plupart des Saxons ronflaient, certains de leurs esclaves nous racontèrent la chute de Durocobrivis, comment le prince Gereint avait été capturé vivant puis torturé jusqu'à la mort. Le récit fit pleurer Arthur. Parmi nous, personne ne l'avait bien connu, mais Gereint était un homme modeste et sans ambition, qui avait fait de son mieux pour contenir la marée montante des forces saxonnes. Quelques esclaves nous implorèrent de les emmener avec nous, mais nous n'osâmes pas froisser nos hôtes en accédant à leur requête. « Nous reviendrons vous chercher un jour, promit Arthur aux esclaves. Nous viendrons. »

Les Saxons s'en allèrent le lendemain, dans l'après-midi. Aelle insista pour que nous attendions encore une nuit avant de quitter les Pierres pour s'assurer que nous ne le suivions pas et il se retira avec sa bande, emmenant Balin, Lanval et l'homme de Powys. Consultée par Arthur pour savoir si Aelle tiendrait parole, Nimue hocha la tête et lui dit qu'elle en avait eu en rêve la confirmation et que les otages nous reviendraient sains et saufs. « Mais tu as les mains souillées du sang de Ratae », ajouta-t-elle d'un ton sinistre.

Nous fîmes nos paquetages et nous préparâmes à notre voyage, qui ne devait commencer que le lendemain à l'aube. Arthur n'était jamais à l'aise lorsqu'il se trouvait condamné à l'oisiveté forcée et, la soirée venant, il demanda à Sagramor et à moi de l'accompagner dans les bois du sud. Un moment, on put croire à une promenade sans but, mais Arthur finit par s'arrêter sous un chêne immense avec de longues barbes de lichen gris. « Je me sens sale, commença-t-il. J'ai manqué à ma promesse envers Benoïc, et maintenant j'achète la mort de centaines de Bretons.

— Tu n'aurais pu sauver Benoïc, insistai-je.

— Un pays qui achète des poètes plutôt que des lanciers ne mérite pas de survivre, ajouta Sagramor.

— Peu importe ce que j'aurais pu faire, répondit Arthur. J'avais prêté serment à Ban et je n'ai pas tenu parole.

— Un homme dont la maison brûle ne lance pas de l'eau sur le feu du voisin », trancha Sagramor. Son visage noir, aussi impénétrable que celui d'Aelle, avait fasciné les Saxons. Beaucoup l'avaient affronté dans les dernières années et le prenaient pour un genre de démon convoqué par Merlin, et Arthur avait joué de ces peurs en insinuant qu'il laisserait Sagramor pour défendre la nouvelle frontière. En vérité, il comptait bien l'emmener à Gwent, car il avait besoin de tous ses meilleurs hommes pour combattre Gorfyddyd. « Tu n'étais pas en mesure de respecter ton serment envers Benoïc, poursuivit Sagramor, alors les Dieux te pardonneront. » Sagramor avait une vision robustement pragmatique des Dieux et de l'homme. C'était l'un de ses atouts.

« Les Dieux peuvent me pardonner, reprit Arthur, pas moi. Et maintenant je paie les Saxons pour trucider des Bretons. » Il frémit rien que d'y penser. « La nuit dernière, confia-t-il, je me suis surpris à souhaiter la présence de Merlin, pour savoir s'il approuverait ce que nous faisons.

— Il l'approuverait », dis-je. Nimue n'approuvait sans doute pas le sacrifice de Ratae, mais Nimue a toujours été plus pure que Merlin. Elle comprenait la nécessité de payer les Saxons, mais l'idée de les payer avec du sang breton la révoltait, même si ce sang était celui de nos ennemis.

« Mais peu importe ce que pense Merlin, conclut Arthur avec humeur. Que tous les prêtres, les druides et les bardes de Bretagne fussent d'accord avec moi n'y changerait rien. Demander la bénédiction d'un autre, c'est tout simplement fuir ses responsabilités. Nimue a raison, je serai responsable de toutes les morts de Ratae.

— Que pouvais-tu faire d'autre ?

— Tu ne comprends pas, Derfel », me reprit Arthur avec aigreur, même si, en vérité, c'était lui qu'il accusait. « J'ai toujours su qu'Aelle voudrait plus que de l'or. Ce sont des Saxons ! Ce n'est pas la paix qu'ils veulent, mais la terre ! Je le savais, sans quoi pourquoi aurais-je fait venir ce malheureux de Ratae ? Avant même qu'Aelle ne le demande, j'étais prêt à céder, et combien d'hommes vont mourir du fait de cette prévoyance ? Trois cents ?

Et combien de femmes seront réduites en esclavage ? Deux cents ? Combien d'enfants ? Combien de familles disloquées ? Et pour quoi ? Pour prouver que je suis un meilleur chef que Gorfyddyd ? Ma vie vaut-elle tant d'âmes ?

— Ces âmes, dis-je, maintiendront Mordred sur son trône.

— Encore un serment ! grogna Arthur. Tous ces serments qui nous lient ! J'ai fait serment à Uther de mettre son petit-fils sur le trône, serment à Leodegan de reprendre Henys Wyren. » Il s'arrêta brusquement et Sagramor me lança un regard alarmé, car c'était la première fois que nous entendions parler d'un serment de combattre Diwrnach, le terrible roi irlandais de Lleyn, qui avait pris la terre de Leodegan. « Et pourtant je me parjure si facilement ! ajouta Arthur d'un air piteux. J'ai rompu le serment fait à Ban et j'ai rompu mon engagement envers Ceinwyn. Pauvre Ceinwyn. » C'était la première fois que nous l'entendions évoquer aussi franchement cette promesse brisée. J'avais cru que Guenièvre était au firmament d'Arthur un soleil si étincelant qu'il avait terni le lustre plus discret de Ceinwyn jusqu'à le rendre invisible, mais il semblait que le souvenir de la princesse de Powys pût encore écorcher la conscience d'Arthur comme un éperon. « Peut-être devrais-je leur adresser un avertissement, dit-il.

— Et perdre les otages ? » demanda Sagramor.

Arthur secoua la tête. « Je me proposerai à la place de Balin et de Lanval. »

Il y pensait sérieusement. J'en étais certain. Le remords le tenaillait et il cherchait une issue qui l'arracherait au désordre inextricable de sa conscience et de ses devoirs, fût-ce au prix de sa propre vie. « Merlin rirait de moi maintenant !

— Oui », fis-je. La conscience de Merlin, si tant est qu'il en possédât une, l'éclairait simplement sur la manière dont pensaient les hommes plus modestes et n'était pour lui qu'un aiguillon, l'incitant à adopter la conduite opposée. La conscience de Merlin ? Une plaisanterie pour amuser les Dieux ! Celle d'Arthur lui pesait.

Il fixait maintenant le sol moussu, à l'ombre du chêne. Le jour s'enfonçait dans le crépuscule, Arthur sombrait dans la morosité. Était-il réellement tenté de tout abandonner ? De galoper jusqu'au repaire d'Aelle pour troquer sa vie contre celle des âmes de Ratae ? Je crois bien que oui, mais la logique insidieuse de son ambition reprit le dessus pour triompher de son désespoir, comme la marée recouvrant les sables désolés d'Ynys Trebes.

« Voici cent ans, reprit-il lentement, la paix régnait sur cette terre. La justice aussi. Un homme pouvait défricher la terre en ayant la satisfaction de savoir que ses petits-fils vivraient pour la cultiver. Mais ces petits-fils sont morts, tués par les Saxons ou par les leurs. Si nous ne faisons rien, le chaos se répandra jusqu'à ce qu'il n'y reste plus que les fringants Saxons et leurs magiciens fous. Si Gorfyddyd gagne, il dépouillera la Dumnonie de sa richesse, mais si je gagne j'embrasserai Powys en frère. Ce que nous faisons me fait horreur, mais si nous le faisons, nous pouvons remettre les choses en ordre. » Il nous regarda tous les deux : « Nous sommes tous de Mithra, vous êtes donc témoins du serment que je Lui fais. » Il s'interrompit. Il apprenait à détester les serments et leurs obligations, mais après son entrevue avec Aelle il était dans un tel état qu'il était tout prêt à se charger d'un nouveau serment. « Trouve-moi une pierre, Derfel », ordonna-t-il.

J'arrachai une pierre et la débarrassai de sa gangue de terre puis, à la demande d'Arthur, y gravai le nom d'Aelle à la pointe de mon couteau. Arthur se servit du sien pour creuser un trou profond au pied du chêne, puis se releva. « Voici mon serment : si je survis à cette bataille avec Gorfyddyd, je vengerai les âmes innocentes que j'ai condamnées à Ratae. Je tuerai Aelle. Je le détruirai, lui et ses hommes. Je les livrerai en pitance aux corbeaux et donnerai leurs richesses aux enfants de Ratae. Vous êtes tous les deux mes témoins, et si je manque à mon serment, vous êtes délivrés de tous les liens qui vous attachent à moi. » Il laissa tomber la pierre dans le trou que nous recouvrîmes de terre. « Puissent les Dieux me pardonner les morts que je viens de causer », murmura Arthur.

Sur ce, nous partîmes en causer d'autres.

Nous rejoignîmes Gwent via Corinium. Ailleann y vivait encore et, si Arthur vit ses fils, il ne reçut point leur mère en sorte que Guenièvre ne fût point blessée par le bruit d'une telle rencontre, mais il me dépêcha chargé d'un présent pour Ailleann. Elle me reçut avec bonté, mais haussa les épaules en voyant le cadeau d'Arthur, une petite broche d'argent émaillé représentant un animal qui ressemblait beaucoup à un lièvre, mais avec des pattes et des oreilles plus courtes. Elle venait des trésors du sanctuaire de Sansum, bien qu'Arthur se soit fait un devoir de remplacer la broche par des pièces sorties de sa bourse. « Il aurait aimé t'envoyer quelque chose de mieux, lui dis-je, livrant le message d'Arthur, mais hélas nos plus beaux bijoux vont aux Saxons par les temps qui courent.

— Il fut un temps, répondit-elle avec aigreur, où ses cadeaux venaient de l'amour, non de la culpabilité. » Ailleann était encore une femme marquante, mais ses cheveux grisonnaient maintenant et ses yeux se voilaient d'un nuage de résignation. Vêtue d'une longue robe de laine bleue, elle portait sa chevelure enroulée au-dessus des oreilles. Elle scruta l'étrange animal émaillé. « Qu'en penses-tu ? Ce n'est pas un lièvre. Un chat ?

— Sagramor dit que ça s'appelle un lapin. Il en a vu en Cappadoce, je ne sais trop où.

— Garde-toi de croire tout ce que te raconte Sagramor, me reprocha Ailleann en épinglant la petite broche à sa robe. J'ai assez de bijoux pour une reine, ajouta-t-elle en m'entraînant dans la petite cour de sa maison romaine, mais je reste une esclave.

— Arthur ne t'a pas libérée ? demandai-je, choqué.

— Il craint que je ne regagne l'Armorique. Ou l'Irlande, et que j'éloigne de lui les jumeaux. » Elle haussa les épaules. « Les jours où les garçons seront majeurs, Arthur m'accordera ma liberté et sais-tu ce que j'en ferai ? Je resterai ici. » Elle me fit signe de m'asseoir sur un siège placé à l'ombre d'une plante grimpante. « Tu as vieilli », me dit-elle en me versant du vin couleur paille d'une flasque enveloppée d'osier. « J'apprends que Lunette t'a quitté ? ajouta-t-elle en me tendant une coupe en corne.

— Nous nous sommes quittés l'un l'autre, je crois.

— On me dit qu'elle est maintenant prêtresse d'Isis, fit Ailleann d'un ton moqueur. J'apprends beaucoup de choses de Durnovarie et n'ose pas en croire la moitié.

— Du genre ?

— Si tu ne le sais pas, Derfel, alors mieux vaut te laisser dans l'ignorance. » Elle sirota son vin et fit la grimace. « Arthur aussi. Il ne veut jamais entendre les mauvaises nouvelles, juste les bonnes. Il croit même que les jumeaux ont un bon fond. »

D'entendre une mère parler ainsi de ses fils me choquait. « J'en suis convaincu. »

Elle me lança un regard tout à la fois soutenu et amusé. « Les garçons ne sont pas meilleurs qu'ils l'ont jamais été, Derfel, et ils n'ont jamais été bons. Ils en veulent à leur père. Ils estiment qu'ils devraient être princes et se conduisent donc en princes. Il n'est pas de mauvais coup en ville dont ils ne soient les instigateurs ou qu'ils n'encouragent. Et si j'essaie de les tenir en bride, ils me traitent de putain. » Elle émietta un bout de gâteau pour le lancer aux moineaux. Un serviteur balayait la cour, de l'autre côté, mais Ailleann lui ordonna de nous laisser, puis elle m'interrogea sur la guerre et je tentai de dissimuler le pessimisme que m'inspirait l'immense armée de Gorfyddyd. « Ne pouvez-vous emmener Amhar et Loholt avec vous ? me demanda Ailleann au bout d'un moment. Ils feraient sans doute de bons soldats.

— Je doute que leur père les trouve assez âgés.

— Si tant est qu'il pense à eux. Il leur envoie de l'argent. Je préférerais qu'il n'en fasse rien. » Elle tripotait sa broche. « En ville, les chrétiens disent tous qu'Arthur est condamné.

— Pas encore, Dame. »

Elle sourit. « Ce n'est pas demain la veille, Derfel. Les gens sous-estiment Arthur. Ils voient sa bonté, entendent sa gentillesse, prêtent l'oreille à ses paroles de justice, et aucun d'eux, pas même toi, ne sait ce qui brûle en lui.

— Et qui est ?

— L'ambition, répondit-elle simplement avant de s'accorder une seconde de réflexion. Son âme, reprit-elle, est un chariot tiré par deux chevaux : l'ambition et le scrupule, mais c'est moi qui te le dis, Derfel, le cheval de l'ambition est harnaché à droite et il triomphera toujours de l'autre. Et il est capable, aussi, très capable. » Elle sourit tristement. « Il suffit de le regarder, Derfel. Quand il paraîtra condamné, que tout sera au plus noir, il t'étonnera. J'ai eu l'occasion de le voir. Il gagnera, mais c'est alors le cheval du scrupule qui tirera sur ses rênes et Arthur commettra son erreur habituelle, qui est de pardonner à ses ennemis.

— Est-ce un mal ?

— La question n'est pas de savoir si c'est bien ou mal, mais de savoir quel en est le sens pratique. Nous autres, Irlandais, savons une chose qui passe toutes les autres : un ennemi pardonné est un ennemi qu'il faudra combattre à nouveau. Arthur confond morale et pouvoir, et il aggrave le mélange en croyant que les gens sont intrinsèquement bons, même les pires d'entre eux, et c'est pourquoi, n'oublie pas ce que je te dis, il n'aura jamais la paix. Il soupire après la paix, il parle de paix mais parce que son âme est confiante il aura toujours des ennemis. À moins que Guenièvre ne lui mette un peu de silex dans l'âme. Et elle le peut. Sais-tu à qui elle me fait penser ?

— Je ne croyais pas que tu l'avais rencontrée...

— Je n'ai jamais rencontré non plus la personne à qui elle me fait penser, mais j'écoute, et je connais très bien Arthur. Elle ressemble à sa mère ; très marquante et très forte, et je soupçonne qu'il fera n'importe quoi pour lui plaire.

— Même au prix de sa conscience ? »

Ma question la fit sourire. « Tu devrais savoir, Derfel, que certaines femmes veulent toujours voir leurs hommes payer un prix exorbitant. Plus l'homme paye, plus la valeur de la femme est grande, et j'ai dans l'idée que Guenièvre est une dame qui s'estime fort. Et c'est normal. Nous devrions toutes suivre son exemple. » Elle prononça ces derniers mots d'une voix triste, puis elle se leva. « Donne-lui mon affection, fit-elle alors que nous traversions la maison, et dis-lui, je te prie, d'emmener ses fils à la guerre. »

Arthur ne voulait pas. « Laissons-leur encore un an », dit-il comme nous reprenions la marche, le lendemain matin. Il avait dîné avec les jumeaux et leur avait donné de petits cadeaux, mais nous avions tous remarqué l'humeur maussade avec laquelle Amhar et Loholt avaient reçu l'affection de leur père. Arthur s'en était aperçu, lui aussi, et c'est pourquoi, contrairement à ses habitudes, il était fort peu démonstratif ce jour-là.

« Une partie de leur âme manque aux enfants nés de mères non mariées, dit-il après un long silence.

— Qu'en est-il de ton âme, Seigneur ?

— Je la rapièce tous les matins, Derfel, morceau après morceau. » Il soupira. « Il me faudra donner du temps à Amhar et Loholt, et les Dieux seuls savent où je le trouverai parce que dans quatre ou cinq mois je serai de nouveau père. Si je vis », ajouta-t-il d'un ton lugubre.

Lunete avait donc raison : Guenièvre était enceinte. « J'en suis heureux pour toi, Seigneur », dis-je, mais je pensais à ce que Lunete m'avait dit, que Guenièvre était malheureuse de sa situation.

« Et moi donc ! » Il rit. Son humeur noire se dissipa brusquement. « Et je suis heureux pour Guenièvre. Cela lui fera du bien et, dans dix ans, Mordred sera sur le trône et Guenièvre et moi pourrons trouver un coin heureux où élever notre bétail, nos enfants et nos porcs ! Je serai heureux alors. J'apprendrai à Llamrei à tirer une carriole et à se servir d'Excalibur comme d'un aiguillon pour mes bœufs. »

J'essayai d'imaginer Guenièvre en fermière, même en riche fermière, mais l'image se refusait à moi, et je gardai le silence.

De Corinium, nous allâmes à Glevum avant de franchir le Severn et de nous enfoncer au cœur de Gwent. Nous donnions un beau spectacle, car Arthur avait à dessein choisi de marcher étendard au vent, avec ses cavaliers en armure pour la bataille. Cette pompe était nécessaire, parce que nous voulions redonner confiance aux gens du pays. Ils n'avaient personne maintenant. Tout le monde imaginait que Gorfyddyd serait victorieux et alors même que la moisson battait son plein la campagne était morose. Nous traversâmes une aire de battage, mais au lieu de l'habituelle chanson joyeuse qui rythme le fléau, le chanteur récitait la Plainte d'Essylt. Nous avions également remarqué que chaque villa, chaque maison et chaque chaumière étaient étrangement dépouillées. Tous les objets précieux étaient cachés, probablement enterrés, afin que les envahisseurs de Gorfyddyd ne puissent dépouiller la population.

« Les taupes s'enrichissent de nouveau », dit Arthur avec amertume.

Seul Arthur n'avait pas endossé sa meilleure armure. « C'est

Morfans qui a l'armure d'écailles », me dit-il alors que je lui demandais pourquoi il portait sa cotte de rechange. Morfans était cet affreux guerrier avec qui je m'étais lié d'amitié lors du banquet qui avait suivi l'arrivée d'Arthur à Caer Cadarn, il y a bien longtemps.

« Morfans ? demandai-je étonné. Comment a-t-il gagné un tel cadeau ?

— Ce n'est pas un cadeau, Derfel. Morfans ne fait que l'emprunter et tout au long de la semaine passée il s'est rapproché des hommes de Gorfyddyd. Ils me croient déjà là-bas et peut-être cela les a-t-il arrêtés ? En tout cas, nous n'avons entendu parler d'aucune attaque. »

Je ne pus m'empêcher de rire en pensant à l'horrible trogne de Morfans cachée derrière les joues du casque d'Arthur, et peut-être la tromperie fit-elle son effet car, lorsque nous rejoignîmes le roi Tewdric au fort romain de Magnis, l'ennemi ne s'était pas encore aventuré hors de ses bastions des collines de Powys.

Vêtu de sa belle armure romaine, Tewdric avait presque l'air d'un vieillard. Il avait maintenant les cheveux gris et les épaules voûtées : il n'était pas ainsi la dernière fois que je l'avais vu. Il accueillit les nouvelles concernant Aelle par un grognement, puis il fit un effort pour être plus flatteur. « Bonnes nouvelles, fit-il courtoisement avant de se frotter les yeux, mais Dieu sait que Gorfyddyd n'a jamais eu besoin de l'aide des Saxons pour nous battre. Il a des hommes en réserve. »

Le fort romain était en ébullition. Les armureries fabriquaient des têtes de lance et, à des lieues à la ronde, tous les frênes avaient été étêtés pour tailler des hampes. Toutes les heures arrivaient de nouvelles charrettes de grains et les fours des boulangers ne chômaient pas plus que les fourneaux des forgerons, si bien qu'un panache de fumée s'élevait en permanence au-dessus des murs palissadés. Pourtant, malgré la moisson nouvelle, l'armée avait faim. La plupart des lanciers campaient hors les murs, à une ou deux lieues, et la distribution de pain dur et de haricots secs donnait lieu à des disputes incessantes. D'autres contingents se plaignaient que l'eau fût gâtée par les latrines des hommes qui campaient en amont. La maladie, la faim et la désertion sévissaient : preuve que ni Tewdric ni Arthur n'avaient jamais eu à affronter les problèmes que pose le commandement d'une armée aussi grande. « Mais si nous avons des difficultés, dit Arthur avec optimisme, imaginez un peu celles de Gorfyddyd.

— Je préférerais ses problèmes aux miens », répondit Tewdric d'un ton lugubre.

Toujours placés sous les ordres de Galahad, mes lanciers campaient à deux lieues au nord de Magnis, où Agricola, le commandant de Tewdric, surveillait de près la frontière entre Gwent et Powys. De revoir mes casques à queue de loup me procura une bouffée de bonheur. Après le défaitisme des campagnes, il était bon, soudain, de penser qu'ici au moins il y avait des hommes qui ne seraient jamais battus. Nimue vint avec moi et mes hommes s'attroupèrent autour d'elle pour qu'elle touche la tête de leurs lances et la lame de leurs épées. Même les chrétiens se pressaient pour bénéficier de sa force. Elle faisait le travail de Merlin et, comme on savait qu'elle sortait de l'Île des Morts, on la croyait presque aussi puissante que son maître.

Agricola me reçut dans une tente, la première que j'eusse jamais vue. Une merveille, avec un grand poteau central et, aux angles, quatre bâtons supportant un dais de lin qui filtrait la lumière du soleil, donnant une couleur étrangement jaune aux cheveux gris et courts d'Agricola. Revêtu de son armure romaine, il était assis à une table couverte de bouts de parchemin. Homme austère, il se contenta d'un salut de pure forme, mais il ajouta un compliment sur mes hommes. « Ils sont confiants. Mais l'ennemi aussi. Et il est bien plus nombreux que nous. » Il s'exprimait sur un ton lugubre.

« Combien ? » demandai-je.

Agricola parut s'offusquer de ma brusquerie, car je n'étais plus le garçon que j'avais été lorsque j'avais vu pour la première fois le seigneur de la guerre de Gwent. J'étais un seigneur moi aussi, un meneur d'hommes, et j'avais le droit de savoir à qui mes hommes allaient avoir à faire. Ou peut-être n'est-ce pas ma manière d'aller droit au fait qui irrita Agricola, mais plutôt qu'il n'avait pas envie qu'on lui rappelât la prépondérance de l'ennemi. Il finit cependant par me donner des chiffres : « D'après nos espions, Powys a rassemblé six cents lanciers. Gundleus en a fait venir deux cent cinquante de Silurie, peut-être plus. Ganval d'Elmet a envoyé deux cents hommes, et les Dieux seuls savent combien d'hommes sans maître ont rejoint l'étendard de Gorfyddyd pour se partager les dépouilles. » Les hommes sans maître étaient des pendards, des exilés, des meurtriers et autres sauvages attirés par les promesses de pillage. Je doutais qu'ils fussent légion à nos côtés, non pas seulement parce qu'on s'attendait à notre défaite, mais parce que Tewdric et Arthur étaient mal disposés envers ces créatures sans seigneur. Assez curieusement, cependant, nombre des cavaliers d'Arthur, et des meilleurs, venaient de là. Des guerriers comme Sagramor avaient combattu dans les armées romaines taillées en pièces par les envahisseurs païens de l'Italie et le génie juvénile d'Arthur était d'avoir réussi à harnacher en une bande de guerre ces mercenaires sans seigneur.

« Il y a plus, continua Agricola d'un air sombre. Le royaume de Cornovie a donné des hommes et pas plus tard qu'hier nous avons appris qu'Œngus Mac Airem de Démétie est venu avec une bande de ses Blackshields ; peut-être une centaine d'hommes ? D'une autre source, on apprend que les hommes de Gwynedd ont rejoint Gorfyddyd.

— Les réquisitions ? » demandai-je.

Agricola haussa les épaules. « Cinq, six cents ? Peut-être même un millier. Mais ils ne viendront pas avant que la moisson ne soit terminée. »

Je commençais à regretter d'avoir posé la question. « Et de notre côté, Seigneur ?

— Maintenant qu'Arthur est arrivé... » Il s'arrêta. « Sept cents lances. »

Je ne dis mot. Comment s'étonner, pensais-je, que les gens de Gwent et de Dumnonie aient enfoui leurs trésors et chuchotent qu'Arthur devrait quitter la Bretagne. Nous étions face à une horde.

« Je te saurais gré, fit Agricola d'un ton acide, comme si l'idée de reconnaissance était absolument étrangère à sa manière de penser, de ne pas ébruiter ces renseignements. Nous avons déjà eu assez de désertions. Si ça continuait, autant creuser nos tombes.

— Pas de déserteurs chez mes hommes ?

— Non, admit-il, pas encore. » Il se leva, prit sa petite épée romaine suspendue à un piquet de la tente puis s'arrêta sur le pas de la porte, où il jeta un regard sinistre en direction des collines ennemies.

« Les hommes disent que tu es un ami de Merlin.

— Oui, Seigneur ?

— Viendra-t-il ?

— Je ne sais pas, Seigneur. »

Agricola grommela. « Je prie qu'il vienne. Il faut que quelqu'un apporte un peu de bon sens dans cette armée. Tous les commandants sont convoqués à Magnis cette nuit. Conseil de guerre. » Il le dit avec amertume, comme s'il savait que ces conseils engendraient plus de querelles que de camaraderie. « Soyez là-bas au coucher du soleil. »

Galahad vint avec moi. Nimue resta avec mes hommes, car sa présence leur donnait confiance. Pour ma part, je fus fort aise qu'elle ne soit pas venue, car le conseil s'ouvrit par une prière de l'évêque Conrad de Gwent. Apparemment, il croyait la défaite inéluctable, car il implora son Dieu de nous donner la force d'affronter un ennemi surpuissant. Les bras tendus à la manière des chrétiens en prière, Galahad marmonna en même temps que l'évêque pendant que nous autres, païens, grommelions qu'il ne fallait pas demander des forces, mais la victoire. J'aurais aimé qu'il y eût des druides parmi nous, mais Tewdric, étant chrétien, n'en employait aucun, et Balise, le vieillard qui avait assisté à l'acclamation de Mordred, était mort au cours du premier hiver que j'avais passé en Benoïc. Agricola avait raison d'espérer que Merlin viendrait, car une armée sans druide concédait un avantage à ses ennemis.

Le conseil réunissait entre quarante et cinquante hommes, tous chefs ou meneurs. Nous nous réunîmes dans la salle de pierre lisse des bains de Magnis, qui me rappela l'église d'Ynys Wydryn. Le roi Tewdric, Arthur, Agricola et le fils de Tewdric, l'Edling Meurig, siégeaient à une table, sous un dais de pierre. Meurig était devenu une créature pâlichonne et maigrelette qui semblait malheureuse dans son armure romaine mal ajustée. Il cillait constamment, comme exposé à la lumière du soleil au sortir d'une salle très obscure, et ne cessait de tripoter la grosse croix d'or qui pendait à son cou. Seul de tous les commandants, Arthur n'était pas en tenue de guerre et il paraissait détendu dans ses habits de campagnard.

Les guerriers lancèrent des hourras et frappèrent le sol de leurs lances quand le roi Tewdric annonça qu'aux dernières nouvelles les Saxons s'étaient retirés de la frontière orientale, mais ce fut les derniers vivats avant un bon moment cette nuit-là, car Agricola se leva et donna son évaluation sommaire des rapports de force. Il n'énuméra pas tous les contingents plus modestes de l'ennemi, mais même sans ces additions il était clair que l'armée de Gorfyddyd était deux fois plus nombreuse que la nôtre. « Eh bien, il nous faudra juste tuer deux fois plus vite ! » gueula Morfans du fond de la salle. Il avait rendu l'armure d'écailles à Arthur, jurant que seul un héros pouvait porter cette masse de métal et continuer à se battre. Agricola fit celui qui n'avait pas entendu et ajouta que la moisson serait rentrée dans une semaine et que les requis de Gwent viendraient alors gonfler nos effectifs. Nul ne sembla s'en réjouir outre mesure.

Le roi Tewdric proposa que nous attaquions Gorfyddyd sous les remparts de Magnis : « Donnez-moi une semaine et j'aurai si bien rempli cette forteresse de la nouvelle moisson que Gorfyddyd ne pourra jamais nous en expulser. Combattons ici – il fit un geste en direction des portes – et si la bataille tourne mal nous nous replions à l'intérieur et les laissons gaspiller leurs lances contre les palissades de bois. » C'était la façon de guerroyer qui avait ses préférences et que Tewdric avait parfaite de longue date : une guerre de siège, où il pouvait mettre à profit le travail des ingénieurs romains pour déjouer les lances et les épées. Un murmure d'approbation parcourut la salle, et ce murmure ne fit que s'amplifier lorsque Tewdric déclara au conseil qu'Aelle se préparait sans doute à attaquer Ratae.

« Tenons bon ici, dit un homme, et Gorfyddyd regagnera le nord au galop lorsqu'il apprendra qu'Aelle entre par la petite porte.

— Ce n'est pas Aelle qui livrera ma bataille. » Arthur s'exprima pour la première fois et la salle retrouva le calme. Il semblait gêné d'avoir parlé d'un ton aussi ferme. Il adressa un sourire d'excuse au roi Tewdric et demanda où, exactement, les forces ennemies s'étaient rassemblées. Il le savait déjà, bien entendu, mais il posait la question afin que nous pussions tous entendre la réponse.

Agricola répondit pour Tewdric. « Leurs éclaireurs sont échelonnés entre la colline de Coel et Caer Lud, tandis que le gros de l'armée campe à Branogenium. D'autres hommes marchent depuis Caer Sws. »

Les noms ne signifiaient pas grand-chose pour nous, mais Arthur semblait s'y connaître en géographie. « Ils gardent donc les collines entre nous et Branogenium ?

— Tous les cols et toutes les hauteurs, confirma Agricola.

— Combien à Lugg Vale ? demanda Arthur.

— Au moins deux cents de leurs meilleurs lanciers. Ils ne sont pas idiots, Seigneur », ajouta Agricola d'une voix lugubre.

Arthur se leva. Il était à l'aise dans ces conseils, dominant facilement des foules d'hommes revêches. Il souriait. « Les chrétiens le comprendront mieux, commença-t-il, flattant habilement les hommes qui lui étaient le plus hostiles. Imaginez une croix chrétienne. Ici, à Magnis, nous sommes au pied de la croix. Le poteau est la Voie romaine qui va du nord de Magnis à Branogenium et la traverse correspond aux collines qui barrent cette voie. La colline de Coel est à gauche de la traverse, Caer Lud à droite, et Lugg Vale au centre de la croix. Le val est l'endroit où la route et la rivière traversent les collines. »

Il contourna la table pour se rapprocher ainsi de son auditoire. « Je voudrais que vous réfléchissiez à une chose. » La lumière des torches suspendues couvrait d'ombre ses longues joues, mais ses yeux étincelaient et son ton était énergique. « Tout le monde sait que nous devons perdre cette bataille. Nous sommes inférieurs en nombre. Nous attendons ici que Gorfyddyd nous attaque. Nous attendons ici, et certains d'entre nous finissent par se décourager et remportent leurs lances chez eux. D'autres tombent malades. Et tous, nous ruminons, songeant à cette grande armée rassemblée dans la cuvette des collines entourant Branogenium et nous essayons de ne pas penser à notre mur de boucliers enfoncé et à l'ennemi qui arrive sur nous, de trois côtés à la fois. Mais pensez à l'ennemi. Il attend lui aussi, mais plus il attend plus il se renforce ! Des hommes arrivent de Cornovie, d'Elmet, de Démétie, de Gwynedd. Des hommes sans terre viennent pour y gagner une terre, des hommes sans maître impatients de participer au pillage. Ils savent qu'ils vont gagner et savent que nous attendons, comme des souris piégées par une tribu de chats. »

Arthur se redressa. De nouveau il souriait. « Mais nous ne sommes pas des souris. Nous avons parmi nous quelques-uns des plus grands guerriers qui aient jamais tenu une lance. Nous avons des champions ! » Les vivats commencèrent. « Nous savons tuer les chats ! Et nous savons aussi les écorcher ! Mais… » Les vivats avaient à peine recommencé qu'ils cessèrent à ce mot. « Mais, poursuivit Arthur, pas si nous attendons ici d'être attaqués. Attendons ici derrière les murs de Magnis et que se passe-t-il ? L'ennemi marchera pour nous encercler. Nos foyers, nos femmes, nos enfants, nos terres, nos troupeaux et notre nouvelle moisson, tout sera leur, et nous serons comme des souris prises au piège. Nous devons les attaquer et attaquer bientôt. »

Agricola attendit que les vivats dumnoniens s'arrêtent. « Attaquer où ? demanda-t-il avec aigreur.

— Où ils s'y attendent le moins, Seigneur, dans leur bastion. Lugg Vale. En haut de la croix ! Droit au cœur ! » Il tendit la main pour prévenir tous nouveaux hourras. « Le val est étroit, impossible de déborder un mur de boucliers. La voie traverse la rivière à gué au nord de la vallée. » Il fronçait les sourcils tout en parlant, tâchant de se rappeler un endroit qu'il n'avait vu qu'une fois dans sa vie, mais Arthur avait une mémoire de soldat, et il lui suffisait d'avoir vu un endroit une seule fois. « Il nous faudrait poster des hommes sur la colline ouest pour empêcher leurs archers de faire pleuvoir des flèches, mais une fois dans la vallée, je le jure, plus rien ne pourra nous en déloger. »

Agricola fit des objections. « Nous pouvons tenir là-bas, admit-il, mais comment y arriver ? Ils y ont deux cents lanciers, peut-être plus, mais une centaine d'hommes suffit à tenir cette vallée toute une journée. Le temps que nous rejoignions le bout de la vallée, Gorfyddyd aura fait descendre sa horde de Branogenium. Pire, les Irlandais Blackshields postés sur la colline de Coel peuvent marcher au sud et prendre nos arrières. Sans doute ne pourrait-on nous déloger, Seigneur, mais nous nous ferions tuer sur place.

— Les Irlandais de Coel ne comptent pas », répondit Arthur nonchalamment. Tout excité, il ne tenait pas en place ; il se mit à arpenter le dais, expliquant et séduisant à la fois. « Pensez, je vous prie, Seigneur Roi – il s'adressait à Tewdric –, à ce qui arrivera si nous restons ici. L'ennemi viendra, nous nous replierons derrière des murs imprenables et ils pilleront nos terres. Au milieu de l'hiver nous serons en vie, mais y aura-t-il encore âme qui vive à Gwent et en Dumnonie ? Non. Ces collines, au sud de Branogenium, sont les murs de Gorfyddyd. Si nous ouvrons une brèche dans ces murs, il doit nous combattre et s'il combat à Lugg Vale il est un homme battu.

— Ses deux cents hommes de Lugg Vale nous arrêteront, insista Agricola.

— Ils se dissiperont comme la brume ! assura Arthur avec aplomb. Ils sont deux cents qui n'ont jamais affronté de cheval caparaçonné. »

Agricola secoua la tête. « Le val est barré par un mur d'arbres abattus. Les chevaux caparaçonnés seront arrêtés – il s'arrêta pour frapper du poing contre sa paume tendue – morts. » Il dit ce dernier mot d'un ton sec, d'un ton si définitif qu'Arthur se rassit. L'odeur de la défaite flottait dans la salle. De l'extérieur, où les forgerons travaillaient jour et nuit, j'entendis le sifflement d'une lame nouvellement forgée refroidie dans l'eau.

« Peut-être me serait-il permis de prendre la parole ? » C'était Meurig, le fils de Tewdric. Il avait une voix étrangement haute, qui trahissait presque l'irritation, et il était manifestement myope car il serrait les yeux et relevait la tête chaque fois qu'il voulait regarder quelqu'un dans la salle. « Ce que j'aimerais demander, dit-il lorsque son père l'eut autorisé à s'adresser au conseil, c'est pourquoi nous battons-nous ? » Ses paupières battaient rapidement pendant qu'il posait sa question.

Personne ne répondit, tant la question nous déconcertait.

« Laissez-moi, permettez, souffrez que je m'explique », reprit Meurig d'un ton pédant. Certes il était jeune, mais son assurance était celle d'un prince, même si je m'irritais de la fausse modestie dont il enrobait ses déclarations. « Nous combattons Gorfyddyd – corrigez-moi si je me trompe – en vertu de notre vieille alliance avec la Dumnonie. Cette alliance nous a bien servis, je n'en doute pas, mais Gorfyddyd, si je comprends bien, n'a aucune visée sur le trône dumnonien. »

Des grognements se firent entendre de notre côté, mais Arthur imposa le silence d'un geste de la main, puis invita Meurig à continuer. Meurig cilla et tira sur sa croix. « Je me demande simplement pourquoi nous combattons. Si je puis ainsi m'exprimer, quel est notre *casus belli* ?

— La cause du bélier ?! » cria Culhwch. Il m'avait vu arriver et avait traversé la salle pour m'accueillir. Il approcha alors la bouche de mon oreille. « Ces bougres ont des boucliers bien légers, et ils cherchent une échappatoire. »

Arthur se releva et s'adressa d'un ton courtois à Meurig. « La cause de la guerre, Seigneur Prince, est que ton père a prêté serment de défendre le trône du roi Mordred, et que le roi Gorfyddyd complote manifestement de priver mon roi de ce trône. »

Meurig haussa les épaules. « Mais – corrige-moi, je t'en prie – si je comprends bien la situation, Gorfyddyd ne cherche pas à détrôner le roi Mordred.

— Tu sais ça ? cria Culhwch.

— Il y a des signes, répondit Meurig avec irritation.

— Les salauds ont parlé à l'ennemi, chuchota Culhwch à mon oreille. Jamais eu un couteau dans le dos, Derfel ? En voilà un pour Arthur ! »

Arthur garda son calme. « Quels signes ? » demanda-t-il avec douceur.

Le roi Tewdric avait gardé le silence pendant que son fils parlait, preuve qu'il avait donné à Meurig la permission de suggérer, fût-ce en y mettant les formes, qu'il aurait fallu apaiser Gorfyddyd plutôt que l'affronter, mais maintenant, en vieil homme fatigué, il prit les rênes en mains. « Il n'est point de signes, Seigneur, sur lesquels je fonderais ma stratégie. Néanmoins – et Tewdric prononça ce mot avec tant d'insistance que nous savions tous qu'Arthur avait perdu la partie –, néanmoins, Seigneur, je suis convaincu qu'il ne nous servirait à rien de provoquer Powys sans nécessité. Voyons voir si nous ne pouvons obtenir la paix. » Il s'arrêta, presque comme s'il redoutait que le mot ne mît Arthur en fureur, mais Arthur se tut. Tewdric soupira. « Gorfyddyd se bat, fit-il lentement et prudemment, à cause d'un affront fait à sa famille. » De nouveau il s'arrêta, craignant de froisser Arthur par son franc-parler, mais Arthur n'était point homme à fuir ses responsabilités et, d'un mouvement de la tête, il approuva à contrecœur la franchise de Tewdric. « Tandis que nous, nous nous battons pour respecter le serment que nous avons prêté au Grand Roi Uther. Un serment par lequel nous avons juré de préserver le trône de Mordred. Pour ma part, je ne romprai pas ce serment.

— Ni moi ! fit Arthur d'une voix forte.

— Mais alors, Seigneur Arthur, si le roi Gorfyddyd n'a aucun dessein sur ce trône ? demanda le roi Tewdric. S'il entend conserver Mordred comme roi, pourquoi nous battons-nous ? »

La salle était en effervescence. Nous autres, Dumnoniens, sentions l'odeur de la trahison, les hommes de Gwent flairaient un moyen d'échapper à la guerre, et les cris fusèrent de part et d'autre un moment puis, enfin, Arthur rétablit l'ordre en claquant de la main sur la table. « Le dernier émissaire que j'ai adressé à Gorfyddyd, expliqua-t-il, m'est revenu la tête coupée dans un sac. Suggérez-vous, Sire, d'en envoyer un autre ? »

Tewdric secoua la tête. « Gorfyddyd refuse de recevoir mes émissaires. Ils sont refoulés à la frontière. Mais si nous attendons ici et laissons son armée s'épuiser contre nos murs, je crois qu'il finira par se décourager et par négocier. » Un murmure d'approbation parcourut les rangs de ses hommes.

Arthur tenta une fois de plus de dissuader Tewdric. Il brossa un tableau de nos armées enracinées derrière les murs pendant que la horde de Gorfyddyd ravageait les fermes où l'on venait de rentrer la moisson, mais ses talents d'orateur et sa fougue laissèrent de marbre les hommes de Gwent. Ils ne voyaient que murs de boucliers débordés et champs de cadavres, et ils s'empressèrent donc de faire leur la conviction de leur roi, à savoir que la paix viendrait si seulement ils se repliaient sur Magnis et laissaient Gorfyddyd épuiser ses hommes contre ces murailles. Ils se mirent à prier Arthur d'avaliser leur stratégie et, sur son visage, je vis qu'il était blessé. Il avait perdu. S'il attendait ici, Gorfyddyd exigerait sa tête. S'il s'en allait en Armorique, il vivrait, mais il abandonnerait Mordred et son rêve d'une Bretagne juste et unie.

La clameur s'amplifia, et c'est alors que Galahad se leva et cria pour avoir une chance de se faire entendre.

Tewdric l'invita à parler, et Galahad commença par se présenter. « Je suis Galahad, Sire, prince de Benoïc. Si le roi Gorfyddyd ne veut recevoir aucun émissaire de Gwent ou de Dumnonie, il n'en refusera certainement pas un d'Armorique ? Sire, laissez-moi aller à Caer Sws et m'assurer des intentions de Gorfyddyd concernant Mordred. Et si j'y vais, Sire, accepterez-vous ma parole comme son verdict ? »

Tewdric s'empressa d'accepter. Il était ravi de tout ce qui pouvait éviter la guerre, mais il cherchait encore le consentement d'Arthur : « Suppose que Gorfyddyd décrète que Mordred n'a rien à craindre, lui suggéra-t-il, que feras-tu ? »

Arthur fixait la table. Il perdait son rêve, mais il était incapable de proférer un mensonge pour sauver ce rêve et il releva la tête avec un sourire lugubre. « En ce cas, Sire, je quitterais la Bretagne et confierais Mordred à votre garde. »

Une fois encore, les Dumnoniens protestèrent à grands cris, mais c'est Tewdric qui nous imposa le silence cette fois. « Nous ne savons pas ce que rapportera le prince Galahad, dit-il, mais voici ma promesse. Si le trône de Mordred est menacé, alors moi, le roi Tewdric, je me battrai. Sinon ? Je ne vois aucune raison de combattre. »

Nous devions nous satisfaire de cette promesse. La guerre était apparemment suspendue à la réponse de Gorfyddyd. C'est pour l'obtenir que, le lendemain matin, Galahad prit la route du nord.

*

J'accompagnai Galahad. Il n'avait pas voulu de moi, protestant que ma vie serait en danger, mais je lui donnai la réplique comme je ne l'avais encore jamais fait. Je plaidai aussi ma cause auprès d'Arthur, expliquant qu'il fallait qu'un Dumnonien au moins entendît Gorfyddyd faire part de ses intentions au sujet de notre roi, et Arthur intervint auprès de Galahad, qui finit par se laisser fléchir. Nous étions amis, après tout, même si, pour ma sécurité, Galahad m'imposa de voyager comme si j'étais son serviteur et de porter son symbole sur mon bouclier. « Tu n'as pas de symbole !

— Si, dit-il, ordonnant qu'on peignît des croix sur nos boucliers. Pourquoi pas ? Je suis chrétien.

— Ça paraît faux. » J'étais habitué aux boucliers de guerriers blasonnés de taureaux, d'aigles, de dragons et de cerfs, non pas d'un lambeau desséché de géométrie religieuse.

« Ça me plaît, dit-il, et qui plus est tu es mon humble serviteur, Derfel, ton opinion n'est d'aucun intérêt pour moi. Aucun. » Il rit et esquiva le coup que je voulais lui donner sur le bras.

Force me fut d'aller à cheval. Tout au long de mes années avec Arthur, je ne m'étais jamais habitué à monter à dos de cheval. Il m'a toujours paru naturel de s'asseoir à l'arrière mais, ainsi, il est impossible de serrer les flancs de l'animal entre ses genoux, ce pourquoi il faut se laisser glisser en avant de manière à se percher juste derrière l'encolure, avec les pieds qui pendillent en l'air derrière ses pattes avant. Je finis par fourrer un pied dans la sangle de selle pour avoir un point d'appui, geste dont s'offusqua Galahad, qui était fier de sa manière de monter. « Monte-le convenablement !

— Mais je n'ai nulle part où fourrer les pieds !

— Le cheval a quatre pattes. Combien en voudrais-tu de plus ? »

Nous chevauchâmes jusqu'à Caer Lud, la grande forteresse de Gorfyddyd dans les collines frontalières. La ville se dressait sur une colline, dans le coude d'une rivière, et nous pensions que les sentinelles seraient moins cauteleuses que celles qui gardaient la Voie romaine à Lugg Vale. Malgré tout, nous nous gardâmes d'avouer nos véritables intentions à Powys, pour nous présenter simplement comme des hommes d'Armorique sans terre cherchant à entrer dans le pays de Gorfyddyd. S'apercevant que Galahad était prince, les gardes voulurent à tout prix l'escorter auprès du commandant de la ville. Ainsi fûmes-nous conduits à travers une ville grouillant d'hommes en armes, dont les lances étaient plantées à la porte de chaque maison et les casques empilés sous les bancs des tavernes. Le commandant était un homme harassé, à qui la responsabilité de gouverner une garnison gonflée par l'imminence de la guerre faisait visiblement horreur. « J'ai su que vous deviez venir d'Armorique quand j'ai vu vos boucliers, Seigneur Prince », dit-il à Galahad. « Symbole incongru pour nos yeux de provinciaux.

— Symbole vénéré aux miens, répondit Galahad gravement, prenant garde de ne pas croiser mon regard.

— Certes, certes », fit le commandant. Il s'appelait Halsyd. « Et bien entendu tu es le bienvenu, Seigneur Prince. Notre Grand Roi accueille tous les… » Il s'arrêta, embarrassé. Il était sur le point de dire que Gorfyddyd accueillait tous les guerriers sans terre, mais cette formule frisait l'insulte adressée au prince dépossédé d'un royaume armoricain. « Tous les braves, dit plutôt le commandant. Vous ne pensiez pas rester ici, par hasard ? » Il s'inquiétait d'avoir deux bouches affamées de plus dans une ville déjà pressurée pour ravitailler la garnison.

« J'irai jusqu'à Caer Sws, annonça Galahad. Avec mon serviteur, fit-il en me désignant.

— Puissent les Dieux hâter votre course, Seigneur Prince. »

Ainsi entrâmes-nous en pays ennemi. Nous chevauchâmes à travers de paisibles vallées, où les champs étaient parsemés de meulettes et les vergers lourdement chargés de pommes mûrissantes. Le lendemain, nous atteignîmes les collines, suivant un chemin de terre qui serpentait à travers de grandes étendues de bois humides, puis, enfin, nous fûmes au-dessus des arbres et franchîmes le col qui menait à la capitale de Gorfyddyd. Un frisson me parcourut l'échine lorsque j'aperçus les murs de terre grossiers de Caer Sws. L'armée de Gorfyddyd se rassemblait sans doute à Branogenium, à quelque vingt lieues de là, mais les environs de Caer Sws grouillaient aussi de soldats. Les troupes avaient dressé des abris de fortune avec des murs de pierre couverts de mottes d'herbe, et les abris entouraient le fort au-dessus duquel flottaient, outre les couleurs de Powys, les bannières des sept royaumes venus grossir les rangs toujours plus nombreux de Gorfyddyd. « Huit ? demanda Galahad. Powys, la Silurie, Elmet, mais qui d'autre ?

— Cornovie, Démétie, Gwynedd, Rheged, et les Blackshields de Démétie, fis-je, complétant la sinistre liste.

— Pas étonnant que Tewdric veuille la paix », conclut Galahad à voix basse, s'étonnant de la nuée d'hommes qui campaient sur l'autre rive de la rivière longeant la capitale de l'ennemi.

Nous nous enfonçâmes dans cette ruche de fer. Des enfants

nous suivirent, intrigués par nos étranges boucliers, tandis que leurs mères nous observaient d'un air soupçonneux à l'ombre de leurs refuges. Les hommes nous lançaient de rapides coups d'œil, remarquant nos étranges insignes et observant la qualité de nos armes, mais nul ne nous interpella avant que nous ne fûmes arrivés aux portes de Caer Sws, où la Garde royale de Gorfyddyd nous barra le chemin avec ses lances bien astiquées. « Je suis Galahad, prince de Benoïc, annonça pompeusement Galahad, venu voir mon cousin le Grand Roi.

— C'est un cousin ? chuchotai-je.

— C'est ainsi que nous parlons dans les familles royales. »

L'intérieur de l'enceinte nous fit comprendre pourquoi tant de soldats s'étaient rassemblés à Caer Sws. Trois grands pieux avaient été plantés en terre et attendaient maintenant les cérémonies officielles qui préludent à la guerre. Powys était l'un des royaumes les moins chrétiens et l'on observait avec soin ici les anciens rituels, et je soupçonnais qu'on avait fait venir de Branogenium nombre des soldats qui campaient hors les murs pour assister aux rites et faire savoir à leurs camarades que les Dieux avaient été conciliés. L'invasion de Gorfyddyd devait se faire sans précipitation aucune, tout serait accompli méthodiquement, et Arthur, me dis-je, avait probablement raison de penser qu'une attaque-surprise pouvait perturber des préparatifs aussi prosaïques.

Des serviteurs s'occupèrent de nos chevaux et, après qu'un conseiller eut questionné Galahad et se fut assuré qu'il était celui qu'il prétendait être, on nous fit entrer dans la grande salle de banquet. Le portier nous prit nos épées, nos boucliers et nos lances pour les ajouter aux râteliers déjà encombrés par les hommes réunis dans la salle de Gorfyddyd.

Plus d'une centaine d'hommes se pressaient entre les piliers de chêne trapus ornés de crânes humains pour montrer que le royaume était en guerre. Sous ces ossements grimaçants, se tenaient les rois, les princes, les seigneurs, les chefs et les champions des armées rassemblées. Le seul mobilier était la rangée de trônes disposés sur un dais à l'extrémité la plus sombre, où Gorfyddyd siégeait sous son symbole de l'aigle tandis que juste à côté de lui, sur un trône plus bas, se tenait Gundleus. La vue même du roi silurien fit palpiter la cicatrice de ma main gauche. Tanaburs était accroupi à côté de Gundleus, tandis que Gorfyddyd avait placé son druide, Iorweth, à sa droite. Cuneglas, Edling de Powys, avait pris place sur un troisième trône, flanqué de rois que je ne reconnus point. Il n'y avait aucune femme. Sans doute s'agissait-il d'un conseil de guerre, tout au moins une occasion de savourer la victoire annoncée. Les hommes portaient tous cottes de mailles ou armures de cuir.

Nous nous arrêtâmes au fond de la salle et je vis Galahad prier son Dieu en silence. Un chien de loup à l'oreille déchirée et aux cuisses balafrées flaira nos bottes puis s'en retourna vers son maître, qui se tenait avec les autres guerriers sur le sol de terre couvert de joncs. Dans un coin, un barde fredonnait un chant de guerre, mais sa récitation saccadée demeurait inaperçue des hommes qui écoutaient Gundleus annoncer les forces qu'il attendait de Démétie. Un chef, à l'évidence un homme qui avait eu à souffrir des Irlandais, protesta que Powys n'avait nul besoin de l'aide des Blackshields pour vaincre Arthur et Tewdric, mais, d'un geste brutal, Gorfyddyd lui cloua le bec. Je m'attendais à moitié qu'on nous fît patienter, le temps que le conseil en eût fini avec ses autres affaires, mais nous n'eûmes pas à attendre plus d'une minute avant qu'on nous conduisît au centre de la salle, devant Gorfyddyd. Je regardai Gundleus et Tanaburs, mais aucun d'eux ne me reconnut.

Nous nous agenouillâmes et attendîmes.

« Debout », ordonna Gorfyddyd. Nous obéîmes et, une fois de plus, j'examinai son visage revêche. Il n'avait pas beaucoup changé depuis la dernière fois. Il semblait aussi bouffi et soupçonneux que lorsque Arthur était venu demander la main de Ceinwyn bien que, dans les toutes dernières années, la maladie eût fait blanchir sa barbe et sa chevelure. La barbe était maigre et cachait mal le goitre qui déformait maintenant sa gorge. Il nous dévisagea d'un air las. « Galahad, lança-t-il d'une voix rauque, prince de Benoïc. Nous avons entendu parler de Lancelot, mais pas de toi. Es-tu, comme ton frère, un des petits morveux d'Arthur.

— Sire, je n'ai prêté serment à aucun homme, répondit Galahad, hormis à mon père dont les ennemis ont piétiné les ossements. Je suis sans terre. »

Gorfyddyd remua sur son trône. Sa manche gauche vide pendait à côté de l'accoudoir, rappel permanent de son ennemi honni, Arthur. « Tu es donc venu vers moi pour de la terre, Galahad de Benoïc ? Beaucoup d'autres sont venus pour la même chose, prévint-il dans un geste en direction de la salle bondée.

Bien que j'ose dire qu'il y a assez de terre pour tous en Dumnonie.

— Je viens à vous, Sire, avec les salutations, librement portées, du roi Tewdric de Gwent. »

Ces derniers mots mirent la salle en émoi. Au fond, des hommes qui n'avaient pas entendu les paroles de Galahad, demandèrent à savoir et le murmure de la conversation se prolongea quelques secondes. Cuneglas, le fils de Gorfyddyd, releva brusquement la tête. Son visage rond, avec ses longues moustaches brunes, parut soucieux, et ce n'était pas étonnant, me dis-je, car Cuneglas était comme Arthur un homme épris de paix, mais, en repoussant Ceinwyn, Arthur avait aussi anéanti les espoirs de Cuneglas et maintenant l'Edling de Powys ne pouvait que suivre son père dans une guerre qui menaçait de ravager les royaumes méridionaux.

« Nos ennemis, à ce qu'il semble, perdent le goût de la bataille, lâcha Gorfyddyd. Autrement pourquoi Tewdric envoie-t-il ses salutations ?

— Le roi Tewdric, Grand Roi, ne craint aucun homme, mais il aime plus encore la paix », répondit Galahad, veillant à employer le titre que Gorfyddyd s'était octroyé en anticipation de sa victoire.

Le corps de Gorfyddyd se souleva et, l'espace d'une seconde, je le crus sur le point de vomir, puis je compris qu'il riait. « Nous autres, les rois, n'aimons la paix que lorsque la guerre devient fâcheuse. Cette réunion, Galahad de Benoïc – d'un geste de la main, il montra la cohue des chefs et des princes – , expliquera ce regain d'amour pour la paix chez Tewdric. » Il s'arrêta, le temps de reprendre sa respiration. « Jusqu'à maintenant, Galahad de Benoïc, j'ai refusé de recevoir les messages de Tewdric. Pourquoi les recevrais-je ? Un aigle écoute-t-il un agneau qui implore grâce en bêlant ? Dans quelques jours, je compte bien entendre tous les hommes de Gwent me demander la paix d'une voix bêlante, mais pour l'instant, puisque tu es venu jusqu'ici, tu peux m'amuser. Qu'offre Tewdric ?

— La paix, Sire, rien que la paix. »

Gorfyddyd cracha. « Tu es sans terre, Galahad, et les mains vides ? Tewdric pense-t-il que la paix est à qui la demande ? Tewdric croit-il que j'ai dépensé l'or de mon royaume en armées sans raison ? Me prend-il pour un fou ?

— Il croit, Sire, que le sang versé entre Bretons est sang perdu.

— Tu parles comme une femme, Galahad de Benoïc. » Gorfyddyd lâcha l'insulte d'une voix à dessein forte pour que la salle retentît de vivats et d'éclats de rire. Quand les rires se furent calmés, il reprit : « Reste que tu dois apporter une réponse au roi de Gwent, alors la voici. » Il s'arrêta pour rassembler ses pensées. « Dis à Tewdric qu'il est un agneau suçant la tétine sèche de la Dumnonie. Dis-lui que ce n'est pas après lui que j'en ai, mais après Arthur, alors dis à Tewdric qu'il peut avoir sa paix à deux conditions. Premièrement, qu'il laisse mon armée traverser son pays sans lui opposer d'obstacle et, deuxièmement, qu'il me donne assez de grains pour nourrir dix jours un millier d'hommes. » Les guerriers en restèrent bouche bée, car l'offre était généreuse, mais aussi intelligente. Si Tewdric acceptait, il éviterait le sac de son pays et faciliterait l'invasion de la Dumnonie. « Es-tu habilité, Galahad de Benoïc, à accepter ces conditions ?

— Non, Sire, juste à vous demander vos conditions et à connaître vos intentions concernant Mordred, roi de Dumnonie, que Tewdric a fait serment de protéger. »

Gorfyddyd prit un air blessé. « Ai-je l'air d'un homme qui fait la guerre à des enfants ? demanda-t-il en se relevant pour se placer au bord du dais. C'est avec Arthur que j'ai une querelle, lança-t-il à notre adresse comme à l'assistance tout entière, qui a préféré épouser une putain de Henis Wyren plutôt que ma fille. Un homme laisserait-il un pareil affront invengé ? » La salle rugit. « Arthur est un parvenu, cria Gorfyddyd, né d'une putain, et vers une putain il est retourné ! Tant que Gwent protège le coureur de putain, Gwent est notre ennemi. Tant que la Dumnonie se bat pour le coureur de putain, la Dumnonie est notre ennemie. Et notre ennemi sera le généreux pourvoyeur de notre or, de nos esclaves, de nos vivres, de nos terres, de nos femmes et de notre gloire ! Arthur, nous le tuerons, et sa putain nous la mettrons au travail dans nos baraques. » Il attendit que les hourras se fussent calmés, puis considéra Galahad d'un regard impérieux.

« Dis cela à Tewdric, Galahad de Benoïc, et après cela dis-le à Arthur.

— Derfel peut le dire à Arthur. » Une voix s'était élevée de la salle. Me retournant je vis Ligessac, le sournois, l'ancien commandant de la garde de Norwenna, le traître passé au service de Gundleus. Il pointait le doigt vers moi. « Voilà l'homme lige d'Arthur, Sire. Je le jure sur ma vie. »

L'assistance était surexcitée. J'entendais des hommes hurler que j'étais un espion et d'autres réclamer ma mort. Tanaburs me dévisageait intensément, tâchant de voir à travers ma longue barbe blonde et mes épaisses moustaches, puis soudain il me reconnut et hurla. « Tuez-le ! Tuez-le ! »

Les gardes de Gorfyddyd, les seuls hommes en armes de la salle, se jetèrent sur moi. Gorfyddyd arrêta ses lanciers d'un geste de la main, qui fit taire la foule en tumulte. « Es-tu lié par serment au coureur de putain ? me demanda le roi d'une voix menaçante.

— Derfel est à mon service, Grand Roi », insista Galahad.

Gorfyddyd me montra du doigt : « C'est à lui de répondre. Es-tu lié par serment à Arthur ? »

On ne ment pas sur un serment. « Oui, Sire. »

Gorfyddyd s'éloigna d'un pas pesant et tendit son bras vers le garde, sans pour autant me quitter des yeux. « Sais-tu, chien, ce que nous avons fait du dernier messager d'Arthur ?

— Vous l'avez tué, Sire.

— J'ai envoyé sa tête truffée d'asticots à ton coureur de putain, voilà ce que j'ai fait. Allons, vite ! » lança-t-il au garde le plus proche, qui n'avait pas su que mettre dans la main tendue de son roi. « Ton épée, imbécile ! » aboya Gorfyddyd, et le garde s'empressa de tirer son épée et de la tendre au roi par la garde.

« Sire. » Galahad s'avança, mais Gorfyddyd faisait tourner la lame qui tremblait à quelques pouces des yeux du prince.

« Prends garde à ce que tu dis dans ma salle, Galahad de Benoïc, grogna Gorfyddyd.

— J'implore qu'on lui laisse la vie sauve. Derfel n'est pas ici en espion, mais en émissaire de paix.

— Je ne veux pas de la paix ! trancha Gorfyddyd. La paix n'est pas mon plaisir ! Je veux voir Arthur pleurer comme ma fille a pleuré jadis. Comprends-tu cela ? Je veux voir ses larmes ! Je veux le voir suppliant comme elle m'a supplié. Je veux le voir ramper, je veux le voir mort et voir sa putain donner du plaisir à mes hommes. Aucun émissaire d'Arthur n'est ici le bienvenu et Arthur le sait ! Et tu le savais ! » Ses quatre derniers mots m'étaient adressés, et il tourna l'épée vers ma figure.

« Tuez-le ! Tuez-le ! » Dans sa robe brodée en haillons, Tanaburs sautillait en sorte que les os de ses cheveux cliquetaient comme des haricots secs dans une marmite.

« Touche-le, Gorfyddyd, promit une nouvelle voix, et ta vie est mienne. Je l'enfouirai dans le tas de bouse de Caer Idion et inviterai les chiens à pisser dessus. Je livrerai ton âme aux petits esprits qui manquent d'amusettes. Je te maintiendrai dans la ténèbre jusqu'au dernier jour, puis je cracherai sur toi jusqu'à ce que commence l'ère nouvelle et, à cette heure même, Sire, tes tourments auront à peine commencé. »

Je sentis la tension retomber comme un coup d'eau. Seul un homme oserait parler ainsi à un Grand Roi. C'était Merlin. Merlin ! Le grand Merlin qui remontait maintenant d'un pas lent l'allée centrale. Merlin qui passa devant moi et qui, d'un geste plus royal qu'aucun geste de Gorfyddyd, brandit son bâton noir pour repousser l'épée du roi. Merlin, qui se dirigea vers Tanaburs et lui chuchota à l'oreille, faisant hurler le petit druide qui détala sans demander son reste.

Merlin, qui pouvait se métamorphoser comme aucun autre homme. Il aimait à simuler, à semer la confusion et à duper. Il pouvait être cassant, malicieux, patient ou seigneurial, mais ce jour-là il avait choisi de paraître dans toute sa majesté, raide et froid. Aucun sourire n'éclairait son visage sombre, aucune lueur de joie dans ses yeux caves, juste un air d'arrogante autorité, qui fit s'agenouiller d'instinct les hommes placés le plus près de lui. Et même le roi Gorfyddyd qui, un instant auparavant, était prêt à m'enfoncer l'épée dans le cou, baissa sa lame. « Tu prends la défense de cet homme, Seigneur Merlin ? demanda-t-il.

— Es-tu sourd, Gorfyddyd ? aboya Merlin. Derfel Cadarn vivra. Il sera ton hôte d'honneur. Il mangera tes plats et boira ton vin. Il dormira dans vos lits et prendra vos esclaves s'il en a le désir. Derfel Cadarn et Galahad de Benoïc sont sous ma protection. » Il se tourna vers la salle, défiant quiconque de s'opposer à lui. « Derfel Cadarn et Galahad de Benoïc sont sous ma protection ! » Cette fois-ci, il leva son bâton noir, et l'on sentit les guerriers trembler sous la menace. « Sans Derfel Cadarn et Galahad de Benoïc, il n'y aurait point de Sagesse de la Bretagne. Je serais mort à Benoïc et vous seriez tous condamnés à l'esclavage sous la férule des Saxons. » Il se retourna vers Gorfyddyd. « Ils ont besoin de manger. Et cesse de me regarder, Derfel », ajouta-t-il sans même jeter un œil sur moi.

Je le regardais partagé entre la stupeur et le soulagement, mais je me demandais aussi ce que Merlin pouvait bien fabriquer dans cette citadelle de l'ennemi. Les druides étaient naturellement libres de circuler où bon leur semblait, fût-ce en territoire ennemi, mais sa présence à Caer Sws à cette époque semblait étrange, voire dangereuse, car bien que la présence du druide intimidât les hommes de Gorfyddyd, ils lui en voulaient tout de même de son intervention et certains, en sécurité au fond de la salle, grommelèrent qu'il ferait mieux de se mêler de ses affaires.

Merlin se tourna vers eux. « Mes affaires, fit-il d'une voix basse qui coupa néanmoins court à la protestation, consistent à prendre soin de vos âmes et si l'envie me saisit de plonger ces âmes dans la misère, vous regretterez que vos mères aient jamais enfanté. Imbéciles ! » Ce dernier mot sonna sèchement, accompagné d'un mouvement de bâton qui fit s'agenouiller les hommes en armure. Aucun des rois n'osa intervenir quand Merlin frappa de son bâton l'un des crânes accrochés à un pilier. « Tu pries pour la victoire ! dit Merlin. Mais la victoire sur quoi. Sur les tiens, non sur tes ennemis ! Tes ennemis sont les Saxons. Des années nous avons souffert sous la férule des Romains, mais enfin les Dieux ont jugé bon de chasser la vermine romaine, et que faisons-nous ? Nous nous entre-tuons et laissons un nouvel ennemi prendre nos terres, violer nos femmes et engranger nos moissons. Alors livrez votre guerre, sots que vous êtes, livrez-la et gagnez, et vous n'aurez toujours pas la victoire.

— Mais ma fille sera vengée, dit Gorfyddyd dans le dos de Merlin.

— Ta fille, Gorfyddyd, dit Merlin en se retournant, vengera sa blessure. Veux-tu connaître son destin ? » demanda-t-il d'un ton railleur. Mais il y répondit posément, sur le ton de la prophétie. « Elle ne sera jamais haute et elle ne sera jamais basse, mais elle sera heureuse. Son âme, Gorfyddyd, est bénie, et si tu avais autant de bon sens qu'une puce, tu t'en contenterais.

— Je me contenterai du crâne d'Arthur, répliqua Gorfyddyd d'un air de défi.

— Alors va le chercher, fit Merlin avec mépris en me donnant un coup de coude. Viens, Derfel, et goûte l'hospitalité de ton ennemi. »

Il nous fit sortir de la salle, marchant d'un air indifférent entre les rangs de fer et de cuir de l'ennemi. Les guerriers nous lorgnaient avec rancœur, mais il n'était rien qu'ils pussent faire pour nous empêcher de sortir ou de rejoindre l'une des chambres d'hôte de Gorfyddyd, où à l'évidence Merlin avait lui-même séjourné. « Tewdric veut donc la paix, c'est ça ? nous demanda-t-il.

— Oui, Seigneur, répondis-je.

— C'est normal. Il est chrétien et se croit donc plus malin que les Dieux.

— Et toi, Seigneur, tu sais ce que les Dieux ont dans la tête ? demanda Galahad.

— Je crois que les Dieux détestent s'ennuyer, alors je fais de mon mieux pour les distraire. Ainsi me sourient-ils. Ton Dieu, ajouta Merlin avec aigreur, méprise l'amusement et exige qu'on rampe à ses pieds. Ce doit être une bien piteuse créature. Probablement ressemble-t-il à Gorfyddyd, toujours soupçonneux et abominablement jaloux de sa réputation. Quelle chance pour vous deux que je me sois trouvé là ! » Il nous gratifia soudain d'un sourire espiègle et je vis combien l'avait comblé cette humiliation publique de Gorfyddyd. Sa réputation tenait en partie à ses actions d'éclat. Certains druides, comme Iorweth, s'affairaient discrètement ; d'autres, comme Tanaburs, jouaient d'astuces sinistres, mais Merlin aimait à dominer et à éblouir, et humilier un roi ambitieux était pour lui un plaisir autant qu'un réflexe.

« Ceinwyn est-elle réellement bénie ? » demandai-je.

Ma question inattendue parut l'étonner. « En quoi ça te soucie ? Mais il est vrai que c'est une jolie fille et comme, je l'avoue, j'ai une faiblesse pour les jolis minois, je lui jetterai un charme de félicité. J'ai fait de même pour toi jadis, Derfel, bien que tu ne sois pas joli. » Il rit puis jeta un coup d'œil par la fenêtre pour mesurer la longueur des ombres du soleil. « Je dois bientôt me mettre en route.

— Qu'est-ce qui t'a conduit ici, Seigneur ? demanda Galahad.

— Il fallait que je parle à Iorweth, répondit Merlin en s'assurant qu'il avait toutes ses affaires autour de lui. Sans doute est-il une triple buse, mais il possède les étranges bribes de savoir que j'ai pu momentanément oublier. Son savoir s'est révélé précieux concernant l'Anneau d'Eluned. Je l'ai quelque part. » Il tapota les poches cousues dans la doublure de sa robe. « Bien, je l'ai, fit-il négligemment, même si je soupçonnais que ce n'était que feinte indifférence.

— Qu'est-ce que l'Anneau d'Eluned ? » demanda Galahad.

Merlin se gaussa de l'ignorance de mon ami, puis décida d'éclairer sa lanterne. « L'Anneau d'Eluned, annonça-t-il avec emphase, est l'un des Treize Trésors de la Bretagne. Nous les connaissons depuis toujours, bien entendu – du moins ceux d'entre nous qui reconnaissons les vrais Dieux, précisa-t-il dans un sarcasme destiné à Galahad –, mais aucun de nous n'était sûr de leur pouvoir réel.

— Et le rouleau te l'a dit ? » demandai-je.

Merlin eut un sourire cruel. Ses longs cheveux noirs étaient soigneusement noués dans sa nuque par un ruban noir, tandis que sa barbe était tressée en nattes bien serrées. « Le rouleau a confirmé tout ce que je soupçonnais ou savais, et il a même suggéré une ou deux bribes nouvelles de savoir. Ah, le voici. » Fouillant ses poches, il avait mis la main sur l'Anneau. À mes yeux, le trésor avait tout l'air d'un quelconque anneau de guerrier en fer, mais Merlin le tenait dans sa paume comme si c'était le plus grand joyau de toute la Bretagne. « L'Anneau d'Eluned, forgé dans l'Au-Delà au commencement du temps. Un morceau de métal, en vérité, rien de particulier. » Il me le lança. Je l'attrapai au vol. « En soi, reprit-il, l'Anneau n'a aucun pouvoir. En eux-mêmes, les Trésors de Bretagne n'ont aucun pouvoir. La Mante d'Invisibilité ne te rend pas invisible, pas plus que la Corne de Bran Galed ne semble meilleure qu'aucune autre corne de chasse. Au passage, Derfel, es-tu allé chercher Nimue ?

— Oui.

— Bon. Je pensais bien que tu le ferais. Un endroit intéressant, l'Île des Morts, tu ne trouves pas ? Je m'y rends quand j'ai besoin de compagnie stimulante. Où en étais-je ? Oh, oui, les Trésors. Des bagatelles sans valeur, en vérité. Tu ne donnerais pas le Manteau de Padarn à un mendiant, pas si tu es bon, et pourtant c'est l'un des Trésors.

— Alors à quoi servent-ils ? » demanda Galahad. Il m'avait pris l'Anneau des mains et le rendait maintenant au druide.

« Ils commandent les Dieux, bien entendu, trancha Merlin, comme si la réponse allait de soi. En eux-mêmes, ce ne sont que de vains oripeaux, mais tous ensemble ils peuvent faire sauter les Dieux comme des grenouilles. Il ne suffit pas simplement de rassembler les Trésors, bien sûr, s'empressa-t-il d'ajouter, il y a un ou deux autres rituels qui s'imposent. Et qui sait si tout cela opérera ? Personne n'a jamais essayé, pour autant que je sache. Nimue va bien ? me demanda-t-il avec gravité.

— Maintenant, oui.

— Tu as l'air plein de rancœur ! Tu estimes que j'aurais dû aller la chercher ? Mon cher Derfel, j'ai bien assez à faire sans courir la Bretagne à la recherche de Nimue ! Si la fille ne peut venir à bout de l'Île des Morts, à quoi est-elle bonne sur cette terre ?

— Elle aurait pu mourir, accusai-je, pensant aux goules et aux cannibales de l'île.

— Bien sûr que oui ! À quoi bon une épreuve s'il n'y a point de danger ? Tu penses comme un enfant, Derfel. » Merlin hocha la tête d'un air apitoyé puis glissa l'anneau à l'un de ses longs doigts osseux. Il nous fixa solennellement, chacun de nous attendant avec effroi une manifestation de puissance surnaturelle mais, au bout de quelques secondes d'inquiétude, Merlin se contenta de rire de nos expressions. « Je vous l'ai dit, les Trésors n'ont rien de particulier.

— Combien de Trésors as-tu ? demanda Galahad.

— Plusieurs, fit-il d'un air évasif, mais en aurais-je même douze sur les treize, je serais encore en peine tant que je n'aurais pas trouvé le treizième. Et voilà, Derfel, le Trésor manquant. Le Chaudron de Clyddno Eiddyn. Sans le Chaudron, nous sommes perdus.

— Nous sommes perdus de toute façon », fis-je d'un ton amer.

Merlin me dévisagea comme si j'étais singulièrement obtus. « La guerre ? dit-il après quelques secondes. C'est pour cela que tu es venu ici ? Pour implorer la paix ! Quels sots faites-vous tous les deux ! Gorfyddyd n'a aucune envie de la paix. L'homme est une brute épaisse. Il a la cervelle d'un bœuf, et pas d'un bœuf très malin par-dessus le marché. Il veut être Grand Roi, et pour cela il lui faut régner sur la Dumnonie.

— Il assure qu'il laissera Mordred sur le trône, protesta Galahad.

— Naturellement ! commenta Merlin d'un ton méprisant. Que dirait-il d'autre ? Mais dès l'instant où il portera la main sur ce malheureux enfant, il lui tordra le cou comme à un poulet. Une bonne chose.

— Tu souhaites la victoire de Gorfyddyd ? » J'étais interloqué.

Il soupira. « Derfel, Derfel, tu ressembles à Arthur. Tu crois que le monde est simple, que le bien est le bien, que le mal est le mal, que le haut est en haut et que le bas est en bas. Tu demandes ce que je souhaite ? Je vais te le dire. Je veux les Treize Trésors, et je m'en servirai pour faire revenir les Dieux en Bretagne, puis je leur ordonnerai de lui rendre le bonheur qui était le sien avant l'arrivée des Romains. Plus de chrétiens – il pointa le doigt vers Galahad –, plus d'adeptes de Mithra non plus – il pointa le doigt sur moi –, rien que le peuple des Dieux dans le pays des Dieux. Voilà, Derfel, ce que je veux.

— Et Arthur dans tout ça ?

— Arthur ? C'est un homme, il a reçu une épée. Il peut s'occuper de ses affaires. Le destin est inexorable, Derfel. Si le destin veut qu'Arthur gagne cette guerre, alors peu importe que Gorfyddyd masse les armées du monde contre lui. Si je n'avais rien de mieux à faire, je l'avoue, j'aiderais Arthur, parce que je l'aime bien, mais le destin a décidé que je sois un vieillard, toujours plus faible et doté d'une vessie semblable à une outre percée. Il me faut donc ménager mes énergies déclinantes. » Il fit cette déclaration pathétique d'un ton vigoureux. « Même moi, je ne puis en même temps gagner les guerres d'Arthur, guérir l'esprit de Nimue et découvrir les Trésors. Naturellement, si je m'aperçois que sauver la vie d'Arthur m'aide à trouver les Trésors, sois assuré que je viendrai à la bataille. Mais autrement ? » Il haussa les épaules, comme si la guerre n'avait aucune importance à ses yeux. De fait, tel était le cas, j'imagine. Il se tourna vers la petite fenêtre et regarda les trois pieux dressés dans l'enceinte. « Vous resterez pour voir les formalités, j'espère ?

— Le devons-nous ?

— Bien sûr que oui, si Gorfyddyd vous y autorise. Toute expérience est utile, si affreuse soit-elle. J'ai assez souvent accompli les rites, alors je ne resterai pas pour m'en amuser, mais soyez assurés que vous y serez en sécurité. Je transformerai Gorfyddyd en limace s'il touche à un seul cheveu de vos têtes de linotte, mais maintenant je dois partir. Iorweth pense qu'il se trouve sur la frontière démétienne une vieille femme qui pourrait se souvenir de quelque chose d'utile. Si elle vit bien sûr et qu'elle ait conservé la mémoire. Je déteste parler avec les vieilles ; elles font une compagnie si ingrate, car elles ne cessent de radoter et changent tout le temps de sujet. Quelle perspective. Dis à Nimue que je suis impatient de la voir ! » À peine avait-il prononcé ces mots qu'il avait franchi la porte et traversait l'enceinte du fort.

Le ciel se couvrit de nuages cet après-midi-là et un affreux crachin gris inonda le fort avant la soirée. Le druide Iorweth vint nous assurer que nous étions en sécurité mais, avec doigté, il nous fit comprendre que nous mettrions l'hospitalité réticente de Gorfyddyd à rude épreuve si nous assistions au banquet du soir, qui marquerait la dernière réunion des alliés et chefs de Gorfyddyd avant que les hommes stationnés à Caer Sws ne rejoignissent, dans le sud, l'armée de Branogenium. Nous le rassurâmes : nous n'avions aucune envie d'être du banquet. Le druide remercia d'un sourire, puis s'assit sur un banc à côté de la porte. « Vous êtes des amis de Merlin ?

— Seigneur Derfel, oui », répondit Galahad.

Iorweth se frotta les yeux d'un air las. Il était vieux et arborait un sourire doux et las sous son crâne chauve sur lequel on distinguait une vague ombre de tonsure au-dessus de chaque oreille. « Je ne puis m'empêcher de penser, reprit-il, que mon frère Merlin attend trop des Dieux. Il croit que l'on peut refaire le monde à neuf et que l'on peut effacer l'histoire comme un trait dans la boue. Mais ce n'est pas possible. » Écrasant un pou dans sa barbe, il regarda Galahad qui portait une croix autour du cou. Il secoua la tête : « J'envie ton Dieu chrétien. Il est trois et Il est un. Il est mort et Il est vivant, Il est partout et Il est nulle part, et Il demande qu'on L'adore mais prétend que rien d'autre n'est digne d'adoration. Dans ces contradictions, il y a place pour croire à tout ou à rien, mais pas avec nos Dieux. Ils sont tels des rois, versatiles et puissants, et si l'envie les prend de nous oublier, ils nous oublient. Peu importe ce que nous croyons, seul compte ce qu'ils veulent. Nos charmes n'opèrent que lorsque les Dieux le permettent. Merlin n'est pas d'accord, bien entendu. Il croit que si nous crions assez forts, nous retiendrons leur attention, mais que fait-on à un enfant qui braille ?

— On lui prête attention ?

— On le frappe, Seigneur Derfel. On le frappe ! Jusqu'à ce qu'il la ferme. Je crains que Seigneur Merlin ne crie trop fort et trop longtemps. » Il se leva et ramassa son bâton. « Je regrette que vous ne puissiez partager le repas des guerriers ce soir, mais la princesse Helledd dit que vous êtes les bienvenus à dîner dans sa demeure. »

Helledd d'Elmet était l'épouse de Cuneglas et son invitation n'était pas nécessairement un compliment. En vérité, ce pouvait bien être un affront calculé, imaginé par Gorfyddyd pour insinuer que nous étions tout juste bons à dîner avec des femmes et des enfants, mais Galahad répondit que nous serions honorés d'accepter.

Et là, dans la petite salle de Helledd, se trouvait Ceinwyn. J'avais désiré la revoir, je l'avais désiré dès l'instant où Galahad avait suggéré de déléguer une ambassade à Powys et c'était pourquoi je m'étais démené comme un beau diable pour l'accompagner. Je n'étais pas venu à Caer Sws pour faire la paix, mais pour revoir le visage de Ceinwyn, et maintenant, à la lumière tremblotante des chandelles à mèche de jonc, je la vis.

Les années ne l'avaient pas changée. Son visage était aussi doux, son maintien aussi grave, sa chevelure aussi éclatante et son sourire aussi ravissant. Lorsque nous entrâmes, elle était aux petits soins pour un bambin, auquel elle essayait de faire avaler des morceaux de pomme. C'était Perddel, le fils de Cuneglas. « Je lui ai dit que s'il ne mangeait pas sa pomme, les horribles Dumnoniens l'emporteront, expliqua-t-elle dans un sourire. Je crois qu'il doit vouloir partir avec vous, car il ne veut rien manger. »

Helledd d'Elmet, la mère de Perddel, était une grande femme à la mâchoire lourde et aux yeux clairs. Elle nous souhaita la bienvenue, ordonnant à une servante de nous servir de l'hydromel, puis nous présenta à deux de ses tantes, Tonwyn et Elsel, qui nous regardèrent avec rancœur. De toute évidence, nous avions interrompu une conversation à laquelle elles trouvaient plaisir et leurs regards furieux nous suggéraient de partir, mais Helledd fut plus gracieuse.

« Connaissez-vous la princesse Ceinwyn ? » nous demanda-t-elle.

Galahad s'inclina devant elle puis s'accroupit à côté de Perddel. Il a toujours aimé les enfants qui, à leur tour, lui donnaient leur confiance au premier coup d'œil. Bientôt, les deux princes jouaient avec les bouts de pommes comme s'il s'agissait de renards, la bouche du petit étant la tanière des renards et les doigts de Galahad les chiens traquant l'animal. Les quartiers de pomme disparurent. « Que n'y ai-je pensé ? demanda Ceinwyn.

— Parce que vous n'avez pas été élevée par la mère de Galahad, Dame, expliquai-je, qui, sans doute, l'a nourri de la même façon. Aujourd'hui encore, il ne peut rien manger à moins qu'on ne sonne une corne de chasse. »

Elle rit, puis aperçut la broche que je portais. Elle en eut le souffle coupé, s'empourpra et, l'espace d'une seconde, je crus avoir commis une formidable bévue. Puis elle sourit. « Je devrais me souvenir de toi, Seigneur Derfel ?

— Non, Dame, j'étais très jeune.

— Et tu l'as conservée ? demanda-t-elle, visiblement stupéfaite qu'on puisse chérir l'un de ses cadeaux.

— Je l'ai gardée, Dame, quand bien même j'ai tout perdu. »

La princesse Helledd nous interrompit en nous demandant quelle affaire nous avait conduits à Caer Sws. Elle le savait déjà, je l'aurais juré, mais c'était de bonne politique, de la part d'une princesse, de feindre ignorer les secrets des hommes. Je répondis qu'on nous avait envoyés pour déterminer si la guerre était inéluctable. « Et l'est-elle ? » demanda la princesse avec une inquiétude fort compréhensible car, le lendemain, son mari irait dans le sud vers l'ennemi.

« Malheureusement, Dame, il le semble.

— Tout est de la faute d'Arthur, déclara la princesse Helledd avec fermeté, et ses tantes l'approuvèrent vigoureusement d'un signe de tête.

— Je crois qu'Arthur serait d'accord avec vous, Dame, et il le regrette.

— Alors pourquoi nous combat-il ? voulut savoir Helledd.

— Parce qu'il a juré de maintenir Mordred sur le trône, Dame.

— Mon beau-père ne déposséderait jamais l'héritier d'Uther, fit-elle avec humeur.

— Seigneur Derfel a failli perdre sa tête en ayant cette conversation ce matin, commenta malicieusement Ceinwyn.

— Seigneur Derfel, intervint Galahad, s'échappant de sa toute dernière chasse au renard, a gardé sa tête parce qu'il est chéri de ses Dieux.

— Pas des tiens, Seigneur Prince ? demanda vivement Helledd.

— Mon Dieu aime tout le monde, Dame.

— Tu veux dire qu'il ne fait pas de distinction ? » Elle s'esclaffa.

On mangea de l'oie, du poulet, du lièvre et des venaisons et l'on nous servit un méchant vin qui avait dû être conservé trop longtemps depuis qu'on l'avait fait venir en Bretagne. Après le repas, on nous invita à prendre place sur des coussins et une harpiste joua pour nous. Les lits étaient des meubles de femme et Galahad et moi étions mal à l'aise sur ces couches basses et molles, mais je n'étais pas mécontent car j'avais veillé à me retrouver à côté de Ceinwyn. Je restai un moment assis, puis m'appuyai sur un coude de manière à lui parler à voix basse. Je la complimentai de ses fiançailles avec Gundleus.

Elle me lança un regard amusé. « Cela sonne comme des propos de courtisan.

— Je suis parfois forcé de l'être, Dame. Me préféreriez-vous en guerrier ? »

Elle s'appuya à son tour sur un coude, afin que nous puissions parler sans troubler la musique et, de la sentir si proche, j'eus l'impression que mes sens s'envolaient en fumée. « Mon seigneur Gundleus, dit-elle tout doucement, a exigé ma main en contrepartie de l'entrée de son armée dans la guerre.

— Alors son armée, Dame, est la plus précieuse de toute la Bretagne. »

Elle ne sourit pas du compliment mais garda les yeux fixés sur les miens. « Est-il vrai, demanda-t-elle très calmement, qu'il a tué Norwenna ? »

Sa question abrupte me troubla. « Que dit-il, Dame ? demandai-je plutôt que de lui répondre directement.

— Il dit – et elle baissa encore la voix en sorte que c'est à peine si je pouvais l'entendre – que ses hommes étaient attaqués et que, dans la confusion, elle est morte. C'était un accident, assure-t-il. »

Je jetai un coup d'œil à la jeune harpiste. Les tantes nous lançaient un regard furieux, mais Helledd ne paraissait pas s'inquiéter de notre conversation. Galahad écoutait la musique, un bras passé autour de Perddel assoupi. « J'étais sur le Tor ce jour-là, Dame, fis-je en me retournant vers Ceinwyn.

— Et ? »

Je décidai que sa question abrupte méritait la franchise. « Elle s'est agenouillée pour l'accueillir, Dame, et il lui a enfoncé son épée dans la gorge. Je l'ai vu faire. »

Une seconde, son visage se durcit. La lumière chatoyante des chandelles satinait sa peau claire et couvrait d'ombres légères ses joues et sa lèvre inférieure. Elle portait une riche robe de lin bleu clair ourlée de fourrure blanche argentée et tachetée de noir. Une hermine d'hiver. Un torque d'argent soulignait son cou, des anneaux d'argent pendaient à ses oreilles et je me dis que l'argent allait bien avec l'éclat de sa chevelure. Elle lâcha un léger soupir. « Je redoutais d'entendre cette vérité, mais ma condition de princesse signifie que je dois me marier à l'endroit où je serais le plus utile, plutôt que d'écouter mes désirs. » Elle se tourna un moment vers la musicienne puis se pencha à nouveau vers moi. « Mon père, dit-elle nerveusement, affirme que c'est une guerre pour mon honneur. Est-ce vrai ?

— Pour lui, Dame, oui, bien que, je puis vous l'assurer, Arthur regrette le tort qu'il vous a fait. »

Elle fit la grimace. Le sujet lui était manifestement douloureux, mais elle ne pouvait laisser tomber, car le rejet d'Arthur avait changé la vie de Ceinwyn beaucoup plus subtilement et tristement qu'il avait jamais changé la sienne. Arthur était allé vers le bonheur et le mariage, tandis qu'elle était demeurée livrée à elle-même et à ses longs regrets, en quête de douloureuses réponses qu'à l'évidence elle n'avait point trouvées. « Le comprends-tu ? demanda-t-elle au bout d'un moment.

— Sur le coup, Dame, je ne l'ai pas compris. Je l'ai pris pour un fou. Comme nous tous.

— Et maintenant ? » Elle plongea ses yeux bleus dans les miens.

Je m'accordai quelques secondes de réflexion. « Je crois, Dame, que, pour une fois dans sa vie, Arthur a été saisi d'un coup de folie qu'il n'a pu maîtriser.

— L'amour ? »

Je la regardai et me dis que je n'étais pas amoureux d'elle, que sa broche n'était qu'un talisman dont j'avais hérité par hasard. Je me dis qu'elle était princesse quand je n'étais que fils d'esclave. « Oui, Dame.

— Comprends-tu cette folie ? »

Je n'avais plus d'yeux que pour Ceinwyn. La princesse Helledd, le prince endormi, Galahad, les tantes, la harpiste, plus personne n'existait pour moi, pas plus que les tentures murales ou les chandeliers de bronze. Je n'avais plus conscience que des grands yeux tristes de Ceinwyn et des battements de mon cœur.

« Je comprends qu'on croise le regard de quelqu'un, m'entendis-je expliquer, et qu'on sache soudain que la vie sera impossible sans ces yeux-là. Que son cœur puisse en oublier de battre, que leur compagnie est tout ce que son bonheur puisse jamais désirer, et que leur absence laissera son âme esseulée, dépossédée et perdue. »

Pendant un temps, elle ne dit rien, se contentant de me regarder d'un air légèrement perplexe. « Cela t'est-il jamais arrivé, Seigneur Derfel ? » demanda-t-elle enfin.

J'hésitais. Je savais les mots que mon âme voulaient dire et je savais les mots que ma position me dictait de prononcer, mais je m'avisai alors que la timidité ne sied guère à un guerrier et j'abandonnai à mon âme le gouvernement de ma langue. « Cela ne m'est jamais arrivé avant cette heure, Dame. » Il me fallut plus de bravoure pour faire cette déclaration qu'il ne m'en avait jamais fallu pour enfoncer un mur de boucliers.

Aussitôt elle détourna le regard et se redressa, et je me maudis de l'avoir froissée par ma balourdise. Je restai allongé, le visage en feu, et mon âme déchirée de honte tandis que Ceinwyn applaudissait la harpiste en lançant quelques pièces d'argent sur la carpette disposée à côté de l'instrument. Elle demanda qu'on joue le Chant de Rhiannon.

« Je croyais que tu n'écoutais pas, lança méchamment l'une des tantes.

— Si, Tonwyn, si, et je prends un grand plaisir à tout ce que j'entends », répondit Ceinwyn et, soudain, je ressentis ce qu'un homme ressent quand le mur de boucliers de l'ennemi s'effondre. Sauf que je n'osais pas prêter foi à ses paroles. Je le voulais, je n'osais point. La folie de l'amour, qui balance de l'extase au désespoir dans la même seconde.

La musique reprit, sur fond d'acclamations rauques : dans la grande salle, les guerriers anticipaient la bataille. Je demeurai jusqu'au bout allongé sur les coussins, le visage en feu, essayant de deviner si les derniers mots de Ceinwyn s'appliquaient à la musique ou à notre conversation. Puis Ceinwyn se pencha à nouveau vers moi : « Je ne veux pas qu'on livre une guerre pour moi.

— Cela paraît inévitable, Dame.

— Mon frère est d'accord avec moi.

— Mais c'est votre père qui règne à Powys, Dame.

— En effet », fit-elle d'une voix morne. Elle s'arrêta, fronçant les sourcils, puis leva les yeux vers moi. « Si Arthur gagne, qui veut-il que j'épouse ? »

Une fois encore, la franchise de sa question me surprit, mais je lui donnai la vraie réponse : « Il veut que vous soyez la reine de Silurie, Dame. »

Soudain, elle parut s'alarmer. « Mariée à Gundleus ?

— Au roi Lancelot de Benoïc, Dame », dis-je dévoilant le secret espoir d'Arthur. Je guettai sa réaction.

Elle me regarda droit dans les yeux, essayant visiblement de savoir si j'avais dit vrai. « On prétend que Lancelot est un grand guerrier, reprit-elle au bout d'un moment, avec un manque d'enthousiasme qui me réchauffa le cœur.

— On le dit, Dame, en effet. »

De nouveau, elle fit silence. Elle s'appuya sur son coude et observa les mains de la harpiste se promener sur les cordes. Et moi, je l'observais. « Dis à Arthur, reprit-elle au bout d'un moment et sans me regarder, que je ne lui tiens pas rancune. Et dis-lui autre chose. » Elle s'interrompit soudain.

« Oui, Dame ?

— Dis-lui que s'il gagne » – sur ce, elle se tourna vers moi et, tendant un doigt délicat par-delà l'espace qui séparait nos couches, elle me toucha le dos de la main pour bien marquer combien ses paroles étaient importantes –, « que s'il gagne, je demanderai sa protection.

— Je le lui dirai, Dame. » Et je m'arrêtai là, le cœur gros. « Et je vous promets la mienne aussi, en tout honneur ! »

Elle garda son doigt sur ma main. Son contact était aussi délicat que le souffle du prince endormi. « Je pourrais te rappeler ce serment, Seigneur Derfel, dit-elle, plongeant ses yeux dans les miens.

— Jusqu'à la fin des temps et pour l'éternité, ce serment tiendra, Dame. »

Elle sourit, retira sa main et se redressa.

Et cette nuit-là j'allai au lit dans un vertige de confusion, d'espoir, de sottise, d'appréhension, de peur et de ravissement. Car, tout comme Arthur, j'étais venu à Caer Sws et avais été frappé par l'amour.

CINQUIÈME PARTIE

LE MUR DE BOUCLIERS

« C'était donc elle ! m'accusa Igraine. La princesse Ceinwyn, qui a transformé ton sang en fumée, Frère Derfel !

— Oui, Dame, c'était elle, avouai-je, et, je le confesse maintenant, mes yeux se mouillent de larmes quand je pense à Ceinwyn. Ou peut-être est-ce le temps qui fait couler mes yeux, car l'automne est arrivé à Dinnewrac et un vent froid se glisse par la fenêtre. Je vais bientôt devoir interrompre ce récit, car nous serons affairés à rentrer nos vivres pour l'hiver et à constituer des tas de bois que le bienheureux saint Sansum se fera un plaisir de ne point brûler, afin que nous partagions les souffrances de notre cher Sauveur.

« Pas étonnant que tu aies tant de haine pour Lancelot ! lança Igraine. A-t-il su ce que tu éprouvais pour Ceinwyn ?

— Il a fini par le savoir, oui.

— Et alors ? demanda-t-elle impatiemment.

— Pourquoi ne pas nous en tenir à l'ordre du récit, Dame ?

— Parce que je n'en ai pas envie, naturellement.

— Eh bien moi, si, et c'est moi le narrateur, pas toi.

— Si je n'avais pas autant d'affection pour toi, Frère Derfel, je te ferais trancher la tête et donnerais ton corps en pitance à nos lévriers. » Elle fronça les sourcils, songeuse. Elle est très jolie aujourd'hui dans son manteau de laine gris ourlé de loutre. Elle n'est pas enceinte, alors de deux choses l'une : ou le pessaire de fèces de nourrisson n'a pas marché, ou Brochvael passe trop de temps en compagnie de Nwylle. « Dans la famille de mon mari, on a toujours beaucoup parlé de la grand-tante Ceinwyn, dit-elle, mais nul n'a jamais vraiment expliqué quel était l'objet du scandale.

— Je n'ai jamais connu personne, répondis-je sèchement, autour de qui il y eût moins de scandale.

— Ceinwyn ne s'est pas mariée, ça je le sais.

— Est-ce si scandaleux ?

— Du moment qu'elle se conduisait comme si elle l'était, oui, répondit Igraine avec indignation. Voilà ce que prêche ton Église. Notre Église, s'empressa-t-elle d'ajouter. Alors qu'est-il arrivé ? Dis-le-moi ! »

Je tirai ma manche de moine sur mon moignon de main, qui est toujours la première partie de mon corps à sentir un vent glacial. « L'histoire de Ceinwyn est trop longue pour que je la raconte maintenant. » Et je refusai d'en dire plus, malgré les demandes intempestives de ma reine.

« Alors Merlin a-t-il trouvé le Chaudron ? demanda Igraine.

— Nous y viendrons le moment venu. »

Elle leva les mains au ciel. « Tu m'exaspères, Derfel. Si je me conduisais en reine digne de ce nom, j'exigerais ta tête. Vraiment !

— Et si j'étais autre chose qu'un vieux moine souffreteux, Dame, je te la donnerais. »

Elle rit puis se retourna pour jeter un coup d'œil par la fenêtre. Les feuilles des petits chênes que Frère Maelgwyn avait plantés pour faire un brise-vent avaient bruni de bonne heure et les bois de la combe, au-dessous, étaient couverts de baies, deux signes annonciateurs d'un hiver rude. Sagramor me raconta un jour qu'il est des terres où l'hiver ne vient jamais, que le soleil réchauffe toute l'année, mais peut-être est-ce encore l'une de ses fables comme son histoire de lapins. J'espérais jadis que le ciel des chrétiens serait un endroit chaud, mais Sansum prétend que le ciel est forcément frais, vu que l'enfer est chaud, et je soupçonne que le saint a raison. Il n'y a pas grand-chose à attendre. Igraine frissonna et se retourna vers moi. « Personne ne m'a jamais fait de charmille pour Lughnasa, dit-elle d'un air désenchanté.

— Bien sûr que si ! Chaque année, tu y as droit !

— Mais c'est la charmille du Caer. Les esclaves la font, parce que c'est leur devoir, et naturellement je m'y installe, mais ce n'est pas la même chose que de voir son jeune soupirant faire une charmille de saules et de digitales. Merlin vous en a-t-il voulu d'avoir fait l'amour, toi et Nimue ?

— Je n'aurais jamais dû te le confesser. S'il l'a jamais su, il n'en a jamais rien dit. Il n'y aurait attaché aucune importance. Il n'était pas jaloux. » Contrairement à nous. Contrairement à

Arthur. Que de sang la jalousie n'a-t-elle fait couler sur notre terre ! Et à la fin de la vie, à quoi ça rime ? On se fait vieux, et les jeunes nous regardent sans jamais savoir que nous avons guerroyé pour l'amour.

Igraine arbora son air malicieux. « Tu dis que Gorfyddyd a traité Guenièvre de putain ? C'était vrai ?

— Tu ne devrais pas employer ce mot.

— Très bien. Guenièvre était-elle ce que disait Gorfyddyd, et que je ne suis pas autorisée à répéter de crainte de froisser tes innocentes oreilles ?

— Non, certainement pas.

— Mais a-t-elle été fidèle à Arthur ?

— Attends. »

Elle me tira la langue. « Lancelot est-il devenu un adepte de Mithra ?

— Attends, tu verras !

— Je te déteste !

— Et moi je suis ton très dévot serviteur, chère Dame, mais je suis aussi fatigué et ce temps froid empâte l'encre. J'écrirai la suite de l'histoire, je te le promets.

— Si Sansum te laisse faire, ajouta Igraine.

— Il me laissera faire. » Le saint est plus heureux ces temps-ci, grâce à notre dernier novice, qui n'est plus un novice d'ailleurs, mais un prêtre consacré et un moine et déjà, insiste Sansum, un saint. Tout comme lui. Saint Tudwal, c'est ainsi que nous devons l'appeler désormais, et les deux saints partagent une cellule et glorifient Dieu ensemble. La seule chose que je trouve à reprocher à cette bienheureuse association, c'est que le très saint Tudwal, maintenant âgé de douze ans, consent de nouveaux efforts pour apprendre à lire. Il ne parle pas cette langue saxonne, bien sûr, mais je crains tout de même qu'il ne parvienne à déchiffrer ces écrits. Mais cette crainte doit attendre que saint Tudwal maîtrise ses lettres, s'il y parvient jamais, et pour l'instant, si Dieu le veut et pour satisfaire la curiosité impatiente de ma très charmante reine, Igraine, je vais continuer cette histoire d'Arthur, mon très cher seigneur, mon ami, mon seigneur de la guerre.

★

Le lendemain, je ne remarquai rien. Je me trouvais avec Galahad, hôte indésiré de mon ennemi Gorfyddyd, cependant que Iorweth apaisait les Dieux. Mais le druide aurait aussi bien pu souffler des aigrettes de pissenlit, vu l'attention que je prêtai aux cérémonies. Ils tuèrent un taureau, ligotèrent trois prisonniers aux pieux, les étranglèrent, puis consultèrent les augures en poignardant un quatrième malheureux au creux de l'estomac. Ils entonnèrent le Chant de bataille de Maponos en dansant autour des morts, puis les rois, les princes et les chefs plongèrent la pointe de leurs lances dans le sang des morts avant de lécher le sang des lames et de s'en barbouiller les joues. Galahad se signa, je rêvais à Ceinwyn. Elle n'assista point aux cérémonies. Pas plus qu'aucune femme. Les augures, m'expliqua Galahad, étaient favorables à la cause de Gorfyddyd, mais ça m'était bien égal. Aux anges, je pensais au doigt de fée de Ceinwyn sur ma main.

On nous apporta nos chevaux, nos armes et nos boucliers, et Gorfyddyd en personne nous raccompagna à la porte de Caer Sws. Cuneglas, son fils, vint aussi ; on aurait pu croire à un geste de courtoisie, mais Gorfyddyd ne s'embarrassait pas de ces subtilités. « Dites à votre coureur de putain, commença le roi aux joues encore maculées de sang, qu'une seule chose peut éviter la guerre. Dites à Arthur que s'il se présente à Lugg Vale pour s'en remettre à mon jugement et à mon verdict, l'affront sera lavé. L'honneur de ma fille sera sauf.

— Je le lui dirai, Sire, promit Galahad.

— Arthur est-il encore imberbe ? » Telle que la posa Gorfyddyd, la question se voulait insultante.

« Oui, Sire, répondit Galahad.

— Alors je ne puis tresser sa barbe en longe de prisonnier, grogna Gorfyddyd. Dis-lui donc de couper les cheveux roux de sa putain avant de venir et de la faire tisser en laisse. » Gorfyddyd éprouvait manifestement du plaisir à exiger l'humiliation de ses ennemis, même si, à son visage, on devinait Cuneglas profondément gêné par la grossièreté de son père. « Dis-le-lui, Galahad de Benoïc, poursuivit Gorfyddyd, et dis-lui que s'il m'obéit, sa putain tondue pourra aller librement, du moment qu'elle quitte la Bretagne.

— La princesse Guenièvre est libre de ses mouvements, répliqua Galahad.

— La putain ! hurla Gorfyddyd. J'ai assez souvent couché avec elle, je devrais le savoir. Dis-le à Arthur ! » Il cracha l'ordre au visage de Galahad. « Dis-lui qu'elle est venue dans mon lit de son plein gré, et dans d'autres lits également !

— Je le lui dirai, mentit Galahad pour endiguer le flot de grossièretés. Et Mordred, Sire ?

— Arthur disparu, répondit Gorfyddyd, Mordred aura besoin d'un nouveau protecteur. J'assumerai la responsabilité de son avenir. Maintenant, filez ! »

Nous nous inclinâmes et enfourchâmes nos montures. Je me retournai dans l'espoir d'apercevoir Ceinwyn, mais il n'y avait que des hommes sur les remparts de Caer Sws. Tout autour de la forteresse, on abattait les refuges tandis que les hommes s'apprêtaient à rejoindre Branogenium par la voie la plus directe. Nous avions consenti à ne pas emprunter cette route mais à faire un détour par Caer Lud de manière à ne pouvoir espionner l'armée de Gorfyddyd.

Alors que nous chevauchions vers l'est, Galahad faisait grise mine. Quant à moi, je ne pouvais cacher mon bonheur et, dès que nous eûmes laissé derrière nous les campements affairés, je me mis à fredonner le Chant de Rhiannon.

« Qu'est-ce qui t'arrive ? demanda Galahad avec irritation.

— Rien. Rien ! Rien ! Rien ! » Je hurlai de joie en donnant un coup de talons, si bien que le cheval dévala le talus et je me retrouvai dans les orties. « Rien du tout, dis-je quand Galahad me rapporta mon cheval. Absolument rien.

— Tu es fou, mon ami.

— Tu as raison », avouai-je en remontant maladroitement sur mon cheval. J'étais fou, en effet, mais je n'allais pas dire à Galahad la raison de ma folie. Je m'efforçai donc un moment de me conduire sobrement. « Qu'allons-nous dire à Arthur ? lui demandai-je.

— Rien au sujet de Guenièvre, répondit Galahad d'un ton ferme. Qui plus est, Gorfyddyd mentait. Mon Dieu ! Comment a-t-il pu raconter de tels mensonges sur Guenièvre ?

— Pour nous provoquer, naturellement. Mais qu'allons-nous raconter à Arthur au sujet de Mordred ?

— La vérité. Mordred ne risque rien.

— Mais si Gorfyddyd a menti à propos de Guenièvre, pourquoi ne mentirait-il pas sur Mordred ? Et Merlin ne l'a pas cru.

— On ne nous a pas envoyés chercher la réponse de Merlin !

— On nous a envoyés chercher la vérité, mon ami, et je prétends qu'elle est sortie de la bouche de Merlin.

— Mais Tewdric, répliqua Galahad sans se démonter, croira Gorfyddyd.

— Ce qui veut dire qu'Arthur est perdu », conclus-je d'un ton lugubre, mais je n'avais aucune envie de parler de défaite et je demandai plutôt à Galahad ce qu'il avait pensé de Ceinwyn. Je laissais de nouveau la folie prendre possession de moi et je voulais entendre Galahad chanter ses louanges et dire qu'elle était la plus belle créature qu'on eût jamais vue entre les mers et les montagnes, mais il se contenta d'un haussement d'épaules. « Une petite chose bien soignée, lança-t-il avec désinvolture, et assez mignonne si on a un faible pour les femmes qui paraissent fragiles. » Il s'arrêta, songeur. « Lancelot l'aimera. Tu sais qu'Arthur veut les marier ? Bien que je n'imagine pas que cela puisse arriver maintenant. Je soupçonne que le trône de Gundleus est en sécurité et que Lancelot devra se trouver une épouse ailleurs. »

Je ne dis plus un mot sur Ceinwyn. Nous nous en retournâmes comme nous étions venus et atteignîmes Magnis la deuxième nuit où, exactement comme l'avait prédit Galahad, Tewdric se fia aveuglément à la promesse de Gorfyddyd, tandis qu'Arthur préféra croire Merlin. Gorfyddyd, je m'en aperçus alors, s'était servi de nous pour séparer Tewdric et Arthur, et il me parut qu'il avait été bien inspiré car, en écoutant les deux hommes se quereller dans les appartements de Tewdric, il était évident que le roi de Gwent n'avait pas le cœur à se battre. Laissant les deux hommes discuter, nous rejoignîmes les remparts de Magnis formés d'un gros mur de terre flanqué d'un fossé inondé et d'une robuste palissade. « Tewdric va obtenir gain de cause, me dit Galahad d'une voix lugubre. Il ne fait pas confiance à Arthur, tu comprends.

— Bien sûr que si ! » protestai-je.

Galahad hocha la tête. « Arthur est un homme loyal, il le sait, admit-il, mais Arthur est aussi un aventurier. Il est sans terre, y as-tu jamais songé ? Il défend une réputation, non un domaine. Il tient son rang à cause de l'âge de Mordred, non du fait de sa naissance. Pour réussir, Arthur doit se montrer plus hardi que d'autres, mais Tewdric ne veut point de hardiesse à l'heure qu'il est. Il aspire à la sécurité. Il acceptera l'offre de Gorfyddyd. » Il garda le silence un instant. « Peut-être notre destin est-il d'être des guerriers errants, reprit-il morose, privés de terre, et sans cesse refoulés vers la mer d'Ouest par nos ennemis. »

Frissonnant, je resserrai mon manteau. La nuit se couvrait de nuages, et le gel était promesse de pluie par le vent d'ouest. « Tu es en train de dire que Tewdric va nous laisser tomber ?

— C'est déjà fait, fit-il d'un ton abrupt. Son seul problème est maintenant de se débarrasser d'Arthur avec élégance. Tewdric a beaucoup trop à perdre et il ne prendra plus de risques, mais Arthur n'a rien à perdre que ses espoirs.

— Vous deux ! » appela une voix derrière nous. Nous retournant, nous vîmes Culhwch accourant sur les remparts. « Arthur vous demande.

— Pourquoi ? demanda Galahad.

— À ton avis, Seigneur Prince ? Il manque de partenaires à la planche ? » Culhwch grimaça. « Ces salauds n'ont pas le cran de se battre – il fit un geste en direction du fort, où se pressaient les hommes de Tewdric en grand uniforme –, mais nous, si. J'ai dans l'idée que nous allons attaquer tout seuls. » Voyant notre surprise, il rit. « Vous avez entendu Seigneur Agricola, l'autre nuit. Deux cents hommes peuvent tenir Lugg Vale contre une armée. Eh bien ? Nous avons deux cents lanciers et Gorfyddyd possède une armée, alors qu'avons-nous besoin de Gwent ? Il est temps de nourrir les corbeaux ! »

Les premières gouttes de pluie tombèrent, sifflant dans les feux de forge. Il semblait que nous allions en guerre.

*

Je me dis parfois que ce fut la décision la plus courageuse d'Arthur. Dieu sait qu'il a pris des décisions dans des circonstances tout aussi désespérées, mais jamais Arthur ne fut plus faible qu'en cette nuit pluvieuse à Magnis, où Tewdric donnait patiemment ordre aux hommes de se replier vers les murs romains en prévision d'une trêve entre Gwent et l'ennemi.

Arthur réunit cinq d'entre nous dans une maison de soldat, près de ces murs. La pluie crépitait sur le toit tandis que, sous le chaume, un feu de bois fumait pour nous éclairer d'une lueur blafarde. Sagramor, le plus fidèle lieutenant d'Arthur, s'assit sur la banquette à côté de Morfans. Culhwch, Galahad et moi étions accroupis par terre. Arthur prit la parole.

Le prince Meurig, reconnut Arthur, avait proféré une vérité désagréable, car la guerre était en effet de sa faute. S'il n'avait pas repoussé Ceinwyn avec mépris, il n'y aurait point d'inimitié entre Powys et la Dumnonie. Gwent se trouvait impliqué du fait qu'il était l'ennemi le plus ancien de Powys et l'ami traditionnel de la Dumnonie, mais il n'était pas dans son intérêt de poursuivre la guerre. « Si je n'étais pas venu en Bretagne, expliqua Arthur, le roi Tewdric n'envisagerait pas le viol de sa terre. C'est ma guerre et, de même que je l'ai commencée, je dois la terminer ! » Il s'interrompit. C'était un homme émotif et, à cet instant, il peinait à se maîtriser. « Je vais demain à Lugg Vale », annonça-t-il enfin et, l'espace d'une seconde, je crus, effaré, qu'il comptait se livrer à l'épouvantable vindicte de Gorfyddyd, mais il nous gratifia ensuite de son généreux sourire. « Et j'aimerais que vous veniez avec moi, mais je n'ai pas le droit de l'exiger. »

Le silence régnait dans la pièce. J'imagine que nous nous disions tous que la bataille du val semblait déjà aventureuse quand il était question d'y engager les armées réunies de Gwent et de la Dumnonie, mais comment gagner avec les seuls Dumnoniens ? « Tu as le droit d'exiger que nous venions, déclara Culhwch, car nous avons juré de te servir.

— Je vous libère de ces serments. Je ne vous demande qu'une chose : si vous vivez, promettez-moi de veiller que Mordred monte sur le trône. »

Le silence se fit à nouveau. Rien, je crois, ne pouvait nous faire flancher, mais nous ne savions comment exprimer notre loyauté. Galahad prit enfin la parole : « Je ne t'ai fait aucun serment, Seigneur, mais je le fais maintenant. Où tu te bats, Seigneur, je me bats, où se trouve ton ennemi se trouve le mien et ton ami est aussi le mien. Je le jure sur le précieux sang du Christ vivant. » Il se pencha, prit la main d'Arthur et la baisa. « Que je le paye de ma vie si je manque à ma parole !

— Il faut être deux pour faire un serment, dit à son tour Culhwch. Tu pourrais me libérer, Seigneur, mais moi-même je m'y refuse.

— Moi aussi, Seigneur », ajoutai-je.

Sagramor semblait las. « Je suis ton homme, celui d'aucun autre.

— Bougre de serment, fit l'affreux Morfans, je veux combattre. »

Arthur avait les larmes aux yeux. Pendant un moment, il demeura incapable de parler, s'affairant plutôt à remuer le feu jusqu'à ce qu'il eût réussi à en diminuer la chaleur de moitié pour doubler la fumée. « Vos hommes ne sont pas liés par serment, reprit-il d'une voix étouffée et demain, à Lugg Vale, je ne veux que des volontaires.

— Pourquoi demain ? demanda Culhwch. Pourquoi pas dans

deux jours ? Mieux vaut prendre le temps de se préparer, pas vrai ? »

Arthur hocha la tête. « Nous ne serions pas mieux préparés si nous attendions une année entière. En outre, les espions de Gorfyddyd fileront déjà dans le nord pour annoncer à Gorfyddyd que Tewdric accepte ses conditions, si bien qu'il nous faut attaquer avant que ces mêmes espions ne découvrent que nous, les Dumnoniens, ne battons pas en retraite. Nous attaquons demain à l'aube. » Il se tourna vers moi. « Tu attaqueras le premier, Seigneur Derfel, alors cette nuit tu dois aller chercher tes hommes et leur parler ; s'ils refusent, ainsi soit-il, mais s'ils consentent, Morfans peut te dire ce qu'ils doivent faire. »

Morfans avait chevauché à travers les lignes ennemies, se pavanant dans l'armure d'Arthur mais reconnaissant aussi les positions ennemies. Dans une marmite, il prit des poignées de grains qu'il répandit sur son manteau étendu sur le sol : une figuration grossière de Lugg Vale. « La vallée n'est pas longue, mais ses flancs sont escarpés. La barricade est ici, à l'extrémité sud, indiqua-t-il en pointant le doigt sur un passage de la vallée. Ils ont abattu des arbres et fait une palissade. Elle est assez robuste pour arrêter un cheval, mais il ne faudra pas longtemps à quelques hommes pour écarter ces arbres. Leur point faible est ici. » Il indiqua la colline occidentale. « Elle est raide à l'extrémité nord de la vallée, mais à l'endroit où ils ont construit leur barricade on a aucun mal à descendre cette pente. Grimpez à la faveur de l'obscurité et, à l'aube, vous attaquerez en aval pour démanteler leur barrière alors qu'ils n'auront pas fini de se réveiller. Ensuite, les chevaux peuvent passer. » Sa bouche se fendit d'un large sourire. Visiblement, il était ravi à l'idée de surprendre l'ennemi.

« Tes hommes sont habitués à marcher de nuit, me dit Arthur, si bien que demain, à l'aube, tu prends la barricade, tu la détruis et tu tiens le val le temps de laisser nos chevaux arriver. Après les chevaux, suivront nos lanciers. Sagramor les commandera dans le val tandis que j'attaquerai Branogenium avec cinquante cavaliers. » Sagramor resta impassible en apprenant qu'il allait commander le gros des troupes d'Arthur.

Quant à nous, nous ne pûmes masquer notre stupeur, non pas de la désignation de Sagramor, mais de la tactique d'Arthur. « Cinquante cavaliers pour attaquer toute l'armée de Gorfyddyd ? demanda Galahad d'un air dubitatif.

— Nous n'allons pas prendre Branogenium, admit Arthur, peut-être même n'allons-nous même pas en approcher, mais nous allons les inciter à nous poursuivre, et cette poursuite les entraînera dans le val. Sagramor les attendra à l'extrémité nord de la vallée, à l'endroit où la route franchit la rivière à gué, et lorsqu'ils attaqueront, vous vous replierez. » Il nous regarda l'un après l'autre, s'assurant que nous avions bien compris ses instructions. « Repliez-vous, reprit-il, ne manquez jamais de vous replier. Laissez-les croire qu'ils gagnent ! Et lorsque vous les aurez attirés au fond de la vallée, j'attaquerai.

— D'où ? demandai-je.

— Par-derrière, bien sûr ! » Galvanisé par la perspective de la bataille, Arthur avait retrouvé son ardeur. « Quand mes hommes se replieront de Branogenium, tu ne retourneras pas dans la vallée, mais tu te planqueras, à la sortie, côté nord. L'endroit est caché par les arbres. Et dès que vous aurez fait venir l'ennemi, nous arriverons par-derrière. »

Sagramor fixait les tas de grains. « Les Irlandais Blackshields de la colline de Coel, fit-il avec son accent exécrable, peuvent marcher au sud des collines et nous prendre par l'arrière. » Il passa le doigt sur les grains éparpillés à l'extrémité sud de la vallée pour bien faire comprendre ce qu'il voulait dire. Ces Irlandais, nous le savions tous, étaient les redoutables guerriers d'Œngus Mac Airem, roi de Démétie, qui avait été notre allié jusqu'à ce que Gorfyddyd ait acheté sa loyauté avec de l'or. « Tu veux que nous contenions une armée devant et les Blackshields derrière ? demanda Sagramor.

— Tu comprends, expliqua Arthur dans un sourire, pourquoi j'offre de vous délier de vos serments. Mais dès que Tewdric saura que nous sommes en ordre de bataille, il viendra. Au fil de la journée, Sagramor, tu verras ta ligne de boucliers grossir de minute en minute. Les hommes de Tewdric s'occuperont de l'ennemi depuis la colline de Coel.

— Et s'ils n'en font rien ? demanda Sagramor.

— Probablement perdrons-nous, admit Arthur avec calme, mais ma mort scellera la victoire de Gorfyddyd et la paix de Tewdric. Ma tête ira à Ceinwyn en cadeau de noces et vous, mes amis, vous banquetterez dans l'Au-Delà où, j'espère, vous garderez une place à table pour moi. »

De nouveau, le silence se fit. Arthur semblait assuré que Tewdric se battrait, bien qu'aucun de nous n'en fût aussi certain.

Il me semblait que Tewdric pourrait bien préférer laisser Arthur et ses hommes périr à Lugg Vale et se débarrasser ainsi d'un allié encombrant, mais je me dis également que ces questions de haute politique ne me regardaient pas. Mon souci était de survivre le lendemain et, examinant la grossière maquette du champ de bataille de Morfans, je m'inquiétais du flanc de colline que nous attaquerions à l'aube. Si nous pouvions attaquer là, me disais-je, l'ennemi le pouvait aussi. « Ils déborderont notre mur de boucliers », dis-je, trahissant ma préoccupation.

Arthur hocha la tête. « La pente est trop raide pour qu'un homme en armure l'escalade par le côté nord. Le pire qu'ils puissent faire, c'est d'y envoyer les requis, c'est-à-dire leurs archers. Si tu as des hommes en trop, Derfel, mets-en une poignée ici, sans quoi prie que Tewdric vienne rapidement. À cette fin, continua Arthur en se tournant vers Galahad, et bien que ça me blesse de te demander de te tenir à l'écart du mur de boucliers, Seigneur Prince, tu me seras fort précieux, demain, si tu te rends au galop auprès du roi Tewdric pour être mon émissaire. Tu es prince, tu parles avec autorité et, plus que tout autre, tu peux le persuader de profiter de la victoire que je compte lui donner par ma désobéissance. »

Galahad parut troublé. « J'aimerais mieux combattre, Seigneur.

— Au fond, continua Arthur dans un sourire, j'aimerais mieux gagner que perdre. Pour cela, j'ai besoin que les hommes de Tewdric viennent avant la fin du jour et toi, Seigneur Prince, tu es le seul messager que je puisse raisonnablement dépêcher auprès d'un roi affligé. Tu dois le persuader, le flatter, le supplier, mais surtout, Seigneur Prince, le convaincre que nous gagnerons la guerre demain ou que nous combattrons pour le restant de nos jours. »

Galahad accepta. « Bien que j'aie ta permission de revenir me battre aux côtés de Derfel dès que j'aurai livré le message ? précisa-t-il.

— Tu seras le bienvenu. » Arthur s'arrêta, les yeux fixés sur les tas de grains. « Nous sommes peu nombreux, conclut-il simplement, et ils sont légion, mais les rêves ne se réalisent pas en jouant de prudence, mais en bravant le danger. Demain, nous pouvons donner la paix aux Bretons. » Il s'arrêta brusquement, peut-être frappé par l'idée que son ambition de paix était aussi le rêve de Tewdric. Peut-être Arthur se demandait-il s'il devait se battre. Je me rappelais comment après l'entrevue avec Aelle, lorsque nous avions prêté serment sous le chêne, Arthur avait envisagé de renoncer, et je m'attendais vaguement à le voir mettre de nouveau son âme à nu. Mais en cette nuit pluvieuse, le cheval de l'ambition tirait rudement son âme et il ne pouvait projeter une paix dont le prix fût sa vie ou son exil. Il voulait cette paix, mais il désirait plus encore la dicter. « Quels que soient les Dieux que vous priez, dit-il, qu'ils soient avec vous tous demain. »

Je dus prendre un cheval pour aller retrouver mes hommes. J'étais pressé et je tombai trois fois. Et, mauvais augures, les chutes furent terribles, mais la route était boueuse, et seul mon orgueil en prit un coup. Arthur m'accompagnait, mais il arrêta mon cheval alors que nous étions encore à une portée de lance de l'endroit où les feux de camp de mes hommes vacillaient sous une pluie battante. « Fais ceci pour moi demain, Derfel, et tu pourras porter ta bannière à toi et peindre tes boucliers. »

Dans ce monde ou dans l'autre, pensai-je, mais je me gardai de rien dire de crainte de tenter les Dieux. Parce que demain, dans l'aube grise et blafarde, nous aurions le monde contre nous.

*

Aucun de mes hommes ne fut tenté de se délier de son serment. Quelques-uns, peu nombreux, auraient sans doute voulu éviter la bataille, mais personne ne voulut trahir sa faiblesse face à ses camarades et nous nous mîmes tous en marche, en plein cœur de la nuit, pour nous frayer un chemin à travers une campagne gorgée de pluie. Arthur nous regarda partir, puis rejoignit le campement de ses cavaliers.

Nimue insista pour nous accompagner. Et comme elle nous avait promis un charme de dissimulation, plus rien ne pouvait persuader mes hommes de la laisser derrière. Elle officia avant notre départ, accomplissant son charme sur le crâne d'un mouton trouvé dans une fosse à la lueur d'une flamme, à proximité de notre campement. Elle tira la carcasse du bosquet où un loup s'en était régalé, trancha la tête, la dépouilla de ses lambeaux de peau grouillant d'asticots puis s'accroupit sous son manteau avec le crâne puant. Elle y demeura un long moment, respirant la puanteur fétide de la tête en putréfaction, puis, se relevant, lança le crâne d'un geste méprisant. Elle le regarda tomber et, après un instant de réflexion, déclara que l'ennemi aurait les yeux tournés tandis que nous marcherions dans la nuit. Fasciné par l'intensité de Nimue, Arthur frissonna en l'entendant parler ainsi puis m'embrassa. « Je suis ton débiteur, Derfel.

— Tu ne me dois rien, Seigneur.

— Ne serait-ce que pour m'avoir transmis le message de Ceinwyn. » Son pardon lui avait procuré un immense plaisir, puis il avait haussé les épaules quand j'avais ajouté qu'elle demandait sa protection. « Elle n'a rien à craindre d'aucun homme de Dumnonie », avait-il dit. Puis il me donna une claque dans le dos. « Je te verrai demain à l'aube », promit-il. Après quoi il nous regarda nous éloigner en file indienne dans l'obscurité.

Nous traversâmes des prairies herbeuses et des champs moissonnés depuis peu, sans rencontrer d'autres obstacles que la terre trempée, l'obscurité et la pluie battante. Cette pluie nous venait de gauche, de l'ouest, et paraissait ne vouloir jamais cesser : une pluie cinglante, piquante et froide, qui s'infiltrait dans nos justaucorps et nous glaçait l'échine. Au départ, nous avançâmes serrés les uns contre les autres, afin qu'aucun homme ne se retrouvât seul dans la nuit, bien que, même en terrain facile, nous ne cessions de nous apostropher à voix basse pour savoir où pouvaient bien être nos camarades. Certains essayèrent de se raccrocher au manteau d'un ami, mais les lances se heurtaient et les hommes trébuchaient. Je finis par arrêter tout le monde pour former deux rangs. Chacun reçut l'ordre de suspendre son bouclier dans le dos et de tenir la lance de l'homme qui le précédait. Cavan fermait la marche, s'assurant que personne n'était largué, tandis que Nimue et moi marchions en tête. Elle me tenait la main, non par affection, mais simplement parce que nous devions rester ensemble dans la nuit noire. Lughnasa apparaissait comme un rêve désormais, balayé non pas par le temps, mais par Nimue, qui refusait mordicus de reconnaître que nous avions jamais été sous la charmille. Ces heures-là, comme les mois passés sur l'Île des Morts, avaient eu leur utilité et n'avaient plus la moindre importance.

Arrivé aux arbres, j'hésitai, puis m'engageai sur une pente raide et boueuse, dans une obscurité si épaisse que je désespérai de jamais faire sortir mes cinquante hommes de ces hideuses ténèbres, mais Nimue se mit alors à fredonner et la mélodie servit de guide à mes hommes pour sortir indemnes de ce piège. Les deux chaînes de lances se brisèrent mais, suivant la voix de Nimue, nous réussîmes tant bien que mal à sortir des arbres pour émerger dans un pré, du côté le plus éloigné. Je m'arrêtai là pour compter les hommes avec l'aide de Cavan tandis que Nimue tournait autour de nous en sifflant des charmes.

Mise à mal par la pluie et les ténèbres, mon ardeur sombra encore un peu plus. Je croyais posséder une bonne image mentale de cette campagne, qui s'étendait juste au nord du camp de nos hommes, mais notre progression accidentée avait effacé cette image. Je n'avais aucune idée de l'endroit où j'étais ni de notre point de chute. Nous avions marché vers le nord, c'est du moins ce que je croyais. Mais sans une étoile pour me guider et sans la lune pour éclairer mon chemin, je laissai mes craintes triompher de ma résolution.

« Qu'attends-tu ? » me demanda Nimue d'une voix chuchotante.

Je ne dis mot, me refusant à admettre que j'étais perdu. Ou ne voulant pas admettre, peut-être, que j'avais la frousse.

Nimue sentit mon désarroi et prit le commandement. « Nous avons devant nous une longue étendue de pâturages, expliqua-t-elle à mes hommes. On y paissait les moutons, mais ils ont retiré les troupeaux, si bien qu'il n'est ni bergers ni chiens pour nous voir. Ça grimpe tout du long, mais c'est assez facile si nous restons ensemble. Au-delà du pâtis, nous arrivons à un bois : c'est là que nous attendrons l'aube. Ce n'est pas loin et ce n'est pas difficile. Je sais que nous sommes trempés et qu'il fait froid, mais demain nous nous réchaufferons au feu de nos ennemis. » Sa confiance paraissait inébranlable.

Je ne crois pas que j'aurais pu guider ces hommes à travers cette nuit pluvieuse, mais Nimue le fit. Elle prétendit que son œil unique perçait les ténèbres où nos yeux ne voyaient rien. Peut-être disait-elle vrai, peut-être avait-elle tout simplement une meilleure idée de ce coin de pays que moi mais, quoi qu'il en soit, elle fit bien. La dernière heure, alors que nous gravissions le contrefort d'une colline, la marche devint soudain plus facile : nous étions sur les hauteurs occidentales, au-dessus de Lugg Vale, et les feux de bivouac de nos ennemis se consumaient plus bas dans les ténèbres. J'aperçus même la barricade de pins abattus et le chatoiement des eaux du Lugg, au-delà. Dans la vallée, des hommes jetaient au feu des gros tronçons de bois pour éclairer la route, au cas où des assaillants s'avanceraient depuis le sud.

Sitôt dans les bois, on se laissa tomber sur la terre gorgée d'eau. Certains somnolèrent, de cet assoupissement trompeur, peuplé de rêves et léger, qui ne ressemble en rien au sommeil et qui laisse son homme froid, fatigué et endolori, mais Nimue resta éveillée, marmonnant des charmes et discutant avec les hommes qui ne trouvaient pas le sommeil. Ce n'étaient pas des bavardages, car Nimue n'avait pas de temps à perdre en babillages : elle leur expliqua avec fougue pourquoi nous combattions. Pas pour Mordred, non, mais pour une Bretagne débarrassée des étrangers et des idées étrangères ; même les chrétiens tendirent l'oreille.

Je n'attendis pas l'aube pour attaquer. Lorsque le ciel gorgé de pluie laissa filtrer les premiers vagues rais de lumière aciéreuse, je réveillai les dormeurs et conduisis mes cinquante hommes à l'orée du bois. On attendit là, au-dessus d'une pente herbue qui dominait le lit de la vallée, aussi raide que les flancs du Tor d'Ynys Wydryn. Mon bouclier sanglé à mon bras gauche, Hywelbane à ma hanche, je serrai ma lourde lance de ma main droite. Un léger brouillard flottait à l'endroit où la rivière quittait la vallée. Une chouette effraie volait juste au-dessus des arbres, et mes hommes y virent un mauvais présage, mais un chat sauvage grogna derrière nous et Nimue assura que sa présence annulait la sinistre apparition de la chouette. J'adressai une prière à Mithra, donnant les prochaines heures à Sa gloire, puis je dis à mes hommes que les Francs avaient été de bien plus farouches ennemis que ces Powysiens hébétés que l'on devinait dans la vallée en contrebas. Je doutais que ce fût l'exacte vérité, mais les hommes qui sont sur le point de se battre ont moins besoin de véracité que de confiance. J'avais discrètement ordonné à Issa et à un autre homme de rester auprès de Nimue, car si elle mourait l'assurance de mes hommes se dissiperait comme brume en été.

La pluie crachait derrière nous, rendant glissantes les pentes herbues. Le ciel, au-dessus de la vallée, continuait à se dégager, laissant déjà paraître les premières ombres entre les nuages fuyants. Le monde était gris et noir : dans le val lui-même, il faisait nuit noire, mais l'orée du bois était plus claire, contraste qui me fit craindre que l'ennemi ne pût nous apercevoir quand nous ne le voyions pas. Leurs feux flambaient encore, mais beaucoup plus faiblement qu'au cœur de cette nuit de ténèbres hantée par les esprits. Je ne voyais aucune sentinelle. Il était temps d'y aller.

« Lentement ! » ordonnai-je à mes hommes. J'avais imaginé une folle cavalcade jusqu'au pied de la colline, mais je me ravisai. L'herbe mouillée était traîtresse et mieux valait, décidai-je, ramper lentement et en silence jusqu'en bas de la pente, comme des spectres au petit matin. J'ouvris la voie, toujours plus prudent à mesure que la pente se faisait plus raide. Les bottes cloutées elles-mêmes n'avaient guère de prise sur le sol gorgé d'eau et nous avancions à pattes de velours comme un chat, sans troubler la pénombre d'aucun bruit autre que celui de notre respiration. Nos lances nous servaient de bâtons. Par deux fois, des hommes chutèrent lourdement, leurs boucliers heurtant des fourreaux ou des lances et, à chaque fois, nous restâmes cloués sur place, attendant des sommations. Rien ne vint.

La dernière section de la pente était la plus raide, mais du haut de cette dernière côte nous apercevions enfin le lit de la vallée dans sa totalité. Au loin, la rivière s'écoulait comme une ombre noire ; au-dessous de nous, la Voie romaine passait entre un groupe de chaumières où l'ennemi devait s'abriter. Je ne voyais que quatre hommes : deux blottis près des feux, un troisième assis sous les égouts d'une cabane, tandis qu'un quatrième faisait les cent pas derrière la barricade. À l'est, le ciel pâlissait. Bientôt les premiers éclats de l'aube : il était temps de lancer au carnage mes lanciers à queue de loup. « Les Dieux soient notre mur de boucliers, leur dis-je, et tuez bien ! »

Nous dévalâmes les derniers mètres de pente. Quelques hommes se laissèrent glisser sur le postérieur plutôt que d'essayer de garder l'équilibre, d'autres coururent bille en tête et moi, parce que j'étais leur chef, je courus avec eux. La peur nous donna des ailes et nous fit hurler. Nous étions les loups de Benoïc venus hanter les collines frontalières de Powys pour offrir la mort et, soudain, comme toujours dans la bataille, l'exaltation triompha. La joie inonda nos cœurs, effaçant toute retenue, toute trace de réflexion et de pudeur pour ne laisser subsister que le sauvage éblouissement du combat. Je franchis les derniers mètres d'un bond, trébuchai parmi les framboisiers, renversai une seille vide : c'est alors que je vis le premier homme alarmé sortir d'une cabane voisine. Vêtu d'un pantalon et d'un justaucorps, portant une lance et clignant des yeux dans l'aube pluvieuse, il mourut ainsi, ma lance dans le ventre. Je hurlais comme un loup, défiant mes ennemis de venir se faire tuer.

Ma lance s'enfonça dans les boyaux du moribond. Je la laissai là et tirai Hywelbane. Un autre homme jeta un œil hors de la cabane pour voir de quoi il retournait. J'allongeai une botte à hauteur de ses yeux pour le repousser. Mes hommes me dépassèrent en coup de vent, hurlant et rageant. Les sentinelles fuyaient. L'un d'eux courut à la rivière, hésita, se retourna et tomba sous deux coups de lance. L'un de mes hommes se saisit d'un brandon qu'il balança sur le chaume trempé. D'autres tisons suivirent, jusqu'à ce qu'enfin les cabanes s'embrasent, poussant leurs habitants dehors, où les attendaient mes lanciers. Une femme hurla : une toiture de chaume en feu l'ensevelit. Nimue avait pris une épée à un ennemi mort et la plongeait dans le cou d'un homme tombé. Elle poussait un cri étrange et haut perché, qui ajoutait à cette aube glacée un surcroît de terreur.

Cavan gueula aux hommes de commencer à retirer les troncs d'arbre. J'abandonnai les rares ennemis qui vivaient encore à la merci de mes hommes et allai l'aider. La barricade consistait en une douzaine de pins abattus et il fallait une vingtaine d'hommes pour déplacer chacun d'eux. Nous avions ouvert un passage de dix mètres de large quand Issa sonna l'alarme.

Les hommes que nous avions massacrés n'étaient pas toute la garde postée dans la vallée, juste une ligne de défense rapprochée. Réveillé par le tumulte, le gros de la garnison se mettait en branle dans la section nord, ombragée, de la vallée.

« Le mur de boucliers ! Le mur de boucliers », ordonnai-je.

La ligne se forma juste au nord des chaumières en feu. Deux de mes hommes s'étaient foulé la cheville en dévalant la pente, un troisième avait trouvé la mort dans les premiers échanges, mais les autres s'alignèrent d'un pas traînant, ajustant leurs boucliers pour bien s'assurer que le mur était hermétique. J'avais récupéré ma lance et je remis donc Hywelbane au fourreau pour joindre ma pointe de lance aux autres pointes d'acier hérissées à un mètre cinquante en avant du mur. J'ordonnai à une demi-douzaine d'hommes de rester derrière avec Nimue, au cas où quelque ennemi se trouverait encore tapi dans l'ombre, puis il nous fallut attendre que Cavan remplaçât son bouclier. Les sangles du sien s'étaient rompues, si bien qu'il ramassa un bouclier powysien qu'il s'empressa de débarrasser de son aigle de cuir avant de reprendre sa place à la droite du mur – la position la plus vulnérable, parce que l'homme de droite doit tenir son bouclier de manière à protéger son voisin de gauche et expose ainsi son flanc droit aux coups de l'ennemi. « Prêt, Seigneur ! me lança-t-il.

— En avant ! » Mieux valait avancer, calculai-je, que de laisser l'ennemi se mettre en position de nous attaquer.

Plus nous progressions dans le nord, plus les flancs étaient hauts et escarpés. Sur la pente de droite, au-delà de la rivière, les arbres formaient un barrage infranchissable ; à droite, la colline était d'abord herbeuse, puis cédait la place aux arbustes. La vallée s'étranglait à mesure que nous avancions, bien qu'elle ne fût jamais assez étroite pour parler de gorge. Une bande de guerre avait la place de manœuvrer à Lugg Vale, bien que la rive marécageuse de la rivière aidât à circonscrire le terrain plat et sec nécessaire à la bataille. Derrière les nuages, les premières lueurs du jour illuminaient les collines occidentales, mais cette lumière n'avait pas encore inondé les profondeurs de la vallée, où la pluie avait enfin cessé bien qu'un vent froid et humide fît vaciller les flammes des feux de camp qui brûlaient dans la partie haute. Ces feux de camps révélèrent des chaumières agglutinées autour d'un bâtiment romain. Les ombres des hommes tremblotaient devant les feux. Un cheval hennit puis, soudain, lorsque enfin la lumière blafarde de l'aube atteignit la toute, j'aperçus un mur de boucliers en train de se former.

Je pus voir aussi que le mur alignait au moins une centaine d'hommes et que d'autres se hâtaient pour le renforcer. « Halte là ! » ordonnai-je à mes hommes. Scrutant la faible lumière, j'estimai le mur ennemi à deux cents hommes. Leurs lances étincelaient d'une lumière grise. C'était la garde d'élite que Gorfyddyd avait chargée de tenir la vallée.

Elle était certainement trop large pour que mes hommes puissent la tenir. La route longeait la pente ouest et laissait à notre droite une vaste prairie où l'ennemi pouvait sans mal nous déborder. J'ordonnai donc à mes hommes de reculer : « Lentement ! Lentement et sûrement ! Retour à la barricade ! » Nous pouvions tenir la brèche que nous avions ouverte dans le barrage de troncs, même s'il suffirait à l'ennemi de quelques instants pour escalader les arbres restants et nous encercler. « Lentement ! » lançai-je à nouveau, avant de laisser mes hommes se replier. J'attendis, parce qu'un cavalier s'était détaché des rangs ennemis pour s'avancer vers nous.

L'émissaire ennemi était un grand gaillard qui montait bien. Il avait un casque de fer couronné de plumes de cygne, une lance et une épée, mais point de bouclier. Il portait un plastron et une peau de mouton lui servait de selle. Il avait fière allure avec ses yeux noirs et sa barbe noire, et je ne sais quoi dans son visage m'était familier, mais ce n'est que lorsqu'il eut amené son cheval à ma hauteur que je le reconnus. C'était Valerin, le chef auquel Guenièvre avait été fiancée avant de rencontrer Arthur. Il baissa les yeux sur moi, puis, lentement, pointa sa lance sur ma gorge. « J'avais espéré que ce serait Arthur.

— Mon seigneur t'envoie ses salutations, Seigneur Valerin. »

Valerin cracha en direction de mon bouclier qui portait encore l'ours d'Arthur. « Retourne-lui mes salutations, à lui ainsi qu'à la putain qu'il a épousée. » Il s'arrêta, relevant la pointe de sa lance pour la rapprocher de mes yeux. « Tu es bien loin de ta maman, petit, ta mère sait que tu as sauté du lit ?

— Ma mère, répondis-je, prépare un chaudron pour tes os, Seigneur Valerin. Nous avons besoin de colle et les os de mouton, dit-on, font la meilleure. »

Il parut satisfait que je le connusse, prenant à tort ma reconnaissance pour un signe de gloire et ne s'apercevant pas que j'étais l'un des gardes venus à Caer Sws avec Arthur de longues années auparavant. Il écarta sa lance de ma figure et observa mes hommes. « Vous n'êtes pas beaucoup, et nous sommes nombreux. Voudriez-vous vous rendre tout de suite ?

— Vous êtes en nombre, mais mes hommes sont affamés de bataille et ne feront qu'une bouchée d'une bonne portion d'ennemis. » Un chef doit exceller à ces insultes rituelles qui annoncent la bataille et je dois dire que j'ai toujours aimé ça. En revanche, ces échanges n'ont jamais été le fort d'Arthur, car même au dernier instant avant le carnage il essayait encore de se faire aimer de ses ennemis.

Valerin tourna à moitié son cheval. « Ton nom ? demanda-t-il avant de détaler.

— Seigneur Derfel Cadarn », répondis-je fièrement, et je crus voir, j'espérai voir peut-être, une lueur de reconnaissance avant qu'il n'éperonnât de nouveau son cheval.

Si Arthur ne venait pas, me dis-je, nous étions tous des hommes morts. Mais lorsque je rejoignis mes lanciers à côté de la barricade, je trouvai Culhwch, qui une fois de plus caracolait avec Arthur. Il m'attendait. Son gros cheval broutait bruyamment juste à côté. « Nous ne sommes pas loin, Derfel, me rassura-t-il, et lorsque cette vermine attaquera, tu dois détaler. Compris ? Qu'ils vous donnent la chasse. Il faut les disperser, et lorsque tu nous vois arriver, tu t'écartes du chemin. » Il me saisit la main et m'étreignit comme un ours. « Ça vaut mieux que de parler de paix, hein ? » Puis il regagna son cheval et se hissa sur sa selle. « Soyez lâches quelques instants ! » lança-t-il à mes hommes. Puis il leva la main et éperonna vers le sud.

J'expliquai à mes hommes le sens des derniers mots de Culhwch, puis je pris ma place au centre du mur de boucliers en travers de la brèche que nous avions ouverte dans la barricade. Nimue se tenait derrière moi, tenant toujours son épée ensanglantée. « Nous feindrons la panique, annonçai-je au mur de boucliers, lorsqu'ils lanceront leur première attaque. Et ne trébuchez pas en courant, veillez à laisser le passage à nos chevaux. » J'ordonnai à quatre de mes hommes de mettre nos deux blessés à l'abri dans un fourré, derrière la barricade.

Nous attendîmes. Je jetai un coup d'œil en arrière. Les hommes d'Arthur étaient invisibles. J'imaginai qu'ils devaient se cacher à l'endroit où la route était masquée par les arbres, à quelques centaines de mètres plus au sud. À ma droite, la rivière s'écoulait en tourbillons brillants sur lesquels deux cygnes se laissaient porter. Un héron pêchait au bord de la rivière. Il ouvrit paresseusement ses ailes pour voler vers le nord. D'après Nimue, c'était de bon augure, parce qu'il portait la malchance dans les rangs ennemis.

Les lanciers de Valerin approchèrent lentement. On les avait réveillés pour la bataille et ils étaient encore hébétés. Certains étaient nu-tête et je me dis que leurs chefs avaient dû les arracher si brutalement de leur paillasse qu'ils n'avaient pas eu le temps de passer leur armure. Ils n'avaient pas de druides : au moins n'avions-nous aucun charme à craindre même si, tout comme mes hommes, je marmonnai à la hâte quelques prières. Les miennes allaient à Mithra et à Bel. Nimue invoquait Andraste, la Déesse du Carnage, tandis que Cavan priait ses Dieux irlandais de donner à sa lance sa ration du jour. Je vis que Valerin avait mis pied à terre et conduisait ses hommes depuis le centre de la ligne, mais je remarquai aussi qu'un serviteur le suivait de près avec son cheval.

Un fort coup de vent humide souffla en travers de la route la fumée des cabanes en feu, masquant à moitié la ligne ennemie. Les corps de leurs camarades étripés réveilleraient à coup sûr l'ardeur des lanciers et, comme de bien entendu, j'entendis leurs cris de colère quand ils découvrirent les cadavres encore frais. Lorsqu'une rafale de vent chassa la fumée, la ligne de nos assaillants hâtait le pas et criait des insultes. Nous attendîmes en silence tandis que la lumière grise de l'aube se répandait dans le creux humide de la vallée.

Les lanciers ennemis s'arrêtèrent à cinquante pas de nous. Tous portaient sur leurs boucliers l'aigle de Powys ; aucun ne venait donc de Silurie ni des autres contingents rassemblés par Gorfyddyd. Ces lanciers, calculai-je, étaient parmi les meilleurs de Powys. Tous ceux qui tomberaient aujourd'hui ne pourraient que nous aider par la suite, et les Dieux savaient que nous avions besoin d'aide. Nous étions loin d'avoir gagné la partie et je devais sans cesse me rappeler que ces moments de relâche avaient pour seul but d'attirer le gros des forces de Gorfyddyd et de ses alliés vers les rares hommes demeurés fidèles à Arthur.

Deux hommes sortirent en courant de la ligne d'Arthur et lancèrent leurs lances, qui passèrent largement au-dessus de nos têtes pour s'enfoncer dans la terre derrière nous. Mes hommes les conspuèrent et certains se découvrirent même à dessein, comme pour inviter l'ennemi à recommencer. Je remerciai Mithra que l'ennemi n'eût point d'archers. Peu de guerriers portaient des arcs car aucune flèche ne peut transpercer un bouclier ou un plastron de cuir. L'arc était une arme de chasseur, plus utile contre la sauvagine ou le petit gibier, mais une masse de rustres requis pourvus d'arcs légers pouvait tout de même constituer une gêne en forçant les guerriers à se blottir derrière leur mur de boucliers.

Deux autres hommes lancèrent des lances. Une arme s'enfonça dans un bouclier, l'autre passa de nouveau au-dessus. Valerin nous observait, jaugeant notre détermination et, peut-être parce que nous ne ripostions pas, il en conclut que nous étions déjà des hommes battus. Il leva les bras, frappa de sa lance contre son bouclier et cria à ses hommes de charger.

Ils rugirent et, comme Arthur nous l'avait ordonné, nous brisâmes les rangs pour détaler. L'espace d'une seconde régna la confusion, car les hommes de la ligne de boucliers se gênaient mutuellement, mais bientôt les hommes se dispersèrent, chacun suivant son chemin d'un pas lourd. Nimue, son manteau noir au vent, courait devant nous, ne cessant de se retourner pour voir ce qui se passait derrière nous. L'ennemi criait victoire et se lançait à nos trousses pour essayer de nous rattraper, tandis que Valerin, voyant une occasion de fendre à cheval une cohue en débandade, hurlait à son serviteur de lui amener sa monture.

Encombrés que nous étions de nos manteaux, de nos boucliers et de nos lances, nous avions du mal à courir. Fatigué et essoufflé, je suivais mes hommes. J'entendais l'ennemi dans mon dos et par deux fois, jetant un œil par-dessus mon épaule, j'aperçus un grand gaillard tout rougeaud et grimaçant qui essayait de me rattraper. Il était plus rapide que moi et je commençais à me dire que je devais m'arrêter et faire volte-face pour l'affronter quand j'entendis le chant mélodieux et béni de la corne d'Arthur. Elle retentit deux fois avant que surgît Arthur des arbres encore enveloppés de brumes matinales.

Arthur fut en effet le premier à s'avancer avec son panache blanc, son armure resplendissante et son bouclier miroitant, son manteau blanc volant dans son dos comme des ailes. Il baissa sa lance. Ses cinquante hommes sortirent de l'ombre sur leurs chevaux caparaçonnés, leurs visages enveloppés de fer, leurs lances scintillantes. Les bannières de l'ours et du dragon étincelaient. Et la terre trembla sous les sabots qui faisaient gicler l'eau et la boue sur leur passage. Mes hommes s'écartaient, formant deux groupes qui se rassemblèrent en cercles défensifs à l'abri de lances et de boucliers. Je restai seul, me retournant juste à temps pour voir les hommes de Valerin essayer désespérément de reformer un mur de boucliers. Du haut de sa monture, Valerin leur cria de se replier sur la barricade, mais il était déjà trop tard. Notre piège était tendu et les défenseurs de Lugg Vale étaient condamnés.

Arthur passa en trombe à côté de moi sur Llamrei, sa jument préférée. La robe de son cheval et les franges de son manteau étaient déjà toutes crottées. Un homme lança une lance qui passa à côté du poitrail caparaçonné de Llamrei, puis Arthur plongea sa lance dans le premier soldat ennemi, abandonna l'arme et libéra Excalibur. Les autres chevaux se ruèrent en avant dans un grand tourbillon d'eau et de vacarme. Voyant les brutes enfoncer leurs rangs brisés, les hommes de Valerin hurlèrent. Les épées sifflaient, laissant les hommes chancelants et ensanglantés. Les chevaux fonçaient, d'aucuns piétinant sous leurs sabots ferrés les ennemis paniqués. Les lanciers en débandade étaient sans défense contre les chevaux, et ces guerriers de Powys n'eurent aucune chance de former ne serait-ce qu'un tout petit mur de boucliers. Ils ne pouvaient que fuir et, voyant qu'il n'y avait point de salut, Valerin fit volte-face et galopa vers le nord.

Quelques-uns de ses hommes suivirent, mais à pied ils étaient condamnés. D'autres prirent des chemins de traverse, qui vers la rivière, qui vers la colline, traqués par nos lances. Une poignée se défirent de leurs lances et de leurs boucliers pour lever les bras, et sauvèrent leur peau, mais quiconque faisait mine de résister était entouré comme un sanglier pris au piège et étripé d'un coup de lance. Le cheval d'Arthur avait disparu dans la vallée, laissant derrière lui une horrible traînée de crânes fendus. D'autres ennemis clopinaient et tombaient. Voyant le massacre, Nimue poussa un grand cri de triomphe.

Nous fîmes près de cinquante prisonniers. Les morts ou les moribonds étaient au moins aussi nombreux. Quelques-uns s'échappèrent dans la colline que nous avions descendue dans la grisaille de l'aube, d'autres se noyèrent en essayant de traverser le Lugg. Tous les autres pissaient le sang, titubant, vomissant, et vaincus. Les hommes de Sagramor, cent cinquante lanciers de choix, surgirent alors que nous finissions de rassembler les derniers survivants de Valerin. « Nous n'avons pas assez d'hommes pour garder des prisonniers, fit Sagramor en me saluant.

— Je sais.

— Alors tue-les ! m'ordonna-t-il, aussitôt approuvé par Nimue.

— Non ! » Sagramor était mon commandant pour le restant de la journée et c'est sans joie que je lui désobéissais, mais Arthur voulait apporter la paix aux Bretons et trucider des prisonniers démunis n'était pas une manière d'imposer sa paix à Powys. En outre, c'étaient mes hommes qui avaient fait les prisonniers, si bien que leur sort était de ma responsabilité : plutôt que de les mettre à mort, je leur ordonnai de se dévêtir, puis on les conduisit un par un à Cavan, qui attendait avec un gros caillou pour marteau et une pierre roulée pour enclume. Nous placions la main du lancier sur la pierre roulée et lui broyions les deux doigts les plus petits. Un homme aux doigts brisés vivrait, il pourrait même manier de nouveau une lance, mais pas tout de suite. Pas avant longtemps. Puis on les envoya dans le sud, nus et sanguinolents, tout en les prévenant que si l'on revoyait leur tronche avant la tombée de la nuit, ils étaient des hommes morts. Sagramor me railla de cette clémence mais se garda de casser mes ordres. Mes hommes mirent la main sur les meilleurs vêtements et les plus belles bottes de l'ennemi, fouillèrent le rebut en quête de pièces avant de lancer les vêtements dans les cabanes encore en feu. Quant aux armes saisies, on les entassa sur le bord de la route.

Marchant vers le nord, nous découvrîmes qu'Arthur avait arrêté sa poursuite à hauteur du gué, avant de s'en retourner vers le village agglutiné autour du bâtiment romain qui, supputait Arthur, avait jadis été un gîte d'étape pour les voyageurs en route vers les collines du nord. Une cohue de femmes tremblaient sous bonne garde à côté de la bâtisse, s'accrochant à leurs enfants et à leurs maigres effets.

« Ton ennemi, expliquai-je à Arthur, était Valerin. »

Il lui fallut quelques secondes pour remettre le nom, puis il sourit. Il avait retiré son casque et sauté à terre pour nous accueillir. « Pauvre Valerin, deux fois perdant ! » Puis il me serra dans ses bras et remercia mes hommes.

« La nuit était si noire. Je doutais que vous trouviez la vallée.

— Ce n'est pas moi qui l'ai trouvée, c'est Nimue.

— Alors, je te dois des remerciements, dit-il à Nimue.

— Remercie-moi, répondit-elle, en remportant ce jour la victoire.

— Avec l'aide des Dieux, je le ferai. » Il se retourna vers Galahad, qui avait participé à la charge. « Va dans le sud, Seigneur Prince, et transmets mes salutations à Tewdric et demande-lui que les lances de ses hommes se rangent à nos côtés. Puisse Dieu rendre ta langue éloquente ! » Galahad éperonna son cheval et remonta la vallée qui puait le sang.

Arthur examina le sommet d'une colline à une demi-lieue à peine du gué. Il y avait là un vieux fort de terre, héritage des Anciens, mais il paraissait désert. « Nous serions en fâcheuse posture, dit-il en souriant, si quelqu'un voyait où nous nous cachons. » Il cherchait une cachette où abandonner la lourde armure de son cheval avant de poursuivre plus au nord pour faire sortir les hommes de Gorfyddyd de leurs camps de Branogenium.

« Nimue va te jeter un charme de dissimulation.

— Vraiment, Dame ? » demanda-t-il d'un ton grave.

Elle alla chercher un crâne. Arthur m'embrassa de nouveau, puis appela Hygwydd, son serviteur, pour l'aider à retirer son armure d'écailles. Il la retira par la tête, ce qui laissa ses cheveux courts en bataille. « Voudrais-tu la porter ?

— Moi ?

— Lorsque l'ennemi attaquera, il s'attendra à me trouver ici et, si je n'y suis pas, il soupçonnera un traquenard. » Il sourit. « Je demanderais bien à Sagramor, mais son visage est un peu plus singulier que le tien, Seigneur Derfel. En revanche, il te faudra raccourcir un peu ta longue chevelure. » Mes cheveux blonds s'échappant du casque seraient la preuve que je n'étais pas Arthur. « Et peut-être te tailler un peu la barbe. »

Prenant l'armure des bras d'Hygwydd, son poids me surprit.

« Je serais honoré.

— Elle est lourde, me prévint-il. Tu auras chaud, et tu ne vois rien sur les côtés quand tu portes le casque, si bien qu'il te faut deux bons hommes sur tes flancs. » Il perçut mon hésitation. « Dois-je demander à un autre de la porter ?

— Non, non, Seigneur. Je la porterai.

— Elle est synonyme de danger...

— Je ne m'attendais pas à une journée de tout repos, Seigneur !

— Je te laisserai donc les bannières. Lorsque Gorfyddyd viendra, il doit être convaincu que tous ses ennemis sont au même endroit. Ce sera une rude bataille, Derfel.

— Galahad amènera de l'aide ! »

Il prit mon plastron, troqua son étincelant bouclier contre le mien et me donna son manteau blanc, puis saisit la bride de Llamrei. « Nous avons mangé notre pain blanc », conclut-il une fois remonté en selle. Il fit signe à Sagramor d'approcher puis s'adressa à nous deux. « L'ennemi sera ici à midi. Faites votre possible pour vous préparer, puis battez-vous comme vous ne vous êtes jamais battus. Si je vous revois, c'est que nous serons tous victorieux. Sinon, je vous remercie et vous salue, et je vous attendrai pour banqueter avec vous dans l'Au-Delà. » Il cria à ses hommes de monter en selle et s'en fut dans le nord.

Et nous, nous attendîmes le commencement de la vraie bataille.

*

L'armure d'écailles était effroyablement lourde et pesait sur mes épaules comme les seilles d'eau que les femmes portent chaque matin à leur maison. J'avais du mal à lever le bras, même si la chose devint plus facile lorsque je sanglai mon ceinturon autour des écailles de fer de manière à décharger mes épaules du poids de la partie inférieure de l'armure.

Son charme de dissimulation achevé, Nimue me coupa les cheveux au couteau et les brûla de crainte que l'ennemi ne me jette un sort puis, me servant du bouclier d'Arthur comme d'un miroir, je me taillai la barbe assez court pour qu'elle disparût sous les joues du casque. Puis je bataillai avec la doublure de cuir pour la passer sur mon crâne, tirant avec la dernière énergie jusqu'à ce que le casque enfermât ma tête comme une coquille. Ma voix semblait étouffée, malgré les trous percés dans le métal rutilant au-dessus des oreilles. Puis je soulevai le bouclier, laissant Nimue m'attacher autour des épaules le manteau blanc crotté, et j'essayai de me faire au poids de l'armure. Je demandai à Issa de me servir de partenaire avec une hampe de lance en guise de canne et me trouvai plus lent que d'ordinaire. « La peur te rendra plus rapide, Seigneur », me dit-il quand il eut trompé ma garde pour la dixième fois et m'eut assené un coup sonore sur la tête.

« Ne fais pas tomber les plumes ! » À part moi, je me disais que je n'aurais jamais dû accepter l'armure. C'était un accoutrement de cavalier, destiné à rendre plus lourd et plus effrayant celui qui devait enfoncer les rangs ennemis, alors que nous autres, les lanciers, quand nous n'étions pas épaule contre épaule dans un mur de boucliers, nous avions surtout besoin d'agilité et de vélocité.

« C'est que tu es superbe ! fit Issa, admiratif.

— Je ferai un superbe cadavre si tu ne gardes mon flanc ! On se croirait à l'intérieur d'un seau. » Je retirai le casque, soulageant mon crâne de son carcan. « La première fois que j'ai vu cette armure, confiai-je à Issa, j'en ai eu envie plus que de toute autre chose au monde. Aujourd'hui, je la céderais volontiers pour un simple plastron de cuir.

— Tout se passera très bien, Seigneur », dit-il avec un large sourire.

Nous avions à faire. Il nous fallut d'abord refouler dans le sud les femmes et les enfants abandonnés par les hommes défaits de Valerin, puis préparer des défenses à proximité des restes de la barricade. Sagramor redoutait que nous ne fussions submergés par la marée ennemie avant que les cavaliers d'Arthur ne pussent voler à notre secours, et il fit de son mieux pour préparer le terrain. Mes hommes avaient besoin de dormir, mais il nous fallut plutôt creuser un petit fossé en travers de la vallée. Il n'était nulle part assez profond pour arrêter un homme, mais il obligerait les lanciers à sauter au risque de trébucher pour approcher de nous. Les arbres abattus se trouvaient juste derrière le fossé et marquaient la limite sud vers laquelle nous pouvions nous replier et l'endroit que nous devions défendre jusqu'à la mort. Sagramor fixa les troncs à l'aide des lances abandonnées par Valerin, créant une sorte de haie hérissée de pointes au milieu des branchages. Nous laissâmes la brèche ouverte au centre de la palissade de manière à pouvoir nous replier devant la fragile barrière avant de la défendre.

Ce qui me préoccupait, c'était le flanc de colline raide et exposé que mes hommes avaient assailli à l'aube. Les guerriers de Gorfyddyd attaqueraient sans doute par la vallée, mais les requis seraient probablement envoyés sur les hauteurs pour menacer notre flanc gauche. Or Sagramor ne pouvait se permettre de placer des hommes là-haut, mais Nimue affirma que ce n'était pas nécessaire. Elle prit dix lances ennemies puis, se faisant aider d'une demi-douzaine de mes hommes, trancha la tête de dix lanciers morts de Valerin et porta le tout au sommet de la colline. Là, elle fit planter les lances dans la terre, puis piqua les têtes sanguinolentes sur les pointes et les coiffa de hideuses perruques d'herbes nouées. À chaque nœud correspondait un maléfice. Pour finir, elle éparpilla des branches d'if entre les pieux largement espacés : elle avait fait une palissade-fantôme sous la forme d'une rangée d'épouvantails humains ensorcelés qu'aucun homme n'oserait franchir sans l'aide d'un druide. Sagramor voulut qu'elle en fasse une autre au nord du gué, mais Nimue refusa. « Leurs guerriers viendront avec des druides, expliqua-t-elle, et un druide se rit d'une palissade-fantôme. En revanche, les requis n'auront pas de druides. » Elle était allée chercher au pied de la colline une brassée de verveine et distribuait maintenant les petites fleurs violettes aux lanciers, qui savaient tous que l'herbe sacrée était une protection dans la bataille. Elle m'en glissa une branche dans mon armure.

Les chrétiens se rassemblèrent pour dire leurs prières pendant que nous, les païens, implorions l'aide de nos Dieux. Des hommes lancèrent des pièces dans la rivière puis demandèrent à Nimue de toucher leurs talismans. La plupart portaient une patte de lièvre, mais certains lui apportèrent des pênes de lutin ou des pierres de serpent. Très prisés des soldats, les pênes de lutin étaient de toutes petites pointes de silex tirées par les esprits ; les pierres de serpent, en revanche, avaient des couleurs vives que Nimue enrichissait en les plongeant dans la rivière avant de les porter à son œil. Je pressai l'armure d'écailles pour sentir contre ma poitrine la broche de Ceinwyn, puis je m'agenouillai pour embrasser la terre. Je gardai le front sur le sol humide tout en adjurant Mithra de me donner de la force, du courage et, si telle était Sa volonté, une bonne mort. Certains de nos hommes buvaient l'hydromel que nous avions découvert au village mais, pour ma part, je ne bus que de l'eau. Nous fîmes notre repas des vivres que les hommes de Valerin avaient prévus pour leur petit déjeuner, puis un groupe de lanciers aida Nimue à attraper des crapauds et des souris d'eau qu'elle tua et disposa sur la route, au-delà du gué, pour donner de mauvais présages à l'ennemi approchant. Chacun aiguisa de nouveau ses armes et attendit. Sagramor avait mis la main sur un homme qui se cachait dans les bois, derrière le village. L'homme était berger et Sagramor l'interrogea sur les environs : ainsi apprit-il qu'il y avait un second gué en amont, où l'ennemi pouvait nous déborder si nous essayions de défendre la rive à l'extrémité nord de la vallée. L'existence de ce deuxième gué n'était pas faite pour nous inquiéter maintenant, mais nous ne devions pas en oublier l'existence car elle donnait à l'ennemi un moyen de contourner notre ligne de défense postée plus au nord.

La bataille qui se préparait m'inquiétait, mais Nimue semblait impassible : « Je n'ai rien à craindre. J'ai connu les Trois Blessures. Par quoi puis-je être blessée ? » Elle s'était assise à côté de moi, à proximité du gué, au nord de la vallée. Ce serait notre première ligne de défense, l'endroit où nous amorcerions la lente retraite qui attirerait l'ennemi dans la vallée et le piège d'Arthur. « En outre, ajouta-t-elle, je suis sous la protection de Merlin.

— Sait-il que nous sommes ici ? »

Après un instant de silence, elle hocha la tête. « Il le sait.

— Viendra-t-il ? »

Elle se renfrogna comme si ma question était stupide. « Il viendra, fit-elle lentement, quoiqu'il ait à faire.

— Alors il viendra ! » répétai-je plein d'espoir.

Nimue secoua la tête, exaspérée. « La seule chose qui préoccupe Merlin, c'est la Bretagne. Il croit qu'Arthur pourrait aider à restaurer la Sagesse de la Bretagne, mais s'il décide que Gorfyddyd ferait mieux l'affaire, alors crois-moi, Derfel, il prendra le parti de Gorfyddyd. »

Merlin lui-même me l'avait laissé entendre à demi-mot à Caer Sws, mais j'avais encore peine à croire que ses ambitions étaient si éloignées de mes allégeances et de mes espoirs. « Et toi ? demandai-je à Nimue.

— J'ai un fardeau qui m'attache à cette armée, après quoi je serai libre d'aider Merlin.

— Gundleus... »

Elle approuva d'un signe de tête. « Donne-moi Gundleus en vie, Derfel, me demanda-t-elle en me regardant dans les yeux, donne-le moi vivant, je t'en supplie. » Touchant son bandeau de cuir, elle se tut, rassemblant ses énergies en vue de la vengeance qu'elle ruminait fébrilement. Elle avait encore un visage pâle et décharné, avec ses cheveux noirs et plats qui lui couvraient les joues. La tendresse qu'elle avait révélée à Lughnasa avait cédé la place à une tristesse froide qui me donnait à penser que je ne la comprendrais jamais. Je l'aimais, non pas comme je croyais aimer Ceinwyn, mais comme un homme peut aimer une belle créature sauvage, un aigle ou un chat sauvage, car je savais que sa vie ou ses rêves me seraient à jamais impénétrables. Soudain, elle grimaça. « Je ferai hurler l'âme de Gundleus jusqu'à la fin des temps, dit-elle à voix basse, je l'expédierai dans les abîmes du néant, mais jamais il n'atteindra le néant, Derfel, il souffrira toujours à sa lisière, hurlant. »

Je frissonnai pour Gundleus.

Un cri attira mon attention vers la rivière. Six cavaliers galopaient vers nous. Notre mur de boucliers se dressa, chacun passant son bras dans les sangles de son bouclier, mais je vis qu'ils étaient conduits par Morfans. « Une lieue, fit-il, haletant. Arthur nous a envoyés vous aider. Grands Dieux, ils sont des centaines, les salauds ! » Il s'épongea le front, puis grimaça. « Il y a assez de butin pour mille hommes ! » Il se laissa glisser lourdement de son cheval. Je vis qu'il portait la corne d'argent et devinai qu'il s'en servirait le moment venu pour appeler Arthur.

« Où est Arthur ? demanda Sagramor.

— Bien caché », nous rassura Morfans. Puis, voyant mon armure, son affreuse trogne se fendit en un large rictus. « Elle te pèse, hein, cette armure ?

— Comment se bat-il avec ça ?

— Très bien, Derfel, très bien. Tu verras, toi aussi. » Il me donna une claque sur l'épaule. « Des nouvelles de Galahad ?

— Aucune.

— Agricola ne nous laissera pas combattre tout seuls, quoi que puissent vouloir ce roi chrétien et sa chiffe molle de rejeton », trancha Morfans avant de conduire ses cinq acolytes à travers le mur de boucliers. « Accordez-nous quelques minutes pour le repos des chevaux. »

Sagramor passa son casque. Le Numide portait une cotte de mailles, un manteau noir et des cuissardes. Son casque de fer était noir de poix et se terminait en pointe, ce qui lui donnait un air exotique. En général, il combattait à cheval, mais il ne laissa poindre aucun regret d'être fantassin en ce jour. Il ne montra non plus la moindre inquiétude en faisant les cent pas devant ces hommes auxquels il grognait des encouragements.

Je remis le casque étouffant d'Arthur et bouclai la sangle sous mon menton. Ainsi accoutré comme mon seigneur, je rejoignis à mon tour la ligne des lances, prévenant mes hommes que le combat serait rude, mais la victoire assurée aussi longtemps que tiendrait notre mur. C'était un mur dangereusement mince – de juste trois hommes d'épaisseur à certains endroits, mais c'étaient tous des braves. Lorsque j'approchai du point de raccord entre mes lanciers et ceux de Sagramor, l'un d'eux sortit du rang. « Tu te souviens de moi, Seigneur ? »

Je crus un instant qu'il m'avait pris pour Arthur et, écartant mes joues pour voir son visage, je le reconnus enfin. C'était Griffid, le capitaine d'Owain, l'homme qui avait essayé de m'écharper à Lindinis avant que Nimue ne s'interpose pour me sauver la vie. « Griffid ap Annan !

— Il y a du mauvais sang entre nous, Seigneur, dit-il en tombant à genoux. Pardonne-moi. »

Je lui fis signe de se relever et le serrai dans mes bras. Sa barbe grisonnait, mais il restait l'homme efflanqué et à la triste figure dont j'avais gardé le souvenir. « Mon âme est sous ta garde, lui dis-je, et je suis ravi de la mettre là.

— Et la mienne est à toi, Seigneur.

— Minac ! » J'avais reconnu un autre de mes anciens camarades. « Suis-je pardonné ?

— Y avait-il quelque chose à pardonner, Seigneur ? demanda-t-il, gêné par ma question.

— Il n'y avait rien à pardonner. Aucun serment brisé, je le jure. »

Minac s'avança pour m'embrasser. Tout au long du mur de boucliers, d'autres querelles semblables trouvaient leur solution. « Comment ça s'est passé ? demandai-je à Griffid.

— Bataillé rudement, Seigneur ! Surtout contre les Saxons de Cerdic. Aujourd'hui sera un jeu d'enfants en comparaison de ces bougres, sauf pour une chose. » Il hésita.

« Eh bien ?

— Va-t-elle nous rendre nos âmes, Seigneur ? » demanda Griffid en jetant un coup d'œil à Nimue. Il se souvenait de la terrible malédiction qu'elle avait jetée sur lui et ses hommes.

« Bien sûr que oui ! » J'appelai Nimue, qui toucha le front de Griffid et celui de tous les autres survivants qui, ce jour-là à Lindinis, avaient menacé ma vie. Ainsi sa malédiction se trouva-t-elle levée, et ils la remercièrent d'un baiser sur la main. J'embrassai de nouveau Griffid, puis haussai la voix afin que tout le monde pût m'entendre. « Aujourd'hui, nous allons donner aux bardes assez de chants à chanter pour un millier d'années ! Et aujourd'hui, nous serons de nouveau des hommes riches ! »

Ils poussèrent des vivats. L'émotion qui régnait dans cette ligne de boucliers était si intense que certains hommes versèrent des larmes de bonheur. Je sais maintenant qu'il n'est point de joie comparable à la joie de servir Jésus-Christ, mais Dieu que la compagnie des guerriers me manque ! Il n'y avait aucune barrière entre nous ce matin-là, rien qu'une grande vague d'affection mutuelle, qui nous submergeait tous tandis que nous attendions l'ennemi. Nous étions frères, nous étions invincibles et même le laconique Sagramor avait les larmes aux yeux. Un lancier entonna le Chant de guerre de Beli Mawr, le grand chant de bataille de la Bretagne, que reprirent toutes en chœur les voix mâles et puissantes de la ligne. D'autres hommes dansèrent sur leur épée, cabriolant gauchement dans leur armure de cuir en effectuant de savants entrechats au-dessus de leurs lames. Nos chrétiens chantaient les bras tendus, un peu comme si le chant était une prière païenne adressée à leur Dieu, d'autres battaient la mesure en frappant de leur lance contre leur bouclier.

Nous chantions encore l'effusion du sang ennemi sur notre terre quand l'ennemi parut. Nous continuâmes à chanter par défi tandis que les bandes de lanciers avançaient l'une après l'autre et prenaient position au loin dans les champs, sous les bannières royales qui paraissaient éclatantes sous le ciel nuageux. Un déluge de chants pour défier Gorfyddyd, l'armée du père de la femme que j'étais convaincu d'aimer. Voilà pourquoi je me battais : non pas pour le seul Arthur, mais parce que seule la victoire me permettrait de retourner à Caer Sws et de revoir Ceinwyn. Je n'avais aucune prétention sur elle, ni aucun espoir, car j'étais né esclave et elle était princesse, mais ce jour-là je n'en avais pas moins le sentiment que j'avais plus à perdre que je n'avais jamais possédé de ma vie entière.

Il fallut plus d'une heure à cette horde pour se mettre en ligne de bataille. On ne pouvait franchir la rivière qu'au gué : autrement dit, cela nous laisserait le temps de battre en retraite le moment venu, mais, pour l'heure, l'ennemi avait dû penser que nous comptions défendre le gué toute la journée, car il massa ses meilleurs hommes au centre de la ligne. Gorfyddyd lui-même était là, avec son étendard à l'aigle qui avait déteint sous la pluie, en sorte qu'on aurait pu le croire déjà trempé dans notre sang. Les bannières d'Arthur, l'ours noir et le dragon rouge, flottaient au centre de notre ligne, où j'étais posté face au gué. Sagramor se tenait à côté de moi, comptant les bannières ennemies. Le renard de Gundleus était là, ainsi que le cheval rouge d'Elmet et d'autres encore, que nous ne connaissions pas. « Six cents hommes ? estima Sagramor.

— Et d'autres encore à venir.

— Probable ! » Il cracha en direction du gué. « Et ils auront vu que le taureau de Tewdric manque. » Il me gratifia de l'un de ses rares sourires. « Ce sera une bataille mémorable, Seigneur Derfel.

— Je suis ravi de la partager avec toi, Seigneur », répondis-je avec flamme, et c'était vrai. Il n'y avait pas de plus grand guerrier que Sagramor, pas d'homme aussi redouté de ses ennemis. Même la présence d'Arthur n'inspirait pas le même effroi que le visage impassible du Numide et sa terrible épée. C'était une curieuse épée recourbée, de fabrication étrangère, et Sagramor la maniait avec une agilité redoutable. Je demandai un jour à Sagramor pourquoi il avait à l'origine prêté serment à Arthur : « Parce que, m'expliqua-t-il avec courtoisie, quand je n'avais rien, Arthur m'a tout donné. »

Nos lanciers s'arrêtèrent enfin de chanter : deux druides se détachaient des rangs de Gorfyddyd. Nous n'avions que Nimue pour contrer leurs maléfices : la voici qui pataugeait à travers le gué à la rencontre des hommes qui sautillaient tous deux, un bras levé et un œil fermé. C'était Iorweth, le magicien de Gorfyddyd, et Tanaburs, dans sa longue robe brodée de lunes et de lièvres. Les deux hommes échangèrent des baisers avec Nimue, discutèrent un court instant avec elle, puis elle retourna de notre côté du gué. « Ils voulaient que nous nous rendions, dit-elle avec mépris, et je les ai invités à faire de même.

— Bien », grogna Sagramor.

Iorweth sautilla maladroitement jusqu'à l'autre rive du gué. « Les Dieux vous saluent ! » cria-t-il. Aucun de nous ne répondit. J'avais abaissé mes joues afin de n'être pas reconnu. Tanaburs remontait la rivière en sautillant, s'aidant de son bâton pour conserver son équilibre. Iorweth leva son bâton au-dessus de la tête pour indiquer qu'il avait encore quelque chose à dire. « Mon roi, le roi de Powys et Grand Roi de Bretagne, le roi Gorfyddyd ap Brychan ap Laganis ap Coel ap Beli Mawr, épargnera à vos âmes téméraires un voyage vers l'Au-Delà. Il vous suffit, braves guerriers, de nous livrer Arthur ! » Il tendit le bâton vers moi et Nimue siffla aussitôt une prière de protection puis lança en l'air deux poignées de terre.

Je ne dis mot. Le silence signifiait mon refus. Iorweth fit

tourner son bâton et cracha par trois fois dans notre direction, puis il se mit à sautiller sur la rive pour ajouter ses malédictions aux maléfices de Tanaburs. Accompagné de son fils Cuneglas et de son allié Gundleus, Gorfyddyd s'était avancé à cheval, à mi-chemin de la rivière, pour voir leurs druides opérer. Et ils ne perdaient pas de temps. Ils maudirent nos vies par le jour et nos âmes par la nuit. Ils donnèrent notre sang aux vers, notre chair aux bêtes sauvages et nos os au supplice. Ils maudirent nos femmes, nos enfants, nos champs et notre cheptel. Nimue contra leurs sortilèges, mais nos hommes n'en avaient pas moins le frisson. Les chrétiens lancèrent qu'il n'y avait rien à craindre et faisaient même le signe de la croix alors que les anathèmes traversaient la rivière sur les ailes de la ténèbre.

Les druides passèrent une heure entière à maudire et nous laissèrent tout tremblants. Nimue passa devant la ligne de boucliers, touchant la pointe des lances et jurant aux hommes que les malédictions n'avaient eu aucun effet, mais nos hommes craignaient la colère des Dieux, car la ligne des lanciers ennemis avançait enfin. « Levez les boucliers ! cria Sagramor d'une voix rauque. Levez les lances ! »

L'ennemi s'arrêta à cinquante pas de la rivière tandis qu'un homme seul avançait à pied. C'était Valerin, le chef que nous avions chassé du val aux aurores et qui avançait maintenant, lance et bouclier à la main, vers la limite nord du gué. La défaite du matin l'avait humilié et son orgueil l'avait obligé à venir redorer son blason. « Arthur ! Tu as marié une putain !

— Silence, Derfel, me rappela Sagramor.

— Une putain ! cria Valerin. Elle avait déjà servi quand elle est venue à moi. Tu veux la liste de ses amants ? Une heure, Arthur, n'y suffirait pas ! Et tu sais avec qui elle putasse maintenant que tu attends la mort ? Tu imagines peut-être qu'elle t'attend ? Je la connais, la putain ! Elle enroule les jambes autour d'un homme ou deux ! » Il tendit les bras et retroussa les lèvres de manière obscène. Mes lanciers lui répondirent par des sarcasmes, que Valerin feignit de ne pas entendre. « Une putain ! Rance et usée jusqu'au trognon ! Tu te battrais pour ta putain, Arthur ? Ou tu n'as plus le cran de te battre ? Défends ta putain, vermisseau ! » Il traversa le gué – s'enfonçant jusqu'à hauteur des cuisses – et s'arrêta sur notre rive, son manteau dégoulinant, à une douzaine de pas seulement de moi. Il plongea son regard dans l'ombre épaisse de mes œillères. « Une putain, Arthur. Ta femme est une putain. » Il cracha. Il était nu-tête et ses longs cheveux noirs étaient entremêlés de brindilles de gui. Pour toute armure, il avait un plastron, tandis que sur son bouclier était peint l'aigle aux ailes déployées de Gorfyddyd. Il me railla puis haussa la voix pour s'adresser à mes hommes. « Votre chef ne se battra pas pour sa putain, alors pourquoi vous battre pour lui ? »

Sagramor me grogna d'ignorer les insultes, mais la provocation de Valerin troublait nos hommes, dont l'âme était déjà glacée par les malédictions des druides. J'attendis qu'il traitât une fois de plus Guenièvre de putain, et je lançai ma lance. Ce fut un lancer maladroit : j'étais gêné par l'armure d'écailles, et la lance passa à côté de lui pour retomber dans la rivière. « Une putain », cria-t-il en se jetant sur moi, sa lance pointée, tandis que je tirais Hywelbane de son fourreau. J'avançai et j'avais tout juste eu le temps de faire deux pas quand il lança son arme sur moi dans un grand cri de rage.

Je mis un genou à terre et inclinai mon bouclier étincelant de manière à détourner la pointe de la lance au-dessus de ma tête. Je voyais les pieds de Valerin et entendais son rugissement de rage : je sortis Hywelbane de sous mon bouclier. Je la sentis frapper juste avant que son corps ne heurte mon bouclier et ne me fasse tomber à terre. Il ne rugissait plus maintenant, il hurlait, car mon épée avait jailli d'en bas : le plus court chemin pour étriper son homme. Et je sus qu'Hywelbane s'était profondément enfoncée dans Valerin, car je sentis le poids de son corps entraînant la lame tandis qu'il s'effondrait sur le bouclier. Je me relevai avec la dernière énergie pour le faire rouler du bouclier et poussai un grognement en arrachant l'épée à l'étreinte de sa chair. Le sang pissait à côté de sa lance tombée à terre, où il se vidait maintenant et se contorsionnait dans d'affreuses souffrances. Il essaya tout de même de tirer son épée : me relevant d'un bond, je mis une botte sur sa poitrine. Son visage se faisait jaune, il frissonnait et déjà le nuage de la mort voilait ses yeux. « Guenièvre est une Dame, et ton âme est mienne si tu le nies !

— Putain ! bredouilla-t-il entre ses dents serrés avant de s'étrangler et de secouer faiblement la tête. Le taureau me garde ! » Je sus alors qu'il était de Mithra. J'abattis Hywelbane. La lame se heurta à la résistance de sa gorge, qu'elle eut tôt fait de trancher. Le sang gicla et je ne crois pas que Valerin ait jamais su que ce n'était pas Arthur qui expédia son âme au pont des épées, dans l'Antre de Cruachan.

Nos hommes poussèrent des hourras. Tellement éprouvés par les druides et morfondus par les ignobles insultes de Valerin, ils se ragaillardirent aussitôt car nous avions versé le premier sang. J'allai au bord de la rivière où j'esquissai les pas du vainqueur et brandis la lame ensanglantée d'Hywelbane en direction de l'ennemi affligé. Leur champion vaincu, Gorfyddyd, Cuneglas et Gundleus s'éloignèrent à cheval sous les quolibets de mes hommes, qui les traitaient de couards et d'avortons.

Sagramor inclina la tête lorsque je regagnai le mur de boucliers. Le signe était à l'évidence sa manière de me féliciter d'un échange rondement mené. « Que veux-tu faire de lui ? » demanda-t-il en désignant le cadavre de Valerin.

Je chargeai Issa de le dépouiller de ses bijoux et deux autres hommes de le balancer dans la rivière, puis je priai que les esprits de l'eau emportent mon frère de Mithra vers sa récompense. Issa m'apporta les armes de Valerin, son torque d'or, deux broches et une bague. « À vous, Seigneur », dit-il en m'offrant le butin. Il avait aussi récupéré ma lance dans l'eau.

Je pris la lance et les armes de Valerin, mais rien d'autre. « L'or est à toi, Issa, dis-je en me rappelant comment il avait voulu me donner son torque lorsque nous étions rentrés d'Ynys Trebes.

— Pas ceci, Seigneur ! » Il me montra l'anneau de Valerin : de l'or massif bien travaillé sur lequel était gravée en relief la silhouette d'un cerf courant sous un croissant de lune. C'était l'insigne de Guenièvre et au dos de la bague, gravée grossièrement mais en profondeur, il y avait une croix. C'était une bague d'amant et Issa, me dis-je, avait été bien inspiré de la repérer.

Je pris la bague en songeant que Valerin n'avait cessé de la porter, comme pour remuer le fer dans la plaie tout au long de ces années. Ou peut-être, osai-je espérer, avait-il cherché à venger l'affront en taillant une fausse croix dans l'anneau pour laisser croire aux hommes qu'il avait été son amant. « Arthur ne doit jamais savoir, lançai-je à Issa avant de jeter la grosse bague dans la rivière.

— Qu'est-ce que c'était ? voulut savoir Sagramor quand je le rejoignis.

— Rien, rien. Juste un charme qui aurait pu nous porter la poisse. »

Puis une corne de bélier retentit par-delà la rivière, m'épargnant la peine de penser plus longtemps au message de la bague. L'ennemi avançait.

Les bardes chantent encore cette bataille, mais les Dieux seuls savent combien ils brodent car, à les entendre, on croirait qu'aucun de nous n'aurait pu sortir vivant de Lugg Vale, et peut-être aucun de nous ne l'aurait dû en effet. Ce fut une bataille désespérée. Ce fut aussi, même si les bardes se gardent bien de l'admettre, une défaite pour Arthur.

La première attaque de Gorfyddyd prit la forme d'une ruée mugissante de lanciers enragés qui chargèrent dans le gué. Sagramor nous donna l'ordre d'avancer et nous les arrêtâmes dans la rivière, où le fracas des boucliers fut comme un coup de tonnerre à l'entrée de la vallée. L'ennemi avait l'avantage du nombre, mais l'attaque était limitée par l'étroitesse du gué et nous pouvions nous permettre de découvrir nos flancs pour épaissir le centre.

Le premier rang eut juste le temps de donner un premier coup de lance avant de se blottir sous les boucliers et de repousser la ligne ennemie tandis que les hommes du deuxième rang croisaient le fer par-dessus nos têtes. Le choc des lames et des ombons et le fracas des lances étaient assourdissants, mais il y eut étonnamment peu de morts car il est difficile de tuer dans la mêlée, lorsque deux murs de boucliers bien arrimés se frottent l'un à l'autre. L'affrontement tourna plutôt au bras de fer. L'ennemi empoigne votre lance si bien que vous ne pouvez plus la retirer, il n'y a guère de place pour tirer une épée et, pendant ce temps, le deuxième rang de l'ennemi fait pleuvoir une grêle de coups d'épée, de hache et de lance sur les casques et les bords des boucliers. Les pires blessures sont le fait d'hommes qui glissent leur épée sous les boucliers, au point que la barrière des éclopés rend peu à peu le carnage encore plus difficile. Ce n'est que lorsqu'un camp recule que l'autre peut tuer les ennemis mutilés échoués sur la ligne de marée de la bataille. Lors de cette première attaque, nous eûmes le dessus. Non pas tant du fait de notre bravoure, mais parce que Morfans fit charger ses six cavaliers qui se servirent de leurs longues lances pour bousculer la première ligne accroupie de l'ennemi. « Boucliers ! Boucliers ! » cria Sagramor lorsque la formidable poussée des six chevaux nous projeta en avant. À l'arrière, les hommes levèrent leurs boucliers pour protéger les grands chevaux de guerre de la pluie des lances ennemies pendant qu'à l'avant, accroupis dans l'eau, nous tentions d'achever les hommes qui reculaient devant la charge des chevaux. À l'abri du bouclier resplendissant d'Arthur, je sortais Hywelbane chaque fois qu'une brèche s'ouvrait dans les rangs ennemis. Je reçus deux coups puissants en pleine tête, mais le casque les amortit l'un et l'autre, même si mon crâne en résonnait encore une heure après. Une lance frappa mon armure d'écailles sans pouvoir la transpercer. L'homme qui me porta le coup fut tué par Morfans et, après sa mort, l'ennemi perdit courage et regagna en pataugeant la rive nord. Ils emportèrent tous leurs blessés, hormis une poignée qui se trouvaient près de notre ligne et que nous trucidâmes avant de nous retirer. Nous avions perdu six hommes au profit de l'Au-Delà et déplorions deux fois autant de blessés. « Tu ne devrais pas être au premier rang », me dit Sagramor en regardant nos hommes éloigner nos blessés. « Ils s'apercevront que tu n'es pas Arthur.

— Ils voient qu'Arthur se bat, à la différence de Gorfyddyd ou de Gundleus. » Les rois ennemis s'étaient approchés de la mêlée, mais jamais assez près pour se servir de leurs armes.

Iorweth et Tanaburs hurlaient des encouragements aux hommes de Gorfyddyd, les incitant au carnage et leur promettant les récompenses des Dieux mais, tandis que Gorfyddyd redéployait ses lanciers, un groupe d'hommes sans maître pataugeait dans la rivière pour attaquer à son tour. Ces guerriers comptaient sur leurs prouesses pour obtenir richesses et titres, et ces trente forcenés chargèrent dans un grand hurlement de rage sitôt qu'ils eurent franchi la partie la plus profonde de la rivière. Ou ils étaient ivres ou ils étaient fous de bataille, car ils affrontèrent seuls nos forces réunies. La rétribution de leur succès eût été de la terre, de l'or, le pardon de leur crime et un rang de seigneur à la cour de Gorfyddyd, mais trente hommes ne suffisaient pas. Ils nous blessèrent, mais périrent ce faisant. Tous étaient d'excellents lanciers aux mains couvertes d'anneaux de guerrier, mais chacun devait maintenant affronter trois ou quatre ennemis. Un groupe entier se rua sur moi, voyant dans mon armure et mon panache blanc la route la plus rapide de la gloire, mais Sagramor et mes lanciers à queue de loup leur donnèrent la réplique. Un géant brandissait une hache de Saxon : Sagramor l'abattit de sa lame recourbée, puis arracha la hache de la main du moribond et la lança sur un autre lancier, sans cesser à aucun instant de chanter son étrange chant de bataille dans sa langue maternelle. Un dernier homme m'attaqua à l'épée : je parai son coup cinglant avec la bosse de fer du bouclier d'Arthur, repoussai son propre bouclier avec Hywelbane puis le frappai à l'aine. Il se plia en deux, trop grièvement blessé pour crier, et Issa lui plongea une lance dans la nuque. Nous dépouillâmes les assaillants de leur armure, de leurs armes et de leurs parures, abandonnant les corps au bord du fleuve pour entraver la prochaine attaque.

Cette attaque ne se fit pas attendre : elle fut rude. Comme le premier, ce troisième assaut fut l'œuvre d'une masse de lanciers, sauf que cette fois nous les affrontâmes sur la rive la plus proche où la pression des hommes, derrière la ligne de front, faisait trébucher les lanciers de tête sur les corps entassés. Ainsi se trouvèrent-ils exposés à notre contre-attaque, et c'est avec un hurlement de triomphe que nous jetions nos lances rouges. Puis les boucliers se heurtèrent de nouveau, les mourants hurlant et implorant leurs Dieux, dans un grand fracas d'épées aussi sonore que les enclumes de Magnis. Je me retrouvai de nouveau au premier rang, si près de la ligne ennemie que je sentais leur haleine chargée d'hydromel. Un homme tenta de m'arracher mon casque : un coup d'épée lui trancha la main. La pression ne cessait de se renforcer, et il semblait que l'ennemi dût nous repousser du seul fait de sa masse, mais une fois encore Morfans fit charger ses gros chevaux à travers la mêlée : les lances ennemies se brisèrent sur nos boucliers, les hommes de Morfans s'activèrent avec leurs grandes lances, obligeant de nouveau l'ennemi à reculer. Les bardes disent que la rivière était rouge de sang, ce qui n'est pas vrai, même si je vis se perdre dans le courant des vrilles de sang s'échappant des blessés qui tentaient vainement de retraverser le gué.

« Nous pourrions affronter ces salauds ici toute la journée », dit

Morfans. Son cheval saignait, et il avait mis pied à terre pour panser sa blessure.

Je hochai la tête. « Il y a un autre gué en amont. » Je tendis la main vers l'ouest. « Ils ne tarderont pas à avoir des lanciers sur cette rive. »

Ces forces ennemies de débordement arrivèrent plus tôt que je ne le pensais, car dix minutes plus tard un hurlement de notre flanc gauche nous avertit qu'un groupe avait bel et bien franchi la rivière à l'ouest et avançait maintenant sur notre rive.

« Il est temps de nous replier », me dit Sagramor. Son visage noir rasé avec soin était maculé de sang et de sueur, mais on lisait la joie dans ses yeux, car cette journée devait obliger les poètes à se creuser la cervelle et à forger des mots nouveaux pour décrire la bataille, un combat qui, même perdu, vaudrait à un homme l'honneur des salles de guerriers dans l'Au-Delà. « Il est temps de les attirer », dit Sagramor, avant de crier l'ordre de se retirer, si bien que, d'un pas lent et lourd, tous nos hommes retraversèrent le village avec son bâtiment romain pour s'arrêter à une centaine de pas plus loin. Notre flanc gauche était maintenant ancré sur le flanc ouest escarpé de la colline, tandis que le terrain marécageux qui s'étirait jusqu'à la rivière protégeait notre flanc droit. Malgré tout, nous demeurions beaucoup plus vulnérables qu'au gué, parce que notre mur de boucliers était maintenant désespérément maigre et que l'ennemi pouvait se déployer sur toute sa longueur.

Il fallut à Gorfyddyd une heure entière pour faire traverser le gué à ses hommes et les disposer en une nouvelle ligne de boucliers. Je calculai qu'il devait être déjà l'après-midi et je jetai un coup d'œil en arrière en quête d'un signe de Galahad ou des hommes de Tewdric, mais je ne vis personne approcher. Cependant, je fus aussi soulagé de constater qu'il n'y avait aucun homme à l'ouest, sur la colline, où la barrière-fantôme de Nimue gardait notre flanc, mais Gorfyddyd n'avait guère besoin d'hommes de ce côté-ci car son armée était maintenant plus imposante qu'elle ne l'avait jamais été. De nouveaux contingents étaient arrivés de Branogenium, et les commandants de Gorfyddyd les bousculaient pour les placer dans le mur. On vit les capitaines employer leurs longues lances pour aligner les rangs et, nous avions beau crier des provocations, nous savions que pour chaque homme tombé dans la rivière dix autres avaient franchi le gué. « Nous ne les arrêterons jamais ici, dit Sagramor en observant les rangs ennemis s'épaissir. Il nous faudra nous replier sur la barricade. »

Mais avant même que Sagramor n'ait pu donner l'ordre de battre en retraite, Gorfyddyd lui-même s'avança à cheval pour nous défier. Il vint seul, sans même son fils, avec pour seules armes une épée au fourreau et une lance, car il n'avait point de bras pour tenir un bouclier. Le casque doré de Gorfyddyd, qu'Arthur avait restitué la semaine de ses fiançailles avec Ceinwyn, était couronné d'un aigle d'or aux ailes déployées tandis que son manteau s'étalait sur la croupe de sa monture. Sagramor me grogna de rester où j'étais et s'avança à la rencontre du roi.

Gorfyddyd n'avait pas de rênes mais parlait à son cheval, qui s'arrêta docilement à deux pas de Sagramor. Gorfyddyd posa à terre la hampe de sa lance, puis écarta les joues de son casque pour dégager son visage rébarbatif. « Tu es le démon noir d'Arthur, accusa-t-il, crachant pour conjurer le mal, et ton seigneur coureur de putain s'abrite derrière ton épée. » Gorfyddyd cracha de nouveau, cette fois dans ma direction. « Pourquoi ne pas parler avec moi, Arthur ? Tu as perdu la langue ?

— Mon seigneur Arthur, répondit Sagramor avec un fort accent, économise son souffle pour chanter la victoire. »

Gorfyddyd souleva sa longue lance. « Je suis manchot, me cria-t-il, mais je te combattrai ! »

Je ne dis mot ni ne bougeai. Arthur, je le savais, n'affronterait jamais un estropié en combat singulier, même s'il n'aurait jamais gardé le silence non plus. Il aurait maintenant demandé la paix à Gorfyddyd.

Gorfyddyd ne voulait pas la paix. Il voulait un carnage. Il se promena devant nos lignes, contrôlant son cheval avec les genoux et hurlant à nos hommes : « Vous mourez parce que votre seigneur ne peut détacher ses mains d'une putain ! Vos âmes seront maudites. Mes morts festoient déjà dans l'Au-Delà, mais vos âmes leurs serviront de projectiles. Et pourquoi allez-vous mourir ? Pour sa putain aux cheveux roux ? » Il tendit sa lance vers moi tout en approchant à cheval. Je reculai, de crainte qu'il ne vît par les œillères du casque que je n'étais pas Arthur et mes lanciers se replièrent pour me protéger. Gorfyddyd se rit de mon apparente timidité. Son cheval était assez proche pour que mes hommes le touchent, mais Gorfyddyd ne laissa paraître aucune peur de leurs lances en crachant vers moi. « Femme ! » Il cria sa pire insulte, puis pressa le flanc de son cheval du pied gauche et s'en retourna au grand galop.

Sagramor leva les bras : « Arrière ! cria-t-il. Repli sur la barricade ! Vite ! Arrière ! »

Chacun se précipita, tournant le dos à l'ennemi. Une grande clameur s'éleva lorsqu'ils virent nos bannières se replier. Ils crurent que nous fuyions et ils brisèrent les rangs pour nous poursuivre, mais nous avions pris une bonne longueur d'avance et nous nous étions déjà engouffrés par la brèche bien avant que les hommes de Gorfyddyd ne nous eussent rejoints. Notre ligne se déploya derrière la barricade, tandis que je prenais la place d'Arthur au centre de la ligne, à l'endroit où la route traversait la brèche ouverte entre les arbres. Nous laissâmes à dessein la brèche libre de tout obstacle dans l'espoir qu'elle pousserait Gorfyddyd à attaquer et laisser ainsi à nos flancs le temps de se reposer. J'y plantai les deux bannières d'Arthur et attendis l'assaut.

Gorfyddyd rugit, ordonnant à ses lanciers dispersés de former un nouveau mur de boucliers. Le roi Gundleus commandait le flanc droit de l'ennemi et le prince Cuneglas le gauche. Cette disposition était le signe que Gorfyddyd ne mordrait pas à l'hameçon, mais qu'il avait l'intention d'attaquer sur tout le front. « Vous restez ici ! cria Sagramor. Vous êtes des guerriers ! Prouvez-le maintenant ! Vous restez ici, vous tuez ici, vous gagnez ici ! » Morfans avait obligé son cheval blessé à monter sur les contreforts de la colline ouest, d'où il dominait la vallée côté nord, se demandant si l'heure était arrivée de sonner la corne et d'appeler Arthur, mais des renforts ennemis continuaient à franchir le gué et il revint sans porter l'argent à ses lèvres.

C'est la corne de Gorfyddyd qui retentit. Le son rauque d'une corne de bélier, non pas pour donner l'ordre à sa ligne d'avancer, mais pour inviter une douzaine de cervelles brûlées, tout nus, à jaillir des lignes ennemies pour se ruer sur notre centre. Ces hommes avaient confié leur âme à la garde des Dieux, puis ils avaient brouillé leurs sens avec un mélange d'hydromel, de pomme épineuse, de mandragore et de belladone, propre à susciter des cauchemars éveillés aussi bien qu'à ôter toute peur. Sans doute ces hommes étaient-ils fous, ivres et nus, mais ils étaient aussi dangereux, car ils n'avaient qu'un seul but : abattre les commandants ennemis. Ils se ruèrent sur moi, la bouche écumant des herbes magiques qu'ils avaient mâchonnées, brandissant leur lance, prêts à frapper.

Mes lanciers à queue de loup avancèrent à leur rencontre. La mort n'inquiétait pas ces hommes nus, qui se jetèrent sur mes lanciers comme si la pointe de leurs lances était la bienvenue. L'un de mes hommes dut reculer devant une brute nue qui lui déchirait les yeux et lui crachait à la figure. Issa tua le démon, mais un autre parvint à tuer l'un de mes meilleurs hommes et il cria victoire, jambes écartées, bras tendus, brandissant sa lance ensanglantée d'une main couverte de sang, et mes hommes crurent tous que les Dieux nous avaient désertés, mais Sagramor l'éventra puis lui trancha la tête avant même que le corps ne s'effondrât sur le sol. Il cracha sur le cadavre nu et éviscéré, puis cracha de nouveau en direction du mur de boucliers ennemi. Voyant que le centre de notre ligne était désorganisé, le mur chargea.

Reformé à la hâte, notre centre vacilla sous le choc. La maigre ligne d'hommes déployée en travers de la route ploya comme un jeune plant, mais, tant bien que mal, résista. Nous nous encouragions mutuellement, invoquant les Dieux, piquant et taillant, tandis que Morfans et ses hommes remontaient le mur de boucliers pour se lancer dans la bagarre chaque fois que l'ennemi semblait sur le point de percer. Protégés par la barricade, nos flancs étaient mieux lotis, mais au centre la situation était désespérée. J'étais enragé maintenant, tout à l'ivresse de la bataille. Je perdis ma lance dans la poigne d'un ennemi, tirai Hywelbane, mais retins son premier coup pour laisser un bouclier ennemi frapper l'argent lustré d'Arthur. Les boucliers se heurtèrent avec fracas, j'entrevis le visage de l'ennemi et, lançant Hywelbane, sentis la pression de son bouclier se relâcher. L'homme tomba, son corps formant une barrière que devaient escalader ses camarades. Issa tua un homme, puis reçut un coup de lance dans le bras gauche. La manche ensanglantée, il dut cesser le combat. Je frappais comme un forcené dans l'espace libéré par l'ennemi abattu pour ouvrir un trou dans le mur de Gorfyddyd. Je vis une fois le roi ennemi, observant depuis son cheval l'endroit où je me trouvais, exhortant ses hommes à venir me prendre mon âme. Certains jouèrent d'audace, croyant donner matière à chansons quand ils se transformaient simplement en charpie. Hywelbane dégoulinait de sang, ma main droite en était toute poisseuse et la manche de ma cotte de mailles en était maculée, mais ce sang n'était pas le mien.

Sans la protection des arbres entremêlés, le centre de notre ligne fut à un moment tout près d'être enfoncé, mais deux cavaliers de Morfans refermèrent la brèche avec leurs bêtes. L'un des chevaux tomba, hurlant et donnant de grandes ruades en se vidant de son sang. Puis notre mur se raccommoda et se reporta vers l'ennemi qui se laissait lentement, très lentement, engorger par la pression des morts et des moribonds qui jonchaient le sol entre les deux lignes de front. Nimue s'affairait derrière nous, poussant des cris perçants et lançant des malédictions.

L'ennemi recula, nous laissant enfin quelque répit. Nous étions tous ensanglantés et crottés, mais aussi haletants. Nos bras étaient fatigués. Les nouvelles circulaient dans les rangs. Minac était mort, untel était blessé, un autre mourant. Les hommes bandaient les blessures de leurs voisins puis juraient de se défendre les uns les autres jusqu'à la mort. J'essayai de me soulager de la terrible pression de l'armure d'Arthur qui m'avait écorché les épaules.

L'ennemi était circonspect maintenant. Les hommes épuisés qui nous faisaient face avaient goûté de nos épées et appris à nous craindre, ce qui ne les empêcherait pas de reprendre l'offensive. Cette fois-ci, c'est la garde royale de Gundleus qui s'attaqua à notre centre. Nous nous portâmes à la hauteur du monceau de morts et de mourants de l'attaque précédente, et cette butte ensanglantée nous sauva, car les lanciers ennemis ne pouvaient dans le même temps escalader les corps et se protéger. Les chevilles brisées, les jambes coupées, le ventre ouvert par nos coups de lance, ils tombaient les uns après les autres pour rendre la barrière de sang de plus en plus haute. Des corbeaux noirs tournoyaient au-dessus du gué, leurs ailes déchirées se détachant dans le ciel sous un soleil voilé. J'aperçus Ligessac, le félon qui avait livré Norwenna à l'épée de Gundleus, et j'essayai de me porter jusqu'à lui, mais la marée de la bataille le mit hors de portée d'Hywelbane. L'ennemi se retira une fois de plus et, d'une voix rauque, j'ordonnai à quelques-uns de mes hommes d'aller remplir des outres d'eau à la rivière. Nous étions tous assoiffés à force de suer sang et eau. Je n'avais qu'une entaille à la main droite, mais rien d'autre. J'étais sorti de la fosse de la mort et je me disais toujours que c'est ce qui me portait chance dans la bataille.

L'ennemi reconstituait sa première ligne avec de nouvelles troupes. Les unes portaient l'aigle de Cuneglas, d'autres le renard de Gundleus, et quelques-unes avaient leurs emblèmes propres. Puis une grande clameur s'éleva derrière moi. Je me retournai, espérant voir arriver les hommes de Tewdric dans leurs uniformes romains, mais c'était Galahad qui arrivait seul sur un cheval en sueur. Il se glissa derrière notre ligne et faillit se casser la figure tant il avait hâte de venir jusqu'à nous. « Je craignais qu'il ne soit trop tard.

— Viennent-ils ? » demandai-je.

Il marqua un temps de silence et, avant même qu'il eût ouvert la bouche, je sus que nous avions été abandonnés. « Non », répondit-il enfin.

Je jurai et me retournai vers l'ennemi. C'étaient les Dieux seuls qui nous avaient sauvés dans la dernière attaque, mais les Dieux seuls savaient aussi combien de temps nous pourrions tenir maintenant. « Personne ? demandai-je avec amertume.

— Peut-être quelques-uns. » Galahad nous annonça la mauvaise nouvelle à voix basse. « Tewdric nous croit condamnés, Agricola dit qu'ils doivent nous aider, mais Meurig dit qu'il faut nous abandonner à notre mort. Tous discutent, mais Tewdric a déclaré que quiconque voulait mourir pouvait me suivre. Peut-être d'aucuns sont-ils en chemin ? »

Je priai que ce fût le cas, car certains requis de Gorfyddyd étaient arrivés maintenant sur la colline ouest, même si personne, dans cette horde de loqueteux, n'avait encore osé franchir la barrière-fantôme de Nimue. Nous pouvions tenir une heure ou deux, après quoi nous étions condamnés, même si Arthur serait certainement intervenu entre-temps. « Aucun signe des Irlandais Blackshields ? demandai-je à Galahad.

— Non, Dieu merci. » C'était une petite chance en ce jour de malchance absolue, ou presque, même si une demi-heure après l'arrivée de Galahad nous reçûmes enfin quelques renforts. Sept hommes s'acheminaient vers notre mur défoncé, sept hommes en tenue de combat, portant lances, boucliers et épées. Et sur ces boucliers, le symbole de notre ennemi, le faucon de Kernow. Et pourtant ces hommes n'étaient point des ennemis : six hommes balafrés et endurcis conduits par leur Edling, le prince Tristan.

Quand l'excitation des salutations fut retombée, il expliqua sa présence. « Arthur a combattu pour moi une fois, et il y a longtemps que je voulais payer ma dette.

— De ta vie ? demanda Sagramor d'une voix lugubre.

— Il a risqué la sienne », répondit simplement Tristan. Je me souvenais de lui comme d'un grand et bel homme, ce qu'il était encore, mais les années avaient ajouté à son visage un air las et fatigué, comme s'il avait souffert de trop nombreuses déceptions. « Mon père, poursuivit-il d'un air sombre, ne me pardonnera sans doute jamais d'être venu ici, mais je ne me serais jamais pardonné mon absence.

— Comment va Sarlinna ? demandai-je.

— Sarlinna ? » Il lui fallut quelques secondes pour se rappeler la fillette venue accuser Owain à Caer Cadarn. « Oh, Sarlinna ! Mariée maintenant. À un pêcheur. » Il sourit. « C'est toi qui lui as donné un chaton, n'est-ce pas ? »

Nous plaçâmes Tristan et ses hommes au centre, la place d'honneur sur ce champ de bataille, même si, lorsque sonna l'heure de l'assaut suivant, l'ennemi se porta non pas sur notre centre, mais sur la barricade qui protégeait nos flancs. Pendant un temps, la tranchée et les branchages entremêlés firent des ravages, mais ils apprirent assez vite à se servir des arbres abattus comme d'une protection et, par endroits, ils réussirent même à faire fléchir une fois encore notre ligne. Mais une fois encore, nous tînmes bon et Griffid, mon ancien ennemi, se fit un nom en taillant en pièces Nasiens, le champion de Gundleus. Le fracas des boucliers était incessant au milieu des lances brisées, des épées ébréchées et des boucliers éclatés, tandis que les exténués combattaient les épuisés. Au sommet de la colline, les requis s'étaient rassemblés derrière la barrière-fantôme de Nimue, et une fois encore Morfans obligea son cheval fourbu à grimper sur la pente dangereusement escarpée. Il regarda vers le nord et, l'apercevant, nous priâmes qu'il fît sonner la corne. Il observa un bon moment et dut considérer avec satisfaction que toutes les forces ennemies étaient maintenant piégées dans la vallée, car il porta la corne d'argent à ses lèvres et souffla les appels bénis par-dessus le fracas des armes.

Jamais appel de corne ne fut plus le bienvenu. Notre ligne entière se rua en avant pour assommer l'ennemi de ses épées échancrées avec une énergie nouvelle. La corne d'argent, si pure, si claire, lança de nouveaux appels, un appel au carnage, et, à chaque fois qu'elle sonnait, nos hommes se jetaient en hurlant dans les branchages des arbres abattus pour tailler et piquer un ennemi qui, soupçonnant quelque traquenard, lançait à l'entour des regards inquiets en continuant à se défendre. Gorfyddyd hurla à ses hommes de nous enfoncer, et sa garde royale se porta sur notre centre. J'entendis les hommes de Kernow hurler leur cri de guerre tout en payant la dette de leur Edling. Nimue avait pris place parmi nos lanciers, tenant une épée à deux mains. Je lui criais de retourner à l'arrière, mais la soif de sang s'était emparée de son âme et elle se battait comme un beau diable. Sachant qu'elle était des Dieux, l'ennemi s'effrayait, et certains essayèrent même de fuir plutôt que de la combattre, mais je fus tout de même ravi de voir Galahad l'écarter de la mêlée. Sans doute était-il arrivé tardivement, mais il se battait avec une joie sauvage qui refoulait l'ennemi loin du monceau de morts et de corps en contorsion.

La corne retentit une dernière fois. Enfin, Arthur chargeait.

Ses lanciers en armure étaient sortis de leur planque au nord de la rivière et, soudain, leurs chevaux écumèrent à travers le gué comme un roulement de tonnerre. Piétinant les corps laissés par les premiers combats, ils foncèrent, lance baissée, dans les arrières de l'ennemi. Les hommes se dispersèrent comme paille d'avoine tandis que les chevaux ferrés plongeaient au cœur de l'armée de Gorfyddyd. Les hommes d'Arthur se scindèrent en deux groupes qui ouvrirent des brèches profondes dans la cohue des lanciers. Ils chargèrent, laissant leurs lances fichées dans les morts, pour en faire d'autres avec leurs épées.

Et l'espace d'un instant, d'un instant de gloire, je crus que l'ennemi allait céder, mais Gorfyddyd perçut lui aussi le danger et il cria à ses hommes de former un nouveau mur de boucliers, face au nord. Il sacrifiait ses arrières pour former une nouvelle ligne de lances avec les derniers rangs de ses avants. Owain ne s'était pas trompé quand, de longues années auparavant, il m'avait assuré que les chevaux d'Arthur eux-mêmes ne pourraient enfoncer un mur de boucliers bien constitué. De fait, Arthur avait semé la panique et la mort dans un tiers de l'armée de Cuneglas, mais le reste s'était convenablement rassemblé et défiait sa poignée de cavaliers.

Et l'ennemi nous était encore très supérieur en nombre.

Derrière la barricade, notre ligne n'avait nulle part plus de deux hommes d'épaisseur ; par endroits, il n'y en avait plus qu'un. Arthur n'avait pas réussi à pousser jusqu'à nous, et Gorfyddyd savait que jamais Arthur n'y parviendrait tant qu'il opposerait aux chevaux un mur de boucliers. Il planta son mur, abandonnant le tiers perdu de son armée à la merci d'Arthur puis retourna le reste de ses troupes contre le mur de Sagramor. Gorfyddyd savait maintenant la tactique d'Arthur et il l'avait déjouée, si bien qu'il pouvait désormais jeter ses lanciers dans la bataille avec une nouvelle assurance, bien que cette fois, plutôt que de nous attaquer sur toute la ligne, il concentra ses forces à l'ouest de la vallée afin d'essayer de nous déborder sur notre flanc gauche.

Les hommes de ce flanc se battirent, tuèrent et périrent, mais peu d'hommes auraient pu tenir longtemps, et personne ne l'aurait pu dès lors que les Siluriens de Gundleus nous débordèrent en grimpant sur les contreforts de la colline, sous l'effroyable barrière-fantôme. L'attaque fut brutale et la défense tout aussi terrible. Morfans lança ses derniers cavaliers contre les Siluriens, Nimue cracha ses malédictions et les hommes encore frais de Tristan se battirent comme des champions, mais si nous avions été ne serait-ce que deux fois plus nombreux nous aurions pu arrêter la manœuvre. Comme un serpent reculant, notre mur s'effondra sur la rive pour aussitôt se reformer en un demi-cercle défensif autour des deux bannières et des rares blessés que nous avions réussi à emporter avec nous. Ce fut un moment terrible. Je vis notre mur se disloquer, puis l'ennemi commencer à massacrer les hommes dispersés et je rejoignis en courant la mêlée des survivants. Nous eûmes tout juste le temps de former un mur de fortune pour regarder les forces de Gorfyddyd traquer et trucider nos fugitifs. Tristan survécut, de même que Galahad et Sagramor, mais c'était une piètre consolation car nous avions perdu la bataille et il ne nous restait plus qu'à mourir en héros. Dans la moitié nord de la vallée, le mur tenait Arthur en échec, tandis qu'au sud notre mur, qui avait résisté toute la journée à ses ennemis, avait été enfoncé. Et ce qu'il en restait était cerné. Nous étions plus de deux cents au début de la bataille ; à peine plus de cent avaient survécu.

Le prince Cuneglas s'avança pour nous demander de nous rendre. Son père commandait les hommes qui affrontaient Arthur et le roi de Powys abandonna volontiers la destruction des derniers lanciers de Sagramor à son fils et au roi Gundleus. Au moins Cuneglas s'abstint-il de faire outrage à mes hommes. Il gourma son cheval à une douzaine de pas de notre ligne et leva une main droite en signe de trêve. « Hommes de Dumnonie ! lança-t-il. Vous vous êtes bien battus, mais se battre encore, c'est mourir. Je vous offre la vie.

— Sers-toi de ton épée une fois avant de demander à des braves de se rendre ! criai-je.

— Tu as peur de te battre, hein ? » railla Sagramor, car, jusque-là, aucun de nous n'avait vu Gorfyddyd, Cuneglas ou Gundleus en première ligne du mur ennemi. Le roi Gundleus était resté assis sur son cheval, à quelques pas derrière le prince. Nimue fulminait ses malédictions, mais savait-il qu'elle était là, je ne saurais le dire. S'il le savait, il n'avait aucun souci à se faire, car nous étions tous pris au piège maintenant et à coup sûr condamnés.

« Ou alors affronte-moi, maintenant ! criai-je à Cuneglas. D'homme à homme, si tu l'oses. »

Cuneglas me considéra d'un air triste. J'étais barbouillé de sang, couvert de boue, ruisselant de sueur, contusionné et meurtri ; il était élégant avec sa petite armure d'écailles et son casque surmonté de plumes d'aigle. Il esquissa un vague sourire. « Je sais que tu n'es pas Arthur, car je l'ai vu à cheval mais, qui que tu sois, tu t'es battu noblement. Je t'offre la vie. »

Je retirai le casque trempé et le lançai au centre de notre demi-cercle. « Tu me connais, Seigneur Prince.

— Seigneur Derfel. » Il me nomma puis me rendit les honneurs. « Seigneur Derfel Cadarn, si je me porte garant de ta vie et de celle de tes hommes, te rendras-tu ?

— Seigneur Prince, ce n'est pas moi qui commande ici. Adresse-toi à Seigneur Sagramor. »

Celui-ci se posta à côté de moi et retira son casque noir à pointe. Une lance l'avait transpercé, en sorte que ces cheveux noirs crépus étaient maintenant collés par le sang. « Seigneur Prince, dit-il d'un air las.

— Je t'offre la vie, reprit Cuneglas, dès lors que tu te rends. »

Sagramor pointa son épée recourbée vers l'endroit où les cavaliers d'Arthur dominaient la partie nord de la vallée. « Mon seigneur ne s'est pas rendu, je ne saurais le faire. Néanmoins – il haussa la voix – je libère mes hommes de leur serment.

— Moi aussi », lançai-je à mes hommes.

Certains furent tentés de quitter les rangs, j'en suis sûr, mais leurs camarades leur grognèrent de rester, ou peut-être ce grondement n'était-il que provocations d'hommes épuisés. Le prince Cuneglas attendit quelques secondes, puis retira d'une bourse accrochée à sa ceinture deux petits torques d'or. Il nous sourit. « Je salue ta vaillance, Seigneur Sagramor. Je te salue, Seigneur Derfel. » Il lança l'or à nos pieds. Je ramassai le mien et en écartai les extrémités pour le passer à mon cou. « Et Derfel Cadarn ? » ajouta Cuneglas. Son visage rond et chaleureux s'était illuminé.

« Seigneur Prince ?

— Ma sœur m'a demandé de te saluer. Ce que je fais. »

À ces mots, mon âme si près de la mort parut bondir de joie. « Transmets-lui mes salutations, Seigneur Prince, et dis-lui que j'attendrai avec impatience de la retrouver dans l'Au-Delà. » Puis la pensée que je ne reverrais plus Ceinwyn ici-bas eut raison de ma joie et, soudain, j'eus envie de pleurer.

Cuneglas vit ma tristesse. « Rien ne t'oblige à mourir, Seigneur Derfel. Je t'offre la vie et me porte garant de toi. Je t'offre mon amitié aussi, si tu en veux.

— J'en serais honoré, Seigneur Prince, mais aussi longtemps que mon seigneur se battra, je me battrai. »

Sagramor recoiffa son casque, tressaillant de douleur lorsque le métal glissa sur la blessure de son cuir chevelu. « Je te remercie, Seigneur Prince, dit-il à Cuneglas, et choisis de te combattre. »

Cuneglas s'éloigna à cheval. Je regardai mon épée, ébréchée et gluante, puis me tournai vers les survivants. « Au moins assurons-nous que l'armée de Gorfyddyd ne puisse marcher sur la Dumnonie avant longtemps. Et peut-être jamais ! Qui voudrait combattre par deux fois des hommes comme nous ?

— Les Irlandais Blackshields », grogna Sagramor en lançant la tête vers la colline où la barrière-fantôme avait tenu notre flanc toute la journée. Là, derrière les pieux chargés de sortilèges, se trouvait une bande avec les boucliers noirs et ronds et les longues lances redoutables des Irlandais. C'était la garnison de la colline de Coel, les Blackshields d'Œngus Mac Airem venus participer au massacre.

⋆

Arthur se battait toujours. Il avait taillé en pièces un tiers de l'armée ennemie, mais le reste le tenait toujours en échec. Il revenait inlassablement à la charge pour enfoncer le mur de boucliers mais aucun cheval sur terre ne pouvait franchir un pareil fourré d'hommes, de boucliers et de lances. Llamrei elle-même lui fit défaut. Tout ce qu'il lui restait à faire maintenant, me dis-je, c'était de plonger Excalibur dans le sol gorgé de sang en espérant que le Dieu Gofannon volerait à son secours depuis les plus sombres abysses des Enfers.

Mais aucun Dieu ne vint, ni aucun homme de Magnis. Nous sûmes plus tard que certains volontaires s'étaient mis en marche, mais ils arrivèrent trop tard.

Les requis de Powys restaient sur la colline, trop effrayés pour avancer, tandis qu'à côté d'eux se pressaient plus d'une centaine de guerriers irlandais. Ces hommes se mirent en branle vers le sud, dans l'intention de contourner les spectres vengeurs de la clôture. D'ici une demi-heure, calculai-je, ces Blackshields prendraient part à la dernière attaque de Cuneglas et j'allai voir Nimue. « Traverse la rivière, tu sais nager, hein ? »

Elle tendit sa main gauche avec la cicatrice. « Tu meurs ici Derfel, donc je meurs ici.

— Tu dois...

— Tenir ta langue, voilà ce que tu dois faire. » Puis se levant sur la pointe des pieds elle me donna un baiser sur la bouche. « Tue Gundleus pour moi avant de mourir », m'implora-t-elle.

L'un de nos lanciers entonna le Chant de la mort de Werlinna et tous les autres reprirent la lente et triste mélodie. Son manteau noir foncé par le sang, Cavan frappa le soc de sa lance avec une pierre. « Je n'aurais jamais cru qu'on en arriverait là, lui dis-je.

— Moi non plus », répondit-il, en levant les yeux. Sa queue de loup était maculée de sang, son casque était éventré et un bandage déchiré entourait sa cuisse gauche.

« Je croyais avoir de la chance, dis-je. Je l'ai toujours cru, mais peut-être est-ce le cas de chaque homme.

— Pas de chaque homme, Seigneur, non, juste les meilleurs des chefs. »

Je lui adressai un sourire reconnaissant. « J'aurais aimé voir le rêve d'Arthur se réaliser.

— En ce cas, il n'y aurait pas de travail pour les guerriers, répondit-il d'un air buté. Nous serions tous des clercs ou des paysans. Peut-être est-ce mieux ainsi. Un dernier combat, et en route pour les Enfers au service de Mithra. Nous y aurons du bon temps, Seigneur. Des femmes potelées, des bonnes bagarres, de l'hydromel robuste et de l'or en quantité pour l'éternité.

— Je serai ravi de te retrouver là-bas. » En vérité, cependant, toute étincelle de joie m'avait déserté. Je n'étais pas encore prêt à rejoindre l'Au-Delà, pas tant que Ceinwyn serait encore de ce monde. Je pressai l'armure contre ma poitrine pour sentir sa petite broche et je songeai à la folie qui allait maintenant suivre son cours. Je prononçai son nom tout haut, ce qui laissa Cavan perplexe. J'étais amoureux, mais je mourrais sans jamais tenir la main de mon aimée ni revoir son visage.

Puis force me fut d'oublier Ceinwyn car, plutôt que de

contourner la barrière, les Blackshields avaient décidé de braver les spectres et de la franchir. Un druide était apparu sur la colline pour les conduire à travers la ligne des esprits. Nimue vint se placer à côté de moi, les yeux tournés vers la colline où le grand personnage à capuche et robe blanches dévalait la pente à grandes enjambées. Les Irlandais le suivirent et, derrière leurs boucliers noirs et leurs longues lances, suivaient les requis de Powys chargés d'arcs, de bigots, de haches, de lances, de cannes et de fourches.

Mes hommes cessèrent de chanter. Ils levèrent leurs lances et s'assurèrent que le mur de boucliers était de nouveau bien ajusté. L'ennemi, qui avait préparé son mur pour nous attaquer, se retourna pour voir le druide guider les Irlandais au creux de la vallée. Iorweth et Tanaburs se précipitèrent à sa rencontre, mais le druide agita son long bâton pour leur ordonner de s'écarter de son chemin puis rejeta son capuchon et nous vîmes sortir de la couverture noire la longue barbe blanche nattée et la queue de cheval. C'était Merlin.

Le voyant, Nimue cria et courut vers lui. L'ennemi s'écarta pour la laisser passer, de même qu'il recula pour faire place à Merlin. Même sur un champ de bataille un druide pouvait aller où bon lui semblait, et celui-ci était le plus célèbre et le plus puissant de tout le pays. Nimue courut et Merlin tendit les bras pour la recevoir : elle sanglotait encore quand enfin elle le retrouva et jeta ses maigres bras autour de son corps. Soudain, j'en fus ravi pour elle.

Gardant un bras autour de Nimue, Merlin s'approcha de nous. Gorfyddyd avait vu l'arrivée du druide et lançait maintenant son cheval au galop pour nous rejoindre. Merlin leva son bâton pour saluer le roi, mais ignora ses questions. Les guerriers irlandais s'étaient arrêtés au pied de la colline, où ils formaient maintenant leur sinistre mur de boucliers noirs.

Merlin se dirigea vers moi et, de même que le jour où il m'avait sauvé la vie à Caer Sws, il arborait un air froid et majestueux. Aucun sourire n'éclairait son visage sombre, aucune étincelle de joie dans ses yeux caves, juste un regard de colère noire qui me fit m'agenouiller et courber la tête alors qu'il se rapprochait. Sagramor fit de même et, bientôt, c'est toute notre bande meurtrie de lanciers qui se retrouva aux genoux du druide.

Brandissant son bâton noir, il commença par toucher les épaules de Sagramor puis les miennes. « Debout ! » ordonna-t-il d'une voix rauque avant de se tourner vers l'ennemi. Il retira son bras des épaules de Nimue et, tenant son bâton à deux mains, le tendit au-dessus de son crâne tonsuré. Fixant l'armée de Gorfyddyd, il abaissa lentement son bâton et son visage allongé, vénérable et courroucé, respirait une telle autorité, son geste était si lent et si sûr que tous les ennemis fléchirent le genou devant lui. Seuls demeurèrent debout les deux druides tandis que quelques cavaliers restaient en selle.

« Depuis sept ans, commença Merlin d'une voix qui retentit clairement jusqu'au cœur de la vallée, en sorte que même Arthur et ses hommes purent l'entendre, depuis sept ans je recherche la Sagesse de la Bretagne. Depuis sept ans je cherche la puissance de nos ancêtres ; que nous avons abandonnée lorsque les Romains sont venus. Que je cherche les choses qui rendront cette terre à ses Dieux légitimes, à ses Dieux, à nos Dieux, aux Dieux qui nous ont faits et que l'on peut persuader de revenir nous aider. » Il s'exprimait lentement et simplement, afin que chacun pût l'entendre et le comprendre. « Maintenant, poursuivit-il, j'ai besoin d'aide. J'ai besoin d'épées, de lances, d'hommes impavides qui m'accompagnent en pays ennemi pour trouver le dernier Trésor de la Bretagne. Je cherche le Chaudron de Clyddno Eiddyn. Le Chaudron est notre puissance, notre puissance perdue, notre dernier espoir de refaire une fois encore de la Bretagne l'île des Dieux. Je n'ai que des épreuves à vous promettre, d'autre récompense que la mort à vous offrir. Vous n'aurez qu'amertume à vous mettre sous la dent, qu'humiliation pour vous désaltérer, mais en retour je vous demande vos épées et vos vies. Qui viendra avec moi chercher le Chaudron ? »

Il posa la question de manière abrupte. Nous avions imaginé qu'il parlerait de ce gigantesque bain de sang qui avait rougi les prairies, mais il avait fait comme si tout cela était sans importance, presque comme s'il ne s'était pas aperçu qu'il s'était égaré sur un champ de bataille.

« Qui ?

— Seigneur Merlin ! » cria Gorfyddyd sans laisser à quiconque le temps de répondre. Le roi ennemi se fraya un chemin à travers les rangs de ses lanciers agenouillés. « Seigneur Merlin ! » Sa voix trahissait la colère et son visage l'aigreur.

« Gorfyddyd.

— Ta quête du Chaudron peut attendre une petite heure ? demanda le roi d'un ton sarcastique.

— Elle peut attendre une année, Gorfyddyd ap Cadell. Elle peut attendre cinq ans. Elle peut attendre éternellement, mais il ne le faut pas. »

Gorfyddyd conduisit son cheval entre les murs de boucliers. Sa grande victoire se trouvait compromise et un druide menaçait sa prétention à devenir Grand Roi. Il tourna sa monture vers ses hommes, releva les joues de son casque ailé et haussa la voix. « Le temps viendra de placer vos lances au service de la quête du Chaudron, lança-t-il à ses hommes, mais uniquement après que vous aurez puni le coureur de la gueuse et plongé vos lances dans l'âme de ses hommes. J'ai un serment à honorer et je ne laisserai aucun homme, pas même mon seigneur Merlin, m'en détourner. Il ne saurait y avoir de paix, ni de Chaudron, tant que vivra l'amant de la putain. » Il se retourna vers le magicien. « Tu sauverais l'amant de la gueuse par cet appel ?

— Il me serait bien égal, Gorfyddyd ap Cadell, que la terre s'ouvre et engloutisse Arthur et son armée. Et la tienne, par la même occasion !

— Alors battons-nous ! cria Gorfyddyd, se servant de son seul bras pour libérer son épée de son fourreau. Ces hommes – il s'adressait à ses troupes mais pointait son bras vers nos bannières – sont à vous. Leurs terres, leurs troupeaux, leur or et leurs maisons sont vôtres. Leurs femmes et leurs filles sont maintenant vos putains. Vous les avez combattus jusqu'ici, les laisseriez-vous filer maintenant ? Le Chaudron ne s'évanouira pas avec leur vie, mais votre victoire s'évanouira si nous n'achevons pas ce que nous avons commencé ici. Battons-nous ! »

Il y eut un court instant de silence, puis les hommes de Gorfyddyd se levèrent et se mirent à frapper de leurs lances contre leurs boucliers. Gorfyddyd lança à Merlin un regard triomphant puis, éperonnant son cheval, rejoignit les rangs vociférants de ses hommes.

Merlin se tourna vers Sagramor et moi. « Les Blackshields, lâcha-t-il distraitement, sont de votre côté. Je leur ai parlé. Ils attaqueront les hommes de Gorfyddyd et vous aurez une grande victoire. Puissent les Dieux vous donner de la force. » Il se retourna, passa un bras autour des épaules de Nimue et traversa les rangs ennemis, qui s'ouvrirent sur son passage.

« Bien essayé ! » lança Gundleus à Merlin. Le roi de Powys était sur le seuil d'une grande victoire et cette vertigineuse perspective l'avait enhardi à défier le druide. Mais, ignorant la provocation stridente, Merlin s'éloigna en compagnie de Tanaburs et de Iorweth.

Issa m'apporta le casque d'Arthur. Je le glissai à nouveau sur mon crâne, ravi de sa protection dans ces derniers instants de bataille.

L'ennemi reforma son mur de boucliers. De rares insultes fusèrent, car peu d'hommes avaient encore de l'énergie pour autre chose que le sinistre carnage qui se profilait sur la rive. Pour la première fois de la journée, Gorfyddyd mit pied à terre et prit place dans le mur. Il n'avait pas de bouclier, mais il conduirait tout de même cette dernière attaque qui devait écraser les dernières forces de son ennemi juré. Il leva quelques instants son épée puis la rabattit.

L'ennemi chargeait.

Lances et boucliers en avant, on se porta à sa rencontre. Les deux murs se heurtèrent dans un terrible fracas. Gorfyddyd essaya de lancer son épée sous le bouclier d'Arthur, mais je parai le coup avec Hywelbane. L'épée glissa sur son casque, tranchant une aile d'aigle, mais nous nous retrouvâmes collés l'un à l'autre sous la pression de nos arrières.

« Enfoncez-les ! hurla Gorfyddyd à ses hommes avant de cracher sur mon bouclier. Ton coureur de putain, me lança-t-il dans le fracas des armes, s'est planqué pendant que tu combattais.

— Elle n'est pas une putain, Sire. » J'essayai de libérer Hywelbane pour lui assener un coup, mais l'épée était piégée par la pression des boucliers et des hommes.

« Elle m'a pris assez d'or, fit Gorfyddyd, et je ne paie pas les femmes qui n'ouvrent pas les cuisses. »

Je levai Hywelbane pour lui trancher les pieds, mais l'épée glissa sur les franges de son armure. Il rit de mon échec, cracha une fois de plus sur moi, puis leva la tête en entendant un redoutable hurlement.

Les Irlandais attaquaient. Les Blackshields d'Œngus Mac Airem attaquaient toujours en ululant : un terrible cri de bataille qui semblait trahir le plaisir inhumain qu'ils avaient à massacrer. Gorfyddyd cria à ses hommes de lancer et de fendre, d'enfoncer notre minuscule mur de boucliers et, l'espace de quelques secondes, les hommes de Powys et de Silurie eurent un sursaut d'énergie, convaincus que les Blackshields volaient à leur secours, mais les nouveaux hurlements qui s'élevèrent depuis leurs arrières leur firent comprendre que la trahison avait changé l'allégeance des Irlandais. Ils fendirent les rangs de Gorfyddyd, leurs longues lances trouvant des proies faciles, et soudain, en un éclair, les hommes de Gorfyddyd s'effondrèrent comme une outre percée.

Sur le visage du roi, je vis un éclair de rage et de panique. « Rendez-vous, Sire ! » hurlai-je, mais ses gardes du corps se taillèrent une place à coups d'épée et, pendant quelques secondes de combat désespéré, je fus trop occupé à me défendre pour voir ce que devenait le roi, bien qu'Issa me criât qu'il était blessé. Galahad se retrouva à côté de moi, frappant d'estoc et parant puis, comme par enchantement, l'ennemi s'enfuit. Nos hommes se lancèrent à leurs trousses, se joignant aux Blackshields pour repousser les hommes de Powys et de Silurie comme un troupeau de moutons vers l'endroit où les cavaliers d'Arthur attendaient de tuer. Je cherchai Gundleus et le reconnus tout de suite parmi les masses des fuyards ensanglantés et crottés, puis je le perdis de vue.

La vallée avait beaucoup vu la mort ce jour-là, elle vit maintenant un véritable carnage, car rien ne facilite autant la tuerie qu'un mur de boucliers en débandade. Arthur essaya d'arrêter le massacre, mais rien n'aurait pu endiguer le déferlement de la sauvagerie trop longtemps retenue, et ses cavaliers se ruèrent comme des Dieux vengeurs parmi les masses paniquées tandis que nous pourchassions et taillions en pièces les fuyards dans une débauche de sang. Un grand nombre d'ennemis réussit à éviter les cavaliers d'Arthur pour franchir la rivière à gué et se mettre en lieu sûr, mais d'autres, encore plus nombreux, furent contraints de se réfugier au village, où ils trouvèrent enfin le temps et la place de former un nouveau mur de boucliers. Lorsque nous nous arrêtâmes autour du village, la lumière du soir recouvrait la vallée, effleurant les arbres des premiers timides rayons de soleil de cette longue et sanglante journée. Nous étions pantelants, serrant dans nos mains nos lances et nos épées couvertes de sang.

Son épée aussi rouge que la mienne, Arthur se laissa glisser lourdement du dos de Llamrei. La jument était blanche de sueur, tremblante, ses yeux clairs grands ouverts, tandis qu'Arthur lui-même avait les traits tirés à l'issue de ce combat désespéré. Il avait redoublé d'efforts pour percer jusqu'à nous ; il avait bataillé, nous dirent ses hommes, comme un possédé des Dieux, alors même qu'il avait semblé, tout au long de cet après-midi, que les Dieux l'avaient abandonné. Bien qu'il fût le vainqueur du jour, c'est un homme visiblement désemparé qui embrassa Sagramor avant de me serrer dans ses bras. « Je t'ai fait faux bond, Derfel, je t'ai fait faux bond.

— Non, Seigneur. Nous avons gagné ! » Et je tendis mon épée rougie et ébréchée vers les survivants de Gorfyddyd qui s'étaient regroupés autour de l'aigle de leur roi pris au piège. Le renard de Gundleus y était également, même si l'on ne voyait ni l'un ni l'autre des rois ennemis.

« J'ai échoué, reprit Arthur. Je n'ai jamais réussi à percer. Ils étaient trop nombreux. » Cet échec l'humiliait, car il ne savait que trop bien que nous avions été à une lame d'épée d'une défaite écrasante. En vérité, il avait le sentiment d'avoir essuyé une défaite, car ses trop fameux cavaliers avaient été contenus et il en avait été réduit à nous regarder pendant que nous nous faisions tailler en pièces, mais il avait tort. La victoire était sienne, entièrement sienne, car, seul de tous les hommes de Dumnonie et de Gwent, il avait eu assez d'aplomb pour proposer la bataille. Elle ne s'était pas déroulée comme il l'avait prévu ; Tewdric n'était pas venu à notre aide et le mur de boucliers de Gundleus avait arrêté ses chevaux. Mais ce n'était pas moins une victoire, que l'on ne devait qu'à une seule chose : le courage qu'il avait trouvé de se battre. Certes Merlin était intervenu, mais jamais il ne revendiqua la victoire. Elle était celle d'Arthur et, si tenté qu'il fût alors de se battre la coulpe, c'est Lugg Vale, la seule victoire qu'Arthur eût jamais méprisée, qui fit finalement de lui le maître de la Bretagne. Le Arthur des poètes, le Arthur qui fatigue la langue des bardes, le Arthur dont tous les hommes implorent le retour dans leurs prières en ces temps de ténèbre est sorti grandi des décombres de cette bataille. De nos jours, naturellement, les poètes ne chantent pas la vérité sur Lugg Vale. Ils en font une victoire aussi totale que les batailles ultérieures et peut-être ont-ils raison de donner cette forme à leur récit car, en ces temps d'épreuves, nous avons besoin qu'Arthur ait été un grand héros dès le tout début, mais la vérité est qu'en ces premiers jours Arthur était vulnérable. Il dirigeait la Dumnonie parce qu'Owain était mort et qu'il avait le soutien de Bedwin, mais la guerre s'enracinant il s'en trouva beaucoup pour souhaiter son départ. Gorfyddyd avait des partisans jusqu'en Dumnonie et, Dieu me pardonne, trop de chrétiens priaient pour la défaite d'Arthur. Voilà pourquoi il combattit, parce qu'il se savait trop faible pour ne pas se battre. Arthur devait apporter la victoire ou tout perdre et il finit par gagner, mais uniquement après avoir frôlé la catastrophe.

Arthur alla embrasser Tristan puis saluer Œngus Mac Airem, le roi irlandais de Démétie, dont le contingent avait sauvé la bataille. Comme toujours devant un roi, Arthur s'agenouilla, mais Œngus le releva pour l'étouffer dans ses bras. Pendant que les deux hommes parlaient, je me tournai vers la vallée. Elle était souillée d'hommes en charpie et de chevaux moribonds que ça en faisait pitié, gorgée de cadavres et jonchée d'armes. Elle puait le sang et résonnait des râles des blessés. J'étais plus fatigué que je ne l'avais jamais été, et mes hommes également, mais je vis que les requis de Gorfyddyd étaient finalement descendus de la colline pour entreprendre de détrousser les cadavres et les blessés et j'envoyai Cavan et une vingtaine d'hommes les chasser. Des corbeaux noirs traversaient la rivière à tire-d'aile pour déchirer les entrailles des morts. Les cabanes que nous avions incendiées au petit matin fumaient encore. Puis je pensai à Ceinwyn et, au milieu de toute cette horreur bestiale, mon âme prit soudain son envol comme portée par de grandes ailes blanches.

Je me retournai à temps pour voir Merlin et Arthur s'embrasser. Arthur parut sur le point de s'effondrer dans les bras du druide, mais Merlin le retint et le serra dans ses bras. Puis les deux hommes se dirigèrent vers les boucliers de l'ennemi.

Le prince Cuneglas et Iorweth sortirent du mur encerclé. Cuneglas portait une lance, mais point de bouclier, tandis qu'Arthur avait laissé Excalibur au fourreau et ne portait aucune autre arme. Passant devant Merlin, il s'approcha de Cuneglas, mit un genou à terre et courba la tête. « Seigneur Prince.

— Mon père se meurt, dit Cuneglas. Un coup de lance dans le dos. » Cela sonnait comme une accusation, mais tout le monde savait bien que, le mur de boucliers une fois disloqué, de nombreux hommes trouvaient la mort ainsi.

Arthur resta un genou à terre. Un instant, il sembla ne pas savoir que dire, puis il leva les yeux vers Cuneglas : « Puis-je le voir ? J'ai offensé ta maison, Seigneur Prince, et porté atteinte à ton honneur et, même si je ne voulais pas vous faire affront, j'implorerais malgré tout le pardon de ton père. »

Ce fut au tour de Cuneglas de paraître éberlué, puis il haussa les épaules, comme s'il n'était pas certain de prendre la bonne décision, mais il finit par faire un geste en direction du mur de boucliers. Arthur se releva et, marchant à côté du prince, il alla voir le roi mourant.

Je voulus crier à Arthur de ne pas y aller, mais avant que mes esprits engourdis ne se fussent réveillés, les rangs ennemis se refermaient sur lui. Je rentrai la tête dans les épaules en pensant à ce que Gorfyddyd allait dire à Arthur, car je savais ce qu'il allait dire, les mêmes saletés qu'il m'avait crachées au visage à l'abri de son bouclier déchiré par nos lances. Le roi Gorfyddyd n'était point homme à pardonner à ses ennemis, même s'il mourait. Surtout s'il se mourait. L'ultime plaisir de Gorfyddyd dans ce monde serait de savoir qu'il avait blessé son ennemi. Sagramor partageait mes craintes et c'est avec angoisse que nous le vîmes ressortir quelques instants plus tard des rangs des vaincus, le visage aussi sombre que l'Antre de Cruachan. Sagramor s'approcha de lui : « Il a menti, Seigneur, dit-il à voix basse. Il a toujours menti.

— Je le sais, fit Arthur avant de tressaillir. Mais certains mensonges sont durs à entendre et impossibles à pardonner. » Cédant soudain à une bouffée de rage, il tira Excalibur et se retourna vivement vers l'ennemi pris au piège. « L'un d'entre vous veut-il se battre pour les mensonges de votre Roi ? cria-t-il en faisant les cent pas devant leur ligne. Y en a-t-il un parmi vous ? Juste un qui veuille se battre pour cette ordure qui se meurt parmi vous ? Rien qu'un ? Sans quoi l'âme de votre roi sera maudite jusqu'à la dernière ténèbre ! Venez vous battre ! » Il fit voler Excalibur vers leurs boucliers levés. « Battez-vous, racaille ! » De toute la journée, la vallée n'avait encore vu aussi terrible colère. « Au nom des Dieux, je déclare que votre roi est un menteur, un bâtard, une créature sans honneur, un rien ! » Il cracha dans leur direction puis, d'une main, tâtonna pour défaire les sangles de mon plastron de cuir qu'il portait encore. Il parvint à se libérer des épaules, mais pas de la taille, si bien que mon plastron pendillait maintenant comme un tablier de forgeron. « Je vais vous faciliter la tâche. « Pas d'armure. Pas de bouclier. Venez me combattre ! Venez me prouver que votre bougre de putassier de roi dit vrai ! Pas un seul d'entre vous ? » Rien ne pouvait arrêter sa rage, car il était entre les mains des Dieux, désormais, et abreuvait de son courroux un monde qui se faisait tout petit devant sa force redoutable. Il cracha de nouveau. « Putains décaties ! » Voyant Cuneglas reparaître dans le rang de boucliers, il fit volte-face. « Toi, freluquet ? » Il pointa Excalibur sur le prince. « Tu veux te battre pour ce tas d'immondices expirants ? »

Comme tous les hommes présents, Cuneglas était ébranlé par la fureur d'Arthur, mais c'est sans aucune arme qu'il sortit du rang pour tomber à genoux à quelques pas d'Arthur. « Nous sommes à ta merci, Seigneur Arthur. » Arthur le fixa. Tout son corps était tendu, car toute la rage et la frustration d'une journée de bataille bouillaient en lui et, l'espace d'une seconde, je crus qu'Excalibur allait siffler à la tombée du jour pour faire tomber la tête de Cuneglas de ses épaules. Mais le prince releva les yeux : « Je suis maintenant roi de Powys, Seigneur Arthur, mais à ta merci. »

Arthur ferma les yeux. Puis, toujours les yeux clos, il chercha le fourreau d'Excalibur et rangea sa longue épée. Tournant le dos à Cuneglas, il rouvrit les yeux pour nous regarder, nous ses lanciers, et je vis la folie se retirer de lui. Il bouillait encore de colère, mais la rage indomptable était passée et sa voix était posée quand il pria Cuneglas de se relever. Puis Arthur appela ses deux porte-étendards en sorte que les bannières jumelles du dragon et de l'ours donnent une dignité supplémentaire à ses propos. « Voici mes conditions, dit-il de manière à ce que tout le monde l'entendît alors que la nuit tombait sur la vallée. Je demande la tête du roi Gundleus. Il l'a gardée trop longtemps et le meurtrier de la mère de mon roi doit être traduit en justice. Cela accordé, je demande seulement la paix entre le roi Cuneglas et mon roi, et entre le roi Cuneglas et le roi Tewdric. Je demande la paix entre tous les Bretons. »

Tout le monde en resta muet de stupeur. Arthur avait gagné sur le terrain. Ses forces avaient tué le roi ennemi et capturé l'héritier de Powys et chacun, dans la vallée, imaginait qu'il allait exiger une rançon royale pour la vie de Cuneglas. Au lieu de quoi il ne demandait rien d'autre que la paix.

Cuneglas fronça les sourcils. « Et mon trône ? bredouilla-t-il.

— Ton trône est à toi, Seigneur Roi. À qui d'autre peut-il être ? Accepte mes conditions, Seigneur Roi, et tu es libre d'aller le retrouver.

— Et le trône de Gundleus ? demanda Cuneglas, soupçonnant peut-être Arthur de visées personnelles sur la Silurie.

— Il n'est pas à toi, ni à moi. Ensemble, nous trouverons quelqu'un pour le tenir au chaud. Dès que Gundleus sera mort », ajouta-t-il d'une voix sinistre. « Où est-il ? »

Cuneglas eut un geste en direction du village. « Dans l'un des bâtiments, Seigneur. »

Arthur s'adressa alors aux lanciers vaincus de Powys et enfla la voix afin que chacun pût l'entendre. « Cette guerre n'aurait jamais dû être livrée ! Moi seul en suis coupable, j'en assume la faute et je la paierai dans une autre monnaie que ma vie. À la princesse Ceinwyn, je dois plus que des excuses et lui donnerai tout ce qu'elle exigera, mais tout ce que je demande maintenant c'est que nous soyons alliés. Chaque jour, de nouveaux Saxons viennent s'emparer de nos terres et réduire nos femmes en esclavage. C'est eux que nous devons combattre, plutôt que de nous entre-tuer. Je demande votre amitié et, en signe de ce désir, je vous laisse votre terre, vos armes et votre or. Ce n'est ni une victoire ni une défaite – il tendit le bras vers la vallée ensanglantée et enfumée –, c'est une paix. Tout ce que je demande, c'est la paix et une vie. Celle de Gundleus. » Il se retourna vers Cuneglas et baissa la voix. « J'attends ta décision, Seigneur Roi. »

Le druide Iorweth accourut auprès de Cuneglas, et les deux hommes se lancèrent dans de longs palabres. Aucun d'eux ne semblait croire à l'offre d'Arthur, car en général les seigneurs de guerre n'ont pas la victoire magnanime. Qui gagne la bataille exige rançon, or, esclaves et terre ; Arthur ne voulait que l'amitié. « Et Gwent ? demanda Cuneglas à Arthur. Que voudra Tewdric ? »

Arthur regarda ostensiblement la vallée qui disparaissait dans la nuit. « Je ne vois aucun homme de Gwent, Seigneur Roi. Si un homme ne participe pas à un combat, il n'a pas voix au chapitre à l'heure du règlement. Mais je puis t'assurer, Seigneur Roi, que Gwent a soif de paix. Le roi Tewdric ne demandera rien d'autre que ton amitié et l'amitié de mon roi. Une amitié que nous nous engagerons mutuellement à ne jamais briser.

— Suis-je libre d'aller si je m'y engage ? demanda Cuneglas avec méfiance.

— Où bon te semble, Seigneur Roi, bien que je te demande de m'autoriser à t'accompagner à Caer Sws pour prolonger cette discussion.

— Et mes hommes peuvent aller librement ?

— Avec leurs armes, leur or, leur vie et mon amitié », répondit gravement Arthur, avide de s'assurer que ce serait la dernière bataille que se livreraient jamais les Bretons, même s'il avait pris grand soin, remarquai-je, de ne dire mot de Ratae. Cette surprise pouvait attendre.

Cuneglas semblait encore trouver l'offre trop belle pour être vraie mais, se souvenant peut-être de son amitié passée avec Arthur, il sourit. « Tu auras ta paix, Seigneur Arthur.

— À une dernière condition », ajouta inopinément Arthur d'un ton bourru. Il prononça ces derniers mots d'une voix faible, en sorte que nous ne fûmes que quelques-uns à les entendre. Visiblement sur ses gardes, Cuneglas attendit. « Promets-moi, Seigneur Roi, sur ton serment et sur ton honneur, qu'à sa mort ton père m'a menti. »

La paix était suspendue à la réponse de Cuneglas. Un instant, il ferma les yeux, comme blessé, puis il prit la parole. « Mon père ne s'est jamais beaucoup soucié de vérité, Seigneur Arthur, il ne pensait qu'aux paroles qui servaient ses ambitions. Mon père était un menteur, sur ma foi.

— Alors nous avons la paix ! » s'exclama Arthur. Je ne l'avais vu qu'une fois plus heureux : le jour où il avait épousé sa Guenièvre, mais maintenant, dans la fumée et l'odeur âcre d'une bataille gagnée, il paraissait presque aussi joyeux que dans cette sommière fleurie au bord d'un ruisseau. En vérité, il ne pouvait guère exprimer sa joie car il avait obtenu ce qu'il désirait plus que tout au monde. Il avait fait la paix.

*

Des messagers partirent dans le nord et dans le sud, à Caer Sws et à Durnovarie, à Magnis et en Silurie. Lugg Vale empestait le sang et la fumée. De nombreux blessés se mouraient à l'endroit où ils étaient tombés, et leurs cris faisaient pitié dans la nuit, tandis que les survivants se pressaient autour des feux et parlaient des loups qui descendaient des collines pour se repaître des morts de la bataille.

Arthur semblait presque décontenancé par l'ampleur de sa victoire. Quand bien même il avait peine à le saisir, il était maintenant le maître effectif de la Bretagne méridionale, car il n'était aucun homme qui oserait se dresser contre son armée, si meurtrie fût-elle. Il avait besoin de s'entretenir avec Tewdric, il lui fallait renvoyer des lanciers sur la frontière saxonne, il était impatient que Guenièvre apprît la bonne nouvelle et, pendant ce temps, les hommes le suppliaient, qui pour des faveurs ou de la terre, qui pour de l'or ou un rang. Merlin lui parlait du Chaudron, Cuneglas voulait discuter des Saxons d'Aelle, tandis qu'Arthur désirait parler de Lancelot et de Ceinwyn, et qu'Œngus Mac Airem exigeait de la Silurie de la terre, des femmes, de l'or et des esclaves.

Je ne réclamai qu'une seule chose cette nuit-là, et Arthur me l'accorda.

Il me livra Gundleus.

Le roi de Silurie s'était réfugié dans un petit temple romain attaché à la grande maison romaine du petit village. C'était un temple de pierre sans fenêtres, excepté le trou grossier percé dans les combles pour laisser s'échapper la fumée, et la seule porte donnait sur les écuries. Gundleus avait tenté de s'enfuir de la vallée, mais un cavalier d'Arthur avait abattu son cheval et maintenant, comme un rat acculé dans ses derniers retranchements, le roi attendait son destin. Une poignée de lanciers siluriens lui étaient demeurés fidèles et gardaient la porte du temple, mais ils désertèrent lorsqu'ils virent mes guerriers sortir des ténèbres.

Il ne restait plus que Tanaburs pour garder le temple éclairé par un feu, où il avait fait une petite clôture-fantôme en plaçant au pied de la porte deux têtes fraîchement coupées. Il vit les pointes de nos lances scintiller à la porte des écuries et brandit son bâton couronné d'une lune en nous crachant des malédictions. Il implorait les Dieux de dessécher nos âmes lorsque, subitement, ses cris perçants cessèrent.

Ils cessèrent lorsqu'il entendit Hywelbane sortir de son fourreau. À ce bruit, il scruta la cour obscure où Nimue et moi avancions d'un même pas ; me reconnaissant, il lâcha un petit cri d'effroi, tel un lièvre traqué par un chat sauvage. Il savait que son âme était mienne et il se retira terrorisé de la porte du temple. D'un coup de pied, Nimue écarta avec mépris les deux têtes puis me suivit à l'intérieur. Elle portait une épée. Mes hommes attendaient à l'extérieur.

Le temple était jadis dédié à quelque Dieu romain, mais il était désormais consacré aux Dieux bretons pour qui l'on avait échafaudé une montagne de crânes contre les murs de pierres de taille. Les orbites sombres des crânes fixaient obstinément les deux feux qui éclairaient la petite chambre haute où Tanaburs s'était fait un cercle magique avec une rangée de crânes jaunissants. Il se tenait maintenant dans ce cercle, psalmodiant des incantations, tandis que derrière lui, contre le mur du fond où un petit autel de pierre était taché du sang du sacrifice, Gundleus attendait, l'épée tirée.

Sa robe brodée maculée de boue et de sang, Tanaburs brandit

son bâton en nous lançant d'effroyables malédictions. Il me maudit par l'eau et par le feu, par la terre et par les airs, par la pierre et par la chair, par le serein et par le clair de lune, par la vie et par la mort, mais aucune de ces malédictions ne m'arrêta. Je marchai lentement vers lui, Nimue me suivant dans sa robe blanche souillée. Tanaburs cracha une dernière malédiction, puis pointa le bâton sur ma figure. « Ta mère vit, Saxon ! cria-t-il. Ta mère vit et sa vie est mienne. Tu m'entends, Saxon ? » Il me lorgnait d'un air méchant depuis son cercle. Les deux feux laissaient dans l'ombre son visage tanné par les ans, donnant à ses yeux un éclat rouge, sauvage et menaçant. « Tu m'entends, cria-t-il ? L'âme de ta mère est mienne ! J'ai copulé avec elle ! J'ai fait la bête à deux dos avec elle et j'ai bu son sang pour m'approprier son âme. Touche-moi, Saxon, et l'âme de ta mère rejoint les dragons qui crachent le feu. Elle sera piétinée, brûlée par les airs, suffoquée par l'eau et promise à des supplices éternels. Et pas simplement son âme, Saxon, mais l'âme de tous les êtres vivants qui ont jamais dégringolé de ses reins. J'ai fait couler son sang sur le sol, Saxon, et introduit ma puissance dans son ventre. » Il brandit son bâton vers les poutres. « Touche-moi, Saxon, et la malédiction s'emparera de sa vie et, à travers elle, de la tienne. » Abaissant son bâton, il le pointa de nouveau vers moi. « Mais laisse-moi partir et elle vivra. »

Je m'arrêtai au bord du cercle. Les crânes ne formaient pas une barrière-fantôme, mais il ne s'en dégageait pas moins une force redoutable. Je sentais cette puissance comme de grands battements d'ailes invisibles faits pour me déconcerter. Si tu franchis le cercle de crânes, me disais-je, tu entres sur le terrain de jeu des Dieux pour affronter des choses que tu ne saurais imaginer ni, à plus forte raison, comprendre. Tanaburs vit mon hésitation et arbora un air triomphal. « Ta mère est mienne, Saxon, reprit-il en chantonnant, je l'ai faite mienne, entièrement mienne, sang, corps et âme, et cela fait que tu es mien, car tu es né dans le sang et la souffrance de mon corps. » Il bougea son bâton, m'effleurant la poitrine de son croissant de lune. « Te conduirai-je à elle, Saxon ? Elle te sait en vie et deux jours de route te ramèneront à elle. » Il sourit méchamment. « Tu es mien, cria-t-il, entièrement mien ! Je suis ta mère et ton père, ton âme et ta vie. J'ai fait le charme de l'unicité sur le ventre de ta mère et tu es mon fils maintenant ! Demande-lui ! » D'un mouvement brusque, il tourna son bâton vers Nimue. « Elle connaît ce charme. »

Nimue ne disait mot, se bornant à dévisager Gundleus d'un air sinistre tandis que je plongeais mon regard dans les yeux cruels du druide. Je tremblais de franchir ce cercle, terrifié par ses menaces. Puis soudain, sous l'effet d'un irrépressible haut-le-cœur, les événements de cette nuit me revinrent comme s'ils dataient d'hier. Je me rappelai les cris de ma mère et la revis, implorant les soldats de me laisser avec elle, je me souvins de leurs rires quand ils la frappaient à la tête de la hampe de leurs lances, puis de ce druide ricanant avec les lièvres et les lunes sur sa robe et les os dans sa chevelure, je le revis me prendre dans ses bras et me caresser en s'extasiant de la belle offrande que je ferais pour les Dieux. De tout cela, je me souvins, comme je me souvins d'avoir été soulevé, appelant en hurlant ma mère qui ne pouvait me secourir. Puis je me revis porté à travers les rangées jumelles des feux, où les guerriers dansaient et les femmes gémissaient, et Tanaburs qui me levait au-dessus de sa tonsure tout en se dirigeant vers le bord d'une fosse : un trou noir creusé dans la terre et entouré de feux dont les flammes brillaient assez pour illuminer la pointe maculée de sang d'un pieu affûté qui sortait des entrailles de la fosse. Ces souvenirs étaient pareils à des serpents qui mordaient mon âme tandis que je pensais aux lambeaux sanguinolents de chair et de peau suspendus au pieu éclairé par les brasiers et à l'horreur incertaine des corps brisés, qui se contorsionnaient dans une agonie lente et douloureuse avant d'expirer dans la sanglante ténèbre de cette fosse druidique. Je me revis hurlant, appelant ma mère tandis que Tanaburs me levait vers les étoiles et s'apprêtait à me livrer aux Dieux. « À Gofannon ! » avait-il crié, et ma mère qui hurlait pendant qu'on la violait, et moi qui hurlais parce que je savais que j'allais mourir. « À Lleullaw, à Cernunnos, à Taramis, à Sucellos, à Bel ! » Et sur ce dernier grand nom, il m'avait lancé sur le pieu meurtrier.

Et il m'avait raté.

Ma mère avait hurlé, et j'entendais encore ses hurlements tandis que j'envoyais promener d'un coup de pied le cercle de crânes de Tanaburs, et ses hurlements se mêlèrent aux cris perçants du druide quand je repris en écho le cri de mort qu'il avait lancé de longues années auparavant : « À Bel ! »

Hywelbane s'abattit. Et je ne le manquai point. Hywelbane lui fendit l'épaule, lui déchira les côtes et la rage sanguinaire qui s'empara de mon âme était si grande qu'Hywelbane prolongea sa course à travers son ventre décharné pour s'enfoncer dans ses entrailles puantes et que son corps s'ouvrit en deux comme un cadavre pourri. Et pendant tout ce temps-là je poussai le hurlement d'épouvante du petit enfant promis à la fosse de la mort.

Le cercle de crânes fut inondé de sang et je levai les yeux vers le roi qui avait massacré l'enfant de Ralla et la mère de Mordred. Le roi qui avait violé Nimue et lui avait arraché un œil et, me souvenant de ce supplice, je pris à deux mains la garde d'Hywelbane et libérai ma lame de la tripaille fétide qui gisait à mes pieds. Enjambant le corps du druide, j'allai porter la mort à Gundleus.

« Il est à moi ! » cria Nimue. Elle avait retiré son bandeau, si bien que son orbite creuse rougeoyait à la lueur des flammes. Elle passa devant moi, souriante. « Tu es mien, fredonna-t-elle, tout à moi. » Et Gundleus hurla.

Peut-être, dans l'Au-Delà, Norwenna entendit-elle ce hurlement et sut que son fils, l'enfançon né de l'hiver, était encore roi.

NOTE DE L'AUTEUR

Que la période arthurienne de l'histoire britannique, soit connue sous le nom d'Âge des Ténèbres [1] n'est guère surprenant puisqu'on ne sait presque rien des événements et des personnalités de cette époque. On ne saurait même avoir la certitude qu'Arthur ait jamais existé, même s'il est somme toute probable qu'un grand héros breton, dénommé Arthur – Artur ou Artorius –, ait momentanément tenu en échec les envahisseurs saxons dans les premières années du VIe siècle de notre ère. Dans les années 540, Gildas a composé une chronique de ce conflit sous le titre *De Excidio et Conquestu Britanniae*. Mais, loin de nous renseigner sur les exploits d'Arthur, Gildas n'indique pas même son nom. Ceux qui contestent son existence ne manquent jamais de le souligner.

Reste qu'il subsiste des traces anciennes d'Arthur. Au milieu du VIe siècle, alors même que Gildas rédigeait son histoire, les documents qui ont survécu attestent l'existence d'un nombre étonnant et atypique d'hommes répondant au nom d'Arthur – suggérant un engouement soudain pour le nom d'un homme fameux et puissant. Cet indice n'est guère concluant, tout comme la toute première référence littéraire à Arthur, une allusion rapide que l'on trouve dans le grand poème épique, *Y Gododdin*, composé autour de l'an 600 pour célébrer une bataille entre les Bretons du Nord – « une cohue gavée d'hydromel » – et les Saxons, mais de

1. En anglais, *Dark Ages*, littéralement « Temps obscurs ou temps de ténèbres », expression qui correspond au « haut Moyen Âge » des historiens français. *(N.d.T.)*

nombreux spécialistes pensent que cette référence à Arthur est une interpolation beaucoup plus tardive.

Après cette unique mention douteuse du *Y Gododdin*, il nous faut attendre encore deux cents ans pour retrouver Arthur dans la chronique d'un historien : une lacune qui affaiblit l'autorité de la preuve quand bien même Nennius, qui compila son histoire des Bretons dans les toutes dernières années du VIIIe siècle, fait grand cas d'Arthur. Fait significatif, Nennius ne lui donne jamais le titre de roi mais le décrit plutôt comme le Dux Bellorum, le Chef des Batailles – titre que j'ai rendu ici par l'expression « Seigneur de la guerre ». Nennius s'inspirait certainement d'anciens contes populaires – source féconde qui ne cessa d'inspirer de nouvelles moutures, de plus en plus fréquentes, de l'épopée arthurienne, mouvement qui atteignit son zénith au XIIe siècle, lorsque deux auteurs de pays différents firent d'Arthur un héros universel. En Grande-Bretagne, Geoffrey de Monmouth écrivit sa merveilleuse et mythique *Historia Regum Britanniae* tandis qu'en France le poète Chrétien de Troyes introduisit, entre autres, dans le mélange royal les noms de Lancelot et de Camelot. Le nom de Camelot a sans doute été une pure invention (ou une adaptation arbitraire de Camulodunum, le nom romain de Colchester), mais autrement Chrétien de Troyes s'est très certainement nourri des mythes bretons qui, comme les légendes galloises qui nourrirent l'histoire de Geoffrey, avaient pu conserver des souvenirs authentiques d'un ancien héros. Puis, au XVe siècle, Sir Thomas Malory écrivit *Le Morte d'Arthur*, qui est la proto-version de notre flamboyante légende arthurienne avec le Saint-Graal, la table ronde et son cortège de demoiselles lestes, de bêtes en quête, de puissants magiciens et d'épées enchantées.

Probablement est-il impossible de démêler la vérité d'Arthur d'une aussi riche tradition, bien que beaucoup s'y soient essayés, et nul doute que beaucoup s'y essaieront encore. On a fait d'Arthur un homme du nord ou de l'Essex ou encore un West Countryman. Un ouvrage récent l'identifie expressément à un souverain gallois du VIe siècle, un dénommé Owain Ddantgwyn, mais comme les auteurs signalent ensuite qu'on « ne sait rien de cet Owain Ddantgwyn », on n'est pas plus avancé. Dans Camelot, on a diversement reconnu Carlisle, Winchester, South Cadbury, Colchester et une douzaine d'autres cités. Mon choix, en l'occurrence, relève au mieux du pur caprice et s'appuie sur la certitude que la question demeure sans réponse. J'ai donné à Camelot le nom imaginaire de Caer Cadarn et je l'ai située à South Cadbury, dans le Somerset, non que je tienne ce site pour le plus probable (je ne le tiens pas non plus pour le moins vraisemblable), mais parce que je connais et que j'aime ce coin de la Grande-Bretagne. Fouillons autant qu'il nous plaira : la seule chose que nous puissions déduire avec certitude de l'histoire, c'est qu'un dénommé Arthur vécut probablement aux Ve et VIe siècles, qu'il fut un grand chef de guerre même s'il ne fut jamais roi, et qu'il livra ses plus grandes batailles contre les abominables envahisseurs saxons.

Mais si nous savons fort peu de choses d'Arthur, il y a beaucoup à tirer de l'époque à laquelle il a probablement vécu. La Bretagne des Ve et VIe siècles devait être un pays horrible. Les Romains, qui le protégeaient, se retirèrent au début du Ve siècle et les Bretons romanisés se retrouvèrent ainsi abandonnés à un cercle d'ennemis redoutables. De l'ouest venaient les maraudeurs irlandais : des Celtes, proches parents des Bretons, mais tout de même envahisseurs, colonisateurs et esclavagistes. Au nord, vivait l'étrange peuple des Scottish Highlands, qui étaient toujours prêts à lancer des razzias destructrices dans le sud, mais aucun de ces ennemis n'était aussi craint que les Saxons, honnis entre tous, qui commencèrent par piller l'est de la Bretagne avant de le coloniser et de s'en emparer, puis se lancèrent à la conquête du cœur de la Bretagne, qu'ils rebaptisèrent du nom d'« Angleterre ».

Face à ces ennemis, les Bretons étaient loin d'être unis. Leurs royaumes semblent avoir mis autant d'énergie à se combattre les uns les autres qu'à contrer les envahisseurs, et sans doute étaient-ils aussi idéologiquement partagés. À l'héritage de Rome – droit, industrie, savoir et religion –, devaient s'opposer les nombreuses traditions indigènes violemment réprimées au cours de la longue occupation romaine, mais qui n'avaient jamais entièrement disparu. Parmi celles-ci, le druidisme occupait une place de choix. Les Romains écrasèrent le druidisme en raison de ses accointances avec le nationalisme breton – donc antiromain – et ils essayèrent de le remplacer par un fouillis d'autres religions, dont naturellement le christianisme. Chez les spécialistes, l'idée prévaut que celui-ci était largement répandu en Bretagne après l'occupation romaine (quand bien même il s'agissait d'un christianisme peu familier aux esprits modernes), mais le paganisme y était sans doute également vivant, surtout dans les campagnes (le mot *païen* vient du latin *paganus*, qui désigne les « gens de la campagne »). Et, avec l'effondrement de l'État post-romain, les hommes et les femmes de ce pays durent se raccrocher aux puissances surnaturelles qui s'offraient à eux. Il s'est trouvé au moins un chercheur moderne pour suggérer que le christianisme s'accommoda heureusement des vestiges du druidisme breton et que les deux confessions coexistèrent pacifiquement : mais la tolérance n'ayant jamais été le fort de l'Église, ses conclusions me laissent sceptique. Ma conviction, c'est que la Bretagne d'Arthur n'était pas moins déchirée par les dissensions religieuses que par les invasions et les conflits politiques. Avec le temps, bien entendu, les récits arthuriens ont pris une forte coloration chrétienne, surtout dans leur obsession du Graal, même s'il est permis de douter qu'Arthur ait jamais eu connaissance d'un tel calice. Il se pourrait toutefois que la légendaire Quête du Graal ne fût pas entièrement une fabrication tardive tant les ressemblances sont frappantes avec d'autres contes populaires celtiques de guerriers en quête de chaudrons magiques : des légendes païennes sur lesquelles les auteurs chrétiens devaient ensuite gloser pieusement, comme sur tant d'autres aspects de la mythologie arthurienne, enfouissant ainsi une tradition beaucoup plus vieille, qui n'apparaît plus aujourd'hui que dans les vies fort anciennes et obscures de saints celtes. Fait surprenant, cette tradition dépeint Arthur sous les traits d'un scélérat et d'un ennemi du christianisme. L'Église celte, à ce qu'il semble, n'aimait guère Arthur et, à lire les vies de saints, on en devine la raison : il aurait confisqué l'argent de l'Église pour financer ses guerres – ce qui expliquerait pourquoi Gildas, un ecclésiastique et l'historien le plus proche d'Arthur – refuse de lui faire crédit des victoires bretonnes qui freinèrent temporairement l'avancée des Saxons.

La Sainte-Épine, bien sûr, aurait existé à Ynys Wydryn (Glastonbury), si nous croyons la légende suivant laquelle Joseph d'Arimathie aurait apporté le Saint-Graal à Glastonbury en l'an 63 de notre ère. Mais cette histoire n'apparaît en réalité qu'au XIIe siècle et je soupçonne donc que mon introduction de l'Épine dans *Le Roi de l'hiver* est l'un de mes nombreux anachronismes délibérés. Lorsque j'entrepris ce livre, j'étais bien décidé à en exclure tout anachronisme, y compris les broderies de Chrétien de Troyes, mais ce purisme aurait exclu Lancelot, Galahad, Excalibur et Camelot, sans parler de personnages tels que Merlin, Morgane et Nimue. Merlin a-t-il existé ? Les preuves sont moins probantes encore que pour Arthur, et il est hautement improbable qu'ils aient coexisté ; reste qu'ils sont inséparables, et il m'a paru impossible de laisser Merlin sur la touche. En revanche, je me suis délesté avec plaisir de maints anachronismes : le Arthur du Ve siècle ne porte donc pas d'armure à plates ni de lance médiévale. Il n'a point de table ronde, même si, à la manière celtique, ses guerriers (non ses chevaliers) s'asseyaient souvent en rond sur le sol. Loin de s'élever en majestueuses tourelles de pierre, ses châteaux étaient de terre et de bois, et je doute fort qu'un bras vêtu de samit blanc, mystique et prodigieux, ait jamais surgi de la brume pour livrer son épée à l'éternité, même s'il est quasi certain que, à la mort d'un grand chef, ses trésors personnels étaient jetés dans un lac, en offrande aux Dieux.

Les noms de personnages sont pour la plupart empruntés aux chroniques des Ve et VIe siècles, mais nous ne savons presque rien des hommes auxquels ces noms s'attachaient, de même que nous savons fort peu de choses des royaumes post-romains de la Bretagne : de fait, les historiens modernes divergent jusque sur le nombre des dits royaumes. La Dumnonie a existé, de même que Powys, tandis que le narrateur, Derfel (Dervel, prononcé à la manière des Gallois), apparaît dans certaines légendes primitives comme l'un des guerriers d'Arthur. Il est dit aussi qu'il se fit moine par la suite, mais on ne sait rien d'autre à son sujet. D'autres, comme l'évêque Sansum, ont indubitablement existé et demeurent aujourd'hui encore connus comme des saints, mais il semble que la vertu n'était pas le fort de ces saints hommes des premiers siècles.

Le Roi de l'hiver est donc un récit médiéval, dans lequel la légende et l'imagination doivent suppléer au manque de sources historiques. Le contexte historique général est à peu près la seule chose dont on puisse être passablement certain : une Bretagne dans laquelle les cités, les voies, les villas et, dans une certaine mesure, les mœurs romaines sont encore présentes, mais aussi un pays vite détruit par l'invasion et les déchirements civils. Quelques-uns des Bretons avaient déjà abandonné la bataille pour s'établir en Armorique (la Bretagne), ce qui explique la persistance des légendes arthuriennes dans cette région de la France. Mais pour les Bretons restés dans leur île chérie, ce fut un temps de quête désespérée du salut, tant spirituel que militaire, et dans ce pays malheureux surgit un homme qui, au moins pour quelque temps, repoussa l'ennemi. Cet homme est mon Arthur : un grand seigneur de la guerre et un héros qui se battit si bien, alors que toutes les chances étaient contre lui, que quinze siècles plus tard ses ennemis chérissent encore et vénèrent sa mémoire.

TABLE

Achevé d'imprimer sur presse Cameron
dans les ateliers de ***Bussière Camedan Imprimeries***
à Saint-Amand-Montrond (Cher)
en février 1998

N° d'édition : 309. N° d'impression : 98826/4.
Dépôt légal : février 1998.

Imprimé en France